Della stessa autrice
nelle edizioni HarperCollins

FLESH AND FIRE SERIES
A Shadow in the Ember

BLOOD AND ASH SERIES
Sangue e cenere
Regno di carne e fuoco
La corona di ossa
La guerra delle due regine

AWAKENING SERIES
Fall of Ruin and Wrath. Nata dalle stelle

THE HARBINGER SERIES
Tempesta e furia
Rabbia e rovina
Grazia e destino

TITAN SERIES
Il ritorno
Il potere
La lotta
La profezia

COVENANT SERIES
Tra due mondi
Cuore puro
Anima divina
La vendetta degli dei
L'ombra di Ares

THE DARK ELEMENTS SERIES
Dolce come il miele
Caldo come il fuoco
Freddo come la pietra
Lieve come un respiro

JENNIFER L. ARMENTROUT

A LIGHT IN THE FLAME

UNA LUCE NELLA FIAMMA

FLESH AND FIRE 2

Traduzione di
LUCA TARENZI

HarperCollins

ISBN 979-12-5985-323-3

Titolo originale dell'edizione in lingua inglese:
A Light in the Flame
A Flesh and Fire Novel
Blue Box Press
an imprint of Evil Eye Concepts, Incorporated

Traduzione di Luca Tarenzi

Pubblicato in accordo con
The Italian Literary Agency e Taryn Fagerness Agency

Prima edizione HarperCollins
marzo 2024

FSC
www.fsc.org
MISTO
Carta da fonti gestite
in maniera responsabile
FSC® C005461

A te, lettore.
Senza di te nulla di tutto ciò sarebbe possibile.
Grazie.

ILISEUM
Abisso
Valle
Pilastri di Asfodelo
Fiume Rosso
Foresta Morente
Vathi
Foresta rossa
Città di Lete
Baia Nera
Terre d'Ombra
Dimora di Ade
N
W
E
S

PIANE DI THYIA
SIRTA
KITHREIA
LOTHO
ISOLE CALLASTA
ISOLE DEL TRITONE
LBERI DI AIOS
DALOS
PALAZZO DI COR

1

«Tu sei l'erede delle terre e dei mari, dei cieli e dei regni. Una regina al posto di un re. Tu sei la Primordiale della Vita.»

Nyktos – Asher il Cinereo, Colui che è Benedetto, il Guardiano delle Anime e il Dio Primordiale degli Uomini e della Fine – trasse un respiro rauco. Quelle labbra, che avevano sussurrato sia parole d'odio sulla mia pelle, sia gelide, spietate verità, ora erano aperte. Gli occhi d'argento in cui turbinavano filamenti luminosi di ethere – l'essenza degli dei – erano spalancati e fissi nei miei. Una sorta di meraviglia pareva quasi ammorbidire il profilo freddo dei suoi zigomi, del naso dritto come una lama e della mascella decisa.

Una cascata di capelli rosso-bruni gli ricadde sulle guance color dell'oro e del bronzo quando lui mise un ginocchio a terra, appoggiando la mano sinistra sul pavimento della sala del trono e la destra sul petto.

Nyktos si stava *inchinando* davanti a me.

Arretrai. «Che stai facendo?»

«Il Primordiale della Vita è l'essere più potente di tutti i mondi, superiore a ogni altro Primordiale o dio» disse Sir Holland, che non era più la persona che avevo conosciuto, il cavaliere della Guardia Reale di Lasania, e non era più nemmeno un uomo mortale: era uno degli Arae, uno degli stramaledetti Fati, né dio né mortale. Un essere che non apparteneva a nessuna Corte primordiale e che aveva il potere di vedere il passato, il presente e il futuro di tutti.

I Fati incutevano lo stesso terrore di un Primordiale, e io non avrei saputo dire quante volte avevo preso a calci Sir Holland!

«Ti mostra il rispetto che ti è dovuto, Sera» aggiunse.

Non riuscivo a staccare gli occhi da Nyktos. «Ma io non sono il Primordiale della Vita» dissi, pensando di aver sottolineato l'ovvio.

«Tu porti dentro di te le uniche vere braci della vita» disse Nyktos, e la sua voce morbida e profonda mi fece scorrere un migliaio di brividi sulla pelle. «Sotto ogni aspetto che abbia importanza, tu *sei* il Primordiale della Vita.»

«È la verità.» La dea Penellaphe si avvicinò, e quando giunse sotto l'apertura del soffitto il cielo stellato illuminò la sua pelle bruna di un lucore morbido. «Negarlo sarebbe un lusso che non ci possiamo permettere.»

«Ma io sono solo una comune mortale...» Mi sembrava di avere i polmoni trapassati da una miriade di piccoli fori. E Nyktos era *ancora* inginocchiato di fronte a me. «Puoi alzarti, per favore? O metterti seduto? O fare una qualsiasi cosa diversa dallo stare in ginocchio? È troppo strano.»

Nyktos alzò la testa e alcune piccole ciocche gli caddero sulla guancia. «Tu sei il *vero* Primordiale della Vita, come lo era mio padre. Holland ha detto il vero: sto mostrando il dovuto rispetto.»

«Ma io non voglio...» Tacqui. Avevo il cuore che palpitava e il petto chiuso in una morsa. L'ethere nei suoi occhi si era fermato. «Potresti lasciar perdere? Ti prego.»

Il Primordiale si alzò subito e i vortici di ethere nei suoi occhi sfolgorarono, talmente vividi da essere quasi impossibili da fissare. Troneggiava su di me e il suo sguardo sembrò penetrare attraverso ogni strato del mio essere fino a vedere... a *percepire* quel che stavo provando.

Mi irrigidii e una sensazione di calore bruciante mi accese la pelle. «È meglio che non tenti di leggere le mie emozioni.»

Nyktos inarcò un sopracciglio bruno. «Non c'è bisogno di usare toni accusatori.»

«Questa risposta non è decisamente una dichiarazione di innocenza» replicai.

Penellaphe sgranò gli occhi.

«No» rispose lui abbassando la voce, che pure mi attraversò con la forza di un tuono. «Non lo è.»

«Dunque non farlo» ringhiai. «È maleducazione.»

Nyktos aprì la bocca, probabilmente per far notare che io ero l'ultima persona al mondo a poter accusare qualcun altro di essere maleducato.

«Non sei mai stata una comune mortale, Seraphena» si intromise con delicatezza Holland, un gesto che aveva fatto migliaia di volte in passato, ogni volta che ero stata sul punto di precipitare in una spirale di imprecazioni. «Tu sei una possibilità per il futuro di tutti noi.»

Mi aveva già detto qualcosa di simile, ai tempi in cui ci allenavamo insieme, ma adesso quelle parole assumevano tutto un altro significato. «Ma io non ho completato alcuna Transizione, e poco fa hai detto che avrei dovuto...» Chiusi gli occhi, senza finire la frase.

Tutti i presenti ricordavano bene che cosa Holland aveva detto.

Inspira. Una volta iniziata l'Ascensione il mio corpo e la mia mente, essendo mortali, non sarebbero stati in grado di tollerare il potere delle braci. L'unica possibilità che avevo per sopravvivere non era nemmeno una vera speranza. *Trattieni.* Perché avrebbe richiesto il sangue di un Primordiale a cui apparteneva una parte delle braci... e una forza di volontà alimentata dall'*amore*.

L'amore del Primordiale che mi ero preparata ad assassinare per tutta la vita. E il fatto che lo ritenessi l'unico modo per salvare il mio regno non aveva nessuna importanza.

L'ironia della situazione mi avrebbe fatta ridere, se non

avesse significato che stavo per morire. Probabilmente non mi restavano più di cinque mesi: non avrei nemmeno compiuto ventun anni, e avrei portato via con me le ultime braci della vita. Il mondo dei mortali sarebbe stato colpito per primo, e con più forza, ma alla fine la Putrefazione si sarebbe estesa al di là delle Terre d'Ombra, in tutto l'Iliseum. Esalai un respiro lungo e lento, come Holland mi aveva insegnato a fare tanto tempo prima, quando sentivo che il peso di tutto si faceva troppo soverchiante e mi toglieva l'aria dai polmoni. Vivere con la morte sul collo non era una cosa nuova per me. Era sempre stato così. Che avessi avuto successo o avessi fallito nell'adempiere al mio destino, avevo sempre saputo che non sarei sopravvissuta.

Eppure adesso non mi faceva più il solito effetto.

Per la prima volta nella mia vita avevo assaggiato che cosa significava essere qualcosa di diverso da uno strumento votato a un unico scopo, un'arma forgiata per essere usata e poi gettata via. Avevo assaggiato che cosa significava essere *reale*. Per la prima volta mi ero sentita una persona completa, non uno spettro fradicio di sangue. Non una bugiarda e un mostro capace di uccidere senza particolare rimorso.

Ma in fondo era proprio quello che ero, e anche Nyktos lo sapeva. Non si poteva più nascondere quella verità. Non si poteva più nascondere nessuna verità.

I polmoni cominciarono a bruciare mentre grappoli di luci danzavano davanti ai miei occhi. L'esercizio di respirazione non stava aiutando. Mi tremavano le mani e una sensazione di panico prese a dilagarmi nel petto. Non c'era più aria...

Sentii delle dita toccarmi la guancia. Dita *calde*. Aprii gli occhi e mi trovai di fronte lineamenti talmente perfetti che avrebbero dovuto farmi capire fin dal primo istante che lui era qualcosa di più di un dio. Il suo tocco mi sorprese, non solo perché le dita erano calde e non gelide come erano sempre state prima che lui bevesse il mio sangue, ma anche perché non ero ancora abituata a essere toccata. Non sapevo nemmeno se ci sarei mai riuscita, dato che raramente la pelle di qualcuno era entrata in contatto con la mia.

Eppure lui mi stava toccando. Dopo tutto quel che era successo, Nyktos mi stava toccando.

«Stai bene?» chiese a voce bassa.

Mi sentivo la lingua pesante e immobile, ma la causa aveva poco a che fare con il senso di oppressione nel petto, e molto con il fatto che lui mostrasse preoccupazione per me. Una preoccupazione che io non volevo. Non in quel momento. Perché era sbagliata su così tanti livelli diversi.

Nyktos si avvicinò ancora di più, chinò la testa fino a portare le labbra vicinissime alle mie e piegò le dita attorno alla mia nuca. Mi attraversò un brivido. Con il pollice, Nyktos premette delicatamente sulla vena del mio collo che pulsava all'impazzata e mi piegò indietro la testa come se dovessimo baciarci, lo stesso gesto che aveva fatto nel suo ufficio prima del nostro incontro con Holland e Penellaphe. Ma non sarebbe accaduto mai più. Me lo aveva detto lui stesso.

«Respira» mi sussurrò.

Fu come se avesse costretto l'aria stessa a entrare nel mio corpo, aria che portava il suo profumo: limone e un sentore di fresco. Le luci davanti ai miei occhi si dissolsero e i polmoni si dilatarono di nuovo. Ma le mie mani continuarono a tremare mentre il suo pollice seguitava a premermi la vena, che ora pulsava per tutt'altre ragioni. Nyktos mi stava così vicino che era impossibile fermare il flusso di ricordi: la sensazione della sua bocca sulla mia gola, delle sue mani sulla mia pelle nuda, il piacere misto a dolore del suo morso. Lui che si muoveva dentro di me, creando un appagamento che non avrei mai dimenticato e il cui solo ricordo mi scaldava ancora il sangue.

Ero stata *la sua prima volta*. E lui... sarebbe stata la mia ultima, qualunque cosa fosse successa da lì in avanti.

La tristezza mi avvolse, smorzando il calore nelle mie vene e adagiandosi sul mio petto con una pressione diversa e più greve. Almeno non mi mancava più il respiro.

«A volte ha problemi a respirare regolarmente e a controllare il suo battito cardiaco» fece Holland a bassa voce... e senza che fosse necessario.

«L'ho notato.» Il pollice di Nyktos non aveva smesso di carezzarmi, leggero come una piuma, e io tremai. Probabilmente pensava... Solo gli dei sapevano che cosa stava pensando.

Io preferivo esserne all'oscuro.

Con il volto in fiamme arretrai per sottrarmi a quel contatto e finii contro la predella dei troni. Lui tenne la mano sospesa nell'aria per qualche secondo, poi chiuse le dita e lasciò cadere il braccio. Mi girai verso la predella e fissai i troni sontuosamente scolpiti in grandi blocchi di ombropietra. Gli schienali avevano la forma di due paia d'ali aperte, con le punte che si toccavano in modo tale da collegare i due seggi. Mi asciugai le mani sudate sui pantaloni macchiati di sangue secco.

«Siete entrambi certi che nessun altro conosca la verità su di lei?» chiese Nyktos.

«A parte tuo padre? Embris conosce la profezia» rispose Penellaphe, nominando il Primordiale della Saggezza, della Lealtà e del Dovere. Mi riscossi e mi voltai verso gli altri: quel che stava accadendo era troppo importante perché potessi permettermi un crollo di nervi. «E la conosce Kolis. Ma nessuno dei due sa più di questo.»

Al sentir nominare Kolis, che tutti i mortali – me inclusa, fino a tempi recenti – credevano essere il Primordiale della Vita e il re degli dei, l'ethere prese di nuovo a vorticare negli occhi di Nyktos. Invece Kolis era il vero Primordiale della Morte. Era lui che aveva fatto impalare gli dei sull'Alzata attorno alla Dimora di Ade solo per ricordare a Nyktos quanto era facile spegnere una vita, o almeno così pensavo: mi sembrava la supposizione più logica. Eythos, il padre di Nyktos, era stato il vero Primordiale della Vita, e Kolis aveva rubato la sua brace.

Ricacciai indietro un brivido al pensiero della profezia che Penellaphe ci aveva riferito. La parte sulla disperazione delle corone d'oro poteva riferirsi al mio antenato, Re Roderick, e al patto che aveva stretto per porre fine a quel che stava accadendo. Ma una profezia rappresentava solo una serie di possibilità, il che significava... «Le profezie non servono a un cazzo» brontolai ad alta voce.

Penellaphe si voltò verso di me alzando un sopracciglio. Feci una smorfia. «Mi dispiace, è uscita peggio di quel che intendevo.»

«Sarei curioso di capire che cosa intendevi precisamente» fece Nyktos, e io gli scoccai un'occhiata di traverso. «Ma non posso dire di essere in disaccordo.»

Smisi di guardarlo come se volessi pugnalarlo.

«Posso capire quel che provi.» Penellaphe sembrava divertita. «Le profezie possono suscitare grande confusione, anche in chi le riceve. E a volte accade che solo alcune parti di una singola profezia, per esempio l'inizio e la fine, siano note a una persona, mentre la parte centrale è nota a un'altra, e viceversa. Eppure alcune visioni si sono verificate davvero, nell'Iliseum come nel mondo dei mortali. È difficile vedere tutto ciò da quando gli Dei della Divinazione sono stati distrutti e l'ultimo degli oracoli è deceduto.»

«Dei della Divinazione?» Almeno degli oracoli avevo sentito parlare: rari mortali vissuti molto prima della mia epoca, nati con il dono di comunicare direttamente con gli dei senza bisogno di doverli evocare.

«Erano dei capaci di vedere quel che era nascosto agli altri» spiegò Penellaphe, «le verità sia del passato sia del futuro. Vivevano sul Monte Lotho e servivano nella Corte di Embris. Gli oracoli parlavano con loro, ed erano gli unici dei sempre benvenuti presso gli Arae.»

«No, non gli unici» la corresse Holland a bassa voce.

Penellaphe arrossì e la cosa catturò la mia attenzione. Era chiaro che c'era dietro qualcosa.

«La madre di Penellaphe era una Dea della Divinazione» continuò Holland. «È da lì che è venuta la sua visione: solo quegli dei e i loro oracoli potevano ricevere le visioni sognate dagli Antichi, i primi Primordiali.»

«Ma io non possiedo le altre capacità che aveva lei» aggiunse Penellaphe. «Non so percepire le verità nascoste e non ho mai avuto altre visioni oltre a quella.»

«Quando Kolis rubò le braci della vita, le conseguenze furono devastanti» spiegò Nyktos. «Centinaia di dei persero la vita nel contraccolpo di energia, e gli Dei della Divinazione lo subirono più di chiunque altro: furono tutti annientati e da allora tra i mortali non nacque più nessun oracolo.»

Il dolore calò sul viso di Penellaphe. «E così tutte le altre visioni che gli Antichi possono aver sognato, e che solo quegli dei conoscevano, ora sono perdute.»

Alzai le sopracciglia. «In che senso *sognato*?»

«Le profezie sono sogni degli Antichi.»

Strinsi le labbra: la maggior parte degli Antichi, essendo i più vecchi tra i Primordiali, ormai era passata in Arcadia. «Non avevo idea che le profezie fossero sogni.»

«Non credo che saperlo cambierà l'opinione di Sera in merito» commentò Holland, ironico.

Nyktos fece una risatina.

«Non credo nemmeno io.» Anche Penellaphe sorrise, ma solo per un istante. «Molti dei e mortali sono nati senza aver visto o udito nemmeno una profezia, ma un tempo era molto più comune.»

«Hai idea di quale Antico abbia sognato la visione che hai avuto tu?» le chiesi.

Lei scosse la testa. «Chi riceve una visione non può saperlo.»

Ovvio che no. Ma non aveva importanza, dato che gli Antichi erano entrati in Arcadia da tempo immemorabile. «Profezie a parte, ho provocato l'Ascensione di Bele quando l'ho riportata in vita.» Bele non era una Primordiale, almeno non tecnicamente: i suoi occhi castani ora splendevano dell'argento dei Primordiali e gli dei presenti erano convinti che ora sarebbe diventata più potente, ma nessuno sembrava sapere bene che cosa significasse. «Questo lo hanno percepito tutti, giusto?»

«Sì» confermò Penellaphe. «Non è stato intenso come quando un Primordiale entra in Arcadia e i Fati ne collocano uno nuovo al suo posto, ma tutti gli dei e i Primordiali viventi devono aver sentito lo spostamento di energia. Soprattutto Hanan» aggiunse aggrottando le sopracciglia, poiché Hanan era il Primordiale della Caccia e della Giustizia Divina e Bele era nata nella sua Corte. «Non può non essere consapevole che ora ha una potenziale rivale.»

Nyktos incrociò le braccia sul petto. «Ma non ci possiamo fare nulla.»

«No» concordò Penellaphe sottovoce. «Nulla.»

«Solo chi era presente alla sua resurrezione sa che Bele è ascesa.» Nyktos mi fissò. «Né Hanan né gli altri Primordiali conoscono la vera portata di quel che ha fatto mio padre quando ha nascosto le braci della vita nella discendenza di Mierel.»

Mi si contorse lo stomaco al pensiero di quella verità ancora più sconvolgente che mi era arrivata addosso. Non riuscivo nemmeno a immaginare come avrei dovuto reagire all'idea di aver vissuto una miriade di vite di cui non ricordavo nulla. All'idea di essere stata Sotoria, l'oggetto dell'amore – no, dell'*ossessione* – di Kolis, nonché il motivo per il quale il Primordiale aveva fatto tutto quel che aveva fatto.

Avevo sempre pensato che la storia della ragazza mortale rimasta tanto sconvolta dalla vista di un essere dell'Iliseum da cadere giù dalle Scogliere del Cordoglio fosse solo una strana leggenda. Invece era realtà. Ed era stato Kolis a terrorizzarla.

Com'era possibile che io fossi *lei*? Io non fuggivo mai davanti a nulla e nessuno... be', a parte i serpenti. Io ero una combattente, una...

«Tu sei una guerriera, Seraphena» aveva detto Holland. «Lo sei sempre stata. E anche lei ha dovuto imparare a diventarlo.»

Dei.

Mi premetti le dita sulle tempie. Ero consapevole che Eythos e Keella, la Primordiale della Rinascita, avevano attuato quella che per loro era la soluzione migliore: bloccare l'anima di Sotoria prima che entrasse nella Valle per impedire a Kolis di riportarla in vita. Da lì era iniziato quel ciclo di rinascite che alla fine aveva condotto alla *mia* nascita. Eppure anche questa sembrava l'ennesima violazione, l'ennesimo caso in cui a lei era stata tolta la libertà di scegliere. A lei, non a me. Potevamo condividere la stessa anima, ma io non ero lei. Io ero...

Solo un contenitore, che sarebbe vuoto se non portasse al suo interno le braci della vita.

Le parole di Nyktos erano suonate dure, spietate, eppure erano la verità. Fin dalla nascita non ero stata altro che una tela bianca destinata a diventare qualunque cosa il Primordiale della Morte avesse desiderato che fossi, o a essere usata in qualunque modo mia madre avesse ritenuto opportuno.

Sedetti sul bordo della predella, combattendo contro la pressione nel petto che montava di nuovo. «Ho visto Kolis, non molto tempo fa.»

Nyktos si voltò di scatto verso di me.

Mi schiarii la voce. Non riuscivo a ricordare se glielo avessi già raccontato o no. «Ero tra il pubblico quando Kolis è apparso nel Tempio del Sole per il Rito. Ero molto indietro e con il viso coperto, ma giurerei che lui abbia guardato proprio verso di me.» Deglutii a fatica. «Le assomiglio? A Sotoria, intendo.»

Penellaphe si portò una mano al collo dell'abito color tortora. «Se Kolis ti avesse vista e tu assomigliassi a Sotoria, ti avrebbe portata via all'istante.»

Esalai un sospiro che formò una nuvoletta di nebbia. La temperatura nella stanza era scesa di colpo, e ora si gelava. Fissai Nyktos.

La sua pelle si era assottigliata e ombre scure avevano ricominciato a scorrere sotto di essa: mi ricordava come mi era apparso nella sua vera forma, con la pelle che pareva un caleidoscopio di buio notturno e luce lunare e ali che sembravano quelle di un Draken, ma fatte di ethere solido, di puro potere.

Sembrava sul punto di assumere di nuovo l'aspetto di un Primordiale in tutta la sua gloria. «Sotoria non gli apparteneva allora, e Seraphena non gli appartiene oggi.»

Seraphena.

Potevo contare sulle dita di una mano le persone che in tutta la vita mi avevano chiamata con il mio nome completo, e nessuno lo aveva mai pronunciato nel modo in cui lo aveva appena fatto lui. Come se fosse una preghiera e una promessa.

«Non so che aspetto avesse in origine Sotoria» disse Holland dopo qualche istante. «Non avevo mai seguito i fili del suo fato prima che Eythos venisse a chiedermi se si poteva fare qualcosa per il tradimento di suo fratello. Tutto quello che so è che cambia aspetto a ogni incarnazione. Forse Kolis ha soltanto percepito una traccia di ethere dentro di te e ha pensato che fossi una semidea o una dea vicina alla Transizione.»

Annuii lentamente e mi costrinsi a pensare ad altro. Dovevo farlo, perché era tutto semplicemente *troppo*. «Ma quel che ho fatto ora ha attirato la loro attenzione. Non possiamo fingere che non sia così.»

«Lo so» replicò Nyktos con voce controllata. «Dobbiamo aspettarci parecchi ospiti non invitati.»

«Diventare la sua Consorte ti darà un certo grado di protezione.» Penellaphe spostò lo sguardo da me a Nyktos. «Ma fino ad allora qualunque dio o Primordiale potrà decidere di fare una mossa contro di lei, e difficilmente avrai il sostegno degli altri Primordiali se proverai a reagire. Le nostre Corti vivono di politiche piuttosto arcaiche» aggiunse con un sorrisetto triste rivolto nella mia direzione.

In effetti era un aggettivo appropriato per descriverle. *Traditrici* e *sanguinarie* erano altri due.

«Ma anche una incoronazione ha i suoi rischi» proseguì Penellaphe. «Alla cerimonia verrà gran parte degli dei e dei Primordiali da tutte le nove Corti, inclusa la tua, e *in teoria* tutti dovrebbero obbedire alla consuetudine che impone di tenere i conflitti fuori da questo genere di eventi... Ma sappiamo tutti che molti potrebbero decidere di sfidare le regole.»

«Ho mai...» sibilò Nyktos tra i denti.

La dea arricciò le labbra. «Kolis non è certo un ospite abituale in queste occasioni, ma...»

«Sa che qui sta succedendo qualcosa. Ci ha già mandato contro i suoi Dakkai e i suoi Draken, come probabilmente sapete.» Nyktos scoccò a Holland un'occhiata dura e l'Arae alzò un sopracciglio. «Kolis non mette piede nelle Terre d'Ombra da quando ha tradito mio padre, ma ciò non significa per forza che non possa farlo, se lo decide. Suppongo che, se avete una risposta a questo proposito, non abbiate anche il permesso di condividerla.»

«Supponi correttamente, purtroppo» confermò Holland, e io mi domandai se conoscere la verità e non poterla rivelare fosse ancor più frustrante che non conoscerla affatto.

Probabilmente no, se consideravo quanto era grande il mio fastidio per quel che non sapevo.

Sebbene la temperatura nella stanza fosse tornata normale fui percorsa da un brivido al pensiero di quel che stava per accadere. «Che succederà se Kolis viene qui?»

«Kolis può essere imprevedibile» rispose Nyktos, «ma non

è uno sciocco. Se può entrare nelle Terre d'Ombra e dovesse presentarsi all'incoronazione, non farà nulla di strano davanti agli altri: nel suo modo di vedere le cose lui è il giusto e legittimo re degli dei e manterrà questa facciata a ogni costo, pur sapendo che gli altri Primordiali conoscono la verità.»

«Ma se...» cominciai.

«Non gli lascerò alzare un solo dito contro di te» promise Nyktos, e un lampo sfolgorò nei suoi occhi.

Il mio cuore saltò un battito. Erano parole molto belle da parte sua, ma sapevo che il motivo era sempre e comunque legate alle braci della vita che portavo dentro di me. E al fatto che Nyktos era una brava persona. Una persona protettiva. Una persona *buona*. «Grazie, ma non sono preoccupata per la mia sorte.»

La sua mascella si indurì. «Ovvio che non lo sei.»

Ignorai quel commento. «Come reagirà Kolis se si renderà conto che stai proteggendo qualcuno che porta in sé le braci della vita? O se scoprirà che io ho l'anima di Sotoria? Che cosa farà alle Terre d'Ombra e ai loro abitanti? Voglio sapere quanto potrebbe costarti la mia presenza qui.»

Le ombre sotto la pelle di Nyktos si addensarono ancora di più. «La tua presenza non mi costerà *nulla*.»

«Stronzate» replicai, e l'argento nelle sue iridi passò al colore del ferro. «Non ho nessun bisogno di essere protetta dalla verità: conoscerla non mi farà correre terrorizzata verso la scogliera più vicina.»

Holland sospirò.

«Buono a sapersi» replicò Nyktos asciutto. «Ma la mia principale preoccupazione è che tu ti metta a correre nella direzione opposta.»

Sollevai il mento. «Non capisco che cosa intendi.»

«Stronzate» fece lui imitando il mio tono. Socchiusi gli occhi, perché aveva ragione: sapevo benissimo che cosa intendeva.

Non cambiava nulla.

«Kolis sa già che qui c'è qualcosa che ha il potere di creare la vita» si inserì Penellaphe, ignorando lo sguardo iroso che Nyktos le lanciò. «Ma, come ha detto giustamente Nyktos, non è uno sciocco: i Dakkai erano solo un avvertimento, un modo per far sapere a Nyktos che si è accorto di qualcosa.»

«Ma è successo dopo che ho riportato in vita Gemma» dissi. Gemma era una terza figlia mandata a servire nella Corte del Primordiale della Vita, una tradizione onorata e rispettata da tutti i regni dei mortali.

E che sotto il dominio di Kolis si era trasformata in un incubo. Gemma era tra i pochi fortunati che Nyktos era riuscito a far fuggire in segreto con l'aiuto di dei come Bele, e a nascondere nelle Terre d'Ombra. Qui aveva trovato un rifugio e un po' di pace.

Cose che la mia semplice esistenza ora metteva a repentaglio. Gemma non era scesa in particolari sulla sua vita alla Corte di Kolis, ma non era stato necessario per farmi capire che il tempo passato come favorita del Primordiale non era stato affatto piacevole. Qualunque cosa le fosse successa, era stata abbastanza orribile da farla andare nel panico alla sola vista di un dio della Corte di Kolis per le strade di Lete e da farla scappare nella Foresta Morente, dove la attendeva morte certa.

«Kolis non ha reagito a quel che ho fatto a Bele» continuai. «Almeno per ora.»

«Penso che sia stato solo colto di sorpresa» disse Penellaphe. «È una cosa che nessuno poteva aspettarsi, né lui né gli altri.» Si rivolse a Nyktos. «Non ti ha mandato a chiamare?»

«No.»

«Sul serio?» chiesi io.

Nyktos annuì. «Se dovesse convocarmi ufficialmente potrei al massimo tardare un po', ma non potrei evitare di presentarmi.»

«In questo momento ci sta andando con i piedi di piombo» riprese Penellaphe. «E immagino sia anche parecchio curioso: starà ragionando su cosa può esserci di nascosto nelle Terre d'Ombra, su come sia possibile che esistano queste braci della vita e su come potrebbero tornargli utili.»

«Ovvero su come usarle nei suoi perversi tentativi di creare quella che a lui sembra una nuova forma di vita» concluse Holland.

«Sapete che cosa sta facendo ai Prescelti che scompaiono?» Nyktos lo fissò con occhi penetranti. «Che cosa sono quelle cose chiamate Ritornanti?»

«So che le creature che lui chiama con quel nome non sono l'unica parodia di vita che è riuscito a produrre.» Anche Holland si girò per fissare Nyktos. «Anche tu hai visto quel che la sua mano ha contribuito a creare, e quel che alcuni dei suoi dei stanno facendo nel mondo dei mortali.»

Nyktos si accigliò, poi si voltò verso di me. «La tua sarta.»

Ci misi un attimo a capire che si riferiva alla sarta di mia madre. «Andreia Joanis?» Prima di trovarla morta avevo visto il dio Madis vicino a casa sua a Coldipietra, il quartiere che dava sul Mare di Stroud. Il cadavere era striato di nero come se nelle vene al posto del sangue ci fosse stato inchiostro, e gli occhi... erano stati bruciati. Quella sera Nyktos stava pedinando Madis, era arrivato lì e anche lui aveva creduto che la donna fosse morta. «Era ritornata in vita, o qualcosa del genere. Si era alzata a sedere e aveva aperto la bocca, mostrando quattro zanne che non mi risulta avesse da viva.»

Holland pronunciò una breve parola gutturale in una lingua che non riconobbi, poi girò la testa e sputò sul pavimento.

Alzai le sopracciglia. «Come?»

«Craven?» Nyktos socchiuse gli occhi: chiaramente aveva riconosciuto la parola.

L'Arae annuì. «È quel che accade a un essere umano quando l'essenza vitale – il sangue – gli viene tolta senza che nulla venga a rimpiazzarla. A quel punto non ha più importanza chi fosse il mortale prima: il suo corpo e la sua mente marciscono, trasformandolo in una creatura amorale assetata unicamente di sangue. Un Craven.»

Nyktos si era immobilizzato. «Uccidere un mortale nutrendosi di lui è un atto proibito fin dagli albori del tempo.»

«E questa ne è precisamente la ragione» concluse Holland. «Tutto deve essere in equilibrio.»

Spalancai le braccia. «E come accidenti è possibile che trasformare un mortale a quel modo rimetta le cose in equilibrio?»

«In questo caso l'equilibrio richiede che la vita che è stata tolta venga restituita, per ricordare agli dei che una loro perdita di controllo ha sempre delle conseguenze. Ma mantenere l'equilibrio non è sempre un processo facile da capire come quando, per esempio, il Primordiale della Vita resuscita qualcuno.» Holland mi fissò con occhi duri, occhi che sembravano vedere ogni cosa. «Un'altra vita deve andarsene per controbilanciare quella che è stata restituita.»

Inspirai bruscamente e sentii un vuoto che si spalancava nel mio stomaco. «La notte in cui ho riportato in vita Lady Marisol il mio patrigno, il Re di Lasania, è spirato nel sonno.» Non ero mai stata nemmeno attraversata dal pensiero che la sua morte potesse avere a che fare con le mie azioni. «Oh, dei. Ho ucciso il mio patrigno?»

«No» tagliò corto Nyktos, fissando l'Arae con gli occhi ridotti a due fessure. «Non hai ucciso nessuno.»

Lo guardai. Come faceva a esserne così sicuro? Perché a me pareva proprio di averlo fatto.

«Non ne avevi l'intenzione» disse Holland. «Ma per Marisol era arrivata l'ora fatale: il tuo intervento ha rotto l'equilibrio, che di conseguenza è stato ripristinato.»

«Da chi?» chiesi. «Chi decide come rimettere a posto l'equilibrio?»

Holland mi fissò di nuovo.

Mi irrigidii. «Tu?»

«No, non lui in particolare» rispose Nyktos. «Gli Arae in generale. Sono una sorta di... spazzini cosmici.»

Non sapevo che cosa dire, o che cosa provare... a parte il senso di colpa. Che avrei meritato di provare, perché Re Ernald di certo non era stato il migliore tra i governanti, ma nemmeno il peggiore. E invece la verità era che non provavo quasi nulla, tranne uno stupore passeggero e un pochino di vergogna. Proprio come quando uccidevo, sapendo che dopo ci avrei a malapena pensato.

Una cosa che mi inquietava.

Mi trovavo inquietante da sola.

Tuttavia in quel momento non potevo scavare troppo nella questione, perché quella di Marisol non era l'unica vita che avevo riportato indietro dalla morte. «E se a resuscitare è un dio? L'equilibrio vuole in cambio la morte di un altro dio?»

«Per fortuna no» rispose Nyktos. «La regola vale solo per i mortali.»

«Non suona molto equo» borbottai. Sapere che non avevo ucciso un altro dio era un sollievo, ma allo stesso tempo mi rendevo conto che riportando in vita Gemma avevo condannato qualcun altro, un mortale di cui non conoscevo né il nome né il volto. «Sarebbe stato meglio saperlo prima.»

Holland riportò lo sguardo su di me. «Saperlo avrebbe cambiato il corso delle tue azioni?»

Chiusi la bocca. A quella domanda non avevo risposta.

«Ora però ti è stato ricordato qualcosa che sapevi già: che alcune lezioni sono dolorose da imparare.» Mi rivolse un sorriso triste e gentile. Che per fortuna durò solo un istante. «In ogni caso, se non l'aveste uccisa, Andreia sarebbe uscita di casa e avrebbe attaccato la prima persona che avesse visto. Uomo, donna o bambino.»

«È stato Madis a trasformarla, dunque?» chiese Nyktos.

«È mia opinione che Madis stesse cercando di... corregere il risultato delle azioni di una qualche creatura di Kolis.» Holland si massaggiò il mento. «Non posso aggiungere altro: so qualcosa in più, non molto, ma rivelarlo potrebbe essere considerato un'interferenza.»

«Holland sta già camminando su un confine molto sottile» ricordò Penellaphe, rivolgendosi soprattutto a Nyktos che stava fissando l'Arae con occhi di fuoco. «Ma al momento i traffici di Kolis non sono la cosa che ci preoccupa di più, né che dovrebbe impensierire di più voi.»

Su quello non ero sicura di essere d'accordo.

«Hai chiesto che cosa farebbe Kolis pur di impadronirsi delle braci della vita: ebbene, troverebbe un modo per metterci le mani sopra. Forse non ricorrerebbe ai sistemi più crudeli...» Gli occhi azzurri di Penellaphe persero un po' della loro luce e assunsero un'espressione tormentata. «Ma se dovesse scoprire chi eri un tempo, non si fermerebbe davanti a nulla pur di averti.»

«Penellaphe» fece Nyktos in tono di avvertimento.

«È la verità» replicò la dea girandosi verso di lui. «E non gliela devi nascondere. Anzi, non so nemmeno se saresti in grado di farlo.»

«Tu non hai idea di cosa sono in grado di fare se lo reputo necessario» fu la sua risposta.

«È vero.» La voce di Penellaphe si addolcì. «Ma tu sai *esattamente* che cosa è in grado di fare Kolis. Come lo so io. Ridurrebbe in cenere le Terre d'Ombra pur di impadronirsi della sua *graeca*.»

Nell'antica lingua dei Primordiali *graeca* significava *vita*, ma, come Aios aveva spiegato, la stessa parola voleva dire anche *amore*.

Gemma era la prima persona che avevo sentito usare quel termine: aveva raccontato che Kolis la nominava spesso, tanto che lei si era convinta che avesse a che fare con i Prescelti che scomparivano per poi tornare diversi da com'erano prima. Quel che ritornava al posto loro erano esseri gelidi, senza vita. *Affamati.*

Trattenni a stento un brivido. «E che cosa farebbe a Nyktos se lui tentasse di difendermi?»

«Di questo non ti devi preoccupare» fece subito Nyktos girandosi verso di me.

«Ma sei serio?» replicai. «Stiamo parlando dell'assassino dei tuoi genitori. Della persona che impala gli dei sulla tua Alzata solo per ricordarti quanto è fragile la vita.»

«Non credere che me ne sia dimenticato.» Vividi riccioli di ethere sfolgorarono nelle sue iridi. «Ma quel che deciderà di fare o non fare non cambierà nulla. Sarò io a occuparmi di Kolis.»

Scossi la testa, frustrata. «Potrebbe ucciderti...»

«No, questo non può farlo» disse Holland. Mi voltai di scatto verso di lui. «Come ho detto, esiste un equilibrio che va sempre rispettato, in qualunque cosa, anche tra Primordiali. La Vita non può esistere senza la Morte, e le due dovrebbero rimanere sempre separate.»

«Un attimo.» Posai le mani sulle ginocchia. «Intendi... un Primordiale della Vita e *anche* della Morte? È possibile una cosa del genere? Hai detto che *dovrebbero* rimanere separate, non che *non possono.*»

«Qualunque cosa è possibile» rispose Holland. «Anche l'impossibile.»

Lo fissai, costringendomi a mantenere la calma. «Un'affermazione incredibilmente utile. Grazie davvero.»

Holland rise.

«Quel che intendeva dire è che una cosa del genere, un Primordiale della Vita e allo stesso tempo della Morte, non dovrebbe esistere» spiegò Nyktos. «Sarebbe inconcepibile che le braci di entrambi i poteri potessero convivere dentro un singolo essere... Ma se accadesse sul serio?» Alzò le sopracciglia scure e ridacchiò. «Una creatura del genere deterrebbe un potere davvero assoluto. Potrebbe annullare mondi interi con lo stesso respiro grazie al quale ne creerebbe di nuovi.»

«Non ci sarebbe nulla nell'universo in grado di fermarlo» aggiunse Holland. «L'equilibrio non esisterebbe più. Per questo i Fati si sono assicurati già moltissimo tempo fa che i due poteri rimanessero divisi, e per questo la scomparsa anche di uno solo dei due provocherebbe il collasso di entrambi i regni, umano e divino. Non come la Putrefazione, che è una morte lenta: no, sarebbe una distruzione improvvisa e assoluta che piomberebbe su ogni cosa. Kolis non può far ascendere un nuovo Primordiale per prendere il posto di un altro scomparso: uccidendo Nyktos, quindi, condannerebbe se stesso. E ne è perfettamente consapevole.»

Sì, se non fosse che tecnicamente era proprio quel che io avevo fatto con Bele: metterla nella posizione di rimpiazzare Hanan qualora quest'ultimo fosse caduto.

Certo, sapere che Kolis non avrebbe ucciso Nyktos era un vero sollievo, ma come faceva lui a essere così sicuro di cosa il Primordiale della Vita avrebbe deciso o no di fare? Era impossibile: Kolis sembrava tutto meno che una persona razionale.

La frustrazione mi assalì di nuovo. «Ma che cosa vuole Kolis in definitiva? Che cosa cerca di ottenere con le sue bizzarre creazioni?»

Holland arricciò il naso. «Bella domanda.»

«E tu conosci una risposta che non puoi rivelare?»

«No, non la conosco. Nemmeno i Fati conoscono i pensieri intimi di una singola mente.»

D'altronde i Fati non sembravano essere mai granché d'aiuto.

«Vuole governare su tutto» rispose Nyktos. «Sull'Iliseum e sul mondo mortale. Le Corti del primo rimpiazzeranno i regni nel secondo: al potere rimarranno solo lui e i suoi leccapiedi e i mortali saranno rimessi al loro posto, al di sotto degli esseri più grandi di loro... o almeno così lui crede. Immagino che le parodie di vita che ha creato finora abbiano un qualche ruolo in questo progetto.»

Quindi Kolis stava creando un esercito di mortali controllati dalla fame? Innervosita, strinsi tra loro le ginocchia finché sentii le ossa sotto le dita. «Non è possibile.»

Holland aprì la bocca.

«Se stai per dire che qualunque cosa è possibile, anche l'impossibile, potrei mettermi a urlare» avvertii. L'Arae chiuse la bocca. «Ma gli esseri umani si ribellerebbero, persino quelli più fedeli agli dei. Si troverebbe a dover combattere contro l'intero mondo mortale, e alla fine della guerra su cosa governerebbe?»

«Non sarebbe facile» disse Nyktos, «andrebbe a finire con una quantità di morte tale che persino io avrei difficoltà a immaginarla. E Kolis governerebbe su un regno di ossa.»

«Sapere questo basterà a farlo desistere?» chiese Penellaphe sottovoce. «È mai bastato in passato?»

No, non sembrava proprio.

Ma Kolis non avrebbe ottenuto comunque quel che voleva. Non dopo la mia morte. Non gli sarebbe rimasto altro che il suo regno di ossa.

Incapace di restare seduta, mi alzai e cercai con la mano il pugnale di ombropietra che Nyktos mi aveva restituito. Solo a quel punto mi ricordai che lo avevo lasciato nel suo ufficio. Mi voltai verso Holland. «Quanto tempo resterà al regno mortale?» Deglutii, e non fu facile. «Dopo la mia morte, intendo.»

«Tu non morirai» dichiarò Nyktos, come se possedesse tutta l'autorità necessaria per impedirlo.

Non l'aveva.

«Morirà, invece» disse Holland a bassa voce. «Morirà se non avrà l'amore in grado di farla ascendere. Un amore che non si può ignorare. Che deve essere riconosciuto.» Fissò Nyktos. «E tu hai...»

«Lo abbiamo già sentito, quel discorso» scattai, mentre il Primordiale si passava una mano tra i capelli.

«Non tutto» replicò Holland. «Non sai ancora *perché* Nyktos non può salvarti, nella condizione in cui si trova ora.» Piegò la testa in direzione del Primordiale. «Non è vero, Vostra Altezza?»

Nyktos sostenne il suo sguardo, e la tensione nell'aria crebbe. «No. Non lo sa.»

Dalla sua espressione non trapelava nulla, e il mio disagio aumentò. «Di che cosa state parlando, voi due?»

Un muscolo guizzò nella tempia di Nyktos. «Io non posso amare» sibilò tra i denti, rivolto a Holland. «Mi sono assicurato che quella debolezza non mi potesse mai raggiungere, e nessuno potesse sfruttarla.»

Qualcosa nel suo tono mi disse che c'era dietro molto più del significato simbolico delle parole. «Come te ne sei assicurato?»

«Maia» rispose, nominando la Primordiale dell'Amore, della Bellezza e della Fertilità. «Le ho chiesto di rimuovere il mio *kardia*.»

Penellaphe ansimò e dilatò gli occhi per la sorpresa. «In nome dei Fati» sussurrò. «Non ho mai sentito di qualcuno che avesse fatto una cosa del genere.»

Era chiaro che mi stavo perdendo qualcosa di fondamentale, ed ero anche stanca di dover fare domande. «Che cos'è un *kardia*?»

«Quella parte dell'anima... quella scintilla con cui tutte le creature viventi nascono e muoiono. Quella che permette a tutti noi di amare qualcuno che non sia del nostro sangue, amarlo sinceramente e irrevocabilmente.» Penellaphe deglutì. «Farselo togliere dev'essere stato un dolore spaventoso. Come dev'esserlo sentire di non poter più amare veramente nessuno.»

2

«È stato un disagio trascurabile.» Era chiaro che a Nyktos non piaceva parlarne.

Quanto a me... ero stordita.

Avevo creduto che Nyktos *non permettesse a se stesso* di amare, perché la considerava una debolezza e anche un'arma che altri avrebbero potuto usare contro di lui... ovvero proprio quel che avevo progettato di fare io. Ma come avrei potuto immaginare che fosse realmente incapace di provare amore?

L'idea che qualcuno potesse fare a se stesso una cosa simile mi lasciava sbalordita, anche se ne capivo le ragioni considerando tutto quel che Nyktos aveva dovuto passare. Eppure c'era qualcosa che non aveva senso, perché nonostante tutto lui...

«Ma tu hai a cuore gli altri.» Scossi la testa, confusa. «Lo so, l'ho visto. Come è possibile che...»

«Sono due cose profondamente diverse» rispose Nyktos. «Non sono incapace di provare affetto o preoccupazione per gli altri: semplicemente, il *kardia* non è più capace di farmi perdere la testa. Una cosa da cui tutti i Primordiali dovrebbero guardarsi, a mio parere.»

«Già, soprattutto Kolis» mormorai passandomi una mano sul petto: le braci della vita rimanevano quiete, ma il mio cuore doleva per Nyktos. Guardai Holland, che era rimasto in silenzio, e provai una vampata di irritazione. «Non avresti potuto darmi un singolo indizio che la missione a cui ho dedicato tutta la vita era completamente inutile?»

«Sai che ci sono limiti precisi alle cose che posso dire o fare» fu la sua calma risposta. «O che avrei potuto fare o dire in passato.»

Era vero, lo sapevo. Le regole. Ma ciò non lo rendeva meno irritante. «Quindi, qual è la risposta alla mia domanda? Quanto tempo resta al regno mortale?»

«Difficile a dirsi. Quella che i mortali chiamano la Putrefazione ha ridotto le Terre d'Ombra nelle condizioni che puoi vedere, ma nel resto dell'Iliseum non andrà allo stesso modo. Per il momento ha appena cominciato a diffondersi fuori da qui: perché si avvertano effetti catastrofici anche altrove ci vorrà del tempo, ma al mondo mortale resta... un anno? Forse due o tre, se avremo fortuna. Ma non sarà facile sopravvivere a una cosa del genere.»

O essere qualcosa che gli altri avrebbero voluto veder sopravvivere.

L'immagine della famiglia Couper mi balenò davanti agli occhi. Erano tutti distesi nel letto come dovevano aver fatto centinaia di volte in passato. E ancora prima di quel momento stavano già morendo lentamente di fame, e centinaia di migliaia di altri li avrebbero seguiti quando la vegetazione e il bestiame si fossero esauriti. Si sarebbe scatenata una carestia mostruosa, accompagnata da epidemie, e tutto questo avrebbe provocato guerre e altra violenza.

Il panico mi inondò il petto al pensiero della gente di Lasania, della mia sorellastra Ezra, di Marisol e delle Dame della Misericordia che facevano tutto ciò che potevano per salvare i bambini dalle grinfie del lato peggiore dell'umanità. Poi pensai alla famiglia Massey e a tutti gli altri uomini e donne che tentavano di guadagnarsi da vivere onestamente nei regni al di là della mia patria. Quanti di loro non avrebbero più avuto alcuna scelta?

«Non c'è modo di avvertirli?» chiesi a Holland, con il cuore stretto in una morsa. «Forse, se ci riusciamo, Ezra potrebbe tentare di...»

«La *Regina* Ezmeria ha già messo in moto molti cambiamenti fondamentali nel regno» mi interruppe lui.

«Regina?» ansimai.

Holland annuì, con un sorrisetto di autentica contentezza.

«Si è sposata?» sussurrai speranzosa. «Con Marisol?»

«Sì. È ascesa al trono poco dopo la tua partenza per le Terre d'Ombra.»

Chiusi gli occhi e li strinsi forte per il sollievo che provavo. Ezra aveva fatto come le avevo chiesto, prendendo il trono da mia madre. Dei, avrei dato tutto l'oro del mondo per poter vedere la faccia di mia madre in quel momento. Ridacchiai, riaprii gli occhi e la risata mi si strozzò in gola quando mi accorsi che Nyktos mi stava rivolgendo uno di quei suoi sguardi intensi e penetranti. «Come ci è riuscita? Mia madre ha...» Mi azzittii. Quelle faccende non avevano importanza adesso. «Bisogna avvertirla di quel che sta succedendo.»

«Io lo sconsiglio» disse Nyktos.

«Non ho chiesto il tuo parere» replicai prima di potermi fermare.

Lui seguitò a fissarmi, apparentemente imperturbato.

«A volte è meglio non sapere se e quando la fine sta arrivando» aggiunse Penellaphe.

«Non lo hai detto tu, che la conoscenza è potere?» le feci notare.

«A volte lo è. Ma a parte quei casi, porta solo dolore e rovina.»

«E paura.» La voce di Holland si abbassò, come quando mi aveva parlato al ritorno dalla mia prima visita alle Magistre del Jade. Un brivido mi scosse. «Sapere la verità non sarebbe di alcun aiuto ai mortali: provocherebbe solo il panico.»

Se avevo imparato qualcosa nella vita, era che sapere la verità permetteva di compiere delle scelte. E ora conoscevo la verità su molte cose, il che significava che avevo molte scelte da compiere: nascondermi e lasciarmi proteggere? Ignorare quel che sarebbe accaduto prima al mondo mortale e poi all'Iliseum? Vivere senza uno scopo i giorni che mi rimanevano?

O lottare.

Fissai Holland, e lui mi fissò di rimando. Per un attimo mi sembrò sul punto di passarmi un pugnale per cominciare un allenamento.

«C'è dell'altro» fece Penellaphe. «Una cosa che forse posso fare per essere d'aiuto... almeno per ora.» Deglutì e puntò lo sguardo su di me. «Se qualcun altro – non solo Kolis – dovesse accorgersi di quel che è nascosto dentro di te, potrebbe decidere di tentare di catturarti. Posso fare in modo che ciò non accada.»

«Sul serio?»

«Un incantesimo?» intervenne Nyktos piegando di lato la testa. «Non ne conosco nessuno che possa essere utile in una situazione come questa.»

«Ovviamente no, perché sei il Primordiale della Morte.» Penellaphe sorrise. «Ma io non sono solo una dea della Lealtà e del Dovere: sono anche una dea della Saggezza.»

«Il che significa...» Un sorriso si aprì piano piano sulle labbra di Nyktos. «Che ne sai più di me e che io dovrei chiudere il becco?»

Gli occhi di Penellaphe scintillarono alla luce delle stelle. «Per l'appunto.»

Una manciata di minuti dopo mi ritrovai seduta sulla predella accanto all'uomo che avevo visto arrivare assieme a Penellaphe, intento a *scrivere* sulla mia pelle.

Era seduto di fianco a me, a capo chino, il viso nascosto dalla chioma leonina, e tracciava sul mio braccio una serie di caratteri incomprensibili con un inchiostro denso e nero. Aveva iniziato dal lato destro, le lettere si avvolgevano verso l'alto partendo dal polso: aveva già completato tre righe.

Se mi tiravo indietro e socchiudevo gli occhi, i caratteri sembravano quasi dei piccoli disegni.

Che parevano incatenarmi il polso.

«Non se ne andranno più?» chiesi.

«Scompariranno appena avrò finito» rispose lui. Il tocco leggero come una piuma del suo pennello mi faceva il solletico. Di lui sapevo solo che era un *Viktor*, né dio né mortale, un essere nato allo scopo di proteggere qualcuno destinato a ricoprire un ruolo importante o a portare grandi cambiamenti. «Ma i Primordiali e gli dei più potenti saranno in grado di percepirle lo stesso.»

A proposito di Primordiali...

Spostai lo sguardo su Nyktos, in piedi vicino al *Viktor*.

Troppo vicino.

Praticamente gli alitava sul collo. «Come funziona questo incantesimo?»

«Impedirà a chiunque di portarla via contro la sua volontà dal luogo in cui l'incantesimo è stato imposto» spiegò l'uomo inclinando la testa mentre completava un'altra riga. I lineamenti un po' sciupati donavano una sorta di bellezza rude al suo volto abbronzato. «Se qualcuno ci dovesse provare, l'incantesimo reagirà di conseguenza.»

Alzai un sopracciglio. «Reagirà in che modo?»

«Con una scarica di energia, dolorosa quanto un lampo di ethere dritto contro il petto. Quanto basta a far cadere sulle chiappe anche un Primordiale. E lo farà ogni volta che qualcuno riproverà a portarti via.»

«Mi piace.»

L'uomo mi lanciò uno sguardo con i suoi occhi azzurri e fece un ghigno.

«E dove lo hai imparato?» insistette Nyktos.

«L'ho visto tracciare una volta da un dio delle Piane di Thyia» rispose lui, citando la Corte della Primordiale Keella. «Ma all'epoca non ne capivo il funzionamento: era Penellaphe a conoscere il significato dei caratteri e il loro effetto. Ciascun segno, una volta alimentato con l'essenza, forma un simbolo di protezione.»

Mi chiesi se le protezioni imposte da Nyktos sulla mia famiglia fossero qualcosa di simile.

E poi fui colpita dall'idea che poteva essere stata una persona come quest'uomo, un *Viktor*, ad aver rivelato alla mia famiglia come uccidere un Primordiale, un segreto che i mortali non avrebbero assolutamente dovuto conoscere. Aveva senso che uno dei miei antenati fosse stato guidato da qualcuno consapevole del loro intento.

«L'incantesimo però impedisce solo che tu venga portata via.» Il *Viktor* mi spostò il braccio sulle ginocchia e prese l'altro. «E l'unico modo per cancellarlo è che tu dia il tuo permesso.»

Annuii e spostai lo sguardo da Nyktos a Holland, che stava in piedi a qualche metro di distanza e ci dava le spalle, come a far finta di niente. Eppure lui e Penellaphe dovevano aver portato qui il *Viktor* precisamente a questo scopo.

«Grazie per quel che fai per me, Ward» dissi. Avevo sentito Penellaphe chiamarlo per nome quando erano arrivati.

«In realtà Ward è il mio cognome. Mi chiamo Vikter.»

Scoppiai a ridere. «Un *Viktor* di nome Vikter?»

«Lui non è un *Viktor* qualsiasi» disse Penellaphe, che sedeva accanto a me sulla predella. «È "il" *Viktor*. Il primo di tutti.»

«Oh.» Mi morsi il labbro. «Quindi gli altri hanno preso il nome da te?»

«Immagino.»

«La cosa non gli piace.»

Vikter sorrise. «Certe volte complica le comunicazioni sul Monte Lotho: ci vivono molti altri *Viktor*, e immagina cosa succede quando qualcuno mi chiama per nome.» Dietro di lui Nyktos fece un sorrisetto. «Agli altri serve un po' di tempo per dimenticare chi erano diventati nel mondo mortale, e ricordare chi erano prima di rinascere.»

«Agli altri?» Lo guardai intingere il pennello in un calamaio che teneva sul ginocchio. Non avevo idea di come riuscisse a tenerlo in equilibrio. «Tu invece ricordi tutte le vite che hai vissuto?»

«Io non dimentico mai nulla.»

«Perché è stato il primo» spiegò Penellaphe. «Prima che i Fati si rendessero conto che dimenticare i dettagli delle loro varie vite rendeva tutto più semplice per i *Viktor*.»

Fissai Vikter, un po' stordita. Vivere decine o centinaia di vite e ricordarle tutte... Possedere tutte quelle esperienze, e aver incontrato e amato e perso così tante persone.

Che poi era proprio quello che doveva essere accaduto anche a me.

Tentai di incamerare un respiro brusco e quasi non ci riuscii.

Nyktos si spostò al fianco di Vikter senza staccare gli occhi da me, ed ebbi la certezza che stavo proiettando i miei sentimenti.

Mi schiarii la gola. «Come sei diventato il primo?»

Vikter ridacchiò con voce roca. «Una storia lunga, complicata, e non tanto interessante come potresti credere.»

«Vikter è troppo modesto» si intromise Penellaphe. «Ha salvato la vita di un personaggio molto importante e lo ha dovuto pagare a caro prezzo. I Fati hanno deciso di ricompensarlo e in seguito si sono accorti che poteva essere utile anche senza danneggiare l'equilibrio.»

Vikter non confermò né negò. Mi chiesi se, nella sua opinione, quel che gli era stato fatto era davvero una ricompensa. Certo, in un qualche modo ora era immortale, ma vivere e morire a ripetizione significava andare incontro a perdite senza fine.

«Ecco» disse lui mettendo giù anche il mio braccio sinistro. La sua grafia era meravigliosa, ma il disegno assomigliava così tanto a un paio di manette che mi vennero i brividi a guardarlo. «Finito.»

Non appena la parola lasciò le sue labbra una sensazione acuta, simile a un prurito, prese a danzarmi sulla pelle. Un lampo di luce argentea esplose e io ansimai. Il lucore fece il giro dei miei polsi accendendo un simbolo dopo l'altro, finché entrambe le fasce di caratteri inscritti risplendettero, pulsarono due volte e scomparvero.

Sulla mia pelle non c'era più traccia di inchiostro.

Guardai Vikter e poi Nyktos, che mi restituì lo sguardo. «Nemmeno io li vedo più... ma li avverto.»

«Perfetto.» Vikter si alzò.

«Grazie» dissi. Mi toccai la pelle e non sentii nulla.

«Sì.» Nyktos si spostò dove Vikter era seduto fino a un attimo prima. «Grazie per il tuo aiuto.»

«Di nulla.» Vikter si inchinò a Nyktos e poi a me. «Fa' attenzione.»

«Anche tu» risposi.

Lui sorrise e la pelle attorno ai suoi occhi si increspò, poi si girò e si mise in tasca il pennello e il calamaio. «Aspetterò nell'atrio.»

Penellaphe annuì e si alzò in piedi mentre Vikter usciva. «Anche per noi è ora di andare.» Lanciò un'occhiata alle stelle. «Se restassimo ancora a lungo...»

«Potrebbe essere considerata un'interferenza» concluse Nyktos raddrizzando le spalle. «Vi ringrazio per aver risposto alla mia chiamata e per esservi assunti i rischi che questo comportava.»

Mi alzai in piedi anch'io.

Penellaphe abbassò il mento. «Vorrei poter fare di più.» Mi guardò, e nei suoi lineamenti delicati lessi tutta la simpatia che provava per me. «Lo vorrei davvero.»

«Quel che avete fatto è più che sufficiente.» Incrociai le braccia. «Grazie.»

La dea si voltò verso Nyktos, gli prese le mani nelle sue e lo condusse a qualche passo di distanza. I suoi occhi di zaffiro scintillavano alla luce delle stelle e io provai una punta di invidia. Poter toccare Nyktos con una tale facilità, una tale confidenza...

«Sera.»

Consapevole che Nyktos mi stava fissando anche mentre Penellaphe gli parlava, mi voltai verso Holland, che nel frattempo era tornato vicino a me. Subito mi si strinse la gola: guardia reale o Arae, Holland era una delle pochissime persone della mia vita che... mi conoscevano per davvero.

Mi rivolse un sorriso, ma appena accennato. E soffuso di tristezza. «Spero che tu non sia troppo arrabbiata con me per il mio inganno. Non potevo dirti la verità.»

«Lo capisco.»

Sul volto che non mostrava mai segni d'invecchiamento passò un'ombra di dubbio. «Sul serio? Non ce l'hai con me?»

Non riuscii a trattenere una risata. Holland mi conosceva troppo bene. «Sono infastidita per non aver saputo la verità? Sì, certo. Sono arrabbiata?» Alzai le spalle. «Al momento ho cose ben più grandi per cui essere arrabbiata.»

«Vero.» Passò un istante. «Non mollare, Sera.»

«Non lo farò.» Ed era vero anche questo: non intendevo farlo. Principalmente perché non ero nemmeno sicura di che cosa significasse *mollare* al punto a cui eravamo arrivati.

«Bene.» Poi Holland abbassò la voce e non riuscii a capire se Nyktos potesse sentire quel che stava dicendo, anche perché Penellaphe nel frattempo era riuscita a portarlo ancor più lontano, nei pressi della porta d'ingresso. «Ricordi quel filo che si è separato da tutti gli altri fili potenziali che tracciano il percorso della tua vita? È una cosa che nessuno poteva aspettarsi. Una cosa imprevedibile. Nessuno ha veramente un fato scritto nella carne e nel sangue: tutto può cambiare come cambiano i nostri pensieri. Come cambia il nostro cuore.» Tacque un istante e guardò Nyktos. «Anche il suo.»

Feci per scoppiare a ridere di nuovo, ma il suono mi morì sulle labbra. «Certo. Il fato può essere mutevole come la mente e il cuore.» Le parole mi graffiarono la gola mentre uscivano. «Ma non nel suo caso. Non con il suo cuore. E tu lo hai sempre saputo.»

«L'amore è una forza potente, Seraphena.» Holland mi sfiorò la guancia con la mano e il suo tocco mi trasmise un fremito di energia che non avevo mai sentito prima nelle sue dita. «Più potente di quanto persino gli Arae possano immaginare.»

Mi accigliai. Non avevo dubbi che l'amore fosse una cosa assolutamente speciale, ma Nyktos si era fatto rimuovere *fisicamente* la parte di lui che serviva ad amare. Perciò non avevo idea di che cosa volesse dire Holland.

Il che in effetti non era del tutto insolito.

Esalai un respiro tremante. «Ci incontreremo ancora?»

«Questo non te lo so dire» fece, e quando aprii la bocca per rispondere aggiunse subito: «Ma posso dirti una cosa che già sai: ciò che ti sei preparata a diventare per tutta la vita... l'addestramento a cui hai dato tutta te stessa non è stato uno spreco». I suoi occhi scuri e scintillanti incontrarono i miei. «Tu sei la *sua* debolezza.»

Diventa la sua debolezza.

Fallo innamorare.

Uccidilo.

Non Nyktos.

Kolis.

Ero un'arma progettata per essere usata contro Kolis. Quello era il mio vero destino. Ma una cosa non riuscivo a capire: ero la debolezza di Kolis perché lui mi avrebbe riconosciuta come Sotoria, oppure portare in me l'anima di Sotoria mi avrebbe solo reso più semplice sedurlo?

Lo stomaco mi si torse, prima di sprofondare. La sola idea di sedurre Kolis mi dava il vomito. No... non volevo assolutamente dover fare una cosa del genere.

«A cosa stai pensando?»

Sobbalzai alla voce di Nyktos. Ero così persa nei miei pensieri che non mi ero nemmeno accorta che mi stava guidando verso il suo ufficio.

Decisamente dovevo ricominciare a essere consapevole di quel che mi accadeva intorno.

Mi scostai una ciocca dal viso e mi voltai a guardarlo. Il mio stomaco sobbalzò di nuovo, ma stavolta per una ragione diversa.

In piedi davanti alle porte chiuse, con la camicia bianca semiaperta e i pantaloni neri, Nyktos mi ricordava... Ash. Scarmigliato e bello in maniera ultraterrena, con quella sensazione di energia selvaggia pronta a tracimare da sotto la calma apparente.

Ma ora lui era Nyktos. Non Ash. Per me non sarebbe mai più stato Ash.

«Penso a un sacco di cose» ammisi. Perché avevo un sacco di cose a cui pensare: Kolis. I suoi piani. Le sue creazioni. Nyktos e quel che aveva fatto a se stesso. Ezra e il suo matrimonio con Marisol e il fatto che ora era regina. Me stessa. La consapevolezza che senza volerlo avevo provocato la morte del mio patrigno. Il futuro. Holland. Quel che mi aveva rivelato appena prima di andarsene.

Nyktos mi osservò di sottecchi mentre superava gli scaffali vuoti alle pareti: mi chiesi se ci fosse mai stato qualcosa su quegli scaffali, qualche oggetto importante o ricordo. Andò a sedersi sul bordo del divanetto, senza smettere di guardarmi. Stare in piedi davanti a lui e incombergli sopra era strano.

«Non riesco neanche a immaginare che cosa stia succedendo adesso nella tua testa» disse infine. «Ma sei passata dalla rabbia... alla tristezza. Una tristezza amara come il fiele.»

Mi irrigidii e lo fissai con occhi di fuoco. «Non leggere le mie emozioni.»

«È dura non farlo. Stai proiettando tantissimo, e in continuazione. Lo stavi facendo anche nella sala del trono.»

«Insomma, è venuto il momento che anche tu impari come bloccare le tue percezioni.»

L'ombra di un sorriso apparve sul suo volto, ma svanì subito. Ripensai ancora una volta a quel che aveva fatto a se stesso e sentii una fitta al cuore.

«Quando ti sei fatto togliere il... *kardia*?»

«Un po' di tempo fa.»

Lo guardai di traverso. «Nei tuoi parametri quanto sarebbe *un po'*?»

«Un po'» ripeté.

«Stai evitando la mia domanda.»

«No, è solo che non ha importanza quando l'ho fatto. L'ho fatto e basta.»

Lo fissai, chiedendomi perché avesse così poca voglia di parlarne. «Chi altro lo sa? Solo Maia?»

Lui annuì. «Lei e Nektas. E non lo diranno mai a nessuno.»

Non avevo mai incontrato la Primordiale Maia, quindi non potevo pronunciarmi su di lei, ma conoscendo il rapporto tra Nyktos e Nektas non avevo dubbi che il Draken avrebbe mantenuto il massimo riserbo. «Ha fatto male? E non rispondere che è stato un disagio trascurabile. È palese che non è vero.»

Nyktos restò in silenzio per vari minuti. «Il *kardia* è solo una piccola parte dell'anima. Intangibile. Verrebbe da pensare che qualcosa di invisibile non possa fare molto male, e invece è stato come se un Dakkai mi squarciasse il torace e mi strappasse il cuore con le zanne e gli artigli.» Lo disse con voce priva di emozione. «Ho quasi perso i sensi, e se fossi stato più debole di quel che sono penso che sarei caduto in stasi, il sonno letargico degli dei e dei Primordiali.»

Mi portai una mano al petto, orripilata. «Perché hai voluto fare una cosa del genere?» chiesi, anche se conoscevo già la risposta.

«Perché ho visto quel che è successo a mio padre quando ha perso il suo amore, e ciò in cui l'amore ha trasformato mio zio. Io non ripeterò nessuno di quei due errori, né permetterò che i miei sentimenti per un'altra persona la mettano in pericolo.»

Mi si formò in gola un nodo talmente stretto che impiegai qualche istante per riuscire a parlare di nuovo. «Mi dispiace.»

Lui si sgranchì il collo da una parte e dall'altra. «Non ce n'è bisogno. Ora che non posso amare mi prendo più cura degli altri, e penso che questo sia molto più importante che amare una sola persona.»

«Sì... hai ragione» sussurrai. In un certo senso, la gentilezza e la cura per gli altri erano più pure senza l'amore di mezzo. Ma l'idea mi intristiva comunque: amare qualcun altro non avrebbe dovuto essere un diritto di chiunque, quale che ne fosse il risultato finale?

Eccetto che per Kolis.

O per Tavius.

Loro non lo meritavano.

«Di cosa stavi parlando con Holland?» chiese Nyktos.

«Nulla di importante.» Non avevo intenzione di ripetergli una sola parola di quel che Holland mi aveva detto. Lanciai un'occhiata allo scrittoio mentre mi sfregavo i polsi: non riuscivo a percepire la presenza dell'incantesimo. Una lampada dallo stelo sottile illuminava la superficie vuota. Passarono lunghi istanti in cui mi sentii il suo sguardo addosso... uno sguardo che mi sembrava vedesse anche troppo. «Che cosa faremo adesso?»

«Una domanda non da poco.» Nyktos esalò un lungo respiro. «Andremo avanti con il piano. E, nel frattempo, sono sicuro che avremo ospiti.»

«Non invitati?»

Lui annuì. «Dei. Forse anche Primordiali. Molti avranno percepito l'Ascensione di Bele, e saranno curiosi.»

Cominciai a camminare avanti e indietro di fronte agli scaffali vuoti, a labbra serrate. «E io dovrò restare nascosta, suppongo.»

«So che non ti piace nasconderti.»

Storsi la bocca. «Da cosa lo hai capito?»

«L'idea non piace nemmeno a me» rispose. Gli scoccai un'occhiata poco convinta. Lui si accigliò. «È inevitabile che a un certo punto ti vedano, ma è meglio che ciò non accada prima dell'incoronazione, anche se ora abbiamo l'incantesimo. Ci dobbiamo provare.»

«E se non ci riusciamo?»

«Nessuno crederà che il tuo arrivo nelle Terre d'Ombra come mia Consorte e la fluttuazione di energia che si è avvertita ovunque siano delle pure coincidenze. Soprattutto visto che quell'energia sconosciuta si era già fatta sentire nel mondo dei mortali» aggiunse, riferendosi a quando avevo riportato in vita Marisol. «E quando si troveranno al tuo cospetto di persona percepiranno l'ethere dentro di te. Senza l'Ascensione di Bele, probabilmente ti avrebbero creduta una semidea. Ma dopo quel che è successo si domanderanno che cosa sei veramente.»

3

Che *cosa* sei.

Non *chi*.

Mi sfregai una tempia. «E diventare la tua Consorte basterà a zittire queste domande?»

«No, ma toglierà a chiunque la voglia di fare una mossa senza pensare alle conseguenze. Ti fa male la testa? Posso farti preparare subito il tuo infuso, se serve.»

«No, non è quello.» O quantomeno speravo che il dolore sordo che provavo non avesse nulla a che fare con la Transizione: l'infuso di erbe che alleviava quei sintomi non aveva mai smesso di fare effetto così in fretta in passato.

«Non sarebbe più semplice se annullassimo l'incoronazione? Che senso ha farla a questo punto?»

«Nel caso tu non abbia prestato attenzione a quel che dicevamo nella sala del trono o a tutti i discorsi che ho fatto anche prima, come mia Consorte avrai un certo livello di protezione che...»

«Certo che ho prestato attenzione» scattai. «Ricordo *ogni singola parola* di quel che mi hai detto.» Incrociai i suoi occhi, nei quali turbinavano riccioli di ethere. «Ma questo non cambia il fatto che è diventata una cosa inutile. Sappiamo entrambi che cosa succederà tra cinque mesi, o anche meno, e diventare la tua Consorte non potrà fare nulla per impedirlo. Non sopravvivrò alla mia Transizione, è così che stanno le cose. Che senso ha mettere in piedi questa cerimonia inutile, con tutti i rischi che comporterebbe?»

Nyktos tamburellò le dita sul ginocchio. «Il pensiero di dover morire non ti inquieta nemmeno un po'?»

«Perché non leggi le mie emozioni e non lo scopri da solo?» replicai.

Un sorriso tirato apparve sulle sue labbra. «Mi hai chiesto di non farlo più. E, al contrario di quel che pensi, rispetto quella richiesta al meglio delle mie possibilità.»

«Sì, certo» borbottai.

«*Certo* un corno.» Le sue dita continuavano a tamburellare. «Non hai risposto alla mia domanda: il pensiero della morte non ti spaventa per nulla?»

Incrociai le braccia. Ma come eravamo finiti a fare quel discorso? «Morire per la Transizione non suona per nulla come una cosa piacevole. Quindi no, non sono contenta.»

Nyktos non batté ciglio. «Ma?»

«Ma è così che stanno le cose» ripetei. Ricominciai a camminare avanti e indietro. «Questa è la realtà e dobbiamo farcela andare bene. È quel che sto facendo: la gestisco, come gestisco il fatto di aver scoperto che ho passato la vita a progettare di uccidere un Primordiale innocente. E gestisco il fatto che a quanto pare ho vissuto un numero di vite che solo gli dei sanno, solo perché in una di esse mi sono spaventata e sono finita giù da una stupida scogliera.» Mi sentii formicolare la pelle. «E poi, come ho potuto cadere da una scogliera? Non credo che Kolis sia spuntato fuori all'improvviso e mi abbia fatta cadere per lo spavento. Forse ero già sul bordo e mi sono messa a correre? Che senso ha?»

Nyktos alzò un sopracciglio. «Non credo sia possibile gestire tutte queste cose con la rapidità che tu stai cercando di farmi credere. E comunque non hai dovuto vivere tutte quelle vite perché sei caduta da una scogliera... che tu fossi sul bordo oppure no. Hai dovuto farlo a causa dell'ossessione di

Kolis per Sotoria e dell'intervento senz'altro problematico di mio padre.»

«Be', comunque sia eccomi qui: sono il risultato finale dell'intervento problematico di tuo padre... *e sto cercando di gestirla*» annunciai. «E la gestione del tutto non ha nulla a che vedere con i sentimenti che provo in merito.»

«Su questo punto temo dovremo essere in disaccordo. Quel che ti è stato fatto allora non era né giusto né equo, come non lo è quel che ti è stato fatto adesso. Non meritavi nulla di tutto ciò.»

«Non lo meritavo?» Quasi persi l'equilibrio. Mi riassestai e fissai la parete di ombropietra tra gli scaffali. «E tu? L'ultima cosa di cui avevi bisogno era sapere che...» Non riuscii a dirlo. «Non è giusto nemmeno caricare te del peso della mia sopravvivenza.»

«Non è di me che stiamo parlando.»

«Be', nemmeno di me.»

«Non sono d'accordo.»

Qualunque fosse la forza che aveva tenuto a stento a badá le mie emozioni fino a quel momento, si spezzò di colpo. Mi voltai di scatto verso di lui. «E perché ti dovrebbe interessare che cosa provo verso tutta questa situazione? Tu non ti fidi di me. Neanche ti piaccio. La sola ragione per cui sono ancora qui davanti a te sono le braci della vita che ho dentro.»

L'ethere prese a turbinare rapido nei suoi occhi. Non disse nulla, ma le sue dannate dita finalmente smisero di tamburellare.

Sentii un dolore al petto, così acuto e reale che fui tentata di abbassare lo sguardo per controllare di non essere stata trafitta da una lama. Presi un profondo respiro e volsi gli occhi altrove. «Senti, lo capisco. Sul serio. È una situazione confusa e disastrosa e tu hai tutti i diritti del mondo di essere infuriato con me. Di avercela con me per quel che progettavo di fare. Se fossi al posto tuo mi sentirei allo stesso modo, quindi... No, aspetta un attimo: non puoi provare amore, ma odio?»

«L'amore e l'odio non sono i due lati della stessa medaglia. Uno viene dall'anima, l'altro dalla mente. L'odio nasce dalle atrocità commesse contro qualcuno, oppure da ciò che ciascuno è capace di fare a se stesso e alle proprie esagerate pretese. Non potrebbero esistere due emozioni più diverse.»

«Oh. Va bene.» Mi domandai come facesse a saperlo, dal momento che non poteva amare... Non aveva importanza. Che ne potevo sapere io?

«Pensi sia per questo che sono infuriato?» Gli occhi scintillanti si piantarono nei miei. «Perché avevi in mente di uccidermi?»

«È una domanda seria?... Sì, certo.»

«Non fraintendermi: scoprire che volevi farmi fuori è stato alquanto fastidioso.»

«Fastidioso?» ripetei alzando le sopracciglia. «Forse io avrei usato un'altra parola, ma va bene.»

Nyktos sembrò fermarsi a prendere un altro lungo respiro, e mi venne in mente che forse dovevo essere grata del fatto che la pazienza non nascesse dal *kardia*. «Quel che volevi farmi non è una cosa che si dimentichi facilmente. Ma quel che mi ha fatto *davvero* infuriare è che tu dovevi sapere che cosa ti sarebbe accaduto anche se avessi avuto una minuscola probabilità di successo. Se non ti avesse raggiunta una delle mie guardie, lo avrebbe fatto Nektas. Ti saresti consegnata alla morte... quella definitiva.»

Spostai il peso da un piede all'altro. «Lo... lo so. L'ho sempre saputo. Anche prima di scoprire che avevi un Draken legato a te.»

Nyktos inclinò la testa e una ciocca bruno-rossiccia gli scese sulla tempia. «*Questa* è la cosa che mi fa infuriare. Dal primo momento che ti ho incontrata ti sei sempre comportata come se la tua vita per te non avesse alcun valore.»

Sentii la nuca che si irrigidiva. «Quegli schifosi dei che ora sono morti una volta per tutte hanno ucciso un *bambino*. Se abbatterli mi fosse costato la vita, sarebbe stato un prezzo accettabile.»

«Non è quel che intendevo» replicò lui, sorprendendomi. L'unica occasione in cui ci eravamo incontrati prima di allora era quando mi aveva rifiutata come Consorte. «Dovresti dare alla tua vita lo stesso valore che dai a quella degli altri, Sera.»

Un senso di calore mi dilagò sul collo. «Io do valore alla mia vita.»

Nyktos scoppiò a ridere e mi diede le spalle. «Non è vero, e lo sai.»

Arrivò la rabbia. «I tuoi poteri speciali ti fanno anche scoprire le menzogne?»

«Magari fosse così. La vita sarebbe tanto più facile. E invece no: le emozioni si possono fingere, soprattutto se qualcuno è ben deciso a nascondere quel che intende fare e quel che prova davvero.»

Fui sul punto di dirgli che nessuno dei sentimenti che avevo provato nei suoi confronti era mai stato una farsa. Di rivelargli quanto mi fossero... piaciuti il suo tocco e le sue parole, quanto fossero state reali le mie reazioni. Quanto io stessa mi fossi finalmente sentita *reale*. Ma non mi avrebbe creduta. E non mi aspettavo che lo facesse, perché sapeva la verità: che ero stata cresciuta fin da piccolissima al solo scopo di assolvere al mio dovere e che ero determinata a farlo... finché tutto era cambiato. Ma, se fossi stata al suo posto, non avrei creduto a una sola delle mie stesse parole.

Abbassai gli occhi sulle logore punte dei miei stivali. «Dunque non puoi sapere quel che dici di sapere.»

«Se non fosse che quel che ho bisogno di sapere me lo dicono tutte le tue azioni.» Ci fu qualche secondo di silenzio. «Ma quando sostengo che non dai valore alla tua vita non lo dico come un insulto. Non sto cercando di offenderti.»

Storsi la bocca. «Invece suona proprio così.»

«Nel qual caso mi scuso.»

Drizzai la testa di scatto. «Sei serio? No, non rispondere: non ha importanza. Una buona metà di questa conversazione non ne ha. Tutto quel che cercavo di dire è che procedere con questa incoronazione non ha senso: quale che sia la protezione che mi garantirebbe, non ne vale la pena.»

Lui si piegò verso di me, lentamente. «La tua sicurezza vale *qualunque prezzo.*»

«Anche le Terre d'Ombra?»

I suoi occhi turbinosi non si erano mai staccati dai miei, ma in qualche modo riuscì a coprire lo spazio che ci separava in una frazione di secondo. Me lo ritrovai davanti, quasi addosso. «*Sì.*»

Inalai una boccata d'aria che sapeva di limone e che mi fece tremare. «Non sei serio.»

«Sono più serio di quanto sia mai stato in vita mia, Sera.»

Sera. Non *liessa.* Non mi aveva più chiamata in quel modo dalla notte in cui ero stata nel suo letto, dopo che gli avevo dato il mio sangue. Ma in quel momento era stato un lapsus, una di quelle cose che si fanno quando si è distratti dal piacere.

Ora incombeva sopra di me, superandomi con tutta la testa o forse di più. «Tu sei...» Serrò la mascella e dilatò le narici. «Quel che c'è dentro di te è troppo importante. Sarà una componente essenziale se vogliamo disfare quel che Kolis sta facendo. Forse per te le braci hanno lo stesso scarso valore che ha la tua vita, ma non per me.»

Quel che c'era dentro di me. Le braci erano importanti. Non io. Mai io.

Arretrai di vari passi. Sul serio mi ero aspettata che dicesse qualcosa di diverso? Che dicesse che io avevo importanza? Per lui? Che dicesse che si preoccupava per me anche se non poteva amare? Dopo quello che avevo progettato di fargli? No.

Essere diversa era solo e soltanto un mio desiderio.

Il respiro di Nyktos era accelerato. «Sera...» Qualcuno bussò alla porta, interrompendoci. Lui si voltò in quella direzione e latrò: «Che c'è?».

Guardai anch'io, quasi aspettandomi che chiunque avesse bussato battesse precipitosamente in ritirata. Invece la porta si aprì per rivelare Rhahar, la cui pelle splendeva di un caldo marrone scuro alla luce della lampada. Ma nello sguardo che mi lanciò non c'era nulla di caldo. «Ci sono problemi ai Pilastri.»

I Pilastri di Asfodelo erano il luogo dove la maggior parte delle anime dei defunti veniva giudicata e ammessa nella Valle, o condannata all'Abisso. Ma i Pilastri non potevano fare da soli una cosa del genere: la vita di un essere umano era una cosa troppo complicata da valutare: per questo serviva la presenza di Nyktos.

«Quanto urgenti?»

«Abbastanza da farci correre il rischio di interromperti» fece con voce piatta Saion, il cugino di Rhahar, apparso alle spalle di quest'ultimo con la mano sul pomello della spada che portava alla cintura.

Nyktos imprecò e si diresse alla credenza, passandosi una mano tra i capelli.

«È tutto a posto?» chiesi mentre il Primordiale frugava dentro il mobile.

Rhahar annuì, sempre senza guardarmi, e non aggiunse altro. Il suo atteggiamento non mi stupì, perché il mio tradimento nei confronti di Nyktos era stato un tradimento nei confronti di tutti loro, ma sentii comunque una morsa al petto che mi rese più difficile respirare. Mi voltai di nuovo verso Nyktos, che si stava sfilando la camicia. Mi caddero quasi gli occhi fuori dalle orbite alla vista dei muscoli guizzanti della sua schiena e delle gocce di sangue tatuate sulla pelle, ciascuna delle quali simboleggiava una vita della cui perdita il Primordiale si sentiva responsabile.

Era la prova che si era preoccupato per gli altri ben più di una volta. In una danza di bicipiti e dorsali gettò via la camicia, prese una tunica grigia da uno stipetto e la indossò: il suo corpo era un capolavoro, il monumento vivente a un'esistenza passata a combattere usando la spada anziché l'ethere.

Rimasi a fissarlo mentre si cambiava, ben sapendo che non avrei dovuto. Era come se in un certo senso non ne avessi il diritto, e di sicuro non era nemmeno il momento, eppure... niente da fare, lui era bello da guardare. E a me piaceva guardarlo. Parecchio.

«Qualcuno una volta mi ha detto che fissare chi si veste è un comportamento inappropriato» fece lui a voce bassa, interrompendo i miei pensieri. «Soprattutto quando è chiaramente *intenzionale*.»

Sentii una vampata di vergogna nel petto e distolsi lo sguardo. Nei suoi occhi l'ethere turbinava di nuovo. «Non lo era.»

Lui fece un sorrisetto. «Sei così carina quando menti.»

E stavo mentendo, senza il minimo dubbio. Mi avvamparono le guance mentre lui terminava di indossare la tunica, che aveva una striscia di broccato color ferro attorno al colletto e un'altra in diagonale sul petto. Il calore però svanì subito: ero certa che ci fosse un significato nascosto nelle sue parole, ma mi venne in mente solo l'occasione in cui mi aveva detto quella stessa cosa la prima volta. E allora mi stava prendendo in giro.

Rhahar si schiarì la voce, ricordandomi che non eravamo soli nella stanza.

«Saion, accompagna Sera nelle sue stanze» disse Nyktos. Il dio sembrò meno che contento di quell'ordine. Poi i duri occhi del Primordiale incontrarono di nuovo i miei. «Termineremo la nostra conversazione al mio ritorno.»

«Non vedo l'ora» borbottai in risposta.

«Ah, ne sono certo.» Nyktos si diresse all'uscita, poi si fermò. Il suo silenzio durò solo un breve istante. «Cerca di riposare un po'.» Poi scomparve nel corridoio assieme a Rhahar.

Saion indicò la porta. «Andiamo.»

Resistetti alla tentazione di sedermi per terra e rimanere lì per puro puntiglio, solo perché non sopportavo mi si dicesse cosa dovevo fare. Andai invece al divanetto e recuperai il mio pugnale.

«Devo preoccuparmi?» Il dio mi affiancò e ci dirigemmo anche noi all'uscita. I suoi occhi indugiarono sull'arma nelle mie mani.

«No, a meno che tu non mi dia motivi per usarla.»

I suoi graziosi lineamenti si distesero in un sorriso che gli illuminò la pelle di un nero intenso. «Non ho alcun piano in tal senso.»

«Davvero?» Spinsi la porta. «Nessun progetto di vendetta per quel che volevo fare a Nyktos?»

«I miei progetti contano poco.» I suoi occhi scuri si fermarono nei miei mentre oltrepassavamo la porta. «Ma puoi stare certa che, se avessi pensato che rappresentavi realmente una minaccia per Nyktos, ti avrei spezzato il collo con le mie mani. E come me lo avrebbe fatto chiunque altro sia leale a lui.»

Ebbi un brivido mentre salivamo la scala poco illuminata. Non dubitai per un solo istante che stesse dicendo la verità.

«E so benissimo che, se lo avessi fatto, poi lui avrebbe ucciso me. Saperlo non mi avrebbe fermato. Non avrebbe fermato nessuno di noi.» Saion si bloccò un gradino sotto di me. «Ma tu non sei una minaccia per lui, dico bene? Certo, è attratto da te, ma non è nulla di più profondo di un'attrazione passeggera, giusto?»

Sobbalzai, e fui grata che non potesse vedere quanto male facesse quella verità. Perché, se anche Nyktos avesse potuto amare, non avrebbe mai amato me. *Inspira.* Arrivammo al pianerottolo del terzo piano. *Trattieni.* Mi sforzai di bloccare l'ondata di senso di colpa, rimorso e soprattutto di amaro desiderio... anzi, di vera e propria disperazione per il fatto che quella *attrazione passeggera* non potesse andare più in profondità. Cercai il mio velo del nulla, e trovarlo mi costò più tempo e più fatica di quanto avrebbe dovuto, ma quando calò su di me lo accolsi con gioia. Ancora una volta divenni nulla, ed esalai il respiro solo quando misi piede sull'ultimo pianerottolo. «Comunque ti sbagli.»

«In cosa?»

Feci per aprire la porta. «Nel pensare che io non sia una minaccia per lui.»

Saion calò la mano sulla porta, chiudendola di colpo. «Ah, sì?»

Arretrai per creare un po' di spazio tra noi due. Le mie dita si serrarono sul pugnale. Saion era immobile, quella immobilità che solo gli dei e i Primordiali riuscivano ad assumere, in genere prima di una esplosione di violenza. Sarebbe stato saggio mostrare almeno un po' di timore.

Sfortunatamente, comportarmi in maniera saggia era qualcosa che mi accadeva di rado.

«I Dakkai hanno attaccato la Baia Nera a causa mia. E Kolis non mi dà l'idea di essere uno che si arrende al primo tentativo. Non si fermerà finché non avrà localizzato la fonte del potere che ha avvertito. Io rappresento un pericolo per tutti qui, incluso Nyktos. Per quanto *passeggero*.»

Un lampo di ethere pulsò nel centro degli occhi di Saion. «Quindi sarebbe meglio che ti spezzassi il collo seduta stante?»

«Se intendi provarci, ti chiedo solo di non fare il vigliacco e non aspettare che io ti dia la schiena.» Mi assestai meglio sui piedi, nel caso mi avesse attaccata davvero. «Sappi solo che non te la renderò facile.»

«Mi meraviglierei molto del contrario.»

Lo gratificai con un sorriso a labbra tirate. «Che vogliamo fare, dunque? Procediamo o no?»

Qualcosa che poteva essere rispetto attraversò per un attimo i suoi lineamenti. «Come ho già detto, *Consorte*, non ho alcuna intenzione di firmare la mia condanna a morte.»

«Non sono la Consorte di nessuno.»

«Lo sarai tra qualche giorno.»

«Ma lo sarò anche *per te*?»

Saion non replicò. Non ce n'era bisogno: conoscevamo entrambi la risposta. Invece allungò la mano per aprire la porta. «Dopo di te.»

Entrai nell'atrio del mio appartamento e mi bloccai: davanti alla porta della mia camera c'era una donna alta, dai lunghi capelli scuri e dall'incarnato pallido, con la testa china. Stava leggendo un libro. Non l'avevo mai vista. «Chi è?»

Saion chiuse la porta dietro di noi. «Orphine.»

Mi sforzai di conciliare la figura dall'aspetto assolutamente mortale che avevo di fronte con quella massiccia della Draken dalle scaglie color della mezzanotte che avevo visto dare battaglia nel cielo sopra la Baia Nera. Ricordavo che era rimasta ferita, ma ora sembrava in buona salute.

Poi compresi perché si trovava lì. «È qui per accertarsi che io rimanga nelle mie stanze?»

Gli angoli della bocca di Saion si piegarono all'ingiù. «È qui per accertarsi che tu sia *al sicuro* nelle tue stanze.»

«Le due cose non mi sembrano mutualmente esclusive» ribattei, chiedendomi come avesse fatto Nyktos a farla arrivare lì con così poco preavviso.

«Vero.» Saion alzò le spalle. «Ti aspettavi qualcosa di diverso?»

«No» ammisi.

«In ogni caso le due cose non hanno lo stesso peso» continuò il dio dopo un attimo. «È più per protezione che per punizione.»

«Sul serio?»

«Sul serio» ripeté Orphine dalla porta. Mi voltai verso di

lei, e la vidi girare pigramente una pagina del libro. «Vi sento da qui, sapete?»

«Oh» mormorai. Attraversammo l'atrio: Orphine doveva essere a conoscenza di che cosa avevo fatto con le braci della vita, ma sapeva anche dei miei piani di assassinio?

Finalmente la Draken alzò la testa e ora che eravamo più vicine notai gli occhi cremisi e le pupille verticali. La sua forma umana mostrava meno di vent'anni di età. «Se la principale intenzione di Nyktos fosse stata solo tenerti rinchiusa e lontana dai guai, non mi avrebbe dato il permesso di ridurre in cenere chiunque si avvicini a questa porta.»

«Chiunque?»

«Chiunque mi sembri una minaccia.» Orphine sorrise. Ma non c'era calore in quel sorriso. «Per te. Non per lui, il che è una sfortuna.»

Saion torse le labbra in un sorrisetto.

Be', potevo smettere di domandarmi se Orphine sapesse tutto su di me. «Preferiresti avere il permesso di incenerire me?»

«Perché hai anche solo *pensato* di uccidere Nyktos? Oh, sì.» Orphine chiuse il libro con un colpetto, si scostò dalla parete e avanzò di un passo verso di me. Saion si irrigidì e la sua mano corse alla spada. Io lottai contro l'istinto che mi strillava di arretrare. La Draken era alta più o meno come me e portava una tunica senza maniche stretta sui fianchi torniti. Sembrava *morbida*. Ma d'altronde lo sembravo anch'io. «Nyktos per noi è... speciale.»

Sostenni il suo sguardo, anche se un senso di gelo mi si stava diffondendo dentro dalla nuca.

«Ma lo sei anche tu.» Una ciocca di capelli le piovve sulla guancia rotonda. «Sei *vita*.» Abbassò la voce. E fui certa di aver visto un ricciolo di fumo uscire dalle sue narici. «E questa è l'unica ragione per cui respiri ancora.»

Andai in camera senza replicare nulla. Che cosa avrei mai potuto rispondere alle parole di Orphine? *Grazie per aver riconosciuto il valore delle braci della vita e non avermi incenerita sul posto?*

Comunque non rimasi sola a lungo: Baines, un mortale, o semidio, che avevo già incontrato la sera del mio arrivo nelle Terre d'Ombra, si presentò con dell'acqua calda. Come tutti quelli che lavoravano nella Dimora di Ade, era lì per scelta: servire Nyktos era la sua libera volontà.

Quello era il genere di lealtà che Nyktos ispirava.

Sedetti sul divano, a disagio per la presenza di Baines anche una volta che se ne fu andato... Non a causa sua, ma a causa di quel che il suo arrivo significava: lo aveva mandato Nyktos. Un atto che agli occhi dei più sarebbe sembrato di poco conto. Ma non ai miei. Da parte sua era qualcosa di incredibilmente premuroso. E io non volevo che fosse premuroso con me. O gentile. E mi rendevo pure conto di quanto fossero confusi e insensati quei miei pensieri.

Tu sei la sua debolezza.

Deglutii e fissai il pugnale che Nyktos mi aveva regalato dopo aver distrutto il primo che possedevo. Non era difficile per me comprendere perché lo avesse fatto: in quell'occasione avevo più o meno tentato di pugnalarlo al cuore. Ma, a mia discolpa, in quel momento ero infuriata. E quel pugnale era *mio*, una delle poche cose al mondo che mi appartenesse davvero.

Ma Nyktos era andato al di là del rimpiazzare un oggetto perduto con un altro: mi aveva fatto il primo regalo che avessi mai ricevuto in vita mia.

Il pugnale in sé era un piccolo capolavoro, leggerissimo, con l'impugnatura liscia e il pomello forgiato a forma di falce di luna. La lama di ombropietra, delicata ma dall'aria minacciosa, aveva la sagoma di una clessidra ed era affilatissima da entrambi i lati. E c'era l'immagine di un drago incisa sulla sua superficie, con la coda acuminata che seguiva la curva della lama e il corpo e la testa che proseguivano sull'elsa. Dalla sua bocca usciva un getto di fuoco.

Dopo la scoperta del mio tradimento Nyktos me lo aveva requisito. Ma ciò che il dio Taric mi aveva fatto, quando si era nutrito del mio sangue e allo stesso tempo aveva violato i miei ricordi, era stato così doloroso e terrificante che non ero riuscita a nasconderlo né a lui né a me stessa. Il Primordiale aveva avvertito il mio terrore e aveva reagito.

«Magari avverti terrore, ma non sei terrorizzata» aveva detto, e poi aveva messo quella lama in mano alla stessa persona che aveva giurato di usare un'arma contro di lui.

Forse perdere la capacità di amare faceva aumentare quella di essere gentili con gli altri? Non ne avevo idea, ma onestamente non me ne sarei stupita.

Sentii un nodo nel petto. Mi alzai e mi diressi al bagno, ma mi fermai sulla soglia. Quegli appartamenti erano molto più belli e confortevoli della stanza in cui vivevo a Chiaravia, dove di rado avevo a disposizione acqua pulita, figuriamoci calda. Per questo in genere preferivo fare il bagno nel lago. Provai una fitta di nostalgia: avrei mai più rivisto il mio lago? Avrei più sentito le sue acque gelide scorrermi sulla pelle? Temevo di no.

Con il cuore pesante, lasciai vagare lo sguardo sulla vasca da bagno. Mi portai una mano al collo: immergersi nell'acqua bollente e nel vapore era un pensiero assai invitante, ma non avrei potuto nemmeno se avessi avuto tempo. Non quando ancora mi sembrava di sentire la cintura dell'accappatoio che mi stringeva alla gola, soffocandomi.

Nemmeno sapevo se sarei più riuscita a rilassarmi in una vasca.

Mi costrinsi a entrare nel bagno, mi tolsi i vestiti laceri che indossavo e la biancheria e gettai quest'ultima in un cesto. Inumidii un asciugamano e lo usai per lavarmi senza dovermi immergere nell'acqua. Tolsi tutto il sangue incrostato che avevo addosso, residuo della battaglia con gli dei nella sala del trono, poi mi guardai allo specchio, fissando solo il segno del morso che avevo sul collo: la pelle attorno ai due buchi gemelli era ancora di un rosso acceso.

Taric mi aveva morsa nello stesso punto di Nyktos. Due morsi che non avrebbero potuto essere più diversi. Uno aveva portato solo piacere, l'altro un dolore indescrivibile.

Deglutii e abbassai lo sguardo sui seni: il segno lasciato da Nyktos appena sopra un capezzolo era di un rosa-rossastro assai più tenue. Passai le dita sui piccoli solchi e ansimai al subitaneo brivido di desiderio che mi attraversò lo stomaco. Spostai la mano di scatto. Indugiare sul pensiero della sua bocca sulla mia pelle, delle punture dei suoi denti, non sarebbe stato di alcun aiuto in quel momento.

Indossai una sottoveste pulita e una vestaglia di velluto nero, andai alla vetrata del balcone e aprii le tende: il cielo ora era di una tonalità spenta di grigio e le stelle si vedevano appena.

Tu sei la sua debolezza.

«Che cosa sto facendo?» sussurrai guardandomi intorno nella stanza. Ma non c'erano risposte attorno a me. O forse ce n'era una, che mi rifiutavo di vedere perché sapevo che cosa avrei dovuto fare.

E non volevo farlo.

Rendermene conto non calmò per nulla il mio cuore lanciato al galoppo. Cominciai a camminare avanti e indietro e smisi solo quando arrivò la Draken dai capelli color miele, Davina, con la mia cena su un vassoio coperto e del vino: li depositò sul tavolo senza nemmeno guardare nella mia direzione, e mi domandai se fosse stata informata anche lei del mio tradimento. D'altra parte non era mai stata tra le persone più amichevoli che avevo incontrato lì.

«Nyktos è tornato?» chiesi.

Lei mi guardò alzando un sopracciglio e uscì senza dire una parola, lasciandomi di nuovo sola. Il cibo era delizioso ma dimenticai cosa avevo mangiato nell'istante in cui rimisi il coperchio sul vassoio vuoto e fissai la porta che collegava le mie stanze a quelle di Nyktos.

Era ancora aperta, come in passato?

Mi alzai e feci qualche passo, ma mi fermai prima di raggiungerla. Tornai al divanetto e sedetti con una gamba piegata sotto di me. Ero *stanca*, e avvertii un principio di inquitudine, a dispetto del fatto che avevo le migliori ragioni al mondo per essere sfinita: non dormivo da una vita, avevo dato il mio sangue a Nyktos, Taric me ne aveva preso dell'altro, avevo scoperto la verità sulle braci della vita e... be', se non fosse bastato c'era un milione di altre cose. Mi ripetei questo mentre chiudevo gli occhi: non mi restava che provare a dormire, ne avevo bisogno, se volevo trovare una soluzione. E poi se avessi riflettuto sull'altro possibile motivo per cui ero così stanca, ovvero la Transizione in avvicinamento, non avrei più chiuso occhio. La Transizione poteva finire in un modo soltanto.

Con la mia morte.

Un *crack* assordante mi svegliò, e ci misi qualche secondo a ricordarmi dove mi trovavo.

Mi misi a sedere lentamente e mi guardai attorno: la camera da letto era illuminata solo da un candelabro fissato alla parete accanto alla porta. Si era trattato di un tuono? Non mi sembrava possibile. Mi pareva che le tempeste fossero rare nelle Terre d'Ombra.

Feci per alzarmi e una soffice coperta mi scivolò giù dai fianchi. Mi fermai, accigliata, e affondai le dita nella stoffa morbida. Di fianco al letto c'era il cesto da cui proveniva la coperta, ora vuoto. Non ricordavo di averla presa prima di sdraiarmi.

Un lampo di luce balenò all'esterno e illuminò tutta la camera. Scattai in piedi con il cuore in gola e corsi al balcone. La luce era stata troppo intensa perché si fosse trattato di un lampo naturale, eppure poco dopo giunse l'esplosione del tuono e le porte della camera si spalancarono di colpo.

Orphine entrò a grandi passi, gli occhi splendenti come rubini lucidati. «Non uscire.»

Lanciai un'occhiata alla spada sguainata che aveva in pugno, mi voltai e spalancai la porta del terrazzo.

«Dannazione» ringhiò lei.

Il primo refolo di aria dall'esterno mi soffocò. L'aria era piena di fumo che nascondeva le stelle e mi fece subito bruciare gli occhi e la gola. Mentre attraversavo il terrazzo per raggiungere la balaustra, sentii delle grida riecheggiare dal cortile e dall'Alzata, la vasta muraglia che circondava la Dimora di Ade.

Strinsi le mani sulla pietra fredda, mi sporsi e rimasi senza fiato: dal cuore della Foresta Rossa si levavano alte lingue di fiamma argentea, che illuminavano la notte e dilagavano nel fogliame scarlatto. Sotto i miei occhi un albero esplose, producendo una nube di scintille d'argento.

Una ventata improvvisa spazzò il terrazzo cancellando d'un colpo la nube di fumo: alzai di scatto la testa e un Draken bruno grande quasi quanto Nektas sorvolò il cortile, diretto verso la foresta.

«Cazzo» imprecò Orphine. «È meglio se riporti all'istante il culo nella tua stanza.»

Il Draken in volo vomitò una cascata di fiamme argentate sugli alberi al di fuori dell'Alzata e il fuoco si levò altissimo, più dell'Alzata stessa, illuminando per un istante le guardie sulla sommità. Poi si ritirò...

E io barcollai all'indietro cadendo addosso a Orphine. Le braci nel mio petto pulsavano di un calore insopportabile. Lanciai un urlo di dolore nella notte.

«Oh, dei» sussurrai, incapace di muovermi per l'orrore

mentre là fuori... delle *cose* cadevano dal cielo. Con gli occhi che bruciavano seguii la loro traiettoria infuocata fino al terreno: ci vollero solo pochi secondi, ma sembrarono un'eternità. In reazione alla morte che portarono, anche i palmi delle mie mani sembrarono andare a fuoco.

Il Draken bruno sputò di nuovo fuoco verso la Foresta Rossa, contro lo stesso punto che aveva colpito prima, e l'energia infuocata impattò sul terreno facendomi tremare fin nelle ossa. *Quello* era il fragore che mi aveva svegliata.

«Dentro» ringhiò Orphine afferrandomi per un braccio. «Adesso.»

Un altro Draken sorvolò il cortile a velocità tale che riuscii a malapena a mettere a fuoco le sue scaglie bruno-rossicce. Poi Orphine mi trascinò indietro nella camera. Il nuovo Draken si avventò sulla schiena di quello bruno e gli affondò gli artigli nella carne. L'altro mandò uno stridio acuto e si contorse tentando di togliersi di dosso l'avversario, molto più piccolo di lui...

Orphine chiuse la porta del terrazzo. Con il cuore in gola incespicai all'indietro: lo stupore e la confusione mi stringevano come un cappio, il mio stomaco era sprofondato chissà dove. Ansimai in cerca d'aria, ma il fumo acre era entrato assieme a noi nella camera. Non riuscivo a dare una spiegazione a ciò che avevo appena visto... e che stava ancora succedendo là fuori.

Un altro tuono di ethere infuocato colpì il terreno e fece tremare il palazzo intero. Di nuovo lo spazio all'esterno si illuminò per un attimo di argento e mandò in frantumi il mio stordimento.

Mi rivolsi a Orphine. «È uno dei Draken di Kolis?»

«Non lo riconosco.» Orphine si voltò per metà verso il terrazzo. Aveva il fiato corto. «Può essere uno dei suoi, ma anche di qualche altro Primordiale.»

Mi girai verso la porta che collegava i due appartamenti:

Nyktos era là fuori da qualche parte, ne ero certa. Là fuori in quell'incubo di fumo e fiamme.

Dove avrei dovuto essere anch'io.

Corsi a raccogliere il mio pugnale dal bracciolo del divano. «Il Draken è solo, o ci sono anche i Dakkai?»

«Non ne ho la minima dannata idea. L'attacco è iniziato da meno di dieci minuti.» Le sue narici fremettero di rabbia quando mi vide occhieggiare le porte dell'appartamento. «Che cosa ti sta passando per la testa di fare?»

«Quel che dovremmo fare entrambe.» Guardai verso il buio che aveva ripreso possesso dello spazio al di là del terrazzo. Da qualche parte là fuori giunse uno strano suono lamentoso. «Andare a dare una mano.»

Orphine aprì e chiuse le dita sull'impugnatura della spada. «Assolutamente no.»

«Sai bene che se là fuori ci sono Dakkai, Nyktos non può usare l'ethere contro di loro.»

«Ci sono Nektas e gli altri Draken che possono...»

«Non mi importa un fico secco di quel che possono fare Nektas e gli altri Draken» la interruppi.

«Invece dovrebbe. Perché quel bastardo là fuori non sta bruciando la foresta solo perché ne ha voglia.» Un altro boato scosse il palazzo, talmente forte che mi aspettai di vedere il lampadario del soffitto cadere e schiantarsi sul pavimento. «L'hai sentito? Quello non era un albero che esplodeva: era il terreno. E lo sai che cosa c'è là sotto, non è vero?»

Mi sentii gelare. «Gli dei sepolti.»

Lei annuì. «Il Draken si sta aprendo la strada con il fuoco attraverso il suolo, le cripte e le catene che li tengono legati. Se non lo fermiamo, le Terre d'Ombra saranno invase da centinaia di dei caduti posseduti dalla furia e dalla sete.»

Non dovetti sforzare la memoria per ricordare i mostri affamati che si aprivano la strada con gli artigli attraverso il terreno. E quelli che avevo visto io erano appena una manciata: sul serio ne esistevano centinaia? «Là fuori hanno più che mai bisogno del nostro aiuto.»

«Tu puoi aiutare restandotene qui, dove sei al sicuro.»

«Ascolta, io e te non ci conosciamo, ma io non sono il tipo che se ne sta rintanato nelle retrovie quando c'è da combattere.»

«Non me ne importa nulla del tipo che sei.» Avanzò verso di me. «E se ora non piazzi il culo su una sedia e non te ne stai buona, ti ci metto io con le cattive.»

La mia frustrazione, alimentata dalle morti inutili che stavano avendo luogo là fuori, e dalla consapevolezza che fosse tutta colpa mia, si tramutò in rabbia. Fronteggiai la Draken. «No.»

Lei inspirò bruscamente. «Come, scusa?»

Le braci dentro di me ebbero un tremito, ma diverso dalla sensazione che provavo quando Nyktos era vicino o quando evocavo l'ethere per riportare qualcuno in vita: fu una potente vibrazione che mi attraversò le membra e mi saturò le vene al punto da farmi tremare da capo a piedi. «Ho detto no.»

«Ti ho sentita. Quel che non ho capito è perché pensi di essere nella posizione per poterlo dire.»

«Io invece non capisco perché tu pensi di essere nella posizione di potermi dire che cosa devo fare.» La vibrazione nel mio petto aumentò ancora di più e le pupille di Orphine si strinsero fino a ridursi a due fessure. «Secondo te perché siamo sotto attacco? O è solo un Primordiale annoiato che ha deciso di mettere Nyktos un po' sotto pressione? Non sarà a causa di ciò che ho fatto? Della mia presenza qui?»

Orphine mandò un ringhio sommesso.

«Io ora uscirò» dichiarai. «Se il tuo dovere è proteggermi, allora fallo là fuori. O non farlo e basta, a me non cambia niente.»

Seguirono istanti carichi di tensione. Sapevo benissimo

che la Draken avrebbe potuto fermarmi se lo avesse voluto.
«Fanculo» sbottò lei alla fine. «Andiamo.»

«Grazie.» Esalai un lungo respiro, mi precipitai ad aprire le porte prima che Orphine cambiasse idea e corsi nel corridoio con le falde della vestaglia che mi frustavano le gambe e la Draken alle calcagna.

«Ti sei accorta» mi disse mentre imboccavamo la scala posteriore che conduceva all'uscita più vicina al cortile, in direzione della Foresta Rossa, «che non hai le scarpe?»

«È l'ultima delle mie preoccupazioni.»

«Non farti ammazzare dovrebbe essere la prima, ma mi viene il dubbio che non faccia nemmeno parte della lista generale delle tue preoccupazioni.» Mi lanciò un'occhiata incandescente. «Se non cominci a far attenzione a non farti uccidere, giuro che ti ammazzo io.»

«Primo, sono minacce controproducenti» notai mentre volavo giù per gli ultimi gradini. «E secondo, come pensi di farlo dato che sarò già morta?»

«Hai comunque afferrato il concetto.» Arrivate al pianterreno Orphine mi superò, e vidi che ora sotto la sua pelle pallida si cominciavano a intravedere i profili delle scaglie. «Restami vicina.»

«Tu resta vicina a me» risposi superandola a mia volta.

La valanga di imprecazioni che arrivò in risposta m'impressionò. «Nyktos mi aveva detto che eri una testa dura.»

«Ah, sì?» Diedi uno spintone alla porta, che si aprì...

... sul caos.

4

Le braci della vita cominciarono a pulsare selvaggiamente e i palmi delle mie mani divennero incandescenti. Dolore e morte erano ovunque, nei cumuli fumanti che punteggiavano il terreno come nelle figure che ancora stavano in piedi. Al di là dell'Alzata il fuoco si propagava da un albero all'altro, e ciascuno esplodeva colpito dalle vampate di ethere. L'aria era satura di fumo denso e dell'odore soffocante di legno arso e carne bruciata. Poi Orphine lanciò un urlo e il Draken bruno atterrò nel cortile scagliando pietre e terriccio in tutte le direzioni.

Da ogni lato del cortile e dall'Alzata accorsero guardie che si posizionarono in ginocchio per prendere la mira. Il Draken girò su se stesso spargendo una scia di sangue luccicante, che piovve sulle guardie dal lato ovest...

Gli uomini strillarono e si gettarono a terra contorcendosi nel tentativo di strapparsi di dosso abiti e armature. La loro agonia tramutò le mie viscere in ghiaccio. Non avevo mai sentito urla del genere in vita mia: era come se urlassero invocando soltanto la liberazione della morte.

«Dei» sussurrai. «Che cosa succede?»

«Il nostro sangue» ringhiò Orphine. «Può bruciare vivi uomini e dei.»

«Merda.» Cercai Nyktos con lo sguardo, ma in quel fumo non si vedeva quasi nulla. «Anche un Primordiale?»

«Può ustionarlo, ma non ucciderlo.»

Il che era una specie di sollievo. Inalai una boccata di aria acre e nello stesso istante il Draken vomitò un fiotto di fiamme, che però si arrestò subito: un altro enorme Draken dalle scaglie nere e grigie calò dal cielo e gli si avventò addosso.

«Nektas» ansimai, senza fiato davanti alla sua mole che oscurava quasi del tutto l'avversario.

«Arrivano!» gridò una guardia attirando la nostra attenzione sull'Alzata. «Chiudete le porte! Chiudete le porte!»

Un brivido mi scese lungo la spina dorsale. Partii di corsa verso le porte, ignorando il terreno pieno di sassi sotto i miei piedi nudi. Oltrepassai i cumuli di carne bruciata senza guardarli: l'impulso di fermarmi e annullare quel che era stato fatto loro era una pressione potente dentro di me, e se li avessi guardati non sarei riuscita a resistere.

«Non faranno in tempo!» urlò Orphine. «Sono già qui!»

Non li vidi subito, c'era troppo fumo al di là dell'Alzata, poi Nektas e il Draken bruno emersero dalle volute. Nektas affondò gli artigli nell'avversario, sbattendo le ali lo sollevò da terra e lo scaraventò in mezzo agli alberi in fiamme. Un'esplosione di scintille d'argento illuminò il terreno.

Mi fermai di colpo e repressi un grido di sorpresa quando li vidi avventarsi sulle porte ancora semiaperte, facendo saltare schegge di legno intorno. Un attimo dopo si riversarono nell'apertura, una massa brulicante di membra emaciate bianche come gesso e bocche spalancate per la fame. Erano decine... forse centinaia.

Sommersero le guardie alle porte come una marea frenetica e dilagarono per il cortile, muovendosi a una velocità che non avrei creduto possibile per corpi dall'aspetto così fragile e denutrito.

Evidentemente io non ero l'unica a essere spinta dalla fame.

«Non farti ammazzare.» Orphine mi passò la sua spada, poi ci fu un lampo d'argento e azzurro e la Draken ritornò nella sua vera forma.

Un'ala color onice si allungò sopra di me mentre il suo corpo ora quadrupede piombava con le zampe anteriori a terra e il collo si allungava per scatenare un fiotto di fuoco contro un gruppo di dei caduti, che bruciarono tra strida acute. Alcuni crollarono al suolo, altri continuarono a correre.

Testa o cuore, ricordai. Rallentai il respiro e lo resi più regolare, mi assestai meglio sui piedi e impugnai le due armi, la spada in una mano e il pugnale nell'altra.

Il primo degli dei sepolti superò Orphine con le zanne snudate e la pelle grigiastra chiazzata di nero attorno alle orbite. Altri due gli vennero subito dietro, poi la Draken frustò con la coda e spazzò via quelli che seguivano. Aspettai che i tre mi raggiungessero.

Balzai in avanti e affondai il pugnale nel petto del primo. Dalla ferita sgorgò un fiotto di sangue bollente e fumante che puzzava di putrefazione. Sferrai un calcio al secondo e descrissi un arco con la spada, trapassandogli il collo con facilità quasi eccessiva. Torsi le labbra in un ghigno, mi girai e affondai il pugnale nel torace del terzo. Nel frattempo Orphine illuminò di nuovo il cortile con le sue fiamme: la luce durò solo un attimo ma mi bastò per avvistare Bele che combatteva nei pressi delle porte. I versi animaleschi degli dei spazzarono via quasi subito la sorpresa che provai nel vederla di nuovo in piedi dopo averla guardata l'ultima volta stordita e coperta di sangue.

Non avevo idea di quante guardie stazionassero nella fortezza di notte, ma gli dei caduti erano già ovunque: alcuni correvano in giro, altri si nutrivano delle vittime che erano riusciti a ghermire.

D'improvviso nel cielo sopra l'Alzata apparve Nektas, diretto in volo verso la parte più folta della Foresta Rossa, dove aveva avuto origine l'incendio: le fiamme ormai si erano spente, ma il fumo si levava ancora in nubi nere.

Uno strillo di dolore mi indusse a voltarmi: poco lontano

da me una guardia stava accoltellando un dio che le era balzato alla schiena.

Travolta dalla rabbia e dal disgusto rinfoderai il pugnale e mi lanciai in quella direzione. Come poteva qualcuno, Primordiale o no, decidere di scatenare quelle creature? Brandendo la spada a due mani la piantai nella schiena del dio, e quando la estrassi quello crollò addosso alla guardia.

Lo scostai di lato e scattai indietro: la guardia aveva gli occhi aperti e in movimento, sangue schiumoso le riempiva la bocca... e fiottava dal collo. Le braci della vita pulsarono e le mie mani andarono in fiamme. Sapevo di non doverlo fare, anche se gli dei o i Primordiali delle altre Corti non potevano percepire la semplice guarigione. Ma l'istinto reagì per me come aveva detto Aios, non riuscii a controllarlo. Feci per toccare la guardia...

Orphine mi atterrò di fianco e mi scaraventò via con un colpo d'ala, vomitando al contempo fiamme su un gruppo di dei caduti che correva ululando nella nostra direzione. Rotolai via dalla portata delle sue ali e cercai con lo sguardo la guardia ferita: i suoi occhi non si muovevano più e il sangue aveva smesso di scorrere. Le braci della vita scalpitavano nel mio petto. Mi voltai dalla parte opposta, e vidi un nuovo orrore.

Gli dei stavano sciamando sul Draken caduto che aveva assunto la sua forma umana, ma i corpi ammassati attorno a lui erano talmente tanti che non riuscii a distinguere che aspetto avesse.

Scavalcai il cadavere della guardia. Ora il Draken era in una posizione molto più vulnerabile. Sferrai una pugnalata alla testa di un dio e ne spinsi un altro di fronte a Orphine, che fece scattare le zanne verso di lui. Il rumore di ossa frantumate che seguì non lo avrei dimenticato per molto tempo. Gettato di lato il corpo di un altro dio colsi un lampo di pelle bruno-rossiccia che sembrava *un po' troppo* rossa, e una ciocca di capelli miele scuro...

Oh, dei.

Cominciai a farmi strada tra gli dei caduti, falciandoli a casaccio, nel panico, senza più nessuno stile nei movimenti, con in mente solo l'obiettivo di toglierli di dosso al Draken. Arrivai accanto a Davina quasi senza fiato in gola: metà del suo corpo era ustionata e irriconoscibile, l'altra metà era stata fatta a pezzi da zanne e artigli. Era chiaramente...

Una fitta di nausea mi rivoltò lo stomaco. Davina era morta. Non c'era più. Uno spasmo tremendo mi fece contorcere da capo a piedi. Sapevo di poter annullare quel che le era accaduto. E le braci avrebbero voluto farlo. *Io* avrei voluto farlo. Perché quel corpo era stato Davina e ora lei non c'era più.

«Ferma!»

Alzai la testa di scatto e incontrai gli occhi d'ambra di Ector. Il dio biondo si voltò e tese una mano, da cui scaturì un fiotto di ethere che colpì un dio caduto e lo scaraventò indietro di vari metri.

«Non farlo.» Con l'altra mano Ector menò un colpo di spada e decapitò un altro dio. Io arretrai dal corpo di Davina. «Renderebbe solo le cose più difficili in futuro.»

Combattendo la pressione che mi serrava la gola quasi al punto da stritolarla, mi costrinsi ad allontanarmi ancora di più. *Inspira.* Ector aveva ragione: se avessi riportato qualcuno in vita gli altri dei e i Primordiali lo avrebbero avvertito. *Trattieni.* Una parte di me tuttavia si chiese se la cosa avesse ancora importanza, e la pressione nel mio petto crebbe.

«Non perdere la testa» buttai fuori in un sussurro roco, dirigendomi verso Bele. Esalai un respiro, inspirai di nuovo e trattenni.

La dea girò su se stessa frustando l'aria con le chiome corvine, trapassò la faccia di un dio caduto con la sua spada e quando mi vide alzò le sopracciglia, formando una linea sulla fronte bruno chiaro che non aveva più il pallore della morte. Poi liberò la lama con uno strattone. «Nyktos andrà fuori di testa quando scoprirà che sei qui.»

Già, probabile. «Lui dov'è?»

«Con Rhahar e Saion.» I suoi occhi, che ora erano d'argento, scintillarono di ethere. «Nella foresta, a caccia di dei caduti.» Si passò il dorso della mano sulla fronte, lasciandoci una macchia di sangue. «Devono essere rimasti bloccati lì.»

Una morsa mi si chiuse sul cuore. Mi voltai per sferrare un colpo a un dio che si era avvicinato troppo. Era da loro che stava andando Nektas? L'angoscia minacciava di avere la meglio su di me. «Sicuramente stanno bene.»

«Sì.» Bele si chinò a raccogliere una lancia lunga e sottile e me la passò. «Queste sono più leggere, hanno la punta a doppio filo e sono più divertenti da usare.»

Effettivamente era un'arma più leggera della spada, che aveva già cominciato a stancarmi i muscoli: con la lancia non sarebbe successo. Lasciai cadere la spada e impugnai la lancia nella mano destra. «Quanti dei sepolti si sono liberati secondo te?»

«Troppi.» Bele mandò un fischio ammirato vedendo Orphine che ne schiacciava uno al suolo con la coda. «Devono essersi aperte quasi tutte le cripte.»

«Anche Lete è a rischio?»

«Ehthawn e altri Draken sono andati lì, nel caso qualche dio provi a farsi strada fino in città.» Con la punta della spada Bele indicò le porte distrutte e socchiuse gli occhi. «E qualcuno deve aver suonato il campanello della cena: ecco che ne arrivano ancora. Non possiamo lasciare che facciano della nostra gente il loro buffet.»

La nostra gente.

Alzai lo sguardo: ora riuscivo a vedere le guardie sull'Alzata, che scoccavano nugoli di frecce dall'altra parte. Una folata di vento ci portò addosso uno sbuffo di fumo: tossii e mi avviai, richiamando il vuoto dentro di me. Quella non era la mia gente. Non lo sarebbe mai stata. Sentii il velo del nulla che mi ricopriva e lo accolsi: finalmente non provavo alcuna emozione, né il richiamo imperativo delle braci, né il senso di colpa che prima mi entrava nella pelle come un ago a ogni grido che udivo, né la disperazione alla vista del cadavere di Davina, né l'orrore per ogni ferita che veniva inflitta attorno a me. Se ne andarono anche la paura che Nyktos si facesse male, la curiosità che mi suscitava il fatto di essere così preoccupata per lui e la preoccupazione che quella preoccupazione generava a sua volta. La furia controllata della battaglia mi riempì, e divenni quel che ero sempre stata progettata per essere.

Un'assassina.

Un mostro.

Trapassai il cuore di un dio con la lancia e la strattonai indietro per liberarla. Ciocche di capelli mi frustarono il viso mentre giravo su me stessa per trafiggerne un altro e un altro ancora, poi con una rapida torsione usai il fondo della lancia per spingerne via un altro, mentre con la punta ne impalavo uno alle mie spalle. Con un ringhio e un calcio strappai via il cadavere e mi voltai per trapassare una nuca. Dietro di me veniva Orphine, che maciullava gli avversari con le zanne o li inondava di fuoco restandomi sempre vicina. Assieme attraversammo un po' per volta il cortile.

Non tenni il conto di quanti morti ci fossero attorno a me, di quante vite stavo spegnendo. Ero consapevole solo del sudore che mi bagnava la fronte. Prima di arrivare nelle Terre d'Ombra avevo ucciso diciassette volte, o diciotto volendo contare Tavius. Torsi la bocca per il disgusto mentre affondavo un altro colpo: no, non avrei contato il mio fratellastro, la sua vita valeva meno di quella di un granratto. In ogni caso avevo smesso di contare le mie vittime da quando ero nelle Terre d'Ombra, e non avrebbe avuto senso cominciare adesso.

Avevo la vestaglia macchiata di sangue. Roteai di nuovo su me stessa e infilzai in sequenza una schiena e una testa: cominciavo ad avere male ai muscoli ma l'adrenalina continuava a pompare dentro di me mentre volteggiavo nell'ennesimo cerchio e piantavo la punta di ombropietra nel petto di un dio che bruciava. Lampi di ethere tagliarono il fumo, scagliati dalle mani di Bele, Ector e varie guardie. Notai che gli dei colpiti da Ector o dalle guardie restavano solo feriti, mentre quelli colpiti da Bele venivano annientati sul posto. Saion si era detto pronto a scommettere che Bele fosse diventata più potente: ebbene, avrebbe vinto la scommessa.

Piantai il fondo della lancia nello stomaco di uno degli dei colpito da Ector e lo gettai a terra, poi girai l'arma...

E il mio mondo fu inghiottito da una luce argentea. Un lampo di ethere crepitò a pochi centimetri dal mio viso sbalzandomi indietro: scivolai sul sangue che copriva il suolo e finii a terra. Vestaglia e ginocchia si inzupparono, ma non ci badai perché un secondo lampo colpì il punto in cui mi trovavo fino a un attimo prima.

Orphine mandò uno stridio, colpita anche lei da un lampo d'ethere: l'energia attraversò il suo corpo illuminando le vene e i bordi delle scaglie e a quella vista anch'io gridai. Mi rialzai di scatto in piedi mentre Orphine si ergeva sulle zampe posteriori e spalancava le ali: una mi colpì al petto e mi ritrovai a volare all'indietro. Atterrai malamente e tutta l'aria mi uscì dai polmoni, ma riuscii a non perdere la presa sulla lancia. «Ahia» bofonchiai. Consapevole che non potevo restare a terra mi rimisi in piedi il più rapidamente possibile, pronta a urlare contro chiunque stesse sparando in giro ethere con una mira così pessima, ma quando mi voltai...

... mi trovai faccia a faccia con un dio.

Un dio ben nutrito e ben vestito, biondo di capelli e chiaro di pelle, che pareva il ritratto della salute e chiaramente non aveva passato sepolto sottoterra un solo istante della sua vita. Ansimante, fermai il colpo: per quel che ne sapevo poteva essere un dio delle Terre d'Ombra che non conoscevo.

«Capelli pallidi.» Mi squadrò e i suoi occhi si ridussero a due fessure. «Lentiggini. Devi essere lei.» Piegò la testa di lato e sorrise. «E dire che pensavo di dover entrare per trovarti. Ma vedo che... su di te c'è un incantesimo.»

«Merda» mormorai. Doveva essere un dio potente.

«Forse più tardi.» Fece l'occhiolino vedendomi sollevare la lancia. Poi guardò dietro di me. «O forse no.»

Fui afferrata per la treccia e strattonata indietro. Un fetore di putredine mi avvolse mentre il dio caduto mi serrava le mani sulle spalle e si avventava sul mio collo, ma gli anni di addestramento reagirono al posto mio: mi torsi di lato e...

Un dolore improvviso e lancinante mi attraversò quando le zanne mi lacerarono la spalla. Il dio si scostò e sbrindellò la mia vestaglia con un colpo d'artigli, apparentemente disinteressato al fatto di non essere riuscito a mordermi alla gola. Senza pensare mi dimenai all'indietro per liberarmi dalla presa e il dolore fiammeggiò ancor più forte attraverso la pelle lacerata... e forse anche un muscolo. Stringendo forte i denti mi voltai per fronteggiare il mio avversario.

Era... fresco. Anzi, fresca. Non aveva la pelle raggrinzita e sbiancata degli altri e sembrava persino giovane, forse della mia stessa età. Il mento era zuppo di sangue, il mio sangue, e negli occhi lampeggiavano riccioli di ethere intensi e inquietanti. Un attimo dopo mi si lanciò addosso.

Sferrai un colpo di lancia accompagnato da una fitta atroce che dalla spalla si propagò a tutto il braccio. La punta la colse tra le costole e la dea si trovò incastrata tra la lancia e il terreno. La forza dell'impatto mi fece cadere con un ginocchio a terra: imprecai e mi rialzai sfoderando il pugnale.

Il dio biondo era ancora dietro di me, indifferente al caos

di fumo e morte che lo circondava. «Interessante. Il tuo sangue odora di... *vita*.» Annusò l'aria e sbarrò gli occhi. L'ethere nelle sue pupille sfavillò. «Sangue. Cenere. Sangue e...»

Non poté terminare, perché una valanga di fiamme piovve dal cielo e lo inghiottì. Orphine atterrò al mio fianco, e vederla ancora abbastanza sana da aver mantenuto la forma di Draken fu un gran sollievo. Già dimentica delle strane parole del dio, mi tastai con cautela la spalla. Sibilai tra i denti: era un macello di carne e sangue, ma avrebbe potuto essere molto peggio. Sarei sopravvissuta. Se mi avesse morsa sul collo sarei morta sul colpo.

Oltre al mio respiro spezzato udii un ringhio profondo dilagare per il cortile e mi irrigidii. Il fumo stesso prese ad agitarsi furiosamente. Che diavolo stava succedendo adesso? Mi venne la pelle d'oca. Persino molti degli dei caduti si voltarono di scatto e piegarono le teste verso l'Alzata.

Un tonfo rapido di passi mi segnalò che un dio mi stava venendo addosso: mi girai, gli piantai una mano sul petto e con l'altra gli conficcai il pugnale in una tempia. Il dolore mi dava la nausea e mi rallentava. Fu faticoso strappar via la lama, e quando un altro dio caduto mi piombò addosso finii per terra. Sollevai di scatto un braccio per impedirgli di arrivarmi addosso con le zanne, e fu un errore. Me ne accorsi subito: avevo fatto un'idiozia. *Mai finire stesa sulla schiena*. Lo sapevo.

Poi il dio affondò le zanne nel mio avambraccio.

Urlai e gli piantai un ginocchio nello stomaco, con tale violenza che sentii anch'io il fiato uscirgli dai polmoni e un gemito attraversargli il corpo. Spinsi con tutta la forza che avevo, ma non ottenni niente. Il terreno tremava sotto di me, percosso dagli echi di urla e stivali in corsa, e un refolo di panico penetrò attraverso il mio vuoto perché... quella avrebbe potuto essere la fine. Stavo per morire lì, in quel modo: fatta a pezzi dagli dei caduti come Nyktos stesso aveva detto che sarebbe potuto accadere la prima volta che li avevo incontrati.

No.

Non sarei morta a quel modo.

Gettando la testa all'indietro lanciai un urlo e piantai il pugnale nel cranio del dio, che si accasciò su un fianco. Il mio cuore diede ancora qualche battito di pura agonia...

E poi tutto si fece nero.

Silenzioso.

Immobile.

Forse persi i sensi per un istante, ma la spalla e il braccio dolevano ancora e le braci della vita d'improvviso vibrarono. Scie di ethere provenienti da tutte le direzioni squarciarono l'oscurità turbinante sopra di me, colpendo gli dei caduti in giro per il cortile e azzittendo le loro grida. Uno dopo l'altro andarono in pezzi e la loro essenza si riversò sul terreno...

E poi, attraverso la massa di ombre nere e pulsanti, *lo vidi.*

Nyktos, nella sua forma primordiale.

Si levava nell'aria su ali immense fatte d'ombra ed ethere palpitante, e la sua pelle splendeva liscia e solida in un caleidoscopio di ombropietra e luce lunare. Dagli occhi completamente bianchi e dai palmi delle mani crepitava essenza di puro argento. La camicia gli pendeva dalle spalle a brandelli e gli volteggiava attorno

Dei, era... terrificante. Bellissimo. *Primordiale.*

Il muso scaglioso di Orphine mi toccò il braccio. «Ehi» gracchiai.

La Draken si accucciò sopra di me e si voltò verso un dio rimasto ancora in piedi mentre Nyktos calava al suolo.

Rabbrividii in ogni angolo del corpo. Mi sentivo il suo sguardo piantato addosso mentre avanzava verso di noi e intercettava il dio prima di Orphine.

Lo afferrò per la testa e lo squarciò in due. In verticale. *A mani nude.*

Oh, dei...

Lasciò cadere le due metà, che si muovevano ancora, e richiuse di scatto le ali, che si dissolsero in una nube di ombre. Anche l'oscurità striata di ethere sulla sua pelle sbiadì, ma le venature nere rimasero, e non smisero di turbinare furiose.

Mi venne in mente che forse avrei dovuto drizzarmi a sedere, o qualcosa di simile, soprattutto quando vidi che Orphine arretrava e chinava la testa. Senza alcun dubbio Nyktos era infuriato con me, e lo avevo appena visto aprire in due un dio a mani nude. Invece tutto quel che riuscii a fare fu puntellarmi su un gomito e... nient'altro, perché già solo quello mi fece un male cane alla spalla e al braccio.

Nyktos coprì la distanza che ci separava più veloce di quanto i miei occhi potessero rendersi conto e si inginocchiò davanti a me, ancora avvolto di riccioli d'ombra che si dissolvevano nell'aria. Nel bagliore dell'essenza che emanava da lui si distinguevano solo i suoi occhi, e a malapena.

Inspirai ma non mi aiutò a smettere di tremare. «Temo che... che ci sia qualcosa che non va in me.»

Le ombre smisero di turbinare sotto la sua pelle e l'ethere pulsò nei suoi occhi, coprendo del tutto le iridi per qualche istante. Sollevò un braccio.

Quando le sue dita calde mi toccarono la guancia mi mancò il respiro. Una leggera scarica di energia mi percorse la pelle. «Perché ti ho appena visto squartare un dio con le mani e l'ho trovato... un po' eccitante.»

Udii una risata roca e poi la voce di Ector che bofonchiava: «Ma santo cielo...».

La mascella di Nyktos si ammorbidì. «Sei ferita.»

«No, non è niente.»

«Balle.» Ritrasse le dita dalla mia guancia, scostò la falda insanguinata della vestaglia e imprecò. Le ombre ricominciarono a turbinare sulla sua pelle e per un attimo scorsi il profilo delle ali che riappariva nell'aria dietro di lui. Poi un paio di stivali macchiati di sangue si avvicinò e Nyktos si voltò in quella direzione. «Seppellite i nostri morti e bruciate tutti gli altri.» L'ombra delle ali era già scomparsa.

Muovendosi di nuovo a una velocità assurda, mi circondò le spalle con il braccio, provocandomi un'ondata di dolore che mi fece storcere la bocca. Lui se ne accorse e si fermò. Subito la sua pelle si fece più sottile e i suoi lineamenti più nitidi. «Scusami.»

«È tutto a posto...» Sprofondai nello stordimento mentre lui mi infilava l'altro braccio sotto le ginocchia e mi sollevava da terra, premendosi contro il petto la mia spalla ferita. «Non serve che mi porti tu.»

Lui si avviò. «Sì, invece.»

Sentii avvampare le guance. «Sto bene.»

«Non stai bene per niente, Seraphena.»

«Starò bene presto.»

Nyktos seguitò a guardare davanti a sé. Un muscolo guizzò nella sua mascella.

«Le gambe funzionano» insistetti. Provai anche a ridacchiare, ma il dolore me lo impedì. Mi girava la testa.

Lui abbassò lo sguardo su di me. «Ora ripetimi che stai bene.»

«Posso camminare» borbottai, ma chiusi gli occhi perché anche essere trasportata mi faceva dolere il braccio al punto che il capogiro si stava trasformando in nausea.

«Percepisco il tuo dolore. Ne sento il sapore.»

«Non è... non è brutto come sembra» buttai fuori a forza. Premetti la fronte contro il suo petto, perché anche i brividi stavano peggiorando. Faceva così freddo... «E ci sono... cose più importanti a cui badare.»

«In questo momento sto badando alla cosa più importante in assoluto.»

Udii una porta che si apriva, una voce che sussurrava qualcosa e poi silenzio. O ero io che non riuscivo più a sentire nulla? Non ne ero sicura, però per un breve istante non ci fu più dolore e la mia mente sprofondò in un vuoto benedetto. Non pensai più a quel che avevo visto là fuori. A *chi* avevo visto.

«Davina» mormorai. «È...»

«Lo so» fece lui con voce atona.

«Mi dispiace.»

«Anche a me.»

Inspirai attraverso la cortina di dolore. «Come... come è messa Lete?»

«Lete è a posto.»

Sollievo. «E i feriti...?»

«Non me ne importa un fico secco in questo momento» mi interruppe con voce più dura. «Stai tremando come una foglia.»

Spostai la testa all'indietro, aprii gli occhi e incontrai i suoi. L'essenza si era dissolta e le iridi erano tornate argentee. Anche le ombre sotto la pelle ormai si vedevano appena. «Non è vero. Sì che te ne importa. E io tremo solo perché ho freddo.»

«Sei fredda. *Troppo.*» Nyktos entrò a grandi passi in una stanza e una porta sbatté alle nostre spalle. Mi parve una delle varie sale di ricevimento del pianterreno, quelle che non si usavano quasi mai. «Almeno per oggi, potresti per favore evitare di discutere con me?»

Serrai forte la mascella per smettere di battere i denti. «Non sto discutendo.»

Ci avvicinammo al camino e una sedia strisciò sul pavimento, seguendoci da sola come un cane fedele. Mi domandai se avessi le allucinazioni.

«Non fai altro, sempre.»

«Non è...» Fiamme d'argento si accesero rombando nel camino, e dopo un istante divennero arancioni e rosse. «Sei stato tu?»

«Sì. Impressionata?»

«No» mentii.

Nyktos fece un sorrisetto e mi adagiò sulla sedia che si era spostata da sola davanti al camino. La mia testa ricadde nell'incavo del suo gomito. Lo guardai in viso e ci volle un attimo perché i suoi lineamenti andassero al posto giusto: erano tesi, tracciati in linee dure. «Ora ispezionerò le tue ferite.»

Non aspettò una mia risposta, ma non avevo comunque intenzione di fermarlo. Immersa nel calore che emanava dal suo corpo e nel tepore del fuoco, mi sforzai di concentrarmi. «C'era un dio, là fuori.»

«Ce n'erano parecchi.»

«Sì, ma questo... non era uno di quelli sepolti. Non credo fosse delle Terre d'Ombra. O almeno spero che non lo fosse.» La sua mano, che si stava dirigendo verso la cintura della vestaglia, si fermò. «Stava cercando me. Conosceva il mio aspetto. Ha detto che... che pensava di dover entrare nel palazzo per trovarmi. Poi Orphine lo ha incenerito.»

«Ha detto altro?»

«Sì: ha annusato il mio sangue e ha detto che odorava di vita.» Presi un lungo respiro, sforzandomi di ignorare il dolore. «E di sangue e cenere.»

L'ethere negli occhi di Nyktos smise di muoversi.

«Il mio sangue ha davvero quell'odore?» Annusai l'aria, ma sentii solo odore di ferro... e di limone fresco. Il mio sangue e il suo. «Fa un po' schifo come idea.»

«No. Il tuo sangue ha l'odore di una tempesta d'estate.»

Mi accigliai: sul serio il sangue poteva avere un odore del genere? E che odore aveva una tempesta d'estate, in ogni caso?

Nyktos sciolse il nodo della cintura, aggrottò la fronte e con il respiro corto scostò le falde della vestaglia. «Merda. È un morso profondo.»

«Speravo stessi imprecando perché sono nuda.»

Lui scoppiò in una risata breve e rauca. «Sei...»

Gli occhi mi si chiusero da soli. «Sono cosa?»

«Tieni gli occhi aperti, Sera.»

Obbedii, ma solo perché lo aveva chiesto con voce gentile... quasi una preghiera. Aveva la testa china e vedevo solo il suo profilo mentre spostava con cautela la stoffa dalla mia spalla e mi sfilava dalle maniche prima un braccio e poi l'altro.

Imprecò di nuovo. «Sei stata morsa due volte.»

Mi guardai la spalla: segni irregolari di zanne e strisce di sangue.

«Hai i muscoli lacerati, sia sulla spalla sia sul braccio.» La pelle di Nyktos si assottigliò ancora una volta. «Ti si sono strappati mentre ti liberavi.»

«Sì, in effetti forse mi servirebbe un po' di tempo con un Guaritore.» Non mi andava di pensare a quel che Nyktos stava vedendo... e a quel che avrebbe significato per il mio futuro, per quanto breve potesse essere. I muscoli non guarivano sempre bene. E quei muscoli in particolare mi servivano. «Spero che l'abito per l'incoronazione non sia senza maniche.»

«Non preoccuparti delle cicatrici. Il mio sangue farà in modo che non ne restino.»

Non fui sicura di aver sentito bene. «*Cosa?*»

«Sei vicina alla Transizione: non puoi permetterti di perdere grandi quantità di sangue. Inoltre il tuo corpo non può impegnarsi a rigenerare ferite del genere e allo stesso tempo gestire lo stress della Transizione.»

«Non sono ferite così gravi. Non... non sto per morire.»

«Non stai per morire ma stai male, e questo io non lo permetterò.»

Un nodo di emozioni nuove mi serrò la gola, bloccando l'aria. Non era possibile: mi stava offrendo il *suo* sangue? *A me*? Sarei sopravvissuta senz'altro fino all'arrivo di un Guaritore, e fermare il dolore che provavo non era necessario. Nulla di tutto ciò era necessario. «Dovresti essere là fuori con la tua gente...»

«Sono dove c'è bisogno di me» mi interruppe di nuovo. «Bevi il mio sangue.»

Spostai lo sguardo dal suo polso al suo braccio. «Perché mi...» Non riuscii a continuare. Potevo comprendere il motivo della sua offerta: non voleva vedermi soffrire. Nyktos aveva un animo gentile. E poi c'erano le braci. Le braci erano importanti. «Starò beniss...»

Nyktos si portò il polso alla bocca e io trattenni il fiato. Quando aprì le labbra e le zanne affondarono nella sua pelle il mio cuore perse un battito. Lui non sussultò nemmeno, ma lo feci io vedendo il sangue sgorgare dalle sue vene, una scia rosso vivo con riflessi blu profondo.

«Lascia che ti aiuti, Sera.» La sua voce si ridusse a un sussurro. «Per favore.»

Fui scossa da un brivido. *Per favore*. Nyktos che chiedeva qualcosa per favore... Un segno di debolezza.

«Ti piacerà» aggiunse. «Te lo prometto.»

Fissai il sangue scintillante che scorreva sulla sua pelle. L'idea di bere sangue in sé non mi disgustava, era solo una cosa a cui non avevo mai pensato prima. L'idea di trovarlo *piacevole* invece era strana. Anche se quella singola goccia che avevo rubato da lui una volta non aveva avuto il sapore del sangue.

«Va bene» sussurrai.

Lui chiuse per un attimo gli occhi. «Grazie.»

Quella singola parola vibrò nell'aria ancor più intensamente del *per favore* di poco prima. Mi mise il polso davanti alla bocca e l'odore del suo sangue mi raggiunse le narici, cancellando quello del mio: era... quasi dolce, e anche un pochino fumoso.

«Chiudi la bocca sulla ferita» disse con voce morbida. «E bevi.»

I suoi occhi ora splendevano come stelle e non abbandonarono mai i miei mentre serravo le labbra sulla ferita che si era inferto da solo.

Uno spasmo mi percorse da capo a piedi.

Il contatto del suo sangue sulla lingua scatenò una sensazione imparagonabile a quella provata quando ne avevo rubata una goccia e avevo segnato il mio destino, spezzando uno dei fili indicato da Holland. Tutta la bocca prese subito a formicolare e quando il sangue mi scivolò in gola, denso e caldo, mi chiesi come potesse la morte sapere di miele... dolce e fumoso insieme. Intenso. Seducente. Ingoiai.

Nyktos rabbrividì e premette più forte il polso sulla mia bocca. «Non smettere.»

Bevvi un sorso ancora più lungo, gli occhi fissi nei suoi, e la sensazione di formicolio scese in gola. Quando il sangue mi arrivò nel petto un senso di calore mi si accese dentro... un calore che si trasmise alle braci. Le sentii *vibrare*. Poi fu il turno del mio stomaco. Quel sangue... Dei, non avevo mai assaggiato nulla di simile in vita mia.

«Brava» fece lui con voce roca e profonda. «Stai andando bene. Bevi ancora un altro po'.»

Solo un po'? Non riuscivo a concepire neanche l'idea di smettere. Chiusi lentamente gli occhi e bevvi dal Primordiale della Morte, assorbendo la sua essenza dentro di me. Piano piano il calore scivolò nelle mie vene e da lì si diffuse ovunque. Non mi ero resa conto di quanto forte stessi stringendo con le mani finché le mie dita non si rilassarono. Il pulsare doloroso alla spalla e al braccio cominciò a diminuire. Sentii le dita di Nyktos che mi sfioravano la guancia e poi risalivano per scostarmi una ciocca di capelli dal viso. Io intanto bevevo e bevevo e il calore mi scivolava dentro, seguito dal formicolio, e poi... Poi mi sentii come in quei fuggevoli momenti in cui mi ero immersa sotto la superficie del mio lago, dove i pensieri si fermavano una volta per tutte e restavo soltanto io. Dove potevo essere in pace.

Come l'effetto che secondo Nektas io facevo a Nyktos: una pace che arrivava quando io gli ero vicina e gli permetteva di dormire sereno. E avrei voluto che tutto ciò fosse vero, persino più di quanto desiderassi che quel momento non finisse mai, ma a quel punto Nyktos allontanò il polso dalla mia bocca. Fissai da sotto le palpebre pesanti la ferita che si richiudeva e la pelle che tornava liscia, finché non rimase nessun segno del morso.

«Wow» sussurrai.

«Impressionata, adesso?»

«No.»

Lui alzò un sopracciglio.

«Ok, un po'» ammisi. Avvertivo ancora il sapore sulle labbra... e sulla lingua, e dentro di me. Mi faceva ancora formicolare e sentire calore. Quando la sua mano si staccò dai miei capelli e scivolò di nuovo lungo la guancia rabbrividii, ma non di freddo: era come se il suo tocco ora fosse... *amplificato*. Come se lo percepissi ovunque.

«Molto meglio» mormorò lui.

Seguii la linea del suo sguardo fino alla mia spalla, dove pochi secondi prima c'era quell'orrenda ferita slabbrata: ora la pelle era rosa e un po' gonfia, ma intatta. «Santo cielo.»

Nyktos mi spostò il pollice sotto il mento e la mia attenzione tornò su di lui. «Come ti senti?»

Mi resi conto che non sapevo bene cosa rispondere. «Mi formicola la pelle.»

«È il mio...» Nyktos si interruppe vedendo che mi stavo leccando il labbro inferiore, dove si sentiva ancora un po' del sapore. Riccioli di ethere si avvolsero nelle sue pupille. «... il mio sangue» terminò, con voce divenuta roca.

«Lo sento... il tuo sangue.» Fissai lo sguardo su una singola ciocca di capelli che gli si era incollata a una guancia. Sapevo che avevamo cose importanti di cui discutere, ma non riuscivo a pensare ad altro che al calore del suo sangue, alle ferite che avevo addosso fino a poco prima... e ad altri punti del corpo. «Il tuo sangue è... caldo.»

Lui socchiuse gli occhi. «Ah, sì?»

«Mmm-mmm» mormorai, alzando il braccio che non doleva più. Presi la ciocca e me la arrotolai tra le dita. I miei pensieri vagavano da soli da una parte all'altra. «Non sei arrabbiato con me?»

«Per cosa?»

«Perché non sono rimasta in camera.»

«In questo momento sono solo contento che tu non sia morta.» Piegò appena la testa di lato. «Rifammi la domanda tra un po'.»

Ridacchiai. «No, grazie. Credo che lascerò perdere.»

Nyktos era di nuovo immobile. Io invece tutto l'opposto, almeno dentro di me: vene, muscoli, terminazioni nervose... tutto tremava e vibrava. «Mi sento diversa.»

«A costo di suonare ripetitivo: è il mio sangue.»

Gli spostai la ciocca dietro un orecchio. «L'altra volta non mi sono sentita così.»

«L'altra volta hai bevuto solo una goccia.» Gli passai le dita lungo la curva della guancia, percependo quanto fosse liscia al tatto, e lui chiuse gli occhi. Liscia quasi quanto il suo sangue, anche se da un certo punto in poi lasciava il posto al ruvido della barba. «Non è bastato nemmeno per sentire gli effetti minimi.»

«Intendi le vibrazioni?» Seguitai a esplorare il suo viso con le dita, tracciando il contorno della mascella fino all'angolo delle labbra. Sapevo bene che in qualsiasi altra circostanza non si sarebbe mai lasciato toccare da me in quel modo. Non lo avrebbe permesso a se stesso. «Il formicolio?»

«Il calore.» Nyktos dischiuse le labbra e apparvero le punte delle sue zanne. Nel vederle sentii un peso opprimermi il petto. Non penoso come quello dell'ansia, era più una sensazione peccaminosa, che mi frustò con una scarica di desiderio. «L'essenza presente nel sangue di un dio può avere molti effetti, e se si tratta di un Primordiale saranno ancora più forti e più rapidi a manifestarsi.»

«Oh» mormorai, descrivendo con il dito la curva del suo labbro inferiore.

Nyktos rimase in silenzio per qualche istante. «Ti manca il tuo lago, non è vero?»

Mi fermai e alzai lo sguardo su di lui. «Sì.»

«Lo so.»

«Come fai a...» Mi interruppi perché lui accostò ancora di più il viso alla mia mano. I miei polpastrelli scivolarono via dal suo labbro. Sentii i muscoli del ventre che si rilassavano e poi si contraevano al passaggio del sangue – il *suo* sangue – che mi scorreva dentro, e nel centro del mio essere nacque un dolore così improvviso e intenso che mi mandò in pezzi il respiro.

«Quali altri... effetti ha il tuo sangue?» chiesi, e mi sorpresi per la mia voce arrochita.

«Una generale sensazione di benessere e anche un po' di euforia. Potrebbe anche farti sentire più forte, darti una sorta di illusione di invincibilità.» Nyktos risollevò le palpebre e l'ethere circolò in riccioli pigri nei suoi occhi. «Forse anche farti provare *desiderio*.»

Un desiderio che in effetti mi serpeggiava dentro, alimentando un'eccitazione che cresceva di minuto in minuto. «Lo provo» sussurrai. «Molto.»

Le sue narici fremettero e le sue dita scivolarono sul mio mento. «Lo so.»

Presi un lungo respiro che mi fece gonfiare il petto, e non avrei saputo dire se ciò avesse migliorato o peggiorato la situazione, dato che arrivai a toccare il suo braccio con i capezzoli. Mi portai la mano libera al cuore: lo sentii pulsare veloce. Allargai le dita fino a sfiorare un capezzolo indurito. Lui fece scivolare la mano sul lato del mio collo e sulla spalla, intensificando il bruciore che provavo dentro: l'eco di quel tocco parve vibrarmi in tutto il corpo. Inarcai la schiena e mi morsi il labbro, mandando un gemito quando sentii tracce di sangue.

Le sue dita si fermarono sui lacci sottili della mia sottoveste. «Durerà solo un paio di minuti.»

«Solo?» ansimai. Avevo la gola secca, mentre *altrove* non avrei potuto essere più bagnata.

Nyktos si sgranchì il collo, mostrando muscoli e tendini in rilievo. «Sì. Ma saranno i due minuti più lunghi della mia vita.»

«Della *tua*?» Scoppiai a ridere, e tremai. Le vampate di desiderio mi stavano bloccando un po' il respiro... Ok, più che un po'. La mia mano cadde sulla sua camicia sbrindellata: sotto il palmo sentii il suo cuore che galoppava. Aprii le cosce, premendomi contro il suo membro duro ed eccitato.

«Percepisco il tuo desiderio. Lo sento perfettamente. Ne sento il sapore. Ci stai annegando dentro.» Chiuse gli occhi. «Ci sto annegando anch'io.»

Una staffilata ancora più potente delle precedenti mi attraversò. «Annega con me.»

5

L'ethere sfolgorò diffondendosi nel reticolo di vene attorno ai suoi occhi. La tensione gli fece irrigidire gli angoli della bocca. «La sensazione che stai provando viene dal mio sangue, Sera.»

«Non credo.» Inspirai a fondo, respirando il suo profumo. «La sensazione che sto provando è la stessa che provo ogni volta che tu mi tocchi. Come se mi andasse a fuoco il sangue.»

Le sue dita si avvolsero attorno al laccio della mia sottoveste. Riaprì gli occhi, ma appena appena. «Sera...»

«Incandescente. Bagnata. Tremante.» Strinsi forte le cosce, ma questo non diminuì nemmeno un po' le pulsazioni che sentivo. «*Lo voglio.*»

Il laccio si mosse di un centimetro, poi di un altro, tirandosi dietro il colletto insanguinato. Gli afferrai il polso e lui si punse il labbro inferiore con le zanne, ma non mi fermò mentre abbassavo la sua mano e il laccio assieme a essa. Quando il bordo di pizzo mi sfiorò un capezzolo ansimai. «*Ti prego.*»

Nyktos emise un suono basso che mi fece tremare in ogni fibra del corpo. «Sarebbe meglio di no.» I suoi occhi turbinanti si staccarono dai miei e la sua mano si mosse per rimettere la manica a posto. «Eppure...»

La sua mano mi scivolò sull'anca e la mia lo seguì. Sentii il cuore accelerare. Lui percorse con gli occhi la curva del mio seno macchiato di sangue e serrò più forte la mano sul mio fianco. Poi si rilassò di nuovo, scivolò lungo la mia pelle e oltre l'orlo della sottoveste.

Si chinò su di me, la testa piegata e il braccio che mi circondava ancor più stretto di prima: le sue labbra indugiarono appena sopra la mia gola, e il semplice ricordo del *suo* morso bastò a lenire quello doloroso del morso del dio sepolto. Mi sollevò un po' di più il busto e mosse la bocca lungo la pelle appena rimarginata. Al contatto con la sua lingua una tempesta di sensazioni mi attraversò, arrivando ovunque. Guardai le sue labbra seguire la traccia luccicante di sangue lungo il mio seno, giù e di nuovo su. Poi la lingua riapparve e leccò il sangue. «Non... non riesco a respirare.»

«Sì che ci riesci.»

Le sue labbra si chiusero sul mio capezzolo, succhiandolo assieme ai residui di sangue. Ansimai e scattai in avanti con le anche, premendomi contro la parte più dura di lui. Lui strinse la mia carne turgida tra le labbra, sollevando la bocca e poi la testa.

«Apri le gambe.» Lo ordinò con voce roca mentre mi sollevava la sottoveste sopra la vita, mettendo a nudo quel che c'era sotto. Un palpito di trepidazione mi torse lo stomaco e le mie gambe si aprirono senza esitazione.

Il suo sguardo carico di intensità si spostò dalle anche alla peluria leggera del mio pube. Le dita mi affondarono in una coscia. «Fammi vedere.»

Oh, dei. Un fiotto incandescente di desiderio spudorato mi saettò dentro. Con il respiro sempre più veloce gli afferrai un polso mentre allargavo le dita dell'altra mano nello spazio sotto il mio ombelico. I suoi occhi erano immobili e parevano divorare ogni cosa.

«Fammi vedere.» La sua voce ora era un sussurro di seta, nero come la mezzanotte. «Voglio vedere le tue dita entrare dentro di te.»

Mandai un gemito appena udibile e con le dita sfiorai il punto umido tra le mie cosce. La stanza intera sembrò trattenere il respiro assieme a me. Assieme a Nyktos. Infilai un dito e sobbalzai contro la mia stessa mano, ansimando. Il vortice turbinante di piacere che provai dentro era semplicemente scandaloso.

«Brava, così» fece lui con quella stessa voce densa di seduzione che aveva usato mentre bevevo il suo sangue. «Scopati le dita.»

Il pungolo del desiderio puro e inarrestabile mi faceva girare la testa. Mossi il dito dentro e fuori, con il suo sguardo fisso sui miei movimenti: si accorse del momento esatto in cui infilai un altro dito, e i suoi occhi bramosi si riempirono di quel che vedevano. Era tutto così tremendamente *lascivo*, e lo adoravo.

Nyktos mi spostò sulle sue gambe, allontanandomi un po' dalla sua erezione. Io continuai a muovermi sulla mia mano, strusciandomi contro il suo membro.

«Ash?» chiamò la voce di Nektas dal corridoio. «Sei lì?»

Mi immobilizzai e corsi con gli occhi alla porta, con il cuore che sprofondava nel petto.

«Sono occupato» rispose Nyktos senza staccare lo sguardo dal mio corpo.

«Con Sera?»

Mi strozzai da sola. Esattamente, quanto erano acuti i sensi di un Draken?

«Sì.» Nyktos mi prese la mano nella sua e la mia attenzione tornò immediatamente alle mie cosce aperte. Mi spinse di nuovo le dita dentro e io reagii con uno spasmo che mi fece cadere dalle sue ginocchia. Oh, dei. Un altro lampo di piacere peccaminoso mi attraversò. «Non ti fermare.»

«Come?» fece la voce soffocata di Nektas.

Le guance di Nyktos si tesero sugli zigomi. «Non parlavo con te.»

«Ok.» Ci fu una pausa. «Lei sta bene?»

Nyktos mi fissò con il respiro corto: doveva sentire le mie dita che si muovevano sotto le sue. «Sì... starà bene a breve.»

«Vi serve qualcosa?»

«*Nektas*» ringhiò Nyktos, e io gli premetti il viso contro il petto per soffocare un gemito.

«Va bene, va bene» fece il Draken. «Torno a controllare più tardi.»

«Ecco.» Le dita di Nyktos si mossero sulle mie, controllando il ritmo. Io continuai a sfregarmi contro il suo membro, con la testa gettata all'indietro, gli occhi chiusi e il respiro sempre più accelerato mentre la tensione cresceva ancora e ancora. Sentii il suo respiro accostarsi ai miei seni e mandai un grido quando la sua bocca si chiuse sulla mia carne tremante. Di nuovo succhiò la pelle e il sangue che la macchiava. Mossi le dita più forte, più in fretta, e il piacere mi fece fremere nel profondo. Lui mandò un gemito e mi strinse più forte, premendosi il mio sedere contro il membro. I suoni che mi uscivano di bocca... Dei, avrei dovuto sprofondare per la vergogna, ma non lo feci. Volevo che lui mi sentisse. Che sentisse quanto erano bagnate le mie dita: che capisse che il modo con cui il mio corpo rispondeva a lui non aveva nulla a che vedere con il suo sangue, ma tutto a che vedere con lui. Volevo che tra noi non ci fosse nulla a dividerci. E volevo sentire la sua erezione contro la pelle. Lo volevo dentro di me, volevo che mi trapassasse, che mi assorbisse dentro di sé. Lo volevo così tanto...

E poi la sensazione delle sue zanne sul mio capezzolo fu troppo: fui scossa da un orgasmo violento che sembrò far tremare anche lui contro di me. Il mio seno sulla sua bocca gli strappò un gemito roco. Il piacere seguitò ad abbattersi su di me a ondate finché non fui ridotta a un cumulo di carne senza ossa nelle sue braccia.

Tremavo ancora quando mi sfilò le dita da dentro. Aprii gli

occhi e lo guardai... lo guardai portarsi la mia mano alle labbra, chiuderle sulle dita che luccicavano e succhiarle forte.

«Dei» ansimai, cercando di ricominciare a respirare.

Quando Nyktos ebbe finito non doveva essere rimasta una singola goccia di me sulle mie dita. Gli occhi di mercurio incontrarono i miei e poi le lunghe ciglia li velarono. Teneva ancora le nostre mani congiunte vicine alle labbra. «Come ti senti adesso?» chiese con voce impastata.

Aprii la bocca, ma non trovai le parole. Mi resi conto di avere una chiazza bagnata sul sedere, dove il suo membro ancora parzialmente eretto premeva... Era venuto anche lui. «Meglio. Molto meglio.»

«Bene» fece lui, e non disse altro per un bel po'.

Nel silenzio che seguì il mio cuore rallentò, ma il calore del suo tocco persistette, mentre quello del suo sangue piano piano si dileguò. Fissai la sua mano stretta sulle mie dita, la pelle visibilmente più scura della mia... Mi piaceva quando mi teneva per mano, e...

E provavo ancora del desiderio.

Diverso dai precedenti. Era il desiderio di non veder finire quel momento in cui Nyktos mi teneva stretta contro il petto, con la mia mano nella sua. Quel momento in cui le lunghe ciglia gli velavano le guance e la linea della mascella era così rilassata. Non volevo veder finire quel momento di *pace.*

Ma doveva finire.

Doveva.

Perché i momenti come quello non duravano mai. Sapevo che sarebbe finito quando le ciglia si fossero sollevate e i suoi occhi avessero fissato la persona che aveva progettato di sedurlo e assassinarlo. Gli occhi argentei si sarebbero riempiti di rimpianto, anche se lui sosteneva che il mio tradimento lo avesse soltanto *infastidito.* Non volevo vedere lo sguardo di quegli occhi.

Tutto ciò che volevo era ricordare i momenti come quello,

perché l'attacco di quella sera aveva rivelato una verità penosa e impossibile da negare. Non ci sarebbero stati mai più altri momenti come quello che avevamo appena vissuto.

Perché io sapevo che cosa dovevo fare.

Liberai la mano dalla sua presa. Lui alzò la testa e io distolsi subito lo sguardo, raccogliendo le falde insanguinate della sottoveste. «Nektas tornerà tra poco?»

«Sì.»

«Ok.» Deglutii, sentendo ancora una traccia della dolcezza del suo sangue, e feci per alzarmi.

«Fa' attenzione.» Nyktos mi prese la sottoveste dalle mani e la chiuse per me. «Anche se adesso ti senti forte, potresti avere ancora dei capogiri.»

«Sto bene.» Mi drizzai lentamente a sedere, ma il braccio di Nyktos non smise di stringermi alla vita. «Devo darmi una ripulita.» Passò un lungo istante, poi la sua presa si sciolse.

«Farò portare dell'acqua nelle tue stanze.»

Annuii, mi alzai dalle sue ginocchia e tenendomi chiusa la sottoveste raggiunsi veloce la porta. Indugiai con la mano sulla maniglia, sentendomi il suo sguardo addosso. Chiusi gli occhi per un istante. «Grazie.»

Non ci fu risposta.

Aprii la porta e uscii, lasciandomi Nyktos e il nostro momento di pace alle spalle.

Un'ora dopo ero seduta nella sala del consiglio di guerra, la stanza chiusa dietro la sala del trono, e osservavo le spade e i pugnali fissati al muro. L'ultima volta che mi ero trovata lì era stato quando avevo scoperto la verità sulla Putrefazione.

E Nyktos aveva scoperto la verità su di me.

Quella sala emanava vibrazioni negative.

Decisi che aveva bisogno di finestre, sedie più comode, un tavolo che non fosse martoriato dai segni lasciati da chissà quante armi e armature meno insanguinate addosso ai presenti.

Cominciai a picchiettare sul pavimento con una pantofola e a giocherellare con i capelli. Ripulire quelli e la pelle dal sangue senza usare la vasca non era stato uno scherzo. Avevo provato a entrarci: ero riuscita persino a restare dentro in piedi, ma non appena avevo fatto il gesto di sedermi mi era sembrato di sentire ancora la cintura che mi strangolava ed ero balzata fuori così in fretta che per poco non ero scivolata sulle mattonelle. Non avevo potuto fare altro che infilare la testa nell'acqua per lavarmi i capelli, e mi ero sentita stupida. Debole. Ma non sapevo che altro fare.

E in quel momento, a dire il vero, non era una delle mie maggiori preoccupazioni.

«Nell'attacco erano coinvolti almeno tre dei» disse Theon, attirando la mia attenzione su di sé e sulla sua gemella. Indossavano armature chiazzate di sangue e i loro visi dalla pelle scura erano stanchi e incupiti. Probabilmente mancava poco all'alba. «Incluso quello ucciso da Orphine. Gli altri due non li ho riconosciuti, ma di sicuro non venivano dalla Corte di Attes.»

I gemelli erano originari di Vathi, dove si trovava la Corte di Attes e di suo fratello Kyn, la più vicina alle Terre d'Ombra. In effetti non era strano che la Guerra e la Vendetta si trovassero vicine alla Morte.

«Nemmeno io ho riconosciuto quello che ho visto parlare con Sera» aggiunse Bele, che sedeva a gambe incrociate *sul* tavolo.

Lailah appoggiò le spalle allo schienale della sedia e la sua grossa treccia le ondeggiò sulle spalle. Fissò i presenti. «E suppongo che nessuno abbia riconosciuto nemmeno il Draken.»

Seguii il suo sguardo fino a Nektas, che sedeva dal lato opposto. Indossava solo un paio di pantaloni neri larghi e la sua pelle color rame era abbondantemente in vista: mi sforzai di non fissarlo, ma l'intrico di linee pallide che gli solcava il torace e le spalle mi affascinava.

«Forse questa notizia vi lascerà allibiti, ma non conosco personalmente tutti i Draken del mondo» fu la sua risposta. Non aveva detto granché da quando ci eravamo riuniti: immaginavo che i suoi pensieri fossero soprattutto per Davina. In che rapporti erano stati loro due? La Draken aveva avuto famiglia?

Lailah lo fissò sollevando le sopracciglia.

«Posso solo dire di aver percepito che era giovane» aggiunse Nektas. «Troppo giovane per farsi coinvolgere in queste cazzate.»

Quello era un Draken giovane?

«Potevano arrivare da qualunque Corte.» Nyktos si portò due dita alle labbra. Le stesse dita che...

Misi un freno a quei pensieri decisamente inappropriati e lo osservai. Ero seduta alla sua destra, dove lui stesso mi aveva collocata quasi di peso dopo avermi prelevata dalle mie stanze. Si era legato i capelli in una coda sulla nuca e si era cambiato la camicia. La solita tensione aveva ripreso possesso della sua mascella e delle sue spalle.

Il momento di pace se n'era andato per davvero.

Avevo aspettato accanto alla porta della mia camera e avevo sentito la sua porta richiudersi. Supponevo stesse andando a parlare dell'accaduto con le guardie e volevo essere presente: la mia richiesta di andare con lui lo aveva sorpreso, ma non aveva fatto nulla per fermarmi. In realtà non aveva detto quasi nulla e mi aveva guardata a stento... Il rimorso era piombato di nuovo su di lui, lo sapevo, anche se era stato lui stesso una parte attiva in quel che era successo e aveva avuto modo di tranquillizzarsi. Mi agitai sulla sedia: il maglione di lana che indossavo di colpo mi sembrò troppo pesante.

«Vero» concordò Rhain, seduto di fronte a me con i capelli rosso-dorati resi ancor più fulvi dalla luce. Avevo notato che, appena entrato, mi aveva fissato i polsi, proprio come aveva fatto Bele. Probabilmente solo loro tra i presenti potevano percepire l'incantesimo, gli altri però dovevano esserne stati comunque informati. «Ma quanti tra i Primordiali avrebbero la sfrontatezza di fare una mossa del genere?»

«Non serve molto fegato per qualcosa che non ti mette a rischio in prima persona» ribatté Nyktos.

Rhain annuì lentamente. «In effetti.»

«Per me è stato Hanan.» Bele sputò il nome del Primordiale come fosse una maledizione. «Ha motivo di essere alterato e di sicuro gli mancano le palle di venire nelle Terre d'Ombra e vedere coi suoi occhi se io sono davvero ascesa.» Saltò giù dal tavolo e cominciò a camminare avanti e indietro. «Gli dei sepolti sono stati liberati solo per fungere da distrazione... per guadagnare il tempo che gli sarebbe servito per mettere le mani su di me. E questo è costato molte vite. Non dovrei essere qui. Sarebbe meglio se me ne andassi.»

«Sei esattamente dove c'è bisogno di te» rispose Nyktos.

«È la stessa cosa che le ho detto io.» Aios guardò Bele. Le sue chiome rosse spiccavano quasi con violenza sul pallore della pelle. «Ma non intende ascoltarmi.»

«Nyktos mi vuole qui perché pensa che sia più al sicuro» ribatté Bele fermandosi accanto a Nektas.

Aios sospirò e scosse la testa. «E le ho anche spiegato che non c'è nulla di sbagliato nel restare al sicuro.»

«Sono vere entrambe le cose.» Nyktos si scostò una ciocca dal viso. «Ho bisogno di te qui, e allo stesso tempo restare è più sicuro anche per te.»

Bele alzò il mento. «Non voglio. Mi rifiuto.»

«Non sto dicendo che tu lo debba fare, ma nel prossimo futuro sarebbe più saggio che tenessi un profilo basso. Hanan e altri possono pensare che tu sia ascesa, ma non ne avranno la certezza assoluta finché non lo avranno constatato con i loro occhi.»

«Non sei tu la causa dell'attacco» feci io. Bele si girò di

scatto verso di me e i capelli le frustarono il mento. Varie paia di occhi scintillanti di ethere si puntarono su di me. Nyktos aveva già spiegato a tutti quel che sapevo, ma anche io come Nektas non avevo quasi aperto bocca dall'inizio della riunione. Mi schiarii la voce. «È per me che sono venuti. Non devi sentirti in colpa per nulla.»

Bele inarcò le sopracciglia. «Invece dovresti farlo tu?»

«Ovvio. La responsabilità è mia.»

«I tuoi poteri mi hanno salvato la vita... e di questo ti sono grata.» Due macchie rosee le apparvero sulle guance. «Forse non te lo avevo ancora detto.»

Annuii, sentendo anch'io le guance calde.

«Io però non ho capito perché quel dio ti stava cercando» fece Ector dall'altro capo del tavolo. «Né Hanan né Kolis conoscono il tuo aspetto. Anzi, nessun Primordiale ti ha mai vista.»

«Tranne Veses» osservò Rhain.

Mi incupii immediatamente. Avevo visto la Primordiale dei Riti e della Prosperità una sola volta, e si era comportata come se lei e Nyktos fossero molto intimi, al punto che avevo immaginato avessero una relazione. Solo per poi scoprire che... Nyktos non aveva mai avuto nessuno prima di me. «No, Veses non mi ha vista quando è venuta qui.» Guardai Nyktos. «Dico bene?»

Un muscolo guizzò nella sua mascella. Fissò Rhain, che annuì.

«Molta gente l'ha vista ai raduni di corte» fece notare Theon. «E sull'Alzata la notte della battaglia con i Dakkai. È una faccia nuova nelle Terre d'Ombra, e non serve un'intelligenza superiore per fare due più due e identificare la Consorte. Potrebbe comunque essere stato Hanan, che ha dato ordine di catturare sia lei sia Bele.»

Nyktos lo fulminò con un'occhiata. «La nostra gente non ci tradirebbe mai rivelando la sua identità agli emissari di un'altra Corte.»

«Come puoi esserne certo?» Smisi di battere il piede sul pavimento. A dire la verità non sapevo nemmeno che cosa ci facevo in quella sala: nulla di quel che sarebbe stato discusso o rivelato aveva veramente importanza.

«Lo sono e basta.»

Aspettai che si spiegasse meglio, ma non lo fece. «Devo ricordarti di Hamid?» Il semidio viveva a Lete ed era amico di Gemma, la giovane Prescelta che occupava ancora una delle nostre stanze ai piani superiori. Era stato lui a denunciare la scomparsa della ragazza e tutti lo avevano sempre considerato una persona gentile e a modo. Si sapeva anche che odiava ferocemente Kolis, responsabile di aver ucciso sua madre – una dea – e di averne distrutto l'anima. Come molti altri, aveva un tale timore del falso Primordiale della Vita che, quando Gemma gli aveva rivelato che io dovevo esser quella che Kolis stava cercando, aveva visto in me quello di cui ero già consapevole: una minaccia al rifugio sicuro che le Terre d'Ombra costituivano. Ciò che aveva tentato di fare a quel punto non era stato colpa di Gemma. Una parte di me non riusciva a dare sul serio la colpa nemmeno a *lui*.

Al posto suo, probabilmente avrei fatto lo stesso.

Con la differenza che avrei avuto successo.

«Non me lo sono dimenticato affatto.» Le dita di Nyktos si fermarono. «Ma quel caso era diverso.»

«Stai tergiversando» ribattei, e lui socchiuse gli occhi. «In che senso diverso?»

«Hamid ha agito credendo di proteggere le Terre d'Ombra» rispose Rhain, fissandomi con occhi molto più freddi di quelli che aveva avuto al mio arrivo. Tranne Aios, nessuno nella Corte mi aveva mostrato particolare calore anche prima di sapere la verità sul mio conto, ma Rhain era stato comunque più amichevole di adesso.

Lailah annuì. «Mentre quel che è appena accaduto *era* una

minaccia alle Terre d'Ombra. Chi cerca rifugio non mette in pericolo la possibilità di trovarlo.»

«È possibile che anche la notte dell'attacco dei Dakkai ci fosse un dio di un'altra Corte» aggiunse Nektas. «Che ti abbia vista al momento giusto e abbia fornito una tua descrizione abbastanza buona da permettere a un rapitore di riconoscerti.»

«O di lasciarmi morire» feci. «Gli ordini che aveva il dio che ho incontrato non sembravano prevedere la mia sopravvivenza.»

Nyktos si voltò lentamente verso di me. «Come fai a dirlo?»

«Ha visto uno degli dei sepolti che mi aggrediva e lo ha lasciato fare.» Mi accigliai. «Ero convinta di avertelo raccontato.»

Lui appoggiò la mano sulla superficie del tavolo. «No.»

«Oh.» Appoggiai le spalle allo schienale della sedia e ricominciai a tormentarmi i capelli. «Insomma, non penso che ci tenesse a portarmi via viva: sembrava gli bastasse vedermi tolta di mezzo, il che mi fa pensare che non fosse Kolis a mandarlo, se quel che Penellaphe ha detto sulle braci della vita corrisponde a verità.» *E in considerazione del fatto che porto dentro di me l'anima di Sotoria*, pensai, ma non lo dissi ad alta voce: per quanto ne sapevo, i presenti erano al corrente soltanto della storia delle braci.

«Be', chiunque fosse il mandante è andato vicino a ottenere quel che voleva...» Bele si interruppe e l'aria nella stanza si raffreddò.

In un attimo dilagò un percepibile senso di tensione, le armi appese al muro presero a tintinnare e le luci sopra di noi ondeggiarono. Alzai lo sguardo.

«Ash» disse Nektas sottovoce.

Fissai Nyktos, sotto la cui pelle le ombre avevano cominciato la loro danza turbinosa. L'aria mandò un crepitio.

«Quasi» ripetei io, con voce calma.

Occhi d'argento inquieto incontrarono i miei. Poi l'agitazione della sua essenza diminuì e l'energia che aveva pervaso la sala piano piano si dissolse. Il Primordiale abbassò lo sguardo sulla mia mano appoggiata al suo braccio.

Lo stavo *toccando*.

Di fronte a tutti.

Non me n'ero neppure accorta. Mi sentii avvampare le guance e scostai la mano. Sapevo bene che non apprezzava il contatto: il fatto che si fosse lasciato toccare in rari momenti di intimità, come dopo che mi aveva dato il suo sangue, non voleva dire che potessi toccarlo quando volevo. Fissai la superficie tormentata del tavolo, sentendo il bruciore del... disappunto. Ma verso cosa? Verso di lui? Verso di me? Rialzai lo sguardo e incontrai quello glaciale di Rhain.

Congiunsi le mani in grembo perché non se ne andassero più in giro da sole e mi schiarii di nuovo la voce. «In definitiva volevo solo dire che secondo me non ha senso che fosse Hanan. Non dovrebbe volermi viva? Non dovrebbe volermi viva qualunque Primordiale che abbia collegato il mio arrivo con l'Ascensione di Bele e progetti di consegnarmi a Kolis?»

«Ci deve essere per forza un Primordiale dietro tutto questo» dichiarò Nektas. «Nessun altro potrebbe mandare all'assalto un Draken. La domanda è: chi? Chi può sapere o sospettare a tal punto di te da voler rischiare la collera sia di Nyktos sia di Kolis mettendo in pericolo la tua vita?»

Nessuno rispose. Nessuno sapeva chi sarebbe stato disposto a rischiare di far infuriare sia il Primordiale della Morte sia il falso Primordiale della Vita.

Ma a essere onesta c'era qualcos'altro che mi preoccupava di più: il pericolo a cui tutti i presenti sarebbero stati esposti se questo misterioso Primordiale avesse deciso di lanciare un nuovo attacco. O se Kolis si fosse stancato di mostrarsi solo incuriosito e avesse convocato Nyktos per sapere da lui che cosa stava succedendo. Sentii improvvisamente freddo, e mi si torse lo stomaco.

«Sei ferita?» mi chiese Aios mentre mi accompagnava alle mie stanze.

Le lanciai un'occhiata e le borse sotto i suoi occhi color citrino mi inquietarono: non avevo mai visto il suo viso a forma di cuore così smunto, né le sue labbra stringersi a quel modo per la preoccupazione nascosta.

«Non è niente di che.»

«Non è l'impressione che ho ricevuto dal racconto di Bele.» Aios si spostò una ciocca di capelli dietro l'orecchio. «Ha detto che sei stata morsa.»

«Un morso leggero» mentii. Non ero nemmeno sicura del perché, ma non avevo voglia di raccontare quel che Nyktos aveva fatto per me. Forse perché una parte di me ancora non ci credeva davvero. «Ti fermi qui stanotte... per quel che ne resta?»

Aios annuì. «Per Gemma.»

Dei. La Prescelta doveva essersi spaventata tantissimo durante l'attacco. «Posso vederla?»

Aios distolse lo sguardo. «Forse più tardi.»

Irrigidii le spalle mentre posavo la mano sulla pietra liscia e fredda della balaustra. Poteva esserci una tonnellata di ragioni per le quali non era il caso che vedessi Gemma subito, a partire dal fatto che a quell'ora probabilmente dormiva. Ma la mia mente corse subito alla peggiore: e se fosse stata Aios a non volermi vicino a lei?

La dea aveva detto di aver compreso che non avevo mai avuto davvero l'intenzione di far del male a Nyktos, ma comprendere non significava per forza perdonare. Quando ero appena arrivata era stata gentile e accogliente nei miei confronti, e mi aveva anche dato informazioni che nessun altro – nemmeno Nyktos – sembrava volermi concedere. Ma l'avevo delusa: lo avvertivo nella sua voce e lo vedevo nella sua espressione.

Nei brevi momenti in cui, da quando era emersa la verità, eravamo state assieme, non aveva più mostrato la stessa amichevolezza, e la cosa faceva male. Perché lei mi piaceva.

Trattenni un sospiro mentre raggiungevamo il terzo piano. «Come sta Gemma?»

«Bene, fisicamente.» Aios lisciò con la mano una piega del suo abito color crema, corrucciata in viso. «Ma penso che alla sua mente servirà un po' di tempo per recuperare il passo con il corpo.»

Avrei voluto che il mio tocco potesse guarire anche quel genere di ferite, così profonde da risultare invisibili. Guardai di nuovo la dea di soppiatto, soffermandomi sulle ombre scure sotto i suoi occhi. L'empatia che aveva mostrato a Gemma quando le aveva parlato nasceva dall'esperienza diretta: anche lei aveva lo stesso sguardo tormentato che avevo visto sul volto di Penellaphe.

E avevo il sospetto che, se Nyktos non mi avesse portata via dal mondo mortale e fossi rimasta nelle grinfie di quel depravato del mio fratellastro, quelle ombre si sarebbero formate anche sotto i miei occhi.

«Ho paura che il suo senso di colpa sia grande almeno quanto la sua paura» aggiunse Aios dopo un attimo.

«Quel che Hamid ha fatto non è colpa sua.» Serrai le dita sulla balaustra di ombropietra. «Così come Bele non deve incolpare se stessa per quel che è accaduto stanotte.»

«Né devi tu. Quel che hai fatto è stato salvare la vita di Bele, e non c'è nulla di male in questo.»

«Io...» Distolsi lo sguardo e lo lasciai vagare sull'atrio sotto di noi. «Quando l'ho riportata in vita non avevo idea che questo l'avrebbe fatta ascendere.»

«E avresti agito diversamente se lo avessi saputo?» Aios si fermò un gradino sopra di me e mi fissò negli occhi. «Se ti si presentasse di nuovo la medesima scelta, ti comporteresti in un modo diverso?»

Aprii la bocca per rispondere di sì, ma non lo feci: ero stata sul punto di riportare in vita Davina. Lo avrei fatto se Ector non mi avesse fermata. E se fosse successo di nuovo a qualcun altro che conoscevo? Se fosse successo a una persona a cui Nyktos voleva bene, e in quel momento non ci fosse stato nessuno a fermarmi?

Un pallido sorriso apparve sulle labbra di Aios e poi scomparve. La dea si girò e ricominciò a salire le scale. «In un certo senso non sono nemmeno sicura che tu abbia scelta» aggiunse raggiungendo il quarto piano. D'altronde lei non sapeva che avevo dentro di me le *braci* della vita. «Quel potere era una parte di Eythos, quando era ancora in vita, ma ora è una parte di te. Creare vita dalla morte è la tua natura. È un istinto.»

«Sarà» sospirai. «A volte non mi sembra proprio che sia così.»

Davanti al mio appartamento non c'era nessuno, ma immaginai che la situazione sarebbe cambiata presto. Aios prese subito congedo e io entrai: nell'aria aleggiava ancora un residuo di fumo acre. Desiderai che la dea si fosse fermata un altro po' con me, anche se sapevo che era meglio che non lo avesse fatto. Mi sarebbe piaciuto chiederle com'era il suo luogo d'origine. O come lei e Bele fossero entrate in intimità.

Tutte cose che non avrei mai scoperto.

Fissai la porta che univa i due appartamenti. Non avrei mai scoperto nemmeno qual era il piatto preferito di Nyktos. Se c'era un libro che amava più di ogni altro. Se ricordava spesso i suoi sogni, o se non sognava mai. O chi o cosa avrebbe voluto essere, se la vita gli avesse lasciato quella scelta. C'erano così tante cose che avrei voluto sapere su di lui... Quanto si ricordava di suo padre? Che cosa faceva quando aveva un po' di tempo libero? Leggeva? Lasciava vagare i pensieri? Visitava il mondo dei mortali?

Era pentito di essersi fatto togliere il *kardia*?

Quel che sapevo però mi era già sufficiente per poter dire che non meritava la mano di carte che la vita gli aveva servito: la perdita dei genitori e di chissà quanti altri affetti, una Consorte che non aveva mai chiesto ma che si ritrovava comunque a dover proteggere, e in più dover vivere sotto la costante minaccia di Kolis. Nyktos avrebbe meritato di meglio. Lui e tutti gli abitanti delle Terre d'Ombra.

Invece ero arrivata io, a gettare l'ombra di una minaccia del tutto nuova su di lui e su tutti quelli che cercavano rifugio presso di lui.

Uscii sul terrazzo e fissai il cortile sotto di me. Era già stato sgombrato: restava solo qualche macchia un po' più scura sul terreno. Mi sforzai di non pensare che cosa rappresentava ognuna di quelle macchie. Dovevo schiarirmi le idee, e mi misi a osservare le guardie che pattugliavano l'Alzata.

Le braci della vita erano importanti: di questo mi rendevo perfettamente conto, al contrario di quel che pensava Nyktos. Dopo la mia morte, al mondo mortale non sarebbe rimasto molto tempo. Non potevo sapere perché Eythos avesse deciso di nascondere sia le braci sia l'anima di Sotoria nella discendenza della mia famiglia, soprattutto dal momento che quell'anima faceva di me l'arma perfetta da usare contro Kolis.

Non una prossima Consorte da nascondere e proteggere.

Non un contenitore che avrebbe tenuto le braci al sicuro.

No: la mia esistenza chiaramente aveva uno scopo, che non poteva più essere ignorato. Non importava quanto poco mi piacesse, né quanto avrei voluto che le cose fossero diverse.

Aspettai finché non ne potei più. Il cortile era immerso nella quiete, e immaginai che chiunque avesse combattuto al di là dell'Alzata ormai avesse abbandonato i boschi. Non sapevo dove fosse Nyktos, ma dubitavo fosse già tornato nella sua camera: tra le altre cose si era parlato di un incontro con le famiglie dei caduti nella battaglia di quella notte. Mi sentii stringere il cuore: lui poteva essere ovunque, e io non avevo modo di sapere se la via che dovevo intraprendere fosse sgombra. Ma erano rischi che dovevo correre.

Tornai dentro, andai in bagno e mi tolsi i pantaloni aderenti che mi era stato detto si chiamavano brache. Erano più stretti di una calzamaglia e diversi dai calzoni. Indossai un paio di questi ultimi, ignorando le macchie di sangue secco mentre infilavo nella cintura il bordo della sottoveste che ancora portavo sotto il maglione. Poi misi gli stivali e un mantello, che agganciai bene al collo. Mi fermai poco prima di uscire sul terrazzo e guardai la porta che collegava i due appartamenti.

Esitai a lungo, pensando a quando mi ero svegliata con una coperta addosso. Era stato Nyktos?

«Mi dispiace» sussurrai attraverso il bruciore che sentivo sia in gola sia negli occhi. Desiderai che lui potesse sentire quelle due parole, e che credesse che erano sincere.

Desiderai molte cose nei secondi che passarono finché non mi voltai di nuovo verso il terrazzo, battendo le palpebre per cancellare le lacrime. Irrigidii le spalle, mi tirai sulla testa il cappuccio, uscii e mi chiusi silenziosamente la porta alle spalle, concentrata solo su quel che si profilava davanti a me.

Lanciai un'occhiata verso la Foresta Rossa, attraverso le porte ora distrutte: gli alberi cremisi ancora in piedi si stagliavano nitidi contro il cielo color ferro. Inoltrarmi là dove avevano giaciuto gli dei sepolti era l'ultima cosa al mondo di cui avessi voglia, ma almeno sapevo che gli dei non c'erano più: se non avessi sanguinato sul terreno non ci sarebbero stati altri problemi. Avrei dovuto attraversare anche un tratto della Foresta Morente, un altro posto dove non avevo la minima voglia di metter piede, ma non c'era altra strada per arrivare nella parte di Lete che dovevo raggiungere.

Avevo visto navi arrivare in città dalla Baia Nera, il che significava che provenivano da altre zone dell'Iliseum. E non avevo dubbi che sarei riuscita a imbarcarmi e raggiungere per mare Dalos, la Città degli Dei, dove Kolis teneva la sua Corte. Perché, se c'era una cosa che sapevo fare bene oltre a uccidere, era non farmi vedere.

Avvistai una figura con indosso un'armatura grigia e nera che pattugliava la sommità dell'Alzata: mi schiacciai contro il muro e mi mescolai con le ombre, in attesa che la guardia fosse fuori vista, poi scattai in avanti senza darmi il tempo di riflettere su quanto fosse *azzardata* quella mossa. Ma non avevo tempo: mi restava solo qualche ora prima che arrivasse l'alba e qualcuno inevitabilmente venisse nelle mie stanze. Montai sulla balaustra e guardai giù nello spazio vuoto che si spalancava tra me e il terreno.

Un salto da spaccare tutte le ossa.

Mi inginocchiai e lasciai pendere prima una gamba e poi l'altra nel vuoto. Con i muscoli che bruciavano come le fosse infuocate dell'Abisso, presi un rapido respiro e allungai la gamba destra, finché ebbi la sensazione che le ossa delle braccia mi stessero uscendo dall'alveo. Le dita persero leggermente la presa sull'ombropietra, ma proprio in quel momento riuscii a toccare con il piede la prima feritoia per gli arcieri. Non persi tempo a chiedermi se quelle feritoie fossero state un'aggiunta successiva che si era resa necessaria.

Quando sentii il piede abbastanza stabile nella stretta apertura, staccai una mano dalla balaustra e cercai un appiglio. Rimasi penzoloni per un istante, poi mi lasciai andare e scivolai fino alla feritoia in basso, con un tuffo allo stomaco.

Premetti la fronte contro la pietra, in preda a un lieve tremito. «Dei» sussurrai. «Che idiozia.»

Piantai bene i piedi contro il muro e ricominciai a scendere. Tutti quegli anni passati a combattere la noia arrampicandomi su pareti, alberi e qualunque cosa anche solo lontanamente verticale finalmente davano i loro frutti. Infine avvistai una scala a chiocciola sotto di me e mi diedi lo slancio in quella direzione.

Atterrai sulla ringhiera e per un soffio non persi l'equilibrio. Riuscii a saltare sulla piattaforma e sorrisi, fiera di me stessa e anche un po' sorpresa di non essere andata a schiantarmi. Scesi rapida gli scalini finché... non si interruppero.

«Ma per piacere!» Ovviamente avevo scelto una scala che, per chissà quale maledetta ragione, non scendeva fino a terra.

Mi sporsi a guardare in basso: il salto era di circa due metri. Mi appesi con le mani alla ringhiera, pronunciai una preghiera silenziosa e mi lasciai andare.

Ci fu un secondo di vuoto senza peso, riempito solo dalle stelle sopra la mia testa e dall'aria sulla mia pelle. Per un attimo fu come volare, una sensazione di libertà...

L'impatto mi fece vibrare dalla pianta dei piedi alla sommità del cranio e mi strappò un gemito strozzato. Rotolai e mi fermai con le mani prima di finire faccia a terra. Rimasi lì per qualche secondo a respirare affannata, con staffilate di dolore sordo che mi attraversavano le ginocchia e le anche... senza però fare poi così male. Avrebbe dovuto essere molto peggio.

Ma avevo il sangue di un Primordiale dentro di me.

Mi rimisi lentamente in piedi e mi diressi al cancello, consapevole che tra il passaggio di una pattuglia e quello della successiva non c'era molto tempo. In breve il terreno solido lasciò il posto al crepitio di erba grigia e mi ritrovai sotto le chiome color sangue. La Dimora di Ade non si vedeva già più.

E c'era un ostacolo in meno tra me e il dovere che dovevo compiere. Il mio destino.

6

Uccidere Kolis non sarebbe stata una passeggiata.

Ovviamente.

Anche se avesse riconosciuto l'anima di Sotoria, se avesse visto lei in me, dubitavo che sarebbe stato sufficiente piantargli un pugnale tra le costole. Prima avrei dovuto avere la certezza che mi amasse davvero, e preferivo non lasciare che la mia mente riflettesse su cosa questo avrebbe comportato mentre correvo sotto gli alberi cremisi. Se mi fossi concessa di immaginarlo probabilmente avrei vomitato. Per il momento non potevo fare altro che spingere l'idea fuori dalla mia mente.

Non potevo nemmeno sapere che cosa avrebbe comportato la morte di Kolis, che effetti collaterali avrebbe avuto sull'Iliseum e sul mondo dei mortali... Ma era altrettanto vero che Holland non mi avrebbe fatto il discorso che mi aveva fatto se i risultati fossero stati per forza catastrofici. Il fatto che Nyktos fosse il Primordiale della Morte doveva significare che l'equilibrio non sarebbe stato turbato.

Fino alla mia morte.

Che probabilmente avrebbe seguito di pochi istanti il momento in cui avessi piantato il coltello nel cuore di Kolis. Supponevo che anche lui avesse guardie del corpo Draken.

Ma per il momento la fortuna era dalla mia parte: raggiunsi la Foresta Morente senza problemi, probabilmente perché feci l'intero tragitto di corsa. Il cappuccio mi era scivolato via dalla testa ma lo lasciai dov'era: non mi aspettavo di imbattermi in nessuno in quella zona infestata dalle Ombre, ovvero le anime di coloro che erano entrati nelle Terre d'Ombra ma si erano rifiutati di venir giudicati ai Pilastri di Asfodelo per le azioni commesse in vita. Non avevo mai visto un'Ombra con i miei occhi e sinceramente non ci tenevo, dato che mi era stato detto che avevano il vizio di mordere.

Cominciavo a sentire dolore ai muscoli delle gambe e del ventre: rallentai, ma non smisi di perlustrare con lo sguardo le dense macchie di alberi secchi e contorti. Ogni respiro mi riportava alla mente la Putrefazione e il suo odore di gigli morti. Almeno non avevo male alla mascella o alle tempie e non mi girava la testa. Non avevo idea di quando sarebbe cessato l'effetto delle erbe – menta, agnocasto e un sacco di altre che non riuscivo a ricordare – e gli effetti della Transizione avrebbero ricominciato a farsi sentire, ma quando fosse successo avrei dovuto fare quel che avevo sempre fatto.

Tenere duro.

Quel che Ezra avrebbe fatto se avesse saputo che non c'era modo di fermare la Putrefazione. Io e lei non avevamo sangue in comune, ma sapevo che era una persona resistente quanto me e non avrebbe né gettato la spugna, né finto che il pericolo non esistesse, né sperato nell'arrivo di qualche soluzione miracolosa dal nulla, come invece avrebbe fatto mia madre. No, Ezra avrebbe tentato qualunque cosa in suo potere per fare in modo che quante più persone sopravvivessero il più a lungo possibile.

Anzi, stando a quel che aveva detto Holland, lo stava già facendo. Anche se non fossi mai riuscita a farle arrivare notizie, stava già prendendo tutte le decisioni necessarie per...

Un rumore sopra di me mi fece alzare lo sguardo sui rami secchi e senza foglie. Mi fermai di colpo e vidi un enorme falco argentato che planava lento, ad ali spiegate tra le chiome scheletriche, e atterrava su un ramo, affondando gli artigli neri nella corteccia morta.

Assomigliava moltissimo al falco che avevo involontariamente curato nella Foresta Rossa, ma mi dissi che dovevano avere quasi tutti quello stesso aspetto. Mi sorpresi di incontrare nelle Terre d'Ombra un animale diverso da un cavallo o da quei mostri infernali dei Dakkai, se li si poteva considerare animali.

Ero anche sollevata che non fosse un'Ombra, ma non potevo ignorare che i falchi argentati avessero comunque fama di feroci predatori. Quando ero bambina e Odetta, la mia nutrice, mi raccontava che potevano ghermire qualunque piccolo animale, e anche bambini, non ci credevo, ma ora, dopo averne visti due da vicino, non avevo alcuna difficoltà a immaginarli portare via anche un adulto magrolino.

Mai come in quel momento ringraziai il cielo di aver sempre amato il pane e i dolci.

Il falco chiuse piano piano le ali. Io feci un esitante passo in avanti, sperando che rimanesse dov'era e non avesse in mente di trasformarmi nella sua colazione. L'ultima cosa al mondo che volevo era far del male a un animale... Be', a parte i granratti e i serpenti. Quelli li avrei ammazzati volentieri ogni giorno dell'anno.

Avevo fatto appena tre passi quando il rapace si voltò verso di me e abbassò il becco affilato nella mia direzione. Due occhi scintillanti di intelligenza fissarono i miei. Non erano neri come quelli dell'esemplare che avevo curato, ma di un blu intenso, vibrante, innaturale, persino più profondo di quello degli occhi di Penellaphe. Non avevo mai visto un colore del genere negli occhi di un uccello.

Il falco emise una sorta di cinguettio che assomigliava a una versione meno potente del richiamo di un Draken. E poi, senza preavviso, spalancò le ali e si lanciò dal ramo, dritto su di me. Con il cuore in gola mi accucciai e sfoderai il pugnale dallo stivale... ma proprio in quel momento il falco virò per passarmi sopra la testa.

Si udì un verso acuto di dolore che mi fece rabbrividire da capo a piedi. Mi drizzai, mi voltai a guardare e mi sfuggì un grido orripilato.

Una grossa massa grigia si contorceva al suolo a pochi metri da me, mentre il falco affondava gli artigli in quella che doveva essere una testa. Poi i suoi contorni si fecero più *solidi*, apparvero braccia e mani che tentarono di ghermire le ali battenti dell'uccello, che reagì riducendole a brandelli. Le dita si dissolsero in riccioli di materia grigiastra che fluttuò verso il terreno.

Un refolo d'aria gelida mi sfiorò la nuca, provocandomi un brivido di adrenalina lungo la schiena. Reagendo di puro istinto bloccai la paura, girai su me stessa sferrando un colpo di pugnale e sbarrai gli occhi quando incontrai resistenza. La lama affondò in una sorta di ombra semovente e pulsante, che mandò uno strillo e scattò indietro, schizzando oscurità tutt'intorno come fosse sangue da una ferita. Poi si staccò da terra e *volò* sul ramo più vicino, mentre un'altra sopraggiungeva saettando tra le chiome spoglie a vari metri da terra, lasciandosi dietro scie di ombra fumosa.

Mi venne il sospetto di sapere esattamente che cosa stavo vedendo.

Ombre.

E nessuno aveva pensato di dirmi che sapevano volare.

Un braccio fatto di buio tentò di afferrarmi, io scartai di lato e mi voltai: l'Ombra aggredita dal falco era scomparsa e l'uccello era piombato ad artigli tesi addosso a un'altra. Si era solo diretto verso una preda più grossa, o mi stava effettivamente aiutando?

Un gemito profondo echeggiò per la Foresta Morente. Mi voltai e intravidi grappoli di sagome grigie che saettavano tra i rami e sembravano spuntare dal terreno stesso e dalle radici degli alberi.

«Dei» borbottai. «Non ho proprio tempo adesso.»

Sferrai un colpo alla più vicina, chiedendomi come facessero a mordere se erano praticamente fatte di fumo. Il mio bersaglio scivolò velocissimo alla mia sinistra e io imprecai. Un'altra Ombra venne verso di me scivolando sul terreno come una specie di enorme serpente scuro... perché *ovviamente* doveva sembrare un serpente. Scattai in avanti e pugnalai quella che mi parve la sua schiena proprio nel momento in cui cominciava a sollevarsi da terra: la lama affondò in qualcosa, l'Ombra strillò, crollò a terra e si infranse in mille sottili rivoli di fumo. Avevo senza dubbio colpito un punto vitale. Sulla lama e sul lato della mano vidi tracce di una sostanza nera e oleosa. Un odore stantio mi raggiunse le narici, dandomi la nausea.

Una piccola parte di me provò un po' di rimorso mentre piroettavo e affondavo il pugnale in un punto a caso di un'altra Ombra: quelle creature erano state uomini e donne mortali un tempo. Alcune sicuramente avevano commesso peccati orribili, ma altre erano state solo persone con una paura esagerata delle conseguenze delle proprie azioni. Temevo che, una volta andate in pezzi come quella che avevo appena colpito, la loro anima sarebbe stata distrutta definitivamente. Un destino dal quale non c'era ritorno.

Infilzai un'altra Ombra al cuore. Era comunque un rimorso molto leggero. Non ci tenevo a diventare lo spuntino di un'anima perduta.

Un'Ombra calò in picchiata da un albero proprio come aveva fatto il falco poco prima. Mi gettai di lato per evitarla, ma qualcosa afferrò il mio mantello e lo strappò.

Artigli. Avevano pure gli artigli, anche se non riuscivo a vederli. Mi voltai facendo scattare in su il braccio piegato e colpii con il gomito qualcosa di freddissimo nascosto nella massa grigia, qualcosa che assomigliava a una gola e che produsse un suono di denti digrignanti.

«Niente morsi» grugnii spingendo via la creatura e assestandole un colpo di pugnale.

Poi, senza preavviso, qualcosa mi tirò indietro la testa con tale violenza che il dolore mi saettò attraverso il collo. Persi l'equilibrio e nello stesso momento il falco emise un'altra serie di potenti versi. Caddi malamente a terra e i miei polmoni si svuotarono.

L'Ombra mi piombò sopra oscurando il mondo con la sua nube di riccioli tenebrosi. Dita fredde come ghiaccioli mi afferrarono il polso della mano armata e la bloccarono a terra. Quel gelo era incredibilmente intenso. Sferrai una ginocchiata all'insù, annaspai con la mano libera più o meno dove mi sembrava fosse la spalla del mio avversario: affondai le dita in una massa di aria fredda e poi, in profondità, toccai qualcosa che non sembrava tanto pelle, quanto piuttosto una superficie fredda e liscia, simile a un... osso. Spinsi con tutta la forza che mi rimaneva...

E varie cose accaddero allo stesso tempo.

Il falco volò sopra di noi e artigliò la schiena dell'Ombra, che mandò uno strillo acuto mentre l'uccello sfrecciava via tra i rami. Io sentii il petto che si scaldava e vibrava forte, mentre una corrente elettrica mi percorreva la pelle delle braccia e delle mani. Senza alcuna volontà da parte mia, l'ethere nel mio sangue si attivò e prese a premere sempre più forte: cercai di fermarlo, ma la luce argentea tracimò da sola fuori dai miei palmi e inondò l'Ombra sopra di me, strappando e dissolvendo la nube di fumo che la avvolgeva come un manto finché non si vide il bianco delle ossa. Una cassa toracica, una spina dorsale, organi secchi e mummificati e un cuore avvizzito, piatto e grigiastro.

Che sotto i miei occhi *si contrasse in un battito.*

In un attimo il suo colore divenne rosso cupo. Muscoli rosei e tendini biancastri si avvolsero veloci attorno alle costole e alle altre ossa; dove un attimo prima c'era solo fumo grigio apparve un intrico di vene, prese forma un cranio e altri tendini avvilupparono la mascella, raddrizzando la bocca piena di denti spezzati.

Oh, dei. Oh, dei. Non sarei mai più riuscita a togliermi quell'immagine da davanti agli occhi: mi avrebbe tormentata per il resto dei miei giorni.

Sulla bocca spuntò un abbozzo di labbra, che subito si riempirono, divennero rosee e si mossero, mentre dalla gola a malapena formata uscì un suono rasposo: «*Meyaah... liessa...*».

«Ma che *cazzo...*» ansimai. Poi una sostanza biancastra e gelatinosa riempì le cavità oculari, come se fosse...

Mi si infiammò di nuovo il centro del petto e l'ethere dentro di me – le braci della vita – vibrò in risposta all'ondata di puro potere scatenato. Un lampo d'argento crepitante illuminò il bosco, così intenso che per un attimo vidi tutte le Ombre turbinose che mi circondavano... E poi scomparvero, tutte.

Un potere del genere era semplicemente inimmaginabile.

Quella ancora sopra di me fu percorsa da spasmi di energia sibilante che riempì di luce bianca le sue vene rinate e la scaraventò verso l'alto. Un istante dopo esplose in mille pezzi e si dissolse nel nulla.

Io rimasi distesa a terra con le mani ancora sollevate. La luce argentea si spense piano piano e il mondo tornò di nuovo grigio e *quasi* senza vita.

Dai rami contorti il falco mandò un ultimo, sommesso richiamo e poi si librò nel cielo. Con il cuore ancora in tumulto, lo guardai spiegare le ali, levarsi in alto e scomparire alla vista.

Nemmeno quel feroce predatore aveva voglia di restarmi troppo vicino.

«*Seraphena.*»

Come evocata dall'ora più buia della notte, una voce dura e fredda mi provocò una fitta al cuore, e quel che era appena successo con le Ombre passò subito in secondo piano rispetto alla consapevolezza che avrei dovuto aspettarmi quel che stava succedendo ora. Aveva il mio sangue dentro di sé. Un bel po'. Non poteva non aver sentito la mia esplosione di paura, per quanto breve... esattamente come era successo la volta precedente nel cortile. Chissà, forse non era nemmeno il sangue, quanto piuttosto le braci colme di essenza primordiale che un tempo apparteneva a lui. In realtà non aveva importanza. Ne aveva solo il fatto che non potevo rimanere lì sdraiata a desiderare di sprofondare nel terreno. Con il cuore che mi martellava in gola mi alzai lentamente, e la pressione che sentivo nel petto crebbe ancora di più quando mi voltai a fronteggiarlo.

Nyktos era a qualche metro da me, con l'aspetto del vero Primordiale Sovrano delle Terre d'Ombra. Portava una tunica grigia e i capelli legati dietro la nuca. I suoi lineamenti erano più duri e freddi di quanto li avessi mai visti.

E la sua pelle era... *sottile*.

Più lo guardavo e più ombre vedevo addensarsi nella sua carne. I suoi occhi erano globi rutilanti d'argento. Non mi serviva il suo potere di leggere le emozioni per capire che era al di là della pura furia.

La dura realtà mi investì come un carro lanciato in corsa. Non sarei andata da nessuna parte. Non avrei adempiuto al mio destino. D'ora in poi Nyktos non mi avrebbe più staccato gli occhi di dosso: sarei rimasta in trappola assieme a tutte le persone destinate a morire a causa mia. La pressione nel petto e in gola si fece intollerabile, e feci qualcosa che non avevo mai fatto prima.

Mi voltai e *scappai*. Corsi più veloce che potei tra gli alberi contorti, ignorando i graffi che mi provocavo contro i rami più bassi che si protendevano verso di me come dita scheletriche per artigliarmi il mantello e la pelle.

La pressione nel petto ora era una sensazione gonfia e gelida, completamente fuori controllo, come quella volta in cui Tavius mi aveva inchiodata al letto, impedendomi di respirare. In quell'occasione avevo reagito come un animale selvatico, e adesso era di nuovo così.

Ridurrà in cenere le Terre d'Ombra.

La ferita lasciata dall'Ombra mandò una fitta e la mia fronte si imperlò di sudore gelido. I rami grigi e ritorti degli alberi ormai erano solo una macchia confusa color delle ossa, mentre i miei stivali martellavano il terreno pietroso. Non sapevo nemmeno io in che direzione stessi correndo. Ma sapevo perché lo stavo facendo: per disperazione. Una disperazione stupida e insensata mi spingeva avanti, costringendomi a mettere a ogni istante un piede di distanza in più tra me e l'incubo che presto sarebbe diventato una ineluttabile realtà: non sarei mai riuscita a raggiungere Kolis, anzi mi sarei trasformata in un faro che lo avrebbe guidato a tutti i suoi bersagli... incluso Nyktos.

Kolis gli ha fatto un sacco di cose orribili.

Non potevo fermare la Putrefazione. Non potevo fermare Kolis. Non avevo alcun importante dovere, alcuno scopo. Sarei morta e basta. E, quel che era ancora peggio, sarei stata la causa di indicibili orrori. Non ero niente se non...

L'unico preavviso fu una ventata d'aria che profumava di fresco e limone. Nyktos mi piombò addosso, robusto e inesorabile. Vidi il terreno che mi arrivava contro a gran velocità e il suo braccio mi afferrò alla vita. Poi il Primordiale si girò e tutto quel che vidi furono le stelle che baluginavano attraverso la ragnatela dei rami.

Nyktos colpì il suolo per primo, un colpo che dovette fargli male sul serio. Assorbì l'impatto del mio peso sulle rocce con un grugnito. La testa mi rimbalzò sul muro del suo torace e per un istante rimasi stordita. Il mondo fu ingoiato dai miei respiri strozzati e poi...

«Davvero stai cercando di scappare?» Sentii il suo respiro sulla sommità del cranio. «*Da me*? Perché? Che cosa ti sei messa in testa?»

«Perché no?» fu la mia risposta. E suonò tanto infantile, anche alle mie stesse orecchie, che rabbrividii.

«Mi stai prendendo in giro?» ringhiò lui. Mi irrigidii nel suo abbraccio e un altro brivido mi percorse. «Sei scappata dalla sicurezza del palazzo per andare di corsa nel secondo luogo al mondo dove ti avevo detto di non andare: la mia piccola lista di regole era davvero così poco comprensibile? O sei del tutto incapace di seguire qualsiasi regola sia stata pensata per salvarti la vita?»

«Fanculo le tue regole» replicai, tremando come una foglia.

«E fanculo anche la mia sanità mentale, immagino. Riesci almeno a capire che sei stata a un soffio dal lasciarci la pelle, Sera? Anche se fossi riuscita a uccidere l'Ombra sopra di te, ne avevi attorno un'altra dozzina. Se non avessi percepito che eri qui e non fossi intervenuto... *ancora una volta*, se posso farlo notare...»

«No, non puoi.»

«... saresti morta» concluse. «Ti avrebbero fatta a brandelli e nemmeno tutto il mio sangue sarebbe bastato a salvarti. Non sarebbe rimasto abbastanza di te nemmeno per una sepoltura. Non avrei nemmeno potuto...» Tacque, ma la furia dietro le sue parole spazzò l'aria tra noi come una ventata di puro gelo e investì i rami sopra le nostre teste *riducendoli in cenere*. Sbarrai gli occhi a quella vista.

Cazzo. Quel che restava dei rami cadde a terra come fosse neve, e io lo fissai con la gola secca.

Nyktos mi scosse. «Che cosa credevi di ottenere, Sera?»

Che cosa credevo di ottenere? Fuggire dalle Terre d'Ombra... fuggire da *lui*? Arrivare viva da Kolis, in un modo o in un altro?

«Rispondimi.» Mi resi conto che non mi stava scuotendo: era il suo corpo che si scuoteva sotto il mio. «Stavi scappando da me?»

Tentai di mettermi a sedere, ma lui spostò il braccio per tenermi premuta a sé, e nonostante il caos che invadeva la mia mente, mi resi conto che avevo la mano sinistra intrappolata contro il suo stomaco. Non la destra. Non la mano che stringeva il pugnale. Lo aveva fatto apposta. Quel pugnale forse non poteva ucciderlo, ma gli aveva già fatto del male in passato: un combattente esperto avrebbe neutralizzato una simile minaccia come prima cosa. Era quello che avrei fatto io. Ma lui aveva scelto di non farlo. «No, non stavo scappando da te.»

«Quindi cosa stavi facendo? Volevi diventare la persona più difficile con cui abbia mai dovuto avere a che fare?»

«Esatto, proprio quello. Mica mi passava per la testa di tentare di salvare te, idiota!»

Nyktos si immobilizzò e tacque. E a quel punto io mi resi conto del mio errore. Lo sentii incamerare un respiro brusco contro il mio petto. «Pensavi di... No, Sera. *No.*»

Avvertii l'istante in cui lo stupore lo attraversò. Il suo braccio perse la presa sulla mia vita, e seppi che era la mia possibilità. L'ultima. Piantai i calcagni a terra per darmi un po' di slancio verso l'alto e mi divincolai da lui. Riuscii a liberarmi per un istante, poi Nyktos mi afferrò il braccio sinistro e si drizzò a sedere. Imprecando ruotai su me stesa e gli serrai la vita tra le ginocchia. Lui afferrò la treccia che mi pendeva sulla spalla, mentre io calavo la lama del pugnale.

Nyktos sbarrò gli occhi sentendo la lama premere sulla sua gola. La mia mano non tremava. Nessuna parte del mio corpo lo fece, quantomeno all'esterno. Dentro di me, invece, tremava tutto.

«Lasciami andare» ordinai.

Occhi pieni di luce lunare si piantarono nei miei. «No.»

«Devi.»

«Altrimenti?» Un angolo del suo labbro si sollevò. «Mi taglierai la gola?»

Frustrazione e disperazione si mescolarono in un'ondata di rabbia. «Se necessario sì.»

«Allora fallo. Tagliami la gola.» Si avvolse la treccia attorno alla mano e tirò quel tanto che bastava da costringermi a guardarlo negli occhi. «Ma assicurati di tagliare a fondo, fino alla spina dorsale. Altrimenti otterrai solo di infradiciarci di sangue entrambi.»

Mi sprofondò il cuore. Ma parlava sul serio?

«Fallo» ringhiò lui scoprendo le zanne. «Recidermi la spina dorsale è la sola possibilità che hai per farla franca.»

Cominciò a tremarmi la mano. Nyktos sollevò la testa e io repressi un ansito. Una singola goccia di sangue scintillante, rosso-bluastro, apparve sul lato della sua gola.

«Ma dovrai correre veloce, perché non resterò giù a lungo.» Quegli occhi turbinanti non si staccavano dai miei. «Avrai un minuto. Forse. Ma, giusto perché tu lo sappia, non riuscirai a uscire dalle Terre d'Ombra, *liessa.*»

Liessa.

Una parola che nell'antica lingua dei Primordiali non significava solo *regina*, ma anche qualcosa di bello. Di bello e pieno di potere. Sentirmi chiamare a quel modo mi scosse.

E in quell'istante Nyktos colpì.

Mi afferrò la mano armata e mi buttò a terra con una facilità da cui compresi che avrebbe potuto farlo in qualunque momento.

«Che mossa scorretta!» protestai.

Un attimo dopo lui mi era di nuovo addosso e mi intrappolò. «Che cosa ti ha mai fatto pensare che io sia corretto?»

«*Tutto.*» Il panico è una cosa bizzarra: ti toglie ogni briciolo di energia, e un istante dopo ti fa sentire inarrestabile come un dio. Sollevai le anche per serrargli le gambe attorno alla vita, lo feci rotolare e con un urlo mi ritrovai in piedi. Subito balzai indietro e mi voltai.

Un rombo sordo proveniente dal cielo fece tremare i rami

sopravvissuti degli alberi, che rumoreggiarono come ossa sbatacchiate. Alzai la testa e tra i rivoli di cenere che cadevano colsi un lampo di ali nero-grigiastre. *Nektas.* Il mio cuore perse un battito.

Nyktos si alzò su un ginocchio e con l'altra gamba agganciò la mia, facendomi inciampare. Persi l'equilibrio e finii con il sedere a terra. Era veloce... così terribilmente veloce. Rotolò di nuovo su di me, ma stavolta me lo aspettavo: piantò una coscia tra le mie e mi immobilizzò i polsi nell'erba morta proprio mentre l'ombra del Draken ci sorvolava seguendo il margine dell'area circolare che Nyktos aveva bruciato con la sua rabbia.

«Lascialo.» L'ethere sfrigolò fuori dagli occhi di Nyktos e colò sotto la sua pelle, illuminando le vene mentre un filo di sangue gli scendeva lungo la gola. «Lascia cadere il pugnale, Sera. Non voglio doverti costringere io, ma lo farò. Lascialo.»

E avrebbe potuto, sul serio. Ansimando, mollai la presa e l'impugnatura mi sfuggì di mano. Era finita. Anche se in qualche modo fossi riuscita a liberarmi e a rendere inoffensivo Nyktos, non sarei andata lontano. Non con Nektas lassù in cielo. «Contento?»

I suoi occhi divennero puro argento. Non si vedevano più nemmeno le pupille: solo due globi sfavillanti. Le vene ricolme di essenza dilagarono di nuovo sulle sue guance e giù lungo la gola, e in un attimo il taglietto che gli avevo lasciato sulla pelle scomparve, lasciandosi dietro solo una vaga traccia di sangue. «Dimmi che mi sbaglio, Sera.»

Sentii i miei muscoli diventare come acqua e il collo che non mi reggeva più la testa.

L'essenza fluì fuori da lui in grandi scie di nero striato d'argento, mentre le ombre turbinavano sotto la sua pelle. «Dimmi che mi sbaglio. Dimmelo!» Le ombre dilagarono finché tutta la sua pelle fu del colore della mezzanotte cosparsa di stelle, e le dita che mi serravano il polso divennero solide come ombropietra. «Dimmi che non stavi andando da Kolis!»

«Devo farlo.»

«Ti sbagli» ringhiò lui, e le sue zanne biancheggiarono contro la pelle.

Poi assunse la sua vera forma, e io rimasi a bocca aperta. Alle sue spalle spuntarono due archi gemelli, alti quanto lui stesso in piedi, masse di potere talmente solide e compatte da bloccare la vista di qualunque cosa al di là. Quando era accaduto nel cortile non ero stata così vicina, mentre ora lo ero abbastanza da riconoscere i suoi lineamenti profondi e marcati: gli zigomi pronunciati, le labbra piene, le spesse ciocche bruno-rossicce che gli scendevano lungo la curva della mascella.

«Qualunque cosa tu pensi di dover fare...» La sua voce era sottile come un respiro, ma scosse il mio cuore ancor più di prima. «Qualunque impresa tu pensi di poter portare a termine, ti sbagli.»

«E tu che ne sai? Io posso fermarlo.» Tremai mentre le parole mi uscivano praticamente da sole. «Dovresti esserne consapevole.»

«Andare a consegnarti a Kolis non è la risposta.»

«Sì che lo è!» gridai. «Per quale altro motivo tuo padre avrebbe messo la sua anima dentro di me? Per quale altro motivo sarei stata addestrata a uccidere un Primordiale?»

Il suo viso era a pochi centimetri dal mio e i suoi occhi splendevano al punto da far lacrimare i miei.

L'istinto mi urlò di tacere, mi urlò che Nyktos stava per perdere il poco controllo che gli restava. Ma non potevo tacere. Dovevo fargli capire che quella era la nostra sola possibilità per fermare Kolis. «So che cosa sto andando ad affrontare.» Mi sforzai di tener ferma la voce come avevo fatto quando avevo parlato al lupo Kiyou che avevo riportato in vita agli Olmi Cupi. «E qualunque cosa dovesse accadere a me sarà valsa il prezzo se...»

Gli archi gemelli delle sue ali si abbatterono al suolo e fecero tremare la foresta intera. L'ethere sprizzò dalle loro punte sull'erba secca, riducendola in cenere ovunque la toccasse.

«Tu... tu devi capire.» Una ventata di aria gelida promanò da lui e io rabbrividii. «Io sono la *sua* debolezza. Per che cosa mi sono preparata per tutta la vita? Per lui. Non per te.» Il mio respiro formò una nuvoletta. «Posso ancora tentare. Aiutami solo ad arrivare fino a lui... o lasciami andare da sola. Una delle due. E realizzerò il mio *vero* destino.»

Nyktos ora taceva.

Deglutii, sperando di essere riuscita ad aprire una breccia in lui, pregando qualunque Fato fosse in ascolto che lui potesse finalmente comprendere. «Non dovrai più preoccuparti di nascondere la mia identità. Sarai libero dalla responsabilità che io rappresento, come lo saranno tutti quelli a cui dai rifugio. Chiunque nelle Terre d'Ombra sarà più al sicuro in questo modo. *Tu* lo sarai. Nessun altro dovrà farsi male o perdere la vita.»

«Ma la perderai tu.» Riconobbi a stento la sua voce, tanto era profonda e gutturale. «Kolis ti distruggerà.»

«Questo non ha importanza.» Inspirai, e lui sollevò le ali producendo una ventata che scompigliò i capelli sul volto di entrambi.

«E hai ancora il coraggio di dire che dai valore alla tua vita?» Un ringhio cupo gli sorse dal profondo del petto. «Il disinteresse che provi per te stessa non è mai stato evidente come ora.»

«Morirò in qualunque caso, e il mondo mortale andrà in rovina. Nessuno lo può impedire, nemmeno tu. Ma almeno io posso fare qualcosa per Kolis, posso impedirgli di fare del male ad altri. Di fare del male a te.»

Nyktos chinò ancora di più la testa, finché la sua bocca arrivò a un millimetro dalla mia. «Affronterò volentieri qualunque orrore Kolis vorrà riservarmi se potrò versare il mio sangue al posto del tuo.»

Ricaddi al suolo, stordita. «Perché? Perché dovresti fare una cosa del genere per me?»

«Le braci della vita e la tua...»

«Si fottano le braci!» Tentai di spingerlo via, invano. Ma in quel qualcosa che era nascosto dentro di me, quel qualcosa che era lì *da anni* a crescere e rafforzarsi, per la prima volta cominciò ad aprirsi una crepa.

Un nodo confuso di emozioni prese a sanguinare. Era fatto di paura, bisogno, vergogna, solitudine, tristezza e un migliaio di altre sensazioni che non mi ero mai permessa di provare. Erano tutte quelle piccole parti di me che avevo rimosso ogni volta che la mia famiglia mi aveva esclusa, trattata come un ospite sgradito, guardata come una disgrazia e nient'altro. Tutte le ferite aperte dal disappunto di mia madre e lasciate a suppurare ogni volta che l'avevo vista guardarmi come se sperasse di non doverlo fare mai più. Non ero altro che una massa di cicatrici causate da tutte le vite che avevo spento, e ciascuna di esse aveva lasciato su di me il marchio dell'errore. Ma era solo un mucchio di lividi su una tela bianca, perché non avevo mai provato dolore per quelle morti, non le avevo mai piante. Non me n'era mai importato niente, perché a nessuno era mai importato niente di me, al di là di quanto potessi tornare utile.

Mi sentivo pizzicare la pelle, avevo male al petto e quel nodo si stava sciogliendo in rabbia che a sua volta si stava già trasformando in qualcos'altro. Qualcosa che non avrei più potuto contenere né nascondere. Gettai indietro la testa, con un urlo di frustrazione e furia che mi ardeva in gola. Dal profondo della vasta caverna che si era spalancata in me, dal cuore di quel vuoto sorse un calore... *potente*. Era come se fosse sempre stato lì, sfavillante e incandescente, antico e inarrestabile. Sentii la sua energia inondarmi le vene. Una luce argentea mi offuscò la vista...

Posai le mani sulle sue spalle e quella pura essenza primordiale eruppe dai miei palmi per confluire in...

... *Nyktos.*

7

Un lampo bianco-argenteo di ethere puro investì Nyktos e lo ricoprì. Lui fece per alzarsi e una forza lo scaraventò all'indietro, ma le sue ali si spalancarono fermandolo a mezz'aria.

«Nyktos!» urlai. Balzai in ginocchio, sinceramente terrorizzata, mentre l'ethere crepitava attraverso il suo corpo e le sue ali riempiendo di luce il reticolo delle vene.

Dei, che cosa avevo fatto?

L'oscurità si addensò attorno a Nyktos, nera e turbinante. Poi il Primordiale aprì la bocca e il suono che ne uscì... era puro *potere*. Un ruggito impattò sugli alberi dietro di lui, disintegrandoli, e la temperatura scese di colpo al punto che mi sembrò che si congelasse persino l'aria che avevo nei polmoni. Sentii freddo fin nel midollo delle ossa mentre lui veniva avanti...

Un'ombra gigantesca cadde su di me oscurando gli alberi e il pallido lucore delle stelle. Mi irrigidii, e il vento delle ali di Nektas spazzò la radura. Il Draken calò passando appena sopra la mia testa e atterrò affondando gli artigli delle zampe anteriori nel suolo, che tremò ancor più di quanto già non stesse facendo. Gli alberi intorno furono scossi come fossero fiammiferi.

Mi immobilizzai e chiusi gli occhi. Sapevo che la morte era su di me. Una morte dolorosa, fatta di fuoco. E non avrei potuto evitarla, perché avevo aggredito Nyktos. Gli avevo fatto del male. Quello che era uscito dalle mie mani era potere puro, scatenarlo non era stata mia intenzione, ma che importanza aveva questo? Nektas non era solo legato a Nyktos: lo considerava a tutti gli effetti un membro della sua *famiglia*.

E ora il Draken mi avrebbe uccisa.

Solo che il lampo d'argento bruciante che ero sicura avrei visto anche con le palpebre chiuse non venne. Né venne il dolore. Tremando, riaprii gli occhi. Ero a pochi centimetri dalla muraglia di scaglie nere e grigie sul fianco di Nektas. Sapevo già che era enorme, ma nemmeno sulla strada per le Terre d'Ombra, dove lo avevo incontrato per la prima volta, mi ero trovata così vicina a lui nella sua forma originaria: il corpo da solo doveva essere lungo almeno sei metri. Una delle ali membranose mi ricopriva, perché il Draken era accucciato... *sopra di me*.

Poi abbassò la testa e la cresta di spine appuntite vibrò mentre le labbra si aprivano a mostrare una chiostra di zanne abbastanza grandi da ridurre in polvere le ossa di chiunque. Il basso ringhio di avvertimento che ne uscì mi fece scorrere un brivido lungo la schiena.

«È tutto a posto» fece Nyktos con voce roca.

Spostai lo sguardo su di lui e il sollievo che provai nel sentirlo parlare mi fece girare la testa. Mi assestai meglio sulle ginocchia, e piano piano mi resi conto che nell'aria non c'era più quel gelo insopportabile.

«Nektas non... non è qui per minacciarti» disse il Primordiale forzando la voce tra i denti serrati. La luce argentea non aveva smesso di saettare nel suo corpo. «È qui per proteggerti.»

«Da cosa?»

«Da me.»

Tutto ciò non aveva alcun senso. Ma era vero che il Draken stava fissando lui. Non me. «Ma io... io ti ho fatto del male.»

«Nektas teme che... io ti attacchi... per una reazione istintiva.» Nyktos girò la testa da una parte all'altra. «E che... finisca per fare molto peggio... che farti del male.»

«Non lo faresti.» Mi rivolsi al Draken. «Lui non mi farebbe mai del male.»

«Sono stato sul punto di farlo.»

Non ci credetti nemmeno per una frazione di secondo. Forse era un pensiero sciocco da parte mia, ma se Nyktos avesse voluto farmi del male, aveva avuto già mille occasioni diverse in passato.

Eppure Nektas rimase dov'era, con gli occhi fissi sul Primordiale e il ringhio di avvertimento che non smetteva di uscire dalla sua gola, anche se più basso di prima.

D'improvviso, Nyktos cadde con un gemito su un ginocchio, si piegò in avanti e piantò una mano a terra, mentre le ombre attorno a lui recedevano. Chinò la testa e le sue spalle possenti sussultarono mentre le ondate di ethere dentro di lui si facevano via via meno intense, fino a svanire. Le ali d'ombra si dissolsero nel nulla, la pelle color della mezzanotte scomparve e le ciocche di capelli gli ricaddero ai lati del viso di un bronzo dorato. Seguirono minuti di silenzio, in cui solo le sue spalle si muovevano al ritmo di respiri corti e affannosi.

Il mio sollievo cominciò a cedere terreno all'ansia: forse non stava bene come voleva far intendere. Ancora in ginocchio, feci per sporgermi verso di lui. «Nyktos?»

Silenzio.

Nektas, che aveva finalmente smesso di ringhiare, si protese in avanti e con gentilezza lo toccò con il muso su una spalla.

«Sto bene» fece lui con voce cavernosa. Sollevò una mano e la appoggiò sulla grande mascella del Draken. «Mi serve solo un minuto.»

Nektas si ritirò, ma non gli tolse gli occhi di dosso, e il minuto che il Primordiale aveva chiesto sembrò durare un'ora.

Poi, lentamente, Nyktos rialzò la testa. «Questo...» Si schiarì la gola, e quando riprese a parlare lo fece con voce più ferma. «Questo non me lo aspettavo.»

«Io...» Scossi la testa e mi fissai le mani, sentendo le lacrime che cominciavano a pungermi gli occhi. «Io non volevo. Lo giuro. Non so nemmeno come ho fatto.»

«Dev'essere la Transizione. Non avevo previsto nulla di simile... Mi aspettavo che anche la tua sarebbe stata simile a quella di un semidio. Ma le braci della vita dentro di te... sono potere. Ti rendono *forte*...» Tacque, ma il timore reverenziale che pervadeva la sua voce continuò ad aleggiare nel silenzio. «Quando un dio entra nella Transizione la sua essenza cresce in quantità e intensità, e quando il processo si avvicina al culmine può sgorgare all'esterno in... esplosioni. Di solito in concomitanza con emozioni intense. Ma questo non accade nella Transizione dei semidei: la maggior parte di loro non arriverà mai neppure a maneggiare l'essenza a quel modo, nemmeno dopo una eventuale Ascensione. Semplicemente, non c'è abbastanza ethere in loro.»

Chiusi i pugni, me li portai al petto e fissai Nyktos.

Non me n'ero accorta, ma mi era venuto più vicino. Era ancora in ginocchio e ora si trovava anche lui sotto l'ala di Nektas. Neppure il Draken aveva emesso un singolo suono udibile. «Stavi provando senza dubbio un'emozione intensa quando è successo.»

Fui scossa da una debole risata. Mi sentivo bruciare la parte posteriore degli occhi, perciò li rivolsi altrove e li chiusi. «Mi dispiace. Non volevo farlo. Davvero non volevo.»

«Lo so» sussurrò Nyktos, e al tocco delle sue dita sulla mia guancia sobbalzai. Quelle dita...

«La tua pelle è di nuovo fredda.»

«È tutto a posto.»

«Come fa a essere tutto a posto?» Cercai di tirarmi indietro ma la sua mano mi seguì e si chiuse a coppa sulla mia guancia. La sua pelle era davvero tornata gelata come una volta. «Ho fatto qualcosa senza nemmeno rendermene conto. Ti ho fatto male.»

«No che non lo hai fatto.»

«A me pare proprio di sì.» Posai la mano sulla sua. L'ethere aveva in qualche modo annullato gli effetti del mio sangue in lui? Abbassai la mano. «Hai bisogno di... nutrirti?»

«Questo non è un tuo problema.»

Non riuscivo a immaginare come potesse anche solo pensare una cosa del genere. O come facesse a non sembrare granché turbato da quel che gli avevo fatto. «E se dovesse succedere ancora? Se facessi del male a qualcuno che non la prendesse bene come te?»

Lui chiuse gli occhi per un istante e la sua espressione si ammorbidì. «Ci assicureremo che ciò non accada, Sera.»

Facile a dirsi. «E come pensi di...» Mi ritrassi di scatto, colta di sorpresa dallo stupore: mi era tornato in mente che cosa avevo fatto appena prima che Nyktos mi trovasse. «Ho toccato un'Ombra.»

«Non avresti dovuto nemmeno avvicinarti a loro.»

«Non è questo il punto.»

Ogni traccia di gentilezza scomparve da lui in un attimo e la sua mascella si indurì. «È esattamente questo il punto.»

«Non mi stai ascoltando: l'ho toccata e ha cominciato a ritornare in vita.»

«Cosa?» La sua mano si abbassò e Nektas si voltò verso di noi.

«Non è stato intenzionale, ma... ho visto i suoi muscoli e le vene che si riformavano. E il cuore. Si è ricostituito e ha ricominciato a *battere*. Appena prima che tu la distruggessi il suo cuore batteva. E l'Ombra mi ha parlato.»

Nyktos sbarrò gli occhi. «Non è possibile.» Si voltò verso Nektas. «Lo è? Io non l'ho percepito.»

E il Draken...

... cambiò forma lì di fronte a noi. Un'esplosione di minuscole stelle d'argento coprì per intero il suo corpo e l'ala che ci sovrastava, per poi svanire in uno scintillio. Io spalancai la bocca: davanti ai miei occhi gli artigli si trasformarono in dita, le ali furono riassorbite e le scaglie divennero pelle color rame. Moltissima pelle color rame, dalle linee nette e marcate, sormontata da una cascata di capelli rossi e neri.

«Sei nudo» mormorai.

«La cosa ti disturba?» chiese lui.

«... Forse?»

Nyktos girò la testa verso di me. «In tal caso potresti smettere di fissarlo.»

«E come diavolo faccio?» borbottai.

Nektas piegò un angolo della bocca e si passò una mano sul corpo: ci fu un luccichio nell'aria e un paio di larghi pantaloni di lino apparvero a coprirgli le gambe. Rimase nudo solo dalla vita in su. «Va meglio ora?»

Sbattei le palpebre. «Credo di sì...» Avevo le allucinazioni?

«Non dicevo a te.» Nektas si voltò verso Nyktos.

Gli occhi del Primordiale si strinsero e gli angoli della bocca si piegarono all'ingiù.

«Come hai fatto?» chiesi.

«Magia.» Nektas si inginocchiò accanto a Nyktos e io aggrottai la fronte. «Sei certa che l'Ombra ti abbia parlato?»

Annuii, accantonando momentaneamente la magica apparizione dei pantaloni. «Ha detto *meyaah liessa*.»

«Mia regina» ripeté Nyktos.

«Dannazione.» Le labbra di Nektas si schiusero piano piano in un sorriso. «Sono le braci.»

Cominciavo sul serio a non poterne più di sentir nominare le braci, ma quella era la conferma che anche Nektas sapeva che c'erano due braci dentro di me, e non una sola: Nyktos doveva averglielo confidato. Gli aveva anche raccontato tutta la parte riguardante Sotoria?

«Eythos lo sapeva fare» continuò il Draken. «Aveva il potere di ridare vita anche alle ossa, ma lo faceva di rado. In realtà ricordo di averlo visto una sola volta. Non è come resuscitare qualcuno che sia appena morto, ecco perché chi è nei dintorni non lo percepisce.» Piegò la testa per guardare me. «Quelle braci che hai in te sono davvero potenti.»

«Non è la prima volta che me lo dicono» borbottai.

Nyktos si accigliò. «Non conoscevo quel potere di mio padre.»

«Credo che non lo conosca nemmeno Kolis.» Nektas si gettò una ciocca di capelli rossi dietro la spalla. «È meglio se d'ora in poi eviti di toccare qualunque cosa sia morta finché non avrai imparato a controllare le braci.»

Mi caddero le mani in grembo. «Farò del mio meglio. Non sarà facile, perché sai quanto mi piace toccare le cose morte.»

Il sorriso di Nektas si allargò. Poi il Draken si guardò alle spalle. «Ce la fai?»

Nyktos annuì, gli occhi fissi su di me.

«Voi due fareste meglio a tornare a palazzo. Le Ombre non se ne resteranno lontane ancora per molto.» Nektas si alzò, appoggiò una mano sulla spalla di Nyktos e poi si allontanò a piedi nel labirinto di alberi morti. Poco dopo i rami scheletrici si agitarono e lo vedemmo levarsi in cielo nella sua forma Draken.

«Dunque i Draken sanno far apparire abiti dal nulla» dissi. «Lo sanno fare anche i Primordiali?»

«Solo abiti che abbiamo già indossato. Diventano una estensione di noi.»

«Oh. Certo, così ha tutto senso.» Sollevai lo sguardo per incontrare il suo, e di colpo mi sentii sfinita fin nelle ossa. Avevo semplicemente troppe cose nella testa. «Non mi lascerai andare, vero?»

«*Mai*» rispose lui, come se stesse pronunciando un giuramento.

Mi sentii schiacciata dall'incredulità e dalla frustrazione. «Quindi mi terrai prigioniera? Contro la mia volontà?»

L'ethere lampeggiò nei suoi occhi. «Rimanere come mia Consorte o mia prigioniera sarà una scelta solo tua.»

«Dal momento che non c'è differenza tra le due cose, non è una vera scelta.»

«Libera di vederla in questi termini.» Nyktos si alzò in piedi con un movimento fluido. Non mostrava più traccia dei danni che gli avevo inferto. «Il tuo destino non sarà morire per mano di Kolis.»

Sentii accelerare il respiro: il mio tentativo di fuga era fallito definitivamente, e me ne rendevo conto solo in quell'istante. Con tutto ciò che comportava. Non avrei avuto altre possibilità ora che Nyktos era sul chi vive. «Dunque, quale sarà il mio destino?»

«Diventare la mia Consorte. Che ti piaccia o no.»

Fissai il Primordiale della Morte e sentii crescere dentro di me la rabbia. Mi ci aggrappai, perché era molto meglio della disperazione o della resa. «Intendi che il mio destino è morire come tua Consorte?»

Lui mi fissò e un muscolo guizzò nella sua tempia. «Potrebbe esistere qualche altro modo per evitare la tua morte.»

«Ah, sì?» Risi. «E sarebbe?»

«Se mi concedi cinque secondi di pace in cui non devo impedire che tu vada a farti ammazzare, magari riuscirò a farmi venire in mente qualcosa.»

Alzai gli occhi al cielo. «Certo. Come no.»

Lui emise un suono che mi parve un grugnito di frustrazione soffocato a forza. Io ghignai e i miei occhi si posarono sul pugnale. Feci per raccoglierlo.

«Spero sinceramente che qualunque cosa tu progetti di fare con quel pugnale non coinvolga me.»

Me lo feci scivolare nello stivale. «Non... non portarmelo più via» ordinai, ma suonò più come una preghiera, e mi fece imporporare le guance.

«Se avessi questa intenzione l'avrei già messa in atto.»

Gli lanciai una cauta occhiata. «Non hai paura che ti tagli la gola fino alla spina dorsale, come mi hai suggerito?»

«No.»

Socchiusi gli occhi. «Dovresti.»

Lui fece un sorrisetto e passò un dito sul bracciale che portava attorno al bicipite, traendone un ricciolo di oscurità.

Mi irrigidii. Nello spazio che ci separava si formò in pochi istanti una nube di fumo che prese la forma di Odin, il cavallo da guerra di Nyktos. L'animale scosse la criniera e batté gli zoccoli sul terreno coperto di cenere. Mi ero dimenticata che apparentemente Odin viveva *dentro* quel bracciale.

«Come...» Mi zittii quando Nyktos mi fissò.

«Cosa?»

«Niente.» Tentai di reprimere la mia curiosità su come facesse a evocare un cavallo da un oggetto. Resistetti cinque secondi. «È magia anche questa?»

«Sì. Magia primordiale.»

Ripensai a quando aveva spostato la sedia e aveva acceso il fuoco nel camino senza toccare nessuno dei due. «Quindi Odin non è... reale?»

«È di carne e ossa.» Nyktos tacque un istante. «Mi auguro che tu non abbia in programma di passare quel che rimane della notte più lunga della mia vita qui nella Foresta Morente.»

«E se così fosse?»

«Ti metterei in sella a Odin di peso.»

«Provaci.»

Nyktos si voltò a fronteggiarmi con l'espressione di chi non vedeva l'ora di farlo.

«Va bene, va bene.» Mi alzai in piedi e lo superai, diretta verso Odin. Mi fermai quando il cavallo si girò verso di me e batté di nuovo lo zoccolo per terra.

«Ce l'ha con te.»

«E cosa mai gli avrei fatto io?»

Nyktos si alzò a sua volta. «Mi hai puntato una lama alla gola e mi hai colpito con l'ethere.»

«Ma non l'ho mica fatto a...» Tacqui. Magia primordiale. «Lui è una estensione di te. Giusto.» Sospirai e fissai il cavallo. «Mi dispiace.»

L'animale sbuffò e si voltò dall'altra parte.

«Gli passerà.» Nyktos mi cinse la vita e mi sollevò ancor prima che potessi rendermene conto. Afferrai il pomello della sella e mi sistemai prima di finire scaraventata dall'altra parte. Lui montò dietro di me. «Prima o poi.»

Odin scosse la criniera.

Non ero tanto sicura che gli sarebbe passata.

Nyktos si sporse oltre i miei fianchi per prendere le redini. «La prossima volta che punti un pugnale alla gola di qualcuno...» Il suo respiro mi sfiorò la guancia mentre con un tocco guidava Odin verso il palazzo. «... è meglio se vai fino in fondo.»

Mi irrigidii. «Anche se la gola è la tua?»

Lui mi strinse la vita e mi tirò contro di sé. «Specialmente se è la mia.»

Orphine era in attesa subito oltre le porte di fronte alle stalle, nell'atrio lungo e stretto che portava alla sala davanti all'ufficio di Nyktos. E non era sola: appoggiato al muro accanto a lei c'era Ector. Quando ci vide, la Draken ci venne incontro e mise un ginocchio a terra. «Era mio dovere vegliare su di lei e ho fallito. Mi dispiace.»

Semmai era a me che dispiaceva. «Non è colpa tua.»

«Una volta tanto Sera ha ragione» disse Nyktos, e io gli lanciai un'occhiataccia. «Non devi scusarti tu per la sua avventatezza...»

«*Avventatezza*?» sibilai. Detta così sembrava quasi che avessi deciso di andare a farmi una passeggiata mattutina nella Foresta Morente.

«... o coraggio» continuò lui, restituendomi l'occhiata.

Chiusi la bocca. Non riuscivo a credere che lo avesse detto, anzi che lo avesse anche solo pensato. «Coraggio scriteriato» aggiunse dopo un attimo.

Cominciavo a non sentirmi più tanto in colpa per avergli fatto male.

Mentre Orphine si rialzava in piedi, Ector si staccò dalla parete. Alla luce delle lampade i suoi riccioli sembravano ancora più pallidi del solito. «Coraggio?»

«Stava tentando di raggiungere Dalos da sola.» Nyktos mi strinse un braccio. «Per uccidere Kolis.»

«Oh, cazzo» borbottò Orphine, arretrando.

Anche Ector impallidì. «Non dici sul serio.»

«Sarebbe bello.» Nyktos mi puntò verso le scale e ci avviammo.

Ector si accodò. «Come pensavi di fare una cosa del genere? Ci hai riflettuto almeno per due minuti?»

Mi fermai. «Io sono...»

Ma Nyktos, spazientito, mi lasciò andare il braccio e indicò le scale. «Fila.»

«Non trattarmi come una bambina.»

«Non comportarti come tale e non lo farò.»

Ci vidi rosso. «Non mi pare di esserti sembrata una bambina quando mi hai spinta sul tuo letto e hai tirato fuori le zanne.»

«Ohi» fece Ector.

Occhi di fuoco argenteo si piantarono nei miei. «*Sera.*»

Ricacciai indietro altre parole che era meglio non dicessi e cominciai a salire le scale, pestando i piedi come una vera donna adulta. Ero già al pianerottolo del quarto piano quando Nyktos mi raggiunse.

«Qualunque cosa stessi per dire poco fa...» fece superandomi con il braccio per aprirmi la porta, «non dirla.»

«Cosa?» Entrai in corridoio. Aveva ragione: ero stata sul punto di dire a Ector perché stavo andando ad affrontare Kolis. «Non ti fidi che le tue guardie sappiano tutta la verità su di me? O hai paura che se la sapessero concorderebbero con me sul da farsi?»

«Nessuno di loro avrebbe mai supportato il tuo piano o mosso un dito per favorirlo.»

Risi. E accidenti se non suonò sinistro. «Non li conosci per niente se pensi una cosa del genere.»

«E tu invece sì?»

«Li conosco abbastanza da constatare l'ovvio: non piaccio a nessuno di loro e non vedono l'ora di liberarsi di me... E poco importa che me ne vada sulle mie gambe o in una bara.»

«Che cosa te lo fa pensare?»

«È una domanda seria? Non mi hanno perdonata per quel che progettavo di...» Chiusi la bocca, perché Nyktos in un lampo si era spostato di fronte a me. «Smettila di fare così!»

«Che cosa ti hanno detto?» La sua voce era bassa ma vibrava della promessa di violenza che conteneva.

«Nulla.»

Mi si avvicinò ancora di più. «Dimmi che cosa ti hanno detto, e chi.»

«Ma non serve che me lo dicano!» Strinsi i pugni. «Senti, la cosa peggiore che io possa fare in questo momento è dare loro motivi per avercela ancora di più con me. E non voglio: di motivi ne hanno già a sufficienza. Loro ti sono leali e io sono la Consorte che non hai mai voluto... e che voleva ucciderti. Se potessero fare di testa loro, io non sarei già più qui.» Lo superai e proseguii nel corridoio. La stanchezza soverchiante di prima stava tornando. «Così stanno le cose.»

Grazie agli dei Nyktos non mi fermò. Raggiunsi le mie stanze e fui sollevata di non trovare la porta chiusa a chiave: entrai e me la chiusi alle spalle senza dire una parola. Aggirai il letto, mi slacciai il mantello e lo lasciai cadere sul pavimento. Avevo bisogno di pace e tranquillità. E tempo per preparare un piano...

La porta si spalancò dietro di me e io girai su me stessa.

Nyktos entrò come una tempesta. «No.»

Feci un passo indietro. «*No* cosa?»

«No *questo*. Esigo almeno qualche ora di sonno questa notte.»

«Ma sei tu che sei entrato in camera mia!» Spalancai le braccia. «Nessuno sta impedendo a *te* di andare a dormire.»

«Hai già dimostrato che non ci possiamo fidare a lasciarti da sola qui dentro. E io devo riposare. Quindi se io dormo, dormi anche tu.»

«Non puoi dire sul serio.»

«Ho l'aria di uno che sta scherzando?»

A dirla tutta aveva l'aria di uno pronto a sterminare un regno intero.

«Non tenterò più di scappare. Ormai mi hai presa.»

«Vorrei poterci credere. Lo vorrei davvero. Non posso piazzare guardie su guardie alla tua porta e giù in cortile all'unico scopo di impedire che tu faccia qualcosa di avventato. Almeno finché non avrò fatto mettere lucchetti alla porta del terrazzo...» Si voltò verso la porta in questione e la fissò, poi riportò la sua attenzione su di me e alzò le sopracciglia. «Come hai fatto a scendere dal terrazzo, tra l'altro?»

Avevo l'impressione che non avrebbe gradito la risposta. «Magia? Sai com'è, quelle braci sono davvero potenti.»

Il suo ringhio mi fece drizzare tutti i peli del corpo. «Hai scalato il muro del palazzo?»

«Forse.»

Mi fissò. «Una parte di me è impressionata che tu ci sia riuscita.»

«Possiamo lasciar perdere?»

«Avresti potuto romperti l'osso del collo.»

«Ma non è successo.»

«Per l'amor del cielo, Sera. Esiste anche l'*eccesso* di coraggio, lo sai?»

«Non avevi detto di essere tanto stanco? Questa conversazione non è obbligatoria.» Incrociai le braccia. «Soprattutto dato che mi sembra di averla già fatta circa cinquecento volte.»

Lui imprecò di nuovo. «Hai ragione. Posso riprendere a urlarti contro domattina.»

«Sicuro? O, molto convenientemente, sarai di nuovo via per tutto il giorno?»

«Che c'è, ti sono mancato?»

«No.» Sbuffai. «Vattene a letto adesso.»

«È quel che sto cercando di fare. Ma, come ho già detto, se io dormo, dormi anche tu. E lo farai a non più di un metro da me.»

Rimasi a bocca aperta. «Nella tua camera?»

Nyktos inspirò a fondo, chiaramente tentando di restare calmo. «E dove altrimenti?»

«No.»

Le sue sopracciglia si sollevarono. «No?»

«È quel che ho detto. È una parola piuttosto semplice, non dovresti avere problemi a capirla. E ora puoi andare.» Indicai la porta da cui era entrato. «Buonanotte.»

Lui mi fissò. «Non ho tempo per tutto questo.»

«Be', nemmeno...» Si mosse verso di me e io spalancai gli occhi. «Che stai facendo?»

«Non ho intenzione di starmene qui a litigare con te.»

Aveva di nuovo quell'espressione sul volto, la stessa di quando aveva detto che mi avrebbe caricata su Odin di peso. Arretrai di qualche passo. «No.»

Lui seguitò a venire avanti.

Spalancai gli occhi ancora di più e alzai le mani. «Sono molto agitata in questo momento. Potrei perdere il controllo e farti male di nuovo.»

«Non sai quanto mi piacerebbe vederti usare di nuovo l'ethere a quel modo: è piuttosto impressionante.» Nyktos sollevò un angolo della bocca. «Ma ora che so che può accadere, sono preparato.»

Andai a sbattere contro una colonna del letto e mi girai...

Nyktos mi afferrò per un braccio, mi fece roteare, si chinò circondandomi la vita con l'altro braccio e mi piantò una spalla nello stomaco. Quando mi sollevò da terra strillai. Un attimo dopo penzolavo dalla sua spalla come un sacco, e vedevo solo la sua schiena.

Non riuscii a spiccicare parola.

Poi lui si girò.

«Lasciami andare!» gridai mentre la mia treccia mi sbatacchiava contro una guancia.

«No.»

«Lasciami andare!» Tentai di scalciare, ma lui mi intrappolò le ginocchia con il braccio ancora libero. «Nyktos, giuro sugli dei che...»

«Non dovresti giurare sugli dei. È blasfemo.»

Strillai ancora e gli presi a pugni la schiena mentre oltrepassava la porta che univa i nostri appartamenti. Rimasi impietrita, gli occhi fissi nella penombra del minuscolo disimpegno. La porta... era rimasta *aperta* per tutto il tempo? O era chiusa a chiave e Nyktos aveva usato il suo potere per aprirla?

«Ho la sensazione che tu stia per tirarmi un colpo nelle reni» fece il Primordiale mentre mi trasportava nella sua stanza.

Aprii il pugno nello stesso momento in cui il profumo di limone – il *suo* profumo – aumentava nell'aria. «No.»

«Non credo di aver mai incontrato qualcuno che mentisse più spesso di te» replicò lui scaricandomi sul suo letto.

«Bastardo!» Rimbalzai sul materasso mentre i miei occhi, alla luce dei candelabri alle pareti, mettevano a fuoco lo scarno arredamento della sua camera: un armadio, qualche cassettone, un lungo divanetto e un tavolino con una sola sedia. Ritrovarmi di nuovo lì dentro mi fece un certo effetto.

Prima che potessi fare un gesto qualsiasi, Nyktos mi afferrò una gamba e se la tenne bloccata contro il petto, mentre con l'altra mano afferrava lo stivale sul piede ancora libero. Dopo avermi tolto di mano il pugnale e averlo gettato sul comodino me lo sfilò.

«Ma che cazzo?»

«I tuoi stivali sono sporchi come la tua lingua.» Mi tolse anche l'altro e lo gettò sul pavimento con un tonfo. «La tua lingua nel mio letto non mi dispiace, ma questo non vale anche per gli stivali.» Lanciò un'occhiata ai miei pantaloni luridi e incrostati di sangue. «Via anche quelli.»

«Wow, nessun uomo da che ho memoria mi ha mai chiesto di spogliarmi in maniera così romantica.»

Mi fissò negli occhi. I suoi avevano la stessa tinta del cielo là fuori. Affondai le dita nella coperta spessa su cui stavo seduta, schiacciata dal suo sguardo e consapevole che il mio aspetto fosse scombinato almeno quanto la mia mente: la treccia era mezzo disfatta, i graffi che i rami mi avevano lasciato sulla pelle prudevano, Nyktos ce l'aveva con me e io non ero esattamente contenta che mi avesse messo le mani addosso... Ma in quel momento qualcosa cambiò tra di noi. Una tensione nuova vibrò nell'aria e mi fece accelerare il battito. Mi ritrovai a domandarmi se anche lui stesse pensando all'ultima volta che ero stata in quella camera. E in quel letto. O se stesse pensando a noi due nella stanza degli ospiti. Perché io sì. Una ventata di calore mi percorse le vene, seguita da un pulsare doloroso.

Le narici di Nyktos si dilatarono e un respiro rapido gli gonfiò il petto. «Togliti i pantaloni, Sera.»

Quelle parole mi colpirono come una frustata di puro fuoco, liberando la parte più impulsiva di me. Mi puntellai sui gomiti e alzai le sopracciglia. «Dovrai farlo tu, se ci tieni tanto.»

Lui si immobilizzò: smise persino di respirare, ma riccioli di ethere apparvero nei suoi occhi. Non lo avrebbe fatto, lo seppi immediatamente.

Feci un sorriso tirato. «Allora penso che dormirò vestita.»

Si sporse verso di me piantando un ginocchio sul letto. Mi irrigidii e mi si bloccò l'aria in gola. Le sue mani si insinuarono sotto il bordo del mio maglione, e quando sentii le dita incurvarsi sotto la stoffa mi rilassai.

Non smise un solo istante di guardarmi negli occhi. «Puoi almeno sollevare il culo da sola, o anche quello devo farlo io?»

Mi morsi il labbro e sollevai il culo.

L'ethere nei suoi occhi avvampò mentre mi faceva scivolare i pantaloni dalle anche e poi giù lungo le cosce, senza nemmeno preoccuparsi dei bottoni. Quando le punte delle sue dita mi sfiorarono la pelle delle gambe come altrettanti baci gelidi, sentii i muscoli del basso ventre contrarsi. Non udii nemmeno i pantaloni cadere sul pavimento. Sempre senza smettere di fissarmi negli occhi, lui cominciò a strattonare le mie calze, che finirono a loro volta da qualche parte al di là del letto.

Piano piano le sue lunghe ciglia si abbassarono. «*Cazzo.*»

Ora avevo il maglione e la sottoveste raggomitolati all'altezza delle cosce, e dalla sua espressione e da quella parola capii che si era accorto che nella fretta di uscire non avevo indossato biancheria. Avevo il cuore in tumulto mentre i suoi occhi salivano di nuovo fino ai miei. «Anche il maglione è lurido.»

I solchi sotto i suoi zigomi si fecero più profondi, e le punte delle zanne fecero capolino. «Alza le braccia.»

Mi drizzai sulle ginocchia. I nostri corpi erano a pochi centimetri di distanza e mi si bloccò di nuovo il respiro. Sollevai le braccia: le sue mani affondarono nella stoffa spessa e io chiusi gli occhi mentre mi sfilava il maglione. Mi venne la pelle d'oca sulle braccia nude. La sottilissima sottoveste che portavo si tendeva sul seno e ricadeva morbida sulla vita e sui fianchi, praticamente senza nascondere nulla: ero quasi nuda, come lo ero stata quando gli avevo dato il mio sangue.

Mi sentivo il suo sguardo addosso, tangibile come una carezza mentre passava sulle spalle – dove non c'era più traccia di ferite – e scendeva fino alla curva del seno. E poi più giù.

Mi sfiorò il braccio con la punta delle dita, inducendomi a riaprire gli occhi. In silenzio tese le braccia dietro di me per sciogliermi la treccia. Fissai le sue dita scorrere giù fino al nastro che faceva del suo meglio per tenere in ordine la matassa dei miei capelli. Lo slegò e se lo avvolse attorno al polso, poi con cura e senza fretta cominciò a sciogliere la treccia. Incrociai il suo sguardo.

«Non penso sia comodo dormire con la treccia» mormorò, la voce ancora più profonda e densa del solito.

Rimasi zitta e immobile mentre le sue mani separavano meticolosamente i miei riccioli. Non so perché, ma quel gesto mi toccò nel profondo.

Quando ebbe finito mi drappeggiò i capelli sulle spalle e la schiena, ma indugiò con le dita tra le ciocche. Le fece scivolare verso il basso, fino alle punte che mi sfioravano la vita. «Hai smesso di darmi contro?»

«Per ora.»

Nyktos riportò gli occhi sui miei e le sue labbra tornarono a incurvarsi. «Eppure ho l'impressione che ci stiamo ancora affrontando in battaglia.» Staccò le mani dai miei capelli e con il pollice mi sfiorò prima sotto i graffi che avevo sulla guancia e poi sulla gola, appena sotto il segno del morso ormai quasi guarito.

Rimase così per lunghi secondi, poi si ritrasse e rimase a fissarmi mentre si toglieva a sua volta gli stivali, come se mi sfidasse a reagire. Ma non avevo mentito quando avevo confermato che non gli avrei più dato contro per quella sera. Lo sfinimento era tornato ad abbracciarmi, solo che adesso era più caldo che fastidioso: rimasi dove lui mi aveva messa, a guardarlo mentre si scostava e si girava. Abbassai lo sguardo e notai la sagoma evidente della sua eccitazione nei pantaloni. Quando si tolse la tunica avvertii una gradevole fitta al seno, e un po' più in basso. I tatuaggi sulla sua schiena e sui fianchi spiccavano sfocati nella luce fioca mentre si dirigeva all'armadio. Dopo averlo aperto si abbassò i pantaloni e alla comparsa della curva delle sue natiche rimasi a bocca aperta. Non distolsi lo sguardo come avevo fatto al lago, anzi mi immersi con gli occhi in quella carne d'oro e bronzo e nel nero della peluria sulle sue gambe.

Il suo corpo era... indecente.

Nyktos si infilò un paio di pantaloni neri molto ampi simili a quelli che aveva fatto apparire Nektas, tornò a voltarsi verso il letto e si sciolse la coda. I capelli gli ricaddero sulle spalle, e io non potei impedirmi di pensare a quanto fosse intima quella visione.

Mentre si avvicinava al letto le candele alle pareti si spensero da sole, sprofondando la camera nelle tenebre.

«Sono stato io» fece sentendomi ansimare.

Ci misi un istante a adattarmi al buio. Lui intanto aveva raggiunto il letto. «Ancora magia?»

«Sì.»

Il materasso si piegò sotto il suo peso e io... ero ancora dove mi aveva depositata. Nel buio mi si avvicinò e mi circondò i fianchi con le braccia. Non opposi resistenza, più che altro per la sorpresa: lasciai che mi attirasse a sé e mi facesse sdraiare. Una coperta si depositò sulle mie gambe, e un cuscino sotto la mia testa, e poi il materasso si mosse di nuovo mentre Nyktos si sistemava dietro di me.

Aveva ancora le braccia strette attorno alla mia vita, ma nessun'altra parte dei nostri corpi si toccava, anche se a separarci c'era forse un paio di centimetri. Io fissavo l'oscurità a occhi sgranati. Passarono lunghi istanti di silenzio. «Non credevo che con *dormire vicino a me* intendessi letteralmente tra le tue braccia.»

E invece sì. Il suo gelido respiro mi sfiorò la spalla provocandomi un leggero brivido.

Il peso del suo braccio era troppo... schiacciante. Era troppo *in ogni senso*. «Non credo di poter dormire così.»

«Se posso io, puoi anche tu.»

«Non ne sono sicura.»

«Chiudi gli occhi e provaci, Sera.»

Dei. Quando pronunciava il mio nome a quel modo, come una sorta di voto solenne, mi sentivo scuotere fin nelle ossa. Chiusi gli occhi. Udivo solo il rumore dei miei battiti e il suo respiro profondo e regolare. Mi concentrai su quest'ultimo finché... riuscii a ottenere l'impossibile: mi addormentai. Non so quanto tempo fosse passato quando mi svegliai di soprassalto.

Era successo... qualcosa.

Fissai il buio, acutamente consapevole che Nyktos mi stringeva forte, un braccio ancora serrato attorno alla vita. Avevo la schiena premuta contro il suo torace e la mia sottoveste era troppo sottile per contrastare la sensazione di gelo che emanava da esso. Sentivo il suo respiro accelerato contro la curva del mio collo.

Stava sognando?

Tentai di girare la testa e guardarlo, ma il suo braccio mi strinse ancor più forte. «Nyktos?» sussurrai.

Nessuna risposta.

Cominciai a preoccuparmi. Toccai con la mano il muscolo duro e contratto del suo braccio.

Lui tremò da capo a piedi. «Prometti» fece con voce rotta. «Prometti che non tenterai mai più di andare da Kolis.»

Il mio cuore perse un battito. Mi costrinsi a inspirare a fondo.

«Promettimelo, Sera. Mai più.»

Chiusi gli occhi, sentendo d'improvviso le palpebre umide, e risposi con tre parole che non avrei mai dovuto pronunciare: «Te lo prometto».

8

Quando mi svegliai Nyktos se n'era già andato, ma la sua ultima parola aleggiava ancora nell'aria.

Promettimelo.

Non avrei dovuto. Mi girai supina, voltai la testa e fissai la scatola di legno sul comodino dentro cui giaceva il mio pugnale. Esalai un lungo respiro e lo recuperai, poi vidi la mia veste da camera ai piedi del letto: Nyktos era andato a prenderla per me.

La crepa che si era aperta nel mio cuore la sera prima mandò una fitta dolorosa.

Mi alzai, percorsi a piedi nudi il freddo pavimento di pietra del passaggio che separava i due appartamenti e mi fermai sotto il grande lampadario di cristallo per tentare di riordinare i pensieri. La notte prima avevo fallito: che fare adesso?

L'unica risposta che arrivò fu Baines con dell'acqua fresca, seguito da Orphine. Le sue scuse rivolte a Nyktos la sera prima mi facevano ancora arrossire d'imbarazzo.

«Quando sei pronta devo portarti da Nyktos» annunciò chiudendo la porta. «Ti aspetterò in corridoio.» Tacque un attimo. «Ti prego, non tentare altre fughe.»

«Non lo farò.» Mi aspettavo qualche risposta tagliente da parte sua, invece la Draken si limitò ad annuire e uscì.

Mi voltai verso il bagno. Almeno non avevo mentito a Orphine: non contavo di tentare altre fughe *per il momento.*

Ma dovevo riprovarci. E quel pensiero rese ancora più instabile la crepa nel mio cuore, che minacciava di farsi più larga e più profonda.

Mi sfregai la mano sul petto, frenando quei pensieri che rischiavano di scatenare di nuovo il caos emotivo da cui era nata la crepa stessa. Nyktos mi stava aspettando, e potevo immaginare che insieme a lui mi aspettasse anche un nuovo scontro epico. Mi scostai i capelli dal viso e li sentii sgradevoli al tatto. Accigliata, mi fissai le dita: le mie mani, che avevano il potere di guarire e restituire la vita, erano coperte da un sottile strato di cenere. E avevano fatto male a Nyktos.

Il mio potere poteva anche uccidere.

Erano davvero così forti, le braci dentro di me? Mi davano il potere di una divinità, già adesso? Non era poi così assurdo, a pensarci: dopotutto mi avevano sempre dato potere, fin dall'inizio.

Era solo che... non avevo mai voluto far del male a nessuno. Non di proposito.

Deglutii e mi costrinsi a rimettermi in moto. Andai in bagno, misi un asciugamano accanto alla vasca e mi inginocchiai. Quando mi tolsi la sottoveste quasi non mi accorsi del lievissimo profumo di limone rimasto attaccato alla stoffa. Con un occhio sempre puntato sulla porta mi lavai rapidamente, poi infilai la testa nella vasca e mi strofinai con energia i capelli: districare tutti i nodi richiese un quantitativo mostruoso di tempo, ma quando andai all'armadio avevo i capelli ormai quasi asciutti.

Non mi restavano molte opzioni di abbigliamento: qualche maglione, un paio di spessi pantaloni aderenti e tre abiti lunghi. Misi i pantaloni e un maglione e raggiunsi Orphine in corridoio.

La Draken, che ancora una volta aveva un libro sotto il braccio, mi guidò in silenzio al primo piano del palazzo. Il tonfo dei nostri stivali sui pavimenti lastricati era l'unico suono udibile.

«Mi dispiace per Davina» dissi a un certo punto. Non sapevo se lei e la Draken defunta fossero state in rapporti stretti. Non ricevendo risposta, mi voltai a guardarla. «E mi... mi dispiace anche per averti fatta sentire come se non avessi compiuto il tuo dovere. Non è stata colpa tua. Non potevi aspettarti che io decidessi di scalare il muro fuori dal terrazzo.»

Orphine inarcò un sopracciglio, ma nient'altro. Serrai le labbra e distolsi lo sguardo, il cuore pesante per il senso di colpa. Pensai che la sua antipatia nei miei confronti ormai fosse divampata in odio vero e proprio, e onestamente non avrei potuto biasimarla...

«Hai ragione» fece lei. «Non mi aspettavo che scalassi le mura del palazzo. Non so quanti lo avrebbero fatto. Ma apprezzo le scuse... come apprezzo il tuo intento.»

Mi voltai a guardarla mentre raggiungevamo le scale. «Dici sul serio?»

«Quel che avevi in mente di fare sarebbe finito in una catastrofe, ma la tua volontà di accollarti il rischio è la prova della tua integrità. E questa è una cosa che va onorata e rispettata.»

Onorata? Rispettata? Mentre camminavamo in direzione di un arco cercai di farmi venire in mente un solo momento del passato in cui qualcuno mi avesse fatta oggetto di parole come quelle. Prima della notte del mio diciassettesimo compleanno ero stata onorata, ma non per qualcosa che avevo fatto: solo ed esclusivamente per quel che la mia famiglia credeva potessi fare per il regno. Rispettavano quello, non *me*.

Arrivammo all'atrio vuoto ma vivacemente illuminato e passammo sotto le candele di cristallo alimentate dall'energia primordiale. Mi ero quasi aspettata di trovare un intero corpo di guardia ad attenderci: invece i miei occhi si posarono sul piedistallo bianco e vuoto, e mi chiesi per l'ennesima volta che cosa ci fosse stato lì sopra un tempo. Mentre raggiungevamo l'ingresso e le sue porte, una delle quali conduceva all'ufficio di Nyktos, avvertii una sorta di energia nervosa. Il palazzo intero sembrava immerso in uno strano silenzio.

Il mio nervosismo crebbe. «Dove andiamo?»

«Da Nyktos» rispose Orphine. Me lo aveva già detto, ma non aggiunse altro. Mi premetti un braccio sullo stomaco mentre fissavo la sala del trono, e rallentai. Non ricordavo di aver mai visto quelle porte chiuse prima di allora: se mai lo erano state, evidentemente non avevo prestato sufficiente attenzione, perché ora notai un bellissimo fregio su di esse. Erano gli stessi rami di rampicanti intrecciati a foglie di pioppo che avevo visto ricamati sulle tuniche di Nyktos e delle sue guardie, qui incisi in argento. Al centro di ciascun battente c'era una falce di luna: le due falci erano rivolte una verso l'altra, e in mezzo, divisa tra le due porte, era dipinta la sagoma di un lupo.

Un lupo bianco.

Fissai il disegno aggrottando le sopracciglia...

La brace che apparteneva a Nyktos vibrò dentro di me e le porte si aprirono da sole quando ci avvicinammo: dietro di esse c'erano due guardie che non conoscevo. Il mio cuore accelerò. Perché Nyktos voleva incontrarmi lì? Con i sensi all'erta, entrai nella sala e mi fermai di colpo.

Sotto la luce delle stelle che occhieggiavano dal soffitto aperto sul cielo notturno, e di un migliaio di candele allineate sulle pareti, c'erano... oh, dei, c'erano *centinaia* di uomini e donne. La sala ne era piena. Portavano tutti l'uniforme grigia delle guardie di Nyktos ed erano armati fino ai denti.

Non potevano essere tutte le guardie in servizio, perché Nyktos non avrebbe mai lasciato Lete e l'Alzata senza protezione, eppure la grande sala circolare era stracolma di persone. Feci passare lo sguardo sul mare di facce: vidi Saion in piedi accanto a Rhahar, e di fronte a loro Rhain, Ector e un altro uomo con lunghi capelli corvini e la stessa pelle eburnea di Orphine. Quando incrociò il mio sguardo, Rhain irrigidì la mascella e volse gli occhi altrove.

La mia confusione aumentò ancora di più quando vidi Lailah e Theon accompagnati da un Draken dalle scaglie porpora e nere che arrivava loro all'altezza delle ginocchia. Era strano vedere di nuovo Reaver nella sua forma Draken dopo averlo visto l'ultima volta come un ragazzino di dieci anni dai lunghi capelli biondi, un viso elfico e occhi fin troppo seri. Poi riportai lo sguardo sulla pedana.

Nyktos era in piedi davanti ai troni vuoti: portava una camicia larga e pantaloni neri e nonostante la distanza i suoi occhi trovarono infallibilmente i miei. Il cuore cominciò a battermi forte.

Orphine mi invitò a seguirla. «Vieni.»

I miei piedi si mossero da soli, come per incanto. La folla di guardie e dei si aprì per fare spazio: c'era un tale silenzio che temetti tutti potessero udire il mio cuore al galoppo. Raggiunsi le scale della predella senza aver capito minimamente che cosa stesse succedendo, ma non credevo che Nyktos avesse riunito tutta quella gente solo per urlarmi contro in pubblico: non poteva non sapere che, Primordiale o no, la cosa non gli avrebbe fatto fare per niente bella figura. Mi fermai perché si era fermata Orphine, e...

... perché lo sguardo di Nyktos era ancora incatenato ai miei occhi e ai miei capelli, che avevo lasciato sciolti. Non perché sapessi che a lui piacevano così, o perché ricordassi che una volta li aveva paragonati allo splendore della luna. Proprio per niente. Mentre salivo gli scalini sentii i peli della nuca che si drizzavano.

«È tutto a posto.» La voce di Nyktos era poco più che un sussurro. Tese il braccio e la luce delle candele fece baluginare il suo bracciale. «Dammi la mano.»

Troppo confusa per fare altrimenti, obbedii. Nyktos annuì

e si voltò verso la folla. Le guardie chiusero le porte. Reaver si staccò dalla massa e con gli artigli che ticchettavano sul pavimento di ombropietra salì i gradini. Non vidi Nektas, ma avvistai Aios accanto a Paxton, il ragazzo mortale che Nyktos aveva portato nelle Terre d'Ombra dopo che aveva tentato di borseggiarlo: a guardarla, la dea sembrava non meno confusa di me.

Nyktos mise l'altra mano sulla mia spalla: sentii il gelo delle sue dita attraverso il maglione, e mi ricordai ancora una volta di quel che gli avevo fatto. «Quelli qui riuniti sono alcuni tra i miei più stretti alleati» mi disse sottovoce. Mi sorprendeva il fatto che non si rivolgesse mai alle sue guardie o agli altri dei come se fossero servitori: li trattava sempre e solo da pari. «Hanno giurato tutti di proteggere le Terre d'Ombra e di opporsi a Kolis e a chiunque lo sostenga.»

Il mio stomaco si agitò ancora. Reaver mi venne vicino e mi toccò una gamba.

«E tutti si sono presi questo impegno sapendo che probabilmente costerà loro la vita. Ciò nonostante, lavorano per riportare l'Iliseum al suo stato originario: quello di un regno di pace e giustizia. Sono tutti persone coraggiose, forse persino troppo.» La sua voce si alzò. «Un po' come te.»

Sentii l'aria abbandonarmi i polmoni.

Nyktos mi strinse la mano e si rivolse alla folla. «Ciascuno di loro avrebbe fatto quel che hai fatto tu la notte scorsa.» La sua voce echeggiò per il salone. «Ciascuno di loro avrebbe sacrificato se stesso se avesse saputo che così facendo avrebbe difeso le Terre d'Ombra e chi cerca rifugio in esse.» Alzò la testa e allo stesso tempo Reaver si appoggiò alla mia gamba, fermandone il tremito. «Seraphena non ha pronunciato nessun voto, non ha giurato lealtà e non porta ancora la corona di Consorte. È arrivata da poco tra noi, eppure era già disposta a mettere a repentaglio la sua vita per proteggere tutti gli altri, sia chi vive nelle Terre d'Ombra sia chi si trova al di fuori di esse. Credeva di essere la causa dei recenti attacchi che abbiamo subito, perciò aveva deciso di andare a consegnarsi a Kolis. Non è lei la causa di quegli attacchi» aggiunse, mentendo con naturalezza. «Eppure ha agito con un coraggio difficile da trovare persino tra di voi.»

Nessuno rise, anzi un'ondata di costernazione percorse i volti di fronte a me, quelli che conoscevo e quelli che non conoscevo. E io... io non ero meno sorpresa di loro. Non riuscivo a decidere se volevo strangolare Nyktos o abbracciarlo, poiché nessuno – *nessuno mai* – aveva riconosciuto e lodato in pubblico una mia azione. Dalla folla si levò un mormorio: feci scorrere lo sguardo sulla gente e mi fermai sul volto dal pallore mortale di Aios.

Nyktos sfregò il pollice sul mio palmo, facendomi sobbalzare. «Seraphena sarà una Consorte più che degna di ogni spada e ogni scudo che metterete al servizio della sua protezione. Una Consorte che le Terre d'Ombra saranno onorate di avere.»

Mi girava la testa. Stavo ancora guardando Aios, quando un altro movimento catturò la mia attenzione: Ector emerse dalla folla, con la spada sguainata. Se la posò sul petto e appoggiò un ginocchio a terra. «E noi saremo onorati di servirla con il nostro impegno.»

Sobbalzai di nuovo, così forte che finii addosso a Nyktos. Reaver aprì le ali, allungò il collo e lanciò un verso acutissimo. Nyktos mi aiutò a rimettermi in piedi mentre Saion imitava Ector. Poi lo fecero anche Rhahar e i gemelli, e in breve la sala si riempì di voci che facevano eco a quella di Ector. Tutti gli dei e tutte le guardie sfoderarono le spade e si inginocchiarono.

«Nessuno di loro avrà più alcun pensiero ostile verso di te. Ora ti vedono per quello che sei: onorevole e coraggiosa.» Nyktos aveva chinato di nuovo la testa verso di me, perché solo io potessi sentirlo: il suo respiro freddo mi danzava nell'orecchio, facendomi rabbrividire. «E se ancora qualcuno dovesse avere un pensiero ostile, sarà l'ultimo che potrà permettersi. Perché non importa quanto possa essere leale alle Terre d'Ombra: io lo distruggerò.»

Mi irrigidii.

Non c'era una sola parte di me che dubitasse della sincerità di quella minaccia: la sentivo nell'ombra che pervadeva la sua voce e... be', ero ancora indecisa tra l'idea di strangolarlo e quella di baciarlo.

Chiaramente non si era dimenticato di ciò che avevo detto delle sue guardie. Il suo discorso aveva avuto due scopi: farmi guadagnare la simpatia di quelli a cui prima non piacevo e darmi scacco matto in maniera definitiva.

Perché con le sue parole si era appena assicurato che a nessuno dei presenti in sala potesse venire in mente di aiutarmi in un ipotetico tentativo di fuga futuro. Se solo avessi tenuto chiusa la mia boccaccia e non gli avessi detto che le sue guardie sarebbero state felici di vedermi sparire... Ed era pure peggio di così: ora che sapevano di cosa ero capace, mi avrebbero tenuta d'occhio ancor più di prima.

Lo fissai da sopra la spalla, riducendo gli occhi a due fessure. «Astuto bastardo» sussurrai.

Un angolo delle sue labbra si piegò all'insù. «Lo so.» L'essenza nei suoi occhi sfavillò mentre chinava la testa verso di me, portando la bocca così vicino alla mia che per un attimo credetti volesse baciarmi per davvero. «Ma ogni parola che ho detto era sincera: sei davvero forte e coraggiosa. E sarai una Consorte degna delle loro spade e dei loro scudi.»

Sentii gli occhi umidi e guardai subito altrove. Non potevo fare altro, perché una potente marea di emozioni mi stava montando dentro. Quel che Nyktos aveva appena detto per me significava l'universo. Ogni sua parola aveva riguardato *me* e le *mie* azioni. Non quel che lui pensava o credeva su di me. Non quello che io o le braci della vita potevamo fare per lui, ma quel che *io* avevo scelto di fare. Per la prima volta in vita mia sentii di non essere solo un destino che non avevo scelto. Sentii di non essere solo le braci che portavo dentro di me.

Sentii di essere... *qualcosa di più.*

9

Orphine mi condusse giù dalla predella, poi mi guidò attraverso la sala del consiglio di guerra fino allo stretto corridoio che portava all'ala est e all'ufficio di Nyktos e mi lasciò lì, nell'anticamera colma d'ombra, ancora spiazzata per il discorso del Primordiale. Dubitando di essere sola, aprii la porta e mi paralizzai sulla soglia.

Dentro c'era qualcuno che non mi sarei aspettata di vedere.

Nektas sedeva su un divanetto dietro a un tavolino su cui campeggiavano un vassoio coperto e una caraffa di succo di frutta. Aveva le gambe distese, le caviglie incrociate e le braccia conserte sul petto, la stoffa della camicia nera era tesa sui bicipiti. Teneva gli occhi chiusi e la testa reclinata, tanto che la pelle color rame della sua gola era del tutto scoperta. I lunghi capelli neri striati di rosso gli ricadevano su una spalla, dove...

Sua figlia Jadis dormiva accostata al suo fianco, in forma Draken, sdraiata supina, con le zampe posteriori affondate nei cuscini del divanetto e quelle anteriori nei capelli del padre.

Poi la testa ovale dalle scaglie verde-bruno si girò verso di me, gli occhi cremisi si aprirono e dalla bocca uscì quello che io interpretai come uno squittio di sorpresa. Era una sorpresa gradita?

«Buongiorno» tuonò la voce profonda di Nektas.

Jadis ripeté il suo squittio e dimenò più volte le zampe per liberare gli artigli dai capelli del padre, che non diede segno di reagire, anzi non aprì nemmeno gli occhi. Finalmente la piccola Draken rotolò sulla pancia, saltò a terra dal divano con un tonfo leggero e spalancò un paio d'ali così sottili da sembrare quasi diafane.

Correndo un po' su due zampe un po' su quattro venne da me e cominciò a saltellare squittendo e a strattonarmi i pantaloni.

«Vuole essere presa in braccio» fece Nektas. «Se non la accontenterai perderà la pazienza.» Un occhio color del vino si aprì. «E tu non vuoi che accada, fidati.»

Dato che Jadis stava cominciando a eruttare fumo e fiammelle, non faticai a crederci. Tuttavia esitai, fissandomi le mani, e deglutii. «Sei sicuro? Ti fidi a lasciarmela toccare?»

«Che problema c'è?»

Gli lanciai un'occhiata significativa. «Hai visto che cosa ho fatto a Nyktos.»

«Quello è stato un incidente. E no, non ho paura che si ripeta con mia figlia.»

Sperando vivamente che la sua fiducia non fosse malriposta, mi chinai e aprii le braccia come mi aveva mostrato Nyktos. Subito Jadis si aggrappò senza usare gli artigli. Le sue scaglie erano fredde sulla mia pelle. La sollevai e lei si sistemò contro il mio petto, circondandomi il collo con le zampe.

«Fai attenzione alle...»

Un'ala mi sbatté in faccia.

«... ali.» Nektas sospirò. «Mi spiace.»

«È tutto a posto.» Piegai indietro la testa e Jadis cominciò a giocare con i miei capelli, poi emise un suono pigolante e il suo respiro mi solleticò il lato del collo. «Non sputarmi fuoco addosso.»

Grandi occhi rossi incontrarono i miei e si levò un nuovo pigolio.

«Spero che quello fosse un segno di assenso» dissi.

«Le piaci» disse Nektas. «Se dovesse sputarti un po' di fuoco addosso, non sarebbe apposta.»

«Buono a sapersi» mormorai carezzandole la schiena al centro. Mi guardai attorno. «Non eri nella sala del trono.»

«Non mi serviva sentire quel che sapevo già.»

Cioè, già sapeva che ero onorevole e coraggiosa? Mi si scaldarono le guance. O forse già sapeva che avrei tentato un'altra fuga? Probabilmente la seconda.

«Ash sarà qui tra poco.» Nektas indicò il tavolo. «Ha fatto portare del cibo per te.»

Ash.

Nektas era l'unico a chiamarlo così. In quel momento non avevo il minimo appetito, ma presi posto sull'unica sedia davanti al tavolo mentre Jadis seguitava a ciangottare sottovoce. Guardai Nektas, che mi restituì lo stesso sguardo che mi aveva scoccato quando ero rimasta ferita nella Foresta Rossa. Che cosa vedeva? Non ero a mio agio a ripensare di averlo visto nudo, o all'idea che avesse assistito al miserevole fallimento della mia fuga.

Scossi la testa, spostai un po' Jadis tra le mie braccia e mi versai un bicchiere di succo di frutta. «Hai l'incarico di sorvegliarmi finché non arriva Nyktos?»

«No. Sono qui di mia spontanea volontà.»

Inarcai un sopracciglio. «Non serve mentire.»

Nektas inclinò la testa. Sembrava rilassato, ma avvertii una corrente sotterranea di energia nelle sue parole. «Perché dovrei mentire su una cosa del genere?»

Scrollai le spalle. Mi sarebbe davvero piaciuto poter pensare che Nektas fosse lì perché preferiva passare del tempo con me piuttosto che con qualcun altro.

«Se ci fosse stato bisogno di me altrove, Orphine sarebbe rimasta con te, ma volevo tenerti compagnia fino all'arrivo di Ash.» Nektas drizzò la testa. «E comunque penso di essere una compagnia migliore di Orphine.»

Storsi il naso e misi giù il bicchiere, evitando per un soffio che Jadis lo facesse volare via con un colpo d'ala. «Anche un tappeto è una compagnia migliore di Orphine.»

Lui ridacchiò, un suono profondo e roco. Sollevai il coperchio del vassoio e subito Jadis si voltò e pigolò più forte alla vista del bacon, del pane imburrato e della piccola montagna di uova strapazzate con peperoni sminuzzati. C'era persino un pezzo di cioccolato.

Guardai suo padre e pensai a Davina. «Davina... aveva famiglia?»

«Una sorella maggiore, ma è morta anni fa» rispose lui dopo un attimo. «Nessun altro di cui io sia al corrente.»

«Ci sarà una cerimonia funebre? O è già avvenuta?»

«Noi non facciamo cerimonie per i morti. Secondo noi costringere chi voleva bene al defunto a contemplarlo nella morte non serve affatto a onorarlo. Sappiamo che l'anima ha già lasciato il corpo per entrare in Arcadia. Quando possibile, qualcuno di non emotivamente vicino al defunto brucia il corpo entro poche ore dalla morte, e i suoi cari lo piangono come più si sentono di fare, in compagnia o da soli.»

Bevvi un altro sorso. Non sapevo che i Draken andassero in Arcadia dopo la morte, anziché nella Valle.

«Mi piace come idea. Non sarei felice di sapere che i miei cari hanno guardato il mio corpo bruciare.» Ricordai Odetta, la mia nutrice, avvolta nel lino e posta sulla pira funebre. «Ma i funerali sono più per i vivi che per i morti: credo servano a dare un senso di chiusura. Però ammetto che in alcuni casi probabilmente esacerbano il dolore e basta.»

Nektas annuì.

Jadis si protese verso una fetta di bacon e io la strinsi meglio a me. «Non credo ti sia permesso.»

Lei voltò la testa priva di corna per fissarmi con occhi ancor più grandi di prima e colmi di disappunto.

«Mi spiace. Mi hanno detto che non hai il permesso di mangiare il bacon.»

Nektas storse la bocca. «Te lo ha detto Ash?»

Annuii prendendo una forchettata di uova.

«Crede sul serio che io non sappia che le fa mangiare tutto quel che vuole?»

Siccome era vero, me ne rimasi zitta e mi misi in bocca un'altra forchettata. Jadis protestò ad alta voce. «Può mangiare le uova?»

«Se riesci a farle prendere del cibo con una forchetta anziché con le sue zampine unte, può.»

Ridacchiando, inforcai un po' di uova e le porsi alla piccola Draken. «Apri la bocca.» Lei fissava la forchetta come fosse un serpente. «Prendi solo le uova. Non mordere la forchetta.»

Jadis piegò la testa e mi frustò un fianco con la coda, poi allungò il collo per annusare le uova e si ritrasse sibilando contro la forchetta. I suoi dentini avevano un'aria straordinariamente affilata.

«Guarda me.» Mi portai la forchetta alla bocca e presi un boccone con studiata lentezza. «Vedi? Mmm, è buono.» Presi un altro boccone. «Ora è il tuo turno.»

Dovetti ripetere la dimostrazione varie volte prima che Jadis scrutasse attentamente la forchetta e poi scattasse in avanti per prendere un boccone. I suoi denti si chiusero sulle uova e diedero solo un piccolo strattone alla posata.

«Accidenti» fece Nektas sorpreso. «Hai idea di quanta gente abbia provato a farglielo fare? Persino Reaver.»

«Brava, Jadis.» Fissai suo padre mentre prendevo un'altra forchettata di uova. «Si vede che ho il tocco magico.»

La piccola Draken mi tirò il braccio mentre le porgevo la forchetta, e di nuovo le servì qualche istante di preparazione prima di prendere un boccone.

«Sì, forse ce l'hai.» Nektas distolse lo sguardo e si schiarì la gola. «Ma penso soprattutto che tu le ricordi sua madre.»

Della madre di Jadis sapevo solo che era morta due anni prima. «Come... come si chiamava?»

«Halayna.» Nektas si raddrizzò. Sembrava più teso adesso. «Aveva capelli come i tuoi. Non così chiari, ma ci andava vicino. Non credo che Jadis se la ricordi bene, era troppo piccola. Ma chi può sapere che cosa ricorda veramente un bambino?»

Mangiai tutto il cioccolato e poi una fetta di bacon, sentendomi addosso gli occhietti affamati di Jadis. «Eravate sposati?»

«Eravamo *compagni*» mi corresse. «Sotto molti aspetti non è diverso dal matrimonio. È una cosa che i Draken prendono molto seriamente, un legame che solo la morte può spezzare.»

A Lasania il divorzio era abbastanza raro, anche se era molto più comune tra i nobili che non tra i popolani. Non era difficile capire chi tra loro si sposasse più spesso per amore. «La amavi, dunque?»

«Con tutta la mia anima.»

Chiusi gli occhi per un attimo. *La amava ancora.* Non avevo bisogno di leggere le sue emozioni per saperlo. «Mi dispiace» sussurrai. Jadis mi fissò masticando le uova e io le sorrisi. Avrei voluto chiedere come era morta Halayna, ma non di fronte a Jadis: come aveva detto suo padre, chi poteva sapere che cosa avrebbe ricordato un bambino? «Mia madre amava mio padre... il mio padre naturale. Morì la notte in cui nacqui.» Mi infilai in bocca un'altra fetta di bacon e decisi di non aggiungere altro sulle circostanze della sua morte. «Mi sono sempre chiesta se non fossero anime gemelle, capisci che cosa intendo? Forse le leggende su queste cose sono vere. L'ho sempre pensato, perché credo che una parte di mia madre sia morta con lui quella notte.»

«Due metà che si completano a vicenda. *Cuori gemelli.*» Nektas mi guardò negli occhi, attentamente. «È così che li chiamano gli Arae. È una cosa reale, anche se accade di rado, e non ho mai sentito che possa verificarsi tra i mortali. Ma questo non significa che non sia possibile. In questi casi la perdita della propria metà può essere... catastrofica. Se i tuoi genitori erano cuori gemelli, ho grande compassione per tua madre.»

Io non sarei arrivata a tanto, non dopo averla vista non fare nulla per fermare Tavius o per migliorare le vite dei suoi sudditi, al di là del fatto che intendesse lasciare questo compito a me. Anzi, poteva dirsi già fortunata che non avessi chiesto a Nyktos di spedire la sua anima nell'Abisso.

«Dopotutto avrebbe senso che i tuoi genitori lo fossero» aggiunse Nektas, tornando a rilassarsi sul divano.

«Perché?» Grattai Jadis sotto il mento e la piccola Draken rispose chiudendo gli occhi e facendo le fusa. Il mio sorriso si allargò.

«In genere i cuori gemelli si incontrano solo per servire qualche scopo superiore.»

«Come quando a un *Viktor* viene assegnato il compito di vegliare su qualcuno?» Ripensai a quegli individui che vivevano una vita mortale dopo l'altra con il compito di proteggere le persone che i Fati indicavano come portatrici di cambiamenti grandi e fondamentali.

Nektas annuì. «Forse i Fati hanno fatto incontrare i tuoi genitori perché le braci della vita potessero rinascere nel mondo mortale come voluto da Eythos.»

«Sì, forse.» Bevvi un sorso e offrii il succo di frutta a Jadis, che lo annusò. «Cosa sai di quel che ha fatto Eythos, esattamente?»

«Tutto.»

«Allora sai anche che ieri notte non stavo facendo una sciocchezza. Se riuscissi a raggiungere Kolis, potrei farcela.»

«Forse. Ma a quale prezzo?»

«Che importanza avrebbe? Stiamo parlando di fermare Kolis.»

«Quando il prezzo è una vita, ha sempre importanza.»

La crepa nel mio cuore tremò forte. «Lo pagherei lo stesso.»

«Non lo puoi sapere.» Nektas guardò la porta e allo stesso tempo io avvertii una vibrazione nel petto. «Eccolo.»

Mi affrettai a mandar giù mezza fetta di pane imburrato mentre Nyktos entrava nell'ufficio. Non alzai lo sguardo, ma percepii il suo dietro la nuca. Jadis ebbe la reazione opposta: si agitò tra le mie braccia, allungò il collo verso di lui e lanciò un sonoro pigolio eccitato proprio nel mio orecchio.

Passandomi accanto, il Primordiale la prese dalle mie braccia.

«Traditrice» borbottai guardandola abbarbicarsi addosso a Nyktos come un orsacchiotto, gli occhietti chiusi e i piccoli artigli che affondavano nei suoi capelli legati sulla nuca. Era una scena così dolce che mi sorpresi non mi stessero marcendo i denti.

«Sera è riuscita a farla mangiare dalla forchetta» annunciò Nektas.

«Sul serio? E io che pensavo che mangiasse solo con le...» Strofinando la schiena della piccola Draken, Nyktos si voltò verso di noi e si rabbuiò quando vide il cibo sul tavolo. Mi fissò. «Non hai mangiato altro?»

Raccolsi un tovagliolo. «Sì.»

«Non puoi aver già finito.» Nyktos depositò Jadis sulla sedia dietro la scrivania e lei si allungò per sporgersi con la testa dallo schienale, finché solo un occhio rimase visibile.

«Adesso controlli anche quanto mangio?» replicai.

«Voi due siete uno spasso» mormorò Nektas. Sua figlia saltò giù dalla sedia e cominciò a trotterellare sul pavimento: il padre la raccolse e la mise sul divano, dove si acciambellò formando una palla.

«Se ti diverti con così poco» risposi io mentre Jadis sbadigliava sonoramente, «devi annoiarti tantissimo nelle tue giornate.»

Nyktos sbuffò. «In effetti è così.»

Il Draken fece una smorfia divertita.

«Mi preoccupo di quanto mangi solo per via della Transizione. Non devi rischiare di indebolirti ed entrare in stasi.» Guardandomi negli occhi, Nyktos si avvicinò al tavolo e prese una fetta di bacon. «Se preferisci qualcosa di diverso, posso fartelo preparare.»

«Non serve.» Giocherellai con il tovagliolo. «E comunque non credo esistano al mondo quantità di cibo o sonno sufficienti a fermare quel che arriverà.»

«Ovvero?»

«La morte.» Sporsi il mento verso di lui. «E non parlo di te.»

A quelle parole Nektas ghignò. «La morte non è la fine di tutto.»

Battei il piede sul pavimento. «No?»

«No.»

Scossi il capo, a labbra serrate. Che cosa passava per la testa del Draken? Se davvero sapeva tutto, avrebbe dovuto sapere anche che solo l'amore dell'uomo che avevo progettato di uccidere – e che per giunta era incapace di amare – avrebbe potuto salvarmi.

«Non c'è ragione di fingere che le cose non stiano così.» Sostenni lo sguardo di Nyktos, che intanto si era appoggiato alla scrivania. «Non importa quanto siano potenti le braci della vita.»

Un muscolo guizzò nella mascella del Primordiale. «Su questo punto dovremo accettare di essere in disaccordo.»

«Ti piace un sacco questa frase, non è vero?»

«Almeno quanto a te piace litigare.»

Alzai gli occhi al cielo. «In effetti litigare su questo non ha senso.» Ora il mio piede batteva davvero forte. «Quindi fai pure quel che ti fa più piacere.»

«Nulla di tutto ciò mi fa minimamente piacere» replicò Nyktos, e io non ebbi niente da ribattere. «In ogni caso, quel che ha detto Holland potrebbe non essere del tutto corretto. Potrebbe esserci un'altra possibilità.»

Mi tornò in mente quando, nella Foresta Morente, aveva detto che gli servivano cinque secondi di pace per pensare, nei quali non dovesse preoccuparsi di salvarmi la vita. Storsi la bocca. «Per esempio?»

«Per esempio quel che Kolis ha fatto a mio padre: rimuovere le braci.»

Rimasi a bocca aperta. «È possibile?»

«Non vedo perché no.» Nyktos mi fissò. «Le braci della vita non sono altro che ethere, Sera. L'essenza di un Primordiale. Kolis aveva trovato un modo per sottrarle a mio padre senza fargli del male.»

Avvertii una scintilla di speranza che si accendeva in me, ma la soffocai subito, prima che divampasse in un incendio: c'erano ancora troppi forse, troppe domande senza risposta. «Ma non è riuscito a prenderle tutte.»

«Perché Eythos era un Primordiale» intervenne Nektas. «E tu sei una Primordiale nata nella carne mortale. Le braci non ti apparterranno fino in fondo finché non ascenderai come una Primordiale vera e propria.»

«Questo per me non ha nessun senso» ammisi. «Spiegatemelo come se doveste insegnare a Jadis a usare la forchetta.»

Nektas ridacchiò.

«Intende dire che le braci hanno operato un cambiamento fondamentale dentro di te.» Nyktos strinse le mani sul bordo della scrivania e allungò le gambe, incrociando le caviglie. «Sei vicina alla Transizione, e questo non si può impedire. Ma se riuscissimo a toglierti le braci, la tua diventerebbe una normale Transizione, come quella di qualsiasi semidio.»

Diventerebbe? «Correggimi se sbaglio, ma mi pare che non tutti i semidei sopravvivano alla loro Transizione.»

«Vero, ma con il mio sangue sopravvivresti di certo.»

Lo stupore mi fece tremare. Darmi del sangue per aiutarmi a guarire non sembrava proprio la stessa cosa che darmelo per aiutarmi nell'Ascensione. «E... quanto me ne servirebbe per ascendere?»

«Dovremo toglierti tutto il sangue che hai nelle vene, fin quasi all'ultima goccia, e sostituirlo con il mio.»

«Fin quasi all'ultima goccia» ripetei a fior di labbra. «È... un bel po'.»

«Lo so.» Nyktos mi fissò negli occhi. «È questo che rende così pericolosa l'Ascensione. Il rischio è di prendere troppo sangue, o troppo poco, ma l'alternativa è inaccettabile.»

Tornai ad appoggiare la schiena alla sedia ed esalai un lungo respiro. Perché sembrava ancora così determinato a tentare di salvarmi, anche una volta che le braci fossero state rimosse dal mio corpo? A quel punto non sarei stata più di nessuna utilità. Inspirai a fatica. «Se funzionasse, che cosa mi accadrebbe?»

«Saresti come tutti i semidei sopravvissuti alla Transizione. Forse anche di più: le braci hanno una potenza immensa. Forse ascenderesti in una dea a tutti gli effetti.»

Da quel che mi aveva detto Aios, i semidei ascesi cessavano di essere mortali: cominciavano a invecchiare lentamente, l'equivalente di un solo anno ogni trenta anni mortali, diventavano immuni a quasi tutte le malattie esistenti e, anche se non erano impenetrabili ai danni fisici come un dio o un Primordiale, potevano aspettarsi di vivere anche per millenni.

Ma una dea vera e propria?

Non riuscivo nemmeno a concepire le implicazioni di una qualsiasi delle due opzioni, ma la scintilla di speranza intanto si era trasformata in una fiammella. «Stiamo parlando di cose realmente possibili?»

«Non è mai stato fatto prima» disse Nektas. «Quando Eythos era ancora il vero Primordiale della Vita e faceva ascendere i Prescelti, essi diventavano come semidei, perché l'ethere è più forte nei terzogeniti. Ma la pratica è andata avanti per secoli e in tutto quel tempo nessuno di loro è mai asceso in un vero dio. Allo stesso tempo, però, nessuno di loro portava dentro di sé le braci. Con te, qualunque cosa potrebbe essere possibile.»

Non era un pensiero rassicurante. «Hai detto che solo Kolis ed Eythos sapevano come fare una cosa del genere.»

«Qualcuno deve averlo rivelato a Kolis» fece notare il Draken. «Deve pur averlo imparato da qualche parte.»

«Appena prima di andarsene, Penellaphe ha detto una cosa che mi è suonata strana» fece Nyktos, e mi tornò in mente che li avevo visti parlare in disparte nella sala del trono, a voce troppo bassa perché potessi udirli. «È da allora che continuo a pensarci. Ha detto che Delfai accoglierebbe volentieri una tua visita.»

«Chi o cosa è Delfai?»

L'ombra di un sorriso apparve sul volto di Nyktos. «Un Dio della Divinazione. Molto antico. Molto potente.»

Aggrottai le sopracciglia. «Non ho mai sentito parlare di specifici Dei della Divinazione.»

«Delfai ha il potere di vedere anche quel che è nascosto a tutti gli altri... Tutte le verità presenti, passate e future.»

Be', se c'era un dio a cui non avrei mai voluto avvicinarmi per nulla al mondo era proprio uno così.

«Come ha detto Penellaphe» stava proseguendo Nyktos, «gli Dei della Divinazione vivono sul Monte Lotho e servono alla Corte di Embris. Molti sono rimasti uccisi quando Kolis ha rubato le braci a mio padre. Pensavo che Delfai fosse tra loro, ma ho controllato nei vecchi archivi: il suo nome non figura tra quelli degli dei passati in Arcadia. È ancora vivo.»

Mi sporsi in avanti. «Lo possiamo localizzare? I tuoi poteri da Primordiale ci riescono?»

Le labbra di Nyktos ebbero un guizzo. «Di preciso che poteri pensi che io abbia?»

«Nelle mie speranze, quelli necessari a localizzare un dio.»

«Sfortunatamente no.» Le sue dita si mossero sul bordo della scrivania, come seguendo il ritmo del mio piede che batteva al suolo. «Ma conosco qualcosa che può aiutarci.»

«Le Pozze di Divanash» disse Nektas, e io sbattei le palpebre. «Sono pozze divinatorie, un tempo governate dagli Dei della Divinazione. Possono mostrare qualunque cosa o persona uno cerchi. Ora sono state spostate nella Valle.»

«Dove io non posso entrare» aggiunse Nyktos. «E nemmeno Kolis.»

Capii subito perché erano state spostate: se erano in grado di trovare chiunque, avrebbero potuto indicare anche dov'era l'anima di Sotoria. «È stato tuo padre a spostarle?»

«Mio padre le ha fatte sorvegliare: io le ho fatte spostare non appena ho avuto il potere per farlo.»

Ebbi l'impulso di sussurrare *grazie*, ma per qualche ragione mi sembrò sciocco. Alla fine io non ero Sotoria. Fissai Nektas. «Tu però puoi entrare nella Valle.»

«Sì. Il fatto è che le Pozze hanno... un certo carattere.» Il Draken fece un sorrisetto. «Rispondono solo se ricevono in cambio qualcosa che nessun altro sa, a parte colui che sta ponendo la domanda. Non ci possono essere intermediari.»

«Dunque devo andare io di persona.»

Nyktos annuì.

Mi alzai. «Non perdiamo tempo allora.»

«No. Non puoi andarci adesso. Non prima dell'incoronazione.»

«Ma...»

«Non sarebbe sicuro per te viaggiare prima di quel momento» tagliò corto lui.

«E dopo invece lo sarà?»

Le sue dita si immobilizzarono. «La protezione che posso offrire è meglio di nessuna protezione, Sera. Sulla via tra qui e la Valle potrebbe anche non accadere nulla, ma persino io ho problemi a controllare alcune cose nelle Terre d'Ombra.

Ci sono creature che divorerebbero senza nemmeno pensarci chiunque incontrassero che non fosse un Primordiale o qualcuno reclamato da un Primordiale.»

Supponendo che intendesse le Ombre, sostenni il suo sguardo. La sola idea che essere *reclamati* da un Primordiale offrisse protezione mi dava fastidio. Ma mi eccitava anche. Il che era una stronzata. «Non ho paura di quel che potrei incontrare.»

«Ovvio che no. Ma non esporrò al pericolo te o Nektas senza prima mettere in atto qualunque misura cautelare mi sia possibile. Nektas può proteggerti, ma non da un Primordiale finché non diventerai la mia Consorte. Su questo non c'è nulla da discutere.»

«E se io volessi discuterne comunque?»

Nyktos mi trafisse con un'occhiata inespressiva. «Se ti fa stare meglio, accomodati. Sono sicuro che Nektas si divertirà.»

«Senz'altro» confermò il Draken.

Esalai un respiro volutamente esagerato. «Allora penso che me ne resterò qui seduta e...» Un pensiero improvviso mi colpì. «Se trovassimo Delfai e lui ci rivelasse come rimuovere le braci, accadrebbe di nuovo quel che è accaduto quando Kolis le ha rubate la prima volta? Morirebbero schiere di dei e Primordiali?»

Gli occhi di Nyktos cercarono i miei. «E anche se fosse?»

Mi sprofondò lo stomaco. «Significherebbe scambiare la mia vita con quella di altri.» Rividi davanti agli occhi le guardie che precipitavano dall'Alzata avvolte dalle fiamme. Rividi Davina. «Non lo posso accettare.»

Nyktos piegò la testa di lato. «Me lo aspettavo.»

«Dunque è un bene che nessuno di noi creda che quello sia l'esito più probabile» fece Nektas. Spostai lo sguardo dall'uno all'altro. «Gli avvenimenti di allora furono causati dal fatto che Eythos era il vero Primordiale della Vita. Tu non lo sei. Non ci saranno le stesse conseguenze catastrofiche.»

«Perché non lo hai detto subito?» chiesi.

«Volevo vedere se avresti reagito come mi aspettavo» disse Nyktos.

Repressi l'impulso di scaraventargli addosso il bicchiere. «Che cosa accadrà alle braci, dunque? Si riverseranno dentro qualcun altro?» Spalancai gli occhi. La mia speranza ormai era un incendio incontrollabile. «Puoi riprendertele tu? Ti appartengono di diritto, dico bene? *Tu* eri destinato a diventare il nuovo Primordiale della Vita.»

«Sì. Era il mio destino.» Gli occhi di Nyktos mandarono un tenue scintillio. «E se tutto va bene tornerà a esserlo.»

10

Guardai Nektas portare via dall'ufficio Jadis, immersa in un sonno profondo e accomodata sulle sue grandi spalle, gli arti e le ali che penzolavano inerti ma ancora impigliati ai capelli del padre. Nektas la stava portando alle camere del secondo piano, che – mi avevano detto – erano state trasformate in una sorta di nursery. A quanto pareva Jadis aveva l'abitudine di passare inconsciamente in forma umana quando dormiva e, per usare le parole di Nektas, non era il caso che qualcuno la vedesse *nuda come una ghiandaia*. Non ero sicura di che cosa significasse quel modo di dire: per quanto ne sapevo io, era normale che le ghiandaie non portassero vestiti.

«Sul serio sei riuscita a farla mangiare con la forchetta?» chiese Nyktos.

Mi girai lentamente sulla sedia per fronteggiarlo. Era ancora appoggiato alla scrivania. «Sì.»

Nyktos sorrise. Un sorriso pallido, a labbra tirate, eppure ebbe l'effetto di trasformare i suoi lineamenti e infondere calore alla sua gelida bellezza. «Io ci ho provato tante volte, di solito ottenendo solo che mi strappasse la forchetta o decidesse di rotolarsi sul pavimento. Ogni tanto tutte e due le cose allo stesso tempo.»

Ridacchiai all'idea. «Nektas ha detto che forse le ricordo sua madre, per il colore dei capelli o qualcosa del genere. Ha detto che magari questo ha aiutato.»

«Possibile.» Mi fissò negli occhi per un attimo, poi volse lo sguardo altrove. «Halayna aveva i capelli chiari, ma non quanto i tuoi.»

Non come la luce della luna? Grazie a tutti gli dei e i Fati evitai di dar fiato a quelle parole. «Come... come è morta?»

Nyktos non rispose subito. «Assassinata.» Si passò una mano sul petto. «Kolis la convocò a Dalos e la uccise.»

Mi mancò il respiro. «Perché?»

«Kolis odia Nektas. Ha voluto fargliela pagare per esser rimasto leale prima a mio padre e poi a me. Era convinto che Nektas sarebbe stato *onorato* di servire lui dopo che era diventato Primordiale della Vita.»

Scossi la testa. Mi faceva male il cuore. «E per questo ha ucciso Halayna?»

«Avrebbe preferito uccidere Nektas stesso, ma sapeva di non poterlo fare senza un ottimo pretesto.» Nyktos abbassò la mano. «Se gli avesse fatto del male, a meno che non si fosse trattato di autodifesa, parecchi altri Draken dell'Iliseum l'avrebbero presa molto sul personale. Si sarebbero scagliati in massa su Kolis e su chiunque avesse tentato di difenderlo.»

Alzai le sopracciglia. «E non lo hanno fatto per Halayna? E poi, se hanno un potere del genere, perché semplicemente non si ribellano tutti contro Kolis?»

«Un Draken può ferire gravemente un Primordiale, ma non può ucciderlo. Comunque non pochi Draken hanno preso sul personale le azioni di Kolis. Nektas però... è diverso. Lui è antico.»

«Quanto antico?»

Nyktos riportò gli occhi su di me. «È il primo drago a cui venne donata la forma mortale.»

Mi mancò il fiato per la seconda volta in meno di un minuto. «Vuoi dire...»

Sul suo volto riapparve il sorriso di poco prima, un po' più ampio e caldo. E quindi ancor più devastante. «Mio padre divenne suo amico quando ancora era un drago. Nektas fu il primo a divenire un Draken. Donò il suo fuoco alla carne da cui mio padre trasse il primo mortale.»

«Oh, dei. Significa che...» Tentai di calcolare la sua età, ma fallii. Riuscivo solo a pensare che ero stata in presenza di una creatura che aveva contribuito alla creazione della razza umana. «Quanto a lungo può vivere un Draken?»

«Se non viene ucciso, quanto un Primordiale.»

Inspirai a fatica. «Quindi anche i Draken sono immortali?»

«Nemmeno i Primordiali sono realmente immortali, Sera. Nulla che può essere ucciso lo è, non importa quanto possa andare avanti a invecchiare.»

«Esiste qualcuno realmente immortale?»

«Gli Arae. E, prima che tu lo chieda, non ho idea di quanto sia vecchio il tuo Holland. Io stesso sono stato sul punto di chiederglielo. Anche i *Viktor* sono immortali, ma in un altro modo.»

Aveva senso: i *Viktor* morivano, ma anziché rimanere morti tornavano al Monte Lotho ad attendere di rinascere ancora. Un po' come Sotoria...

Mi sforzai di non pensare a lei e di concentrarmi sul presente. «Qualcun altro a parte Nektas sa di questo piano?»

«Alcuni con cui ne ho parlato stamattina.»

«Chi?»

Nyktos fece i nomi degli dei che lo accompagnavano abitualmente. I soliti fidati.

«E che cosa sanno di quel che c'è dentro di me?» chiesi.

«Sanno che in te alberga più di una singola brace e che sei vicina alla Transizione, cosa che non c'era nemmeno bisogno di specificare, dato che sanno bene che cosa significano le braci e ti hanno vista con i loro occhi manifestare i primi sintomi. Sono ben consapevoli di cosa ti accadrà se le braci rimarranno dentro di te, e approvano il piano.»

Dubitavo che dietro quell'approvazione ci fosse il desiderio di vedermi sopravvivere. «Tutto il piano? Anche la parte in cui mi aiuterai ad ascendere?»

«Quello non sta a loro deciderlo.» Nyktos mi studiò. «Ma nessuno ha espresso pareri negativi in merito.»

Altra cosa di cui dubitavo, a dispetto del suo discorso pubblico. «Qualcuno sa anche dell'anima di Sotoria?»

«Solo Nektas. È meglio che nessun altro lo sappia: se qualcuno venisse catturato e interrogato rischierebbe di mettere in pericolo gli altri... e te.»

Esibii un sorriso di sollievo che era per metà un ghigno senza allegria. Nessuna delle sue guardie lo avrebbe mai tradito: mi sembrava chiaro che non volesse rivelare quella informazione perché avrebbe potuto influenzare l'opinione degli altri su come andassero gestite le cose. Ma non volli insistere. «Se il piano funzionerà e tu diventerai il Primordiale della Vita, potrai far ascendere i Prescelti?»

Nyktos annuì.

«E si continueranno a tenere i Riti?»

Lui si accigliò. «Sai, su questo non sono ancora sicuro. In realtà vorrei che diventasse una scelta, non un obbligo.»

L'idea mi piacque. «Non si potrebbero abolire e basta?»

«Sì, certo, però sono stati creati per una ragione. Un tempo i Prescelti avevano uno scopo preciso: popolare l'Iliseum di nuovi giovani dei, che sapessero che cosa significa essere mortali. Servivano a creare un equilibrio, a controbilanciare tutti quelli che avevano vissuto troppo a lungo per riuscire a ricordarsi quanto sia fragile e preziosa la vita umana.» Nyktos mi fissò. «Sembri... in conflitto su questa faccenda.»

Era vero. Al punto che non mi innervosii nemmeno quando mi resi conto che stava di nuovo leggendo le mie emozioni. Erano *secoli* che un Prescelto non ascendeva: la maggior parte di loro finiva uccisa pochi giorni dopo essere arrivata a Dalos e il resto veniva trasformato in qualcos'altro. Ma la mia avversione per quella tradizione era iniziata già prima di conoscere la verità dietro il Rito. «Capisco lo scopo originario. Ha senso. Il fatto è che ai Prescelti viene dato tutto quello di cui hanno bisogno durante la loro vita tra i mortali, ma non vivono mai veramente. Non possono mostrare il loro volto. Nessuno a parte un altro Prescelto o un sacerdote li può toccare o può rivolgere loro la parola.»

«Ma di tutte queste cose non c'è alcun bisogno.» Nyktos si accigliò. «Non siamo stati noi a dare inizio a questi usi: sono stati i mortali.»

«E allora perché sono ancora in vigore?»

«Io me ne sbarazzerei subito se fossi nella posizione di poterlo fare, ma...»

«Solo il Primordiale della Vita potrebbe.» Sospirai. Poi fui colpita da un pensiero. «Oh, dei... e se i Prescelti che non vengono uccisi venissero trasformati in Craven, come Andreia?»

«Difficile a dirsi. Però sembrerebbe che Ritornanti e Craven non siano la stessa cosa.»

Annuii, ripensando alle parole di Gemma. «Kolis sta giocando con il suo potere creativo. Sta mutando i Prescelti. Forse pensa di *potenziarli*.» Scossi la testa ed esalai un lungo respiro. «Se il nostro piano funziona, che ne sarà di Kolis? E cosa succederà con la Putrefazione?»

«Se funziona, immagino che ascenderò di nuovo. L'impatto potrebbe essere... imprevedibile, come quando Kolis ha rubato le braci. O potrebbe non esserlo. Non c'è modo di saperlo prima. Di sicuro gli altri dei e Primordiali se ne accorgeranno: percepiranno subito quando Kolis perderà lo status di Primordiale della Vita.»

«Quindi sopravvivrà?»

Alla nota di delusione nella mia voce, Nyktos esplose in una risata roca. «Kolis è il più vecchio tra i Primordiali viventi. È perfettamente possibile che non saremo mai in grado di ucciderlo. Sarà già una conquista riuscire a indebolirlo abbastanza da poterlo rinchiudere.»

«Come... come gli dei sepolti sotto la Foresta Rossa?»
Nyktos annuì.
«Ti sbagli: il mezzo per indebolirlo *e* ucciderlo ce l'hai davanti.»
L'ethere sfavillò nei suoi occhi. «Hai promesso» sussurrò.
Mi mossi sulla sedia, a disagio. «Lo so.»
Mi fissò. «Voglio fidarmi di te e pensare che manterrai la tua parola, Sera. Ma è una fiducia davvero fragile.»
«So anche questo.» Sollevai il mento. «Ma quel che ho detto è la verità.»
«No che non lo è.» Un muscolo guizzò nella sua mascella. «E non lo sarà mai.»
Distolsi lo sguardo, cercando di non pensare alla fragilità di cui aveva parlato. «E la Putrefazione?»
«Quando avrò le braci dentro di me la Putrefazione abbandonerà il mondo dei mortali... e il tuo regno.»
Provai un sollievo tale che mi cedettero le gambe. Per fortuna ero seduta. La fine della Putrefazione non avrebbe risolto tutti i problemi di Lasania, ma con Ezra e Marisol alla sua guida il regno avrebbe avuto di nuovo concrete speranze. Ci sarebbe stato un futuro per la razza umana. Fui sul punto di scoppiare a piangere di gioia.
«Il tuo sollievo...» mormorò Nyktos, e io sollevai lo sguardo su di lui, «è... rigenerante. Sa di rugiada.»
Non mi meravigliai nel constatare che ancora una volta stavo proiettando le mie emozioni. Annuii, cercando di ricompormi. Poi mi balenò alla mente un pensiero. «Ma la gente di qui? Non soffre la carestia?»
«Importiamo quasi tutto il cibo da altre parti dell'Iliseum, come pure il foraggio per gli animali. Ce n'è quanto basta per tenere nutrita tutta la popolazione, nulla di più.»
«Sarebbe possibile far arrivare cibo dall'Iliseum a Lasania? Solo per alleviare un po' la fame finché la Putrefazione non sarà scomparsa.»

«Sarebbe bello» fu la sua risposta, e io sentii il morso della delusione. «Ma gli effetti che l'essenza ha su chi non la possiede nelle proprie vene – per non parlare degli animali – avrebbero un impatto anche su altre materie organiche. Una volta attraversata la nebbia primordiale che divide l'Iliseum dal mondo mortale, il cibo coltivato qui deperirebbe molto rapidamente.»

Esalai un lungo respiro e mi ripetei che c'era ancora una speranza per fermare la sofferenza delle genti umane. «E cosa accadrà alle Terre d'Ombra? Hai detto che non sono sempre state come le vediamo adesso.»

«Le Terre d'Ombra sono diverse dal resto dell'Iliseum: le stelle sono visibili anche durante il giorno, le notti più buie che in qualunque altro luogo. Però sì, la Putrefazione se ne andrà anche da qui.» Nyktos fissò il soffitto e premette la punta delle zanne sul labbro inferiore. A quella vista provai un leggero rimescolio allo stomaco. «All'inizio era molto lento. Quella che tu chiami Putrefazione cominciò a manifestarsi al tempo della mia nascita, ma solo qua e là: il resto delle Terre d'Ombra prosperava. Penso ti sarebbero piaciute se le avessi viste: assomigliavano ai boschi attorno al tuo lago... selvagge e rigogliose.»

Sentirlo dire *il mio lago* mi accese nel petto qualcosa che mi affrettai a relegare in un angolo prima di ricominciare a proiettare emozioni tutt'intorno.

Nyktos abbassò le lunghe ciglia. «Dove oggi il terreno è morto e desolato un tempo c'erano specchi d'acqua e distese di fiori scintillanti come la luna.»

«Papaveri» mormorai. Quei fiori così diversi dai loro equivalenti nel mondo mortale, con i petali rosso sangue all'esterno nella luce della luna e di una sfumatura di cremisi all'interno. E che si aprivano solo se qualcuno si avvicinava. Fiori *velenosi*, il cui carattere tempestoso e imprevedibile a Nyktos ricordava me.

«Papaveri» confermò lui. Poco dopo il mio arrivo nelle Terre d'Ombra uno era fiorito nella Foresta Rossa, e Nyktos si era detto certo che fosse la mia presenza che stava riportando la vita in quei luoghi. «Esistevano anche le stagioni: estati torride e afose, inverni con vento e neve. C'erano dei laghetti lungo la via che porta all'Alzata, da bambino passavo i giorni più caldi sulle loro rive. Qualche anno dopo, quando faticavo a prendere sonno andavo a nuotare. È una delle cose che mi manca di più.»

«È per questo che eri nel mio lago quella sera?»

«Ci ero già stato tante volte» ammise dopo un istante.

Non potei non domandarmi quante volte non ci fossimo incontrati per un soffio.

«La Putrefazione non prese piede subito dopo la morte di mio padre: crebbe lentamente, anno dopo anno, portandosi via un pezzetto di territorio alla volta. Piano piano la terra divenne grigia, la luce del sole si indebolì e le notti si fecero sempre più lunghe. E poi, quasi da un giorno all'altro, tutti gli alberi della Foresta Morente persero le foglie e tutti i laghi si asciugarono. Quel momento segnò anche la fine della luce solare e dell'alternarsi delle stagioni. Ma fuori dalle Terre d'Ombra la Putrefazione continuò a procedere con lentezza.»

Sentii la tensione che prendeva possesso delle mie spalle. Stavo per fare una domanda di cui pensavo di conoscere già la risposta, ma speravo di sbagliarmi. «Quanto tempo fa è successo?»

Lui risollevò le palpebre. «Faranno ventun anni tra cinque mesi.»

Dei.

Appoggiai la schiena alla sedia e fissai gli scaffali vuoti alle pareti. «In un certo senso Aios aveva ragione, sai? Dicendo che le braci della vita erano protette finché si trovavano nascoste in una dinastia mortale. Alla mia nascita la loro situazione è cambiata: si sono ritrovate in un contenitore con una data di scadenza.» Guardai Nyktos e deglutii. «Mi dispiace.»

«Non devi scusarti. Non è colpa tua.»

«No.» Scrollai le spalle. «Ma mi dispiace lo stesso.»

Nyktos mi fissò per lunghi istanti. «Ho una domanda.»

«Sentiamo.»

«Che ne pensi del mio piano?»

«Che ne penso?» Mi sfregai le ginocchia. «Spero che funzioni. Fermerebbe Kolis e cancellerebbe la Putrefazione. E io...» Mi si chiuse la gola e non riuscii a continuare.

«Tu cosa?» chiese Nyktos a bassa voce.

Non sapevo come tradurre in parole quel che pensavo, né tantomeno quel che provavo. Non ci avevo mai pensato prima di quel momento: non avevo mai contemplato la prospettiva di un futuro diverso da una morte certa e imminente. Un futuro che ora potenzialmente poteva durare centinaia di anni. Provai un senso di... speranza. Per me stessa. E mi sentii un po' egoista, perché il piano comportava il rischio di nuovi attacchi contro le Terre d'Ombra tra il momento presente e quello in cui lo avremmo messo in atto, oltre alla possibilità che non riuscissimo a trovare il dio scomparso... o che una volta trovato si rivelasse di nessun aiuto. I rischi erano tanti. Ma c'era anche *speranza*.

Che sembrava fragile quanto la fiducia di cui aveva parlato Nyktos.

Consapevole che il Primordiale mi stava ancora fissando, mi schiarii la voce. «Io penso che sia un buon piano.»

Lui annuì e rimase in silenzio ancora per qualche istante. «Ora dovremmo parlare dell'incoronazione.»

Dei, mancavano solo due giorni. Mi si rimescolò ancora di più lo stomaco, perché sapevo di aver fatto la figura di quella che se ne era dimenticata.

«Mi sono reso conto che non abbiamo ancora discusso alcun dettaglio.» Nyktos cominciò a mangiare, tagliando e masticando il cibo con cura. «Pensavo avresti avuto delle domande.»

«Sono necessarie? Hai detto che verrò incoronata davanti ai Primordiali e a dei d'alto rango.» Sbattei le palpebre. «Per la precisione hai detto che la presenza di altri Primordiali è solo una possibilità.»

«Ho mentito» fece lui senza traccia di vergogna. «Ho pensato che sapere che ci sarebbero stati anche gli altri Primordiali ti avrebbe resa solo più nervosa.»

«Be', non è così.»

Lui alzò un sopracciglio.

«Va bene, mi rende un po' nervosa, ma nulla che non possa gestire.»

«Quando abbiamo parlato per la prima volta dell'incoronazione eri appena arrivata nelle Terre d'Ombra e avevi appena scoperto che non ero io ad aver stretto il patto che ti aveva portata qui. Tutta la vita che conoscevi, comunque fosse stata, era appena terminata di colpo dopo che eri stata *frustata.*» I suoi occhi divennero del colore dell'acciaio e io spostai subito i miei di nuovo sugli scaffali. «Anche una persona forte come te avrebbe avuto problemi a reggere un simile carico.»

«Non puoi mai sapere prima quanto puoi reggere, finché non ti accorgi di non reggere più» fu la mia risposta. «Però... apprezzo il motivo che ti ha spinto a mentire.»

Nyktos ridacchiò. «Non ne dubito.»

Riportai lo sguardo su di lui. «Quindi c'è altro che devo sapere sull'incoronazione? Non finisce tutto con una corona sulla mia testa e tanti saluti?»

«È così che si incoronano re e regine nel mondo mortale?»

«Dei, proprio no. Ci sono celebrazioni che durano giorni, feste e balli, fuochi d'artificio.» Sorrisi. «Mi piacciono i fuochi d'artificio.»

«Non ce ne saranno.»

Misi il broncio. «Che delusione.»

Nyktos si grattò il mento e le dita nascosero in parte il suo sorriso. «Non ci saranno nemmeno celebrazioni lunghe giorni.»

«Questo mi rincuora.»

«Ma ci sarà una festa dopo la cerimonia.»

«Qui?»

«No. L'incoronazione avrà luogo a Lete, nella sala del consiglio. E domani io e te non ci vedremo. Lo impone la tradizione, si crede che fare così allontani la sfortuna dal regno.»

«E tu ci credi?» chiesi, sinceramente curiosa.

«Diciamo che non ho voglia di correre rischi, quindi onorerò le tradizioni meglio che posso.» Nyktos piegò la testa all'indietro. «Ci incontreremo appena prima della cerimonia, saliremo sulla predella insieme e io ti metterò la corona in testa e ti consegnerò il tuo nuovo titolo.»

Mi resi conto che non lo avevo mai visto portare una corona: mi chiesi che aspetto avesse e se sarebbe stato richiesto anche a me di indossarla abitualmente. Le corone mi davano l'impressione di essere pesantissime. «Che titolo?»

Un ghigno ferino apparve sulle sue labbra. «Non ho ancora deciso.»

Alzai un sopracciglio. «Che meraviglia.»

«Mi farò venire in mente qualcosa. Se i Fati ci giudicheranno degni e tutti si comporteranno secondo il decoro che ci si aspetta, i festeggiamenti potranno avere inizio.»

«E se qualcuno dovesse decidere di non essere decoroso?»

«Ci saranno guardie a proteggerti per tutto il tempo. Sarai sorvegliatissima. Niente e nessuno potrà farti del male.»

«Non serve che tu mi protegga.»

Le lunghe ciglia si sollevarono e i filamenti di ethere che venavano i suoi occhi sfolgorarono più luminosi che mai. «Sì, invece.»

Mi irrigidii. «Mi pare di aver dimostrato il contrario in varie occasioni.»

«Non hai mostrato alcuna paura davanti ai Dakkai o agli dei sepolti» rispose lui. Mi fissai le mani. «So che sei forte e che sei una guerriera. So che hai coraggio. L'aver bisogno anche di me o di qualcun altro per darti una mano non è un segno di debolezza: non significa che non te la sai cavare da sola o che hai paura. Tutti abbiamo bisogno di qualcuno dalla nostra parte.»

Sentii un calore che mi risaliva in gola. «Anche tu?»

«Disperatamente» rispose in un sussurro.

Levai gli occhi su di lui. Poteva anche essere il più giovane tra i Primordiali, ma avevo visto la sua vera forma, ed era quella di un essere alato fatto di oscurità e potere, capace di annientare un dio con una sola occhiata. La sua semplice rabbia riduceva gli alberi in cenere attorno a lui. Eppure in quella sua singola parola c'erano una sincerità e una vulnerabilità che evocarono in me il desiderio di proteggerlo.

Nyktos andò alla cassettiera, aprì un cassetto e tirò fuori un grosso volume rilegato in pelle. «Dobbiamo anche inquadrare quel che è successo l'altra notte.»

«Intendi la parte in cui mi butti sul tuo letto e mi togli i vestiti?»

Lui mi lanciò un'occhiata severa e si sedette. «La parte in cui tu usi l'ethere. Per il momento è legato solo alle tue emozioni: non so se la rimozione delle braci farà in modo che non ti accada più finché non avrai completato la Transizione. Forse no. Per certo so solo che le braci hanno già iniziato a cambiarti. C'è ethere nel tuo sangue: quello non ti verrà tolto, e dopo la Transizione potrai ancora usarlo.»

«Ma non avrò più il potere di ridare la vita.»

«Non senza le braci dentro di te.»

Mi fissai di nuovo le mani. Avrei sentito la mancanza di quel potere? Non ne ero sicura. Non avevo mai percepito la capacità di creare vita dalla morte come qualcosa che realmente mi appartenesse, anche se era una parte di me a tutti gli effetti. Al solo pensiero le braci nel mio petto si scaldarono. Ma sapevo che alla fine mi avrebbero uccisa comunque.

«Da qui alla Transizione il tuo potere potrebbe manifestarsi con più facilità» continuò Nyktos sciogliendo i legacci che chiudevano il libro. «È quello che accadrebbe al figlio di un dio destinato ad ascendere come Primordiale.»

«Come te?»

Lui annuì. «Esistono sistemi per aiutarti a manifestare il potere di nuovo senza indebolirti gravemente, a patto che tu non stia usando l'ethere anche per altro o non sia concentrata nel proteggere te stessa.»

«Sul serio?» Mi sporsi in avanti. Ora aveva tutta la mia attenzione. «È una cosa che possiamo provare anche subito?»

Un sorriso nacque sulle sue labbra, ma subito si congelò. Il suo sguardo puntò sopra la mia spalla. Un istante dopo bussarono alla porta.

«Entra.»

Mi girai sulla sedia e vidi entrare Saion.

«Abbiamo... problemi alle porte» annunciò, e io provai un angosciante senso di déjà-vu.

Nyktos chiuse il libro. «Cioè?»

Il dio mi lanciò un'occhiata. «Ci sono dei Cimmeriani.»

Nyktos sedette e io mi irrigidii. Avevo letto dei Cimmeriani nei miei studi: erano dei minori, discendenti di Attes, il Primordiale dell'Accordo e della Guerra, e di Kyn, il Primordiale della Pace e della Vendetta, separati da loro da un paio di generazioni. Nascevano come guerrieri già perfettamente formati, e secondo le leggende alcuni sovrani mortali abbastanza audaci – o folli – da evocare Attes o Kyn avevano avuto il dono di poterli schierare in battaglia nel mondo degli uomini.

«Perché Attes o Kyn dovrebbe mandare dei guerrieri qui?» chiesi.

«Non tutti i Cimmeriani servono Attes e Kyn» rispose Saion, e io mi sentii sprofondare lo stomaco. «Alcuni stanno in altre Corti. Questi li ha mandati Hanan.»

Nyktos rimise a posto il libro e aprì un altro cassetto. «Dov'è Bele?»

«Con Aios. E Nektas sta portando Jadis e Reaver da loro.»

«Bene. Bele non abbandonerà i piccoli.» Nyktos si allacciò sul petto e ai fianchi alcune cinghie pensate per portare spade e altre armi. «Quanti ce ne sono alle porte?»

«Un centinaio.»

«Merda.»

«Quasi tutte le guardie sono schierate sull'Alzata davanti a Lete e sorvegliano la Baia Nera, come da tuoi ordini.» Saion inclinò la testa e la luce di una lampada vicina scintillò sulla pelle scura dei suoi zigomi. «Qui ne resta solo una dozzina. Se le cose si mettono male...»

«Se le cose si mettono male?» Mi alzai. Nyktos aprì uno stipo e ne trasse un cassetto colmo di armi. «Ho visto di cosa sei capace...»

«I Cimmeriani non sono come gli altri dei» rispose Saion. «Usare l'ethere attorno a loro potenzia le loro capacità.»

«Come i Dakkai?»

«I Dakkai vogliono divorare chi ha ethere dentro di sé, i Cimmeriani traggono forza da esso. L'essenza amplifica le loro abilità, li rende più potenti.» Nyktos si allacciò una spada sulla schiena e io mi domandai quanto spazio ci fosse in quel mobile. «E combattono in modo diverso da chiunque tu abbia mai incontrato.»

Cominciai a spaventarmi. «Cioè?»

«Possono evocare nubi di oscurità per accecare i loro avversari» disse Saion. «Un buio così denso che nemmeno Nyktos può attraversarlo con lo sguardo.»

Il cuore mi batteva forte contro le costole. Questo non lo avevo mai letto da nessuna parte. «E sono venuti per combattere contro di voi?» Nyktos non rispose, perciò mi rivolsi a Saion: «È per questo che sono qui?».

Il dio annuì. «Combattere è una delle poche cose che sembra dare un minimo di soddisfazione a quei bastardi. Sono sempre pronti ad affrontare chiunque, anche un Primordiale.»

Nyktos si infilò un pugnale nella cinghia sul petto e un altro nello stivale. «Tu resterai qui.»

«Posso aiutare» protestai. «Combattere con voi...»

«Può farlo davvero» intervenne un'altra voce dal corridoio. «E dal momento che quasi tutte le guardie...»

«Ector?» lo interruppe Nyktos.

Ci fu un attimo di silenzio, poi il dio smilzo e biondo apparve sulla soglia. «Sì?»

Il Primordiale lo trafisse con lo sguardo. «Questo è uno di quei momenti di cui io e te abbiamo discusso *varie volte*.»

Aggrottai la fronte.

«Quelli in cui è meglio se...» Ector si schiarì la voce. «... chiudo il becco?»

«Esatto.» Nyktos girò attorno alla scrivania allacciandosi una spada corta al fianco. «So che sai combattere. Questo non è in discussione. Forse i Cimmeriani non sono qui solo perché hanno voglia di menare le mani, soprattutto dopo l'attacco dei Draken e con l'incoronazione dopodomani. Se qualcuno volesse portarti via preferirebbe farlo prima che tu diventassi la mia Consorte, perché la mia reazione otterrebbe molto meno supporto. Se sono venuti per tentare di rapirti, non gliela renderemo facile. Per questo devi restare qui, Seraphena.»

Nel momento stesso in cui lo sentii usare il mio nome completo decisi che avevo voglia di tirargli un pugno. Sulla gola. Forte.

Nyktos si fermò sulla porta un'ultima volta e mi guardò da sopra la spalla. «Tornerò più tardi. Fino ad allora...» Mi guardò negli occhi. «... comportati bene.»

«Ma certo, *Vostra Altezza.*» Mi inchinai. «Non vorrei mai finire in castigo.»

In corridoio qualcuno – probabilmente Ector – ridacchiò ad alta voce.

Nyktos seguitò a fissarmi, ma il turbinio dell'ethere nei suoi occhi rallentò. «Non insistere con me su questo.» Si voltò verso Saion. «Resta qui e sorvegliala.»

Il dio mi lanciò un'occhiata e sospirò. «Sono onorato di obbedire.»

Chiusi la bocca e quasi non osai respirare finché Nyktos non fu scomparso. Solo a quel punto gettai la testa all'indietro per liberare un urlo silenzioso e strinsi i pugni.

«Ti ha aiutata a stare meglio?» chiese Saion. «Qualunque cosa stessi facendo.»

«No» ringhiai.

«In effetti non sembrava.» Il dio si appoggiò alla porta e alzò un sopracciglio. «Dunque, hai voglia di andare a dormire? O hai fame? Ti faccio portare una mela sbucciata?»

Lo fissai socchiudendo le palpebre e lui arricciò le labbra.

Guardai altrove, disgustata. Capivo perfettamente perché Nyktos non mi volesse là fuori: anche se i Cimmeriani non fossero venuti per me, l'ultima cosa di cui avevamo bisogno era che qualche dio di un'altra Corte rischiasse di riconoscermi. Ma capire tutto questo non significava che lo apprezzassi. «Nyktos e gli altri saranno al sicuro là fuori?»

Saion non rispose subito. «Sul serio sei preoccupata per loro?»

Feci un respiro brusco e mi voltai verso di lui. «Te lo avrei chiesto se non lo fossi?»

Mi fissò con espressione leggermente perplessa. «Suppongo di no.»

Incrociai le braccia. «Stai per proporre di nuovo di spezzarmi il collo?»

«No.» Il dio seguitò a fissarmi come se fossi un puzzle a cui mancavano dei pezzi. «Hai veramente tentato di scappare per andare a uccidere Kolis con le tue mani?»

Mi irrigidii. «Pensi che Nyktos mentirebbe al riguardo?»

«Suppongo di no» ripeté.

«Allora hai già la risposta.»

«Sapevi che saresti andata a farti ammazzare, ma sei partita lo stesso. E dunque sarebbe disonorevole considerare ancora l'ipotesi di spezzarti il collo.»

«Prima invece era onorevole?»

«Penso di no, se si tiene conto del fatto che tecnicamente sei il Primordiale della Vita. In teoria dovrei inchinarmi di fronte a te.»

«Ti prego di non farlo.»

Lui ghignò. «Non c'è alcun pericolo. Però è una situazione davvero bizzarra: le braci della vita dentro un essere umano.»

«*Bizzarro* è una parola adatta.» Cominciai a camminare avanti e indietro.

«In realtà nessuno ne è rimasto sorpreso più di tanto» continuò Saion. «Non dopo aver visto che cosa avevi fatto con Gemma e Bele. Ma sospettarlo e vederlo confermato restano comunque due cose diverse.»

Annuii distratta, pensando a quel che stava accadendo là fuori. Sapevo che Nyktos non si sarebbe fatto male, ma ciò non cambiava il fatto che era là a combattere contro i Cimmeriani perché io avevo provocato l'Ascensione di Bele. Lui poteva sempre tornare dentro se le cose si fossero messe male, ma Ector? O Rhain, che di sicuro era con loro? E Theon e Lailah e Rhahar? E tutte le guardie e i Draken che avrebbero partecipato alla battaglia mentre io me ne restavo rintanata nella fortezza? Quanti nuovi morti ci sarebbero stati oggi?

Non potevo restare lì. Semplicemente non potevo.

Mi alzai e attraversai la stanza.

Saion si voltò a guardarmi. «Che stai facendo? Vorrei tanto

che la risposta fosse *vado a fare un sonnellino*, ma ho la forte impressione che non sia così.»

Spalancai la porta. «Non è così.»

«Dunque dove vai?»

Uscii in corridoio. «A *insistere*.»

11

Mentre salivo la scala dell'Alzata, le stelle nel cielo grigio scuro sopra di me scintillavano già come un mare di gemme, segnalando che la notte non era lontana.

«È una pessima idea, lo sai?» borbottò Saion dietro di me, forse per la centesima volta. «Un'idea davvero orribile. Se ti dovesse accadere qualcosa...»

«Non mi accadrà nulla.» Giunsi in cima all'Alzata e la attraversai, restando ben al riparo del parapetto, contro il quale erano allineate lance e frecce con la punta di ombropietra.

«E questo va ad aggiungersi alla pessima, orribile idea di cui stavo parlando» fece il dio vedendomi raccogliere un arco e una faretra.

«È solo per stare più tranquilli.» Mi appoggiai alla parete, sbirciai fuori da una feritoia e individuai Nyktos ancor prima di mettermi a cercarlo: sapevo esattamente dov'era, e sospettai che fosse per via delle braci che un tempo appartenevano a lui.

Il che significava che probabilmente anche lui aveva avvertito la mia presenza. E che non ne sarebbe stato per niente contento.

Decisi che ci avrei pensato a tempo debito e incoccai silenziosamente un freccia.

Nyktos era in prima linea con le braccia incrociate e sembrava in tutto e per tutto un Primordiale... uno annoiato, se dovevo giudicare dalla sua espressione rilassata. Dietro di lui c'era una dozzina di guardie: non avevo idea se fossero mortali, semidei o dei, ma tra loro vidi Ector e Rhain.

Di fronte a loro c'era una schiera di guerrieri con indosso passamontagna neri, che lasciavano intravedere solo i loro occhi. Un'armatura li proteggeva dalle spalle alle ginocchia.

Aguzzai la vista. «Quelle corazze sono fatte di ombropietra?»

Saion si accucciò dietro un altro parapetto.

«Un'ondata di potere è stata avvertita attraverso l'Iliseum» stava dicendo uno dei Cimmeriani, che si era posizionato davanti agli altri e teneva la mano sul pomo della spada.

«Merda» fece Saion. «Quello è Dorcan. È molto antico.» Lo squadrò dal suo nascondiglio. «È l'ultima persona che vorresti trovarti davanti su un campo di battaglia.» Non seppi se sentirmi sollevata o no che i Cimmeriani non fossero lì per me.

«Hanan sa che i Dakkai hanno già seguito un'altra pista di potere che portava alle Terre d'Ombra» proseguì Dorcan.

«E con ciò?» replicò Nyktos.

«Stai forse cercando di dire che non ne sai nulla?»

«Non sto cercando di dire proprio niente.»

Da dietro il passamontagna arrivò una risata roca. «La dea Bele è qui?»

Un Cimmeriano dietro di lui si mosse appena, ma io me ne accorsi lo stesso: vidi che portava la mano guantata al pugnale che aveva alla cintura.

«Merda» ripeté Saion. Doveva aver notato anche lui il movimento. Sfoderò in silenzio la spada. «Se scoppia una battaglia andrò a combattere anch'io.»

Annuii, senza staccare gli occhi dai Cimmeriani. Un centinaio contro una manciata: decisamente eravamo in svantaggio numerico. Certo, avevamo Nyktos, ma se non poteva usare l'ethere...

In ogni caso quelli erano i *nostri* guerrieri.

La *nostra* gente.

Mi si contrasse lo stomaco, ma le mie mani rimasero immobili sull'arco. «Perché non c'è Nektas?»

«Nessun Draken verrà, a meno che non lo ritenga necessario.»

«E non lo è?»

«Non ancora. La presenza dei Draken può far perdere il controllo della situazione.»

«Se mi risponderai che non è qui, Hanan saprà che hai mentito» proseguì Dorcan. «E come lui lo saprà *il re*.»

«Do per caso l'impressione che me ne fotta qualcosa?» rispose Nyktos. Esalai un lungo respiro, sperando che Nektas non fosse affatto lontano.

«Dovresti.» Il Cimmeriano piegò indietro la testa. «Ho sentito che avete avuto un paio di giornate complicate qui. Dakkai. Draken. E mi hanno anche detto che stai per sposare una Consorte.»

«Oh, merda» fece Saion per la terza volta.

Il cambiamento nell'aria fu palpabile, come una corrente. Sia Ector sia Rhain portarono la mano alla spada. E Dorcan con ogni evidenza se ne accorse, perché le sue successive parole furono: «Lasciati dare un consiglio da un vecchio amico. Questo per te non è il momento migliore per inimicarti altri Primordiali. Noi siamo qui solo per portare Bele da Hanan».

«Allora perché Hanan non è qui? Troppo vigliacco per fare la sua richiesta di persona, immagino. Ha preferito mandare i suoi sgherri a sbrigare la commissione. In ogni caso, ecco il *mio* consiglio da amico: per te è venuto il momento di trovarti un'altra Corte da servire. Una dove chi comanda ha almeno il fegato di presentare da solo certe richieste.»

«Sai che non posso farlo.»

«Se hai giurato fedeltà a Hanan con un patto di sangue, è stata una decisione davvero poco saggia.»

«Forse.» Dorcan accennò con la testa alla gente dietro

Nyktos. «Ma so che gran parte delle tue guardie adesso è lontana, sull'Alzata, e il tuo esercito è al confine occidentale.»

«Esercito?» Guardai Saion. «Nyktos ha un esercito?»

Il dio aggrottò la fronte. «Ovvio che ha un esercito.»

Non ne avevo idea.

«Sarebbe *saggio* da parte *tua* consegnare Bele senza ulteriori discussioni» disse Dorcan. «E noi ce ne andremo senza... causare problemi.»

«È tardi per quello.» Il gelo nella voce di Nyktos mi fece scorrere un brivido giù per la schiena. «Perciò, qualunque cosa tu abbia in mente, procedi: sto cominciando sul serio ad annoiarmi.»

Dorcan rise di nuovo. «E sia.»

«Come te la cavi con l'arco?» chiese Saion sottovoce, mentre il Cimmeriano che aveva messo mano al pugnale si voltava per fronteggiare Rhain.

Senza esitare, scoccai e mandai la freccia a piantarsi tra gli occhi del Cimmeriano prima ancora che il pugnale uscisse dal fodero. «Me la cavo *così*» mormorai, ignorando il tremito delle braci dentro di me che reagivano alla morte del dio.

Dorcan si voltò nella mia direzione, ma sapevo che non poteva vedermi. Mi tirai indietro mentre da sotto esplodeva il clangore delle spade, incoccai di nuovo e mi sporsi dal parapetto. Sentii una pressione all'altezza del cuore.

Vidi Nyktos svettare sopra la marea di Cimmeriani che avanzava e incrociare la spada con Dorcan.

«Resta nascosta» mi ordinò Saion alzandosi. «Se per qualche ragione Nyktos dovesse essere sopraffatto, torna dentro e vai da Bele e Aios. Anche con l'incantesimo che hai addosso, puoi ancora essere uccisa.»

Nyktos sopraffatto? Mi si seccò la bocca. Lo avevo visto combattere all'arma bianca contro Gyrm e Dakkai e aprire in due un dio sepolto a mani nude. Niente e nessuno poteva sopraffarlo.

«Hai capito quello che ho detto?» fece Saion.

«Sì.» Misi un ginocchio a terra dietro il parapetto, accanto a una rastrelliera di lance.

«Sarà meglio. I Cimmeriani là sotto non sanno né chi sei né che cosa è nascosto dentro di te: se ti mettono le mani addosso porteranno la tua testa a Hanan su una picca.» E lasciandomi con quella graziosa immagine Saion saltò giù dall'Alzata.

Un salto del genere avrebbe polverizzato ogni osso di un corpo umano come il mio. Mi sporsi e mirai a chiunque portasse un passamontagna. Ma una testa in movimento era un bersaglio più difficile di un torace. Aspettai finché il dito cominciò a dolermi sulla corda dell'arco e finalmente un Cimmeriano si girò verso una guardia delle Terre d'Ombra preparandosi a sferrare un colpo. Scoccai e presi subito un'altra freccia, mentre le braci reagivano a una nuova morte: ormai la loro vibrazione era incessante. Mentre tendevo la corda vidi Rhain allontanare un avversario con un calcio e affondare contemporaneamente la spada alle proprie spalle.

L'ombropietra era indistruttibile...

Ma la lama penetrò lo stesso nell'armatura. La pietra che strideva contro la pietra provocò una serie di scintille e l'arma si infisse in profondità nel petto del Cimmeriano.

A quanto pareva l'ombropietra non era invulnerabile a se stessa. Rhain liberò la spada e sferrò un colpo alla gola di un altro Cimmeriano. Quello che aveva trafitto però non morì subito: rotolò su un fianco, tentò di alzarsi...

E a quel punto la vidi.

Una sorta di nebbia color della notte uscì dal suo corpo. Scoccai e lo colpii alla nuca. Da qualche altro punto della battaglia si levò un grido di dolore e le braci fiammeggiarono dentro di me, incandescenti. Incoccai di nuovo, mentre attorno alla strada cominciavano a addensarsi nuvole scure, ancora più nere delle ombre che fuoriuscivano dai Cimmeriani stessi.

Con il cuore in gola cercai Nyktos e lo vidi mentre mozzava la testa di un guerriero e poi parava un colpo di spada di Dorcan. Quest'ultimo barcollò indietro sotto la spinta. Subito dopo Nyktos sfoderò una spada corta e la scagliò: l'arma roteò nell'aria e andò a piantarsi nella testa di un Cimmeriano che aveva costretto in ginocchio una delle guardie. Poi, tra schizzi di sangue, la spada seguì una traiettoria curva e tornò nella mano del Primordiale, che si girò e parò un altro colpo di Dorcan con entrambe le spade. Fu piuttosto impressionante da vedere.

Il velo di notte continuò a salire e salire: quando avesse raggiunto le teste dei combattenti non sarei più stata di nessun aiuto. Poi però mi resi conto che quella specie di nebbia densa e nera non fuoriusciva dalle braccia di tutti i Cimmeriani, ma solo di alcuni, e mi concentrai su questi ultimi. Mirai al petto di uno, scoccai e trattenni il fiato: la freccia avrebbe passato l'ombropietra?

Sì: la vidi trapassare l'armatura ed emisi un singulto dai miei polmoni contratti. Il sollievo tuttavia durò pochissimo. La punta non entrò in profondità quanto la spada di Rhain, però bastò a far smettere il Cimmeriano di produrre la nebbia. Il dio se la strappò dal petto e si voltò verso l'Alzata, ma questo permise alla guardia che stava affrontando di prendere l'iniziativa.

Individuai un altro di quelli che producevano nebbia, lo colpii al petto e le braci dentro di me avvamparono, pulsando sempre più forte mentre scagliavo una freccia dopo l'altra. Spostai il peso da un ginocchio all'altro, in cerca del prossimo bersaglio...

E mi tirai indietro di scatto con un ansito, mentre un pugnale sibilava a pochi centimetri dal mio viso. Con il cuore in gola mi sporsi di nuovo dal parapetto, in tempo per vedere Nyktos che decapitava il probabile autore del lancio.

Mentre il corpo del guerriero crollava esanime, anche il

Primordiale si voltò verso l'Alzata. I nostri occhi si incontrarono per una frazione di secondo e l'ethere delle sue pupille lampeggiò di argento corruscante.

Poi lui inclinò di lato la testa mentre io tendevo la corda dell'arco...

Scoccai, centrando il Cimmeriano che lo stava caricando alle spalle.

Nyktos si voltò a guardare, gli angoli della sua bocca si sollevarono appena e io feci un ghigno. Un attimo dopo tornò ad affrontare Dorcan, lasciandomi a domandarmi se lo avessi veramente visto sorridere. Un altro Cimmeriano lanciò la spada verso l'Alzata e io mi abbassai, poi incoccai di nuovo e mi rialzai per scoccare. Forse Nyktos alla fine non si sarebbe arrabbiato con me...

«Dei» ansimai. Una sorta di massa vuota, di un nero assoluto, si era arrampicata lungo l'Alzata e ora stava tracimando oltre l'orlo e dilagando sulla sommità.

Scattai in piedi e menai un colpo con l'arco a quelle tenebre. Dal loro interno arrivò un'imprecazione, a cui io feci eco. Nyktos e Saion avevano dimenticato di dirmi che l'oscurità prodotta dai Cimmeriani poteva permettere loro di scalare persino una parete come l'Alzata in pochi secondi. Afferrai una lancia, sentendo il metallo freddo contro i palmi delle mani, e mi voltai.

Dalla tenebra sbucò una spada, seguita da altra oscurità. Con gli occhi sbarrati parai un colpo così violento che mi fece tremare il braccio, ma tenni la posizione e un attimo dopo la tenebra fu su di me. Se fossi scappata ora avrei rischiato di precipitare giù dall'Alzata, quindi mi lanciai in avanti e da dentro l'oscurità arrivò una risata roca.

Un attimo dopo scomparvero anche le stelle: ero immersa nel buio più completo. Del mondo non restava altro che il mio cuore impazzito e le braci che vibravano. Era come essere bendati... *La benda. Serve per affinare gli altri sensi*: quella era stata la risposta di Holland quando avevo chiesto perché dovessi esercitarmi a combattere alla cieca. Risi, al pensiero di quanto fosse stata effettivamente sottile la sua interferenza nel mio destino.

Serrai la presa sulla lancia e scandagliai il vuoto che mi circondava, per nulla sicura che gli altri sensi a mia disposizione fossero all'altezza: riuscivo a udire solo urla di dolore, il clangore delle spade...

Uno sbuffo d'aria mi sfiorò il volto e io mi spostai di scatto. Una lama tagliò l'aria appena sopra di me. Colpii verso l'alto con la lancia ma non infilzai nulla. Rimasi immobile, coperta da un sottile strato di sudore. Poi l'aria vibrò ancora e io scattai a sinistra.

Un lampo di dolore mi trafisse il fianco, ma non era nemmeno paragonabile all'agonia del morso di un dio caduto. Stringendo i denti menai un colpo di taglio con la lancia e la punta colpì una gamba. Subito dopo udii il tonfo di un corpo che cadeva nell'oscurità. Anche io caddi con un ginocchio a terra, ma girai su me stessa e affondai un altro colpo: un grugnito di dolore mi segnalò che avevo centrato il bastardo da qualche parte e l'oscurità cominciò a diradarsi, trascolorando nel grigio...

L'aria vibrò ancora una volta dietro di me. Piroettai sferrando un colpo dal basso verso l'alto e sentii la punta incontrare la resistenza di un'armatura e poi affondare. La strattonai per liberarla, feci per alzarmi e un braccio mi piombò sulla gola, ma il mio istinto addestrato per anni reagì da solo: mi accasciai in avanti, il Cimmeriano ferito fu colto alla sprovvista e inciampò, al che io ruotai su me stessa, liberandomi dalla sua presa. Il buio si era dissipato abbastanza da lasciarmi intravedere la sua testa, e affondai lì il colpo più forte che mi riuscì. Il rumore di qualcosa che si rompeva fu nauseante. Liberai l'arma e mi voltai.

Una mano mi afferrò il braccio fermando il colpo e mi costrinse a girarmi di nuovo prima che avessi il tempo di mandare un fiato. Un altro braccio mi circondò la vita, e la mia schiena sbatté contro un petto duro quanto una parete. Intorno l'oscurità continuava a diradarsi. Incamerai un respiro spezzato...

... di limone e aria fresca. Quelle sciocche braci nel mio petto tremarono con forza inusitata.

«Un colpo di lancia non è un buon modo di ringraziarmi perché ho fatto in modo che tu viva fino ad avere una corona in testa» sussurrò la voce fumosa di Nyktos nel mio orecchio.

Allentai subito la presa sulla lancia. «Come ti dovrei ringraziare allora?»

Lui strinse il braccio e la consapevolezza del suo corpo contro il mio, la sensazione di averlo così vicino da sentirmi addosso persino il suo respiro fecero avvampare parti di me che non erano le braci. Non rispose alla mia domanda: per un istante rimanemmo semplicemente lì fermi, separati forse da due centimetri di spazio mentre le stelle riprendevano possesso del cielo sopra di noi.

Poi, senza preavviso, Nyktos ci fece roteare entrambi e mi premette contro il parapetto mentre una folata di vento risaliva dal cortile a spazzare la sommità dell'Alzata. Un paio di grandi, poderose ali ci sorpassò e una coda coperta di aculei frustò la cima del parapetto contro il quale mi trovavo schiacciata. Il mio cuore perse un battito. Era appena arrivato un Draken, eppure non era a quello che stavo pensando... Oh, dei, ci doveva essere qualcosa di terribilmente sbagliato in me perché in quel momento i miei pensieri volarono a ricordi del tutto inappropriati, al corpo poderoso di Nyktos che mi premeva addosso, proprio come stava facendo in quel momento, annientando tutto lo spazio tra di noi. Non potevo nemmeno muovere la testa. Non c'erano stati vestiti tra di noi quella volta, la volta in cui mi aveva presa da dietro, mi aveva marchiato la pelle, mi aveva reclamata come sua. Il ricordo era così nitido che mi trapassò con una staffilata di puro desiderio.

«Cazzo» ringhiò Nyktos, il fiato bollente contro la mia guancia. «Tu finirai per ammazzarmi.»

Dovevo aver proiettato le mie sensazioni, ma era uno dei rari momenti in cui non me ne importava nulla. «Sappiamo tutti e due che non è possibile» sussurrai mentre il Draken atterrava dall'altro lato dell'Alzata.

Lui rispose con un verso gutturale e la mano con cui mi teneva il polso risalì all'altezza del braccio. Aprii gli occhi e vidi la familiare testa circondata da aculei di Nektas. Il Draken sbatté le ali grigie e nere, attirando Ector e Rhain vicino al suo fianco. Un attimo dopo dalle sue fauci eruttò l'ethere di fuoco e il mondo intero si tinse d'argento.

«Sei ferita» mi sibilò Nyktos all'orecchio. «Di nuovo.»

«È solo un graffio.»

«Sento l'odore del tuo sangue.» Il palmo della sua mano mi sfiorò il lato di un seno, facendomi sobbalzare, poi si spostò giù lungo il fianco fino a un punto che faceva male *sul serio*. «Mi fa venire voglia di assaggiarlo.»

Quelle parole fecero saettare dentro di me un'oscena pulsazione di desiderio, dal mio cuore dritta al centro del mio essere. «Non fermarti.»

«Ovvio che no.» Il braccio che mi stringeva sul seno si contrasse. «Tu non dai alcun valore alla tua vita.»

«Questo non c'entra niente.»

«C'entra sempre invece.» Il suo respiro ora era una carezza sulla mia gola. «Se dovessi assaggiarti di nuovo, non so se riuscirei a fermarmi.»

«Sì che lo faresti» sussurrai, credendoci come non avevo mai creduto a nient'altro in vita mia.

Nyktos emise di nuovo quel suono a metà tra un ringhio e un'imprecazione, lasciò cadere il braccio e si girò verso la strada. Sorpresa di avere ancora in mano la lancia, cercai di far rallentare il cuore e mi staccai dal muro. Seguii la linea dello sguardo di Nyktos...

In quel momento Nektas scattò in avanti e ghermì un Cimmeriano tra le fauci. Poi scosse la testa e il guerriero ricadde a terra, diviso in due.

«Ahia...» mormorai.

«L'ho visto fare di peggio.»

«Ti crederò sulla parola.»

«Per una volta cerca di darmi retta e resta qui» fece lui. Un attimo dopo saltò oltre il bordo dell'Alzata.

Corsi ad appoggiarmi all'orlo del parapetto e lo vidi già sulla strada, mentre avanzava tra i corpi dei suoi uomini caduti. Erano cinque. Li fissai: le braci nel mio petto si scaldarono e il calore scese nelle mie mani...

Nektas si voltò a guardarmi. Gli occhi cremisi dalle pupille verticali incontrarono i miei e le labbra vibrarono, liberando un ringhio di avvertimento. Deglutii e appoggiai la lancia al muro: aveva percepito l'ethere che si addensava dentro di me? Premetti entrambe le mani contro la pietra della parete, imponendo al calore di recedere. Nyktos intanto si stava dirigendo verso l'ultimo Cimmeriano ancora in piedi.

Il passamontagna di Dorcan era strappato e gli penzolava dal collo. Il suo volto ora era in vista: sembrava sulla trentina, ma trattandosi di un dio poteva benissimo essere vecchio di secoli, se non di più. «Immagino tu abbia un messaggio da riferire a Hanan.»

Lo disse come se tra lui e Nyktos quella scena fosse già avvenuta in passato.

«Nyktos» fece Saion, inginocchiato accanto a una guardia. «Lui l'ha vista.»

Mi irrigidii.

«Allora la mia generosità si è esaurita.»

Dorcan non ebbe alcuna reazione. «Non so che cosa tu abbia in mente per voler sfidare Hanan in questo modo, ma in ogni caso finirà male per te. Il mio signore si rivolgerà a Kolis, e altri verranno.»

«Li aspetterò.» Nyktos sfoderò la spada e colpì veloce come una vipera delle fosse, staccando la testa del Cimmeriano dal corpo.

12

Rhain mi fissava come se fossi sul punto di scappare dall'ufficio di Nyktos da un momento all'altro e andare a gettarmi in una tempesta di fuoco o qualcosa del genere. Non mi aveva ancora tolto gli occhi di dosso, se non per il tempo necessario a sbattere le palpebre. Ector invece era semisdraiato sul divanetto a occhi chiusi. Forse sonnecchiava.

«Mi tranquillizzerei un po' se ti mettessi a sedere.» Rhain inclinò la testa rosso-dorata nella mia direzione. «Anziché camminare avanti e indietro.»

«Camminare tranquillizza me.» Mossi qualche altro passo davanti alla scrivania. «E fidati se ti dico che per me è meglio stare tranquilla che agitata.»

«Probabilmente è vero.» Rhain chinò il capo. Alla luce delle candele i suoi occhi sembravano più dorati che castani. «Ma fidarmi di te...»

Sibilai un'imprecazione. Me l'ero cercata. Cominciai a camminare avanti e indietro ancor più velocemente, con la pelle della nuca sempre più tesa. Era chiaro che su Rhain il discorso di Nyktos non aveva avuto chissà quale effetto, e la cosa un po' mi dispiaceva perché all'inizio lui era stato uno dei più gentili e amichevoli con me.

«E invece dovresti fidarti» intervenne Ector. Aveva ancora gli occhi chiusi, ma a quanto pareva non stava dormendo. «A parte quel che ha tentato di fare l'altra notte a nostro beneficio – di *tutti* noi – quel Cimmeriano oggi puntava proprio a te, e lei ti ha salvato il culo. Se non lo avesse centrato tra gli occhi, adesso te ne andresti in giro con un paio di buchi in più nel corpo. O non te ne andresti in giro affatto. Il minimo che puoi fare è ringraziarla.»

«Non mi serve la sua gratitudine» feci prima che Rhain potesse dire qualcosa che mi avrebbe irritato ancora di più.

Ector aprì gli occhi color ambra. «Be', hai la mia.»

«E la mia» disse Rhain sbuffando. «Grazie.»

Storsi il naso.

Ector lanciò a Rhain un'occhiata che non seppi decifrare. «È stato tanto brutto dirlo?»

«Un po'.» Rhain guardò Ector di rimando e un muscolo guizzò nella sua mascella. «Perché mi fissi come se mi stessi comportando da stronzo?»

Io alzai un sopracciglio e per una volta me ne restai zitta.

«Forse perché lo stai facendo» rispose Ector. «Perdipiù con qualcuno che ti ha aiutato. Che ha aiutato tutti noi. E che peraltro porta dentro di sé le braci della...»

«Credo abbia colto il punto» lo interruppi. Ero stupita che Ector prendesse le mie difese, anche alla luce del discorso di Nyktos. Non avevo mai capito che cosa pensasse veramente di me. Ector era un tipo strano: un minuto scherzava e il minuto dopo si incupiva. Sapevo anche che era più vecchio di Nyktos e che aveva conosciuto bene Eythos e Mycella, il che probabilmente aveva influenzato la decisione di Nyktos di mandare proprio lui a sorvegliarmi quando vivevo ancora tra i mortali, assieme al semidio Lathan.

«Sul serio la difendi?» Rhain sembrò esterrefatto. «Lei progetta di...»

«*Progettavo*» intervenni. «Mi pareva che questo fosse chiaro ormai.»

«E il fatto che tu ora abbia cambiato idea influisce sulle tue intenzioni del passato?» replicò Rhain in tono di sfida. «Aver provato a scappare per andare a farti uccidere fa qualche differenza?»

«Non ho detto questo.»

«Comunque no, non la fa. Qualunque cosa avessi in mente di fare con Kolis, non fa alcuna differenza. Come non la fanno le braci che porti dentro di te.» Rhain sciolse le braccia che teneva incrociate sul petto e si alzò. Ector si drizzò a sedere, allarmato. «Tu non sei il vero Primordiale della Vita. Le braci ti sono state date solo in prestito, e nulla di tutto questo ti assolve dall'aver complottato per attentare alla vita di Nyktos, quali che fossero le tue ragioni.» A quelle parole mi sentii bruciare le guance. «Tu non hai la minima idea di tutto quello a cui Nyktos ha dovuto rinunciare. Di quello che è stato costretto a subire. Di quello che ha sacrificato per te e il tuo...»

«Rhain» lo ammonì Ector.

Rimasi immobile. «Che cosa ha sacrificato per me?»

«A parte la sicurezza della sua stessa casa?» ringhiò Rhain.

«Sì, a parte quello.»

«Nulla.» Ector si alzò in piedi. «Rhain sta solo facendo un po' di scena. Come al solito.»

Socchiusi gli occhi. «Ma davvero?»

«Ma ha buone intenzioni.» Ector si spostò al fianco di Rhain e gli mise una mano sulla spalla. «Sera non è il nemico, dovresti saperlo. E se dovessero venirti dei dubbi in merito, ti basterà andare all'Alzata e contare le vite che sono andate perdute.»

Rhain distolse lo sguardo e nello stesso istante le braci si risvegliarono dentro di me, scodinzolando come un cucciolo che saluta il suo padrone. Erano contente per l'imminente arrivo di Nyktos, io invece non lo ero.

Le porte si spalancarono, ma si fermarono a metà, come se un servo invisibile le avesse afferrate per evitare che andassero a sbattere contro il muro. Una ventata di energia calda e fredda insieme spazzò l'ufficio, facendomi formicolare la pelle.

«Babbo Nyktos non è di buon umore» mormorò Ector.

No, non lo era.

«Almeno stavolta non è colpa nostra.» Rhain guardò nella mia direzione con le sopracciglia alzate.

«Stavolta» aggiunse Ector.

Nyktos entrò come un uragano e la sua energia mi attraversò vibrando. I due globi d'argento rutilante che erano i suoi occhi puntarono su di me mentre attraversava la stanza, sfoderando le spade. «Non ti avevo detto di rimanere nella fortezza?» Si fermò davanti a me e sbatté le spade sulla scrivania. «Non ti avevo detto di non insistere?»

«Lo avevi detto.»

Lui abbassò il mento. «E tu hai fatto esattamente quel che ti avevo chiesto di non fare. Sei salita sull'Alzata a rischiare non solo la tua vita ma anche quella di Saion.»

«Non me lo avevi chiesto: me lo avevi *ordinato*.»

«Stessa cosa.»

«Proprio per niente. E poi, perché avrei messo *io* a rischio la vita di Saion? Ha scelto lui di seguirmi...»

«Non aveva scelta: gli avevo dato il compito di tenerti *dentro*.» Alle spalle di Nyktos vidi Ector e Rhain che si spostavano piano piano verso l'uscita. «Ed è fortunato che io non abbia l'abitudine di punire le mie guardie quando è qualcun altro che si è comportato male.»

La frustrazione andò a sommarsi alla mia ansia. «L'unico che si sta comportando male adesso sei tu.»

Le sue sopracciglia saettarono verso l'alto. «Non vedo l'ora di sentire la tua spiegazione razionale. Sono sicuro che suonerà tipo: *L'ho fatto perché potevo e fanculo le conseguenze*.»

In quel momento qualcosa si spostò dentro di me con un *crack*.

Qualcosa di assoluto. Un misto di rabbia e determinazione

mi si riversò dentro, e questa volta non cercai rifugio nel mio velo di nulla. «Nel momento in cui ho scoperto di non essere più costretta a obbedire a un dovere che non avevo mai scelto di accettare, sono diventata la sola padrona di me stessa. Una persona capace di prendere le proprie decisioni. Nessuno mi dirà mai più che cosa devo o non devo fare, come se non avessi io il controllo della mia vita. E non importa quale rischio questo possa comportare per me. Quella vita per me è *finita.*»

Nyktos arretrò di vari passi. Il turbinio dell'ethere nei suoi occhi rallentò e allo stesso tempo anche la sua espressione si ammorbidì leggermente. Calò un silenzio teso, che alla fine fu lui a rompere: «Qualcuno può per favore portarmi una bacinella di acqua pulita e un asciugamano? Gli altri possono andare».

«Ci penso io, e poi me ne andrò a fare un giro.» Rhain arretrò prendendo Ector per un braccio. «E tu verrai con me.»

«Mi sembra una buona idea.» Ector girò su se stesso. «Ha messo su di nuovo la faccia cattiva.»

E in effetti era vero.

Nyktos aspettò finché non rimanemmo soli. «Qualcuno deve preoccuparsi di quel che ti succede, dato che tu non lo fai mai.» Mosse un passo in avanti. «Dici che vuoi decidere da sola e non importa quali sono i rischi? Il problema è che tu a quei rischi non pensi nemmeno. Come non pensi alle conseguenze.»

«Non è quello che...» Inspirai bruscamente: in un istante Nyktos si era spostato a meno di mezzo metro da me. «Puoi evitare di farlo, per favore?»

«Perché?» Mi fissò e l'ethere nei suoi occhi ricominciò a sfavillare. «Ti fa paura?»

«No. Mi dà solo *fastidio.*»

Le sue labbra si distesero in un sorriso tirato. «Ovvio che no. A te manca quell'istinto che avverte le persone quando sono in pericolo.»

«Non è vero.» Feci per incrociare le braccia, ma la ferita che avevo al fianco mi mandò una fitta. «Il mio istinto funziona benissimo. Per esempio, prima mi ha avvertito che te la saresti presa per la mia decisione di andare sull'Alzata.»

I suoi occhi si ridussero a due fessure luminose. «E non ti è passato per la testa di provare, non so, a dare retta a questo istinto? Di provare a dare un po' di valore alla tua vita?»

«Non è un'opzione che sia mai stata granché alla mia portata, non credi?»

Nyktos rimase immobile, fatta eccezione per gli occhi. Passò un lungo istante, in cui avrei voluto possedere la sua capacità di leggere le emozioni, per avere un'idea di cosa stava pensando o provando. Si voltò, andò alla credenza e prese una caraffa di cristallo con dentro un liquido ambrato. «So di avertelo già detto, ma te lo ripeto. Quando dico che non dai valore alla tua vita, non ho alcuna intenzione di offenderti.» Si versò un bicchiere, rimase fermo un attimo e poi ne versò un secondo. «Non vuole essere un insulto, proprio per niente.»

Storsi il naso. «Però suona così.»

«E di questo mi scuso. Mi dispiace.»

Sollevai di scatto la testa. «Dici sul serio?»

Lui si voltò e mi offrì il bicchiere. «Non pensi che ti debba delle scuse?»

«Uh.» Presi il bicchiere e ci riflettei un momento, incerta su cosa dire. Alla fine scrollai le spalle.

Le sue labbra si piegarono appena. «Be', in ogni caso eccotele.» Mandò giù il whisky in un sorso veloce. «È solo che mi sto sforzando di capire.»

«Capire cosa?» Bevvi quello che mi parve un sorsetto molto meno impressionante del suo, ma quando abbassai il bicchiere mi accorsi di averlo svuotato per metà.

Nyktos appoggiò il suo accanto a una delle spade e si morse il labbro inferiore con la punta delle zanne. «Capire come sei diventata la persona che sei.»

Il whisky mi invase prima il petto e poi lo stomaco con un'ondata di calore. «Non sono sicura di seguirti.»

«Alla maggior parte delle persone non verrebbe mai in mente di sedurre e uccidere il Primordiale della Morte. Nemmeno se fosse un'idea inculcata in loro fin dalla nascita. E certo non deciderebbe mai di fare la stessa cosa con un altro Primordiale. Non la considererei una mancanza di coraggio da parte loro.»

«Solo mancanza di buon senso da parte mia?»

Quelle dannate sopracciglia si sollevarono ancora. «Lo stai dicendo tu.»

Bevvi un altro sorso prima di cedere alla tentazione di gettargli il whisky in faccia. «Il mio regno sta morendo, e credevo – tutti credevamo – che fosse per il patto stretto da Re Roderick. Che altro avrei dovuto fare?»

«Letteralmente qualunque altra cosa.»

Strinsi le dita sul bicchiere. «Ah, sì, venerato Onnisciente? Dovevo chiedere a te di fermare la Putrefazione? Credevamo che a provocarla fosse il patto che si avvicinava alla sua scadenza, non qualcosa che stessi facendo tu. Non sapevamo nemmeno la verità su Kolis.» Né su di *me*. Ma non avevo la minima intenzione di sollevare anche quell'argomento. «Dunque che avrei dovuto fare? Evocare un altro dio o un altro Primordiale e provare a stringere un nuovo patto, delegando il problema a qualcun altro in futuro? Qualcuno che avrebbe dovuto vivere la vita che invece ho vissuto io?» Risi senza allegria. «O non fare proprio niente e lasciar perire il mio regno?»

«E com'è stata la vita che hai vissuto?» chiese lui a bassa voce.

Un nuovo calore mi investì il petto, e stavolta non aveva nulla a che vedere con il whisky. Appoggiai il bicchiere sul tavolo e proprio in quel momento Rhain tornò con le cose che Nyktos aveva chiesto. Il dio le appoggiò sulla scrivania dietro le spade, mi lanciò una rapida occhiata e se ne andò subito, chiudendosi la porta alle spalle.

Mi tornarono in mente le sue parole di poco prima. «Che cosa hai dovuto sacrificare per me?»

Nyktos alzò gli occhi per fissarmi. «È stata una delle mie guardie? Che cosa ti ha detto?»

«Nulla.»

«Non ti credo.»

Il mio cuore accelerò. «Stai evitando la mia domanda.»

«Perché la risposta è che non ho sacrificato proprio niente.» Non ero sicura di potergli credere. «Togliti il maglione.»

Sbattei le palpebre. Avevo sentito bene? Il whisky mi era salito alla testa così in fretta? «Come, scusa?»

«Voglio vedere quanto sei ferita.»

«Non è niente di...»

«Togliti il maglione e lasciami controllare la tua ferita, Sera.» Nyktos prese un lungo respiro. «Per favore.»

Esitai, ma solo perché questa volta me lo aveva chiesto. E *cortesemente*, per giunta. Ero ancora sensibile a quel genere di cose.

Nyktos chiuse gli occhi per un istante. «Non penso sia una ferita così grave da richiedere che io ti dia del sangue, perciò non devi aver timore che cerchi di approfittarmi di te.»

A quelle parole provai una leggera fitta di delusione, il che dimostrava chiaramente che avevo bisogno di una bella dose di ciò che Nyktos aveva appena insinuato mi mancasse: il buon senso.

Le sue lunghe ciglia si sollevarono e gli occhi illuminati da una tenue luce d'argento incontrarono i miei. Con la fortuna che avevo, probabilmente era uno di quei momenti in cui stava leggendo le mie emozioni, consciamente o inconsciamente: avrebbe avvertito la mia delusione e nemmeno volevo sapere che cosa avrebbe pensato di me a quel punto. Magari mi avrebbe vista come una che desiderava così disperatamente un po' di affetto da cercarlo persino da qualcuno che non voleva concederle nemmeno della semplice amicizia.

E sarebbe stato anche vero, in un certo senso: se c'era una cosa che mi era mancata per tutta la vita, oltre al contatto umano, era l'affetto. E di certo lo desideravo moltissimo, ma non al punto da mendicarne avanzi da chiunque mi volesse fare la carità.

Desideravo il *suo* affetto perché ne avevo avuto un assaggio prima che saltasse fuori la verità. A quel tempo lui mi desiderava talmente tanto da essere distratto da qualunque altra cosa, ma gli piacevo anche come persona. Si preoccupava per me.

Ora rimaneva solo il desiderio fisico, che oltretutto lui sembrava pronto a negare fino al suo ultimo respiro.

Poi mi resi conto del senso delle sue parole. «Un attimo. Ritieni di esserti approfittato di me quando mi hai dato il tuo sangue?»

«Sapevo che effetto avrebbe avuto su di te. Avrei dovuto trovare un modo per trattenermi, oppure avrei dovuto lasciarti sola all'apparire dei primi effetti.»

Lo fissai. «La mia reazione aveva poco a che fare con il tuo sangue.»

«Sera.»

«E tutto a che fare con la mia attrazione per te. Te l'ho detto anche allora, e la situazione non è cambiata.»

Lui contrasse la mascella. «Non cambia il fatto che avrei dovuto controllarmi, non comportarmi come un uomo che non sa gestire il suo corpo.»

Risi. «Non sei un uomo qualsiasi.»

«Il fatto che sia un Primordiale non significa che il mio corpo reagisca diversamente.»

Mi infastidì l'idea che lui considerasse la sua reazione, il suo *piacere*, solo come qualcosa che non riusciva a controllare. «Non avevo mai pensato che i Primordiali, o gli uomini in generale, avessero così poco controllo sul proprio cazzo.»

«Non era quello che... *Lascia perdere.*» I suoi occhi mandarono un lampo. «Fammi vedere la ferita.»

«E va bene.» Mi sollevai il maglione fino alle costole. «Vedi? Non è niente di serio.» Abbassai lo sguardo, rabbrividendo leggermente alla vista del graffio sottile che avevo su un polso. «È una ferita superficiale.»

«Non esistono ferite superficiali.»

Feci per riabbassare il maglione, ma Nyktos mi mise le mani sui fianchi. Rimasi così sorpresa che non protestai.

Mi sollevò e mi mise a sedere sulla scrivania, ma non allontanò le mani. Ogni volta che mi ricordavo della sua forza rimanevo allibita: mi faceva sentire così *delicata*, cosa che non ero nemmeno lontanamente. Nessuna parte di me era, per usare la parola che aveva detto una volta Tavius, *morbida*.

Brutto bastardo.

Mi sarebbe quasi piaciuto che fosse ancora vivo, così avrei potuto ficcargli in gola qualcosa di più duro di una frusta.

Nyktos alzò gli occhi. «Stai proiettando di nuovo.»

«Scusami» mormorai mentre lui prendeva l'asciugamano. «Non sei tenuto a farlo.»

«Lo so. Ma lo voglio fare.»

Una cosa che gli avevo già sentito dire. E nel sentirla di nuovo il mio sconsiderato cuore ebbe un sussulto, come le altre volte. Nyktos premette con le dita la pelle appena sotto la ferita, e sebbene fosse un tocco delicato mi fece sobbalzare.

«Scusami.» Tolse la mano. «Non volevo farti male.»

«Non lo hai fatto. È solo che... vorrei che le tue dita fossero di nuovo calde.» Non era del tutto una menzogna. «Si erano scaldate perché ti eri nutrito?» Sapevo che era una cosa che faceva raramente: da quel che mi avevano detto, i Primordiali non avevano bisogno di farlo spesso a meno che non fossero feriti o indeboliti. E io lo avevo indebolito, giusto un po', quando lo avevo colpito con il mio lampo di ethere.

Nyktos scosse la testa. «Non mi era mai successo. La mia pelle è sempre rimasta fredda.»

«Quindi perché...» Poi capii. «Le braci?»

«Io sono la Morte. E tu porti in te le braci della vita. Solo il tuo sangue poteva scaldarmi.»

«Ha altri effetti su di te?»

Le sue labbra si piegarono verso l'alto per un istante. «Questo è ancora da scoprire.»

Stavo fissando troppo intensamente la sua bocca, perciò spostai lo sguardo sulla... gola. C'era qualcosa in quel discorso che non aveva senso. Lui non era il vero Primordiale della Morte, solo *un* Primordiale della Morte: perché la sua pelle avrebbe dovuto essere fredda fin da principio? Solo per il ruolo che ricopriva?

I miei ragionamenti mi stavano confondendo. «Taric avrebbe potuto sentirne il sapore? Voglio dire, ha scoperto che porto almeno una brace dentro di me quando ha sondato i miei ricordi, ma se ne sarebbe accorto anche se non lo avesse fatto?»

L'ethere sfolgorò negli occhi di Nyktos. «Non è una cosa di cui devi preoccuparti, perché nessuno si nutrirà mai più da te.» Alzai le sopracciglia.

«Comunque sì» concluse lui quasi sottovoce, «ne avrebbe sentito il sapore.»

«Il sapore del mio sangue è uguale al suo odore?»

Nyktos immerse l'asciugamano nell'acqua, in silenzio. «Sa di sole e di tempesta d'estate.»

Mi sentii scaldare il petto e mi sfuggì una risata un po' tremante. «E che sapore sarebbe?»

«Calore. Potere. *Vita*» rispose lui senza esitare. «Ma allo stesso tempo è qualcosa di leggero. Senza peso. Come un dolce soffice. Come...»

Gli stavo di nuovo fissando la bocca. «Come cosa?»

Nyktos si schiarì la voce e scosse la testa. «Tra l'altro, quando hai l'impressione che io mi muova troppo veloce... non mi sto muovendo affatto. Non nel senso che intendi tu.»

Aggrottai la fronte. Stava tentando di cambiare argomento, palesemente. «Che cosa vuol dire?»

«Che uso l'ethere per spostarmi dove voglio essere» rispose tastando delicatamente con l'asciugamano attorno alla ferita. «Si chiama *attraversare le ombre.*»

Alzai le sopracciglia e lo fissai. «Ed è diverso dal camminare normalmente?»

Nyktos ridacchiò. «Un po'. Quando lo faccio, divento parte dell'ethere stesso, come l'aria che ci circonda. In questa condizione la vista mortale non può percepirci.»

«E che sensazione dà?» chiesi, incuriosita.

«Quella di un turbinio di ombre che si muovono velocissime. Più ethere un dio ha dentro di sé, più veloce e più lontano può spostarsi.»

«È quello che hai fatto quando mi hai portata via da Chiaravia?»

«Sì. Prima però ho evocato la nebbia per nasconderci: tu sei per la maggior parte mortale, perciò per te sarebbe stata un'esperienza dolorosa da sveglia.»

Gli credetti sulla parola, poi però ricordai che aveva detto di non poter passare attraverso il mio lago. «Quindi *puoi* andare dovunque tu voglia.» Lui fece una smorfia. «Quanto lontano puoi spostarti... attraversando le ombre?»

Lui mi fissò. «Quanto voglio.»

Sbattei lentamente le palpebre. «Allora perché usi il cavallo? O i piedi? Se io avessi quel potere penso che non muoverei più un passo.»

Lui fece un sorrisetto. «Il fatto che possa fare una cosa non significa che abbia bisogno di farla sempre.»

Aveva detto qualcosa di simile anche quando eravamo al lago. «Scommetto che sai fare un sacco di cose che non riesco nemmeno a immaginare.»

Il suo sorriso si allargò, ma solo da un lato della bocca.

«Se ascenderò lo saprò fare anch'io?»

«*Quando* ascenderai» mi corresse. «Dipenderà da quanto ethere avrai dentro di te. Se devo basarmi su quel che sai già fare ora, penso di sì: a un qualche livello sarai in grado di attraversare le ombre. È un potere che hanno molti dei, anche se solo i Primordiali possono coprire enormi distanze e passare da un mondo all'altro.»

Cercai di immaginare come sarebbe stato per me, e decisi che a quel punto avrei sul serio smesso di camminare normalmente.

«Che cosa stai pensando?» mi chiese Nyktos dopo qualche istante. «Solo pochi minuti fa sembravi dell'umore di ammazzare qualcuno.»

Colta di sorpresa, mi uscì la verità. «Tavius.»

Un muscolo guizzò nella sua mascella mentre andava avanti a pulire il sangue attorno alla ferita. «Una parte di me non vuol sapere che cosa ti ha fatto pensare a lui.» Una ciocca sfuggì dalla coda in cui erano legati i suoi capelli e gli ricadde sulla guancia. In silenzio immerse di nuovo l'asciugamano nell'acqua. «Ti aveva già fatto del male prima di quel giorno?»

Fissai la sommità della sua testa mentre si chinava. Non pensavo già più all'attraversare le ombre.

«Lo ha fatto, non è vero? Il livido che avevi addosso era già vecchio di giorni, quasi scomparso. Hai detto che avevi sbattuto contro qualcosa, eppure ho conosciuto poche persone attente quanto te a come si muovono.» Tacque un attimo. «Tranne in presenza di serpenti.»

Contrassi le labbra, poi ripensai alla causa del livido di cui Nyktos stava parlando. Tavius mi aveva lanciato addosso una ciotola di datteri.

«Ti aveva fatto del male?» insistette Nyktos.

Aprii la bocca per rispondere con una bugia, poi mi resi

conto di essere troppo stanca persino per quello. «Non era gentile con me.»

«In che termini?» Nyktos toccò la ferita molto piano, ma io sobbalzai comunque. «Scusami.»

«Non preoccuparti.» Mi si scaldarono le guance, non avrei saputo dire se per le sue scuse o per ciò di cui stavamo parlando. Forse entrambe le cose. «Sapeva essere cattivo. Quando eravamo piccoli, soprattutto a parole. Io portavo il velo e lui non osava fare granché, per la maggior parte del tempo.» Ripensai a quando aveva cercato di mettermi le mani addosso, la notte in cui ero stata portata per la prima volta al Tempio dell'Ombra per onorare il patto.

Nyktos scrutò la ferita. «Ma poi le cose sono cambiate?»

Alzai la spalla destra.

«Ti ha toccata?»

«Ogni tanto.» Levai lo sguardo sulle porte nere incise d'argento. «Ma non ne ha avuto quasi mai l'occasione.»

«Gliele hai suonate?»

Stavolta feci un ghigno. «Più di una volta. Non sempre. Ci sono stati casi in cui non ho potuto difendermi.» Di colpo mi tornò in mente la Principessa Kayleigh che singhiozzava a bassa voce nel bosco. «Per un certo periodo è stato fidanzato con la Principessa di Irelone. Non credo che fosse... gentile nemmeno con lei.»

«Mi dispiace sentirlo.» Nyktos tacque un istante. «Il giorno che ti ha frustata...» Riportai lo sguardo su di lui: stava passando l'asciugamano sulla pelle appena sopra il bordo dei pantaloni, pulendo il sangue anche da lì. «Perché lo ha fatto?»

Me lo aveva già chiesto. E non avevo risposto nemmeno allora. Attese in silenzio, a testa china, e forse fu proprio perché non mi stava guardando che riuscii a rispondere. «Tavius mi odiava. Non so neanche perché, in fin dei conti. Non credo nemmeno che fosse una cosa personale: non era gentile con nessuno. Era il genere di persona che trae forza e soddisfazione dal sottomettere gli altri e quando non ci riesce facilmente diventa ancor più determinata nel provarci.»

«Sì, conosco il tipo.»

Non me ne meravigliai. «Suo padre, Re Ernald, che era morto la notte prima, lo aveva sempre... rimproverato per il suo comportamento. Credo che la sua morte abbia sconvolto più me che suo figlio. Scomparso lui, Tavius avrebbe ereditato il trono, perciò tutto quel che lo aveva sempre tenuto entro certi limiti aveva appena cessato di esistere. Lui dava a me la colpa della Putrefazione» aggiunsi dopo un attimo. «Riteneva che dovessi essere punita per aver fallito.»

«Punita?» Nyktos irrigidì le spalle. «Punita perché io non ti avevo presa come Consorte?»

Distolsi lo sguardo e fissai l'acqua rosa nel catino. «Tra le altre cose, penso. In ogni caso voleva punirmi.»

Nyktos appoggiò l'asciugamano sulla scrivania. «E tua madre? Si è sempre comportata come ha fatto quel giorno? Restando a guardare? Anche lei biasimava te per la Putrefazione? Ti considerava un fallimento?»

Tacqui. Non aveva senso rispondere.

«Che cosa sarebbe successo se non avessi percepito che eri in pericolo?» chiese lui. Spostai lo sguardo sulla sua mano, che stringeva l'asciugamano insanguinato. Le nocche erano sbiancate. «Che cosa ti avrebbe fatto una volta finito con la frusta?»

Scossi la testa. Al ricordo di come Tavius mi aveva immobilizzata sul mio letto mi si rivoltò lo stomaco. Mi aveva schiacciata sul materasso finché non ero più riuscita a respirare. Mi agitai sulla scrivania e strinsi il bordo del maglione finché non sentii il tessuto cominciare a lacerarsi.

Con la mano libera Nyktos mi porse il mio bicchiere. «Bevi.»

Consapevole che stavo proiettando verso di lui quelle emozioni angoscianti, lo svuotai d'un fiato.

Lui lo mise da parte e ricominciò a studiare la ferita. «Che cosa sarebbe successo?»

«Non ha importanza.»

«Ne ha.»

«Per chi?» Mi sfuggì una risata roca, e proseguii solo perché sapevo che non sarei riuscita a sopportare il silenzio che sarebbe venuto dopo. «Qualsiasi cosa volesse fare, si sarebbe ritrovato con la parte che preferiva di se stesso ficcata giù per la gola. Insomma, al massimo ci avrebbe provato.»

Nyktos voltò la testa di lato e un'improvvisa scarica di energia pervase l'aria facendomi venire la pelle d'oca sulle braccia. Sentii odore di bruciato e abbassai lo sguardo: dell'asciugamano tra le sue dita non restava nulla... a parte una macchia bruciata sulla scrivania.

«Qualcun altro doveva sapere che cosa stava succedendo. La tua sorellastra?» La sua voce era piatta, gelida. «Holland?»

Sentii un sapore amaro in bocca e deglutii. «Non potevano farci niente. Holland sarebbe stato esiliato o ucciso se avesse detto qualcosa... o almeno avrebbero provato a eliminarlo. Però è intervenuto più di una volta, nella misura in cui poteva farlo. Ezra invece... non credo sapesse veramente che cosa faceva suo fratello.»

«Stai prendendo le loro difese?»

«Se lo meritano. Tavius era un principe e io...» Tacqui e chiusi gli occhi. Non sapevo nemmeno perché avessi iniziato quel discorso... Probabilmente era per via del senso di stordimento che avevo addosso, insieme al calo di adrenalina e allo sfinimento. O forse perché non aveva senso tenere dei segreti, dato che Nyktos conosceva già tutte le peggiori verità. Sapevo già come sarebbe andata a finire. Forse era solo colpa del maledetto whisky.

«Tu eri una principessa.»

«No. Non lo sono mai stata.»

Nyktos non replicò, e io non riaprii gli occhi. Solo dopo

un lungo istante disse: «Quando non ti ho presa come Consorte ti ho negato la tua libertà».

Un tremito mi percorse. Non era una domanda. Non richiedeva risposta.

«Mi dispiace, Sera.»

Stavolta aprii gli occhi e lasciai andare il maglione. Ogni singola parte di me fu scossa da un sussulto. Lui aveva alzato la testa e mi stava guardando. Guardando *veramente*. Il che rendeva le sue scuse ancora più insopportabili. Sentii la pelle che avvampava e il cuore che si stringeva in una morsa. «Non voglio le tue scuse» riuscii a buttare fuori con voce strozzata. «Non ti ho raccontato tutto questo perché volevo delle scuse. Non voglio la tua compassione, né la tua simpatia.»

«Lo so.» Nyktos mi sfiorò una guancia con le dita umide ma tiepide. «Respira, Sera.»

Obbedii, a denti stretti.

«Non potrei mai compatire una persona forte e coraggiosa come te. Ma hai lo stesso la mia simpatia e le mie scuse.»

Mi ritrassi, ma la sua mano mi seguì. «Non le voglio, né ne ho bisogno, e...»

«Lo so» ripeté lui, accarezzandomi la guancia con il pollice. «Ma le scuse sono qui, nel caso tu dovessi averne bisogno in qualche momento del futuro.»

Provai un'emozione così intensa che dovetti chiudere di nuovo gli occhi, perché se non lo avessi fatto quel che provavo sarebbe diventato dolorosamente evidente.

Il pollice di Nyktos si fermò. «Andrò immediatamente a porre termine a quel miserabile avanzo di vita che rimane a tua madre. Poi spedirò la sua anima nell'Abisso, dove si merita di stare: accanto a Tavius.»

Riaprii subito gli occhi. «Non dici sul serio.»

«Non sono mai stato così serio in vita mia. Devi solo dire *sì*, e sarà fatto.»

Inspirai, e sentii una terrificante parte di me sollevare la sua testa mostruosa. Era la parte che normalmente rimaneva celata sotto il velo del nulla, che si nascondeva dietro la tela bianca. Il fuoco nel quale il contenitore era stato forgiato. La parte che avrebbe voluto urlare *sì* e gioire al pensiero di provocare la fine di mia madre. *Io*. Quella che lei non si era quasi mai nemmeno degnata di guardare in faccia. Non era deliziosamente ironico, dato che era stata proprio mia madre a creare quella tela e a maneggiare quel fuoco?

Nyktos era ancora in attesa, e fu allora che mi resi conto che lo avrebbe fatto sul serio. Non perché gli interessasse di me, ma perché si sentiva responsabile di quel che era successo. Forse provava persino rimorso. O simpatia.

Esalai un faticoso respiro e dissi: «No».

«Sei sicura?»

«Lo sono. Non... non ne varrebbe la pena.» Non volevo il suo sangue sulle mie mani. Ne avevo già troppo.

«Se dovessi cambiare idea, conosco una persona che se ne può occupare.»

Risi, una risata dal suono umido che mi fece tremare. «È una battuta da Primordiale della Morte?»

«Forse.» Passò un lungo istante e nessuno di noi due si mosse. La sua mano era ancora sulla mia guancia e i nostri occhi si fissavano a vicenda. Mi crogiolai in quel contatto. Alla fine Nyktos si tirò indietro e scostò la mano. Ne sentii subito la mancanza. «Hai bisogno di riposo» disse prima che potessi replicare. «Ma non voglio darti ordini: se non vuoi riposare, non farlo. Però il tuo corpo ne ha bisogno. Che tu lo voglia ammettere o no, quando la Transizione è imminente le persone si stancano con più facilità, e tu hai già fatto uno sforzo eccessivo una volta. Ti tornerà il mal di testa, più rapido e più intenso che in passato.»

«Non voglio» mormorai.

«Ottimo. Nemmeno io.» Nyktos mi fissò in volto. «Le braci della vita in te sono potentissime.»

«Sai, me ne sono accorta.» Sollevai le mani e agitai le dita. «So riportare in vita i morti e, a quanto pare, evocarli quando sono molto arrabbiata.»

Il suo sguardo si ammorbidì un po'. «Non parlavo di quello. Sei stata ferita con l'ombropietra, e già questo basterebbe a uccidere un mortale, o persino un semidio. L'intossicazione avrebbe già dovuto vedersi sulla tua pelle e diffondersi nelle tue vene. Quel che resta del mio sangue dentro di te non è sufficiente a fermarla.»

«Oh.» Sbarrai gli occhi. Aveva ragione: non ci avevo pensato. Mi risollevai il maglione: la ferita era ancora lì, brutta a vedersi, ma non sanguinava più. «Accidenti.»

«Già, accidenti» ripeté lui con voce asciutta.

Mi venne da ridacchiare, e quella era senza dubbio colpa del whisky.

Nyktos accennò un sorriso. «Mi domando in quali altri modi le braci della vita ti stiano proteggendo.»

13

Quando tornai nelle mie stanze trovai la porta del terrazzo chiusa con un lucchetto.

E lo scopo non era chiaramente impedire l'accesso a eventuali rapitori, dato che avevo ancora il mio incantesimo addosso.

Lo fissai e feci una smorfia. Una parte di me non riusciva nemmeno ad arrabbiarsi. Nyktos pensava sul serio che non sapessi scassinare un lucchetto? Ma c'erano altre novità nella stanza, anche se ci misi un tempo infinito per rendermene conto: sul tavolo accanto alla porta c'era un libro, e sulle prime pensai fosse quello che Orphine aveva sempre con sé.

Di nuovo sola, cenai con calma. Poco dopo arrivò dell'acqua fresca e la usai per lavarmi una seconda volta. La ferita al fianco si era richiusa. La tastai con cautela: sembrava vecchia di giorni anziché di ore.

Mi domando in quali altri modi le braci della vita ti stiano proteggendo.

Cominciavo a domandarmelo anch'io.

Più stanca di quanto avrei voluto ammettere, mi misi una vestaglia verde bosco che non avevo mai indossato prima, senza disturbarmi a prendere una camicia da notte. Poi raccolsi il libro e mi sedetti sul divanetto: i caratteri erano sbiaditi ma leggibili, eppure si fecero subito sfocati davanti ai miei occhi. Non riuscivo a concentrarmi. Iniziai a rimuginare sul piano di Nyktos e su varie altre cose: se e quando Hanan avrebbe mandato altri guerrieri, sull'esercito di Nyktos di cui non avevo mai sospettato l'esistenza, sul fatto che gli avessi raccontato di Tavius e della mia vita a Lasania. Non avevo nessuna voglia di ripensare a quelle ultime due notti, tantomeno di parlarne. La sola idea mi faceva formicolare la pelle.

Andai al tavolo e presi la bottiglia di vino che era arrivata assieme alla cena. Era dolce: bevvi un lungo sorso e poi un altro, e tentai di distrarmi di nuovo con il libro, senza riuscirci perché il vino stava avendo l'effetto opposto. Mi induceva a fissare la porta delle stanze di Nyktos e a formulare pensieri decisamente sciocchi.

Mi lasciai scivolare di dosso la vestaglia, che rimase sul pavimento: tra il vino e il fuoco nel caminetto faceva troppo caldo per portare vestiti. Mi sdraiai a letto prima che il vino mi facesse fare qualcosa di avventato.

Per esempio aprire quella porta.

Come avrebbe reagito Nyktos?

Il sorrisetto che avevo sulle labbra si spense. Mi voltai di nuovo verso la porta. I miei pensieri tornavano ossessivamente lì. Mi vedevo davanti il suo letto enorme. Era sdraiato anche lui? Stava riposando? O come me non riusciva a dormire? Pensava anche lui agli eventi oscuri che erano accaduti negli ultimi giorni? O pensava a noi a letto insieme?

Chiusi gli occhi, frustrata dalla vampa del desiderio, e mi girai sulla schiena cercando qualcosa di diverso a cui pensare. Ma la mia mente non voleva obbedirmi: non faceva che riportarmi in camera sua e mostrarmi quel letto, con me in ginocchio, e poi il corpo possente di lui che mi intrappolava contro il muro dell'Alzata. Non c'era nulla tra i nostri corpi sudati e ogni colpo che arrivava era sempre più profondo, un piacere che sfiorava la punizione. La ferocia dei suoi movimenti era quasi troppo facile da ricordare, anzi non pareva nemmeno un ricordo: mi sembrava di sentirla tra le cosce in quel momento, mi sembrava di sentirla dentro di me. Chiusi gli occhi e mi morsi le labbra.

Al colmo della frustrazione, presi a calci le coperte che mi si erano attorcigliate alle gambe. Dei, perché mi stavo facendo questo?

Di nuovo mi girai con cautela sul fianco e fissai la porta per l'ennesima volta. Per un folle istante considerai davvero di andarci, aprirla ed entrare in camera sua. Ora non sorridevo più. Lo avrei trovato addormentato? Sarebbe stato felice di vedermi? Mi avrebbe voluta? Senza rimpianti? Feci un respiro sibilante immaginando il suo corpo che si piegava sul mio, che mi toccava. Richiusi gli occhi, strinsi le cosce una contro l'altra e mi premetti il pugno sul petto. Poi mi costrinsi ad aprire le dita. Avevo la pelle che scottava mentre sfioravo le tracce lasciate dalle zanne di Nyktos, che ormai si avvertivano appena: il contatto mi mandò un brivido peccaminoso che fece vibrare ancor più forte il doloroso bisogno dentro di me. Mi toccai con un dito un capezzolo indurito e le mie anche sussultarono...

Ci fu un rumore, troppo rapido e lieve perché riuscissi a distinguerlo. Aprii gli occhi e fissai le tende tirate davanti alla porta del terrazzo: non vidi altro che ombre, ma la camera... sembrava diversa. L'oscurità non era più la stessa di prima. Avevo spento la lampada? Era accesa quando mi ero sdraiata? Tra il whisky prima e il vino dopo, non riuscivo a ricordarmelo. Eppure in quella stanza c'eravamo solo io e il mio desiderio, che ormai sembrava diventato un'entità a sé stante, estesa persino allo spazio al di là del letto. Richiusi gli occhi, imponendomi di dormire, ma nel silenzio riuscivo a pensare solo alla bocca di Nyktos che si chiudeva sul mio collo e sul mio seno.

Apri le gambe.

Al ricordo del suo desiderio infuocato tremai e mi rigirai

sulla schiena. Di nuovo mi liberai a calci della coperta e accolsi volentieri l'aria fresca sulla pelle nuda delle gambe, ma non bastò affatto a spegnere il calore, anzi sembrò persino accrescerlo. Con l'altra mano mi premetti lo stomaco. Continuai a muovermi senza pace, affondando la schiena nel materasso, i capezzoli parevano sfrigolare sotto le dita. L'umido che avevo tra le cosce aumentò sempre di più.

Il mio cuore accelerò mentre spostavo la mano sempre più in basso, come quando avevo obbedito al suo ordine. Poi esitai. Non per vergogna o inesperienza: mi ero già data piacere da sola in passato, ovviamente, e non lasciai che la mia mente evocasse i ricordi di come avevo imparato. Quelle memorie non erano gradite. Esitai perché sapevo che non avrei visto figure senza volto e senza nome: questa volta le linee e le superfici sarebbero state nitide, con un nome ben preciso. Se dovevo toccarmi, allora sarebbero state le dita di Nyktos che avrei immaginato dentro di me. Era inutile negarlo.

Fammi vedere...

Aprii le cosce all'aria fresca e all'oscurità della camera, spinsi ancora più giù la mano e pensai a *noi*. Ero nel suo letto e la sua bocca era sul mio seno. Ma non era mio il dito che stavo spingendo dentro di me, tra le pareti umide: era il suo cazzo. Gemetti inarcando la testa contro il cuscino e cominciai a muovere il dito avanti e indietro, premendo il palmo della mano sulla parte più sensibile del mio corpo. La sensazione di lui che mi riempiva completamente era impressa nella mia pelle, era così facile da ricordare. Infilai dentro un altro dito...

E aprii gli occhi con il cuore in gola. Non c'erano rumori attorno a me, a parte il mio respiro ansimante, eppure ebbi di nuovo la sensazione che fosse... *cambiato qualcosa*. Una sorta di consapevolezza istintiva.

La percezione di non essere da sola.

Abbassai lo sguardo al di là del mio seno, della mano e

delle ginocchia aperte, verso lo spazio ai piedi del letto. Il cuore mi batteva sempre più forte. Ecco lì il caminetto spento, la porta del terrazzo, il divano immerso nelle ombre...

Il caminetto *spento*?

L'aria mi si congelò nei polmoni. Riportai gli occhi sul divano e sulla massa di ombre che lo circondava. Ormai il mio cuore era impazzito. Quelle ombre non erano normali: non erano opache come l'oscurità evocata dai Cimmeriani, anzi ora riuscivo a vedere il bagliore delle fiamme *dietro* di esse. E sembravano muoversi. Inspirai, e il fresco profumo di limone mi circondò.

Nyktos.

Divenni gelida e poi bollente in un solo istante. Schiusi le labbra: doveva essere la mia immaginazione, oppure il vino. Lui non poteva essere lì. Ma fissai le ombre e ricordai quando lo avevo visto la prima volta nel suo tempio, avvolto dall'oscurità della notte senza fine. E sotto i miei occhi le ombre si immobilizzarono. Poteva... poteva essere veramente lì con me? A guardarmi?

Il guizzo di piacere che avvertii dentro di me fu la sensazione più peccaminosa che potessi mai provare, seguita da una vampa di calore e umidità. I miei pensieri brucianti di desiderio si scatenarono liberi: Nyktos poteva avvertire le mie emozioni estreme, e quel che stavo provando... era decisamente estremo. Era in grado di percepire il mio desiderio anche da un'altra stanza?

E questo lo avrebbe spinto a venire da me?

Il guizzo di piacere si intensificò. Se lui era lì e mi stava guardando...

Mi mancò il respiro. Con le palpebre semichiuse mi morsi il labbro inferiore, muovendo le dita sul seno e dentro di me, e le ombre ai piedi del letto sembrarono fare eco al vortice del mio piacere. Sollevai le anche seguendo il lento ritmo dei movimenti e le ombre parvero solidificarsi e pulsare.

Il mio sangue fece lo stesso. La consapevolezza di poco prima aumentò e mi venne la pelle d'oca.

Sentivo *fisicamente* il suo sguardo su di me.

Come ogni altra volta in cui mi aveva guardata. Il suo sguardo era sempre stato come una carezza e lo era anche in quel momento, greve sul mio seno, sulla pancia e sulle dita che tenevo tra le cosce. Sapevo... sapevo *con certezza* che era lì. Oppure avevo bevuto troppo vino. Erano entrambe delle possibilità, ma scelsi di credere alla prima.

Scelsi di credere che Nyktos si fosse introdotto nella mia camera, avvolto dalle sue ombre, e mi stesse guardando.

L'ombra tremò, sembrò espandersi e divenne ancora più nera. La tensione salì fino a farmi dolere la schiena.

Un refolo d'aria gelida e al contempo bruciante mi sfiorò la pianta del piede, ed era *reale*.

Non... non si trattava della mia immaginazione.

Oh, dei. Ritrassi di scatto la mano e posai le dita umide sul ventre. Rimasi immobile mentre un fumoso tentacolo di notte si allungava sul letto. Non chiusi le gambe. Non feci nulla se non aspettare e... *desiderare*. Sapevo bene che non avrei dovuto desiderare una cosa come quella... eppure quanto la volevo!

Ansimai quando un refolo d'aria fredda mi baciò la caviglia e un altro leccò l'interno della mia coscia. Trattenni il respiro, lasciai cadere le mani sul letto e afferrai il lenzuolo. Il cuore mi batteva all'impazzata e il mio petto si sollevava e abbassava in spasmi rapidi. I secondi si prolungarono, eterni. Poi, obbedendo a non so quale istinto, ritirai i piedi sul letto e aprii ancora di più le gambe, per *lui*. L'ombra gelida e bollente sfiorò il mio punto più sensibile.

Emisi un gemito ansimante e cominciai a tremare, tanto che dovetti affondare i calcagni nel materasso. La sensazione di pressione e appagamento era intensissima. Primitiva. Ultraterrena. Vedevo a stento i tentacoli di tenebra, ma li *sen-*

tivo. Sentivo il loro gelo bruciante. Gemetti ancora e mi contorsi, sollevai le anche dal letto e l'aria calda e fredda scorse giù lungo la curva delle mie natiche. La tensione raggiunse il picco con una forza spaventosa e io urlai fissando a occhi sgranati la massa pulsante di ombre. Poi crollai sul materasso e i tentacoli piano piano si ritirarono dal letto.

Mi girai sul fianco e poi sulla pancia, ancora scossa da piccoli brividi... e aspettai. Una scarica di energia percorse la stanza e quando inspirai sentii ancora quel tocco gelido e rovente sulle natiche e sul retro delle cosce. Il mio cuore scalciò contro le costole. Poi la sensazione si dissolse, ma la presenza rimase. Ancor più vicina di prima.

«Nyktos?» sussurrai.

Dal silenzio vibrante non arrivò risposta, ma io aspettai, fino ad avere gli occhi troppo stanchi per riuscire a tenerli ancora aperti. E mentre scivolavo nel sonno sentii il letto che si muoveva accanto a me.

Sentii Nyktos.

«Dormito bene?» mi chiese Nektas.

Quasi mi strozzai con il succo che stavo bevendo e il mio sguardo corse subito al letto. Gli avvenimenti della notte prima ora mi sembravano più simili a un febbrile sogno erotico, ma nessuna parte di me dubitava minimamente che Nyktos fosse stato lì. Che mi avesse guardata. Che mi avesse toccata. Che si fosse sdraiato al mio fianco. Arrossii e mi costrinsi a distogliere lo sguardo.

Nektas mi fissava incuriosito. Mi schiarii la gola e giocherellai con la manica dell'abito dorato, che aveva una gonna piuttosto semplice, ma maniche così ampie che scendevano fin quasi alla vita e gli conferivano un tocco delicato. Avrei considerato modesto il corpetto se fosse stato della mia taglia: invece mi stava così stretto che temevo di sentir saltare le cuciture a ogni movimento. La gonna aveva due spacchi ai lati che terminavano a metà coscia, e la cosa mi piaceva: mi avrebbe permesso di raggiungere più facilmente il pugnale che tenevo nascosto lì.

E in fin dei conti mi sentivo... *carina* vestita in quel modo. Non mi era capitato spesso di portare un vestito lungo che fosse così morbido e non praticamente trasparente, come quel maledetto abito nuziale. A meno che non mi fosse venuta qualche idea geniale, l'incoronazione ormai era inevitabile, perciò tanto valeva vestirsi... decentemente.

«Sì, ho dormito bene» riuscii a rispondere.

«Ottimo.» Nektas sedette sul divano. Era stato lui a portarmi la colazione quella mattina e, a differenza di tutti gli altri, si era fermato a farmi compagnia. E anche se non aveva detto molto fino a quel momento, era bello non essere sola. «Ricordo la Transizione di Ash. Dormiva malissimo. Anche peggio del solito.»

«È una cosa frequente?»

«Per alcuni. Ma credo che per chi non dorme bene normalmente la Transizione peggiori la situazione.»

Quindi anche lui era rimasto sveglio nel suo letto? Lanciai un'occhiata alla porta della sua camera mentre masticavo l'ultimo pezzo di pane, e il mio stomaco si agitò ancora una volta. Che cosa avrebbe detto Nyktos quando ci fossimo incontrati?

E che cosa avrei detto io?

Perché sapevo bene che cosa significava la notte scorsa. Che c'era qualcosa che non era cambiato. *Nyktos mi desiderava ancora.* Non rappresentavo solo un bisogno fisico che non poteva controllare, come già sapevo.

Quel che non sapevo era cosa ne avrebbe fatto lui di questa informazione. Sapevo invece che cosa *avrei dovuto* fare io: dimenticarmene. Ignorarla. Nyktos mi desiderava in senso carnale, e il sesso non era affetto o accettazione. Non significava nulla se non una ulteriore complicazione in una situazione già intricata. Ma io volevo lui: il suo tocco, la sensazione della sua pelle sulla mia, di lui dentro di me. Lo desideravo davvero. E non perché fossi costretta. Non c'era nessun'altra ragione, a parte il fatto che *lo volevo.*

Tutto quel che il sesso poteva offrire, però, era temporaneo, e alla luce di questo non ero sicura di volerne ancora. Che cosa volevo, allora? Complicità? Fiducia? Sicurezza? Erano tutte parole con un bel suono, ma che ne sapevo io veramente? Non sapevo nemmeno perché volessi tutte quelle cose, considerando che, se i piani di Nyktos non avessero funzionato, mi sarebbero rimasti pochi mesi da vivere. Semmai avrebbe avuto senso volere quelle cose *immediatamente*. E perché mai non potevo, in effetti?

«Hai finito la colazione?» chiese Nektas.

Sbattei le palpebre, abbassai lo sguardo sul piatto quasi vuoto e annuii.

«Hai finito anche di rimuginare fissando quella porta?»

Misi il broncio. «Sì.»

Con un mezzo sorriso, Nektas si alzò. «Devo andare a controllare mia figlia.» Si fermò prima di uscire e mi guardò da sopra la spalla. «Vieni con me?»

Rimasi ferma, anche se avrei voluto saltare in piedi dalla sedia, perché... be', non volevo fare la figura dell'impicciona. Alzai una spalla titubante. «Mmm... sì?»

«Andiamo, allora.» Nektas aprì la porta. «Si è svegliata, e tra qualche secondo tenterà di scappare dalla finestra, come la sua nuova amica.»

Mandai un sospiro.

Nektas non si era sbagliato di molto: trovammo Jadis sveglia e intenta a cercare di raggiungere la maniglia della porta del terrazzo. Quando vide suo padre gli corse incontro squittendo e pigolando, poi accolse me con lo stesso entusiasmo. Dopodiché prese suo padre per mano, ci condusse in corridoio ed emise una serie di suoni acuti, saltando sempre più in alto e sbattendo le ali con tale furia che alla fine riuscì a restare sospesa nell'aria per qualche istante.

«È felice che tu ti sia unita a questa avventura» mi spiegò Nektas.

Sorrisi, sollevata. «Lo sono anch'io.»

L'avventura in questione ci portò al pianterreno, dove nel corridoio davanti all'ufficio di Nyktos si apriva una sorta di sala di ricevimento, arredata con sedie dallo schienale rigido e dall'aria formale e da un tavolo lungo e stretto che sembrava adatto sia a tenere conferenze sia a giocare a carte. Jadis ispezionò ogni singolo pezzo di mobilio con formidabile curiosità.

Quando Nektas si allontanò per prendere una caraffa d'acqua e dei bicchieri mi venne il terrore che potesse succedere qualcosa di orribile alla piccola mentre lui non c'era. Per ragioni a me incomprensibili, Jadis aveva deciso che doveva riuscire a tutti i costi a scalare una gamba del tavolo, e quando suo padre tornò fui immensamente grata di rivederlo.

Ma non tornò da solo.

Con lui c'era un Draken porpora e nero alto meno di un metro.

Nel vedermi, Reaver pigolò in tono di saluto e si diresse verso di me, ma dopo appena qualche passo Jadis lo intercettò e gli circondò il ventre con le esili zampe, intrappolandogli anche un'ala.

Rimasi a fissarli, estasiata. Mi sarei mai abituata a vedere dei Draken in quella forma, sapendo che un giorno sarebbero cresciuti fino alle dimensioni di Nektas?

Ora che sua figlia era concentrata solo nel giocare con Reaver – ovvero nel rincorrerlo per la stanza come un piccolo tornado – Nektas venne a sedersi al tavolo con me.

«Nel caso tu te lo stia domandando...» disse versando acqua nei bicchieri, «sì, fanno sempre così.»

Feci un ghigno, pensando che probabilmente Reaver non stava correndo veloce quanto avrebbe potuto.

«Non ho ancora avuto occasione di chiederti che cosa pensi del piano di Ash» fece Nektas mentre i due completavano il secondo giro del tavolo. «Della parte sul rimuovere le braci.»

«Sono... cautamente speranzosa.» Mi sistemai una ciocca di capelli dietro un orecchio e lo fissai. «Tu pensi che funzionerà?»

«Non posso saperlo.»

Mi accigliai. «Non è quella che chiamerei una risposta rassicurante.»

«Nulla di tutto ciò sarebbe mai dovuto accadere.» Nektas acciuffò al volo la figlia per una zampa mentre gli passava accanto e la tenne ferma per farle bere qualche frettoloso sorso d'acqua.

Poi la lasciò andare, e Jadis tornò subito a lanciarsi all'inseguimento di Reaver.

«Delfai avrà delle risposte.» Nektas posò il bicchiere sul tavolo. «Ma quel che Ash vuol tentare è stato fatto una sola volta in passato. Nessuno sa se sia possibile rifarlo o no.»

L'idea di non poter fare altro che aspettare per scoprirlo mi risultava odiosa. «Vorrei poter partire in questo istante. Quanto potrà mai essere pericolosa la Valle?»

«La Valle non lo è. Ma la strada che conduce lì è un altro paio di maniche. Sul tragitto da qui ai Pilastri di Asfodelo può succedere qualunque cosa: ormai dovresti aver capito che tanto gli dei quanto i Primordiali possono entrare liberamente nelle Terre d'Ombra. Ora, non esistono regole che mi impediscano di ridurre un dio a un mucchietto di cenere, se mi sembra il caso di farlo.»

Arricciai il naso davanti a quell'affermazione.

«Ma lo stesso non vale per i Primordiali: non posso mettermi contro uno di loro, né lo possono fare gli dei della Corte di Ash, se non per difendere Ash stesso.» Nektas tacque un istante. «O la sua Consorte.»

«Oh.» Guardai l'unica finestra della sala. Il cielo era di un grigio spento, senza vita, interrotto solo dal luccichio delle stelle. Purtroppo l'incantesimo che avevo addosso non poteva impedire che venissi aggredita. «Se Nyktos me lo avesse spiegato, avrebbe avuto tutto molto più senso.»

«Non lo ha fatto?»

Lo fissai: la sua espressione era così vuota da far invidia al cielo. «No.»

Nektas accennò un sorriso e lanciò un'occhiata alla porta. «Un attimo.»

Mi voltai e vidi Rhain al di là della soglia. Nektas lo raggiunse nel corridoio e io rimasi a osservarli. Di cosa stavano parlando?

Mi resi conto che era il caso di tenere d'occhio i due piccoli Draken quando Jadis lanciò uno strillo che mi fece fermare il cuore. Voltai la testa: Reaver era volato sopra uno scaffale vuoto, fuori dalla portata dell'amica, che non ne era per nulla contenta.

Cominciò a saltellare su e giù e a battere le ali, riuscendo a sollevarsi in aria solo di una spanna per qualche secondo. I suoi strilli erano pieni di angoscia.

Mi alzai dal tavolo. «Reaver, perché non vieni giù?»

Lui scosse la sua testa a forma di diamante, e in tutta onestà non riuscii a biasimarlo.

«Jadis vuole solo giocare.»

Reaver scosse di nuovo la testa mentre Jadis, rinunciando a volare, cominciò a scalare il mobile, facendolo tremare da un capo all'altro.

«Oh, dei.» Corsi a prenderla quando era già a una trentina di centimetri dal pavimento. «Smettila.»

Ma nel momento in cui la rimisi giù lei si lanciò di nuovo verso il mobile. La scena si ripeté più volte, fino a sfociare in una vera e propria crisi di nervi da parte del cucciolo di Draken.

A occhi e bocca spalancati fissai Jadis ululare e rotolarsi sul pavimento, tempestandolo di colpi con le zampine artigliate, con tale forza da scheggiare l'ombropietra. Rimasi paralizzata: non avevo la minima idea di come si facesse a calmare un bambino mortale, figuriamoci un piccolo Draken.

Guardai disperata verso la porta, ma solo per constatare che Nektas e Rhain non erano più in vista. «Ma stiamo scherzando?» sibilai riportando gli occhi su Jadis.

La piccola si fermò, sdraiata sulla schiena, così immobile che temetti avesse perso i sensi: feci un passo verso di lei, e Reaver emise uno sbuffo roco che assomigliava davvero tanto a una risata.

Non mi era affatto di aiuto.

In un battito di ciglia Jadis fu di nuovo sulle quattro zampe: gli occhi cremisi puntarono su Reaver e dalla bocca esplose una nuova raffica di pigolii. Ma l'altro non accennò neppure a venire giù. Dove diavolo era finito Nektas? Decisi di andare a cercarlo, mi voltai... e un secondo, un *solo* secondo dopo, sentii odore di fumo.

Mi girai di nuovo mentre le fiamme avvolgevano la gamba di una delle sedie di fronte a Jadis. «Oh, dei!»

La piccola Draken saltellava su e giù, gli occhi illuminati dal fuoco. Afferrai la caraffa e la usai per spegnere il fuoco, poi con il cuore in gola feci un passo indietro...

Nektas rientrò nella sala e si fermò di colpo. «Ho lasciato la stanza per due minuti...»

«Due minuti?» ansimai. «Due anni, vorrai dire!»

Jadis chiuse le ali contro il corpo e andò a nascondersi sotto un'altra sedia.

Nektas spostò lo sguardo su Reaver, che emise un pigolio risentito, tornò a terra e occhieggiò Jadis. Mentre il padre la ripescava da sotto la sedia mi dispiacque un po' per lei.

«Qualcuno chiaramente non ha passato il tempo del sonnellino a dormire» dichiarò Nektas. «È ora di rimediare.»

Mi accodai a loro con la sensazione di essere sopravvissuta a una battaglia. Quando ci avvicinammo all'ufficio di Nyktos le braci si scaldarono e il mio stomaco rispose saltellando alla stessa maniera di Jadis poco prima. Nektas rallentò e si fermò all'altezza dell'alcova.

«Tutto a posto?» mi chiese vedendo che restavo indietro. Jadis cominciò subito a divincolarsi per saltare a terra.

«Sì» risposi. Una parola che non avrebbe dovuto mandarmi a fuoco le guance, ma lo fece. «Puoi anche metterla giù.»

«Tu la vizi» borbottò il Draken, ma depose a terra la figlia, che scomparve di corsa nell'ufficio. Da dentro arrivò una risata e Reaver seguì l'amica a passo più tranquillo. Nektas invece si fermò sulla soglia e mi guardò con le sopracciglia sollevate.

Mi staccai dalla colonna di ombropietra a cui mi ero appoggiata e venni avanti, tentando di calmare il mio cuore.

Nyktos era seduto alla scrivania e portava una camicia bianca che la piccola Draken in quel momento stava abbracciando... O forse stava tentando di strangolare il Primordiale. Difficile dire quale delle due.

«Che state combinando?» chiese Nyktos a Reaver, che si era appollaiato su un angolo della scrivania.

Reaver rispose solo con un paio di grugniti, ma Jadis lanciò una raffica di pigolii, si adagiò tra le braccia di Nyktos e si voltò verso l'amico per sibilargli contro. Io non riuscii a non sorridere.

«Forse Reaver giocherebbe con te se tu non lo inseguissi dappertutto» fece Nyktos.

Alzai le sopracciglia. Mi ero dimenticata che lui riusciva a capirli.

«Tra l'altro Jadis ha dato fuoco a una sedia» annunciò Nektas, e sua figlia rannicchiò immediatamente la testa contro il petto di Nyktos. «Quindi è ora del sonnellino.»

Nyktos si accigliò e Jadis emise un pigolio pietoso. «Tranquilla, è tutto a posto» fece grattandole la schiena in mezzo alle ali. «Abbiamo tante sedie.»

«*Non* è tutto a posto.» Nektas girò attorno alla scrivania e liberò sua figlia dall'abbraccio del Primordiale. Jadis gli si gettò a peso morto sulla spalla. Dal suo angolo Reaver la occhieggiava sospettoso. «Conta poco quante sedie ci siano.»

Nyktos fece un ghigno, si portò una ciocca di capelli dietro l'orecchio e *finalmente* guardò verso di me, in piedi vicino agli scaffali vuoti. La mia unica reazione fu ripensare alle vampate di caldo e freddo sulla mia pelle della sera prima.

La sua espressione non tradiva nulla: non avevo la minima idea di cosa gli passasse per la testa mentre il suo sguardo mi scorreva sul viso e si spostava più in basso. Poi la sua mascella si indurì. «Ricordami» disse rivolto a Nektas, «di parlare con Erlina del suo guardaroba.»

Corrucciata, abbassai gli occhi e constatai che il corpetto si era spostato un po', o perché non mi calzava bene o come risultato dei miei tentativi di impedire a Jadis di farsi del male e appiccare fuoco al palazzo. Non che avesse lasciato il seno del tutto scoperto. Almeno per ora. Socchiusi le palpebre. «Che c'è di sbagliato nel mio vestito, *Vostra Altezza*?»

«Tutto.»

Feci un respiro brusco. Di colpo non mi sentivo più tanto carina con quell'abito addosso.

Nektas sollevò le sopracciglia, confuso, e mi fissò. «Nemmeno io ci vedo nulla di sbagliato.»

«Ovvio che no» borbottò Nyktos appoggiandosi allo schienale della sedia.

«Mi vengono in mente varie definizioni» proseguì il Draken, «e nessuna di esse è sbagliata. Posso partire da...»

«Non serve» sbottò Nyktos. Posò una mano sulla scrivania, accanto al libro rilegato che avevo già visto il giorno prima, e cominciò a tamburellare con le dita.

Sentii il collo avvampare. «Se avessi saputo che avevi intenzione di insultare un abito che nemmeno mi appartiene, sarei andata a fare una visita agli dei sepolti piuttosto che venire a trovarti.»

I suoi occhi mandarono un lampo e si ridussero a due fessure.

«Credo voglia dire che preferirebbe la loro compagnia alla tua» chiarì Nektas volenteroso.

«Grazie per la spiegazione superflua» ringhiò Nyktos lanciandogli un'occhiata di avvertimento. Poi riportò lo sguardo su di me e un po' di tensione abbandonò la sua mascella. Ci fu un lungo istante di silenzio. «Non avevo intenzione di insultare il tuo abito. Mi... mi scuso se...» Inspirò a fondo. Lo fissai. «... se sono stato scortese.»

«*Se*?»

«Ok, sono stato scortese» ammise. «Non c'è nulla di sbagliato nel tuo abito. In realtà ti sta molto bene.»

Alzai le sopracciglia e Nektas si portò una mano alla bocca tentando di nascondere un sorriso. Mi irritai con entrambi: con Nyktos perché da come aveva parlato sembrava che avesse visto un granratto con addosso un vestito, con Nektas perché non era affatto riuscito a nascondere il suo sogghigno.

«Devo mettere Jadis a nanna» disse il Draken, e Nyktos annuì. Nektas andò alla porta e Reaver saltò a terra per seguirlo.

Feci per andare anch'io, poi mi fermai: a Nektas non serviva la mia presenza, anzi sarebbe stata una distrazione per sua figlia. Perciò rimasi nell'ufficio, con addosso la sensazione che Nyktos avrebbe preferito vedermi andar via.

Quando la porta si chiuse alle spalle dei Draken mi voltai verso il Primordiale: era ancora seduto e non aveva smesso né di tamburellare con le dita, né di fissarmi. «Come ti senti stamattina?»

«Bene.» Mi resi conto che mi si stava scaldando di nuovo il viso. «E tu?»

Lui staccò la mano libera dal bracciolo della sedia e si sfregò il mento. «Benissimo.»

Tornò il silenzio. «Hai dormito bene?»

Nyktos si immobilizzò. Mi sembrò che avesse smesso persino di respirare. «Come un bambino.»

Lo fissai. «Àh, davvero?»

Nei suoi occhi apparve un barlume di sospetto, accompagnato da uno sfavillio di ethere. «Sì.»

Sul serio era intenzionato a fingere di comportarsi come se non fosse venuto nella mia camera l'altra sera? Come se non mi avesse toccata nel mio letto?

«Si direbbe che tu abbia avuto una mattina movimentata» disse.

Voleva fingere sul serio. Ingoiai la frustrazione. «Si può dire così.»

«Spero che Reaver non cerchi più rifugio in punti che Jadis non può raggiungere, per il bene del mobilio di questa casa.»

«Improbabile.»

«Già. Quando Reaver aveva la sua età gli è successa la stessa cosa. Abbiamo perso l'equivalente dell'arredamento di due stanze come minimo.»

Cercai di immaginarmi un piccolissimo Reaver che dava in escandescenze come Jadis, e non ci riuscii. Allo stesso tempo mi resi conto che non sapevo nulla della sua famiglia: solo che era orfano. «Che cosa è successo ai... genitori di Reaver?»

«Sono caduti difendendo le Terre d'Ombra, quando lui era ancora troppo piccolo anche solo per assumere forma umana.» Seguirono secondi di silenzio. «Quando non risposi subito alla sua convocazione, Kolis si irritò e ci mandò contro molti Draken. In quella occasione imparai che, se decide di chiamarmi, posso esitare solo entro certi limiti.»

Sentii una stretta al cuore. «Mia... mia sorella, Ezra, diceva sempre che non si può odiare qualcuno che non si è mai incontrato. Ma si sbagliava. Io non ho mai incontrato Kolis, ma lo odio.»

Nyktos non rispose subito. «Nemmeno io credo che si debba per forza incontrare qualcuno per sviluppare determinati sentimenti. Anzi, penso che possiamo anche sentire la mancanza di persone che non abbiamo mai conosciuto bene.»

«Davvero?»

«A me mancano varie persone che conoscevo a stento. Tutte le esperienze che non abbiamo mai potuto condividere. Tutte le storie che non abbiamo mai scritto insieme.» Smise di tamburellare con le dita. «Tutti i ricordi che non abbiamo mai creato.»

«Il passato per il quale non abbiamo mai versato lacrime.» Pensai alla madre a cui non avevo mai avuto la possibilità di affezionarmi, al padre che non avevo mai conosciuto, alle amicizie che non avevo mai potuto stringere. Il *suo* cuore. Il pensiero mi colpì come un calcio al centro del petto: realizzai che desideravo disperatamente il suo affetto – e non potevo in alcun modo negarlo – e allo stesso tempo sapevo che non lo avrei mai e poi mai avuto. «E il futuro che non abbiamo mai potuto desiderare.»

«Vedo che capisci.»

«Penso di sì.» Mi tornarono in mente le guardie cadute in battaglia il giorno prima, sentii gli occhi inumidirsi e sbattei le palpebre. «Mi dispiace per le vite che sono andate perdute ieri. Non lo avevo ancora detto, credo.»

Nyktos annuì. «Dispiace anche a me.»

Strinsi tra le dita l'orlo delle maniche e ripensai a quel che Saion aveva detto sull'Alzata. «Il Cimmeriano di nome Dorcan... ha menzionato il tuo esercito.»

«Sì.»

«Tutti i Primordiali ne hanno uno?»

Nyktos scosse la testa.

I miei pensieri partirono al galoppo. «Quanti soldati hai?»

«Un'armata di dimensioni rispettabili.» I suoi occhi non avevano mai lasciato i miei da quando i Draken se n'erano andati. «È schierata ai confini delle Terre d'Ombra.»

«Perché non sono venuti in nostro aiuto quando ci hanno attaccato i Dakkai?»

«Lo avrebbero fatto se fosse stato necessario.»

Dal mio punto di vista un attacco massiccio come quello avrebbe richiesto aiuto senza il minimo dubbio. L'unica ragione sensata che mi veniva in mente per non far venire l'esercito era che Nyktos non volesse perdere uomini. Forse riteneva che gli servissero tutti i soldati che aveva.

E questo poteva significare che...

Mi piombò una pietra sul cuore. «Che cosa avresti fatto con Kolis se le braci della vita non fossero state nascoste nella mia genealogia? Ho sentito i tuoi discorsi: non hai mai accettato che le cose stessero così e basta. Non ti adatterai mai a vivere sotto il dominio di qualcuno che uccide senza ragione e commette ogni giorno atrocità innominabili.»

Nyktos non rispose.

Lo fissai negli occhi, e non abbassai lo sguardo. «Ti stai preparando per muovere guerra a Kolis?»

14

Le dita di Nyktos continuarono a tamburellare, a tempo con il mio cuore. Mi sforzai di tenere a bada la frustrazione, che montava sempre di più. Se non mi avesse risposto non sapevo come avrei reagito... probabilmente alzando la voce e aggiungendo un po' di violenza.

«Anche per un Primordiale parlare apertamente di un atto del genere contro il re degli dei» disse infine, arricciando appena il labbro superiore, «significa rischiare di essere condannati alla parte più tenebrosa dell'Abisso, dove persino un dio della Morte non vorrebbe mai mettere piede.»

E congiurare contro Kolis non era altrettanto rischioso? Nyktos lo aveva fatto davanti a tutti, nella sala del trono. Storsi le labbra. «Dubito che questo ti abbia impedito di fare piani in tal senso.»

«Cosa pensi che comporterebbe una guerra tra Primordiali?» chiese lui anziché rispondere.

«Qualcosa di inimmaginabile.»

«Definizione appropriata.» Nyktos si alzò. «Nessun Primordiale sano di mente deciderebbe di muovere guerra al re degli dei, legittimo o illegittimo che sia.»

Posò di nuovo la mano sul libro che mi aveva mostrato appena prima che arrivassero i Cimmeriani. Sapevo di avere ragione, e che lui non mi stava dicendo la verità: semplicemente non voleva parlarmi dei piani che aveva preparato, o che stava ancora preparando.

Non si fidava di me.

Non che mi aspettassi che lo facesse, dopo tutto quel che era successo... Ma mi ferì lo stesso. Dolorosamente. E riportò la mente a un tema molto poco familiare, su cui mi ero già ritrovata a riflettere: il futuro. Se il piano sulle braci della vita avesse funzionato, sarei rimasta la Consorte di Nyktos per secoli... se non per un tempo ancora più lungo. Posto che fossimo tutti sopravvissuti a Kolis. Da lì a un giorno sarei stata incoronata: le cose sarebbero rimaste uguali anche dopo quel momento? Avremmo continuato a trattarci a vicenda a quel modo? A dormire in letti separati? A vivere vite separate? Sarei stata una Consorte solo di nome, tenuta lontana dalle politiche della Corte e dalle altre battaglie che di certo ci aspettavano? Nyktos sarebbe diventato il re degli dei e io sarei stata lasciata indietro? Mi si formò un nodo in gola. E se il mio destino fosse stato quello di essere prima o poi scartata, di non essere più nemmeno la sua Consorte?

«Su cosa stai rimuginando?» mi chiese lui.

Mi riscossi e alzai lo sguardo. «Sul tuo piano.»

«Non è vero.»

«E che cosa te lo fa dire?»

«Il fatto che stai proiettando... tristezza.»

Mi irrigidii. «Non dire sciocchezze.»

«Dimmi tu una cosa, Sera.» Nyktos piegò la testa. «Quand'è che riesci a farti uscire di bocca la verità?»

«Quando mi sento a mio agio a dirla» replicai.

Lui alzò un sopracciglio. «E questa è proprio una verità, direi.» Mi fissò per qualche istante, poi aprì il libro. «Ci sono cose di cui devo occuparmi...»

In altre parole, mi aveva appena congedata. Senza nemmeno aver vagamente alluso a quel che era successo la sera prima. E il suo rifiuto di parlarne era persino trascurabile se paragonato a tutto il resto. Ma preferivo sentirmi frustrata per quel motivo che per un futuro che poteva o meno diventare realtà.

Quindi accolsi la frustrazione che cresceva sempre di più. «Quando sono arrivata qui hai detto che sarei potuta andare ovunque avessi voluto nel palazzo e nel cortile. Il principio è ancora valido?»

Nyktos voltò una pagina bianca. «Sì.»

«Non hai paura che tenti ancora di scappare?»

«Non dopo aver fatto in modo che ogni singola guardia di pattuglia nel palazzo e sull'Alzata tenga gli occhi fissi sui cancelli.»

Socchiusi le palpebre fissando la sua testa chinata. «Quindi posso andare dappertutto?»

Nyktos annuì.

Mossi qualche silenzioso passo verso di lui. «Anche qui nel tuo ufficio?»

«Sono sicuro ci siano parecchi luoghi più interessanti nel palazzo.»

«A essere sincera sto cominciando a dubitare che tu viva veramente qui.»

«Certo che vivo qui, Sera.»

«Bene. Hai detto che posso andare ovunque. E io scelgo di stare qui.» Mi fermai accanto alla sua sedia. «Con te.»

Nyktos esalò un respiro che fece praticamente tremare le pareti e mi fissò.

Mi sforzai di non ghignare e indicai il libro con il mento. «Quello che cos'è?»

«Uno dei Libri dei Morti.»

Il mio cuore perse un battito. Scrutai il volume come se fosse stato sul punto di saltarmi al collo e tentare di strangolarmi. «Il libro che elenca i nomi di chi morirà nel giorno in cui viene aperto?» chiesi in un sussurro. «Non credevo esistesse davvero.»

«Esiste.»

«E nessuno morirà oggi? La pagina è vuota.»

«Per ora. Devo ancora scrivere i nomi.»

«Ti serve qualcosa per scrivere?» Guardai la scrivania, sulla quale non c'era assolutamente nulla. «Sono certa di poterti procurare una penna: non vorrai tardare nello strappare le persone ai loro cari.»

«Non sono io a uccidere le persone scrivendo i loro nomi» replicò lui secco. «Moriranno comunque, che io scriva o no.»

Girai attorno alla sedia e cominciai a intrecciarmi i riccioli. «E allora a che serve?»

«Le anime non potranno oltrepassare i Pilastri finché non avrò trascritto i loro nomi.»

«Questa parte l'avevi tralasciata quando mi hai detto che non serve cremare i corpi dei morti per liberare le anime.»

Il suo sguardo si spostò sulle mie dita intrecciate nei capelli e si fermò lì. «Non ti serviva saperlo.»

Mi avvicinai di più. «Quindi...» Lui alzò gli occhi sul mio viso. «... hai bisogno che ti trovi qualcosa per scrivere?»

«Ce l'ho già.»

«Ed è invisibile?»

«No: devo ancora evocarlo.» Nyktos alzò una mano: davanti ai miei occhi apparve un vortice scintillante di energia bianco-argentea e un istante dopo nel suo palmo, prima vuoto, c'era un sottile stilo nero.

Schiusi le labbra. «Hai... materializzato uno stilo dal nulla?»

«Sì.»

Per qualche strana ragione era ancor più strabiliante che vederlo evocare Odin dal suo bracciale. «E l'inchiostro?»

«I nomi dei morti si scrivono con il sangue.»

«Il tuo?»

Nyktos annuì.

Lo guardai appoggiare lo stilo sulla pagina e cominciare a scrivere: dalla punta presero ad apparire lettere cremisi. Arricciai le labbra. «Fa male?»

Lui scosse la testa. Mi sporsi oltre l'orlo della scrivania e osservai in silenzio. Nyktos scriveva un nome dopo l'altro in eleganti, fluenti linee rosse. A un certo punto girò la pagina e cominciò a riempire la successiva. «Hai una bella grafia.»

«Grazie.»

Riempì la seconda pagina, poi la terza.

«Come... come scegli chi deve morire?»

«Non scelgo io.» Scrisse un altro nome. «I nomi mi arrivano a mano a mano che li trascrivo.»

Appoggiai il fianco contro la scrivania e sollevai una coscia quanto bastava perché lo spacco si aprisse e rivelasse la mia pelle dalla caviglia al punto appena sopra il ginocchio. «E se fai un errore?» Lui si fermò e il suo sguardo risalì lungo la linea della mia gamba nuda.

«Cosa succede se ti viene in mente un nome e non ti accorgi che te lo stai solo immaginando?» Andai avanti a intrecciarmi i capelli. «O se lo trascrivi sbagliato?»

«Io non commetto errori.»

«Mai?»

«Non in questo lavoro. In altri campi?» Si passò la punta delle zanne sul labbro inferiore mentre gli occhi indugiavano sulla curva della mia anca. «Anche troppo spesso.»

«Ma davvero?»

«Me ne vengono in mente alcuni anche adesso.»

«Per esempio?» chiesi, consapevole che mi stavo comportando male e che mi piaceva farlo.

«Per esempio non averti fatta portare via da Nektas quando se n'è andato.» Nyktos tornò a scrivere. «Avrebbe potuto mettere anche te a nanna. Sono sicuro che Jadis e Reaver avrebbero apprezzato la compagnia.»

Dovetti stringere forte le labbra per non scoppiare a ridere. «Questo è davvero poco gentile.»

«Ah, sì?»

«Sì.» Lo guardai scrivere altri nomi. I secondi si trasformarono in minuti. Dei, quanta gente doveva morire quel giorno? «Forse avrei dovuto davvero andarmene con Nektas. Magari a lui sarebbe piaciuto... *mettermi a letto.* Ho avuto l'impressione che gli piacesse il mio vestito.»

Stavolta catturai la sua attenzione.

Lo stilo si fermò, il mento si sollevò e occhi ricolmi di tempesta incontrarono i miei.

Con gesti deliberati appoggiai le mani sulla scrivania e mi chinai in avanti. Bastò quel leggero movimento della vita per tendere al massimo la stoffa del vestito.

Nyktos abbassò lo sguardo e lo stilo scomparve. Sperai significasse che il lavoro di trascrizione era terminato.

«Mi dispiace» feci. «Ti sto distraendo?»

«Non sembri nemmeno lontanamente dispiaciuta.» Nyktos contrasse la mascella mentre senza fretta sollevava gli occhi sui miei. «E sai perfettamente che cosa stai facendo.»

«Ovvero?»

«Distrarmi di proposito.»

«Non lo farei mai.»

«In maniera seducente.»

«Come mai hai questa impressione?» chiesi sbattendo le palpebre.

«Mi hai messo il seno a un centimetro dalla faccia, Sera.» Nyktos abbassò lo sguardo, poi lo rialzò. «E non è un'impressione: è una certezza. In ogni caso non funzionerà.»

«La tua incapacità di tenere gli occhi lontani da punti inappropriati non è una conseguenza delle mie azioni.» Inclinai la testa in modo che i capelli ricadessero sulla sua mano. «Ma se fosse mia intenzione tentare di sedurvi, *Vostra Altezza*, decisamente direi che sta funzionando.»

«Hai questa impressione?»

«Non è un'impressione.» Feci un gran sorriso. «È una certezza.»

Il solito muscolo cominciò a contrarsi nella sua mascella. «Be', di certo non ti manca esperienza in materia.»

«Ohi.» Premetti le dita sulla superficie liscia della scrivania. Aveva toccato un nervo scoperto.

Gli occhi luminosi vorticarono. «Ti sei offesa?»

«Perché dovrei? È la verità.» Abbassai lo sguardo. «Conosco tutti i modi possibili per...» Aguzzai la vista sul libro e aggrottai la fronte. «Correggimi se sbaglio, ma non è strano che oggi debbano morire così tante persone con lo stesso nome?»

Nyktos non disse nulla.

Sorrisi. «Stavi solo fingendo di andare avanti a scrivere, non è vero?»

«Speravo avresti capito che sono occupato e avresti smesso di cercare di distrarmi. È evidente che non ha funzionato.»

Smisi di lottare con il sorriso che cercava di spuntare sulle mie labbra e scoppiai a ridere. «Magari troverò qualcun altro da *distrarre*.» Feci per alzarmi dalla scrivania.

Non andai lontano.

La sua mano scattò in avanti e si chiuse sulla mia nuca, troncandomi il respiro. I nostri occhi si incontrarono. «Voglio che una cosa sia ben chiara, Seraphena.»

Le sue dita premettero piano, quanto bastava a costringermi ad appoggiare di nuovo le mani alla scrivania mentre mi chinavo in avanti per portare gli occhi all'altezza dei suoi. Le nostre bocche ora quasi si sfioravano e il mio cuore aveva perso del tutto il controllo. Non mi stava stringendo tanto da farmi male, avrei potuto liberarmi dalla presa se avessi voluto, ma non lo feci. Volevo la sua attenzione, e adesso l'avevo ottenuta.

«Nel momento in cui diventerai la mia Consorte» disse con voce ingannevolmente morbida, «dovrai pensare molto bene a quel che farai quando sarai in compagnia di altre persone.»

«Immagino che con *quel che farai* tu intenda ciò che in genere segue a un atto di seduzione.»

Il Libro dei Morti si chiuse con un tonfo e scivolò via sul

piano della scrivania, senza che Nyktos muovesse una sola mano. «Sai benissimo che cosa intendo.»

«Ora sono confusa» sussurrai nel minuscolo spazio tra noi. «Hai detto che sarei stata la tua Consorte solo di nome.»

Il suo sguardo si abbassò di nuovo, solo per un istante, ma sapevo dove Nyktos aveva guardato. «L'ho detto.»

L'aria che inalai era fatta interamente del suo profumo. «E come farò con i miei bisogni?»

«I tuoi bisogni?» ripeté lui, con una voce che scivolò in un ringhio decadente, di cui non credo fosse nemmeno consapevole.

«Intimità. Contatto pelle a pelle. Sesso. Sco...»

«Ho afferrato.»

«Quindi?»

Lui piegò il braccio costringendomi a tendermi ancora di più. La possibilità che il seno mi uscisse dal vestito era sempre più concreta. Chinò la testa, giusto un po', ma il gesto allineò perfettamente le nostre bocche. Se ci fossimo protesi in avanti di appena qualche centimetro le nostre labbra si sarebbero incontrate. «Sono certo tu possa resistere a quei desideri, o gestirli da sola.»

«Perché mi hai vista farlo.» Mi inumidii le labbra. Nyktos non rispose, gli occhi incollati alla mia bocca. «Mi stavi guardando ieri sera. *Mi hai toccata.*» La mano sulla mia nuca tremò leggermente. «Ti ho sentito. Dentro di me. È stato molto inappropriato.»

«Più inappropriato che scoparti da sola le dita sapendo che io ti stavo guardando?»

Il mio respiro si ridusse a niente mentre un calore liquido mi inondava le vene. Il tono con cui aveva detto *scoparti* evocò all'istante immagini di lenzuola di seta e membra aggrovigliate. «Lo sarebbe stato ancora di più se non mi avessi aiutata e avessi dovuto fare tutto da sola.»

Le sue narici si dilatarono.

«Perché sei venuto nella mia camera ieri sera?»

«Devo tenerti d'occhio» mormorò lui in risposta. «Ricordi?»

«Ricordo, ma era davvero solo per quello? O hai percepito il mio desiderio? Hai avvertito che desideravo... te?»

Mi chinai leggermente in avanti, aspettandomi quasi di vederlo ritrarsi. Non lo fece. Quando parlai, le mie labbra sfiorarono l'angolo delle sue e udii un minuscolo sfrigolio elettrico. «Stavo pensando a te mentre mi infilavo le dita dentro, immaginando che fossi tu... ancor prima di rendermi conto che eri veramente nella stanza con me.»

«Sera» disse lui in un tono che poteva essere un avvertimento oppure una preghiera.

«Pensavo solo che dovessi saperlo.» Mi tirai indietro. I suoi occhi d'argento fuso non lasciavano i miei. «Posso gestire da sola i miei desideri, ma solo fino a un certo punto.»

«Meglio che quel punto arrivi il più tardi possibile» disse lui perentorio sottovoce.

«E se non dovessi riuscirci?»

«Ciò che ho fatto a quegli dei nella sala del trono impallidirebbe davanti a ciò che farei a chi dovesse soddisfare i tuoi desideri.»

Provai una fitta di sorpresa, subito seguita da un senso di perversa soddisfazione per quella minaccia dettata dalla gelosia. E immediatamente dopo venne anche la rabbia. Non avevo intenzione di soddisfare i miei desideri con chicchessia, ma questa sua pretesa nei miei confronti era di un'arroganza che superava qualunque limite. Come lo era il fingere che lui non desiderasse la stessa cosa. «Voglio anch'io che una cosa sia ben chiara *per te*, Nyktos: se diventerò la tua Consorte solo di nome, allora tu non avrai nessuna voce in capitolo su qualunque cosa io decida di fare, e con chiunque. Da ora al momento in cui esalerò l'ultimo respiro... quando che sia.»

«Hai detto *se*, giusto? Come se ci fosse un'altra possibilità.»

Il mio cuore perse un battito. «Infatti c'è.»

Lui mosse la testa fino a sfiorare l'angolo delle mie labbra con le sue. «E sarebbe?»

«Che proviamo a soddisfare i reciproci desideri.»

Mi sorpresi da sola all'udire le mie parole, ma quello era esattamente il momento giusto a cui stavo pensando poco prima. «Tu non hai bisogno di *fidarti* veramente, né che qualcuno ti piaccia per davvero, se provi attrazione.»

Le sue dita si strinsero sui miei capelli. «Non ho mai detto che non mi piaci, Sera.»

Un'emozione indesiderata si diffuse nel mio petto, facendomi perdere l'equilibrio e aumentando il mio nervosismo. «Non c'è ragione di mentire. So bene in che posizione reciproca siamo. Non mi sto offrendo per mendicare affetto da te, né da chiunque altro.»

Il muscolo guizzò nella sua mascella. «Per che cosa ti stai offrendo, *allora*?»

«Piacere.»

L'ethere nei suoi occhi prese a vorticare furiosamente. «Soltanto?»

«Perché dovrebbe esserci dell'altro? È quello che voglio.» Ed era la verità. Può darsi ci fosse anche *dell'altro*, ma non avevo nessuna voglia di scavare in quella direzione. «In ogni caso non parteciperò al gioco del *non-ti-voglio-ma-nessun-altro-può-averti*. Né con te né con nessuno.»

«Non ci sarà nessun altro, Sera.» La sua mano si posò al centro della mia schiena, facendomi sobbalzare.

«Solo se ci sarai tu» replicai, ben sapendo che non avevo in mente di sostituirlo con nessuno, né ora, né in alcun futuro concepibile. E non per ciò che aveva detto: semplicemente perché non volevo.

Ma non c'era bisogno che lui lo sapesse.

«Questo sarà il nostro patto. Tra me e te. Non tra tuo padre e qualche mio antenato.»

I suoi occhi lampeggiarono e l'ethere rifluì nelle vene subito al di sotto di essi. La sua bocca si avvicinò di nuovo alla mia. «Piacere per il puro piacere?»

Uno strano calore mi dilagò dentro. «Sì» risposi in un sussurro.

«Sempre così avventata.» La sua mano scivolò dalla schiena all'anca, lasciandosi dietro una scia di brividi. «Hai addosso il pugnale?»

La domanda mi sorprese. Aggrottai la fronte. «Sì.»

«Assicurati che resti nel fodero, perché sta arrivando un Primordiale.»

Il calore che provavo si gelò all'istante. «Aspettavi visite?»

«Niente affatto.» Senza preavviso, Nyktos mi sollevò sopra la scrivania e mi fece sedere sulle sue ginocchia. La sua forza e il contatto del suo corpo travolsero i miei sensi. «È troppo tardi per andartene. Non c'è modo di evitare questo incontro. Ma tu resta qui dove ti ho messa, non importa quel che mi vedrai dire o fare. Hai capito?»

Annuii.

Nyktos mi gettò una ciocca di capelli dietro la spalla. «Dico sul serio, Sera.»

«Lo so.» Mi voltai a guardarlo. «So quando è il momento di non essere avventata.»

«Bene. Ricordati solo che potrai essere di nuovo squisitamente avventata più tardi.» Lanciò un'occhiata alla porta. «Mi scuso in anticipo per come mi comporterò: alla luce dei nostri discorsi, temo che non apprezzerai.»

Prima che potessi rispondere una scarica di energia attraversò la stanza, facendomi venire la pelle d'oca e trasformando il mio respiro in una nuvoletta di nebbia. Mi irrigidii e afferrai il bracciolo della sedia: tutto il mio corpo stava reagendo al potere che pervadeva l'aria.

«Rilassati» mi sussurrò Nyktos all'orecchio. La sua mano posata sull'anca intensificò leggermente la stretta.

«Quel che percepisci *sono io*. In pratica sto sfoggiando la mia forza.»

Non avrei saputo dire se quel pensiero mi rassicurasse o no, ma mi costrinsi a respirare e ad aprire le dita.

La porta dell'ufficio si spalancò e una figura imponente riempì la soglia. Portava al fianco una lama ricurva dall'aria letale, del tipo pensato per tagliare teste. Capelli biondo scuro incorniciavano un viso dagli zigomi alti e dalla mascella cesellata, duro quanto la sottile corazza di ombropietra che l'apparizione portava sulle spalle e sul petto. Una cicatrice poco profonda partiva dall'attaccatura dei capelli e attraverso il setto nasale scendeva lungo la guancia sinistra. La pelle, guarita di recente, era ancora rosa pallido.

Cosa mai poteva aver lasciato una cicatrice del genere su un Primordiale?

Il nuovo venuto si fermò di colpo, gli stivali perfettamente allineati con le spalle, e io affondai le dita nel braccio di Nyktos: la frenetica, violenta energia che ribolliva appena sotto la sua pelle e il bruciore dell'essenza che pulsava nei suoi occhi trasmettevano un unico messaggio.

Un guerriero.

I suoi occhi d'argento scivolarono lentamente su di noi e gli angoli della sua bocca si sollevarono. Una fossetta profonda comparve sulla sua guancia destra, poi una identica sulla sinistra. «Sto interrompendo qualcosa?»

Il mento di Nyktos mi sfiorò la sommità della testa, e per la sorpresa ebbi un piccolo sobbalzo. «Tu che dici, Attes?»

All'udire quel nome mi si paralizzò ogni singolo muscolo. Avevo intuito bene, con una rettifica: non era *un* guerriero, ma *il* guerriero. Il Primordiale dell'Accordo e della Guerra. A lui tutti i soldati levavano preghiere la sera prima di ogni battaglia, per avere non solo la capacità di uccidere, ma anche l'intelligenza di superare i nemici in astuzia. La sua sola presenza poteva portare due regni in guerra alla pace immediata o alla più sanguinosa esplosione di violenza.

Senza preavviso le dita di Nyktos mi pizzicarono, strappandomi a quella spirale di pensieri.

«Dico di sì.» Lo sguardo di Attes tornò su di me, fisso e intenso quasi quanto quello di Nyktos nei momenti peggiori. Lo sentii penetrare sotto pelle, come se volesse strapparmi tutti i miei segreti e portarli alla luce del sole.

Rimanere immobile anziché mettermi a tremare richiese tutta la forza di volontà che avevo, ma l'istinto mi disse che se avessi mostrato paura o anche solo disagio lui avrebbe fatto ciò che qualunque predatore fa quando annusa il sangue: *attaccare*.

«Eppure eccoti qui» fece Nyktos. «Senza invito, potrei aggiungere.»

Le labbra di Attes si incurvarono ancora di più, ma i suoi occhi rimasero su di me. Poi si spostarono sulle mie braccia: aveva percepito l'incantesimo. «Dunque è lei? La mortale che fa chiacchierare così tante Corti?»

«Non ti facevo uno interessato ai pettegolezzi.» Il tono di Nyktos grondava gelida indifferenza. La sua mano si spostò sul mio basso ventre e io mi irrigidii. Da lì passò a una coscia, lasciandosi dietro un leggero brivido. «Comunque sì: è la mia Consorte.»

I movimenti delle sue dita mi lasciarono scossa. Non riuscivo a capire che cosa avesse in mente e per un attimo non capii nemmeno che cosa si aspettasse da me: dovevo restarmene buona e zitta, o comportarmi come era normale fare davanti a una nuova conoscenza? Optai per la seconda: «Salve, Vostra...». La mano di Nyktos scivolò sotto la mia gonna e le sue dita si aprirono sulla carne nuda della coscia. Mi si spezzò il respiro. Era impossibile che Attes non avesse notato quel gesto di esplicito possesso. Mi schiarii la gola. «... Vostra Altezza.»

Attes chinò il capo in risposta al saluto e seguitò a studiarmi. Aveva ricominciato a sorridere. «*Futura* Consorte» corresse a bassa voce. «E comunque vedo che non è una comune mortale.» Il suo sguardo si fermò sulla scollatura eccessiva del mio vestito. «Ha... un marchio. Un'aura.»

Socchiusi le palpebre. Che marchio credeva di aver visto sulla mia scollatura? Le dita di Nyktos ricominciarono a muoversi sulla mia coscia, facendomi sussultare. Andavano su e giù, tracciando con lentezza una linea dritta. Non sapevo che cosa pensare di quella manifestazione d'affetto così improvvisa... Affetto *sensuale*. Essere toccata in maniera così plateale era una cosa a cui non ero affatto abituata.

«È una semidea vicina alla Transizione.» Nyktos lo disse con tale naturalezza che ne fui impressionata. Poi le sue dita si fermarono. «E se continuerai a guardarla a quel modo, ti caverò gli occhi dalle orbite e li darò in pasto a Setti.»

Sbarrai i miei, di occhi.

Attes invece scoppiò in una risata dal suono gradevole. Non gradevole quanto quella di Nyktos, ma altrettanto profonda. «Il mio cavallo preferisce l'erba medica e le zollette di zucchero ai bulbi oculari.» Passò un dito sul bracciale d'argento che portava a un bicipite. «Ma apprezza l'offerta.»

«Non ne dubito.» Le dita di Nyktos ripresero a tracciare la loro linea.

Attes si sistemò la spada al fianco e prese posto sulla sedia di fronte alla scrivania. «E questa semidea viene da Lete?»

L'irritazione mi bruciava la lingua: per me non c'era niente di peggio che essere trattata come se non fossi nella stanza.

«No» rispose Nyktos.

Attes alzò un sopracciglio. «Dove l'hai trovata, dunque?»

Avevo detto a Nyktos che sapevo quando era il momento di restarmene buona, e quello era uno di quei momenti: c'era un Primordiale seduto davanti a noi, perciò la nostra posizione era piuttosto precaria. Continuai a ripetermelo mentre cercavo dentro di me il mio velo del nulla, l'unica cosa che mi avrebbe permesso di non provare più alcuna sensazione, nemmeno la rabbia, ma semplicemente *esistere*. Lo avevo indossato così tante volte che ormai mi sembrava quasi come se fosse il mio vero sé. Eppure stavolta faticai a trovarlo.

E avevo l'impressione che la difficoltà avesse a che fare con la mano sulla mia coscia.

«In un lago.»

Attes alzò entrambe le sopracciglia. «Ora voglio decisamente saperne di più.»

«Nel *mio* lago» dissi, non riuscendo più a tacere. «Ci è...» Inspirai bruscamente quando Nyktos cambiò la posizione delle gambe e la mia schiena si trovò ancor più a contatto con il suo basso ventre. Anche le dita si mossero di nuovo, ma stavolta nella parte *interna* della mia coscia.

«Ci è...?» mi incoraggiò Attes, fissando il punto in cui la mano di Nyktos era scomparsa alla vista. Ora capivo perché aveva sentito il bisogno di scusarsi in anticipo per il suo comportamento: ciò che mi stava facendo era in piena vista. Voleva che Attes vedesse con i propri occhi che lui mi considerava una sua proprietà.

Il problema era che la cosa non mi dispiaceva nemmeno troppo.

E questo costituiva un ulteriore problema: il fatto che non provassi disgusto significava che c'era qualcosa di veramente sbagliato in me, su cui avrei dovuto riflettere molto bene più tardi.

«Ci è entrato mentre facevo il bagno» riuscii a dire.

Attes alzò un sopracciglio guardando prima me e poi Nyktos. «Dovrei visitare più spesso i laghi del mondo mortale.»

«Sì, dovresti» assentì Nyktos. «Anche se non credo troverai un tesoro inaspettato come quello che ho trovato io.»

Tesoro? Il mio cuore ebbe uno stupido sobbalzo prima che

potessi ricordarmi che, tolte le braci dall'equazione, *tesoro* era l'ultima definizione al mondo che Nyktos avrebbe usato per me.

«Temo tu abbia tristemente ragione» fece Attes dopo un momento. «Difficile trovare un tesoro così... *unico*.»

Le dita di Nyktos si arrestarono. C'era qualcosa nel tono di Attes e nel sorrisetto complice che gli aleggiava sulle labbra... qualcosa che mi strinse un nodo di disagio nello stomaco.

Attes tamburellò con il pollice sul bracciolo della poltrona. «Come ti chiami?»

Nyktos non disse nulla, per cui lo presi come il permesso di rispondere. «Sera.»

«*Sera*» ripeté Attes a bassa voce. «Niente cognome?»

Non c'erano molte persone nel mondo dei mortali che potessero riconoscere il mio nome... ma il mio cognome era tutta un'altra storia. Feci spallucce, con aria intimidita.

«Interessante» fu il suo commento. «Credo che gli altri capiranno perché l'hai scelta come Consorte quando la vedranno.» Le sue labbra si aprirono di nuovo in un lento ghigno e la fossetta sulla guancia destra riapparve. Poi mi fece l'occhiolino. «E credo anche che a molti altri verrà voglia di provare un accessorio così squisito.»

La rabbia mi divampò nel petto, un attimo prima che Nyktos mi desse una strizzata d'avvertimento: dovevo avergli proiettato la mia emozione dritto in gola. Ma... *accessorio*? Non esisteva abbastanza buon senso nell'intero Iliseum per indurmi a tenere la bocca chiusa. «Immagino che i bulbi oculari ti piacciano più o meno quanto piacciano al tuo cavallo, ma chiamami *accessorio* ancora una volta e sarai tu ad assaggiarli.»

Mi pentii di quelle parole nell'istante in cui mi uscirono di bocca. Il Primordiale dell'Accordo e della Guerra assunse quell'immobilità che spesso vedevo anche in Nyktos. I suoi occhi d'argento lucente si fissarono su di me e allo stesso tempo un'energia gelida e tenebrosa dilagò sulla pelle *della mia schiena*. Mi domandai quale dei due Primordiali avessi fatto infuriare di più.

Poi Attes sorrise, rivelando una chiostra di denti e zanne perfettamente dritti. «Vedo che morde.»

«Non ne hai idea» mormorò Nyktos, e io mi voltai di scatto a guardarlo. I nostri occhi si incontrarono per un attimo e quella dannata mano affondò ancora di più tra le mie cosce. Il pollice fece un movimento rapido, sfiorando la mia biancheria intima. «Attenta.»

Mi tirai indietro, lottando con la mia capacità di trattenermi.

«Veses l'ha già vista?»

Veses. Riportai la mia attenzione su Attes e il ricordo della Primordiale che toccava Nyktos mi invase il cervello.

«No» rispose Nyktos con una voce così glaciale da gelarmi la pelle.

«Be', quella sarà una complicazione, non pensi? Una che io proprio non ti invidio.»

Aprii la bocca, ma Attes proseguì: «E le complicazioni non ti sono mancate ultimamente. Ho sentito parlare della fuga di alcuni dei sepolti».

«Con la quale suppongo tu non abbia nulla a che fare.»

Attes fece un ghigno. «Mi conosci abbastanza da intuire la risposta. Se avessi qualche problema con te non manderei un mio Draken, né scoperchierei le tue celle.»

«Vero. Tu non sei il tipo che pugnala alle spalle.»

«Né lo sei tu.»

«Felice di sapere che abbiamo qualcosa in comune» rispose Nyktos, anche se nel suo tono non c'era alcuna traccia di felicità. «Dunque che cosa vuoi, Attes?»

«Oh, voglio molte cose, e ben poche di esse sono alla mia portata.» Attes si sgranchì una gamba e guardò di nuovo in direzione della mano di Nyktos. «Non ti avevo mai visto così... interessato a qualcuno prima di oggi.»

Per poco non scoppiai a ridere.

«Vero anche questo.» Le labbra di Nyktos mi sfiorarono la guancia, facendomi perdere un battito per la sorpresa. «Preferisco tenerla dove la posso controllare.»

Solo perché temeva che potessi fare qualcosa di avventato, e non del genere che avrebbe definito *squisitamente avventato*.

«Non fatico a crederlo.»

«Io invece credo che tu stia girando attorno al punto, in attesa che la mia pazienza si esaurisca. E ne rimane poca, giusto perché tu lo sappia.» Dei, il modo in cui Nyktos si stava rivolgendo al Primordiale era spaventoso. Sapevo che tra i Primordiali esisteva una gerarchia e che quelli della Vita e della Morte erano al di sopra degli altri, ma il suo interlocutore era comunque il Primordiale della Guerra.

I bei lineamenti di Attes si indurirono, e così pure il suo sguardo. «Hai ucciso i miei Cimmeriani. Quelli che sono venuti alla tua Alzata.»

Il repentino cambio di argomento mi colse di sorpresa. «Non erano tuoi» rispose Nyktos. «Servivano Hanan. E se eri preoccupato per la loro sorte, forse avresti dovuto istruirli meglio, così non si sarebbero messi al servizio di un vigliacco.»

La tensione nella stanza crebbe, ma Nyktos non smise di tracciare pigre linee con il dito sulla mia pelle.

«Per quanto mi secchi ammetterlo» fece infine Attes dopo un lungo istante di silenzio, «non posso darti torto. Però hai ucciso anche Dorcan. Avevo sempre avuto l'impressione che voi due vi piaceste.»

Nella sua conversazione con Nyktos, Dorcan si era definito *un vecchio amico*. Sul momento non ci avevo fatto caso, anche perché Nyktos non considerava amici le persone che aveva attorno. Ma in effetti non significava che non potessero esserlo.

«Si può dire che lo tolleravo. Ma la mia tolleranza finisce

immediatamente quando qualcuno si presenta alla mia Corte, avanza pretese e aggredisce le mie guardie. E nessun Primordiale si sarebbe comportato in maniera diversa da me.»

«In genere tu sei più paziente del resto di noi.»

«O forse non mi conoscete bene quanto credete. Che sei venuto a fare, in definitiva? Darmi lezioni sulla mia mancanza di pazienza? In questo caso, posso ricordare come ti sei comportato tu con le guardie di tuo fratello?»

«Le guardie di Kyn erano feccia.»

«Io ho sentito dire che quella sera stavano solo festeggiando e hanno alzato il gomito.»

«Non era la loro incapacità di gestirsi da ubriachi la ragione per la quale li ho sbudellati.»

«Ah, no?»

«No.» Attes mi indicò con il mento. «Posso dare per scontato che la tua futura Consorte sia abbastanza saggia da tenersi per sé quel che sentirà in questa stanza?»

Persi di nuovo il controllo. «La Consorte ha tutta la saggezza che le serve.»

«Lo spero» replicò Attes. «Come spero per te che tu sappia anche moderare i toni. Io posso pure trovarli divertenti, persino attraenti. Altri non lo farebbero.»

«Non vivrebbero abbastanza da potersi vendicare dell'offesa» rispose Nyktos prima che potessi farlo io.

«Te ne assicureresti tu?»

Nyktos scoppiò in una cupa risata. «La mia Consorte è capace di piantare un pugnale nel cuore di qualcuno senza nemmeno lasciarmi il tempo di accorgermene.»

Quelle parole mi scossero e mi fecero accelerare il cuore. Aveva appena detto apertamente che non ero una fanciulla bisognosa di protezione, e questo mi era piaciuto molto... forse anche troppo.

«Quindi devo prendere sul serio la minaccia di farmi mangiare gli occhi?»

Fissai Attes con un sorriso.

«Lo terrò a mente.» Attes riportò la sua attenzione su Nyktos. «Ora mi spieghi come accidenti ha fatto un dio ad ascendere qui nelle Terre d'Ombra?»

Il mio cuore perse un colpo, ma Nyktos non batté ciglio. Il suo unico movimento fu portare il pollice ancor più vicino alla mia biancheria, terribilmente vicino, tanto che una nuova ondata di calore indecente mi percorse. Mi morsi l'interno del labbro. Attes abbassò di nuovo lo sguardo, e capii che sapeva perfettamente che cosa stava facendo Nyktos. Anzi, dato che aveva i sensi di un Primordiale probabilmente sapeva anche con precisione che effetto stavano avendo su di me quei movimenti. Mi sentii avvampare le guance, ma non per la vergogna, come avrebbe dovuto essere. E nemmeno per la rabbia, anche se di quest'ultima c'era perlomeno un residuo, quanto bastava ad arrestare un pochino il languido tepore che mi pervadeva i sensi. Nyktos stava dando spettacolo, ma non a mio beneficio: lo stava facendo per Attes.

«Deve essere stata opera di Kolis.»

Attes fece una smorfia. «Ma per favore, Nyktos.»

«Non riesco a immaginare in che altro modo potrebbe essere accaduto.»

«Perché Kolis dovrebbe aver deciso di far ascendere qualcuno dopo tutto questo tempo? E perché qui, nelle Terre d'Ombra?»

«Dovresti chiederlo a lui.»

«Già, dovrei.»

Non sembrava una risposta seria. Attes non mi dava l'impressione di credere che Kolis potesse fare una cosa del genere.

«So che era qualcuno proveniente dalla Corte di Hanan» riprese Attes dopo un attimo. «E l'unica dea che viene da lì e che frequenta spesso la tua Corte, per quanto ne so io, è Bele.»

«Vero, è qui spesso» confermò Nyktos, mentre io lottavo per controllare il mio battito cardiaco.

«Be', Hanan sta avendo una crisi di nervi *a Dalos* in questo momento. È convinto che tu, il Primordiale della Morte, abbia scoperto il modo per far ascendere un dio. E anche gli altri Primordiali sono *preoccupati*, perché, se lo puoi fare tu, allora forse lo potrà fare anche qualcun altro.»

«Tu non mi sembri preoccupato affatto» fece notare Nyktos.

«Perché io non temo che qualcun altro prenda il mio posto.» Attes si raddrizzò sulla sedia e appoggiò la mano sul ginocchio. «Nessuno ha dimenticato chi era tuo padre.» Lui e Nyktos si fissarono negli occhi, e io mi sentii sprofondare lo stomaco. «Né chi eri destinato a diventare tu.»

«Pensi che ci siano braci della vita dentro di me?» Nyktos rise, facendomi rizzare i peli sulla nuca. «Che sia stato io e non Kolis?»

Oh, dei. E se gli altri Primordiali ci avessero creduto davvero? Se lo avesse creduto Kolis? Sentii una stretta sul cuore, tanto forte da togliermi il respiro. Nyktos mi strizzò delicatamente la coscia.

«Se non è stato Kolis, la sola spiegazione possibile è che ci siano delle braci della vita qui, da qualche parte. Cosa che tu non hai ancora negato.»

«Né confermato.» Pur senza vederlo, percepii il cupo sorriso nella voce di Nyktos. «Sto cominciando a chiedermi se sei venuto qui per tua curiosità personale, o perché ti ha mandato Kolis.»

Attes si immobilizzò di nuovo. «Entrambe le cose, per la verità.»

Nyktos si sporse in avanti appoggiandosi su di me e gelandomi le membra. La sua energia tenebrosa si stava espandendo ancora una volta. «Ah, sì?»

«Sì. Per parte mia, sono senz'altro curioso di sapere cosa

sta accadendo qui.» Gli occhi di Attes sfolgorarono. «E Kolis mi ha incaricato di portarti un messaggio.»

«Non sapevo che adesso fosse questa la tua mansione.»

«Penso che abbia mandato me perché ero quello più vicino.» Attes tacque un istante. «E perché sono uno dei pochi che *forse* non tenterai di gettare nell'Abisso subito dopo aver sentito il messaggio.»

«Non ci conterei troppo se fossi in te.» La voce di Nyktos si era fatta ancora più greve. «Di che messaggio si tratta, dunque?»

«Kolis è a conoscenza del fatto che intendi prendere una Consorte.» Un muscolo guizzò nella mascella di Attes. «E Sua Maestà ha deciso di negarti il diritto di incoronarla.»

15

L'aria stessa sembrò immobilizzarsi nella stanza. Kolis... poteva fare una cosa del genere?

«Ma davvero?» La voce di Nyktos era bassa. Troppo bassa.

«Davvero. Non ci sono più state incoronazioni per molto tempo, quindi vuole che questa avvenga in modo più... tradizionale.»

«Che cosa significa?» chiesi, con la bocca asciutta.

Attes abbassò il mento. «Che Nyktos deve prima ottenere il permesso ufficiale di Kolis.» Il suo sguardo tornò su di lui.

Schiusi le labbra. «Bastardo.»

L'ethere vorticò negli occhi di Attes, ma anche il suo ghigno fece ritorno. Piegò di lato la testa e abbassò la voce. «Hai appena dato del bastardo al re degli dei?»

«Uh...»

Attes rise, mentre il corpo di Nyktos contro il mio diventava di ghiaccio.

«E quando si aspetta che lo chieda, dato che l'incoronazione è *domani*?» chiese Nyktos.

Il sorriso di Attes scomparve. «Non ci sarà nessuna incoronazione domani. Sei stato convocato da lui. Siete stati convocati entrambi.»

Mi sembrò che l'ufficio attorno a me si dissolvesse nel nulla. Con il cuore in gola tentai di alzarmi in piedi, ma il braccio di Nyktos non mi lasciò andare.

«Quando?»

«Quando sarà pronto a ricevervi.» Attes sorrise ancora, ma stavolta non c'era calore nelle sue labbra. E nessuna fossetta sulla guancia. «Non ha detto altro.»

«Quindi potrebbe essere domani come tra una settimana, o tra un mese.»

«Sostanzialmente sì.» Attes si sporse in avanti sulla sedia, più rigido di prima. «Secondo me lo avrebbe fatto anche se non ci fosse stata nessuna Ascensione qui in casa tua. Lo sai che sei il suo preferito.»

Il suo preferito? Avevo la sensazione che Attes intendesse l'esatto contrario.

«Già.» Nyktos si appoggiò indietro allo schienale della sedia. «Credo che per te sia venuto il momento di andare.»

«Credo anch'io.» Il Primordiale dell'Accordo e della Guerra si alzò in piedi e mi guardò. «È stato un piacere fare la tua conoscenza.» Gli occhi colmi di ethere salirono fino a incontrare i miei. «E semmai dovesse venirti voglia di passare del tempo in un clima e in un letto più caldi...»

Lo fissai, vagamente sbalordita. «Grazie per l'offerta, ma non sono interessata.»

«Peccato.» La fossetta riapparve. «Se cambi idea, dovrai solo chiamarmi. Risponderò.»

«Vattene.» Quella singola parola di Nyktos racchiudeva un'intera promessa di violenza. «Prima che ti faccia portare fuori a forza.» Attes ci rivolse un inchino e uscì. Rimanemmo entrambi immobili per vari secondi, la temperatura nella stanza diminuì ancora di più. Il braccio che mi cingeva la vita e la mano sulla mia coscia si irrigidirono e si coprirono di ombre. Il mio respiro produsse di nuovo una nuvoletta e mi parve di vederci dentro delle scintille di luce argentea.

Tremando nell'aria gelida, toccai il braccio di Nyktos come avevo fatto la notte dell'attacco dei Draken. «Fa... freddo» bisbigliai con labbra che cominciavano a formicolare.

Lui tolse la mano dalla mia coscia, ma il braccio che mi circondava la vita strinse ancora di più. «Litighiamo.»

«Cosa?»

«Litighiamo» ripeté, la voce colma di fumo e ghiaccio. «Distraimi. Impediscimi di inseguire Attes e scatenare la mia furia su di lui. Finirebbe male sia per le Terre d'Ombra sia per Vathi, ed è l'ultima cosa di cui tutti abbiamo bisogno.»

Mi girai verso di lui. I suoi occhi erano due sfere di argento puro, la sua mascella era dura come una parete di ombropietra e vortici d'ombra roteavano sulle sue guance. Le vene sotto gli occhi splendevano di ethere e la durezza con cui fissava la porta dietro di me mi fece capire che non stava affatto esagerando. Perciò feci la prima cosa che mi venne in mente.

Presi le guance gelide tra le mani e feci quel che lui stesso mi aveva chiesto di fare mentre eravamo nella galleria profumata del Luxe.

Lo baciai.

Le sue labbra – più fredde che mai – avevano ancora quell'affascinante contrapposizione di solido e morbido. Il suo intero corpo ebbe uno spasmo, e invece di ritrarsi, si irrigidì. Era immobile, come lo era stato nella galleria, e io feci quel che avevo fatto anche allora.

Presi il suo labbro inferiore tra i denti e morsi.

Non tanto forte da far male o da spillare sangue. E, come allora, lui uscì dall'immobilità.

Io lo avevo baciato, ma lui *mi divorò*. Piegò la testa e mi aprì la bocca con un feroce colpo di lingua. Nel sentire la punta delle sue zanne sulle mie labbra mi attraversò un brivido, mentre allo stesso tempo la sua mano si chiudeva a pugno, intrappolando i capelli sulla mia nuca e tenendomi ferma in quella posizione. Mi baciò con una foga famelica che io adorai dal primo istante. Toccai la sua lingua con la mia e un rombo salì dal suo petto su per la gola. Il sapore era inebriante quasi quanto quello del suo sangue, dolce e fumoso: in pochi istanti mi persi dentro quel bacio. Dentro di lui.

Affondai le dita nella massa soffice dei suoi capelli e mi strinsi contro il suo petto per cancellare il più possibile lo spazio tra noi. Avevo *bisogno* di quel contatto. Perché mi stava baciando come quella prima volta al Luxe, come se non volesse lasciare inesplorato un solo millimetro della mia bocca, come se non avesse aspettato nient'altro che quello per tutta la vita. E quel pensiero ora non sembrava più tanto sciocco. Era come affondare sotto la superficie del mio lago: una sensazione di pace selvaggia. Una sensazione *giusta*.

Che mi terrorizzò.

Mi staccai dal bacio, ma non potei ritrarmi più di tanto: avevo ancora la sua mano sulla nuca, affondata nei capelli, ed ero abbastanza vicina da sentire il suo respiro gelido e accelerato contro le labbra che formicolavano.

Solo in quel momento mi resi conto che la temperatura nella stanza era risalita.

«Spero abbia funzionato» sussurrai deglutendo.

Sentii il suo petto gonfiarsi in un profondo respiro e la sua mano lasciare i miei capelli. «Sono più calmo.»

«Bene.» Cercai di allontanarmi un po' di più, ma il suo braccio non si mosse dalla mia vita. «Sono ancora seduta su di te.»

«Lo so.»

«Non è esattamente una posizione comoda» mentii. Non ero mai stata tanto comoda in vita mia, e il rendermene conto mi fece girare la testa. E sentire vulnerabile.

«Nemmeno per me.»

Mi accigliai. «Che intendi...»

«Ce l'ho avuto duro dall'istante in cui ti sei seduta su di me. E il bacio non ha aiutato.»

Sbattei le palpebre. «Che maleducato.»

Le ombre sulla sua pelle si stavano dissolvendo. «E dire

che pensavo che farmelo venire duro fosse precisamente il tuo scopo prima che arrivasse Attes.»

Rimasi a bocca aperta. «Non più.»

Un po' della luce scomparve dai suoi occhi. «Bugiarda» sussurrò nello spazio ancora esiguo tra le nostre bocche.

Già. Ero davvero una bugiarda.

I suoi occhi incontrarono i miei. «Sono stato costretto a fare così.»

Capii subito che si riferiva al suo comportamento in presenza di Attes. C'erano cose molto più importanti di cui discutere, ma risposi lo stesso: «Davvero?».

«Attes in vita sua ha sempre concepito tre bisogni soltanto: pace, guerra e sesso.»

«In questo ordine?»

Un accenno di sorriso apparve sulle sue labbra. «In qualsiasi ordine. Se avesse avuto anche solo il vago sentore che tra noi non ci fosse quel tipo di attrazione avrebbe mostrato nei tuoi confronti un interesse ancora più grande.»

«Più grande di cosa? Non capisco perché dici che ha mostrato interesse. »

«Lo hai minacciato di fargli mangiare gli occhi.»

«Esatto. E una persona il cui interesse venga catturato da una cosa del genere è come minimo un po' bizzarra.»

«Io da te ho preso una coltellata al petto e la minaccia di vedermi strappati i bulbi oculari a mani nude, e questo non ha diminuito il mio interesse per te a quel tempo. Quindi che cosa dice tutto ciò su di me?»

«Bella domanda» borbottai. Non mi era sfuggito il suo *a quel tempo*. «Ma il discorso sullo strappare gli occhi l'hai iniziato tu.»

«Attes doveva capire subito che nessuno di noi due avrebbe accolto favorevolmente le sue profferte.»

Socchiusi le palpebre. «Eri preoccupato che io potessi accoglierle?»

«Solo qualche minuto prima del suo arrivo mi stavi spiegando di essere pronta a cercare persone in grado di soddisfare i tuoi desideri.»

Lo fissai a bocca aperta. «Non è quel che ho detto!»

«Per la verità mi sembra esattamente quel che hai detto.»

«E invece non...» Mi interruppi. «Va bene, ora sei riuscito a irritarmi. Spero che adesso sia in grado di controllare le tue reazioni, perché se non mi lasci andare subito è molto probabile che ti colpirò.»

«Allora dovrò correre il rischio» fu la sua risposta. «Perché dobbiamo parlare di questa nuova stronzata che Kolis ha tirato fuori, e c'è una buona probabilità che non rimarrò molto calmo.»

«E questo che cosa c'entra con il fatto che sono seduta su di te?»

«Intende dire che se perdesse la calma potrebbe farti male.»

Mi voltai di scatto verso la porta, che si era riaperta: sulla soglia c'era Nektas, e di fianco a lui Ector. Non avevo idea di quando fossero arrivati o di quanto avessero visto, e sinceramente preferivo non pensarci.

«E visto che sei così vicina» continuò il Draken, «non vuole correre il rischio.»

Aprii la bocca, ma non seppi che cosa rispondere. Rimasi zitta, e tutti i presenti mi imitarono.

«Abbiamo appena incrociato Attes» disse infine Ector, rompendo il silenzio imbarazzato. «Immagino che quel che ci ha riferito sia vero: Kolis vuole che tu vada a chiedergli il permesso per l'incoronazione?»

«Sì» confermò Nyktos. Sentii il suo braccio irrigidirsi sotto le mie dita e, ricordando la sua reazione nella sala del consiglio di guerra, tolsi la mano.

«Merda» borbottò Ector.

Ero d'accordo. Guardai sopra la mia spalla, verso Nyktos. «Sapevi che c'era questa possibilità?»

«Chiedere il permesso del re degli dei era una tradizione dell'epoca in cui regnava mio padre.» Nyktos si appoggiò allo schienale della sedia, mettendo un po' più di spazio tra di noi. «Primordiali e dei si recavano da lui prima di un'incoronazione sperando di avere la sua benedizione. Kolis non ha mai fatto nulla del genere, neanche una volta. Non ha mostrato il minimo interesse in materia.» Un muscolo guizzò nella sua mascella. «Ma la verità è che avrei dovuto aspettarmelo... dovevo immaginare che avrebbe cercato di mettersi in mezzo con qualche cazzata.»

Lo sai che sei il suo preferito.

«Userà questo pretesto per cercare di capire come hanno fatto le braci della vita ad arrivare qui» disse Nektas. «Scommetto che chiederà proprio questo in cambio del suo permesso.»

Gli occhi d'ambra di Ector si spostarono da me a Nyktos. «Non possiamo permettere che scopra la verità.»

«No di certo.»

«Quindi che cosa gli dirai se ti farà questa domanda?» chiesi io. E in quel preciso momento compresi. «Attes ha detto che né lui né gli altri Primordiali hanno dimenticato chi era tuo padre e chi eri destinato a diventare. Kolis potrebbe pensare che sia stato tu.»

«Molto meglio che sospetti di me, piuttosto che di te» fu la risposta di Nyktos.

Lo fissai a bocca aperta. «No, non è meglio.»

«Kolis sa che non è stato Ash» ci interruppe Nektas. «Lo ha già messo alla prova ed è sicuro che non ci siano braci in lui.»

«Messo alla prova...?» cominciai, ma mi tacitai pensando alle gocce tatuate sulla pelle di Nyktos. Lo capii vedendo Ector che guardava altrove, passandosi una mano nei capelli. Lo capii senza nemmeno dover chiedere. Alcune di quelle gocce rappresentavano persone che Kolis aveva ucciso solo per vedere se Nyktos sarebbe riuscito a riportarle in vita.

Dei.

Dietro di me Nyktos si era immobilizzato: sperai di non aver proiettato le mie emozioni, e che lui non le stesse leggendo. Non avrebbe apprezzato il dolore che provavo per lui.

«Mentirò» disse infine. «Gli dirò che l'ho percepito anche io, che ho cercato la fonte di quell'energia e che non l'ho trovata.»

Riportai lo sguardo su di lui. «E Kolis ti crederà?»

«Ho già dovuto convincerlo di molte cose in passato: lo convincerò anche di questa. Dobbiamo solo aspettare la sua convocazione... quando cazzo penserà di essere pronto. Il che...»

«... pone vari problemi» concluse Nektas.

Mi sembrò davvero un eufemismo.

«Che ci vogliate credere o no, l'intrusione di Kolis non è l'unica questione che dobbiamo affrontare al momento» disse Nyktos. «Non dopo che Attes ha incontrato Sera.»

Mi accigliai. «Non credo che Attes mi abbia percepita come nulla più che un bel paio di tette con una lingua tagliente.»

Ector ridacchiò.

Gli occhi di Nyktos fiammeggiarono di ethere. «Ti stava *provocando.*»

Il mio cipiglio aumentò. «Quando mi ha chiamata *accessorio*?»

«No, dopo. L'ho sentito usare l'ethere. Ha tentato di alterare le tue emozioni, di amplificare la calma e l'istinto violento.»

C'era una ragione se i Primordiali non visitavano spesso il mondo dei mortali: la loro semplice presenza poteva influenzare le menti e gli umori degli esseri umani e alterare l'ambiente fisico attorno a loro. La Primordiale Maia poteva suscitare amore e fertilità. Embris poteva aumentare la saggezza di una persona o spingerla a decisioni avventate. Phanos poteva rimescolare furiosamente gli oceani. Il fratello di Attes, Kyn, poteva ispirare pace o vendetta.

«Stava facendo questo?» Mi tornò in mente il momento in cui avevo visto l'ethere negli occhi di Attes scintillare più forte. «A me?»

«Non ne ho il minimo dubbio» rispose Nyktos.

«Però io non mi sono sentita più calma, né più violenta... non più del normale» ragionai, e lui represse una risatina. «In realtà non ho sentito niente.»

«Esatto.»

«Merda» mormorò Ector. «Attes non può non essersi accorto che la sua presenza non influiva su di te.»

Una fitta di disagio mi pugnalò al petto. «Ma Nyktos gli ha detto che ero una semidea...»

«Semidei e dei non sono immuni ai poteri di un Primordiale» disse Ector. «Non reagiamo alla loro presenza con la stessa intensità o rapidità dei mortali, ma se un Primordiale lo vuole può influenzarci. È per questo che la Corte di Kyn è composta di bastardi e quella di Maia di gente perennemente eccitata.»

Strinsi le labbra.

«A parte gli Arae e i Draken» continuò Ector, «c'è solo una categoria di esseri impermeabile a quell'influenza.»

Nyktos mi fissò negli occhi. «Solo un Primordiale è immune alla presenza di un altro Primordiale.»

«Oh, dei, questo significa...» Chiusi gli occhi. Significava che Attes poteva aver sospettato della verità: che ero *io* a custodire le braci della vita, la futura Consorte ora in attesa di convocazione da Kolis. Mi sentii il respiro bruciare in gola.

«Dateci un minuto» disse Nyktos, e quando riaprii gli occhi Ector e Nektas se n'erano andati. Passarono alcuni secondi di silenzio. Infine lui lo ruppe: «Andrà tutto bene».

Mi sfuggì una risatina strozzata. «Attes potrebbe aver capito che sono io ad avere le braci. E Kolis sta per convocarci entrambi. Non c'è nulla al mondo che possa andare bene adesso.»

«Potrebbe andare peggio.»

«Come?»

«Kolis avrebbe potuto direttamente vietare l'incoronazione. Impedirmi di prenderti come Consorte.»

«Ha l'autorità per farlo?»

Nyktos annuì. «A quel punto potrei dichiararti lo stesso mia Consorte, ma non saresti riconosciuta come tale dalle altre Corti.»

Ovvero non avrei avuto nessuna protezione derivante dal titolo, e nessun dio o Draken avrebbe potuto lecitamente difendermi se un Primordiale o Kolis stesso avesse deciso di rapirmi. Perciò se a quel punto Nyktos avesse reagito per ritorsione – e non avevo il minimo dubbio che lo avrebbe fatto – non avrebbe ricevuto alcun sostegno dai suoi pari.

«Pensi che farà una cosa del genere?»

«Se me lo avessi chiesto ieri ti avrei risposto di no. Oggi... tutto è possibile.»

Tutto...

Ormai il mio cuore galoppava a una velocità tale da rendermi difficile respirare, e i miei pensieri lo seguivano a ruota. Tesi tutti i muscoli. «E se... se assomiglio fisicamente a Sotoria?» sussurrai.

«Non poserà un solo dito su di te.» Nyktos mi prese le guance tra le mani a coppa e io chiusi gli occhi avvertendo il residuo di energia che passava dai suoi polpastrelli alla mia pelle. «Non lo permetterò.»

Mi sentii avvolgere dalla sicurezza e dal senso di protezione contenuti in quella promessa. Il mio cuore cominciò subito a calmarsi e io non lottai contro quella sensazione. Volevo credere a quella promessa. Volevo credere a lui.

Nyktos mi toccò la tempia con la fronte e un po' della rigidità che avevo addosso si sciolse. Iniziai a rilassarmi. «Non avrà la possibilità di scoprire se le assomigli o no.»

Spalancai gli occhi e mi ritrassi. «Nyktos...»

«Perché non ti avvicinerai mai a lui.»

Mi sprofondò lo stomaco. «Mi hai già spiegato che cosa succede se anche solo si tarda a presentarsi a una sua convocazione. Non mi renderò responsabile di altre morti.»

«Non sei mai stata responsabile di nessuna morte.»

«Stronzate.»

«È Kolis il responsabile. Non tu. Non le tue azioni. È sempre stato lui e solo lui.» L'ethere sfavillò nei suoi occhi. «Devi capire questo, Sera: non è colpa tua.»

Un'idea difficile da digerire alla luce del fatto che Kolis aveva reagito alle *mie* azioni.

Incapace di restare ancora ferma cercai di divincolarmi dalla sua presa e stavolta lui mi lasciò andare. Mi alzai in piedi e arretrai. «Non mi tirerò indietro di fronte alla sua convocazione, Nyktos.»

Lui appoggiò la mano al bracciolo della sedia. «E io non ti permetterò di metterti in pericolo.»

«Sono già in pericolo! Lo sono da tutta la vita.» La crepa che avevo nel profondo del petto minacciò di allargarsi. Fissai gli scaffali vuoti alle pareti. «Se rifiutassi di presentarmi da Kolis e questo avesse delle conseguenze... se qualcuno venisse ferito o ucciso... non riuscirei...» Mi scostai i capelli dal viso e gli diedi le spalle. «Non riuscirei a sopportarlo.»

«Ed è questo il vero motivo per cui vuoi andare da lui?»

Lentamente, mi voltai di nuovo a guardare Nyktos. «Che altro motivo dovrebbe esserci?»

«Non è quello che hai già cercato di fare?» La sua stretta sul bracciolo crebbe, fino a fargli sbiancare le nocche. «Andare da Kolis.»

Aprii la bocca, poi mi resi conto che in realtà, alla luce di quanto era successo, avrei dovuto festeggiare. Solo in quell'istante, dal momento in cui Attes ci aveva riferito il messaggio, compresi appieno che Nyktos non sarebbe più stato costretto a prendermi come Consorte l'indomani. Potevo arrivare faccia a faccia con Kolis senza dover fuggire dalle Terre d'Ombra. E se avessimo scoperto che assomigliavo a Sotoria il mio dovere sarebbe stato ancora più facile da portare a termine. Non avrei salvato solo delle vite: avrei salvato *interi mondi*. Quel pensiero avrebbe dovuto farmi ballare di gioia.

Ma non fu così.

Perché non provavo la minima traccia di felicità. Sotto la superficie del mio autocontrollo ribolliva una mistura di emozioni selvagge che minacciava di aggredire la crepa dentro di me. Ero spaventata, orripilata, infuriata, disperata e stavo per perdere il controllo...

Respirai a fondo, più volte, ricacciando indietro tutte le sensazioni che provavo. Misi a tacere la tempesta dentro di me come se avessi indossato il mio velo del nulla.

Per tutto il tempo Nyktos non mi aveva tolto gli occhi di dosso, e il suo sguardo era duro come lo era stato altre volte in passato. «In questo modo non avrai bisogno di tentare di nuovo di scappare, dico bene?»

Feci un respiro brusco e sentii avvampare la pelle sotto la nuca. «Fottiti.»

Un muscolo guizzò nella sua mascella. Forse ebbe un minuscolo sussulto, ma non ne fui sicura. Lasciai l'ufficio a passo rigido, prima che la crepa dentro di me potesse esplodere.

Prima di perdere il controllo.

Nektas era in attesa nel corridoio, ma senza Ector. Lo oltrepassai e trattenni un'imprecazione vedendolo avviarsi al mio fianco.

«Che meraviglia, adesso mi pedini?» borbottai.

«Sei astuta, *meyaah liessa.*»

Sospirai.

«Non ti piace che ti chiamino regina, non è vero?»

«Sei astuto, *meyaah* Draken.»

Nektas scoppiò in una risata breve e roca mentre io aprivo la porta che dava sulla scalinata principale. «Non avevo idea di essere il tuo Draken.»

Presi a scendere i gradini. «Be', sei il mio Draken tanto quanto io sono la tua regina.»

«Tu sei la nostra regina, con o senza un'incoronazione.»

Arrivai davanti alla porta del quarto piano. «Per me non ha molto senso, ma va bene.»

Nektas si sporse sopra la mia testa e aprì la porta prima che potessi farlo io. «Tu porti in te le vere braci della vita, Sera. Tu *sei* la regina.»

Mi voltai e lo fissai accigliata. Lui mi passò avanti, fece strada in silenzio fino alle mie stanze, entrò e si diresse subito nel bagno. Aprì la porta e ispezionò l'interno, poi si diresse verso il terrazzo mentre io mi avvicinavo al divano. Aprì le tende e guardò fuori.

«Vuoi guardare anche sotto il letto?» suggerii.

Lui si voltò e inarcò un sopracciglio. «Ash ha ragione? Nel dubitare delle tue motivazioni, intendo.»

«Oh, dei! Origliare le conversazioni altrui è una cosa che fanno tutti i Draken o è un talento solo tuo?»

Nektas mi rispose con uno sguardo tranquillo. Io non distolsi gli occhi.

«Vuoi sapere che cosa penso?»

«No» risposi.

«Te lo dirò lo stesso.»

«E allora perché me lo hai chiesto?»

«Per essere cortese» rispose lui, facendomi storcere il naso. «Penso che lui abbia torto.»

Non commentai.

«Ma anche ragione.»

«Utilissimo come sempre.» Scossi la testa, al colmo della frustrazione. «Sai la verità? Non biasimo Nyktos per avermi fatto quella domanda. Sul serio. Però, se devo essere del tutto onesta, non mi è nemmeno passato per la mente di considerare quel che è successo solo come un'occasione per andare da Kolis.»

«E allora con chi ce l'hai di più? Con Ash o con te stessa?»

«Con tutti e due?»

Nektas produsse un pallido sorriso. «Non puoi avercela con tutti e due.»

Distolsi lo sguardo. «Come vuoi. In realtà non importa con chi ce l'ho. E non importa nemmeno quel che crede Nyktos. Né quel che voglio io. Importa solo il fatto che Kolis ci ha fregati... probabilmente senza nemmeno rendersene conto. Ora dovremo presentarci da lui, tutti e due, e come farà Nyktos a convincerlo di non sapere come ha fatto un dio ad ascendere in casa sua? O a nascondergli che si trattava di Bele?»

«Come ti ha detto lui stesso, Ash è già riuscito a rifilare parecchie menzogne a Kolis in passato.»

«Per esempio?» chiesi prima di riuscire a fermarmi.

«Per esempio a persuaderlo che non lo odia con ogni fibra del suo essere e che non è vero che non vorrebbe altro al mondo che vederlo incatenato sottoterra. Questo Kolis non lo sa: è convinto che quando Ash si ribella ai suoi ordini voglia solo saggiare i suoi limiti o cercare di ottenere qualcosa per sé. Nella sua mente, Ash gli è fedele al pari di ogni altro Primordiale.»

L'incredulità mi lasciò a bocca aperta. «Kolis ha ucciso i suoi genitori: come fa a non aver capito la verità? Come può credere anche solo per un secondo che Nyktos gli sia fedele?»

«Ash lo ha convinto che non provava nulla verso sua madre. Kolis non ha faticato a crederci perché in effetti Ash non l'ha mai conosciuta. Lo ha convinto anche che odiava suo padre, che lo considerava un debole e un egoista. Se non fosse riuscito a nascondere i suoi veri sentimenti, Kolis avrebbe fatto anche di peggio di quel che ha fatto dopo essersi impadronito delle braci.»

«Ho paura a chiedere cosa.»

«Ha ucciso ogni singolo dio o semidio che aveva servito Eythos, in modo da essere sicuro che nessuno potesse ascendere e reclamare il ruolo di Primordiale della Vita.»

«Oh, dei» bisbigliai. «Tutti?»

«A quelli che non erano a corte in quel momento ha dato la caccia per tutto l'Iliseum. Ha fatto massacrare anche semidei lontani generazioni dai loro genitori divini. Persone che non avevano nemmeno raggiunto la Transizione.»

Strinsi i denti per reprimere la bile che mi montava dentro. Non sapevo cosa dire, poi d'improvviso mi tornarono in mente i mortali assassinati, i due fratelli e il neonato. Avevano a che fare anche loro con questa storia? Nyktos si era sbagliato? O era una cosa che a quel tempo non poteva rivelarmi?

«Se Kolis avesse saputo la verità, avrebbe ucciso ogni abitante delle Terre d'Ombra» aggiunse Nektas a bassa voce. «Ogni dio, semidio o mortale. E avrebbe incatenato ogni Draken nell'Abisso. Avrebbe fatto delle Terre d'Ombra un deserto.»

Sedetti sul bordo del letto.

«Quindi ora si tratta solo di fargli credere una nuova menzogna.»

«Come...» Dovetti sostenermi a una colonna del letto per restare dritta. «Come riesce Nyktos a essere così convincente?»

Gli occhi cremisi di Nektas incontrarono i miei. «Con la stessa forza che spinge te a esserlo: sa che è suo dovere fare tutto il necessario per proteggere quante più persone possibile.»

Sobbalzai. «Io non fingo di...»

«Non sto parlando di Ash.»

Stava parlando di Kolis. Del dovere che sapevo di avere, e in nome del quale avrei trovato la forza di fare qualunque cosa fosse necessaria. Serrai forte le labbra. «È diverso. Kolis non ha rivolto alcun attacco contro di me personalmente. Tra noi non c'è quel che c'è tra lui e Nyktos.»

«Ah, no?»

Mi immobilizzai. «Io non sono *lei*.»

«No, ma lei è una parte di te.»

Piegai la testa e fissai la superficie lucida del soffitto. «Be', se le assomiglio fisicamente e non riusciamo a togliermi le braci prima della convocazione, saremo fottuti. Tutti saranno fottuti.»

«Allora dobbiamo fare in modo che quelle braci non restino vulnerabili ancora a lungo.»

Riportai lo sguardo su di lui.

Nektas mi fissò di rimando. «Perché hai smesso di chiamarlo Ash?»

La domanda mi colse di sorpresa. «Non lo so.»

«Non è vero.»

Incrociai le braccia sul petto. «E tu che ne sai?»

Il Draken venne avanti, e notai che aveva un passo straordinariamente silenzioso per una persona della sua taglia. «Ash è come lo chiamava suo padre.»

Non lo sapevo, né ero sicura di volerlo sapere in quel momento.

«Se si è presentato con quel nome, non lo ha fatto per caso.»

«Forse era così prima.» Con un sospiro mi appoggiai alla colonna del letto. «Ma per me lui non è più Ash.»

Nektas inclinò la testa e le sue pupille verticali si espansero fino ad assumere quasi una normale forma rotonda. «Lui è quel che tu vuoi che sia. Così come tu sei quel che vuoi essere per le genti delle Terre d'Ombra e non solo. Dipende da te, e da nessun altro al mondo.»

16

Quando Nektas mi lasciò sola, avevo fin troppe domande nella testa, che turbinavano con un'energia ansiosa tale da rendermi impossibile restare seduta.

Dovevo sfogarmi in qualche modo.

E mettere a tacere quelle domande, almeno per un po'.

Intrecciai rapidamente i capelli e passai il resto del pomeriggio a ripetere tutti gli allenamenti che ricordavo e che si potevano fare da soli. Visualizzai un avversario immaginario – e non fu difficile – il cui aspetto era alternativamente quello di Nyktos e il mio, dato che ce l'avevo con entrambi per ragioni diverse. Ripassai tutti i movimenti dei piedi, presi a pugni l'ombra, ripetei tuffi e affondi prima a mani nude e poi con il pugnale. Non era bello come fare pratica con un partner reale, ma era meglio di niente.

Combattere era in parte anche memoria muscolare, e un lungo periodo di inattività poteva fare la differenza tra la vita e la morte.

E poi mi aiutava a svuotare la mente. Mentre mi allenavo non pensavo a Kolis e alle sue convocazioni, ai piani di Nyktos, a quel che avrebbe potuto sacrificare in aggiunta a tutte le rinunce che aveva già fatto, o all'anima che viveva dentro di me. In quel momento ero un altro genere di tela bianca. Andai avanti a calciare e pugnalare l'aria finché lo sfinimento mi raggiunse, più in fretta di quanto avrei creduto.

Doveva essere colpa dello scarso allenamento, decisi. Perché l'alternativa poteva essere solo la Transizione.

Mi lavai con l'acqua fredda avanzata dalla mattina e, siccome si era fatto tardi, indossai una camicia da notte sottile con sopra una veste da camera. Dopo alcuni minuti, che mi sembrarono ore, arrivò Orphine con la cena. Finito di mangiare mi stesi sul divano con un libro ma, proprio come la sera precedente, non riuscii a concentrarmi. Le domande assillanti del pomeriggio erano tornate in forze.

Quando ci avrebbe convocati Kolis? Nyktos avrebbe tentato di sottrarmi alla convocazione? E, se non lo avesse fatto, avremmo scoperto che assomigliavo davvero a Sotoria?

Perché mai quell'idea mi terrorizzava? In realtà avrei dovuto esserne contenta e accogliere quell'occasione con gioia. Esattamente ciò che Nyktos mi aveva accusata di fare quel pomeriggio.

In teoria aveva ragione: compiere il mio dovere sarebbe stato più facile.

Solo che non sembrava affatto così.

Come avrebbe reagito Nyktos se una volta arrivati alla Corte di Kolis il falso re mi avesse riconosciuta come Sotoria? Avrebbe lasciato che mi prendesse o si sarebbe opposto? Di quest'ultima domanda conoscevo la risposta, e mi terrorizzava. Se fossi riuscita a fuggire, sarei quantomeno arrivata da Kolis senza coinvolgere Nyktos: lo avrei lasciato fuori da una situazione nella quale non solo sarebbe stato in pericolo, ma in cui avrebbe dovuto anche scegliere tra le Terre d'Ombra e...

E me.

Come avrebbe potuto convincere ancora una volta Kolis della sua lealtà, se avesse tentato di impedirgli di prendermi? Non riuscivo nemmeno a immaginare come ci fosse riuscito per tutto quel tempo. Nektas aveva detto che lo aveva fatto perché era suo dovere, ma santo cielo... nemmeno io sarei potuta arrivare a tanto.

Il mio sguardo vagò fino alla porta ornata d'argento che collegava i nostri due appartamenti. E ripensai al bacio.

Lui è quel che tu vuoi che sia.

«Non lo conosco nemmeno» mormorai... e le braci nel mio petto si scaldarono.

Mi voltai di scatto verso la porta che si stava aprendo. Il libro che avevo in mano cadde a terra con un tonfo e Nyktos entrò a grandi passi nella mia camera, come se avesse tutto il diritto del mondo di farlo.

«Ti è mai passato per la mente che si può bussare?» sbottai.

«No.»

«Male.» Mi premetti il palmo della mano sul cuore che galoppava. «Avrei potuto essere occupata.»

«A fare cosa?»

«Molte cose. Usa l'immaginazione.»

Lui si fermò e la sua mascella si irrigidì. «Non so se è una buona idea.»

«Suppongo di no.» Mi chinai a raccogliere il libro e quando rialzai lo sguardo vidi che lui stava ispezionando i piatti. «Ho mangiato tutta la cena come una brava bambina, se è quello che ti preoccupa.»

Gli occhi di gelido argento tornarono su di me.

«Allora, ti serve qualcosa?»

«In questo momento solo un po' di sonno.»

«Ottimo.» Riaprii il libro e finsi di leggere. «Grazie per avermelo fatto sapere.»

«Devo tenerti d'occhio, Sera. Ricordi?»

Levai lentamente lo sguardo su di lui. «Stai scherzando?»

«Ho l'aria di uno che sta scherzando?»

«Hai fatto mettere un lucchetto alla porta del terrazzo. E ieri notte ha funzionato benissimo.»

«Non ho il minimo dubbio che riusciresti a forzarlo, se avessi abbastanza tempo a disposizione.»

«E io non ho il minimo dubbio che *se avessi voluto* forzare quel lucchetto lo avrei già fatto. Non tenterò più di scappare, Nyktos: che senso avrebbe ormai?»

Il suo viso non disse nulla... ma le sue parole dissero tutto. «Mi avevi promesso che non avresti più cercato di raggiungere Kolis. E io vorrei davvero crederti, ma ciò che voglio è meno importante di ciò che so: se ti si presenterà l'occasione giusta, ci riproverai. Lo faresti anche adesso. E io non permetterò che il nostro fragile patto di fiducia vada in pezzi così facilmente.»

Lo fissai con il cuore sprofondato in un abisso. Un nodo di emozioni caotiche si fece strada per emergere dalla crepa dentro di me. Ma alla fine uscirono solo poche parole: «Non lo voglio nemmeno io».

«Lo so.» I suoi occhi si ammorbidirono in un tono di grigio più chiaro, anche se il suo petto si gonfiò in un sospiro. «Vieni a letto, Sera.»

Non ero nemmeno sicura del perché stessi litigando con lui: *mi piaceva* dormire nel suo letto. Dormire con lui. Anche se mi irritava.

Una cosa che avrebbe dovuto preoccuparmi.

E in effetti era così, ma potevo soltanto aggiungerla alla mia interminabile lista di preoccupazioni.

Mi alzai e andai in bagno per prepararmi ad andare a dormire. Mentre mi lavavo i denti vidi tracce di rosso nella schiuma che sputavo nel lavandino: le mie gengive avevano ripreso a sanguinare. Con lo stomaco in tumulto mi sciacquai in fretta la bocca e uscii dal bagno, ma mi fermai vicino al letto. Mi ero appena ricordata del patto che avevo offerto a Nyktos prima che arrivasse Attes. Dei, mi era passato di mente.

Lui mi passò accanto. «Almeno stasera non dovrò toglierti stivali e pantaloni.»

«Credimi, lo avresti preferito a quel che vedrai sotto la mia veste da camera.»

Si voltò verso di me e la luce dei candelabri scivolò sulla curva dei suoi zigomi. «Ti prego, non dirmi che sei nuda lì sotto.»

Quell'affermazione era probabilmente l'indizio che non intendeva prendere in considerazione il mio patto. «Hai di nuovo paura di non riuscire a controllare le tue reazioni fisiche?»

«Quella paura non mi abbandona mai» rispose sottovoce, fissandomi negli occhi.

Una minuscola parte di me ci credette. «No, non sono nuda. Non esattamente.»

«Non esattamente?»

Mi slacciai la veste e la lasciai scivolare giù lungo le braccia. E lui si immobilizzò alla vista della camicia da notte quasi trasparente.

Poi aprì le labbra rivelando la punta delle zanne. «È così che dormi di solito?»

«Che tu ci creda o no, questa è la più sobria delle camicie da notte che Aios mi ha portato.» Arrossii mentre lui mi guardava stendere la veste ai piedi del letto.

«Santi Fati.» Nyktos rimase immobile ancora un attimo, poi si avvicinò a passi lenti e misurati. Sollevai la testa per guardarlo, attraversata da un brivido di trepidazione.

Dietro le sue palpebre abbassate si vedevano solo due sottili mezzelune d'argento, mentre le sue dita scivolavano sotto il laccio di satin. Le nocche gelide mi sfiorarono mentre mi sollevava una spallina. Rimase fermo in quella posizione per un lunghissimo istante, così vicino alla mia pelle da toccarla a stento: era un contatto leggero come una piuma, eppure mi sembrava di sentirlo in ogni angolo del corpo. Poi ritrasse le dita. «Posso?»

Non capii subito che cosa mi stesse chiedendo, poi vidi che fissava la treccia che mi scendeva sul seno. «S... sì. Puoi.»

Si mosse, ma non per afferrare la treccia, bensì per avvolgersela attorno al pollice e all'indice appena sotto la mia spalla. Rimasi ferma mentre la punta delle sue dita scorreva per tutta la lunghezza, sfiorandomi la curva del seno. Tremai.

«Te l'ho mai detto» continuò percorrendo di nuovo la treccia, stavolta con il pollice, «che i tuoi capelli mi fanno pensare a luce lunare filata?»

«Sì.»

«Sono bellissimi.» Liberò con delicatezza l'elastico che li teneva legati, come aveva fatto anche l'altra volta, se lo fece scivolare sul polso e cominciò a sciogliere le ciocche e i riccioli, lasciandoli cadere sulle mie spalle. «Torno subito.»

Rimasi lì in piedi con il cuore in tumulto mentre Nyktos andava in bagno e si chiudeva la porta alle spalle. Non mi mossi nemmeno quando sentii rumore d'acqua: avevo ancora la pelle che formicolava al ricordo del suo tocco. Alla fine mi costrinsi a infilarmi nel letto dal lato in cui avevo dormito la notte prima. Mi distesi su un fianco, rivolta verso la porta che collegava i due appartamenti, e mi tirai il caldo lenzuolo sopra le gambe. Un profumo di limone e aria fresca mi avvolse immediatamente.

Udii la porta che si riapriva ma non mi voltai. I suoi passi si avvicinarono all'armadio. Avrei voluto girarmi perché sapevo bene che si stava spogliando, ma mi dissi che era inutile torturare me stessa ancor più di quanto già stessi facendo.

Il letto si mosse quando lui si sdraiò, e la camera sprofondò nel buio. «Sai» dissi, «avresti potuto aspettare che io andassi a dormire e poi infilarti di nuovo nel mio letto.»

«È vero, avrei potuto. E che cosa avrei visto, se fossi arrivato quando ti eri già messa a letto?»

Alzai gli occhi al cielo. «Non lo faccio *tutte le sere.*»

«Peccato. Sono un po' deluso.»

Alzai anche le sopracciglia e feci per girarmi nella sua direzione, ma lui mi fermò con due parole: «Mi dispiace».

Mi immobilizzai. «Per cosa?»

«Per quel che ho detto oggi pomeriggio» rispose dopo un

attimo. «Quando ho insinuato che volevi rispondere alla convocazione di Kolis perché era un altro modo per andare da lui. Avrei dovuto capire che non è quello a spingerti... o almeno che non è la ragione principale. Hai detto che non accetterai di rimuovere le braci se questo dovesse implicare far del male a qualcun altro.»

Non ero sicura che servissero delle scuse per quello. Se fossi stata io al suo posto, avrei pensato la stessa cosa che aveva pensato lui. E comunque si sbagliava: raggiungere Kolis non era la ragione principale, anche se avrebbe dovuto esserlo. «Grazie.» Riportai lo sguardo sulla parete buia. «Significa che non cercherai di lasciarmi qui quando arriverà la convocazione?»

«Non ti lascerò qui. Vorrei, ma farò come vuoi tu.»

Emisi un sospiro spezzato. Avevo voglia di ringraziarlo ancora, ma sapevo che sentirsi ringraziare per quel motivo non gli avrebbe fatto piacere.

Calò un silenzio talmente lungo che immaginai che Nyktos si fosse addormentato, ma poi lui parlò ancora: «Perché trattieni così spesso il respiro?».

Spalancai gli occhi. «Come?»

«Trattieni il respiro. Di solito per un tempo definito, come se contassi, e poi lo lasci andare.»

«Cielo, si nota così tanto?» Pensai a quando lo avevo fatto nella sala del trono, davanti a lui, a Holland e a Penellaphe.

«No, non tanto.»

Aggrottai la fronte. «Ma tu lo hai notato.»

«Non significa per forza che lo abbiano notato anche altri.» Ci fu qualche altro istante di silenzio. «Allora, perché lo fai?»

Richiusi gli occhi. «È solo una cosa che mi ha insegnato Holland.»

Nyktos rimase zitto un momento. «E perché hai bisogno di farlo, Sera?»

«Non lo so.»

Nyktos non rispose, e il silenzio scese di nuovo su di noi. Stavolta fui io a romperlo: «Sei preoccupato per la convocazione? Che cosa succederà?».

«No» fu la risposta, ed era una menzogna. Il letto si mosse di nuovo e il suo braccio si spostò sulla mia vita, freddo, pesante e... gradevole.

Chiusi gli occhi e cercai di non pensare a quanto mi piaceva quel contatto. Solo in quel momento realizzai di aver fatto qualcosa che non avevo mai fatto prima.

Avevo lasciato il pugnale nell'altra stanza.

Ero di cattivo umore.

Holland lo avrebbe chiamato *umore cupo*. Ce lo avevo addosso già dal risveglio in quello che avrebbe dovuto essere il giorno della mia incoronazione. E invece, per la seconda volta in vita mia, mi ero svegliata il giorno del mio matrimonio per scoprire che i piani erano cambiati.

Era presto. Il cielo era ancora di un grigio profondo, ma Nyktos se n'era già andato. Non ero rimasta a lungo in camera nemmeno io: mi ero lavata con dell'acqua fresca portata da qualcuno e mi ero messa l'ultimo abito che mi rimaneva, simile a quello del giorno precedente, ma nero. Solo dopo aver praticamente strizzato i seni nel corpetto e aver lottato fino ad allacciare l'ultimo bottone mi resi conto che il resto del mio guardaroba era stato finalmente lavato e impilato in ordine sul letto. Sospirai, ma decisi di non cambiarmi.

Invece andai al divanetto, mi ci abbandonai sopra e rimasi lì, il corpo immobile – anche troppo – ma la mente inquieta.

Quando ero nel mondo mortale il mio umore sembrava andare e venire con il mutare del vento. A volte mi coglieva nel cuore della notte, quando non riuscivo a dormire e non avevo nulla con cui tener occupata la mente. Erano le notti in cui persino tenere occupato il corpo con i piaceri edonistici del Luxe era un'idea priva di qualunque attrattiva.

In quelle occasioni mi chiedevo se anche mio padre avesse avuto sbalzi d'umore. E se c'entravano qualcosa con la sua *caduta* dalla torre la notte della mia nascita. Se così fosse stato, che altro potevo aver ereditato da lui? Impossibile dirlo, ma sinceramente avrei preferito qualcosa di meno *oscuro*.

Anche Sotoria aveva dovuto affrontare qualcosa di simile? Aveva sofferto anche lei dello stesso problema? Era...

Mi costrinsi a smettere: il cuore stava accelerando troppo e la sensazione di perdere il controllo rischiava di sopraffarmi. Non sapendo che altro fare rimasi seduta, mentre la giornata mi passava davanti, vuota e priva di importanza. L'indomani sarebbe stato uguale? E il giorno dopo ancora? Non c'erano allenamenti con cui tenermi occupata, né cibo da portare alle famiglie colpite dalla Putrefazione, né visite inaspettate di Ezra, o richieste da parte delle Dame della Misericordia. Solo attesa. Nessuna via di fuga dal luogo in cui i miei pensieri continuavano a tornare... Il luogo dove rivivevo senza sosta i momenti peggiori.

L'imbarazzo e la disperazione.

Le delusioni e i fallimenti.

L'unica differenza era che ora ne avevo di nuovi. Un destino che si era rivelato falso. Il mio tradimento nei confronti di Nyktos e il fatto che nessuno di noi avesse mai sollevato dubbi sul piano con cui credevamo di poter fermare la Putrefazione. Guardandomi indietro adesso, era dura non pensare quanto avrebbe dovuto sembrarci ovvio che non era Nyktos la causa di quel che stava accadendo al mondo. Ed era dura anche restare lì seduta, ben nutrita e al caldo, mentre la mia gente moriva di fame e presto avrebbe dovuto affrontare una catastrofe inimmaginabile, se il piano di Nyktos non avesse funzionato.

Soprattutto era dura restare da sola con me stessa. Con la

consapevolezza che ero terrorizzata all'idea della convocazione, quando invece avrei dovuto esserne felice.

Tastai con le dita le cuciture sul bracciolo del divano, mentre fissavo l'ordinato cumulo di abiti sul mio letto. Non ero abituata a una simile inattività, a una simile mancanza di *scopo*. Mi faceva sentire come se fossi prigioniera dentro una pelle troppo stretta e sottile. Avevo un nodo in gola e i miei pensieri mi sembravano pesanti quanto le membra. Mi rannicchiai sul divano: avevo la sensazione che, se fossi riuscita ad affondare nella morbida imbottitura e a diventarne parte, finalmente mi sarei dissolta nel nulla. Non sarebbe stato bellissimo...?

No. Il mio cuore accelerò di colpo. Mi drizzai a sedere, con i muscoli rigidi. *Inspira.* Quello era un... un pensiero sbagliato. Sgradevole. Soffocante. Mi strinsi le ginocchia nude con le mani improvvisamente sudate. *Trattieni.* Di colpo la camera mi sembrava troppo piccola per restarci dentro.

Io ero troppo piccola. Era come se rimpicciolissi di più a ogni secondo che passava. *Espira.* Chiusi gli occhi e continuai con l'esercizio di respirazione finché la pressione al petto cominciò ad allentarsi.

Perché trattieni il respiro?

Riaprii gli occhi e mi alzai. Non potevo restare lì dentro un minuto di più. Infilai un paio di scarpe basse, uscii, e con mia grande sorpresa nel corridoio trovai Saion anziché Orphine. Gli dissi che volevo fare colazione altrove e lui non si oppose. Ci avviammo e mi accorsi che più mi allontanavo dalla camera, più la morsa che avevo nel petto e in gola si scioglieva.

Facemmo tappa nelle cucine, dopodiché feci colazione in una delle sale da ricevimento del primo piano, assieme a Reaver, che a un certo punto si era unito ai nostri vagabondaggi e ora sonnecchiava su un sofà del colore degli Olmi Cupi vicino a Chiaravia. Fare colazione fuori dalla camera era un notevole miglioramento, ma il silenzio cominciava di nuovo a pesarmi.

Come mi pesava la presenza muta di Saion che aleggiava accanto alla porta con la mano sul pomello della spada e gli occhi fissi su di me, come il giorno in cui erano arrivati i Cimmeriani.

Posai il cucchiaio sul tavolo, mi guardai attorno. La sala era pulita e ordinata come quella in cui avevamo intrattenuto Jadis qualche giorno prima, anche se sembrava che nessuno ci mettesse piede da decenni... o da secoli. Non c'era un solo granello di polvere sulle gambe e sui braccioli di legno scolpito del sofà su cui stava dormendo Reaver. Anche le pareti di ombropietra mi ricordavano quelle degli spazi privati di Nyktos: dei gusci vuoti. Aggrottai la fronte. A parte i ritratti dei suoi genitori in biblioteca, non avevo visto altri quadri lì.

Passai un dito sul bicchiere di succo di frutta. «Non vengono mai usate, queste stanze?»

Saion piegò la testa di lato, occhieggiando le pareti. «Ogni tanto Jadis e Reaver le esplorano, ma a parte loro non ricordo di averci mai visto nessuno.»

«Chi le tiene pulite?»

«Di solito Ector.»

«Si annoia così tanto?»

Saion ridacchiò. «Me lo sono chiesto anch'io. Ma credo che in realtà lo faccia per Eythos.»

Le mie dita si fermarono sul bicchiere. «Intendi in sua memoria?»

«Penso.» Saion si guardò attorno. «Quando era vivo, il padre di Nyktos teneva queste stanze sempre aperte e in ordine. C'erano ospiti a quel tempo. Non tanti quanti immagino ce ne fossero quando era ancora il vero Primordiale della Vita, ma c'era...» Tacque, come se stesse cercando la parola giusta.

«C'era *vita* qui?» suggerii.

Il dio annuì. «Sì.» Si schiarì la voce. «Ce n'era.»

Era un bel gesto da parte di Ector. Ne fui meravigliata, perché sapevo così poco su di lui... Anzi, su tutti loro. Mi appoggiai allo schienale della sedia. «Tu da dove vieni?»

Saion sollevò un sopracciglio scuro. «Da dove sbuca questa domanda?»

«Pura curiosità.»

Non rispose subito, e immaginai che il cambio di atteggiamento nei miei confronti avesse comunque dei limiti.

«Lascia stare» feci. «Possiamo ricominciare a fare quel che stavamo facendo: tu che mi sorvegli e io che sto in imbarazzato silenzio.»

«Sono nato sulle Isole del Tritone.»

Riportai lo sguardo su di lui, sorpresa dalla risposta. «Alla Corte di Phanos?»

«Ci sono rimasto fino a circa cinquant'anni dopo la mia Transizione. Poi sia io sia Rhahar ce ne siamo andati.»

«Perché?» Non riuscii a non chiederlo: da quel che sapevo, gli dei della Corte di Phanos traevano il loro potere dai laghi, dai fiumi e dai mari... e non avevo visto nulla del genere nelle Terre d'Ombra.

«Sul serio vuoi saperlo?»

«Altrimenti non avrei chiesto.»

Lui inclinò di nuovo la testa e si appoggiò allo stipite della porta. «Hai mai sentito parlare del Regno di Phythe? È esistito centinaia di anni fa... fino a circa un secolo prima che Eythos stringesse il suo patto con il tuo antenato. Era un luogo di enorme bellezza, popolato da genti che vivevano in armonia con la terra e il mare.» Mi resi conto che Saion mi aveva appena rivelato di essere più vecchio di Nyktos. «Nel mondo mortale si stendeva dalle colline meridionali ai piedi delle Montagne di Skotos fino al mare.»

«Il nome è vagamente familiare.» Aggrottai la fronte, frugando nella memoria. «Non era un regno al quale Phanos guardava con benevolenza, finché uno dei figli del re fece qualcosa a una figlia del Primordiale?»

«Così è scritto nei libri di storia. Ma la verità è che una volta Phanos amava profondamente Phythe... ma poi il regno perse il suo favore.»

Strinsi le dita sul bicchiere. «Ho un terribile sospetto su dove andrà a finire questa storia.»

«E probabilmente hai ragione.» Il dio socchiuse gli occhi, pensieroso. «Una decina di anni fa ci fu una perdita d'olio sulle coste di Lasania, dico bene?»

«Ho assistito con i miei occhi. Phanos è sorto dall'acqua e ha distrutto tutte le navi nel porto. Centinaia di morti. Che cosa è accaduto realmente a Phythe?»

Saion scosse la testa. «Ogni anno si tenevano dei giochi in onore di Phanos, ma erano pericolosi: c'era sempre qualcuno che ci lasciava le penne, e una volta toccò all'unico figlio del re. A quel punto il re pose fine alla tradizione, convinto che Phanos fosse un Primordiale benevolo che non voleva vedere altri suoi fedeli farsi del male.»

«E aveva torto?»

«Terribilmente. Phanos si sentì insultato: prese la cancellazione dei giochi come un atto di mancanza di fede e nella sua furia inondò il regno.»

«Dei» sussurrai, orripilata.

«Già.» Saion emise un lungo sospiro. «Visitavamo spesso Phythe. Erano... brava gente. Non erano tutti perfetti, ci mancherebbe. Ma non si meritavano quel destino. Phanos spazzò via il regno senza il minimo preavviso: nessuno ebbe il tempo di mettersi in salvo quando onde più grandi dell'Alzata sorsero dalla costa e flagellarono la terraferma per miglia e miglia. Ogni singolo essere vivente o inanimato di Phythe fu reclamato dal mare.» Si massaggiò il mento e scosse la testa. «Quando io e Rhahar lo venimmo a sapere fummo sconvolti. Non riuscivamo a crederci. A Phanos quei maledetti giochi neanche interessavano granché, lo sapevamo tutti. E persino se il figlio del re avesse fatto qualcosa a una delle sue figlie, questo non avrebbe giustificato la strage di un'intera popolazione. Noi due non fummo i soli ad andarcene, ma...» Emise un altro sospiro. «... questo fu il motivo della nostra partenza.»

«Non so cosa dire. È terribile.» Rabbrividii al pensiero del terrore che la gente di Phythe doveva aver provato vedendo arrivare le onde e comprendendo che non c'era via di scampo.

«Lo è.»

Deglutii e fissai Reaver, immerso nella pace inconsapevole del sonno. «Ci sono mai stati Primordiali di buon cuore?»

«Non credo che si possa essere benevoli in ogni singolo momento della vita, non ci riescono nemmeno i mortali» fu la sua risposta. Levai lo sguardo su di lui. «Ma da Phanos non ce lo saremmo aspettati, il che significa che non era sempre stato così.»

«Pensi che sia accaduto perché aveva vissuto troppo a lungo?»

«No. O almeno, non credo fosse quella la sola ragione. I Primordiali attuali sono molto vecchi. Presto diventeranno Antichi. Ma Eythos e Kolis erano più vecchi di tutti loro. Ed Eythos non è mai scivolato in quella gelida mancanza di sentimenti, così come non lo hanno fatto alcuni altri.» Pensai ad Attes. «Se chiedi a Ector o ad altri dei che erano già in circolazione al tempo in cui Eythos era il vero Primordiale della Vita, ti diranno che ci fu un visibile cambiamento in molti Primordiali quando Kolis rubò l'essenza di suo fratello.»

Misi da parte il bicchiere. «Intendi dire che quel che ha fatto ha influito sul loro carattere? Li ha resi meno benevoli?»

«Ector pensa di sì.» Saion scrollò le spalle. «Non c'è modo di esserne sicuri, ma io credo che abbia almeno in parte ragione.»

Se era vero, significava che potevamo modificare di nuovo il comportamento di alcuni Primordiali? «E così sei finito qui, dove non ci sono fiumi o laghi, a parte la Baia Nera e il Fiume Rosso?»

Il dio fece un sorrisetto che assomigliava a un ghigno. «Non subito. Passò del tempo prima che giungessimo nelle Terre d'Ombra, o anche solo che incontrassimo Nyktos di persona.»

«E come accadde?»

Saion tacque un lungo istante. «Un dio non può lasciare la Corte in cui è nato senza il permesso del suo Primordiale. E non è un permesso concesso di frequente. Se qualcuno se ne va senza, lo si considera un atto di ribellione punibile con la morte. Quella definitiva.»

Mi irrigidii. «E tu e Rhahar avete avuto il permesso?»

«No.» Il sorrisetto di prima riapparve. «Phanos fece dare la caccia a quelli che lo avevano abbandonato dopo gli eventi di Phythe. Noi due fummo catturati poco dopo la morte di Eythos e portati a Dalos, dove gli dei che hanno commesso qualche trasgressione vengono giudicati e puniti. Mentre eravamo prigionieri in attesa dell'arrivo di Phanos, Nyktos ci fece visita e ci chiese il motivo della nostra diserzione. Noi rispondemmo con la verità e lui se ne andò.»

Alzai le sopracciglia. «Se ne andò e basta?»

«Sì. Sulle prime pensammo che fosse uno stronzo.» Saion ridacchiò. «Non sapevamo granché di lui, solo che era un Primordiale giovane... giovanissimo, in effetti. Eppure si era già fatto la fama di uno che era assolutamente meglio non contrariare. In ogni caso...» Stavo per chiedergli come aveva fatto Nyktos a procurarsi quella fama, ma non me ne diede il tempo. «... Nyktos tornò alla Corte di Dalos il giorno dopo l'arrivo di Phanos, appena prima della nostra sentenza, e intervenne. Disse che Phanos non aveva il diritto di condannarci, perché non eravamo più al suo servizio: ora servivamo il Primordiale della Morte. Credo che nessuno dei presenti sia rimasto più sbalordito di noi due, ma Nyktos sa essere un astutissimo figlio di puttana quando vuole: prima di lasciarci, il giorno precedente, ci aveva toccati. Aveva allungato una mano oltre le sbarre e ci aveva dato una pacca sulla spalla. Sul momento non ci avevamo fatto caso: avevamo solo notato che la cella era diventata più fredda... che *noi due* eravamo più freddi. Nient'altro. Ma, toccandoci, Nyktos aveva preso le nostre anime.»

17

Rimasi a bocca aperta. «Cosa?»

«Proprio così.» Saion rise ancora. «Scoppiò il caos. Sapevamo tutti che cosa significava, soprattutto Kolis, che quando era ancora il Primordiale della Morte aveva fatto la stessa cosa un sacco di volte. Solo che lui lo faceva con quelli che avevano scatenato la sua ira. In ogni caso, Nyktos ora era il padrone delle nostre anime e nessun altro Primordiale poteva toccarci: appartenevamo solo a lui.»

Mi appoggiai allo schienale della sedia, sbalordita. Sapevo che Nyktos aveva il potere di evocare un'anima con un tocco, ma non avevo mai pensato a quanto potesse essere pericolosa e letale quella capacità. «Kolis può ancora farlo?»

«Non credo. Se potesse, andrebbe in giro a farlo a destra e a manca.»

E di questo dovevamo solo essere grati. «E che cosa accadde dopo?»

«Be', Phanos si ritrovò con il culo per terra, ma la cosa stranamente divertì Kolis: probabilmente per lui fu come vedere Nyktos battere Phanos in un gioco o qualcosa del genere.» Mi tornò in mente ciò che aveva detto Nektas: Kolis era persuaso della fedeltà di Nyktos. «Comunque non c'era più nulla da fare: Phanos se ne tornò a casa incazzato nero e noi fummo portati nelle Terre d'Ombra.»

«Ma Nyktos vi ha restituito le vostre anime, vero?»

«Se lo avesse fatto, e Phanos lo venisse a sapere, potrebbe reclamarci di nuovo.»

Non era una risposta diretta, ma volli credere che Nyktos le avesse restituite: chi serviva le Terre d'Ombra non lo faceva per costrizione o perché Nyktos lo teneva in scacco con qualcosa di valore come il possesso della sua anima. Sicuramente le aveva restituite e Saion e Rhahar erano abbastanza saggi da non raccontarlo in giro.

«Vi ha salvato la vita» dissi levando di nuovo lo sguardo su di lui.

«Non solo la nostra.»

Lo sapevo, eppure... le azioni di Nyktos erano sempre difficili da comprendere. Anche solo pensare a che cosa sarebbe successo se fossi riuscita a ucciderlo era sufficiente a farmi sentire un tale dolore al petto che mi sembrò mi si fermasse il cuore. Finii il bicchiere di succo, che non bastò a sciogliermi il nodo in gola o ad alleviare il senso di debolezza nella crepa che avevo nel petto. «Io... io credevo veramente che uccidere Nyktos fosse il solo modo per salvare il mio regno.» Mi schiarii la gola, perché la mia voce era poco più che un sussurro. «Nessuno – e intendo *nessuno* – può odiarmi più di quanto io odi me stessa per questo.»

«Sai una cosa? Ti credo.»

Sentii le punte delle orecchie che andavano a fuoco e mi alzai dalla sedia: di colpo desideravo ardentemente quel silenzio da cui prima ero scappata. «Penso che ora tornerò nelle mie stanze.» Guardai il piccolo Draken ancora addormentato. «Dobbiamo portar via Reaver?»

«No, starà bene qui.»

«Sicuro?» Mi sentivo un po' in colpa a lasciarlo lì mentre dormiva.

Saion annuì, uscì in corridoio e attese che lo seguissi. «Se lo svegliassimo adesso potrebbe diventare un po'... mordace. In senso letterale.»

Alzai un sopracciglio. «Ok, meglio lasciarlo qui.»
«Saggia decisione.»
Raggiungemmo la scalinata posteriore, simile a quella in fondo all'ala che ospitava l'ufficio di Nyktos. Aprii la porta e un debole rumore di metallo contro metallo echeggiò nel pozzo delle scale. Saion non batté ciglio, ma io mi incuriosii e raggiunsi la porta esterna.
«Dove vai?» chiese il dio.
«Da nessuna parte.»
«Mi sembra che tu stia indubbiamente andando da qualche parte, e non verso le tue stanze.»
Spalancai un po' la pesante porta, sbirciai fuori e individuai subito Nyktos all'ombra dell'Alzata, con in pugno una spada. Lo avevo notato immediatamente perché era più alto della dozzina di persone che lo circondavano, o per il tremolio delle braci nel mio petto? Mi dissi che la risposta non aveva nulla a che fare con il senso di *felicità* che provai nel guardarlo mentre parava l'ennesimo colpo di spada.
Saion mi si avvicinò da dietro e osservò sopra la mia spalla le guardie che si dividevano in coppie. «Si allenano.»
«Ci ero arrivata» borbottai, rapita dalla grazia predatoria dei movimenti di Nyktos. Il suo corpo possente scattava avanti e indietro come se non avesse peso.
Ripensai all'astuto trucco con cui aveva salvato Saion e Rhahar. Che prezzo aveva dovuto pagare una volta passato il divertimento di Kolis? Non potevo dimenticare che, per quanto il falso re fosse convinto della sua fedeltà, era capace di impalare i suoi dei sull'Alzata.
Nyktos calò su una guardia un colpo talmente potente da disarmarla, afferrò l'altra spada al volo e puntò entrambe le lame alla gola dell'uomo.
Quando vidi che gli dava una pacca su una spalla, un senso di inquieta nostalgia mi pervase e mi costrinse a distogliere lo sguardo. Notai Rhain ed Ector che si allenavano con

altre guardie. C'erano stati giorni a Lasania in cui dovevo letteralmente trascinarmi nella torre orientale per il mio allenamento. Giorni in cui avrei voluto poter fare solo quello che desideravo. Eppure gli allenamenti mi tenevano occupata e probabilmente mi aiutavano anche a tenere a bada i miei sbalzi di umore.

Non ero abituata alla vita che conducevo ora, in cui le uniche opzioni per passare il tempo erano dormire, leggere e girare per il palazzo infastidendo gli altri con la mia presenza. Non ero abituata a non avere uno *scopo*.

«Pensavo stessimo andando nelle tue stanze» mi ricordò Saion.

«Sì, ci stavamo andando.» Mi morsi il labbro mentre Nyktos faceva cenno a un'altra guardia di farsi avanti: il suo avversario stavolta era un uomo biondo dai muscoli poderosi.

«*Ci stavamo.* Al passato.» Saion sospirò. «Grandioso.»

Lo ignorai. «Quanto spesso si allenano?»

«Tutti i giorni. In genere per qualche ora al mattino.»

«Anche io mi allenavo tutti i giorni.»

«Buon per te» replicò lui asciutto.

Allenarsi era *qualcosa*. E mi avrebbe fatto bene farlo ancora, per mantenere in forma i miei riflessi. Ma quel che potevo fare da sola era piuttosto limitato. Mi voltai verso Saion. «Tu che cosa preferiresti, stare fuori dalla mia camera a fissare il muro o allenarti?»

Lui mi restituì lo sguardo. «È una domanda a trabocchetto? Ovvio che preferirei l'allenamento.»

La determinazione si impadronì di me. «Allora alleniamoci.»

Lui alzò le sopracciglia. «Io e te?»

«Sì.»

Saion emise un suono strozzato. «Oh, no. Questo non accadrà.»

Mi accigliai. «Perché no?»

«Perché non ho voglia di essere sbudellato da Nyktos. Il

che è precisamente quel che accadrebbe se alzassi una lama contro di te, anche in allenamento.»

«Sciocchezze.»

«No, è la verità.»

Lo fissai a bocca aperta. «Sei serio?»

«Sì.»

«Sono parole di Nyktos?»

«Non letteralmente, ma sai com'è, lui non è il tipo che ha bisogno di tante parole per farsi capire alla perfezione.» Saion mandò uno dei suoi sospiri e io mi voltai di nuovo verso le guardie. «Perché ho la sensazione che tu stia per fare qualcosa di sconsiderato?»

Forse era vero, ma non me ne importava: non avrei passato un solo altro giorno a fare la muffa nella mia camera. Semplicemente *non potevo*. Non avrei sopportato di andare avanti a *esistere* e basta, finché non fossi diventata uno spirito senza vita che infestava i corridoi anziché i boschi. Avevo smesso di vivere senza nemmeno aver avuto voce in capitolo. E lo avevo già fatto presente una volta. Era venuto il momento di tradurre le parole in azioni. Spinsi la porta e uscii.

«Lo sapevo» borbottò Saion.

Attraversai il cortile con le due metà della gonna che mi fluttuavano attorno alle gambe. Molte guardie mi notarono subito e al mio avvicinarmi si fermarono.

Nyktos parò un colpo e si voltò nella mia direzione. Il suo viso era un insieme di linee nette e angoli.

«Fermi.» Al suo comando, tutti nel cortile si immobilizzarono e le guardie si inchinarono verso di me.

«Vostra Altezza» dissi con più cortesia di quanto avessi mai fatto in vita mia.

Un guizzo di ethere attraversò i suoi occhi grigi, aggiungendosi allo sguardo sospettoso. Nyktos lanciò una rapida occhiata a Saion e poi riportò la sua attenzione su di me. «Stai facendo una passeggiata?»

Una passeggiata? Come le dame di Lasania che passeggiavano nei giardini di Chiaravia? Ci mancò poco che non scoppiassi a ridere. «Volevo chiederti se fosse possibile per Saion allenarsi assieme a me.»

«Ehm.» Saion mi indicò con un cenno del capo. «Le ho già detto di no.»

«Ha paura che lo sbudelleresti» continuai, consapevole che Rhain ed Ector si stavano avvicinando. «Ma spero si tratti solo di un'esagerazione volta a nascondere il suo vero timore, ovvero che io sia più brava di lui con la spada.»

«Non è quella la ragione» replicò Saion. «Invece la prima cosa che hai detto è vera: mi irrita un po' l'idea che le interiora mi si riversino sui piedi.»

«Ma allora di cosa hai paura?» lo sfidai congiungendo le mani. «Dubito che riusciresti a farmi del male, ragion per cui Nyktos non avrebbe motivo di farne a te.» Guardai il Primordiale. «Dico bene?»

Nyktos non rispose, ma i suoi occhi si scurirono.

«Non ti farei mai del male intenzionalmente» replicò Saion. «Ma sono un dio.»

«*Buon per te*» feci io imitando il suo tono di poco prima.

I suoi occhi si ridussero a due fessure. «Significa che sono molto più forte di te.»

«La forza serve a poco quando si maneggia una spada.»

«Questo è tecnicamente vero» intervenne Ector.

«Ector.» Saion si voltò verso di lui. «Potresti per cortesia chiudere il...»

Scattai in avanti, afferrai l'impugnatura di una delle spade di Saion e la sfilai dal fodero. Il dio si voltò verso di me strabuzzando gli occhi, mentre Ector soffocava una risata. «Ora ho una spada» annunciai sorridendo all'indirizzo di Nyktos. «Inoltre ci sono diversi ottimi motivi per i quali dovrei continuare con i miei allenamenti. Ma le tue guardie sono troppo nervose per farmi da avversari. Dunque, perché non lo fai tu?»

«Cazzo» mormorò Rhain.

Sollevai la lama e la puntai alla gola di Nyktos. «O sei... *nervoso* anche tu?»

Il Primordiale mi fissò, e il silenzio scese nel cortile. I suoi occhi divennero del colore del mercurio liquido e l'ethere cominciò a turbinare. «*Nervoso* è l'ultima cosa che sono in questo momento.»

Ector si schiarì la gola e abbassò gli occhi sul terreno.

«Bene.» Mi rifiutai di lasciare che le sue parole avessero effetto su di me. «Allora dovresti alzare la spada.»

L'unica cosa che si alzò fu un angolo delle sue labbra. «E se non lo facessi?»

«Ti ritroveresti con un urgente bisogno di nutrirti.»

Nei suoi occhi divampò il fuoco dell'essenza, acceso dalla rabbia, o da qualcos'altro a cui in quel momento preferivo non pensare.

«Forse non ti rendi conto che quasi tutti gli uomini considererebbero un gesto grandemente offensivo da parte della loro futura Consorte vedersi puntare contro una spada davanti alle proprie guardie.»

«Infatti, a mio parere, gli uomini si offendono troppo facilmente.» Mi piaceva sentire il peso della spada nella mano. «Ma tu non sei *quasi tutti gli uomini*, non è vero?»

«Immagino di no, visto che loro in genere spediscono la moglie in camera per comportamenti come questo.»

«Futura moglie. E se tenterai di spedirmi in camera la mia presa su questa spada potrebbe scivolare di un paio di centimetri.»

«Accidentalmente, ovvio.»

Consapevole che ora tutti ci stavano guardando, sorrisi a labbra tirate. «*Intenzionalmente.*»

Nyktos esplose in una risata breve, roca e... *calda*. «Sul serio vorresti allenarti con me? Che cosa ti aspetti?»

«Non hai alzato la spada.»

«Non ne ho bisogno.»

Piegai la testa per fissare la sua arma: la teneva con la punta verso terra, per nulla pronta allo scontro. Il che significava una cosa sola: non pensava di doversi difendere. Reprimendo la mia rabbia per quell'insulto implicito e non intenzionale (o invece lo era?), abbassai anch'io la mia e cominciai a girargli intorno a passo lento. I nostri occhi si fissavano a vicenda. Se credeva di non aver bisogno di difendersi, si sarebbe presto reso conto del suo errore. Attesi finché non vidi anche l'altro angolo delle sue labbra sollevarsi.

E a quel punto attaccai.

Velocissimo, Nyktos parò il colpo senza nemmeno voltarsi a fronteggiarmi. «Hai mirato alla schiena.» Si girò a guardarmi con un sorrisetto. «Avrei dovuto sapere che sei una che gioca sporco.»

«E io avrei dovuto evitare di sovrastimare le tue capacità.»

Lui alzò le sopracciglia. «Ah, sì?»

«Anche un novellino sa che non si deve mai dare la schiena a qualcuno con una spada.» E gli sferrai un rapido, preciso colpo al lato del collo, tagliando una ciocca di capelli che gli era sfuggita dalla coda.

Nyktos si voltò verso di me e socchiuse le palpebre. Qualcuno fischiò piano mentre la ciocca cadeva sul terreno grigiastro.

«Oh.» Sbarrai gli occhi in un'espressione di esagerata sorpresa. «Queste lame di ombropietra sono affilate.»

«*Touché.*» Nyktos scattò in avanti, molto meno veloce di quanto sapevo che poteva fare, ma l'impatto della sua lama con la mia mi fece tremare tutto il braccio: si stava trattenendo solo in parte.

«Anche a me farebbe comodo una spuntatina, se ne hai voglia.» Gli assestai un affondo al petto.

Lui lo deviò. «Non mi sognerei mai di tagliare un solo capello dalla tua testa.»

«Peccato.» Senza dare a vedere la mia contentezza, lo seguii con lo sguardo mentre mi girava attorno a sua volta, e abbassai leggermente la punta della spada. L'arma che avevo preso a Saion era più leggera di quella impugnata da Nyktos, ma sapevo che i miei muscoli si sarebbero stancati rapidamente. Come sapevo di non avere la minima speranza di tenergli testa se avesse deciso di non trattenersi più.

Ma il punto non era vincere.

«Ora che ho la tua attenzione...» cominciai, osservandolo attentamente.

«Hai la mia attenzione completa e indivisa» rispose lui con una voce che quasi faceva le fusa. Aveva il mento abbassato e dietro le palpebre i suoi occhi rilucevano.

I muscoli del mio stomaco si contrassero. «Comprendo la necessità di sorvegliarmi.»

«Mi fa piacere sentirlo, dato che ne abbiamo già discusso fino alla nausea.» Si lanciò in avanti in un affondo.

Io lo parai levando la spada con entrambe le mani. «Non ho finito.»

«Chiedo perdono.» Nyktos fece per inchinarsi...

E io saettai in avanti, assestandogli un colpo allo stomaco con il pomo della spada. Nyktos sibilò un'imprecazione.

Nel cortile esplosero risate soffocate e fischi. Nyktos si rialzò subito e io mi ritirai di scatto fuori dalla sua portata.

«*Ahia*» sbottò, ridacchiando.

Lo fronteggiai sorridendo, ma era lo stesso sorriso tirato di prima.

«Come stavo dicendo, comprendo la tua necessità, anche se sono certa che Saion preferirebbe fare da bambinaia a Jadis quando va a caccia di Reaver che non dovermi seguire da una stanza del palazzo all'altra.»

«Per la verità» fece Saion dal grosso sasso su cui si era seduto, «avrei bisogno di riflettere bene per decidere.»

«Posso sorvegliarla io» si offrì una guardia. Le lanciai una rapida occhiata, giusto il tempo di vedere che era l'uomo biondo e muscoloso con cui si stava allenando Nyktos poco prima. «Ha l'aria di un lavoro interessante.»

«Non sarà necessario, Kars» ringhiò Nyktos snudando le zanne.

Stavolta fu più difficile reprimere il mio ghigno: la sua reazione mi era piaciuta troppo. «Il punto è che non ho intenzione di rimanere sempre chiusa nei miei appartamenti a leggere o a lavorare a maglia.»

«Nessuno ha mai detto che tu ci debba rimanere sempre.» Nyktos avanzò verso di me levando la spada, poi si fermò. «Un attimo. Tu lavori a maglia?»

«Secondo te?»

«Non ne ho idea.» Si passò la punta delle zanne sul labbro inferiore. «Ma ho l'impressione che sapresti fare cose terribili con un ferro da calza.»

«Dammene un paio e lo scoprirai.» E gli assestai un colpo in diagonale.

Nyktos scattò in avanti, parò e mi afferrò il braccio con l'altra mano. Poi mi tirò contro di sé e al contatto con il suo torace mi mancò il respiro. «Per quanto mi piacciano le tue minacce di violenza, dovresti passare meno tempo a farle, e di più a chiarire il motivo per cui hai interrotto il mio allenamento.»

«Ma è così divertente minacciarti» replicai sferrando una ginocchiata verso l'alto. I presenti esplosero in un coro di imprecazioni.

Nyktos mi lasciò andare il polso e usò la coscia per proteggersi dall'impatto contro un punto assai più sensibile. «L'abito che portavi ieri era una distrazione» sussurrò abbassando lo sguardo sulla mia scollatura, dove i seni tendevano a viva forza la stoffa del corpetto. «Ma quello di oggi è proprio indecente.»

«Come ho già avuto occasione di dire, la tua incapacità di controllare gli occhi non è cosa che riguardi me.»

«Dovrei essere fatto di pietra per non guardare lì.» Abbassò il mento e una ciocca bruno-rossiccia gli ricadde sulla guancia. «Invece sono solo carne e sangue e tu...»

«Tu cosa?»

«Tu sei carne e fuoco.»

«Allora dovresti fare ben attenzione, o rischi di diventare braci e cenere.» Con una torsione secca mi liberai dalla sua presa e arretrai facendogli l'occhiolino. «Mi serve qualcosa che mi tenga occupata.»

«Oltre all'essere una distrazione?»

«In aggiunta a quello.»

Nyktos rise e sferrò un fendente di tale potenza che se avesse colpito la mia spada mi avrebbe disarmata. Scivolai di lato per evitarlo e contrattaccai. L'impatto echeggiò per tutto il cortile. «Bello!» gridò qualcuno, forse Kars o Ector.

Stavolta non nascosi il sorriso. «Ho bisogno di allenarmi.»

Nyktos si scostò dal viso la ciocca di capelli ora più corta e si raddrizzò. «Lo sai che, se era questo che volevi, bastava chiederlo, vero?»

I miei occhi si ridussero a due fessure. «Sul serio?»

«Sul serio» rispose lui sferrando un altro colpo.

Scivolai sotto il suo braccio e lo centrai con un calcio alla vita. Allo stesso tempo menai un colpo di lama che lo costrinse a piegarsi indietro, e le guardie urlarono ancora una volta. La mia lama tagliò l'aria dove il suo torace si trovava fino a un attimo prima e lui arretrò con quel luccichio negli occhi che aveva anche Holland ogni volta che in allenamento facevo qualcosa che lo coglieva di sorpresa. Un luccichio di approvazione.

Gli girai attorno, quasi fluttuando nell'aria. «Allora te lo chiedo adesso.»

«Ho l'impressione che ci sia dell'altro.» La sua spada ora era pronta. «A meno che il tuo piano non sia di passare la giornata intera ad allenarti. Se non è così, vuota il sacco.»

«Voglio presenziare a corte» dissi dopo un attimo. «Subito. Non voglio più aspettare.»

«Devo prendere appunti?» chiese Rhain, appoggiato contro il sasso su cui sedeva Saion.

«Non serve.» Gli occhi d'argento si piantarono nei miei. «Mi ricorderò tutto.» Agitò la spada verso di me. «C'è dell'altro, *Sera*?»

Pronunciò il mio nome come se fosse un bacio. Riuscii a stento a reprimere il mio brivido. «Voglio essere coinvolta in tutti i piani che riguardano Kolis: non voglio più venire a sapere tutto a cose fatte, o non venirlo a sapere affatto. Voglio essere messa a parte di tutta la verità.»

«Qualcos'altro ancora?»

In effetti c'era, e mi venne in mente solo in quel momento, anche se avrei dovuto pensarci non appena Attes se n'era andato. Abbassai la voce, in modo che solo Saion e gli altri vicini al sasso potessero sentire: «Basta aspettare. Voglio andare nella Valle. È una cosa che va fatta, presto o tardi, e non importa quali siano i rischi».

Un muscolo guizzò nella mascella di Nyktos. «E poi?»

«Voglio vedere la mia sorellastra.»

«Sera...»

La mia spada scostò la sua con un clangore sonoro. «So che l'incantesimo funziona solo finché mi trovo nelle Terre d'Ombra e che andare nel mondo dei mortali è un rischio, ma sono disposta a correrlo. Ne ho diritto.»

Il guizzo riapparve, più rapido di prima.

«So bene che quel che vuoi tu è soprattutto tenere al sicuro le braci della vita...»

«Non solo le braci.» Nyktos parò il mio colpo. «Anche te.»

Barcollai sotto l'impatto, ma recuperai subito l'equilibrio. «Lo apprezzo... ma è una mia scelta, e ho già fatto tante volte quel che volevi tu...» Vidi le sue sopracciglia sollevarsi incredule. «... più o meno. Voglio far sapere a Ezra che stiamo facendo il possibile per fermare la Putrefazione, ma che deve essere pronta nel caso qualcosa andasse storto.»

«Hai altre richieste?» ringhiò Nyktos.

Altre richieste?

«Le mie cene» sbottai.

«Che hanno che non va?»

Alzai la spada per deviare un altro colpo. «Non voglio più mangiare da sola» dissi a bassa voce.

La mia lama si abbassò di qualche centimetro.

«Solo a cena?»

Sferrai un colpo costringendolo a spostare la sua spada di lato. «Solo a cena. E poi... voglio dare una mano.»

«In che modo?»

Seguì una sequenza di affondi e parate che mi fece imperlare la fronte di sudore. «In qualunque modo possa risultare utile.»

Gli occhi di Nyktos sfavillarono. «E chi deciderà che cosa è utile?»

«Io.» Cominciavo ad ansimare, mentre lui non mostrava il minimo segno di stanchezza. «Come fai tu.»

Nyktos si fermò.

Sferrai un colpo. La mia lama sibilò nell'aria e gli scalfì un braccio. Un istante dopo girai su me stessa e mirai al suo petto con un calcio.

Lui mi afferrò la caviglia. Gli spacchi del mio abito si aprirono esponendo la pelle nuda alla carezza infuocata del suo sguardo, dal punto in cui aveva serrato la mano fino a metà coscia. Sentivo il suo palmo ruvido sulla carne, e il sangue mi andò alla testa in un'ondata vertiginosa.

«Stai di nuovo fissando le mie parti innominabili» ansimai. Ma il mio fiato corto aveva poco a che fare con il combattimento.

Nyktos alzò lo sguardo su di me. «Lo so.»

«Pervertito.»

Sorrise, mi lasciò andare la caviglia e piantò la spada di punta nel terreno. Feci per voltarmi e lui mi afferrò per il braccio. Tentai di liberarmi dalla presa, ma Nyktos fu più veloce e mi strinse a sé, la schiena contro il suo petto. Poi chinò il capo e fece scorrere la mano lungo il mio braccio. Il calore del suo corpo contro il mio e il suo respiro nella curva del mio collo mi fecero rabbrividire in tutto il corpo. «Ti rendi conto che ora dovrò cavare gli occhi alle mie guardie?»

«Perché?»

«Perché le tue parti innominabili le hanno viste anche loro.»

«Splendida visione» urlò qualcuno.

Nyktos ringhiò in segno di avvertimento e io sentii la vibrazione scendere lungo la schiena, giù fino alla... parte più dura di lui. Cominciai ad ansimare, avvertendo una tensione acuta al seno e anche più in basso.

«Non è necessario» ansimai, con il respiro pieno del suo profumo.

«Ah, no?» Mi premette il polso con forza appena sufficiente a costringermi ad aprire la mano. Era inutile tentare di oppormi. La mia spada cadde al suolo.

«Inoltre è un atteggiamento che ti fa sembrare alquanto... *possessivo.*» Voltai la testa di lato e le sue labbra mi sfiorarono la guancia. Mi sprofondò lo stomaco. Abbassai la voce mentre mi portavo la mano destra alla coscia. «E proprio nei confronti di ciò che ti rifiuti di reclamare come tuo.»

Lo sentii irrigidirsi dietro di me.

Gli sferrai una gomitata nello stomaco, abbastanza forte da coglierlo di sorpresa. Mi lasciò andare e fece per afferrare la spada che aveva piantato a terra mentre mi divincolavo. Io non mi mossi.

Non ne avevo bisogno.

Nyktos rimase immobile. Il silenzio calò sul cortile. I suoi occhi si abbassarono sul pugnale che gli tenevo puntato alla gola, poi risalirono a guardare i miei.

Gli sorrisi.

«Brava» mormorò. Il cortile esplose in un coro di applausi e il mio sorriso si allargò.

«Allora, chi vuole allenarsi con me?»

«Penso che ora la lista di volontari sia piuttosto lunga» commentò Ector, e gli risposero sonore urla di assenso.

«Ma lo farò io» disse Nyktos con una voce che evocò subito notti profumate e grovigli di membra. «Puoi abbassare quella lama?»

Rinfoderai il pugnale, soffocando una risata. «Meglio adesso?»

Lui si raddrizzò, senza smettere di fissarmi negli occhi. «Non ne sono sicuro.»

Sentii il calore salirmi al volto. Congiunsi di nuovo le mani, consapevole dei suoi sguardi pieni di desiderio, mi schiarii la gola e mi voltai verso Saion. «Ora penso che possiamo tornare alle mie stanze.»

Il dio mi fissò per un istante, poi gettò la testa all'indietro e rise forte. «Fati» borbottò alzandosi in piedi.

«A più tardi» feci rivolta a Nyktos.

Lui mi fissò in un silenzio intenso mentre raccoglievo la spada di Saion e gliela restituivo, tenendola per la lama. Mi diressi alla porta, poi però mi fermai, mi voltai di nuovo verso Nyktos e le guardie e mi esibii nell'inchino più elaborato che sapevo fare. Si levarono risate, persino dal riluttante Rhain. Ma l'unica che portai via con me mentre mi allontanavo fu la risata profonda e roca di Nyktos.

18

Dopo circa un'ora bussarono alla mia stanza. Aprii uno spiraglio di porta, non sapendo chi potesse essere, e poi la spalancai quando vidi il giovane mortale.

Mi feci da parte per lasciarlo entrare. «Buongiorno, Paxton.»

Il ragazzo entrò zoppicando dal piede sinistro e si inchinò. Una cascata di capelli biondi gli ricadde in faccia. «Sua Altezza mi ha chiesto di controllare se avete bisogno di acqua fresca per il bagno.»

«Ho ancora quella portata stamattina.»

Lui ispezionò il bagno e vide la vasca piena e intoccata. «Ma ormai sarà freddissima.»

Probabile, ma non avevo in programma di usarla. «Va bene lo stesso.»

«Non è un problema sostituirla» fece lui affrettandosi verso il corridoio.

Era più veloce di quanto mi aspettassi e fui costretta a inseguirlo. «Sul serio, non...»

«Chiamo Sua Altezza.» Paxton puntò alla porta che collegava i due appartamenti. «La sistemerà per voi.»

«Davvero, non serve.»

«Non è un problema.»

«Lo capisco, ma...»

«Se ne occuperà lui, vedrete.»

La porta si aprì prima che Paxton potesse toccarla, Nyktos fece il suo ingresso e io smisi di pensare in maniera coerente.

Aveva i capelli sciolti sulle spalle e bagnati. La ciocca che avevo reciso gli carezzava la guancia destra. Era a torso nudo: le linee dure e nette del petto e dello stomaco erano imperlate di goccioline, i pantaloni di pelle morbida che indossava pendevano in maniera alquanto indecente dai suoi fianchi, come se si fosse dato appena il tempo di asciugarsi prima di infilarseli. Non li aveva neppure chiusi.

«Che succede qui?» chiese.

«Stavo obbedendo ai vostri ordini, Vostra Altezza: controllavo se c'era acqua per il bagno. Ma lei insiste a voler usare quella portata stamattina.»

Nyktos rispose qualcosa, ma io non sentii, rapita dall'intrico di gocce nere tatuate sui suoi fianchi. «... Sera.»

Alzai lo sguardo, sbattendo le palpebre. «Scusa, hai detto qualcosa?»

Nei suoi occhi si riaccese quel calore che li trasformava in argento fuso. «Magari se smettessi di occhieggiarmi per cinque secondi, mi sentiresti.»

«Non ti sto *occhieggiando*» protestai, sempre sbattendo le palpebre.

Paxton aggrottò la fronte. «Che significa *occhieggiare*?»

«Fissare qualcuno con concupiscenza» rispose Nyktos. «E in maniera impertinente.» Tacque un attimo e i suoi occhi cercarono i miei. «Come se non avessi controllo su dove decidi di guardare.»

Il ragazzo sogghignò e poi abbassò il mento. «In effetti è proprio quello che la signora stava facendo.»

Mi voltai verso di lui. «Non sai che cosa significa *occhieggiare*, ma conosci parole come *impertinente* e *concupiscenza*?»

«Pax conosce molto bene tutto il vocabolario relativo all'impertinenza» commentò Nyktos, e il ghigno del ragazzo si allargò. «Non hai usato l'acqua del bagno stamattina?»

«Non proprio...»

«Ormai sarà gelata.»

Paxton aprì le braccia. «È quel che ho detto anch'io.»

Nyktos passò accanto al ragazzo e gli arruffò i capelli sulla testa, un gesto che trovai... molto dolce. «La scalderò.»

«Non serve» ripetei, ma lui mi ignorò ed entrò in camera. Un attimo... «Scaldarla come?»

«Magia» rispose con un tono leggero che non gli sentivo usare da troppo tempo.

«Sul serio?» feci, ignorando le sciocche reazioni che la mia mente e il mio cuore insistevano ad avere. «Puoi usare l'ethere per scaldare l'acqua?»

«Sua Altezza è un Primordiale» disse Paxton con un tono incredibilmente esasperato per una persona della sua età. «Non c'è *nulla* che non possa fare.»

«Questo non è del tutto vero.» Nyktos lanciò un'occhiata al letto e increspò leggermente le labbra. «Ci sono molte cose che non posso fare.»

«Sentiamone una» lo sfidò il ragazzo.

«Indurre la mia futura Consorte a fare come le viene detto, per esempio.»

Paxton ridacchiò. Io fissai con le palpebre socchiuse il disegno a spirale sulla schiena di Nyktos e incrociai le braccia. «E d'ora in poi sarà anche più difficile, vedrai.»

Nyktos si fermò sulla soglia del bagno. «Perché, è mai stato facile?»

Sia io sia Paxton ci avvicinammo: non lo avrei mai ammesso ad alta voce, ma ero curiosa di vedere come avrebbe fatto Nyktos a scaldare l'acqua.

Il Primordiale rimase fermo sulla porta, un po' come facevo sempre io davanti a quella stanza. Poi irrigidì le spalle e si voltò a guardare prima il letto ancora intatto e poi me.

«Stai scaldando l'acqua con la tua mente?»

«No, deve toccarla per farlo.» Paxton scosse la testa come

se avessi suggerito qualcosa di ridicolo. «Non so che cosa stia facendo ora.»

«Be', siamo in due» commentai.

Nyktos chiuse la porta, si voltò verso di noi e si passò le zanne sul labbro inferiore, mostrando appena le punte. «Pax, perché non vai a controllare se Nektas è tornato?»

«C'è Jadis con lui?» chiese il ragazzo rialzando il mento, gli occhi che scintillavano di emozione.

«Dovrebbe. E sono sicuro che a Nektas farebbe comodo il tuo aiuto per tenerla occupata.»

«Fantastico.» Paxton puntò difilato all'uscita, poi si fermò di colpo, girò su se stesso e si inchinò. «Buona giornata, Vostra Altezza.»

«Ciao» mormorai io, alquanto confusa da... be', un po' da tutto.

«A Nektas non serve il suo aiuto» fece Nyktos non appena il ragazzo fu scomparso nel corridoio. «Pax di sicuro aiuterà Jadis con qualunque marachella lei abbia in programma e probabilmente andranno a terrorizzare insieme Reaver.»

Mi voltai verso di lui e mi resi conto che mi si era avvicinato senza che lo sentissi. Rimase a studiarmi per un lungo istante, immerso in un silenzio dall'intensità sconcertante. Mi schiarii la gola. «Hai finito... l'allenamento con le guardie?» Mi accorsi subito che era una domanda idiota, dato che stava in piedi davanti a me.

«Sì.» I suoi occhi finalmente abbandonarono i miei. «Aspetta qui. Tornerò tra un paio di minuti.»

Annuii, e solo dopo averlo visto uscire dalla mia porta mi chiesi perché non avesse usato quella tra i due appartamenti.

Poi ricordai: la porta doveva essere chiusa a chiave dal mio lato. Nyktos la lasciava aperta solo quando gli sembrava il caso. Però, a ben pensarci, se aveva il potere di scaldare l'acqua con il tocco e di evocare un cavallo da guerra da un bracciale, probabilmente poteva anche aprire una porta con il pensiero.

Sospirai e tornai a sedermi sul divano. Avevo ancora un po' di dolore al braccio per aver usato la spada. Chiusi gli occhi, e sobbalzai quando la porta tra i due appartamenti si aprì. Non avrei saputo dire quanto tempo fosse passato, ma di sicuro più di due minuti.

Nyktos era sulla soglia e dal suo viso era scomparsa ogni traccia di tranquillità: quella durezza che ormai conoscevo troppo bene aveva ripreso possesso della mascella e i suoi occhi erano di nuovo gelidi. A dire il vero non lo avevo visto così distaccato, così glaciale, nemmeno quando lo avevo ferito al braccio e poi gli avevo puntato il pugnale alla gola, circa un'ora prima. «Vieni» disse tenendo la porta aperta. «Ho una cosa per te.»

«Oh...» Mi alzai lentamente, sbirciando nella penombra del suo appartamento. «Sei sicuro?»

«Non ti avrei detto di venire se non lo fossi.» Mi fissò. «Ti muovi?»

Fin troppo curiosa, costrinsi le mie gambe a mettersi in moto e lo seguii nella sua stanza e fino alla porta del suo bagno, che lui spinse rivelando uno spazio rischiarato da una luce morbida.

Rallentai il passo. «Volevi farmi vedere la tua stanza da bagno?»

«Non esattamente.» Nyktos si voltò a guardarmi. «Puoi avvicinarti.»

Obbedii, sentendomi in un certo senso fuori posto, e mi fermai accanto a lui. Il pavimento era freddo sotto i miei piedi nudi. Prima di allora avevo appena intravisto l'interno del suo bagno, quando lo avevo trovato che si ripuliva dal sangue davanti allo specchio, dopo la battaglia con i Dakkai. Sulla parete opposta c'era un'altra porta, ma non avevo idea di dove conducesse. Lo spazio era uguale a ogni altra stanza di sua proprietà: sgombro e nudo, a parte alcune bottiglie in ordine su una mensola sopra lo specchio e...

Sbarrai gli occhi. Non avevo mai visto bene la sua vasca da bagno: era grande almeno il triplo di quella nel mio appartamento e il bordo era abbastanza largo da potercisi sedere sopra. Avrebbe potuto contenere agevolmente varie persone. Forse persino un Draken non troppo grande. E in teoria aveva senso: Nyktos non era certo esile e minuto. E la vasca era...

... piena di acqua schiumosa e bolle. A quella vista sentii una stretta al petto: era ben più di un semplice bagno. Per forza lui ci aveva messo così tanto.

«Baines mi ha detto di avere l'impressione che tu non stia usando la tua vasca» cominciò, e io mi sentii scaldare dappertutto. «Avrei dovuto arrivarci anch'io, che l'idea di fare il bagno nella stanza dove sei stata assalita non doveva sembrarti troppo allettante.»

«Non ho...» Qualunque menzogna avessi in mente di dire, mi si bloccò contro il nodo che avevo in gola. Fissai le volute di vapore che si levavano dalla vasca e mi si appannò la vista.

«Qui sarai al sicuro.» Il tono di Nyktos si ammorbidì, e un altro brivido mi percorse da capo a piedi. «Me ne assicurerò io stesso.»

Non riuscii a rispondere. Tenevo la bocca così serrata che la mascella cominciò a farmi male. Era un gesto... incredibilmente gentile da parte sua. Mi accorsi di avere le mani sudate e me le asciugai contro i fianchi. Troppo gentile.

«Sera?»

Inspirai dal naso, lentamente. «Non dovevi.»

«Invece sì.»

«No.» Scossi la testa. «Io... non me lo merito.»

«Chiunque si merita un po' di acqua pulita per fare un bagno, e la possibilità di farlo in santa pace.»

«Non me lo merito *da te*.»

Lui si irrigidì. Non lo guardai direttamente, non riuscivo a farlo, ma avvertii la tensione che lo percorse. «Quel che non meritavi era di venire strangolata nella tua vasca.»

«Su questo concordo, ma...»

«Arrivi dal cortile: probabilmente sei coperta di polvere. Sono piuttosto sicuro che tu abbia voglia di lavarti. È solo un bagno» aggiunse. Ma non era vero. Non era solo quello. «Sei la benvenuta qui: usalo quando vuoi.»

Mi voltai di scatto verso di lui. «Questa è una cosa che non ho mai chiesto.»

«Lo so» rispose senza guardarmi. «Lì ci sono saponi che puoi usare. Gli asciugamani sono là.» Indicò un appendino sulla parete. «L'altra porta è sbarrata: da lì non può entrare nessuno. Prenditi il tuo tempo. Io aspetterò in camera.»

E senza aggiungere altro uscì, chiudendosi la porta alle spalle e lasciandomi lì da sola, con le mani che tremavano leggermente. Mi voltai verso la vasca, indecisa sul da farsi... indecisa su tutto.

Era un vero atto di gentilezza, e non avrei dovuto sorprendermene perché, al di là di tutto quel che era successo tra noi due, Nyktos era una persona affabile e premurosa. Ma che lo sapessi già non cambiava il fatto che adesso la crepa nel profondo del mio petto sembrava più instabile che mai, come se fosse solo a un passo dall'andare in pezzi. Ed era proprio l'ultima cosa di cui avevo bisogno in quel momento.

A parte tutto ciò, era vero che avevo una gran voglia di un bagno. Un sottile strato di polvere mi ricopriva tutto il corpo, e la sommaria ripulita che mi ero data mi aveva fatto sentire ancor più sporca di prima.

Sfoderai il pugnale, lo appoggiai sul bordo della vasca e mi tolsi l'abito. Il mio petto apprezzò istantaneamente la ritrovata libertà. Storsi il naso mentre mi toglievo anche la biancheria: il corpetto troppo stretto mi aveva lasciato segni profondi e rosati sulla pelle del seno. Ammucchiai ordinatamente il tutto e toccai l'acqua saponata: la temperatura era perfetta. Ci entrai con entrambi i piedi e poi ci affondai dentro: la ferita al fianco mandò una leggera fitta, ma niente di più. Il calore penetrò piano piano nei miei muscoli irrigiditi e nei nodi che avevo lungo la spina dorsale. Immersi anche le spalle, e i capelli si allargarono sulla superficie, poi allungai le gambe e constatai che non riuscivo a raggiungere l'altro capo della vasca.

Era oscenamente delizioso.

Immersi anche la testa e rimasi lì, semplicemente a esistere, con la sensazione di non essere più in nessun luogo. Ci restai finché non cominciarono a bruciarmi i polmoni e dietro le palpebre chiuse mi apparvero lucine danzanti. A quel punto riemersi e inspirai grandi boccate d'aria, sbattendo le palpebre per liberarle dall'acqua.

Lanciai un'occhiata alla porta chiusa e mi spostai sul fondo della vasca, scatenando una frenesia di bolle che diffusero nell'aria un buon profumo di menta. Era stato Nyktos a preparare il bagno a quel modo per me? Non mi andava di pensarci: tutto mi sembrava meno che uno a cui piacessero i bagni di schiuma.

Raccolsi una bottiglia e presi a insaponarmi i capelli, rifiutando di rimuginare anche sul fatto che mi aveva lasciato due brocche di acqua tiepida accanto alla vasca per sciacquarmi. La terza cosa a cui mi rifiutai di pensare fu il ricordo di quando mi aveva lavato i capelli poco dopo il mio arrivo nelle Terre d'Ombra. E di quando mi aveva aiutata ad asciugarli dopo.

Finito di lavarmi i capelli non avevo motivo di restare lì, ma l'acqua era meravigliosamente calda e la vasca era così grande che mi ricordava un po' il mio lago. Al pensiero ebbi una fitta al cuore. Mi spinsi in un angolo e appoggiai la testa al bordo, fissando la finestrella della stanza e il cielo grigio al di là.

Mi rendevo conto che a permettermi di rilassarmi non era il trovarmi in una stanza da bagno o in una vasca diversa dalla mia: era chi mi aspettava dietro la porta. Era lui a farmi sentire protetta.

Non avevo intenzione di chiudere gli occhi o di assopirmi, anzi per la verità non lo avrei nemmeno creduto possibile, eppure accadde.

Mi svegliai al suono del mio nome. Qualcosa di leggerissimo mi sfiorava la fronte, come era successo la sera prima. Riaprii gli occhi.

Nyktos era seduto sul bordo. La ciocca che gli avevo tagliato gli sfiorava la guancia e la curva della mascella. Adesso indossava un'ampia camicia nera, ma non l'aveva abbottonata.

Il mio pugnale era appoggiato vicino alla sua coscia, dove lo avevo lasciato.

«Credo...» Mi schiarii la voce. «Credo di essermi addormentata.»

Lui rimase in silenzio per un lungo istante, e un'occhiata all'acqua mi confermò quel che già sospettavo: la schiuma era evaporata quasi del tutto, lasciando solo qualche chiazza sparsa sulla superficie. Il mio corpo era quasi completamente in vista. «L'acqua dev'essersi raffreddata ormai.»

«Un po'.» Mi costrinsi a deglutire. «Davvero puoi scaldarla con un tocco?»

Lui annuì. «Non è veramente magia: è l'ethere che obbedisce alla mia volontà.»

A me non suonava diverso dalla magia. «Scommetto che torna utile.»

«A volte.» Passò un altro istante, poi Nyktos immerse la mano nell'acqua.

Un vago bagliore circondò le sue dita, in parte offuscato dalla schiuma, e a quella visione i battiti del mio cuore accelerarono. L'acqua cominciò a roteare in piccoli vortici e io provai una strana sensazione, una sorta di formicolio allo stomaco, alle cosce... e tra di esse. L'acqua prese a scaldarsi e mi mancò il fiato. *Anche io* mi stavo scaldando.

«Meglio?» chiese lui.

«Sì» risposi in un sussurro. Il formicolio si stava attenuando. «È stata un'esperienza... particolare.»

«Non ne dubito» mormorò lui. I suoi occhi luminosi mi fissavano in viso con tale intensità che sembravano quasi toccarmi fisicamente. Poi scesero lungo la curva della mia gola, indugiando sul piccolo segno che ancora si vedeva sulla pelle, proseguirono sulle spalle che emergevano dall'acqua e scesero ancora di più. Sotto la forza di quello sguardo mi si indurirono i capezzoli, rapidamente seguiti dai muscoli del basso ventre. Gli occhi si spostarono sulla mano che tenevo appoggiata sull'ombelico e poi sullo spazio tra le cosce. Un palpito tremante mi trafisse e il sangue iniziò a scorrermi più veloce nelle vene.

Lo sguardo di Nyktos tornò di colpo più in alto e l'ethere nelle sue pupille sfavillò intensamente.

Il cuore mi dette un colpo contro le costole. «Ora sei tu che stai *occhieggiando.*»

Le palpebre dalle lunghe ciglia si abbassarono, ma io non smisi di percepire il suo sguardo: era tornato sui miei capezzoli, che sfioravano il pelo dell'acqua. «Lo sai, vero, che non sei costretta a permettermi di vedere tutte quelle parti innominabili?»

«Sì.»

Un angolo delle sue labbra si sollevò. «Eppure me lo permetti.»

Una scintilla di irritazione appiccò fuoco al mio sangue già surriscaldato. «E che cosa pensi voglia dire? Che sto cercando di sedurti, *Nyktos*?»

I suoi occhi tornarono ai miei. I vortici di ethere nelle sue iridi rallentarono. «È una domanda seria? Ogni tuo singolo gesto è seduttivo.»

«Sei tu quello che ha detto che mi avrebbe aspettata fuori, per poi entrare mentre facevo il bagno. Eppure sarei io quella che cerca di sedurre *te*?»

Le nocche della sua mano stretta sul bordo della vasca sbiancarono.

«Per quanto sei rimasto lì a guardarmi dormire?» Mi allontanai dall'angolo della vasca e mi misi a sedere dritta. L'acqua ruscellò nel solco tra i miei seni. «Anzi, rispondi a questo: in che modo stavo cercando di sedurti *io* quando sei entrato in camera mia senza invito e mi hai spiata mentre mi davo piacere da sola, per poi toccarmi?»

Lui si immobilizzò completamente, fin nei minimi tratti del viso. Persino l'ethere nei suoi occhi si fermò.

Feci un piccolo ghigno. «Oh, scusami, non dovevo parlarne più? Dovevo dimenticare che mi stavi guardando mentre immaginavo che le mie dita fossero le tue? O che fossero il tuo cazzo?»

I suoi occhi si piantarono ancora una volta nei miei e l'aria si caricò di energia crepitante. Avrebbe dovuto bastare come avvertimento, ma ero infuriata. Ero infuriata con lui, perché si stava comportando come se le sue reazioni fossero colpa mia, e con me stessa, perché il desiderio doloroso era comunque lì, intenso e pulsante.

«Le cose stanno così, Nyktos.» Mi alzai in piedi spazzando via gli ultimi residui di schiuma. L'acqua scorse lungo il ventre, i fianchi e le cosce. «Il mio desiderio per te non è qualcosa che non posso controllare: è una mia *scelta*. Solo che io ho il coraggio di ammetterlo e tu no. Ora, se mi vuoi scusare...»

«No.» Le sue mani mi piombarono sui fianchi, facendomi sobbalzare. I suoi occhi erano due rutilanti sfere di luce. «Non ti scuso.»

19

Al tono affilatissimo della sua voce, il mio corpo rispose scioccamente con un prurito in gola e un brivido che mi invase al di sotto della cintola. Ma non era solo alla voce che stavo reagendo. Anche al fuoco inconfondibile nel suo sguardo. E al bruciore delle sue mani gelide sui fianchi. «Non lo stavo chiedendo sul serio.»

«Sì, invece.» La pressione delle mani aumentò. «Me lo hai chiesto e io ti ho risposto di no.»

Abbassai il mento e gli afferrai i polsi. Capelli bagnati mi piovvero sulle spalle e sul petto. «Intendi lasciarmi qui in piedi così?» La rabbia e il desiderio per lui creavano una miscela esplosiva che mi dava alla testa. «Potresti almeno passarmi un asciugamano. Non vorrei che la mia nudità e la tua incapacità di guardare altrove venissero prese per un altro tentativo di seduzione.»

La risata di Nyktos fu una vampa di fumo e fuoco che mi colpì allo stomaco. Le parole che io stessa avevo usato poco prima mi si stavano ritorcendo contro. Forse anche di me non sarebbero rimaste che braci e cenere.

Affondai le dita nella sua pelle. «Lasciami andare...»

«Hai ragione: sono rimasto a guardarti più a lungo di quanto avrei dovuto mentre dormivi nella vasca, pensando a quella dannata proposta che mi hai fatto. Ci sarebbero cose molto più importanti a cui pensare, eppure sono rimasto qui a fissarti il seno. Quei maledetti capezzoli.» Le palpebre si abbassarono. «Sono rimasto qui seduto a pensare al tuo sesso e al ricordo del suo sapore. All'effetto che faceva attorno al mio cazzo. Al tuo piccolo gioiello, e a come mi è bastato sfiorarlo per farti bagnare più di quanto avrei mai potuto immaginare.»

Mi si fermò l'aria nei polmoni. Mi girava la testa.

«Ma in realtà non ho bisogno di guardarti per pensarci.» E invece ora lo stava facendo. Le sue labbra si aprirono rivelando la punta aguzza delle zanne. «Ci penso così tanto che non faccio che sognarti sopra di me. Sopra il mio cazzo.»

Le sue labbra mi sfiorarono la pelle appena sopra l'ombelico e le sue mani scivolarono più indietro finché le dita non mi premettero sulle natiche, facendomi sussultare.

«Continuavo a ripetermi che non ti eri accorta che ero lì a guardarti mentre ti toccavi. È l'unica cosa che mi ha fermato dall'aprirti le gambe e scoparti finché nessuno di noi due fosse più riuscito a stare in piedi.»

Mi sentii tremare le ginocchia al punto che probabilmente sarei caduta se non ci fosse stato lui a sorreggermi.

«E oggi sono rimasto qui seduto a guardare quanto sei bella... e a desiderarti da morire.» La sua voce era il sussurro setoso della mezzanotte. Sollevò la testa e le sue labbra arrivarono ancor più vicine al mio ombelico. «Cerco di ricordarmi tutte le ragioni – e sono innumerevoli – per le quali non posso accettare quel che mi stai facendo. Perché non posso permettere che tu sia per me nulla di più che una distrazione.»

Il mio cuore perse un colpo. Cominciai ad arretrare.

Lui allargò le dita sulle mie natiche, impedendomi di allontanarmi. «E invece sembra che la sola cosa a cui riesco a pensare sia quanto non vedo l'ora di farti tutto il contrario di quel che ho detto. O quanto mi piacciano la tua sfrontatezza e i tuoi giochi di seduzione. Quanto mi divertono i tuoi maledetti discorsi.» La punta di una zanna mi passò sulla pelle, spedendomi un brivido lungo la spina dorsale. «Non posso smettere di pensare a te sotto di me. È una fissazione. Alla tua carne calda. Morbida. Alla sensazione che ho provato quando sei venuta.»

Un formicolio simile a quello che avevo avvertito quando aveva scaldato l'acqua mi pervase, un'ondata dopo l'altra. Nyktos mi spinse avanti finché non mi trovai con le ginocchia sul fondo della vasca, poi mi tolse le mani dal sedere e con una mi afferrò per i capelli. Le mie cosce premettero contro il fianco della vasca e quell'improvviso cambiamento di posizione mi fece accelerare ancora di più il battito. Lui troneggiava sopra di me, e tirandomi i capelli all'indietro mi costrinse a inarcare la schiena e a sporgere i seni in avanti, contro le sue cosce.

Abbassai lo sguardo, solo per un istante, e tutto quel che riuscii a vedere fu il contorno rigido, netto, di ciò che avevo sentito premere contro la mia schiena giù nel cortile.

Compresi che ormai era arrivato al limite della resistenza, e che ero stata io a portarcelo. Il mio cuore perse di nuovo un colpo, ma la parte avventata di me ne fu deliziata. Perché non desiderava altro. Ne avevo bisogno. Lo guardai, e il desiderio furibondo nei suoi lineamenti distorti, nelle sue zanne scoperte, fu una visione di potenza inusitata. Premetti le mani sul bordo freddo della vasca per rimanere in equilibrio.

«Così è abbastanza audace per te?» chiese lui. «Abbastanza reale?»

C'erano molte cose che avrei potuto dire o fare a quel punto, ma la parte più impulsiva della mia natura aveva deciso di allearsi con quella più avventata. Ed era lei a comandare, ormai. «Ci stai pensando anche adesso?» La voce mi uscì bassa, roca. Sentivo la pelle bollente per l'eccitazione. «O stai pensando al tuo cazzo nella mia bocca? È quel che vorresti adesso?»

«*Dannazione*» ringhiò lui con gli occhi chiusi. «Tu che ne pensi, *liessa*?»

Liessa.

Dei, quella parola aveva sempre avuto un tale potere su di me, e in quel momento era un vero e proprio afrodisiaco. «Fammi vedere, allora.»

I suoi occhi si aprirono in due abissi di puro argento sfavillante.

Io premetti le dita contro la porcellana della vasca. «Fammi vedere che cosa vuoi. O le tue sono sempre state solo chiacchiere?»

Nyktos non si mosse. Nemmeno il suo petto si sollevava per respirare. Rimase così per vari secondi.

E poi lo fece.

Afferrò i suoi pantaloni di pelle e il rumore del materiale che si strappava e dei bottoni che saltavano mi fece rabbrividire. Si scoprì il cazzo indurito e lo afferrò alla base con una mano. Sulla punta si era già formata una minuscola perla di liquido.

Lo fissai e aprii le labbra in un lungo sospiro. «Fammi vedere.» Il suono che uscì dalla sua bocca era cupo e primitivo e non aveva nulla di mortale. La sua presa sui miei capelli si fece più forte, come a dimostrare che era esattamente quel che voleva.

Fu lui a spingermi verso di sé, ma fui io a prenderlo in bocca. Lui spinse di più e io seguitai a ingoiarlo finché ne fui in grado, finché le mie labbra raggiunsero la sua mano. Solo a quel punto lui cominciò a tirarmi lentamente indietro, ma io non glielo permisi: lo afferrai per i fianchi come lui aveva afferrato me e lo sentii gettare la testa indietro con un gemito.

Questa non era seduzione. Non erano assaggi o contatti leggeri con la lingua. Non ci stavamo andando piano. Lo succhiai forte e in profondità, muovendo la bocca e la testa al ritmo della sua mano. I suoi respiri spezzati e i suoi gemiti riempivano l'atmosfera della stanza, e il sapore della sua pelle e i suoi movimenti convulsi mi eccitavano sempre di più.

Le sue anche cominciarono a perdere il ritmo, ma quando sentii che si irrigidiva mi accorsi che non tentava di allontanarmi come aveva fatto l'altra volta: mi tenne contro di lui e ringhiò il mio nome tra i denti serrati, mentre si svuotava nella mia bocca.

Rimasi su di lui finché i suoi tremiti non cessarono. I suoi muscoli si allentarono, e lo stesso la sua presa nei miei capelli. Allora mi tirai indietro e... feci quello che avevo fatto la prima volta: mi chinai e baciai una delle gocce tatuate all'interno della sua anca.

Lui mi lasciò andare i capelli e io affondai un po' di più nella vasca. Avevo il respiro accelerato. Passò qualche secondo, poi alzai la testa per prepararmi a... be', a qualunque cosa potesse accadere.

Nyktos si sporse oltre l'orlo della vasca, costringendomi a indietreggiare. L'acqua gli bagnò i pantaloni di pelle. Sgranai gli occhi. «Che stai...» Mi interruppi in un singulto quando mi afferrò per un braccio e mi fece alzare.

Sentii l'aria fredda sulla pelle. Mi fece girare e sedere sul bordo, poi si inginocchiò, con l'acqua a mezza coscia.

«Che cosa vuoi fare?» sussurrai.

Una ciocca di capelli gli cadde di traverso sul viso mentre mi appoggiava le mani sulle ginocchia. «La tua offerta non era a senso unico, dico bene?»

«No, ma ti stai bagnando i vestiti...»

«Non me ne importa.» Mi spalancò le cosce con le mani, tenendole ben aperte davanti a sé. «Volevi una dimostrazione. Metterti il cazzo in bocca non era la sola cosa che avevo in mente.»

«Nyktos» ansimai mentre lui si chinava, e appoggiava le spalle dove fino a poco prima erano state le sue mani.

«Sentire di nuovo il tuo sapore era un'altra.»

E mi diede anche quella dimostrazione.

La sua bocca piombò su di me e la sua lingua entrò in profondità. Le sue labbra si chiusero dove la mia carne pulsava di più. Sussultai forte nella vasca, ma lui mi strinse ai fianchi e mi tenne giù.

Mi divorò. Leccando. Succhiando. Assaporando. Era come se fosse a un banchetto. Per una persona con così poca esperienza, sembrava sapere benissimo cosa fare.

O forse semplicemente non esisteva la possibilità che facesse qualcosa di sbagliato.

Forse ero soltanto io a essere così eccitata da lui, dalla sua bocca su di me, dalla sua lingua dentro di me.

Qualunque fosse la verità, era bellissimo. Entrambi lo eravamo. Lasciai cadere la testa all'indietro e mi arresi a lui. Alla lingua si sostituirono le dita; prima un solo dito, poi due: le spinse sempre più in profondità mentre succhiava la mia carne sussultante. Riportai la testa in avanti e fissai a occhi sbarrati la sua testa china e i suoi capelli sparsi sulle mie cosce. La tensione crebbe sempre di più mentre cavalcavo le sue dita e la sua bocca...

Infine lanciai un grido e lui sollevò la testa. Aveva le labbra aperte e le sue dita spingevano ancora lentamente dentro di me.

«E quando parlavo di sentire il tuo sapore» disse, «non intendevo solo quello del tuo sesso.»

Fui attraversata da uno spasmo. «C... cosa?»

Lui riabbassò di scatto la testa. Le zanne mi graffiarono leggermente provocando una vampata rovente e gelida insieme, prima di affondare nella pelle appena sopra il mio punto più sensibile. Urlai per la sorpresa. Ondate di piacere venato di dolore mi si riversarono addosso: irrigidii le gambe e tentai di sollevare i fianchi, ma lui mi tenne ferma. Le sue dita non avevano ancora smesso di entrare e uscire da me e la sua bocca si muoveva su e giù sulla mia clitoride... succhiando il sangue che sgorgava dalla ferita appena sopra. E la sensazione...

«È troppo» ansimai. Persi la presa sul bordo della vasca e mi agitai disperatamente, premendo le ginocchia contro le sue spalle, tentando senza successo di allontanarmi da lui. E allo stesso tempo desiderando di essergli ancora più vicina. «Non... non posso andare avanti... Ti prego, *Ash*...»

Il suo ruggito mi attraversò. Succhiò ancora più forte, più a fondo, e la tensione crebbe e crebbe. Finché fui scossa da un terremoto. Gli afferrai una ciocca di capelli: avevo la sensazione di spaccarmi in due.

Il piacere mi inghiottì e io mi lasciai precipitare in esso senza esitazione. Andai in pezzi, mi infransi in mille schegge di beatitudine di seta. Tremai da capo a piedi e mi afflosciai, senza forze. Persi la presa sulla ciocca che avevo afferrato. Se non ci fosse stato lui a sorreggermi, non ho dubbi che mi sarei accasciata.

Nyktos succhiò ancora una volta, un ultimo sorso di sangue che mi fece mandare un gemito, poi mi lasciò andare. La sua lingua umida e calda passò sul centro del mio essere, donandomi estasi pura. Rabbrividii di nuovo e mi afflosciai ancora di più.

Lui alzò la testa e depositò con delicatezza le mie gambe nell'acqua. Nei suoi occhi l'essenza turbinava furiosamente. Tacemmo entrambi per lunghi istanti, e io chiusi gli occhi prima di veder comparire sul suo viso i segni di pentimento che sicuramente si sarebbero manifestati. Fu una mossa vigliacca da parte mia, ma quel che avevo appena vissuto era stato meraviglioso, e per tutto il tempo avevo pensato solo a come mi sentivo e a come facevo sentire Nyktos. Per tutto quel tempo ero stata solo me stessa. Non una Consorte. Non un'assassina o un'arma. Non un mostro.

E non volevo che nulla rovinasse quella sensazione.

Non quando avevo ancora le sue mani su di me e sentivo la sua pelle contro i miei fianchi, un po' più fredda, ma così piacevole.

«Resta qui» disse con voce roca. L'acqua rumoreggiò attorno a lui quando si alzò in piedi. «Per favore.»

Annuii, con le mani aggrappate al bordo. Nyktos uscì e io sentii il rumore degli abiti bagnati che cadevano sul pavimento. Non riuscivo ancora a credere che fosse davvero entrato nella vasca vestito. Mi sorpresi a sorridere. Un sorriso stanco.

«Bellissima» mormorò lui.

«Che cosa?» Riaprii gli occhi e alzai la testa. Era in piedi accanto alla vasca con un asciugamano legato in vita.

«Tu che sorridi. Sei così bella, Sera.»

Mi si scaldarono le guance. Aprii la bocca ma non seppi cosa dire. Nyktos si voltò a prendere un altro asciugamano, e fu in quel momento che mi resi conto di averlo chiamato *Ash* poco prima.

Oh, dei.

Lui tornò verso la vasca. Aveva le palpebre abbassate, ma vidi che mi stava ancora fissando in viso. Contava le lentiggini per vedere se erano cambiate di numero? Poi lo sguardo si spostò sul seno e sulla curva dei fianchi. «Riesci ad alzarti?»

Pregando che le gambe mi reggessero obbedii, e mi trovai davanti alla finestrella che si apriva di fronte alla vasca. Nyktos mi avvolse da dietro in un asciugamano morbidissimo, coprendomi dalle spalle in giù, e prima che potessi ringraziarlo mi prese in braccio e mi tirò fuori dalla vasca.

Un'ondata di stupore mi attraversò, potente quasi quanto quelle di poco prima, ma la prova di forza implicita in quel gesto scomparve quasi subito davanti al suo significato. Tacqui, stordita, mentre mi trasportava dal bagno al suo letto, dove mi depositò. Non avevo più i capelli fradici, ma non erano ancora nemmeno asciutti. Nyktos si tolse l'asciugamano. Intravidi per un attimo il nero dei tatuaggi sui suoi fianchi snelli e il membro ancora semirigido, prima che si infilasse nel letto accanto a me.

Rimasi sdraiata lì, avvolta da capo a piedi nel mio bozzolo di asciugamano, in preda alla più completa confusione: non era notte, quindi non doveva tenermi d'occhio. Stavolta era qualcosa di diverso. Va bene, ci eravamo divertiti insieme, anche se a dare inizio a tutto era stata la frustrazione e forse anche un po' di rabbia. Ma non ero così ingenua da credere che il passato o il futuro potessero cambiare solo per questo. Nyktos mi desiderava adesso come mi aveva desiderata in passato. Da quel punto di vista era tutto chiaro.

Quel che invece non era chiaro era *questo*.

Non lo era stato già quando avevamo fatto l'amore e lui aveva voluto che rimanessi nel suo letto. Forse pensava che fosse normale fare così? Nyktos imparava in fretta: ascoltava i desideri del suo corpo e prestava attenzione a come rispondevo io ai suoi gesti, eppure quella era stata la sua prima volta. La sua esperienza in campo era molto limitata. La mia, peraltro, comprendeva solo il sesso freddo e senza coinvolgimento, ma non mi era sfuggito che quando mi aveva sdraiata sul suo letto le altre notti era stato molto diverso da ora.

«Sei silenziosa» disse Nyktos. Mi voltai a guardarlo: era sdraiato supino a fissare il soffitto, nudo come il giorno della sua nascita, con un braccio piegato dietro la testa e l'altro sul petto. «Tu non sei mai silenziosa.»

Mi sfuggì una risatina mentre mi giravo anch'io a guardare in alto. «Conosco un regno intero che ti darebbe torto.»

«Sul serio?»

Annuii.

«E perché?»

Impiegai qualche attimo a decidere come rispondere. «Ero destinata a essere la tua Consorte: poche persone dovevano sapere di me.»

Il silenzio durò ancora il tempo di un istante. «Che cosa vuoi dire?»

«Era come essere una Prescelta. Anzi, di più. Non so come altro spiegarlo... Era come se non esistessi.»

«Ma esistevi.»

«In un certo senso no.» Questa volta non potevo biasimare il whisky per questa fuoriuscita di onestà, non come avevo fatto la volta precedente quando gli avevo raccontato di Tavius. Magari adesso avrei potuto dare la colpa all'orgasmo. «Portavo il velo come una Prescelta, quindi molta della gente dava per scontato che lo fossi, ma sapevo anche che si domandava perché non vivevo al tempio come gli altri. In ogni caso dovevo sottostare alle stesse regole, che sono rimaste immutate anche quando tu hai rifiutato di prendermi con te e non sono più stata costretta a portare il velo. Il popolo di Lasania non sapeva che io fossi la vera erede al trono: la maggior parte di loro non conosceva nemmeno l'esistenza della *Principessa* Seraphena, e i pochi che mi vedevano, come i servitori che lavoravano da più tempo a Chiaravia, non avevano motivo di sospettare quale fosse la mia reale identità. Ero un fantasma.»

Nyktos non disse nulla, ma mi sentii il suo sguardo addosso.

Io invece non lo guardai, e dopo un po' il silenzio divenne difficile da sopportare. Mi aveva già fatto notare che il mio essere così taciturna era insolito. Mi schiarii la voce. «Insomma, sono sempre stata abituata a fare silenzio.»

«Non con me.»

«Perché tu di solito mi fai innervosire» replicai, e lui ridacchiò. Un suono che mi scaldò la pelle. Mi accorsi di provare di nuovo quella strana sensazione di tepore al petto, ed era... sconcertante. «E anche perché tentare di sedurti implicava che io usassi le parole, a meno che tu non desiderassi altrimenti. In quel caso avrei dovuto tacere e basta.» Nel momento stesso in cui quelle parole mi uscirono di bocca rabbrividii. «Questo forse non avrei dovuto dirlo.»

Passò un altro lungo istante. «Saresti diventata qualunque cosa io avessi voluto?»

Chiusi gli occhi e immaginai di darmi da sola un pugno in faccia. Forte. Anzi, più di uno. Non sapevo nemmeno perché ne avessi parlato, quando tutto quel che volevo era dimenticarmene per sempre.

«Sera?»

«Sì. Sarei diventata qualunque cosa tu avessi voluto.»

Lui si spostò e piegò una gamba. «Non eri silenziosa nemmeno prima di sapere che sono il Primordiale della Morte. Parlavi un sacco anche allora.»

«Come ti ho detto, è perché mi fai innervosire.» Ma non era questa la prima risposta che mi era passata per la mente. La verità era che non mi ero mai sentita così *guardata* e ascoltata come quando ero con lui. Non mi ero mai sentita così rispettata. Così considerata. Riaprii gli occhi e stavolta mi girai a guardarlo: i suoi lineamenti si erano rilassati un po'. Ci fissammo, e sentii nascere dentro di me parole a cui avrei fatto meglio a non dare voce. «È meglio che vada. Di sicuro hai da far...»

«No» fece lui a bassa voce, e io mi paralizzai. «Ho ancora qualche ora libera. E sono stanco. Devi esserlo anche tu. Quindi, eccoci qui.»

«A tenerci d'occhio a vicenda?»

«Esatto» confermò lui dopo un momento.

Annuii, anche se sapevamo entrambi che non c'era alcun bisogno di tenermi nel suo letto durante il giorno, visto che tanto il palazzo quanto il cortile brulicavano di dei. In realtà non ce ne sarebbe stato bisogno nemmeno di notte.

Poi, mentre lo guardavo, mi balenò alla mente un pensiero: forse anche lui si era sentito solo come me, ma per un tempo molto più lungo. E ora, d'improvviso, nessuno di noi due era più costretto a sentirsi così. Chiusi gli occhi e permisi a me stessa di essere lì e basta, di vivere quell'istante e nulla più.

«Sera.» Mi stavo addormentando, ma sentii Nyktos che sussurrava il mio nome. «Per me non sei mai stata un fantasma.»

Mi svegliai dopo un po', al calduccio e stesa a pancia in giù, con addosso qualcosa di assai più soffice e pesante di un asciugamano. Era una coperta di pelliccia.

Nyktos.

Non era nella stanza. Non sentivo più il calore al petto, e mentre restavo lì sdraiata pensai che forse addormentarsi assieme non era la stessa cosa che svegliarsi assieme.

Il secondo era un gesto così intimo che – di questo ero certa – nessuno di noi due lo aveva mai sperimentato. Era qualcosa che andava più in profondità di ciò che era accaduto nella vasca da bagno, o dei discorsi venuti dopo.

Per me non sei mai stata un fantasma.

Avvertii una fitta al petto, che subito si allentò. Lo aveva detto davvero? Sembravano parole uscite da un sogno. Ma se davvero le aveva dette... sentirle era stato più bello di quanto lui stesso probabilmente pensava, e io le avrei tenute da conto per quello che erano.

Parole.

Feci per girarmi su un fianco, poi mi fermai: avevo qualcosa sui piedi. Aprii gli occhi.

Jadis era sdraiata a pancia in giù come me, a zampe aperte, e russava sommessamente. Le sue alucce verde-bruno quasi trasparenti tremarono per un attimo, poi si fermarono. Non so per quanto rimasi a fissarla prima di realizzare che non c'eravamo solo io e lei nella stanza.

Alzai lo sguardo e vidi Nektas, seduto con i piedi appoggiati sul bordo del letto. Mi mancò il respiro ed ebbi una fitta di déjà-vu. Stavolta però sul suo bel viso c'era uno strano sorrisetto.

«Mi stavi guardando mentre dormivo?» chiesi con voce un po' roca. «Di nuovo?»

Lui appoggiò i gomiti sui braccioli della poltrona e intrecciò le dita in grembo. «Forse.»

Aggrottai la fronte e sprofondai ancora di più nella coperta, fissandolo. «È... inquietante.»

«Davvero?»

«Sì.»

Lui alzò una spalla, attirando la mia attenzione sulla treccia nera e cremisi che era appoggiata sopra. «Jadis voleva vederti.»

Lanciai un'occhiata alla piccola Draken che russava. «Cioè, voleva fare un pisolino sui miei piedi?»

«In realtà voleva svegliarti, ma Ash le ha detto che avevi bisogno di riposare.» A quelle parole il mio cuore ebbe un piccolo sussulto. «E a quanto pare aveva ragione, dato che non ti sei svegliata nemmeno quando lei si è messa a saltare su e giù per il letto.»

Aggrottai la fronte ancora di più.

«Le piace dormire lì.» Nektas lanciò alla figlia un'occhiata colma di affetto. «Credo sia un modo per assicurarsi che tu non ti alzi e non te ne vada lasciandola sola.»

«Ha senso» borbottai.

Lui disincrociò le caviglie e piegò un ginocchio. «E dato che a un certo punto ha deciso di addormentarsi ho pensato di aspettare qui che una di voi due si svegliasse.»

«Oh.» Fissai il suo sorriso: c'era qualcosa di stranamente... soddisfatto in esso. E poi mi resi conto che Nektas doveva avere sospetti molto precisi sul perché io mi trovassi nel letto di Nyktos in pieno giorno. Nuda. «Non è come sembra.»

«E come sembra?»

«Nel senso, che sono nel suo letto...»

«Perché lui ti voleva lì» concluse il Draken. «E tu?»

Chiusi la bocca.

«A meno che qualcuno non ti abbia chiusa qui dentro contro la tua volontà.» Tacque un istante. «Nuda.»

Socchiusi le palpebre. «Nessuno mi ha chiusa qui dentro. Nyktos mi ha lasciato usare la sua vasca, e dopo ero semplicemente stanca.»

«Non devi giustificarti con me.»

«Non mi sto giustificando.»

Lui mi fissò inespressivo.

«Sì, va bene.» Sentii le guance che si scaldavano. Mi tirai la coperta fino agli occhi. «Penso che mi rimetterò a dormire e basta.»

Lui ridacchiò, un suono basso e cupo. «Prima credo ti interesserà sapere che mentre dormivi è passata Erlina.»

Alzai la testa. «Perché nessuno mi ha svegliata...?» Tacqui. «Perché Nyktos ha detto che avevo bisogno di riposare.»

«Precisamente.»

Lasciai ricadere la testa sul cuscino e mandai un lungo sospiro.

«Ash era solo preoccupato per te.»

Fissai il soffitto di ombropietra. «Lo so.»

«E la cosa ti infastidisce?»

«Forse. Non saprei.»

«Provare emozioni irrazionali può essere un sintomo della Transizione.»

Rialzai la testa di scatto e fissai il Draken. «Non sono irrazionale.»

«L'ho detto solo perché tu lo sapessi.» Sogghignò ancora una volta. «Erlina ha lasciato un abito: è finito. Tornerà appena prima dell'incoronazione per gli aggiustamenti dell'ultimo minuto.»

Se e quando ci sarà un'incoronazione. Mi si torse lo stomaco, e allontanai il pensiero: non era il momento. Cominciavo a far fatica a restare ferma, ma ero nuda e avevo un cucciolo di Draken sui piedi, quindi mettermi a camminare avanti e indietro era fuori discussione. «Dov'è Nyktos?»

«Sta tenendo corte.»

Il respiro che rilasciai un attimo dopo avrebbe potuto appiccare un incendio. Mi servì tutta la mia forza di volontà per non saltare fuori dal letto e dar fuoco a qualcosa.

Nektas inarcò un sopracciglio. «Hai la stessa espressione che ha Jadis quando sta per buttarsi a terra e cominciare a strillare.»

«Sto per fare ben di peggio. Gli avevo detto...» E poi chiusi la bocca, rendendomi conto che Nyktos non aveva effettivamente detto di sì a nessuna delle mie richieste nel cortile, nemmeno a quella di partire subito per la Valle, o a quella di permettermi di vedere Ezra. Dannazione. Ricaddi sul letto con un gemito e chiusi gli occhi ancora una volta.

«Gli avevi detto che volevi presenziare a corte con lui» finì Nektas al posto mio.

Mi accigliai. «Come fai a saperlo? Non eri lì.»

«Ector e Rhain mi hanno raccontato la scena, minuto per minuto.»

«Ma che meraviglia.» Lo fissai. «Gli ho detto anche che voglio andare nella Valle senza attendere oltre.»

«Di questo io e lui non abbiamo ancora parlato, ma sono sicuro che lo faremo presto.» Avrei voluto essere anche io così fiduciosa. «Ash avrebbe dovuto tenere corte questo pomeriggio, ma ha avuto altri *impegni* e l'ha spostata a stasera.»

A me Nyktos aveva detto di avere ancora qualche ora libera. Aveva spostato l'appuntamento a corte apposta per stare con me? O si era semplicemente svegliato troppo tardi? E perché stavo rimuginando su cose del genere? Non cambiava il fatto che non aveva acconsentito alla mia richiesta, e non importava che secondo lui avessi bisogno di riposare. «E adesso è ancora a corte, dico bene?»

«Sì, ma non qui a palazzo. Con te e Bele che ve ne andate in giro per queste sale, ha preferito tenere corte nel palazzo del municipio di Lete. Ritiene sia più sicuro farlo lì, almeno fino all'incoronazione o fino a quando non capiremo che cosa è meglio fare con Bele.»

«Non avevo idea che si potesse tenere corte fuori dal palazzo.» Accidenti. A dire il vero non avevo ancora nemmeno visto l'edificio in cui avrebbe dovuto aver luogo l'incoronazione. Avevo solo scorto la città in lontananza, di notte, e se il municipio era come quelli di Lasania, probabilmente non era possibile vederlo da dove mi ero affacciata. Di solito si trattava di edifici ad anfiteatro e a cielo aperto, con una pedana al centro. «In genere preferisce tenerla lì» rispose Nektas. «Vuole che la gente di Lete lo veda: la sua presenza è benvenuta e serve a ricordare a chi va e viene dalla città che non è un sovrano distante.»

Un'altra cosa che ovviamente ignoravo. «Dei, ci sono così tante cose che non so su Lete o anche solo sulle Terre d'Ombra.»

«Hai chiesto ad Ash di Lete? Hai mostrato un qualche interesse per queste cose che dici di non conoscere?»

Aprii la bocca... e non ne uscì suono. No, non avevo chiesto.

Nektas mi fissò. «Quando Ash ha deciso di onorare il patto stretto da suo padre, non ha voluto forzarti ad assolvere a nessuno dei doveri di una Consorte, proprio perché non era stato lui a creare questa situazione. Se avesse saputo che eri interessata a saperne di più, non ho dubbi che avrebbe offerto spontaneamente qualunque informazione. Invece ha scoperto che eri tu a non avere intenzione di adempiere al patto, e che i tuoi piani erano *di altro tipo.*»

Chiusi la bocca di scatto.

«Anche se poi ha compreso le tue motivazioni e le ha accettate, perché avrebbe dovuto pensare che tu volessi saperne di più? Gli hai fatto presente solo molto di recente che vuoi renderti utile qui.»

«Ammetto che sono tutti punti validi.» La verità di quella constatazione mi fece avvampare le guance. «Ma non riesco a credere che mi abbia perdonata per davvero.»

«Non ho detto che lo ha fatto. Ho detto che ha compreso le tue motivazioni. E ora ripeterò a te quel che dissi anche a lui quando era molto giovane. Il perdono va a beneficio della persona che viene perdonata. Comprendere invece significa accettare, ed è molto più difficile.» Mi fissò negli occhi, mentre Jadis scodinzolava nel sonno. «Se Ash non avesse compreso e accettato le tue azioni, ora non ti troveresti dove sei. Non avresti il suo odore addosso. E quando vi ho trovati di nuovo assieme, non avrei percepito quel che ho percepito.»

«Che cosa?» chiesi in un sussurro, con il cuore che batteva all'impazzata.

«Quel che avevo già percepito altre volte.» Il sorrisetto apparve di nuovo. «Pace.»

20

Avvolta nella pelliccia che indossavo quando avevo lasciato la camera di Nyktos, passai una mano sulle morbide bluse e sui maglioni appesi nell'armadio, sui pantaloni aderenti spessi come calzoni e su quelli sottili di pelle, simili a quelli che portavano spesso Nyktos e gli altri. E poi i corsetti e le tuniche e i lunghi abiti di seta, lisci come la gran quantità di biancheria che avevo scoperto in un cassetto. Ce n'erano di tutti i colori, sia vividi che pastello, ed erano tutti miei. Se il lavoro che Erlina aveva appena terminato rappresentava un buon esempio del suo gusto e del suo talento, l'abito per l'incoronazione sarebbe stato stupefacente.

Pace.

Il mio cuore ripartì in una delle sue corse selvagge. Lasciai cadere la pelliccia e raccolsi un completino che sembrava pensato per coprire il meno possibile le mie parti intime. Cominciai ad allacciare i nastrini, ma mi bloccai quando lo sguardo mi cadde sulle suddette parti.

Attraverso la peluria sottile vidi che nel punto in cui Nyktos aveva affondato le zanne la pelle era arrossata, anche se non c'erano buchi. La sfiorai con le dita e sentii due leggeri avvallamenti. Accigliata, mi portai la mano sul lato del collo, dove il segno del morso era già sbiadito. Come mai quello, e l'altro sul seno, avevano impiegato due giorni a scomparire, invece l'ultimo solo poche ore? Non aveva senso. Cosa era cambiato?

Presi mentalmente nota di chiederlo a Nyktos, staccai l'abito nuovo dal suo appendino e lo indossai rapidamente. Il tessuto era soffice, di un profondo grigio-blu. Lo abbottonai lungo il fianco e uscii sul balcone: il cielo sopra i boschi cremisi aveva il colore del ferro più scuro ed era punteggiato da un gran numero di stelle già luminose, anche se non quanto lo sarebbero state dopo il tramonto. Non poteva mancare molto al calare della notte... probabilmente solo poche ore.

Mi sentivo più stanca di quanto avrei dovuto essere, dato che avevo già dormito. Caddi sul divano, domai i capelli racchiudendoli in una treccia e affondai nella morbidezza del nuovo abito. I miei pensieri furono invasi nuovamente dalle parole di Nektas... Non la parte sulla pace: la parte sulla quale sapevo che aveva ragione.

Non avevo dato modo a Nyktos di capire che ero interessata anche ad altro oltre al suo piano nei confronti di Kolis e... be', nei miei. Prima di quel che era successo nel cortile non avevo mai accennato al voler essere d'aiuto o al presenziare a corte: gli avevo soltanto chiesto del suo esercito e dei suoi progetti.

E ora mi sentivo un'idiota, perché, da quando Nyktos aveva scoperto la verità sulla mia situazione, tutto quel che aveva fatto era stato lasciarmi spazio affinché non mi sentissi sopraffatta dagli avvenimenti. Ed era assai probabile che stesse facendo la stessa cosa anche adesso: aspettava un segnale della mia volontà di diventare per davvero la sua Consorte... anche fuori dalla camera da letto.

A mia discolpa, fino a tempi molto recenti non avevo avuto nessun vero motivo per riflettere sul mio futuro. E ne avevo ancora una paura spaventosa. Chiusi gli occhi e cercai di capire come spiegare in maniera inequivocabile a Nyktos che volevo saperne di più su Lete e le Terre d'Ombra. Chiedere e basta sembrava abbastanza semplice, ma in vita mia avevo passato molto più tempo a imparare come si uccidono le persone che non a padroneggiare le basi di una conversazione chiara e sincera, o a capire come si supera quella sensazione di... vulnerabilità che accompagna l'aprirsi con onestà. Non ero nemmeno sicura che fosse normale preoccuparsi di dover fare domande del genere, o avere paura di dire la cosa sbagliata, come mi capitava spesso. O non essere capace di far uscire di bocca pensieri che sembravano così chiari nella mia testa. Sarebbero suonati sciocchi? Sarebbero tornati indietro a tormentarmi? Avrebbero finito per farmi del male?

Spiegare le cose ad alta voce mi era sempre sembrato facile, ma stavolta la sola idea si accompagnava a un'ansia insostenibile.

Volevo per davvero essere... qualcosa di più? Non solo la sua Consorte, ma una vera sovrana per le Terre d'Ombra?

Mentre me ne stavo lì sdraiata a rimuginare a vuoto probabilmente mi assopii, perché all'improvviso provai un caldo pizzicore al petto, aprii gli occhi e sobbalzai: Nyktos era seduto sui talloni accanto al divanetto.

«Cominciavo a pensare che non ti saresti più svegliata» fece. «Ho bussato alla porta e ti ho chiamata per nome quando sono entrato.»

«Mi dispiace.» Mi schiarii la voce, mi drizzai a sedere e lo fissai: ora aveva la mano abbandonata tra le ginocchia, ma la guancia mi formicolava ancora per il suo tocco. «Non riesco a credere di essermi addormentata di nuovo.»

Lui mi scrutò attentamente, la preoccupazione evidente sul volto. «Come ti senti?»

«Bene.» Mi sfregai la nuca, massaggiando i muscoli irrigiditi.

«Niente mal di testa? O male alla mascella?»

Scossi la testa e abbassai la mano sul divano. «Probabilmente ero solo stanca.»

Il suo sguardo apparve ancora più preoccupato. «Non avrei dovuto...»

«Che cosa?» chiesi quando si interruppe.

«Non avrei dovuto prenderti altro sangue oggi.» I suoi occhi incrociarono i miei. «Non è stata una mossa saggia da...»

«A me non è dispiaciuto.»

«Lo so.» L'ethere lampeggiò nelle sue pupille e la voce si fece più ruvida. Io ebbi un brivido. «Non è questo il punto. Non te ne ho tolto molto, ma la Transizione sta già esigendo un sacco di energie dal tuo organismo. Se dovesse tornarti il mal di testa, me lo devi dire: ora possiamo impedire che peggiori come in passato.»

«Lo farò.» Non avevo alcuna voglia di provare di nuovo quel dolore. «Quindi tutta la faccenda del morso non me la sono immaginata.»

Lui piegò la testa di lato. «No.»

«Ho qualche domanda.»

Nyktos irrigidì le spalle e due profonde fossette gli spuntarono sulle guance. «Ah, sì?»

Annuii e lo vidi arrossire. Fu uno spettacolo davvero tenero.

«Il morso non ha lasciato segni...» cominciai.

La sua tensione si allentò. «Ho chiuso io le ferite. »

Inarcai le sopracciglia. «Come, scusa?»

«Ho chiuso io le ferite» ripeté. «Con la lingua.»

Il ricordo della carezza umida, incandescente della sua lingua mentre le sue dita uscivano dal mio corpo era ancora vivido, e stavolta furono le mie guance ad arrossarsi. «Com'è possibile?»

«Mi sono morso il labbro per bagnarmi di sangue la lingua.» Il colore dei suoi occhi si fece più profondo. «Solo una goccia. E ho passato la lingua sulle ferite. È stato il sangue a farle richiudere.»

«Oh» sussurrai. D'improvviso il vestito mi sembrava troppo spesso e pesante. «Perché non lo avevi mai fatto prima?»

«Il mio sangue può guarire solo un mio morso. Per risanare il morso di Taric dovevi bere da me, e comunque serviva ben più di una goccia.» La sua mascella si indurì. «Ma se intendi prima di allora, le altre volte in cui ti ho morsa...» Aggrottò le sopracciglia. «Non lo so perché non l'ho fatto.»

«Interessante» mormorai.

Lui alzò un sopracciglio.

«Comunque mi sento bene. E il bagno mi è piaciuto tanto. È stato una sorpresa... una sorpresa molto gradita. Il bagno e tutto il resto.»

«Tutto il resto?»

Tutto ciò che era venuto dopo. La conversazione. Le sue parole mentre mi addormentavo. Ma non riuscii a dirlo ad alta voce nonostante i miei sforzi... e nonostante la volontà di superare il mio senso di vulnerabilità. «Quel che hai fatto con la lingua ha funzionato davvero bene.»

Nyktos mi fissò, ma senza la minima traccia di orgoglio, né del tipico compiacimento maschile: sul suo volto vidi soltanto un brevissimo rossore e uno sguardo sorpreso, come se faticasse a credere a quel che avevo appena detto. Si schiarì la gola. «Se aspettiamo ancora, il cibo si raffredderà.»

Spostai gli occhi sul tavolo vicino alla porta del terrazzo, dove solitamente c'era un vassoio coperto.

Ora ce n'erano due.

Il mio cuore diede un'accelerata così brusca che mi mancò il fiato. Due vassoi. Due bicchieri. Una bottiglia di vino.

«Hai detto che non volevi più mangiare da sola» fece lui vedendomi fissare il tavolo. Sentii nascere un nuovo nodo in gola. «Ma è tardi e ho pensato che non avessi voglia di andare fino alla sala da pranzo» aggiunse nel silenzio che si prolungava. «Però se hai cambiato idea o se preferisci una compagnia diversa posso...»

«No. Non te ne andare.» Scattai in piedi così in fretta che le mie guance divennero del colore della Foresta Rossa. «Volevo dire... no, non ho cambiato idea.»

«Felice di sentirlo.» Un sorrisetto gli apparve sulle labbra. «Perché cominciavo a sentirmi un po' a disagio.»

Era impossibile che il suo disagio eguagliasse il mio in quel momento. Andai al tavolo quasi di corsa, come se avessi paura che potesse avere ripensamenti da un momento all'altro. E in effetti ce l'avevo. Mi sedetti, cercando di non pensarci.

«Com'è andata a corte?» chiesi, pregando i Fati che quello non fosse uno dei momenti in cui proiettavo le mie emozioni a ruota libera.

Nyktos venne a tavola a passo molto più calmo, e prese posto di fronte a me. «Nulla fuori dall'ordinario.» Si sporse a togliere il coperchio prima dal mio vassoio e poi dal suo. «Piccoli litigi tra vicini di casa. Cose di questo genere.»

«E sono questioni che arrivano di fronte a un Primordiale?» Mi distesi il tovagliolo sulle ginocchia. «Ammetto che mi sorprende.»

Il suo sorrisetto riapparve e si fece anche più largo, tanto da lasciar intravedere le zanne. Prese la bottiglia e la stappò con gesti abituali: nell'aria si diffuse un aroma dolce che mi fece torcere lo stomaco. «A me fa piacere che me le sottopongano.»

«Sul serio?» Lo fissai riempire i nostri bicchieri di vino rosso scuro.

«Sì.» Prese un coltello e si accomodò sulla sedia. «Significa che si sentono sufficientemente a loro agio. Che non hanno paura, anzi, che venire da me li fa sentire al sicuro.»

«Non ci avevo mai pensato in questi termini.»

«La gente di Lasania non porta i propri problemi davanti al re o alla regina?»

«Un tempo si faceva. C'erano sale comunali nelle città, dove le persone si radunavano per discutere e presentare richieste.» Rimasi a fissare le sue dita e i tendini sottili delle mani che tagliavano la carne e disponevano le fette in una pila ordinata accanto alle verdure dai colori accesi. «Ma quando la Putrefazione ha cominciato a peggiorare, richieste e lamentele sono aumentate a dismisura, e di conseguenza le sale sono state chiuse. Le proteste di piazza sono cominciate poco dopo.»

«E il governo come ha reagito?»

«Non bene. Anziché iniziare a risparmiare sulle derrate alimentari o a spostare le fattorie in aree non toccate dalla Putrefazione, la Corona si è affrettata a reprimere duramente qualunque protesta. E nient'altro.» Sentii la vecchia rabbia che ricominciava a ribollirmi dentro. «Si aspettavano che fossi io a...»

«... porre fine alla Putrefazione?» Nyktos mise giù il coltello.

Annuii. «Ne erano così sicuri che non hanno preparato nessun piano di riserva nel caso io avessi fallito.»

«Tu non hai fallito, Sera.» Nyktos mi fissò negli occhi. «Diventare la mia Consorte non avrebbe fermato la Putrefazione in ogni caso.»

Non mi stava dicendo nulla di nuovo. Lo avevo capito già quando avevo scoperto che la Putrefazione e il patto non avevano alcun collegamento. Ma il vero significato, il senso profondo di quel che Eythos aveva fatto, mi colpì per la prima volta solo in quel momento. Feci un respiro brusco. «Non ho fallito.»

Lui alzò un sopracciglio. «È quel che ho detto.»

«No, intendo dire... Ricordi quel che ha detto Holland a proposito dei tanti fili... e del mio dovere?»

Nyktos socchiuse gli occhi. «Se stai parlando ancora di andare da Kolis e...»

«Non quello. Non ora, perlomeno. Posso ancora salvare Lasania rimanendo viva per il tempo sufficiente a trasmettere a te le braci. Questo sì che fermerà la Putrefazione.»

Lui mi osservò. «Pensavo che ne avessimo già discusso.»

«Certo. È solo che... non lo so. Non lo avevo davvero realizzato finora. Forse è solo che sono abituata a...»

«... biasimare te stessa?» completò lui.

Alzai le spalle.

«Perché ti biasimava la tua famiglia?»

«Ezra non lo ha mai fatto» risposi in un sussurro.

«E tu sei certa che Ezra governerà meglio di quelli che l'hanno preceduta?»

Sorrisi mentre mi porgeva il piatto. «Sì. Lo sta già facendo. Ezra è la regina che il mio popolo merita.»

«Comunque mi aspetto di vederti rimanere in vita anche dopo che le braci saranno passate a me. E suppongo che constaterò con i miei occhi le degne capacità della tua sorellastra.»

«Posso farle visita?»

«È quel che mi hai chiesto, no?»

«Sì, ma...»

Nyktos alzò gli occhi sul mio viso. «Andremo domani, ma non potremo fermarci a lungo: in passato ho avuto fortuna, ma c'è chi può percepire la mia presenza nel mondo mortale. Andarci è sempre un rischio.»

Ripensai a quegli orribili Gyrm che ci avevano attaccato al mio lago. In quel caso, però, era a me che davano la caccia, non a lui.

«Lo so» dissi.

«Inoltre dovrai fare molta attenzione a quel che le riveli. So che vorresti poterle dire la verità su Kolis, ma è il genere di conoscenza che la porterebbe a una condanna a morte se venisse scoperta. Puoi parlarle della Putrefazione, ma non della sua causa.»

«Comprendo. Non ho nessuna intenzione di metterla in pericolo.»

«Bene.» Nyktos scambiò i nostri piatti. «Ora mangia.»

Fissai il piatto che mi aveva dato e poi quello che aveva preso per sé. «Non era necessario.»

«Lo so.» Cominciò ad affettare il petto di pollo ancora intero. «E, prima che tu me lo faccia notare, so che sei capace di tagliarti la carne da sola. Ma in quel petto c'era molta più carne che in questo, e tu hai bisogno di tutte le proteine che puoi assimilare.»

Aggrottai le sopracciglia e fissai la mia montagnola di fette di pollo: il pezzo che lui stava affettando ora aveva esattamente le stesse dimensioni... Eppure percepii che dietro il suo gesto c'era premura, non l'intenzione di trattarmi come una bambina. Ingoiai la risposta acida che mi era venuta spontanea.

«Forse non te ne rendi conto, ma il tuo corpo sta bruciando una gran quantità di energia per prepararsi all'Ascensione.»

Ripensai a come mi ero riaddormentata subito dopo essermi svegliata e presi una forchettata abbondante di carne. Sì che me ne rendevo conto.

«Grazie» mormorai.

«Non c'è bisogno di ringraziarmi.»

«Be', l'ho fatto lo stesso.» Lo fissai, masticando il mio pollo. Teneva la testa china e la ciocca che gli avevo tagliato gli sfiorava la guancia. E stava sorridendo di nuovo. *Pace.*

Mi mossi sulla sedia, a disagio. «E per quanto riguarda le Pozze di Divanash? Ci hai riflettuto?»

«Sì.»

Notai che masticava il cibo con la stessa attenzione con cui lo tagliava. Sforzandomi di non abbandonare le speranze, bevvi un sorso di vino. «E?»

«Anche quello è un rischio.»

«Questo non significa per forza che debba succedere qualcosa.»

Lui mi fissò con un sopracciglio inarcato. «È vero, ma ho dovuto imparare a mie spese a essere cauto... molto cauto.»

Su quello avevo pochi dubbi.

«Al contempo» continuò traendo un lungo respiro, «non

abbiamo idea di quando Kolis ci convocherà. Potrebbe essere domani come tra una settimana, o chissà quando. Il tempo non è un lusso.»

Annuii. «Ma forse un ritardo potrebbe rivelarsi un vantaggio: potrebbe darci il tempo di spostare le braci prima che Kolis ci chiami.»

«In effetti ci avevo già pensato anch'io.»

Infilzai una carota con la forchetta. «Ma hai comunque deciso di essere molto cauto?»

Il bicchiere che in quel momento teneva davanti alla bocca nascose parzialmente il suo sorriso. «Ne ho parlato con Nektas appena tornato da corte.»

Sperai con tutte le mie forze che il Draken non avesse ripetuto anche a lui quel che aveva detto a me.

«Lui ci sta.»

Provai una ventata di emozione, ma la tenni a bada. «E tu?»

«Non mi piace l'idea di te in giro senza la protezione che ti avrebbe dato il titolo di Consorte, che sia qui o nel mondo mortale.» Posò il bicchiere e io mi sforzai di non dare un peso eccessivo a quelle parole. «E non perché ti voglia controllare...»

«Lo so» dissi subito, ed ero sincera.

«Meglio. Temevo che...» Si fermò.

«Cosa?» lo incalzai.

«Temevo che la situazione in cui ci troviamo potesse darti quell'impressione.» Nyktos fissò il suo bicchiere. «Che tu potessi sentirti così perché ho usato la mia autorità per impedirti di fare quel che vorresti, e questo...» Si accigliò e scosse la testa. «Questo io non lo vorrei.»

Lo fissai per quella che mi sembrò una piccola eternità, incerta su come rispondere. In effetti aveva usato la sua autorità per impedirmi di fare un lungo elenco di cose... alcune delle quali mi avrebbero danneggiata gravemente, se non uccisa.

«C'è differenza tra cercare di controllarti e cercare di proteggerti. E forse a volte mi comporto come se non la conoscessi, è vero... ma la conosco.» I suoi occhi soffusi di luce si alzarono a incontrare i miei.

«Però c'è bisogno di un equilibrio, capisci? La necessità di proteggere ciò che è prezioso non deve intralciare la necessità di fare ciò che deve essere fatto.»

Lui annuì lentamente. «Mi sto accorgendo che non è un equilibrio facile da raggiungere. Comunque sì, ci sto anch'io. A quanto pare domani abbiamo degli impegni, e il giorno seguente Nektas non è disponibile. Ma quello dopo ancora sarai alle Pozze di Divanash assieme a lui.»

Cercai di non sorridere in maniera troppo evidente, ma non funzionò. Nyktos se ne accorse, perché i suoi occhi si illuminarono ancora di più. Mi chiesi se ne fosse consapevole.

Poi distolse lo sguardo, bevve un lungo sorso di vino e si schiarì la voce. «Mi hanno riferito che Erlina ha consegnato i vestiti. Ti piacciono?»

«Sono bellissimi.»

«E spero anche che siano meno distraenti degli altri.»

«Lo sono.»

«Siano ringraziati i Fati.»

Appoggiai la schiena alla sedia e lo osservai da sopra l'orlo del bicchiere: con la camicia nera semisbottonata e i capelli sciolti mi ricordava quando ci eravamo incontrati al mio lago. In quel momento mi era sembrato una creatura potente e ultraterrena, ma non fuori dalla mia portata.

Lui è quel che tu vuoi che sia.

Negli istanti di tranquillità come quello era difficile per me non vederlo ancora come Ash.

«Avrei un'altra domanda» dissi.

«Sentiamo.»

«In realtà non so se è il caso di farla. Ho l'impressione che non sarebbe educato da parte mia.»

«Non mi hai mai dato l'idea di una persona molto ligia alle buone maniere.»

«Una volta o due le ho seguite persino io.»

Mi guardò negli occhi e il suo sguardo perse un altro po' di freddezza. «Qual è la domanda, dunque?»

Bevvi un altro sorso di vino, sperando che avesse l'effetto del coraggio liquido. «Sono sorpresa di vederti qui.»

«Questa non è una domanda, Sera.»

Il modo in cui pronunciò il mio nome mi fece attorcigliare lo stomaco in un nodo ancora più stretto. «Vero. È più un'affermazione. È solo che non credevo avresti davvero mangiato assieme a me.»

«Ho l'impressione che tu non credessi che avrei accolto nessuna delle tue richieste di stamattina.»

«Sono così trasparente?»

«Di solito no. In questo specifico caso, sei trasparente come una finestra.»

Alzai gli occhi al cielo.

«Mangiare con te è una cosa semplice. Non mi costa nulla accontentarti.»

«Immagino sia la prima cosa semplice tra tutte quelle che ti sei trovato a dover fare per me.»

Lui mi guardò negli occhi ancora una volta. «Non la prima.»

Calò il silenzio, che si prolungò finché ebbi la sensazione che i secondi avanzassero strisciando. Rimasi a guardare i lineamenti duri del suo viso e lo sguardo che ammorbidiva le sue fattezze. A un certo punto fece per sporgersi verso di me, ma poi si raddrizzò, si schiarì la voce e distolse lo sguardo. E quella sorta di incantesimo che si era creato tra di noi si spezzò.

Cercai qualcosa da dire, e per fortuna mi tornò in mente una frase di Attes. «Eravate per davvero amici tu e quel Cimmeriano, Dorcan?»

La sua attenzione tornò su di me. «Te l'ho già detto: io non ho amici.»

Era vero, lo aveva detto. Ma non potei non pensare alle sue guardie e a Nektas, che lo consideravano parte della loro famiglia. «Per lui tu eri un amico?»

«Non saprei.»

«Ma lo conoscevi» insistetti.

Nyktos cambiò posizione sulla sedia e la sua attenzione si spostò sul bicchiere. «Da tempo. Non aveva sempre fatto parte della Corte di Hanan.»

Non mi aspettavo una risposta così dettagliata. «Gli hai detto che avrebbe potuto scegliere un'altra Corte, e lui ha risposto che non era possibile. Se discende da Attes, perché era al servizio di Hanan?»

«Attes non è solo il Primordiale della Guerra, ma anche dell'Accordo: di fatto preferisce la concordia alla discordia, e per questo motivo Vathi è un luogo piuttosto pacifico. O almeno lo è una sua metà. Il fatto è che i Cimmeriani possono diventare un po'... nervosi se non c'è da menare le mani, per cui molti lasciano Vathi per servire in altre Corti. Hanan ne ha parecchi.»

«Perché è un vigliacco e ha bisogno di gente che combatte per lui?»

Nyktos esplose in una risata roca. «A Hanan piace la caccia solo quando non è alla pari. Perciò sì, la tua osservazione non è fuori luogo.»

Produssi anch'io un piccolo ghigno e mi pulii il mento con un angolo del tovagliolo. «È strano pensare che un Primordiale possa essere un vigliacco.»

«Il potere e la forza possono influire sul carattere fino a un certo punto. E di rado cambiano qualcuno in meglio.» Nyktos si portò una mano al petto. Qualcosa nelle sue parole mi fece scorrere un brivido lungo la schiena. «Probabilmente Dorcan si era legato a Hanan con un patto di sangue, un tipo di legame che solo la morte può spezzare. Non mi vengono in mente altre ragioni per le quali non poteva lasciare la sua Corte. Una mossa stupida da parte sua: lo pensavo più sveglio di così.»

«Una strana osservazione da fare su qualcuno che non si considerava un amico.»

Lui rispose con un grugnito.

Mi morsi il labbro, ma non riuscii a restare zitta. «Tu ce li hai degli amici.»

«Sera...»

«Negarlo non cambia il fatto che ci sono persone che tengono a te. O il fatto che tu tieni a loro. Non c'è nulla di sbagliato nell'avere amici.» Mi sentivo il suo sguardo addosso: era come se mi stesse trapassando la pelle. «E mi dispiace che tu sia stato costretto a ucciderne un altro.»

Nyktos non disse nulla.

«Non sarebbe successo se io non fossi stata qui.»

«Sarebbe successo, inevitabilmente.»

Era dunque quello l'unico possibile tra tutti i futuri? Morte e ancora morte? Se fosse scoppiata una guerra tra Primordiali, di certo sarebbe andata così.

«E comunque ti sbagli» aggiunse Nyktos. «Non è vero che non c'è nulla di sbagliato nell'avere amici, se la tua amicizia li fa finire torturati o uccisi.»

Serrai le dita sul bicchiere ripensando a ciò che aveva detto quel pomeriggio mentre eravamo nel bagno. Le molte ragioni per le quali non poteva permettersi di essere distratto da me. «Kolis?»

Lui non rispose. Non ce n'era bisogno.

«Mi dispiace» mormorai.

Lui mi guardò e dopo un attimo annuì di nuovo.

«Nektas mi ha... mi ha raccontato che sei riuscito a convincere Kolis di essergli fedele.»

«Sì.»

«E allora perché ti tratta in questo modo?» Non riuscivo a credere che Kolis lo stesse punendo per azioni che, dal punto di vista del re, erano solo tentativi di Nyktos di testare i propri limiti. «È per via di tuo padre?»

«Probabile. Ma in realtà si comporta alla stessa maniera anche con gli altri Primordiali che gli sono leali per davvero: il suo favore si può conquistare o perdere con la stessa facilità con cui noi ci cambiamo i vestiti.»

Soffocai una risata. Desideravo tanto che quella fosse la verità, ma l'istinto mi diceva che, per quanto Kolis potesse essere crudele con tutti, con Nyktos era diverso. Forse il trattamento che gli riservava all'inizio era dovuto veramente a suo padre, ma poi si era trasformato in qualcos'altro. Qualcosa di collegato a quel che aveva detto Attes: che Nyktos era il favorito del re.

Dopo qualche istante lui ruppe il silenzio. «Ricordi l'altra notte, quando sono venuto nella tua camera?»

«Sì?» Resistetti alla tentazione di prenderlo in giro su ciò che era successo quella sera, e a dire il vero fui parecchio orgogliosa di riuscirci.

«Sarei... venuto prima. Ma ci sono stati problemi ai Pilastri.»

Cercai di non pensare a ciò che era accaduto prima di quel momento. «È per questo che sei andato là con Rhahar?»

Lui annuì.

«Problemi con le anime in attesa di giudizio?»

«Non stavolta. Erano anime che si rifiutavano di passare oltre.»

«Succede spesso?»

«Più di quanto immagini.» Nyktos sospirò. «Più passa il tempo e più aumentano le anime che scelgono la Foresta Morente. E questo non fa che agitare quelle che già la infestano.»

«Non credo sia una bella situazione dover avere a che fare con le Ombre.»

«Le hai incontrate: sai che non lo è.» Tamburellò con le dita sul bicchiere. «Nel momento in cui un'anima rifiuta di passare oltre ed entra invece nella foresta, diventa un'Ombra. Nektas è del parere che a quel punto non ci sia altro da fare che distruggerla, senza perdere altro tempo. Distruggerle tutte. E io so che dovrei farlo, perché nessuna è mai tornata indietro da quella condizione. Ma non riesco a smettere di pensare... e se un giorno succedesse? Potrebbero avere ancora una possibilità di ricevere il loro giudizio o la loro redenzione. Una volta distrutte, invece, non c'è più niente. Fine dei giochi.»

Esalai un respiro tremante. Sentivo gli occhi umidi. La consapevolezza che a Nyktos non piaceva distruggere le Ombre era resa ancor più dolorosa dal pensiero che per colpa mia aveva dovuto farlo di nuovo. Il fatto che volesse dar loro un'altra possibilità era solo l'ennesimo segno di quanto fosse buono. Dei, non meritava forse una vita migliore di questa, in cui non poteva nemmeno mostrare affetto a qualcuno senza metterlo in pericolo? Quasi non si poteva nemmeno definire una vera vita, e nessuno poteva saperlo meglio di me. Non era vivere, era semplicemente esistere. E non era giusto.

«Spero davvero che il tuo piano funzioni.»

Un sopracciglio scuro si sollevò. «Perché finalmente contempli un futuro che non implica la tua morte prematura?»

«No.»

«Ovvio che no» borbottò lui.

«È chiaro che debba essere tu il vero Primordiale della Vita. Non perché in origine era il tuo destino, ma perché sei buono.»

Un altro sorrisetto apparve sulle sue labbra, ma non addolcì la sua espressione come avevano fatto i precedenti. «Ed è qui che ti sbagli. Te l'ho già detto: probabilmente c'è qualche briciolo di decenza in me, Sera. Ma non sono buono. E faresti meglio a non dimenticartelo.»

21

Un macigno mi piombò sul cuore a quelle parole, ma non gli credetti. «Che cosa ti fa pensare di non essere buono?»

«Ho fatto... delle cose, Sera.»

«Come uccidere perché era necessario, o perché eri costretto?»

Nyktos mi fissò in silenzio, gli occhi immobili.

«O forse lo pensi perché hai provato piacere nell'uccidere quelli che ti evocavano per chiederti di far del male a qualcun altro? Nulla di tutto questo cambia il fatto che sei buono, Nyktos.»

La linea della sua mascella si tese. «E tu che ne sai? Da quali delle tue esperienze deriverebbe questa conoscenza approfondita della mia vita, dato che sei soltanto una quasi mortale che si avvicina appena al suo ventunesimo anno di età?»

«Lo so perché sono qui davanti a te, viva e vegeta, mentre in parecchi al posto tuo, dei o mortali che fossero, per non parlare delle tue guardie, mi avrebbero uccisa su due piedi non appena saputo del mio piano.»

Lui mi fissò intensamente.

«E lo so che le braci sono abbastanza importanti da far decidere a chiunque di tenermi in vita, ma da sole non bastano a giustificare il fatto che tu ti comporti bene con me, quando potresti benissimo gettarmi in una cella.»

Lui versò del vino a entrambi. «Quella è ancora un'opzione.»

«Se ne avessi avuto l'intenzione lo avresti già fatto, anziché preoccuparti che io possa pensare che vuoi controllarmi.» Alzai il bicchiere e feci il gesto di brindare alla sua salute. «E con il tuo discorso non hai fatto che dimostrare ancora di più che ho ragione.»

Lui mise da parte la bottiglia. «L'unica cosa che hai dimostrato è ciò che ho detto prima: l'unico briciolo di decenza che c'è in me appartiene a te.»

A quelle parole provai una preoccupante scarica di soddisfazione, accompagnata da una gran voglia di vederlo dimostrare nella pratica quel che aveva appena detto. Ovvero che quella parte di lui apparteneva a me, e a me soltanto.

«Non devi confondere il mio atteggiamento nei tuoi confronti con ciò che sono realmente» aggiunse bevendo un sorso.

«Il tuo... atteggiamento verso di me non è la sola cosa che mi dimostra la tua bontà» ribattei. «Non ti piaceva nemmeno uccidere quelli che ti evocavano, e hai smesso prima che la cosa cominciasse a cambiarti. Lo so perché senti acutamente i segni che quelle morti si sono lasciate dietro: li porti letteralmente sulla pelle. Lo so perché, anche se non possiedi più la capacità di amare, resti una persona gentile e compassionevole... più della maggior parte della gente.»

Lui storse le labbra e guardò altrove. «Ne sai molto meno di quel che credi.»

«Lo so perché *io* non sono buona.»

Nyktos riportò lo sguardo su di me. «Per via dei piani che avevi nei miei confronti?»

Mi sfuggì una risata secca. «Quella è solo una goccia in un grande, incasinato secchio pieno di tantissime altre gocce.»

L'ethere sfolgorò nei suoi occhi. «E quali sarebbero queste altre gocce?»

«Lo scoprirai se il tuo piano non dovesse funzionare, quando ti troverai davanti la mia anima dopo che sarò morta. E vedrai che non è nera: è rossa, grondante del sangue di tutti quelli che ho ucciso. Vite che ho preso senza che si lasciassero dietro quei marchi di cui parli sempre.» Le braci nel mio petto vibrarono. «Io non sono come te: non sento il peso di quei marchi. Certo, ho provato rimorso ogni tanto, ma sempre per un tempo molto breve. È stato così anche quando ho spinto la frusta giù in gola a Tavius...»

«Lui non meritava un solo secondo del tuo rimorso» ringhiò Nyktos scoprendo i denti.

«Non ho provato niente nemmeno quando ho strappato il cuore dal petto ai Lord delle Isole Vodina, e la loro unica vera colpa era aver fatto infuriare mia madre.» Alzai le sopracciglia e lo fissai. «E non ho provato niente nemmeno alla Croce di Croft, quando ho ucciso quell'uomo che faceva prostituire le sue figlie. Non sto dicendo che bisognasse avere compassione di quel bastardo, ma non gli ho fatto fare una fine rapida e pulita. E tutti gli altri... credo fossero diciotto, se ho contato bene.» Ripensai a quelle guardie, mandate quasi sicuramente da Tavius. Prima di solito ne mandava quattordici. «Li ho trovati solo patetici e fastidiosi. E poi c'è il mio patrigno... Non l'ho ucciso io con le mie mani, ma è morto a causa delle mie azioni, e io quasi non gli ho dedicato un pensiero. A essere onesta, ho il sospetto che la sola ragione per cui provo qualcosa sono le braci della vita dentro di me: senza di esse probabilmente non sentirei nulla di nulla.» La vergogna mi bruciò come un fuoco alla base della gola. Alzai il bicchiere in un brindisi a me stessa e lo scolai in un sorso. «Insomma, so che cosa vuol dire essere buoni, perché conosco intimamente la sensazione opposta.»

Nyktos rimase a fissarmi in silenzio, finché mi venne il dubbio che forse avrei fatto meglio a tenermi per me tutti quei pensieri. Ma in realtà che importanza aveva? Non avevo motivo di fingere di essere qualcosa che non ero. Eppure desiderai sul serio aver tenuto la bocca chiusa davanti a lui, l'unica persona al mondo che non mi aveva fatta sentire il mostro che avevo appena rivelato di essere.

«Eppure» disse infine, con quella sua voce morbida e profonda come la mezzanotte, «eri pronta a metterti in pericolo per difendere persone che non avevi mai neppure incontrato. E lo hai fatto più di una volta. Ti saresti sacrificata per le Terre d'Ombra.»

Feci un respiro brusco. «Non è la stessa cosa.»

«Ah, no?»

«No.» Mi alzai. Non riuscivo più a restare seduta. «Sono stanca. Penso che tornerò a letto...»

«Non esistono Primordiali buoni.»

«Come?»

«L'essenza che scorre nelle nostre vene è ciò che rende reali i mondi, che crea l'aria che respiriamo, la terra su cui camminiamo, la pioggia che cade dal cielo e riempie gli oceani. È qualcosa di potente e antichissimo. Equilibrato. Assoluto. E in principio, quando esistevano solo gli Antichi, i Fati e i draghi, i Primordiali non erano né buoni né cattivi: erano imparziali, nient'altro che questo. In loro c'era un equilibrio perfetto, perché non provavano nulla: né amore né odio.» Nyktos alzò lo sguardo per fissarmi. «Poi passarono eoni. Nacquero nuovi Primordiali, tra cui mio padre. In quel periodo i Primordiali non morivano: entravano in Arcadia quando si sentivano pronti. L'idea di combattersi tra loro o addirittura di uccidersi a vicenda non era mai passata loro per la mente. La procreazione avveniva per amore dell'atto stesso di creare: a un certo punto nacquero gli dei, e poi i mortali. Per lungo tempo in nessuno dei due regni esistettero guerre o morti non necessarie. Certo, tra i mortali nascevano discrepanze e a volte scontri, ma i Primordiali intervenivano sempre a calmare gli animi e a lenire il dolore se c'erano state perdite. Ma poi ci fu la caduta del primo Primordiale, e questo cambiò tutto.»

«La caduta?»

«Fu per colpa dell'amore» rispose lui con un sorrisetto.

«Vedi, ogni volta che i Primordiali e gli dei avevano a che fare con i mortali diventavano sempre più curiosi, finché rimasero irrimediabilmente affascinati dalla vasta gamma di emozioni che i mortali provavano, e che non erano state create né da mio padre né da Nektas. I mortali erano i primi a *provare* qualcosa nell'attimo stesso in cui traevano il loro primo respiro, e poi senza interruzione fino all'ultimo. Ed è una cosa che avveniva in maniera naturale in loro. Ma i Primordiali avrebbero dovuto essere al di là di questo genere di... bisogni e desideri.»

A gesti lenti tornai a sedermi. «Perché?»

«Perché i sentimenti possono influire sulla capacità di decidere, anche quella di chi si crede più freddo e imparziale. Un Primordiale emotivo può essere condizionato dalle sue emozioni.» Mi fissò negli occhi. «Quando infine un Primordiale si innamorò, i Fati ne furono turbati. Temendo che l'amore nel cuore di un essere del genere potesse diventare un'arma, intervennero nella speranza di dissuadere gli altri Primordiali: resero l'oggetto dell'amore di un Primordiale la più potente arma da usare contro di lui.»

«Lo trasformarono nella sua debolezza» sussurrai. «Non avevo mai saputo perché l'amore avesse il potere di indebolire un Primordiale.» Scossi la testa. «Come fanno gli Arae a essere così potenti da operare un cambiamento del genere?»

«Loro sono l'essenza, l'ethere stesso da cui venne creato il primo Primordiale. Una volta mio padre mi ha detto che per la maggior parte del tempo non assumono nemmeno una forma mortale, ma esistono all'interno di ogni cosa, in ogni luogo.»

Sbattei le palpebre: il pensiero che Holland, che era palesemente fatto di carne e ossa, potesse esistere anche nella pioggia e nel vento era semplicemente al di là della mia capacità di comprensione. «Be', non mi sembra che questa loro soluzione sia stata molto efficace.»

Nyktos ridacchiò. «No, non lo è stata. Fu un effetto a cascata: dopo il primo, altri Primordiali si innamorarono e alla fine persino alcuni Arae cominciarono a provare emozioni.» Subito pensai a Holland e alla dea Penellaphe. «Ma dopo l'amore, i Primordiali iniziarono a provare anche altre emozioni: piacere, fastidio, brama, gelosia, invidia, odio. E quel che gli Arae temevano divenne realtà, poiché sapevano che tutti quei moti sarebbero dovuti appartenere solo ai mortali e non avrebbero dovuto trovare posto nel cuore di esseri potenti come i Primordiali. Questi ultimi presero a essere guidati dalle emozioni e i perfetti equilibri di un tempo lasciarono il posto a sbalzi imprevedibili, che cominciarono a sentirsi anche nel mondo mortale. La natura stessa dei Primordiali cambiò, e ora in loro non esiste più nulla di paragonabile a quel senso del bene che nei mortali viene giudicato al momento della morte.» Spostò da una parte il suo bicchiere. «Nell'istante in cui un Primordiale nasce o ascende, la natura basilare della sua essenza comincia a mutare. Più invecchia, più potente si fa la sua essenza e più difficile diventa per lui ricordare da dove sono nate quelle emozioni: alla fine il Primordiale stesso non diviene altro che un involucro di carne mortale colmo di potere. L'essenza con cui possiamo influenzare i mortali e farli prosperare o distruggerli, suscitare in loro amore o odio, creare vita o infliggere morte non è mai soltanto buona o cattiva: è qualcosa di assoluto, basilare e imprevedibile.» Alzò gli occhi dal bicchiere per guardare me. «Tu porti dentro le braci dalla nascita, Sera. Sono una parte di te. E a causa della loro presenza tu non sei né buona né cattiva, almeno non secondo i criteri dei mortali.»

Feci un respiro tremante. «Stai dicendo che quello che provo... sono le braci a causarlo?»

«Sì. Ma allo stesso tempo sei ancora mortale, e quella parte di te è buona.»

«È buo...»

«Lo è» tagliò corto lui. «Se non fosse così non proveresti il dolore della vergogna o l'amarezza che c'è nella tua voce quando parli di uccidere. Non ti importerebbe neppure di meritare o no qualcosa: te la prenderesti e basta. Se non fossi buona non saresti nemmeno coraggiosa, ma solo forte.»

«Io...» Mi mancò la voce. Poteva essere quella la verità? Sbattei le palpebre sugli occhi umidi e concentrai lo sguardo sul piatto vuoto che avevo davanti. Dolore e amarezza erano cose che provavo sul serio, così come provavo confusione per la freddezza delle mie azioni. Strinsi forte gli occhi, e mi occorsero alcuni istanti per fidarmi a parlare di nuovo. «Ma anche tu sei buono secondo i criteri mortali.»

«Solo perché mi sforzo.»

«È quel che fanno tutti i mortali.» Riaprii gli occhi. «Si sforzano di essere buoni. E tu lo fai con più impegno della maggior parte di loro.»

«Forse» mormorò lui in risposta.

E mentre me ne stavo lì seduta, con le sue parole che mi affondavano lentamente dentro, mi balenò alla mente un pensiero. «Perché gli Arae non hanno fatto ai Primordiali quel che tu hai fatto a te stesso? Perché non hanno rimosso il loro *kardia*?»

«Perché gli Arae credono nel libero arbitrio. E c'è parecchia ironia in questo, considerando che sono i Fati. Però concordo con te che avrebbero dovuto farlo.»

Era senz'altro vero che una soluzione del genere avrebbe risparmiato un sacco di problemi e un numero incalcolabile di vite, eppure... «Lo pensi sul serio?»

«Certi giorni sì. In questo preciso momento, no.» Nyktos si sporse verso di me. «Hai finito di mangiare?»

Annuii.

«Vieni con me nelle mie stanze?»

Al pensiero di quel che poteva succedere nei minuti successivi il mio cuore partì subito al galoppo. E qualcosa sarebbe successo: percepii distintamente che c'era stato un cambiamento tra noi due. Non ero più in conflitto, né con lui né con me stessa. Mi alzai e andai in bagno per lavarmi i denti, e quando all'uscita lo vidi fermo in attesa sulla soglia che univa i due appartamenti, con la bottiglia di vino in mano, mi prese uno strano nervosismo.

Poi lui chiuse la porta alle mie spalle e mi seguì in camera, e per qualche ragione senza senso il cuore accelerò ancora di più. Solo a quel punto mi ricordai che sotto la veste indossavo solo quella biancheria ridottissima.

Accidenti.

Nyktos mi passò accanto e mi offrì la bottiglia, ma decisi che avevo bevuto abbastanza e scossi la testa.

Lui si scusò e si eclissò in bagno. Mi sedetti sul bordo del letto e cominciai a giocherellare con i bottoni della veste, poi me la feci scivolare più in basso sulle gambe. A quel punto Nyktos tornò.

Senza camicia. E con i pantaloni sbottonati. Nessuna delle due cose mi aiutò a calmarmi. Lo fissai mentre mi si avvicinava, con i capelli che incorniciavano le guance e la pelle del petto e del collo luccicante di umidità.

Mi si sedette di fronte. «Posso?»

Annuii, mentre lo stomaco si accodava al ritmo del cuore.

Come la sera prima, prese la mia treccia tra il pollice e l'indice e lentamente, quasi metodicamente, fece scorrere le dita per tutta la sua lunghezza. Mi morsi l'interno di una guancia quando il dorso della sua mano mi sfiorò la curva del seno: sentii appena il contatto attraverso la stoffa della veste, ma fui lo stesso percorsa da un brivido.

Nyktos sciolse l'elastico e se lo mise al polso, poi piano piano disfece la treccia, senza aprire bocca finché non ebbe terminato. «Stavo pensando» cominciò a quel punto, abbassando le lunghe ciglia mentre mi spianava i capelli sulle spalle, «alle condizioni che mi hai posto.»

Guardai le dita che scorrevano tra i miei capelli. «Io non le chiamerei così.»

«E come le chiameresti?»

«Cortesi richieste.»

Lui esplose in una risata roca. «E qual era la parte cortese? Quella in cui mi prendevi a calci, o quella in cui mi puntavi una lama alla gola?»

«Quella in cui evitavo di farti male.»

Un angolo delle sue labbra si sollevò appena. «Però ne mancava una.»

«Ovvero?»

Si arrotolò uno dei miei riccioli sul dito. «L'offerta che mi hai fatto nel mio ufficio.»

Il cuore ripartì al galoppo immediatamente.

«Quella, tra le tue condizioni, non l'ho sentita.»

Inspirai. «Ma c'era.»

«Davvero?» Lasciò andare il ricciolo, che mi ricadde sul petto. «Sono piuttosto sicuro che lo avrei sentito se ti fosse uscito di bocca.»

Mi morsi il labbro inferiore. Lui raccolse un altro dei miei riccioli. «L'offerta faceva parte della mia richiesta di poter essere d'aiuto.»

Le ciglia si sollevarono e gli occhi di mercurio balenarono nei miei.

«Aiutare in qualunque modo possibile» gli rammentai, sentendo il sangue che mi si scaldava sempre di più.

Le sue labbra si aprirono rivelando la punta delle zanne. «Buono a sapersi.» La sua voce si era fatta più ruvida, più dura. «Quindi l'offerta del piacere per il puro piacere è ancora valida?»

Lasciai ricadere le mani sul letto e un miscuglio di emozioni mi si avviluppò dentro: dolce senso di attesa e desiderio affilato come una lama si rovesciarono sopra una sorta di selvaggia trepidazione che recava con sé una punta appena percettibile di qualcosa a cui non sapevo attribuire un nome o un posto. «Sì» risposi.

Riccioli di ethere fecero capolino da dietro le sue pupille, sfiorando le iridi. «Ne sei sicura?»

«Ne sono sicura.» E lo ero davvero.

Nyktos esalò un respiro spezzato, sollevò una mano e mi appoggiò la punta delle dita sul viso, provocando una scarica di energia che avvertii a stento. Rimase immobile per un attimo, poi fece scorrere i polpastrelli giù lungo le mie guance. La sua pelle era un po' più calda del solito: non come quando lo avevo colpito con l'ethere, ma era chiaro che anche il poco sangue che mi aveva preso quel pomeriggio aveva avuto un effetto.

«Trentasei» sussurrò facendo scorrere le dita lungo la linea della mia mascella. Il pollice si fermò sul mio labbro superiore. «Ancora trentasei lentiggini.»

Sorrisi.

«Volevo essere sicuro di averle contate bene.» Spostò le dita sull'altra guancia, poi giù lungo la gola fino alle pieghe della veste sul mio petto. «Ne hai due in più.»

La sua mano scivolò sul mio seno destro e lo circondò a coppa attraverso la stoffa, strappandomi un sospiro. «Due piccole lentiggini proprio qui. E penso ce ne sia ancora una sull'altro lato.»

Affondai le dita tremanti nella coperta sotto di me. «Vuoi controllare?»

«Sì.»

Mi chinai in avanti per consentirgli l'accesso ai bottoni. Gli stavo lasciando l'iniziativa. E volevo che la prendesse. Lo desideravo ardentemente.

E lui lo fece.

Le sue dita danzarono sui bottoni, aprendoli in pochi istanti. Sentii la stoffa che si allentava sulle mie spalle, ma rimasi in silenzio mentre la sua mano scivolava sotto una delle falde della veste. Quando la sua pelle entrò in contatto con la mia, l'ethere nei suoi occhi sfavillò. «Sera...» Pronunciò il mio nome come se fosse un ringhio mentre apriva entrambe le falde. I polpastrelli ruvidi e i palmi delle mani mi provocarono una fitta di piacere, e sentii l'intensità del suo sguardo crescere a mano a mano che scopriva sempre di più la mia pelle. La veste mi scivolò di dosso e rimase appesa ai polsi. Sotto la pura forza del suo sguardo i miei capezzoli presero a formicolare.

«Cazzo» ansimò deglutendo. Piegò la testa di lato e le sue dita mi sfiorarono la curva del seno. «Avevo ragione: ecco qui un'altra lentiggine.»

Avevo la pelle in fiamme. «Pensi ce ne siano ancora?»

«Non lo penso: lo so.»

«E dove?»

Le sue mani esplorarono la mia vita, poi si spostarono di colpo sulle ginocchia piegate e le spinsero dolcemente verso il basso, costringendole a raddrizzarsi. Infine mi fece aprire le gambe, e il suo sorriso crebbe ancora di più quando vide l'esiguità della mia biancheria di pizzo nero. «Approvo.»

Mi si scaldarono le guance. «Devi ringraziare Erlina.»

«Non mancherò di farlo.» Fece scivolare la mano su per l'interno coscia e si fermò a metà. «Tre piccole lentiggini qui, tutte vicine.» Poi infilò entrambe le mani tra le mie cosce, fino alle stringhe di pizzo. «Le tue lentiggini sono come una costellazione.»

Sollevai i fianchi per aiutarlo a far scivolare i lacci giù per le gambe e a togliermi le mutandine. Poi mi afferrò di nuovo per i fianchi, mi tirò sul bordo del letto con uno strattone che mi strappò un ansito e si inginocchiò di fronte a me. Il suo sguardo si concentrò sul punto pulsante tra le mie cosce e un palpito di piacere mi attraversò tutta.

«Ecco un altro nome che devo trovare: uno per questa costellazione.» Spostò un braccio dietro di me e si portò una delle mie gambe sopra la spalla, una posizione che mi costringeva a puntellarmi indietro sui gomiti. «Di solito sono più creativo quando ho qualcosa di dolce sulla lingua.»

Mi si fermò l'aria in gola. Nyktos abbassò la testa e il suo respiro sulla mia pelle ipersensibile mi fece sobbalzare. Girò la testa e fece scorrere le labbra sull'interno coscia, io reagii affondando ancora di più le dita nel letto. Poi lui si voltò di nuovo e posò le labbra proprio al centro, tra le cosce.

Gettai la testa all'indietro mentre la sua lingua seguiva il contorno della clitoride, trovando senza sforzo la via lungo le terminazioni nervose più sensibili, e quando la bocca si chiuse sulla mia carne mandai uno strillo, tremando da capo a piedi. Cominciò a succhiare, prima piano, poi più forte, emettendo un suono che mi riverberò in tutto il corpo in risposta alla mia eccitazione sempre più bagnata. Poi spostò la testa e la sua lingua fu dentro di me, mentre dalla sua gola usciva un altro profondo ringhio. Spinsi le anche in avanti: lui sentì il mio sapore, leccò e bevve da me senza prendere il mio sangue, e i tremiti che mi scuotevano da dentro si fecero sempre più intensi. Quando girò di nuovo la testa, la punta di una zanna sfiorò la mia carne turgida e io mi sentii aprire violentemente in due.

Stavo ancora venendo quando lui staccò la bocca e si rialzò, le labbra umide e ingrossate. Si tolse i pantaloni mentre continuavo a tremare, e i miei muscoli ebbero un altro spasmo alla vista del suo membro eretto che usciva alla luce. Ancora tremante mi sollevò dal letto e fissandomi negli occhi si chinò su di me, con i capelli che ricadevano in avanti a sfiorargli le guance. Riuscivo a stento a respirare, ma non era una sensazione sgradevole, non era provocata dal panico: mi fece stendere sulla schiena, con la pelle che mi formicolava ovunque, e si bilanciò sulle braccia muscolose. La sensazione che provavo in gola e nel petto era diversa, ora.

Tutto quel che provavo sembrava diverso.

Ed era per via di quel cambiamento che avevo avvertito poco prima, quella sensazione che qualcosa di intangibile si fosse spostato tra di noi. Quel che stava accadendo ora era fondamentalmente diverso da quel che era accaduto in passato. Non era un desiderio alimentato dalla rabbia o dalla sete di sangue: era piacere per il gusto del piacere stesso, e...

Ed era una prima volta per noi.

Anzi, per me era come se fosse la prima in assoluto: qualunque altra esperienza avessi mai avuto in passato scomparve. Nulla di ciò che era avvenuto prima di quel momento aveva più significato. Non avrei saputo come spiegarlo, ma era così.

Rimanemmo entrambi immobili, anche se io continuavo a tremare. Ebbi l'impressione che lui avesse smesso anche di respirare mentre mi fissava con occhi che erano due tempeste di ethere vorticante. Fui io a fare il primo gesto: gli presi le guance tra le mani e avvicinai le sue labbra alle mie. Lo baciai, perché *era* diverso.

Mi restituì il bacio e sentii il mio sapore sulle sue labbra e sulla sua lingua. Un sapore avido. Lo eravamo entrambi in realtà, affamati, e ci scambiammo baci su baci finché lui si spostò per appoggiarsi meglio. La sensazione del suo membro che strusciava contro il mio sesso umido era una promessa invitante, e non dovetti aspettare a lungo: scivolò dentro di me e il godimento che provai – la pressione, il senso di pienezza – mi strappò l'ennesimo grido. Nyktos si fermò subito.

«È tutto a posto» lo rassicurai. «Non ti fermare, ti prego.»

«Non dovrai mai pregare» fu la sua promessa. «Mai.»

Poi mi entrò dentro fino in fondo e il mio grido si perse nel suo gemito. Si fermò di nuovo, il suo petto contro il mio, la sua fronte sulla mia. Sentivo ogni respiro e ogni battito del suo cuore. Riprese a muoversi in affondi lenti, regolari e ancor più profondi. Gli circondai il collo con le braccia e i fianchi con le gambe. Lui tremò mentre continuava a muoversi dolcemente. Ritrovai la sua bocca e il crescendo di sensazioni ricominciò a montare sempre più.

Ci muovevamo in sincrono. Le nostre labbra. Le nostre lingue. Le nostre mani. Gli affondi lenti e brevi lasciarono il posto ad altri più lunghi e profondi. Lo strinsi tra le braccia e le gambe, sempre più forte, e i suoi movimenti si fecero più rapidi. Più intensi. La frizione del suo petto sul mio mi incendiò il sangue, e le braci... le braci vibrarono dentro di me mentre la pelle di Nyktos cominciava a indurirsi contro la mia. Le ombre presero a raccogliersi nella sua carne e quando alzò la testa vidi l'ethere che saturava le vene dei suoi occhi. I suoi lineamenti diventavano sempre più nitidi: mi entrò dentro con forza crescente, fino a sollevarmi dal letto, e la tensione aumentò ancora e ancora.

«Oh, dei» sussurrai stringendogli forte la nuca. Poi urlai il suo nome e la tensione si ruppe di nuovo. Ma stavolta fu ancora più intenso, ancora più travolgente.

Perché udii la parola che lasciò le sue labbra vicinissime alle mie, nella voce bassa e roca che gli uscì mentre le sue anche rabbrividivano contro di me. Una singola parola che fece andare avanti il piacere all'infinito.

«Liessa.»

22

Quando mi destai Nyktos se n'era andato, ma tornò prima che mi alzassi, come se avesse percepito che mi ero svegliata. Mi aveva fatto preparare il bagno, e quando uscii anche la colazione era servita. Quasi non aprì bocca mentre mangiavamo, ma non sembrava affatto ostile o distante: solo tranquillo. Mi dissi che non dovevo rimuginare troppo sui motivi del suo silenzio. Mi godetti il ricordo della notte precedente mentre mi vestivo, a partire da quel che mi aveva raccontato a proposito della moralità dei Primordiali, fino al piacere che era venuto dopo. Ora avevo molta più scelta di vestiario e decisi per un paio di pantaloni aderenti ricamati, una camicetta bianca e un gilet nero fatto su misura per *me*. Era un bel pensiero, e mi permisi di assaporare la piacevole sensazione: a parte il mio abito nuziale, che avevo detestato, ogni altro vestito che avevo mai posseduto era stato di seconda mano. Questi invece no. Gli abiti che affollavano l'armadio davanti a me erano veramente miei, e ciò mi trasmise una strana sensazione di forza che mi rimase addosso anche quando lasciai il palazzo assieme a Nyktos, per entrare nel mondo dei mortali.

A dispetto di quel che lui aveva detto la mattina precedente, quando Odin uscì dal bracciale mi accorsi subito che al cavallo *non* era affatto passata: ce l'aveva ancora con me per aver puntato una lama alla gola del suo padrone.

Mi avvicinai, e dal suo sguardo mi parve di intuire che stesse meditando se mordermi o no. L'atteggiamento del cavallo non cambiò nemmeno quando percorremmo la strada dalla quale eravamo entrati nelle Terre d'Ombra, ma questo non bastò a smorzare la mia eccitazione quando la nebbia primordiale ci avvolse.

Stavo per rivedere Ezra.

E il mio lago.

Avevo temuto di non rivedere mai più nessuno dei due.

Il lucore bianco cancellò il mondo attorno a me. Mi irrigidii: sapevo che non sarebbe durato molto, ma la temporanea cecità mi metteva a disagio.

Nyktos mi strinse a sé più forte. «Solo qualche altro secondo» mormorò accanto alla mia tempia.

Annuii, le mani strette al pomello della sella. *Secondi,* ripetei a me stessa, e infatti pochi secondi dopo la nebbia si diradò lasciando il posto a un fiotto di luce pallida che penetrò nel vuoto della tenebra.

Luce solare.

Le mie labbra si schiusero: davanti a noi c'era il fondo di ombropietra del lago, e le acque immobili ai nostri lati. Vedere il lago aperto in due come da mura invisibili era uno spettacolo sconcertante.

E impressionante.

Odin partì al passo e io guardai su: era nuvoloso e solo una manciata di raggi di luce trapassava la cortina grigia. Nell'aria aleggiava l'odore greve della pioggia, e sperai che significasse che era piovuto o sarebbe piovuto presto: pioggia vera, quella di cui la terra aveva tanto bisogno, non l'acquerugiola che non faceva altro che far aumentare l'umidità... In effetti cominciavo già a sentirla sotto il mantello, il più leggero tra i due che Erlina mi aveva portato: era fatto di una stoffa morbida che in breve sarebbe diventata insopportabile da avere addosso, ma sapevamo che era meglio tenere i nostri volti celati.

Quando arrivammo a riva Nyktos alzò una mano e le acque tornarono immediatamente al loro posto. Mi lanciò un'occhiata. «Impressionata?»

«No.»

Lui ridacchiò con voce roca e diresse Odin verso gli Olmi Cupi. Anche io sorrisi, fissando la cascata del torrente che veniva giù dai Picchi Elisi e si riversava nel mio lago, e per la prima volta in settimane sentii il petto leggero. Rimasi a guardarla finché non scomparve alla vista, poi mi voltai in avanti reprimendo la gran voglia che avevo di sentirmi quell'acqua sulla pelle e di affondare sotto la superficie.

«Anch'io vorrei che potessimo fermarci» fece Nyktos dopo qualche istante, spostando la mano sul mio fianco. «Per stare un po' in acqua.» Il suo pollice cominciò a descrivere lenti cerchi appena sopra la mia cintola. «Ti prometto che ti riporterò qui non appena sarà sicuro farlo. E poi potrai tornarci ogni volta che vorrai.»

Strinsi forte le labbra e sentii un calore che mi avvampava in fondo alla gola. Probabilmente avevo proiettato le mie emozioni, e non c'era da stupirsi, perché quel lago era come una parte di me. E forse c'entrava il fatto che era una porta per le Terre d'Ombra. Ma a farmi bruciare gli occhi in realtà erano state le parole di Nyktos.

La sua promessa.

«Mi piacerebbe davvero» sussurrai.

Rimanemmo in silenzio mentre Odin si inoltrava sotto la spessa coltre di fogliame. Anche gli Olmi Cupi erano silenziosi: non si udiva nemmeno l'eco lontana del gemito di qualche spirito perduto. Nessuna brezza agitava le foglie. E quando arrivammo in prossimità del limitare degli alberi e le mura di Chiaravia apparvero alla vista, una strana inquietudine mi pervase.

«È meglio se facciamo a piedi l'ultimo tratto» suggerii. «Le guardie si insospettiranno già soltanto a vedere due persone che sbucano dagli Olmi Cupi. Odin non farebbe che innervosirle ancora di più.»

Il cavallo rispose con uno sbuffo.

«Ma solo perché sei molto grande» dissi rivolta verso di lui. «E molto bello.»

Mi rispose con un altro sbuffo.

Sospirai.

Nyktos lo fece fermare. «Ha apprezzato il complimento.»

«Ne dubito.»

«Credimi» insisté lui, smontando agilmente di sella. «Gli piace solo fare un po' di scena.»

Odin si voltò e mandò l'ennesimo sbuffo dal tono irritato. Nyktos mi offrì le braccia per aiutarmi a smontare e io accettai: mi sollevò dalla sella e mi depose a terra, ma eravamo così vicini che i nostri corpi strusciarono l'uno contro l'altro. Fui attraversata da una ventata di piacere.

Le sue mani indugiarono sui miei fianchi, e il loro contatto pesante mi accese un gradevole formicolio nelle vene e nel petto, dove le braci vibrarono in risposta. Nei suoi occhi l'ethere si era affievolito: ora si intravedeva solo un vago pulsare dietro le pupille.

«Pronta?» mi chiese.

Annuii.

Nyktos non si mosse, e nemmeno io, ma il bagliore nei suoi occhi crebbe fino a raggiungere la lucentezza del mercurio. Pensai che stesse per baciarmi, per il puro gusto di farlo, anche se non ne avevamo il tempo. Vederlo di nuovo nel mondo dei mortali lo faceva sembrare più impulsivo, più avventato. Più simile ad... *Ash.*

Un attimo dopo staccò le mani dai miei fianchi e le portò al mio cappuccio. La sua mascella si indurì in un'espressione di disappunto che non capii. Baciarmi solo per il gusto di farlo avrebbe significato... essere qualcosa di più.

E sebbene le cose tra noi fossero cambiate, e di sicuro non

assomigliassero più a quei frettolosi bocconi di piacere che un tempo strappavo al Luxe, io e lui non eravamo ancora *qualcosa di più.*

Nyktos sollevò prima il mio cappuccio e poi il suo. Mi sforzai di scostarmi dal percorso vagamente problematico che avevano intrapreso i miei pensieri, mi voltai verso il castello e mi costrinsi a muovermi.

«Le guardie che pattugliano questo tratto di mura di solito non sono le più... sveglie.» Mi piaceva il suono che facevano le foglie cadute sotto le suole dei miei stivali. «Probabilmente penseranno che facciamo parte del personale del castello, dal momento che gli Olmi Cupi...»

«... sono proprietà privata?» Nyktos fece un piccolo ghigno e io gli lanciai un'occhiata da sotto l'orlo del cappuccio.

«Carino da parte tua riconoscerlo, finalmente.»

Lui ridacchiò.

«Stavo dicendo: siccome tutti evitano gli Olmi Cupi e non ci si può entrare dall'esterno di Chiaravia, le guardie penseranno che...» Mi interruppi perché avevamo raggiunto il punto in cui la foresta si diradava sul serio.

E rimasi a bocca aperta.

Anche Nyktos si fermò. «C'è qualcosa di strano?»

«I cancelli di Chiaravia sono aperti» risposi fissandoli. «E c'è della... gente.»

Gente dappertutto. Non nobili: la gente comune di Lasania, ammassata sotto le mura nel cortile con i volti luccicanti di sudore. Molti avevano ceste o grandi sacchi tra le braccia.

«Ne deduco che non sia una cosa normale.»

«No.» Scossi la testa, confusa. «Non è normale per niente.»

Mi rimisi in moto. Era in corso qualche genere di rivolta? Se sì, non potevo davvero biasimarli, e di certo non sarebbe andata a finire bene per i membri dei ceti più alti.

Cominciò a piovigginare e molti presenti nel cortile si tirarono in testa i cappucci cuciti alle tuniche e alle vesti.

Accelerammo sul sentiero sassoso e oltrepassammo i cancelli: c'erano soldati schierati sul lato est del cortile, ma nessuno portava i ridicoli pantaloni a sbuffo e il corsetto color prugna della Guardia Reale. Socchiusi gli occhi per osservare bene le varie porte del lato est.

Erano tutte aperte, e non sorvegliate.

Per poco non inciampai nei miei stessi piedi alla vista di una giovane madre seduta assieme alle sue due bambine dai capelli rossi all'ombra rosa e viola di uno degli alberi di jacaranda. Dalle loro semplicissime camicie e gonne di lino si capiva subito che non erano nobili.

Sconvolta com'ero da quel che avevo davanti agli occhi, non mi accorsi che la gente aveva notato la nostra presenza finché non fummo vicini all'ingresso nei pressi delle cucine.

Molti rallentarono e alcuni si fermarono del tutto. Una guardia si sfregò la nuca e aggrottò la fronte, guardandosi intorno. Un padre con un sacco sotto un braccio strinse più vicino a sé la figlia piccola che teneva per mano, e quasi tutti alzarono gli occhi al cielo cercando una spiegazione per quell'improvviso abbassamento della temperatura.

Perché l'aria si era raffreddata per davvero.

Non di molto, solo quanto bastava perché si notasse. Molti sguardi furtivi si posarono su di noi.

«Sentono la mia presenza» sussurrò Nyktos. «Non comprendono che cosa sia, ma si rendono conto che *qualcosa* è giunto tra di loro.»

Aggrottai le sopracciglia. «Succede sempre così quando entri nel mondo mortale?»

«No, ma di solito evito le folle proprio per questo motivo. Se c'è poca gente ho un impatto limitato, ma su così tante persone... In reazione alla loro presenza l'essenza aumenta, fino a diventare qualcosa di quasi tangibile: non la si vede, ma si sente che c'è. Ed è una sensazione che inquieta i mortali.»

Perché a un qualche livello percepivano che si trattava della morte.

Sbirciai Nyktos mentre oltrepassavamo l'ingresso, ma il suo volto era nascosto in profondità nel cappuccio. «Ti infastidisce?» chiesi sottovoce. «La loro reazione, intendo.»

«No. È una cosa naturale per loro.»

Mi spostai per lasciar passare una cameriera diretta di gran carriera alle cucine con una pila di piatti tra le braccia. Quando ci passò accanto impallidì, ma non guardò mai nella nostra direzione. «Sul serio?»

«Sul serio.» Nyktos mi sfiorò le dita con le sue, provocando una lieve scarica di energia. «È l'istinto a far provare loro quella sensazione, ad avvertirli di non avvicinarsi a me. Ed è meglio che non lo facciano.»

Perché i Primordiali influivano sui comuni mortali anche con la loro semplice presenza, sebbene il tempo di manifestazione variasse da persona a persona: c'era chi era più suscettibile alla violenza, chi al desiderio sessuale... Alcuni Primordiali *volevano* che la loro presenza si sentisse. Ma Nyktos era la Morte: la sua presenza poteva uccidere se non ci faceva attenzione.

«Come potrebbe infastidirmi il loro istinto di autoconservazione?» concluse.

Ma Kolis ne era stato infastidito.

E quel fastidio era stato parte della gelosia che lo aveva messo contro suo fratello. Una paura che persino io potevo avvertire mentre attraversavamo i corridoi, quasi senza incontrare nessuno.

Mi morsi un labbro e rallentai il passo. Il mio disagio stava crescendo, soprattutto perché ancora nessuno ci aveva fermati per chiederci che cosa ci facessimo lì, il che deponeva a favore del mio timore che ci fosse in corso una rivolta. Ma era anche perché l'ultima volta che avevo percorso quell'atrio era stato il mio ultimo giorno nel mondo dei mortali.

L'istinto mi guidò proprio verso il luogo che avevo meno voglia di rivedere.

La Sala Grande.

Nyktos mi sfiorò di nuovo la mano. «Stai bene?»

Annuii, anche se il mio stomaco roteava come le pale sul soffitto. «Sì. Sì.» Mi schiarii la voce. «Sono solo in pensiero per Ezra.»

Mi inoltrai tra le colonne di marmo istoriate d'oro, sentendomi lo sguardo di Nyktos addosso. Mi sembrò che il petto mi si contraesse in una palla. *Inspira*.

La sala era come la ricordavo. Per la maggior parte.

Dalla cupola di vetro del soffitto pendevano stendardi color malva decorati dallo Stemma Reale in oro, la corona di foglie con una spada al centro. Rivederlo mi fece pensare per l'ennesima volta all'immagine di un pugnale piantato in un cranio. *Trattieni*. C'erano in giro molte meno persone della scorsa volta. Osservai il pavimento di lastre di marmo e calcare venate d'oro: la crepa provocata da Nyktos quando era arrivato e aveva visto che cosa Tavius mi stava facendo era ancora lì. *Espira*. Mi voltai verso la statua di Kolis...

Nyktos mi prese per mano, facendomi sobbalzare per la sorpresa. Mi girai a guardarlo.

I suoi occhi erano rivolti in avanti. «Credo che abbiamo trovato tua sorella.» Mi strinse ancora una volta la mano, con dolcezza, poi la lasciò andare.

Deglutendo, guardai al di là della statua contro la quale ero stata forzata in ginocchio perché mio fratello potesse frustarmi la schiena.

Sulla pedana in fondo alla sala sorgevano due troni decorati di diamanti e citrini. Nessuno dei due era più drappeggiato di bianco, né cosparso di rose nere per commemorare il re defunto. Il re che in un certo senso io avevo ucciso.

Storsi le labbra e ricordai a me stessa che i sentimenti che provavo venivano più dalle braci della vita che non da me.

I troni erano vuoti, ma vidi subito Ezra. E il peso che mi opprimeva il petto si allentò.

La mia sorellastra sedeva su un seggio assai meno elaborato ai piedi della predella, con i capelli castano chiaro legati in una crocchia ordinata: non indossava la corona ed era intenta ad ascoltare un uomo che le parlava dall'altro capo di un tavolo ingombro di pergamene. Gli abiti e la postura del suo interlocutore urlavano *nobile* e il volto olivastro reso paonazzo dalla rabbia urlava ancora più forte il suo malcontento. Alle spalle di Ezra c'erano quattro guardie, due a sinistra e due a destra, vestite come quelle che avevamo visto nel cortile: tunica, pantaloni e armatura.

Sorrisi notando che Ezra, nonostante l'umidità, portava un semplice gilet, tagliato su misura. E il mio sorriso si allargò quando riconobbi l'angolo familiare che la sua mascella volitiva assunse nel rispondere all'uomo che sbraitava. Fui certa che si trattasse di una risposta acuta e deliziosamente tagliente.

«Penso stia tenendo udienza per il popolo» commentò Nyktos.

Con il cuore più calmo, annuii: era esattamente quel che Ezra stava facendo, e non mi meravigliava scoprire che non lo faceva dal trono o da una balconata, lontana dal contatto con le persone. Invece sedeva proprio in mezzo a loro.

Aveva persino aperto i cancelli del castello.

Nyktos si voltò di scatto: una guardia si stava avvicinando con la mano sulla spada.

Si fermò a qualche metro da noi e il suo pomo d'Adamo sobbalzò. «La regina è occupata con l'ultimo dei prenotati per quest'oggi» annunciò, e mi fece piacere sentir chiamare Ezra regina. «Potete prendere appuntamento per domani presso il secondo custode al cancello.»

Mi fece piacere anche constatare che Ezra non teneva udienza solo una o due volte a settimana.

«Non possiamo tornare domani» fece Nyktos, e avrei potuto giurare che al suono della sua voce l'aria si raffreddasse ancora di più. «Vorremmo parlare con lei oggi, il prima possibile.»

La guardia fissò i recessi bui del cappuccio di Nyktos e impallidì visibilmente.

Gli scoccai un'occhiata e mi feci avanti. «È assolutamente necessario che le parliamo oggi stesso» dissi con un tono più gentile. «E sono certa che troverà il tempo se le riferisci che Sera è qui per vederla.»

Gli occhi della guardia passarono più volte da me a Nyktos, nervosi, ma i suoi piedi non si mossero. Mi resi conto che era pronto a opporre resistenza.

«Vai.» Nyktos mosse verso di lui un singolo passo, con quel suo modo di fare pervaso da una calma innaturale. E piegò indietro la testa perché il cappuccio si sollevasse appena. «Riferisci alla tua regina. *Subito.*»

Scossa da ciò che aveva sentito, o forse da ciò che aveva visto, la guardia girò immediatamente i tacchi e si allontanò quasi di corsa.

Mi voltai verso Nyktos. «Hai usato la compulsione?»

«No» disse lui ridacchiando sottovoce. «Penso di averlo semplicemente spaventato.»

«Assai poco gentile» mormorai avviandomi attraverso il secondo cerchio di colonne che delimitava la parte principale della sala. Al di là c'era l'alcova privata, arredata con divanetti e poltrone.

Nyktos ridacchiò ancora. «Forse.»

Arricciai il naso e scrutai la sala in lungo e in largo, nel tentativo di convincere me stessa che non stavo cercando soprattutto una persona. In ogni caso non la vidi. Arrivammo vicino al tavolo delle udienze giusto in tempo per vedere la guardia che raccoglieva il coraggio necessario a interrompere la regina. Colsi il momento esatto in cui pronunciò il mio nome.

Ezra si irrigidì per un istante, poi scattò in piedi portandosi una mano alla vita. Il nobile che le stava parlando si tirò subito indietro.

La regina perlustrò con gli occhi la sala e io attesi, sicura che si sarebbe ricordata di quell'alcova, che era sempre stata il mio posto preferito le poche volte in cui ero stata presente in quel salone.

Infine fece un passo in avanti, si voltò di scatto nella nostra direzione, ci vide e si immobilizzò di nuovo, come se non credesse ai propri occhi. Ma non era una persona che cedesse facilmente al panico: era sempre calma e razionale, e lo fu anche in quel momento.

Si voltò verso il nobile e lo congedò. L'uomo non parve contento, ma lei gli diede comunque le spalle e rivolse qualche parola alle guardie, che si sparpagliarono per la sala e in pochi attimi fecero uscire tutti, incluso il nobile arrabbiato.

Quando Ezra venne verso di noi, Nyktos rimase in silenzio. Le porte della Sala Grande si chiusero e rimasero solo due guardie a sorvegliarle.

La mia sorellastra si fermò davanti alla breve scalinata. «Seraphena?» fece con voce appena udibile. Il suo sguardo si spostò sulla persona al mio fianco e la vidi distintamente deglutire.

Mi feci avanti e mi tolsi il cappuccio. «Ezra.»

Lei sobbalzò e sbarrò gli occhi.

Mi inchinai. «O dovrei dire *Regina Ezmeria*?»

«Non ti azzardare nemmeno.» Ezra si fece avanti di scatto come per abbracciarmi, ma poi si fermò. «Per te sono Ezra. Solo Ezra.»

Provai una punta di delusione nel rendermi conto che aveva ancora timore di toccarmi, ma quando mi raddrizzai e mi accorsi che Nyktos si era avvicinato capii che forse era lui il vero motivo di quella reazione.

«Dei, per un attimo ho pensato che la guardia avesse capito male» disse fissando Nyktos a occhi sbarrati. «Non credevo che ti avrei mai...»

«... rivista?» feci, e lei annuì. «Perché avevo il compito di ucciderlo?» aggiunsi accennando con il pollice a Nyktos.

«Ma che carina» replicò lui sbuffando sottovoce.

Il sangue abbandonò le guance di Ezra, ma non avrei saputo dire se fosse per le mie parole o perché Nyktos si era tolto a sua volta il cappuccio.

La mia sorellastra non si era dimenticata del suo aspetto da quando lo aveva visto l'ultima volta. «Ho bisogno di sedermi un attimo...» Cominciò a cercare una sedia, poi si fermò e fece per inginocchiarsi. «Mi dispiace, Vostra Altezza. Io non...»

«Non è necessario» la fermò Nyktos. «Ti prego, siediti. Non abbiamo molto tempo, e ho l'impressione che rischi di perdere i sensi se ti ostini a rimanere in piedi.»

Ezra sbatté lentamente le palpebre. «Non ho mai perso i sensi in vita mia.»

Il Primordiale sorrise, rivelando appena la punta delle zanne. «C'è sempre una prima volta.»

«Ti prego, siediti, davvero» mi intromisi. «Ha ragione: non abbiamo tempo e c'è una cosa di cui devo parlarti.»

Finalmente Ezra si sedette su una delle poltrone. «Riguarda il fatto che avresti dovuto ucciderlo?»

Soffocai una risatina e sedetti a mia volta su un divanetto accanto alla poltrona. Nyktos incrociò le braccia sul petto e rimase in piedi. «In parte sì.» Mi guardai intorno nella grande sala ora deserta e il mio sguardo si fermò per un brevissimo istante sulla statua di Kolis. Deglutii. «Sono piuttosto sicura che tu abbia molte domande.»

«Più che molte.»

«Come ne avrei io. Ma, ancora una volta, non possiamo fermarci a lungo, quindi sono costretta ad andare dritta al punto.» Presi un breve respiro, ripassando mentalmente che cosa Nyktos mi aveva detto che potevo rivelare. «Ciò che credevamo di sapere su come fermare la Putrefazione era sbagliato. A causarla non è stato il patto del nostro antenato.»

Ezra strinse le mani sui braccioli della poltrona e spostò lo sguardo da me a Nyktos, più volte. «Non ne so molto di patti, quindi perdonate la mia ignoranza, ma un patto non si considera concluso solo una volta rispettato da entrambe le parti?»

«Oppure termina in favore dell'evocatore se il Primordiale coinvolto viene ucciso» aggiunse Nyktos con voce sospettosamente neutra.

«Sì, oppure così» fece Ezra.

Mi voltai verso Nyktos e socchiusi gli occhi.

Lui alzò le sopracciglia. «Che c'è?»

«Giusto perché si sappia, non sono mai stata una fan di quel patto» disse Ezra.

«Perché tentare di uccidere un Primordiale non è mai stata una mossa saggia?» chiese Nyktos.

«Anche, ma soprattutto perché era ingiusto nei confronti di Sera.»

Non era la prima volta che glielo sentivo dire, ma fu bello udirlo ancora.

Nyktos non commentò, ma lo sguardo puntato sulla mia sorellastra si ammorbidì un pochino.

Inspirai di nuovo e tornai a rivolgermi a Ezra, che seguitava a fissarci entrambi con le sopracciglia strette in due linee sottili. «La conclusione del patto comportava dei cambiamenti. Il clima che tornava a essere quello di prima, ossia meno temperato, e credo che questo stia già accadendo.» Era quella la vera spiegazione per le estati sempre più lunghe e calde, la siccità e le violente tempeste. «Inoltre il terreno non sarebbe più stato fertile come prima, ma Lasania sarebbe tornata allo stato in cui era precedentemente. La Putrefazione invece è una cosa del tutto diversa.»

Ezra si appoggiò allo schienale della poltrona. Potevo quasi sentire gli ingranaggi del suo cervello che macinavano le nuove informazioni. «Che cos'è allora?»

«Credi alle sue parole? Con tanta facilità?» chiese Nyktos prima che io potessi rispondere. «La vostra famiglia e i vostri antenati non erano convinti che la causa della Putrefazione fosse il patto?»

«Certo che le credo» ribatté Ezra sollevando il mento. «Perché ci sono io qui con lei?»

«Be', questo di sicuro ha qualcosa a che fare con la mia fiducia.»

«*Ha qualcosa a che fare*» ripeté lui piegando di lato la testa.

«Solo un po'. Quel che so per certo è quanto sia importante per Sera salvare Lasania: non mentirebbe mai su qualcosa che riguarda la sicurezza del suo regno.»

Il *suo* regno.

Chiusi gli occhi per un attimo. «Lasania non è mai stata mia.»

«Non è vero. Tu saresti dovuta diventare regina, Sera. Non io. Non ho problemi ad ammetterlo, e non dovresti averne nemmeno tu.»

Serrai le dita sulle ginocchia. «Ma ora sei tu la regina, ed è la sola cosa che conta. E sarai in grado di gestire quel che sto per dirti, a differenza di mia...» Persi la voce per un istante, poi continuai. «La Putrefazione è nata da qualcosa di completamente diverso e di molto più complicato di un patto.»

Ezra rimase in silenzio per un attimo. «E non puoi dirmi di cosa si tratta?»

«No» risposi con un filo di voce.

«Quindi...» Le sue spalle si irrigidirono. «... è impossibile fermarla?»

«Faremo tutto quel che è possibile per fermarla, te lo giuro. Ma nulla è certo. C'è una possibilità...»

«Piccola» brontolò Nyktos.

«Una piccola possibilità» mi corressi, «di fallimento. Ed è

per questo che sono venuta da te: per avvertirti, così che siate preparati nel caso.» Pensai a quel che mi aveva detto Holland e alla gente là fuori, con le loro ceste e i sacchi. «Ma credo che tu abbia già cominciato.»

«Sì» confermò lei. Le sue dita allentarono piano piano la presa sui braccioli. «Sai già quali fossero le mie opinioni sulla precedente gestione della crisi. Ho sempre pensato che avremmo dovuto fare il possibile per riempire di scorte i magazzini pubblici, non solo quelli del palazzo.»

«Per la gente che abbiamo visto entrando?» chiese Nyktos. Era la prima domanda che faceva in tono non ostile.

«Abbiamo creato un banco alimentare aperto al popolo in determinati giorni: chi ha più bisogno può venire e servirsene. Ho anche avviato dei colloqui con i reali di Terra, sperando di migliorare l'opinione che hanno di Lasania, e credo stiano andando bene.» Sulle labbra di Ezra spuntò un sorrisetto. «Dobbiamo solo riuscire a dimostrare che un'alleanza con noi sarebbe di reciproca utilità. Un concetto che mio padre, pace alla sua anima, non è mai stato molto bravo a spiegare.»

Repressi un brivido. Ezra aveva amato suo padre, e per colpa mia... Senza volerlo spostai lo sguardo su quello che era stato il suo trono.

«A te invece sta andando meglio, dunque?» chiese Nyktos.

Feci un respiro brusco. Non credevo che Nyktos fosse davvero curioso delle manovre politiche della mia sorellastra, forse stava solo cercando di impedirmi di rivelare quel che sapevo sulla morte del re...

Cosa che in effetti ero stata sul punto di fare.

Ma non c'era bisogno che Ezra lo sapesse.

«A Terra hanno molti campi pronti per il raccolto» rispose lei. «Noi non ne abbiamo, ma abbiamo quel che a loro invece manca: la manodopera. Molti contadini rimasti senza lavoro che per un giusto compenso sarebbero più che pronti a trasferirsi là per una parte dell'anno. Le trattative su questo stanno procedendo bene.»

Una mossa davvero astuta.

«Ma se la Putrefazione continua a diffondersi...» Ezra si interruppe.

Annuii. «È peggiorata?»

«Un po'. Abbiamo perso altre fattorie, ma per il momento niente più di questo.»

Ripensai alla famiglia Massey: una delle fattorie perse doveva essere la loro.

«Ma sapere quel che mi stai dicendo...» continuò Ezra, «è bello. Mi dà... non so come altro dirlo, ma mi dà speranza.»

Alzai le sopracciglia. «Pensavi che avessi fallito nella mia missione di uccidere Nyktos?»

«Più che altro non ero tanto sicura della parte in cui avresti dovuto farlo innamorare.»

«Wow» fu la mia risposta.

«Tu hai un certo... carattere. E le persone attorno a te tendono a finire accoltellate.» Le sue labbra si aprirono in un sorrisetto timido. «Temevo che avessi finito per perdere la pazienza e ti fossi fatta ammazzare nel tentativo di pugnalarlo o qualcosa del genere.»

Nyktos esplose in una risata. «*Questo* è incredibilmente verosimile.»

Gli scoccai un'occhiataccia.

Ezra aprì la bocca, la richiuse, poi ci provò ancora. «In realtà... sono molto confusa.»

Nyktos la fissò. «Da cosa?»

«Da voi. Voi siete la Morte.»

«Sì, lo sono.»

«Ecco... non lo sembrate affatto.»

Lui inclinò la testa. «E come dovrebbe sembrare la Morte?»

«Non possiamo fermarci ancora per molto» dissi subito, per paura di quel che avrebbe potuto rispondere Ezra.

«Siete già in partenza, dunque?» chiese lei. «Mari è in visita da suo padre in questo momento, ma tornerà presto.»

«Mi sarebbe piaciuto moltissimo rivedere anche lei, ma non sarà possibile.» Lanciai un'occhiata alle porte. «Dov'è...?» Mi fermai. Perché chiedere dov'era mia madre? Non mi interessava. «Come sta la tua consorte?»

«Benissimo.» La mia sorellastra fece un sorriso che le illuminò tutto il volto. Ecco che cosa significava essere *qualcosa di più*. «Sta alla perfezione.»

«Bene. Sono contentissima di sentirlo.»

I suoi occhi cercarono i miei, e capii che avrebbe voluto farmi tante altre domande, sapere molto più di quel che le avevo detto. «Io... dopo tutto quel che è successo ho mandato un messaggio alle Isole Vodina per chiedere come se la stava cavando Sir Holland, ma non ho mai ricevuto risposta.»

«Oh.» Sorrisi. «Credo stia bene anche lui.»

Il suo sguardo si fece acuto. «Come lo sai?»

«È ora» fece Nyktos troncando ogni ulteriore discussione.

Mi alzai subito in piedi, anche se non fu affatto facile.

«Ci incontreremo ancora?» chiese Ezra. La stessa domanda che io avevo fatto a Holland.

Le diedi una risposta molto più speranzosa. «Penso di sì.»

«Lo spero. Lo spero tanto.» La sua voce si fece più cupa. «Mi manchi.»

Esalai un respiro tremante. «Anche tu mi manchi.» Mi voltai e raggiunsi Nyktos, che era già sulla soglia. Il bruciore in gola aumentò.

«Sera?» Ezra si alzò a sua volta e io mi fermai. «Ricordi cosa hai detto una volta sulle terre contaminate dalla Putrefazione? L'idea di usarle per edificare alloggi per gli indigenti che abitano alla Croce di Croft?»

Mi accigliai. «Sì.»

«È lì che si trovano in questo momento Mari e suo padre. Sulle terre non più coltivabili. Si preparano a costruire case.

Niente di grandioso, ma ho scoperto dei depositi di legname inutilizzato... quanto basta per iniziare, almeno. È una tua idea: è giusto che tu lo sapessi.»

Lasciai la Sala Grande sentendomi molto meglio di quando ero arrivata, con il petto più leggero, anche se con un velo di tristezza addosso.

Speravo davvero di poter rivedere ancora Ezra. E Marisol.

Lanciai un'occhiata alla presenza silenziosa alle mie spalle. Nyktos non aprì bocca mentre attraversavamo l'atrio: si era già tirato in testa il cappuccio, e lo feci anch'io non appena arrivammo all'aperto. «Sono felice che...» Svoltammo un angolo.

E ci trovammo faccia a faccia con... lei.

Mia madre.

Mi fermai di colpo.

E lo fece anche lei.

Ci fissammo a vicenda in perfetto silenzio. Poi un basso ringhio di disappunto proveniente da Nyktos mi segnalò che senza rendermene conto avevo fatto un passo indietro.

Mi riscossi da quella sorta di ipnosi. «Ti trovo bene.» Si era ripresa anche lei. I suoi capelli, di un biondo appena più scuro del mio, erano intrecciati alla perfezione in un'acconciatura elaborata. Al collo portava una pietra d'ambra, e l'abito lavanda che avvolgeva la sua figura ordinata le cadeva a pennello. Ma aveva delle borse scure sotto gli occhi. E forse qualche ruga in più di quelle che ricordavo.

Congiunse le mani, sulle quali non portava anelli. «Anche tu sembri stare bene.» La sorpresa più totale era incisa in ogni suo lineamento... quei lineamenti che io condividevo, solo che su di lei sembravano più raffinati.

Ricacciai indietro la risposta caustica che mi era venuta spontanea.

«Una guardia ha detto che era arrivata una persona con il

tuo nome.» Mia madre lanciò un'occhiata rapida e incerta a Nyktos, ma evidentemente con il cappuccio sul volto non lo riconobbe. «Ma non gli avevo creduto.»

«Sbagliavi.» Tesi le labbra in un sorriso asciutto. Sicuramente aveva anche lei un sacco di domande, come Ezra. Solo che quelle della mia sorellastra nascevano dalla curiosità, le sue senz'altro dalla convinzione che avessi fallito.

E non volevo vedere quella convinzione apparire sul suo volto, quando la sorpresa si fosse esaurita. Non volevo udirla nella sua voce. L'avevo già udita anche troppe volte in vita mia. Non avevo bisogno di incontrare mia madre né di parlare con lei né di guardarla di nuovo negli occhi. E mi resi conto che quella sensazione era un sollievo benedetto. «Sono venuta per parlare con Ezra, e l'ho fatto. Ora devo andare, quindi se vuoi scusarmi...» La superai a passi decisi, tenendomi a una certa distanza.

«Seraphena.»

Mi fermai e guardai Nyktos. Non riuscivo a vederlo in volto, ma il suo fastidio si stava tramutando in ciò di cui mi aveva parlato nel cortile: un'entità quasi tangibile, invisibile alla vista ma percepibile a chiunque. Mi voltai lentamente a fronteggiare mia madre.

«Io...» cominciò lei, poi lanciò un'altra occhiata nervosa a Nyktos, «non sapevo che Tavius avesse in mente di fare quel che ha fatto...»

«Questo non ha nessuna importanza» disse Nyktos abbassandosi il cappuccio.

Mia madre mandò un ansito e arretrò portandosi una mano al petto, poi cadde in ginocchio e appoggiò una mano sul pavimento di marmo. L'abito lavanda si allargò tutt'intorno come una pozzanghera. «Vostra Altezza.»

Nyktos arricciò le labbra, disgustato. «Sapevi che il tuo figliastro aveva sia la possibilità sia la volontà di far del male a tua figlia... e non hai fatto niente per impedire che accadesse.» L'ethere crepitò nei suoi occhi. «Lui non era l'unico che sarebbe dovuto morire quel giorno. Tu respiri ancora soltanto per una grazia che non hai meritato.»

La pelle di lei sbiancò fino ad assumere la tinta dei miei capelli. «Vi... vi ringrazio» sussurrò tremando.

«Non ringraziare me. Non sono stato io a salvarti la vita. Io me la sarei presa e basta. E ti avrei spedita al posto che meriti, dove adesso sta quel mortale bastardo che avresti voluto veder incoronato.» L'essenza ora scorreva a rivoli sulla pelle di Nyktos. «È merito di tua *figlia* e di nessun altro. Per ragioni che non riesco a comprendere, mi ha chiesto di risparmiarti. Quindi è solo lei che dovresti ringraziare senza sosta per il resto della tua vita.»

23

Alcune ore dopo essere tornati nelle Terre d'Ombra e dopo aver passato buona parte del pomeriggio ad allenarmi con Bele, che era stata più che felice di farmi finire con il sedere a terra innumerevoli volte, ero completamente, maestosamente sfinita.

Le punte dei capelli di Nyktos mi sfioravano le guance e le sue labbra la fronte. Sentivo il suo cuore battere veloce quanto il mio e mi morsi le labbra mentre affondavo le unghie nei muscoli contratti della sua schiena. Poi lui tremò sopra di me e dentro di me, e io inarcai la spina dorsale in risposta.

Il gemito incandescente che accompagnò il suo orgasmo e il mio mi fece esplodere dentro un terremoto di delizia potente quasi quanto l'orgasmo stesso.

E questa... questa era una novità assoluta per me: l'estasi che derivava dalla consapevolezza che lui era soddisfatto quanto lo ero io. Non che in passato non mi fosse mai importato se i miei partner erano soddisfatti o no. Non era questo: era piuttosto il fatto che prima di allora... be', non ci avevo mai pensato.

Quindi forse, in effetti, non me n'era mai importato.

Ma con lui mi importava.

Le sue dita fresche mi spostarono i capelli umidi dalla fronte per lasciare spazio a un bacio. Il mio cuore reagì con un piccolo, sciocco sussulto. Poi lui si sdraiò al mio fianco e io provai immediatamente nostalgia del contatto tra i nostri corpi.

In silenzio, Nyktos fece scorrere la mano sulla curva della mia spalla, lungo la clavicola e poi giù fino alla sommità di un seno. Rimasi in silenzio anch'io, immobile, lasciandolo esplorare. Mi piacevano i suoi gesti.

I suoi polpastrelli ruvidi mi pizzicarono un capezzolo, strappandomi un piccolo ansito. Poi la sua mano ripartì nell'esplorazione di ogni avvallamento del mio corpo. Era talmente strano che il suo semplice tocco avesse il potere di risvegliare tutti i miei sensi, di portarmi sull'orlo del baratro e allo stesso tempo di calmarmi in maniera così profonda, che mi veniva solo da chiudere gli occhi e lasciare che i pensieri vagassero via nel silenzio.

Più che a ogni altra cosa, stavo ancora pensando alla nostra visita a Lasania. Sapere che Ezra se la stava cavando più che bene era un vero sollievo. Voltai leggermente la testa verso Nyktos. «So che probabilmente pensi che la visita di oggi non fosse necessaria.»

«Non lo penso affatto.»

«Sul serio?» Riaprii gli occhi. Il suo volto era immerso per metà nella luce morbida e giallognola della lampada accanto al letto. «Perché in un certo senso pensavo già... no, *sapevo* già che Ezra stava facendo tutti i preparativi per qualunque evenienza. Lo sapevo anche prima che Holland mi parlasse. Ma avevo bisogno di esserne sicura.»

«Lo comprendo.» Le lunghe ciglia scesero sugli occhi che seguivano avidamente i movimenti delle dita. «Come comprendo che forse avevi solo bisogno di vederla di nuovo.»

Sentii un calore che mi si gonfiava nel petto. Era vero: era stato soprattutto questo a motivarmi. Perché dentro di me c'era una parte sepolta in profondità che aveva realmente temuto di non rivederla mai più.

Il piano di Nyktos funzionerà. Continuai a ripetermelo

finché la paura non fu passata. Poi mi schiarii la gola e mi concentrai sul fatto che Nyktos non sembrava irritato dall'aver dovuto compiere quella visita così piena di rischi. Avrebbe potuto esserlo, o avrebbe anche solo potuto farmi notare che non era necessario andare.

Dei, al suo posto io probabilmente lo avrei fatto.

La constatazione mi fece pensare che forse somigliavo molto più a mia madre di quanto non mi piacesse ammettere. Ebbi un brivido.

Le dita di Nyktos si fermarono sul mio fianco. «A cosa stai pensando?»

Alzai gli occhi verso il soffitto. «Sto proiettando qualcosa?»

«Sì.» Tacque un istante. «Sento un sapore aspro... e anche qualcosa di amaro.»

Inarcai le sopracciglia. «Non sono sicura di come vada interpretato.»

«Confusione. E vergogna.»

«Ma che meraviglia» borbottai sentendo le guance che si scaldavano. «Immagino ti capiti spesso di sentire sapori cattivi sulla lingua.»

«A volte.» La sua mano circondò il mio fianco. «Mi dici a che cosa stavi pensando o no?»

«Sono obbligata?»

Lui ridacchiò. «No.»

Misi il broncio. «Ma tu vorresti che te lo dicessi?»

«Altrimenti non te lo avrei chiesto. Ma questo già lo sai, no?»

Vero.

«Pensavo... a mia madre.»

Lui si girò. Il suo petto mi toccò il braccio e la sua gamba sfiorò la mia. «Non dovresti.»

«Hai ragione» sospirai.

Dal mio fianco, la sua mano si spostò su una massa di riccioli che mi era ricaduta sulla spalla, e le dita cominciarono a dipanarla. «È per quel che le ho detto?»

«Santo cielo, no.» Lo guardai negli occhi. «Anzi, se potessi vorrei rivivere quel momento un milione di volte: lei che ti fissa a bocca aperta mentre ce ne andiamo lasciandola lì.»

Un sorrisetto maligno comparve sulle sue labbra. «Ma forse in fin dei conti avrei dovuto tacere: è tua madre, spettava a te fare quel che preferivi con lei.»

«Ma io non... io non voglio fare niente con lei. L'ho capito oggi. È per questo che non ho voluto nemmeno iniziare una conversazione, perché sapevo che sarebbe riuscita soltanto a irritarmi. E non solo questo: è anche perché...» Aggrottai la fronte. «Perché in verità non me ne importa nulla. La mia confusione, o vergogna, o quale che fosse la sensazione che hai percepito, veniva dal pensiero che forse un po' le assomiglio. E... questo decisamente non mi piace.»

«Penso che tutti abbiamo qualcosa dei nostri genitori, ma questo non significa che *siamo* come loro.»

«Hai ragione» mormorai, chiedendomi per la milionesima volta come fosse stato mio padre.

«Quanto al fatto che non te ne importa più niente di lei, non è per forza una cosa negativa.» Nyktos chiuse le dita su uno dei miei riccioli. «Solo perché hai del sangue in comune con qualcuno, non significa automaticamente che quella persona meriti parte del tuo tempo o della tua attenzione.»

«Hai ragione anche in questo.» Sollevai lo sguardo su di lui. «Tu lo sai meglio di chiunque altro.»

Le sue dita si immobilizzarono. «Già» fece con un tono improvvisamente piatto che mi mise in allarme. «Ed è per questo che nessuno di noi due sprecherà un solo altro minuto a rimuginare su persone con le quali siamo sfortunatamente imparentati.»

Il suo corpo possente rotolò sopra il mio, e pochi istanti dopo non pensavo a nient'altro che a lui e ai suoi baci, alla sua bocca e alla sua lingua, alle sue dita e al suo membro. Ogni altro pensiero fu spazzato via.

Persino la sensazione di disastro imminente che infestava il mio cuore come uno spettro senza pace.

La mattina seguente accompagnai Ector all'ufficio di Nyktos mentre mi legavo in una treccia i capelli ancora bagnati. A colazione Orphine mi aveva informato che il Primordiale mi aspettava il prima possibile, ma siccome la partenza per la Valle era prevista solo per il giorno successivo speravo che Nyktos volesse dirmi che avrebbe soddisfatto un'altra delle mie richieste.

L'allenamento.

Però non ne ero sicura, e non avevo potuto chiederlo direttamente a lui quella mattina, perché quando mi ero svegliata se n'era già andato.

Mi fissai i capelli con uno degli ultimi elastici che avevo trovato in bagno e presi l'appunto mentale di chiedere a Nyktos dove aveva nascosto tutti quelli che mi aveva tolto ogni volta che aveva disfatto lui la mia treccia. Se li era sempre messi sul polso, ma ora non sapevo che fine avessero fatto. Perché se li teneva? Li usava per i suoi capelli? Cercai di concentrarmi solo su quello anziché sul sangue che avevo visto di nuovo mentre mi lavavo i denti. Era una cosa a cui non volevo pensare.

«Stai sorridendo» fece Ector sbirciandomi da sopra la spalla. «E io ho la sensazione di dovermi preoccupare ogni volta che lo fai.»

Arricciai il naso. «Non c'è nulla di cui tu debba preoccuparti.»

«Ah-ah.»

Ma mentre scendevamo le scale il mio sorriso si allargò, perché stavo pensando alla notte precedente. Ogni singolo istante mi era sembrato parte di un sogno incredibile: Nyktos aveva cenato di nuovo con me e poi avevamo condiviso un momento insieme. E mentre le sue membra possenti tremavano nell'orgasmo aveva sussurrato ancora una volta quella parola contro le mie labbra.

Liessa.

Era un suono bello.

Potente.

Regina.

Attraversando l'atrio scorsi Lailah che si dirigeva verso un punto alla nostra destra, con Reaver che le svolazzava dietro una spalla. Poi le braci nel mio petto si scaldarono e vibrarono, e quando entrammo nell'ufficio provai una sensazione vertiginosa che mi fece sentire prima un po' sciocca e poi un po' *avventata*: Nyktos era seduto alla sua scrivania, intento a scrivere nel Libro dei Morti. Aveva i capelli tirati indietro e i suoi bei lineamenti dagli angoli decisi erano in piena vista.

Quando sollevò la testa il mio cuore ebbe un nuovo sussulto: gli occhi d'argento luminoso incontrarono i miei e la mia pelle si scaldò più di quanto avrebbe dovuto. Mi domandai se quelle vampate di calore fossero un altro sintomo dell'Ascensione imminente, e mi ripromisi di chiederlo ad Aios la prossima volta che ci fossimo incontrate. Di sicuro non lo avrei chiesto a Nektas.

«Tempismo perfetto.» Nyktos chiuse il Libro dei Morti, riannodò il cordino sulla copertina e si alzò in piedi. Portava gli stessi abiti che usava nelle sue stanze: niente tuniche ricamate, solo una camicia nera con le maniche arrotolate fino ai gomiti e pantaloni di pelle. Si voltò verso la cassettiera. «Ho appena finito.»

«Ti serve nient'altro?» chiese Ector.

«No, ma sarò impegnato per il resto della mattina, per chiunque.» Nyktos mise via il libro e la mia trepidazione crebbe ancora di più. «A meno che non ci sia qualche emergenza.»

Ector lanciò un'occhiata nella mia direzione. «Capito.»

«Grazie» concluse Nyktos girando attorno alla scrivania.

Ector si inchinò, mi lanciò ancora un'occhiata e uscì, lasciandomi sola con il Primordiale. Le cose continuavano a sembrare *diverse* da prima.

E io dovevo rimettere subito in riga il mio cuore fuori controllo. «Quante anime con lo stesso nome sono saltate fuori oggi?»

Lui rispose con un sorrisetto mentre attraversava l'ufficio. Un genere di risposta che non mi aiutò per nulla a calmarmi. «Stamattina nessuna.»

Congiunsi le mani. «Forse perché oggi non sei distratto.»

«C'era molto silenzio.» Si fermò davanti a me e il suo sguardo cadde sul mio petto messo in evidenza dall'abito. «E non avevo scollature piazzate davanti alla faccia. In effetti sono riuscito a concentrarmi davvero bene.»

Trattenni un sogghigno. «Be', come puoi vedere la mia scollatura non è minacciosa nemmeno quest'oggi.»

«Non smette mai di esserlo» rispose lui prendendo tra le mani la mia treccia.

«Se ti distrae comunque, la responsabilità è tua.»

Il suo pollice scorse giù per tutta la lunghezza della treccia. «Me lo hanno già detto.»

«Quindi dovresti già saperlo.» Quel battibecco poco serio cominciava a piacermi. Mi ricordava i tempi in cui il mio tradimento non era ancora stato rivelato.

Lui mi gettò la treccia dietro la spalla. Il suo ghigno era ricomparso. «Vieni» fece puntando alla porta.

Con un sopracciglio sollevato lo seguii nel corridoio, in direzione della scala sul retro. Nyktos si fermò davanti all'ultima porta e la aprì. Sbirciai oltre la sua spalla, ma non vidi altro che un abisso di oscurità. «Che cos'è?»

Lui si voltò e le torce allineate sulle pareti fiammeggiarono una dopo l'altra in una serie di esplosioni di scintille. La loro baluginante luce arancione rivelò gradini ripidi e stretti che scendevano oltre la porta. «Una scala.»

Gli lanciai un'occhiataccia. «Sei di grande aiuto, lo sai?»

«Non suona come un complimento.» Nyktos scrutò giù per la scalinata. «Ma lo prenderò come tale.»

«Non ne avevo dubbi.» Lo seguii giù per i gradini, sfiorando con la mano le pareti stillanti umidità. L'odore di muffa e chiuso dell'aria mi ricordò quello delle stanze sotterranee e del labirinto di passaggi segreti che dalle fondamenta di Chiaravia si dipanavano per tutta la città.

«Ti farà piacere sapere che dopo l'Ascensione potrai usare anche tu l'essenza in questo modo» fece indicando le torce con un cenno del capo.

Con la mano ancora appoggiata alla parete, fissai l'ampiezza delle sue spalle: la sicurezza con cui prospettava il successo dei suoi piani era rassicurante. «Quindi potrò accendere il fuoco con il pensiero, emanare luce e muovermi a enorme velocità senza fatica?»

«Non avrai il potere di manipolare l'elettricità: quello lo può fare solo un Primordiale. Ma il fuoco e la velocità sì, saranno alla tua portata. Comunque non lo si fa con il pensiero: lo si fa con la *volontà.*» La scala fece una curva brusca, ma Nyktos la imboccò con la facilità di chi conosceva bene il percorso.

«Mi sfugge la differenza, ma va bene.»

«La differenza c'è. Il pensiero è una cosa che richiede attenzione, tempo. Se invece *vuoi* che avvenga e basta, avviene immediatamente.»

Alzai le sopracciglia fissandogli la schiena. «Diventerò pigrissima.»

Lui ridacchiò. «Fai attenzione» disse prendendomi la mano mentre la scala curvava ancora. «L'ultimo gradino è più alto degli altri, sono almeno trenta centimetri.»

A quel contatto le braci dentro di me risposero con un palpito emozionato. O forse era il mio cuore. Non riuscivo più molto bene a distinguere. Tenendoci per mano superammo l'ultimo gradino e ci ritrovammo in un corridoio ampio e ben illuminato.

Avvertii una stretta al petto quando mi resi conto che entrambe le pareti di ombropietra erano listate da file e file di sbarre del colore delle ossa sbiancate. Celle. «Devo preoccuparmi?»

Fu il suo turno di voltarsi a guardarmi inespressivo. «Spero non sia una domanda seria.»

Riportai lo sguardo sulle celle, senza rispondere. Le sbarre non erano lisce, e nemmeno tutte dritte: alcune sembravano ritorte, e al loro interno vidi anche delle catene fatte dello stesso materiale. Feci per avvicinarmi: c'era qualcosa inciso sopra. Simboli.

«Chiuderti in cella adesso, dopo tutto quel che è successo» disse Nyktos trattenendomi per la mano che avevo ancora nella sua, «e soprattutto dopo aver stretto con te un patto probabilmente sconsiderato, ma assai gradevole, non avrebbe molto senso, non credi?»

Mi voltai per sbirciarlo da sopra la spalla. «Sconsiderato?»

I suoi occhi scintillarono nella luce delle torce. «Ma assai gradevole.»

Aprii la bocca per puntualizzare che la seconda osservazione non cancellava la prima, poi mi tornò in mente quando aveva detto che per lui l'attrazione nei miei confronti e il piacere per il gusto del piacere rappresentavano delle distrazioni. Cominciavo a pensare che sulle sue labbra la parola *distrazione* fosse una sorta di codice per *affetto*.

E sapevo perfettamente che cosa lui temeva potesse accadere a tutte le persone alle quali si permetteva di voler bene.

Una parte di me cominciava a credere anche che forse era quello il vero motivo per il quale si era fatto rimuovere il *kardia*: non per proteggere se stesso, ma per proteggere gli altri.

Bloccai subito l'ondata di tristezza che quel pensiero aveva evocato in me, prima che potesse prendere il sopravvento, e fissai di nuovo le celle. «Sono davvero fatte d'osso, le sbarre? E anche le catene?»

«Sì.» Nyktos si rimise in moto, portandomi con sé. «Ossa che un tempo erano nei corpi di dei e semidei.»

Strinsi le labbra. «Come quelle che legano gli dei sepolti nella Foresta Rossa?»

Nyktos annuì.

«E i simboli incisi?»

«Sigilli primordiali che le rendono difficilissime da spezzare.» Le celle scorrevano accanto a noi una dopo l'altra. Dovevano essere dozzine. «Potrebbero intrappolare persino un Primordiale se fosse stato prima indebolito. Gli unici su cui non hanno effetto sono gli esseri che appartengono a due mondi.»

«Creature con due vite» mormorai. «I Draken.» Poi mi tornò in mente una cosa a cui lui aveva accennato tempo prima. «Hai detto che tuo padre ha creato altri esseri doppi come i Draken.»

«Lo ha fatto.» Arrivammo a un punto in cui il corridoio si biforcava: imboccammo il lato sinistro e giungemmo a una porta tenuta aperta da una spada di ombropietra conficcata al centro. A quella vista aggrottai la fronte e scossi la testa: la lama attraversava il legno della porta e la inchiodava alla parete dietro di essa.

«Ma i Draken sono come gli Arae: i draghi da cui sono nati erano creazioni antiche. Dopo i Draken mio padre creò gli dei, quindi qualunque altra creatura con due vite sarebbe stata divina.»

«E chi sarebbero queste altre creature?»

«Ce ne sono di due specie. I membri di una possono assumere la forma di grandi felini: si chiamano Wiverne e oggi si trovano perlopiù a Sirta. Sono combattenti ferocissime in entrambe le forme: anche un dio ci penserebbe due volte prima di provocarne una.»

Non mi stupì che esseri divini con una seconda forma da predatori avessero trovato casa alla Corte di Hanan.

«Gli altri sono i Ceeren» proseguì Nyktos, e io mi domandai se si fosse reso conto che mi stava ancora tenendo per mano. «Abitano nelle Isole del Tritone.»

Feci un respiro brusco. «Vivono nell'acqua?»

«Possono farlo.» Nyktos mi fissò inarcando un sopracciglio. «Ne hai sentito parlare?»

«Ho sentito storie. Molto antiche. Leggende di marinai attirati via dalle loro navi da creature affascinanti che erano per metà umane e... per metà pesce.» Arricciai il naso. «Non veniva specificato quale metà.»

Nyktos sogghignò di nuovo. Ora stavamo oltrepassando una serie di camere rozzamente scavate nella pietra, forse destinate a diventare altre celle: solo alcune avevano la porta. Cercai di non pensare a quanto fossimo già scesi in profondità nella terra.

«È vero» continuò lui, «hanno un aspetto unico quando assumono quella forma. Sono sicuro che prima o poi le vedrai anche tu.»

Mi sarebbe piaciuto moltissimo. «E solo questo tipo di creatura può cambiare forma?»

Stavolta il sorriso di Nyktos fu appena accennato. «Anche i Primordiali e una manciata di dei.» Si fermò in fondo al corridoio, aprì una porta, lasciò andare la mia mano e oltrepassò la soglia. «Eccoci.»

Oltre la porta c'era una stanza di notevoli dimensioni, illuminata da decine di torce, che pareva scavata interamente nell'ombropietra: le pareti erano più irregolari dei pavimenti dei piani superiori e da una si protendeva un tavolo di pietra poco più alto del mio fianco. Ma a catturare la mia attenzione fu quel che c'era al centro della stanza. Mi avvicinai a passi lenti: era... una distesa d'acqua. Simile a un lago. Ma diversa.

La porta si chiuse alle mie spalle e Nyktos venne al mio fianco. «È una piscina.»

«Una piscina?» ripetei unendo le mani sotto il mento.

«Come a dire un'enorme vasca da bagno. Da questo lato il fondo è basso.» Indicò un punto dove l'acqua lambiva alcuni gradini. «Più ti allontani più diventa profondo. Delle piccole turbine tengono l'acqua in movimento e i minerali liberati dall'ombropietra la mantengono fresca e pulita.» Guardò verso il soffitto. «Qui sopra ci sono le cucine e i loro fuochi tengono questa sala ben riscaldata. È la cosa più simile a un lago che potevo realizzare.»

Spostai gli occhi su di lui. «Hai creato tu tutto questo? Con l'ethere?»

«Usare quell'energia per creare una cosa del genere avrebbe rischiato di destabilizzare l'intero palazzo. È stata costruita a mano.» I miei occhi si dilatarono ancora di più. «Ma non ho fatto tutto da solo: Rhain ed Ector mi hanno aiutato a scavare la pietra negli anni. Ogni tanto hanno contribuito anche Saion, Rhahar e persino Nektas.» Il sorrisetto ricomparve. «Bele per la maggior parte del tempo è rimasta fuori a supervisionare i lavori.»

Ghignai anch'io. «Quanto tempo ci è voluto?»

«Moltissimo. Ma ne è valsa la pena.» La sua voce vibrò di orgoglio. «Specialmente quando fatico a prendere sonno, oppure quando ho bisogno di un posto dove rilassarmi e lasciar andare i pensieri.»

Lo stavo ancora fissando. Lui invece aveva gli occhi puntati verso quell'acqua scura e luccicante che mi ricordava così tanto il mio lago. Mi domandai quanto spesso venisse a rifugiarsi laggiù: dal suo sguardo e dal tono della sua voce capivo che si trattava di un luogo davvero speciale per lui, forse quasi sacro. Mi domandai perché avesse deciso di mostrarlo proprio a me.

Ti manca il tuo lago, non è vero?

Quel tremolio vertiginoso che sentivo a volte nel petto era ritornato. Riportai gli occhi sull'acqua. «Perché venivi al mio lago se già avevi questo posto?»

Lui non rispose per un tempo così lungo che mi voltai di nuovo a guardarlo. Aveva ancora gli occhi fissi sulla piscina. «Perché era il tuo lago.»

24

Era l'ultima cosa al mondo che mi sarei aspettata di sentirgli rispondere. «Che vuoi dire?» Mi girai del tutto verso di lui. «Quando ci siamo incontrati lì ti sei comportato come se fossi sorpreso di vedermi.»

«*Lo ero.*» Nyktos mi fissò a sua volta. «Ero stato lì molte volte e non ti avevo mai incontrata.»

«Ma sapevi già che era il mio lago, prima di quella notte?»

«Sì.»

Sollevai le sopracciglia. «Dovrai darmi qualche spiegazione un po' più articolata.»

Nyktos rimase in silenzio per un istante. «Prima di morire, mio padre mi disse del patto che aveva stretto con il tuo antenato. Non me ne spiegò il motivo, ma avrei finito per capirlo da solo.»

«Perché le Terre d'Ombra hanno iniziato a cambiare?»

Lui scosse la testa. «È quel che pensavo all'inizio, prima di scoprire la storia delle braci. A un certo punto ho percepito la tua esistenza, o almeno quella delle braci che sarebbero dovute passare a me.» Piegò la testa e si passò la punta delle zanne sulle labbra. «Ordinai a Lathan e a Ector di sorvegliarti a partire dal tuo diciassettesimo compleanno, ma... ti avevo osservata anche prima di allora.» Mi guardò negli occhi. «Ti avevo vista andare nel bosco e sederti in riva al lago. Non mi sono mai fermato a lungo, di solito quanto bastava a vederti immergere i piedi nell'acqua. Ma sapevo che era un luogo che frequentavi.»

«Non ne avevo la minima idea» mormorai sorpresa. «Avrei dovuto essere più consapevole di quel che mi accadeva intorno.»

Nyktos rispose con un sorrisetto ironico.

«Perché non mi hai mai parlato?»

«Perché?» Esplose in una risata roca e si passò una mano sulla testa. «Perché io potrò anche essere il più giovane tra i Primordiali e più giovane della maggior parte degli dei, ma tu eri una bambina e io un uomo adulto per gli standard dei mortali. Come avresti reagito se uno sconosciuto ti si fosse avvicinato nel folto della foresta?»

Ci riflettei un attimo. «In effetti sarebbe stato un po' inquietante.»

«Esatto.»

Incrociai le braccia sul petto. «E spiarmi mentre attraversavo il bosco non lo era?»

Lui riportò lo sguardo sull'acqua. «Solo un po'.»

Scoppiai a ridere. «Ti sto prendendo in giro. Al tuo posto sarei stata curiosa anch'io. Con la differenza che non mi sarei comportata in maniera inquietante e alla fine ti avrei rivolto la parola.»

A quelle parole Nyktos sorrise.

«Ma non hai veramente risposto alla mia domanda: perché andare al mio lago quando avevi questa?» Accennai alla piscina. «Scendere quaggiù dev'essere ben più facile che passare nel mondo dei mortali, anche con il tuo potere di attraversare le ombre.»

«Non lo so. Il lago era diverso. Io...» Aggrottò la fronte e si grattò la mascella. «Mi sentivo attirato da quel luogo. Attirato da te.»

«A causa delle braci?»

«Forse.» Si schiarì la voce. «In ogni caso, ti ho portata qui perché so che ami l'acqua, ma se te l'avessi mostrata prima sarei stato costretto a...»

Già. Avrebbe dovuto spiegare perché aveva creato qualcosa di simile. Parlare delle sue visite al mio lago e del fatto che mi aveva osservata. E io non sarei stata pronta. In più avevo la sensazione che considerasse quel luogo una sorta di santuario, anche se altri oltre a lui avevano il permesso di usarlo. Come io consideravo *mio* il lago, in un certo senso. Comprensibile che non si fosse sentito pronto a condividere una cosa come quella.

Fino a ora.

Presi un lungo respiro, colma di meraviglia e... *commossa*. Nyktos si voltò a guardarmi in viso. «Ma non è solo per mostrarti la piscina che ti ho portata quaggiù. Ricordi quando ti ho detto che esistono modi per estrarre da te l'ethere?»

Ovviamente. Era un'informazione che avevo messo da parte nella mente per riprenderla in mano al momento opportuno. «Sì, certo.»

«Ho deciso che possiamo provare stamattina. Quaggiù vengono ben poche persone a parte me: non c'è rischio che qualcuno veda la vera portata del tuo potere o finisca in mezzo al fuoco incrociato.»

Fui invasa dall'eccitazione, e anche da un po' di timore. «Sei sicuro che non ti farò del male?»

Lui annuì. «Non basta un lampo di ethere per ferire un Primordiale.»

«Eppure l'altra volta ti ho ferito.»

«Era solo un graffio.»

«Ha fatto tornare gelida la tua pelle.»

«Un graffio molto freddo. Stai tranquilla, Sera, non mi farai del male. Non possiamo nemmeno essere sicuri che produrrai altri lampi come quello.» I suoi occhi scintillarono. «Ma se ti comporti bene, dopo avrai il permesso di nuotare un po'.»

«Se mi comporto bene?» Alzai le sopracciglia, ignorando il fremito all'idea di tuffarmi in acqua. «Come quella bimba che spiavi mentre correva nei boschi?»

«Esatto.» Nyktos curvò le labbra. «Ti ho fatto venire voglia di provare a richiamare l'essenza?»

«No, mi hai fatto venire voglia di prenderti a pugni.» Socchiusi gli occhi. «Stai tentando di farmi perdere la pazienza per vedere se esploderò di nuovo?»

«Sì.»

Risi. «Allora dovrai fare molto meglio di così. Non è facile farmi arrabbiare.»

«Ripeti quel che hai appena detto e domandati se è la verità.»

Misi il broncio. «Riformulo: non è facile farmi arrabbiare *così tanto*. So controllarmi molto meglio di quel che pensi.»

Mi aspettavo una risposta inevitabilmente sarcastica, che non arrivò. Nyktos rimase a osservarmi per qualche istante. «Dammi il tuo pugnale.»

«Chi ti dice che ce l'ho addosso?»

«Ce l'hai sempre addosso, Sera. Dammelo.» Tese la mano. «Per favore.»

«Odio quando dici *per favore*.» Mi inginocchiai e sfilai il pugnale dallo stivale.

«Strana cosa da odiare.»

Glielo porsi tenendolo per la lama. «Trovi?»

«Grazie.» Nyktos si girò di scatto e lo lanciò.

Spalancai la bocca. L'arma roteò nell'aria e andò a piantarsi nella parete sopra il tavolo con tale violenza che la lama vibrò. «Ma che diavolo...?!» Mi voltai di scatto verso di lui. «Lo stai facendo per infastidirmi?»

Lui rispose con un sorriso, e anche quello fu fastidioso.

«Al momento la tua essenza è collegata alle emozioni estreme. Dopo l'Ascensione sarà diverso, ma per ora riesci a manifestarla solo se sei infuriata o molto frustrata. O se provi un estremo dolore.» Si mosse intorno a me, come aveva fatto nel cortile. «E ho l'impressione che se ti sconfiggo in combattimento la tua frustrazione salirà alle stelle.»

«Per questo hai lanciato il mio pugnale nel muro?»

«L'ho fatto perché non mi va né di essere pugnalato né di perdere altre ciocche di capelli.»

Aprii la bocca.

«E non provare nemmeno a dire che non mi pugnaleresti. Perché sarebbe una menzogna.»

Mi girai per seguire i suoi movimenti. «Ma sentitelo, il signor So-Tutto-Io.»

Nyktos sogghignò. «Se riusciamo a farti manifestare di nuovo l'essenza, potremo passare a studiare i modi per fartela controllare.»

«Quindi che si fa?» Mi spostai più vicino a lui. «Ci prendiamo a botte finché io perdo la pazienza e tiro fuori le braci?»

«Ho l'impressione che ti stancherai prima di quel momento, ma sì, il piano sarebbe quello.»

Gli mostrai il dito medio. L'adrenalina mi stava già montando dentro: Nyktos aveva probabilmente ragione, ma sentivo la mancanza dei miei allenamenti. Mi mancava combattere. «Nel caso tu non sappia che cosa significa questo gesto, vuol dire *fottiti.*»

Lui ridacchiò. «Se fai la brava magari dopo fotterò te.»

Una vampata di calore assolutamente fuori luogo mi attraversò, e ci vidi rosso. Mi avventai su di lui menando un colpo con il braccio... e incontrai solo aria.

Barcollai nello spazio in cui lui si trovava fino a un attimo prima, poi ripresi l'equilibrio e alzai lo sguardo.

Nyktos era a più di due metri di distanza. «Dovrai essere parecchio più veloce di così.»

Esalando un respiro già in parte affannoso gli sferrai un calcio, e di nuovo colpii l'aria. Feci per girare su me stessa e mi sentii sfiorare la schiena. Ruotai tentando di centrarlo con una gomitata, ma lui si era spostato di nuovo attraverso le ombre.

«Un giorno farò la stessa cosa per piantarti un pugno sul muso.»

Lui rise. «Progetti di gettar via così la tua vita?»

Digrignai i denti e mi lanciai di nuovo in avanti. Sapevo che mi stava provocando di proposito, che voleva farmi infuriare. E stava funzionando. «Sai che cosa penso?»

«Mmm?» Nyktos si guardò la camicia e spazzò via un pelucco con la mano.

«Penso che continui a scappare perché sai che se non lo facessi ti arriverebbe un bel pugno.»

«Già.» Mi fece l'occhiolino. «Ma così è più divertente.»

Sferrai un altro colpo. Lui si dissolse nel nulla e riapparve dietro di me. Andammo avanti a quel modo per un bel po' di tempo, e io cominciai a sudare. Smisi di reagire quando mi arrivava alle spalle, sapendo che si sarebbe spostato prima che potessi colpirlo.

«Già stanca?» mi chiese.

«Un po'» sussurrai.

Lui rimase in silenzio un istante. «Potrebbe essere per via della Transizione...»

Roteai di scatto, sferrando un calcio, e stavolta lo colpii allo stomaco. Lui grugnì e arretrò di un passo. I suoi occhi sfavillanti incontrarono i miei. «Imbrogliona.»

Sogghignai e ripartii alla carica, ma stavolta quando scomparve sapevo dove sarebbe riapparso: girai su me stessa sollevando un ginocchio, ma lui bloccò il colpo.

«Puoi provare quanto vuoi» disse sbuffando sottovoce. Si spostò dietro di me, mi circondò la vita con il braccio e mi fece girare. «Ma non sarai mai abbastanza veloce.»

Recuperai l'equilibrio e mi gettai la treccia dietro la spalla. Il mio cuore ora stava galoppando davvero forte. Stavolta Nyktos si materializzò davanti a me, anziché dietro come mi aspettavo, e mi afferrò il mento con le dita, senza stringere. «Io sono un Primordiale.»

«Congratulazioni» sibilai in risposta, ma quelle parole evocarono un ricordo che fece vibrare le braci dentro di me. Tentai di colpirlo ancora, ma si era già spostato sul bordo della piscina.

Mi resi conto che era quel che aveva fatto anche Taric quando avevamo combattuto nella sala del trono, e il pensiero mi fece infuriare: quella volta ero stata completamente alla mercé del mio avversario, intrappolata in uno scontro inutile. Anche allora non ero stata abbastanza veloce. Proprio come adesso. La crepa nel mio petto vibrò forte e la sensazione crebbe sempre di più mentre Nyktos seguitava a provocarmi e io continuavo a essere troppo lenta. Andò avanti a quel modo finché ebbi l'impressione di avere la pelle e il petto in fiamme.

Nyktos attraversò le ombre per l'ennesima volta e mi intrappolò le braccia sulla schiena nello spazio di un respiro.

«Dannazione» ringhiai.

Lui mi sollevò all'indietro contro il suo petto muscoloso, ridacchiando con voce roca. «Ora come progetti di liberarti da questa presa? Non puoi raggiungere il tuo pugnale né altre armi, persino se ce ne fossero. Che cosa farai?»

Mi dibattei nella stretta, ottenendo solo di trovarmi ancor più schiacciata contro di lui. «Urlare forte?»

«No.»

Mi irrigidii quando sentii il suo respiro sul lato del collo. «Supplicare?»

«Ci sono davvero poche cose per le quali mi piacerebbe sentirti supplicare, e la tua vita non è tra quelle. Avverto l'essenza che divampa dentro di te: è lì, la sento diffondersi nell'aria. Evoca l'ethere ora. Ordinagli di manifestarsi in una forma di energia che spezzi la mia presa. Non mi farà male.»

La avvertivo anch'io adesso. «Non ho paura di farti male.»

Il suo respiro gelido mi toccò l'orecchio. «E allora che stai aspettando?»

«Quelle poche cose per le quali ti piacerebbe sentirmi supplicare.»

Lo sentii immobilizzarsi alle mie spalle.

Sogghignai e gettai la testa indietro contro il suo petto. Sapevo che avrei dovuto concentrarmi, ma sapevo anche che non sarei riuscita a evocare il potere delle braci solo con la volontà, non importava quanto chiaramente lo percepissi dentro di me. In quel momento mi sentivo impulsiva.

E anche un po' spericolata.

«Scommetto di riuscire a indovinarne almeno una.»

Lui rimase in silenzio un istante. «E sarebbe?»

«Non so se dovrei dirla ad alta voce.» Girai la testa verso di lui. «Potrebbe essere troppo audace.»

«Mi è davvero impossibile credere che tu sia preoccupata di risultare troppo audace.»

«Ma se io la dicessi tu potresti trovarla una... distrazione.»

La presa di Nyktos cambiò: mi sollevò in punta di piedi, solo di qualche centimetro, e io percepii la sua erezione contro la schiena. «Sono già distratto.»

Mi morsi le labbra sentendo il calore che mi si diffondeva nel sangue. «Puoi esserlo *di più*.»

«Allora dimmelo» disse in tono di comando, la voce fatta solo di seta e ombra. «O sei diventata una che minaccia a vuoto?»

Risi, e stavolta fu la mia risata a suonare roca e profonda. Mi protesi verso l'alto fino a portare la bocca il più vicino possibile alla sua. «Il tuo *cazzo*» sussurrai, e poi gli pestai il piede. Con tutte le mie forze.

Nyktos grugnì, probabilmente più per la sorpresa che per il dolore, ma la sua stretta si allentò quel tanto che bastava per liberarmi. Mi voltai a fronteggiarlo e arretrai sul pavimento. «Ed ecco che mi sono liberata dalla tua presa.»

L'ethere vorticò nei suoi occhi e le sue labbra piene e rosse si sollevarono agli angoli. «Sarebbe questo il tuo grande piano di battaglia quando non hai armi per le mani? Parlare di cazzi?»

«Se funziona, perché no?» Lanciai un'occhiata al rigonfiamento ben visibile nei suoi pantaloni di pelle. «E direi che ha funzionato eccome.»

«Anche un po' troppo.»

«Cioè?»

Invece di rispondere Nyktos mi venne incontro e un brivido rovente di trepidazione mi attraversò, mescolandosi all'adrenalina. Aspettai che arrivasse a meno di mezzo metro da me e a quel punto scattai a sinistra per passargli sotto il braccio. Ma lui, anziché attraversare le ombre, girò su se stesso e mi afferrò.

Mi ritrovai di nuovo con la schiena schiacciata contro il suo torace, e il suo braccio di traverso sul petto. «Me la stai rendendo troppo facile, Sera.» La sua mano libera si posò sul mio ventre, facendomi sussultare. «Ci stai provando sul serio, a non farti prendere?»

La mano scivolò verso i lacci dei miei pantaloni. Mi mancò il respiro per un attimo. «Tu cosa ne pensi?»

Io non riuscivo a pensare.

«È ovvio.» La mano continuò a scendere tra le mie cosce, e un palpito di desiderio mi colpì come una frustata di fuoco. «Volevi che ti prendessi.»

Esplosi in un ansito quando le sue dita mi premettero sulla clitoride. «Non mi piace essere tenuta ferma.» Le dita cominciarono a muoversi in cerchio e io reagii ruotando le anche. «Mai.»

Lui ridacchiò. «Bugiarda.»

Vero, stavo decisamente mentendo. E cominciavo anche ad ansimare, per ragioni che avevano poco a che vedere con la mancanza di allenamento. Con un brivido gli afferrai il braccio mentre lui continuava a sfregare con le dita la stoffa dei pantaloni. «Anche se essere tenuta ferma in questo modo non è poi così male.» Le sue dita premettero sul mio punto più sensibile, costringendomi a reprimere un gemito. «Tutti i Primordiali combattono così?»

Il rumore di Nyktos che si strusciava contro la mia schiena non avrebbe dovuto eccitarmi, ma lo fece lo stesso. Sogghignai. Spinsi via il suo braccio, piegai indietro una gamba per agganciare una delle sue e tentai una torsione per sbilanciarlo.

«Mossa sbagliata» ringhiò lui sollevandomi di peso da terra e voltandosi verso il tavolo di pietra. «Ma di nuovo, non credo che tu ci abbia provato per davvero.»

Mi depositò a pancia in giù sul tavolo e mi schiacciò fino a farmi uscire l'aria dai polmoni. Scalciai per tentare di liberarmi, ma in un attimo lui fu sopra di me, il petto premuto contro la schiena e le gambe intrecciate alle mie. Poi infilò il braccio destro tra la mia guancia e la superficie di pietra, finché tutto quel che riuscii a vedere furono le sue nocche sbiancate e il mio pugnale ancora piantato nella parete.

Ero in trappola.

Strinsi la pietra ruvida tra le dita, aspettando che il panico mi travolgesse e il petto cominciasse a chiudersi, ma quando presi fiato tutto quel che sentii fu un intenso profumo di limone. Percepivo solo Nyktos dietro di me, il suo torace che si sollevava e si abbassava sulla mia schiena, il suo respiro che mi solleticava la guancia, i suoi fianchi premuti sulle natiche. Nessuna sensazione di panico. Al suo posto ci fu un'ondata sconvolgente di desiderio.

Il respiro di Nyktos accelerò. «Ti piace» disse con voce sorpresa, quasi sbalordita. Ma anche colma di fascinazione. Mi posò una mano sul fianco. «Ti piace *così*.»

Ero intrappolata. Dominata. Indifesa davanti a qualunque suo desiderio. E... mi piaceva più di quanto avrei saputo spiegare. Ero fradicia di desiderio, perché era il desiderio *di lui*, davanti al quale ero impotente. Era *lui* che aveva preso il controllo.

«Sento il *sapore* del tuo desiderio.» Le sue labbra mi sfiorarono la guancia. «Sa di fumo. Di spezie.» Spinse più forte con le anche, mandando un basso ringhio, e io rabbrividii. «Non ho nemmeno bisogno di tentare di leggerti.»

Quel maledetto si era di nuovo insinuato tra le mie cosce. Serrai ancora di più le mie mani sulla pietra e chiusi gli occhi, inarcandomi contro le sue dita. «Lo... lo so.»

«Perché?» La curiosità nella sua voce ammorbidì per un attimo la nota granitica della sua eccitazione. «Dimmelo.»

Inspirai, ma l'aria faticò ad arrivarmi ai polmoni. Ed era tutta colpa del modo in cui mi stava toccando. «Io...» gemetti mentre le sue dita proseguivano nei loro movimenti. «Io non lo so.»

«Invece penso che tu lo sappia.» La sua mano trovò il nodo che mi stringeva in vita e con un paio di strattoni lo sciolse. I miei muscoli fecero la stessa cosa. «O forse mi sbaglio. Forse davvero non lo sai.» La mano si insinuò sotto la stoffa dei pantaloni, poi sotto quella delle mutande, e un attimo dopo le dita stavano già premendo per entrare dentro di me. «Ma non sbaglio se dico che ti piace.»

No, non sbagliava affatto.

Mandai un gemito quando un dito entrò. Poi un altro. Le sue gambe erano piantate tra le mie e insieme al peso inesorabile del suo corpo mi tenevano le cosce aperte. Un altro palpito di desiderio mi fece tremare tutta.

«Mi piace...» gemetti, e lui assestò meglio il suo peso su di me. Strinsi forte le sue gambe tra le mie e serrai a pugno la mano sul tavolo.

«Cosa ti piace?» La sua voce era un sussurro infuocato nel mio orecchio. «Essere dominata?»

Tremai da capo a piedi mentre la tensione si attorcigliava sul fondo del mio stomaco. «Mi piace essere dominata da te.»

«*Cazzo.*» Anche lui tremò esalando un respiro spezzato. «Non ti sottometti mai a me.»

Girai la testa, aprii gli occhi e il suo sguardo catturò immediatamente il mio. «Lo sto facendo ora.»

L'ethere aveva inondato le vene delle sue guance. Sentii le dita fermarsi dentro di me. «È questo che vuoi? Ora? Così?»

Anche le mie guance avvamparono. «Penso che lo riesca a sentire anche tu.»

Le dita si piegarono appena, strappandomi uno strillo di piacere. «Sì, lo sento.»

Deglutii. «So di poter lasciare che questo accada» sussurrai, ma non fui sicura che avesse capito le mie parole. Quel che significavano.

Nyktos si fermò di nuovo, poi affondò con le dita una, due volte, e infine le estrasse dal mio corpo. «Penso di aver capito.»

Davvero? Aveva capito che volevo... no, che *avevo bisogno* di avere controllo sulla mia vita e sulle decisioni che mi riguardavano, non importava quanto piccole? Che non mi sarei lasciata sopraffare in una conversazione, né mi sarei sottomessa ad alcuna autorità o in battaglia? Ma a *lui*, in *quella* circostanza... avrei potuto sottomettermi. Lasciarmi andare e lasciarmi prendere, perché sapevo che con lui ero al sicuro. Di lui... mi fidavo. Il suo sguardo restò avvinto al mio, mentre le sue mani mi abbassavano i pantaloni e la biancheria fino alle ginocchia, il punto massimo che potevano raggiungere. Non distolse gli occhi nemmeno mentre si slacciava i calzoni e li abbassava quanto bastava a potersi prendere il membro in mano. Io non sbattei neppure le palpebre quando lo sentii appoggiarlo alle mie natiche e spingermelo dentro.

E a quel punto seppi, al di là di ogni dubbio, che aveva capito davvero.

Sentii che si chinava su di me a toccarmi la schiena con il petto come se fosse un bacio, e il suo membro entrò ancora più a fondo, riempiendomi.

E non era affatto come la volta precedente.

O come una qualsiasi di tutte le altre.

Nyktos mi prese da dietro, con il corpo possente che mi circondava come una gabbia mentre i colpi penetravano sempre più a fondo. Il piacere che provavo era violento quasi quanto una punizione. Non potevo muovermi, inchiodata tra lui e il tavolo di pietra, e il controllo completo che aveva su di me mi faceva impazzire: il puro senso di dominazione della sua pressione e dei suoi colpi produceva una sensazione selvaggia, pulsante e travolgente. Il suo respiro rauco si fece sempre più ansante nel mio orecchio, e io affondai sempre di più le unghie nella sua mano.

Forse fu quel piacere che cresceva senza freni a sciogliermi la lingua. O fu l'isolamento di quella sala sotterranea, con il rumore dolce dell'acqua e il senso di libertà che derivava dal non dovermi più controllare.

Quale che fosse il motivo, mi ritrovai a sussurrare richieste irripetibili nei nostri respiri che si mescolavano, con parole che non avevo mai detto a nessuno prima di allora.

Più forte.

Prendimi.

Scopami.

E lui lo fece.

Mi prese più veloce, più forte. La mano sotto di me si aprì e le dita si strinsero alle mie mentre i suoi fianchi continuavano a spingere e roteare contro il mio bacino. Poi il suo respiro si allontanò dalla mia guancia. Il suo naso mi sfiorò e quello fu l'unico avvertimento che ricevetti: un attimo dopo sentii le punte delle zanne che mi graffiavano la gola. Non trapassarono la pelle né fecero spillare sangue, ma quel semplice contatto, così vicino alle mie vene, pronto ad affondare, mi spinse oltre l'orlo. L'orgasmo fu quasi troppo intenso. Andai in pezzi in un modo che confinava con il dolore e lui venne subito dopo di me, premendomisi addosso talmente forte che tra noi non rimase la minima traccia di spazio. Nulla di nulla.

Continuò a tremare sempre più piano sulla mia schiena, e progressivamente anche la pressione delle zanne sulla pelle della mia gola si allentò. Infine Nyktos mi sussurrò all'orecchio: «Sarai sempre al sicuro con me, *liessa*».

25

Dovevo essermi comportata davvero bene perché, un po' di tempo dopo, entrammo in piscina.

L'acqua color della mezzanotte era più calda di quella del mio lago, ma mi rinfrescò lo stesso mentre mi ci immergevo sotto lo sguardo attento di Nyktos, che mi rimaneva vicino come se avesse paura che potessi allontanarmi troppo e annegare. Mi chiesi se i minerali di cui aveva parlato avessero un ruolo nel meraviglioso rilassamento che stava pervadendo i miei muscoli. Mi immersi sotto la superficie, godendomi la sensazione dell'acqua sul viso e sopra la testa. O forse erano i postumi dell'orgasmo. Sorrisi sott'acqua: probabilmente erano entrambe le cose. Rimasi immersa a galleggiare con gli occhi chiusi e le braccia aperte...

Finché un torace freddo mi toccò, facendomi sobbalzare. Nyktos mi prese per i fianchi e mi sollevò. Non appena ebbi la testa fuori dall'acqua riaprii gli occhi, mi aggrappai alle sue spalle e inalai una boccata d'aria, fissandolo.

Lui mi scostò una ciocca di capelli umidi dalla guancia. «Cominciavo a preoccuparmi.»

«Scusa.» Arrossii: non avevo mai pensato che effetto potessi fare su chi dall'esterno mi vedeva stare sott'acqua per così tanto tempo. «Non credevo di essere rimasta sotto così a lungo.»

Nyktos mi fissò negli occhi. «Quasi due minuti.»

Alzai le sopracciglia. «Stavi contando?»

Lui annuì, mi lasciò andare e mi accarezzò la linea della mascella. «Perché lo fai?»

«Io... in realtà non lo so.» Mi morsi il labbro e mi allontanai un po'. In quel punto l'acqua mi arrivava al petto: a Nyktos invece arrivava appena all'ombelico, e vedere i rivoli che gli scorrevano giù tra i capelli e lungo i muscoli era uno spettacolo anche troppo distraente. «Lo faccio da quando ero bambina.» Appoggiai la mano sulla pietra fresca del bordo. «Forse ho iniziato perché, anziché avere l'impressione di non riuscire a respirare, questa è una cosa che posso controllare. Non è lei che controlla me. Non lo so... ma mi fa sentire di essere padrona della situazione. Non mi fa sentire debole.» Scrollai le spalle, ma Nyktos non disse nulla. «Non so nemmeno se questo discorso abbia senso. È solo una vecchia, strana abitudine che mi porto dietro.» Mi schiarii la voce. «Comunque mi sa che il tentativo di oggi è stato un fallimento.»

«Non del tutto.» Nyktos mi si avvicinò facendo muovere l'acqua. «Come ti ho detto, ho percepito l'essenza dentro di te. Probabilmente l'ho sentita anche quella notte nel bosco, ma ero troppo...»

Si immerse anche lui e riemerse pochi istanti dopo, sorgendo dalle acque come il dio primordiale che era. La vista dei suoi bicipiti e dei suoi pettorali che si muovevano in mille modi interessanti mentre si toglieva i capelli bagnati dal viso con le mani era quasi ipnotica.

«Continuo a pensare che riusciremo a fartela tirare fuori.» Mi raggiunse accanto al bordo. «Pochi dei al mondo riescono a usare l'ethere come hai fatto tu quando sono così vicini alla Transizione: questa è una cosa che non dobbiamo dimenticare. Tu parti già da una posizione avvantaggiata.»

Annuii e appoggiai il mento al braccio. «In realtà non dovrei nemmeno trovarmici, in questa posizione.»

«Anche questo è vero.» Nyktos tacque per qualche istante. «Ti ho mai raccontato di quando Lathan era giovane?»

Scossi la testa.

«Aveva queste... strane sensazioni. Sempre di notte, quando stava per addormentarsi.» Posò anche lui il mento sul braccio, come me. «All'improvviso cominciava a sentire una specie di pressione al petto e alla gola, così forte che non riusciva più a respirare.»

Mi immobilizzai.

«Era una cosa che succedeva sempre senza preavviso e lo lasciava lì a boccheggiare come un pesce. Mi raccontò che gli attacchi arrivavano a ondate: potevano durare per varie notti di seguito e poi sparire per settimane. A un certo punto cominciò a temere di essere tormentato da un Sekya.»

«Un cosa?»

Nyktos mi fissò. «È una creatura che abita nell'Abisso, specializzata in una particolare forma di tortura: si siede sul petto della vittima e risucchia via l'ethere attraverso il respiro.»

«Ma che cazzo...» Rabbrividii.

Nyktos ridacchiò. «Mio padre non avrebbe mai permesso ai Sekya di uscire dall'Abisso e Lathan lo sapeva bene, ma era la sola spiegazione che sembrasse avere senso. Andava avanti già da anni, ma io non me n'ero mai accorto, fino alla notte in cui lo vidi con i miei occhi: Lathan sobbalzò sul letto come se si fosse svegliato di colpo e cominciò ad ansimare cercando l'aria. C'era Nektas con noi e lo vide anche lui: fu allora che insegnò a Lathan alcune tecniche di respiro simili a quelle che ho visto usare a te.»

«Ma non... non sapeva nemmeno lui da che cosa venissero quegli attacchi?»

«Lathan non ne era sicuro, ma Nektas disse che si trattava di ansia. Secondo lui, anche se Lathan non stava pensando a nulla in particolare, quando andava a dormire i pensieri che aveva avuto durante il giorno rimanevano rintanati dentro di lui e saltavano fuori quando la sua mente...»

«... si quietava?» chiesi in un sussurro.

Il suo sguardo tornò su di me. «Sì.»

Fissai il muro della sala, poco convinta. «Stai cercando di dirmi che un semidio può soffrire di attacchi d'ansia, o di farmi sentire meno peggio per il fatto che perdo la testa senza motivi apparenti?»

«Innanzitutto non penso affatto che tu perda la testa. Detto questo, se ti sembra che ti manchi il respiro la causa scatenante in sé non è né buona né cattiva: è soltanto una causa.» A quelle parole inarcai un sopracciglio. «E comunque da quel che dici non sembri credere che Lathan potesse soffrire di ansia.»

«Infatti. Un semidio è un essere forte, potente... insomma hai capito.»

«Tu porti dentro di te le braci della vita. Il potere di un Primordiale.» Si girò verso di me e la sua gamba sfiorò la mia sott'acqua. «Sei forte. Lathan era coraggioso ai limiti dell'incoscienza, proprio come te. E nulla di tutto ciò ha a che fare con la mente.»

Coraggiosa.

Forte.

Aprii la bocca, poi la richiusi e tacqui per qualche istante. «Riuscì a liberarsi di queste crisi prima... prima della sua morte?»

«A un certo punto si interruppero, e non le ebbe più per anni. Poi all'improvviso tornarono.» Nyktos scostò alcune ciocche di capelli che mi si erano incollate al braccio e me le drappeggiò di nuovo sulla schiena. «Ma una volta accettato che non c'era nessun Sekya a tormentarlo imparò a gestirle.»

Appoggiai di nuovo il mento alle braccia conserte. «Quando ero più piccola trattenevo il respiro ogni volta che mi sentivo in quel modo. Non solo quando ero sott'acqua.» Sentii che ancora una volta mi si scaldavano le guance. «Era prima che Holland mi prendesse sotto la sua tutela. Detta così forse può sembrare che trattenere volontariamente il fiato potesse peggiorare la sensazione di non riuscire a respirare, ma su di me aveva l'effetto opposto. Non chiedermi perché.»

«La metà delle volte nemmeno io so perché il corpo e la mente delle persone fanno quello che fanno» fu la sua risposta, e per qualche ragione quelle parole mi fecero sorridere. «Penso che nessun Primordiale lo sappia. Ma se una cosa qualsiasi ti aiuta a fare quel che devi e non ti danneggia, allora falla e basta.» Abbassò la testa verso di me. «Quel che so per certo è che tu non sei debole, Sera. Non lo è il tuo corpo e, cosa ancora più importante, non lo è la tua mente. Anzi, ti rivelerò che sei una delle persone più forti che io abbia mai conosciuto, tra i mortali come tra gli dei.» Mi sfiorò il braccio con la punta delle dita. «E con o senza le braci della vita.»

La crepa nel mio petto ebbe un tremito, e un nodo di emozioni mi si gonfiò in gola a tale velocità che, anche se avessi avuto le parole giuste per rispondere, non sarei riuscita a spingerle fuori. Mi sentivo bruciare le vie respiratorie: reagii battendo le palpebre per cacciar via un'umidità che – lo sapevo – non aveva nulla a che vedere con il fatto che ero immersa nell'acqua. Ero anche consapevole che con ogni probabilità stavo proiettando tutte quelle emozioni confuse che mi si agitavano dentro... ma Nyktos aveva appena detto che ero forte. Non le braci. *Io*. E nient'altro aveva più importanza.

Perché mi aveva appena ricordato che ero *io* ad averne.

Mi scostai dal muro, diedi le spalle a Nyktos e immersi di nuovo la testa sott'acqua finché il nodo di emozioni decise di manifestarsi in un fiotto caldo di lacrime. Non so per quanto tempo rimasi sotto, ma stavolta Nyktos non venne a recuperarmi. Quando riemersi, però, era lì che mi aspettava con i suoi occhi sempre attenti, e i nostri sguardi si incontrarono.

«Comincio a pensare che ci sia un po' di sangue Ceeren nella tua famiglia» commentò con un ghigno.

«Ma piantala.» Agitai la mano nell'acqua per mandargli addosso una piccola onda.

Lui alzò un sopracciglio. «Mi hai appena... schizzato?»

Scrollai le spalle. «Forse.»

Lui mi guardò fisso per qualche secondo, poi stese la mano sull'acqua con il palmo rivolto verso il basso. Avvertii l'aria che si caricava di energia, dopodiché l'acqua cominciò a sollevarsi da sola sotto le sue dita, turbinando fino a formare un piccolo ciclone. Rimasi a bocca aperta. Il minuscolo vortice crebbe piano piano di dimensioni, si fece più largo e più alto finché non riuscii più a vedere il Primordiale dietro di esso.

«So che hai perso le parole per la sorpresa» lo sentii dire, «ma se fossi in te chiuderei la bocca.»

Obbedii subito, un attimo prima che il ciclone si inclinasse verso di me e mi investisse in pieno. Mi sfuggì un suono a metà tra uno strillo e una risata e barcollai all'indietro, travolta da quella che sembrava una raffica violentissima di pioggia. Dovetti scostare i capelli dal viso con le mani.

«Così non vale!»

«Lo so.»

Tornai vicino a lui ridacchiando. «Fallo di nuovo.»

Rise anche lui. «Siamo già tornati alle pretese.»

Ma lo rifece per davvero. Un'altra volta e poi un'altra ancora. Creò per me vortici piccoli e grandi che assunsero numerose forme, ora una creatura alata, ora un grosso lupo che correva sulla superficie dell'acqua lasciandosi dietro una scia furiosa di schiuma. Io ero strabiliata, deliziata e completamente rapita. Alla fine mi raggiunse al centro della piscina, mi mise un braccio intorno alla vita e lasciò che l'acqua si disperdesse in vaste onde attorno a noi. La cosa che più mi ipnotizzava non era il suo potere sulle acque ma il fatto che lui, il Primordiale della Morte, *stava giocando*.

Alla fine però, anche il tempo che potevamo dedicare solo a noi stessi giunse al termine. E a quel punto notai un nuovo cambiamento, una di quelle metamorfosi intangibili che si verificavano tra noi due: la avvertii in lui mentre prendeva degli asciugamani da una mensola in fondo alla sala, e in me stessa mentre mi rivestivo, incapace di smettere di sorridere o di staccargli gli occhi di dosso. I suoi lineamenti, in quel momento così rilassati, lo facevano sembrare tanto giovane mentre si prendeva la briga di asciugarmi personalmente i capelli. Tutto quel che riuscivo a pensare era che adesso davvero sembrava... *qualcosa di più*.

Noi due insieme sembravamo qualcosa di più.

Passai il resto della giornata con Aios e i piccoli Draken. Anche se non avessi passato la mattina ad allenarmi e poi a rilassarmi in piscina, le ore che trascorsi a impedire a Jadis di dare fuoco a qualunque cosa o tentare di volarci sopra sarebbero bastate a lasciarmi sfinita.

Potei riprendere fiato senza la paura che succedesse qualche disastro solo quando la piccola Draken venne verso il divano su cui mi ero seduta e tese verso di me le zampine scagliose. Quando feci per prenderla in braccio fu avvolta da un alone argenteo e assunse la sua forma umana sotto i miei occhi, nuda come mamma l'aveva fatta. Come immediata conseguenza Reaver mandò uno squittio e volò via dalla stanza più veloce di quanto gli avessi mai visto fare. Un istante dopo anch'io desiderai di poterlo imitare, quando Ector si sporse a guardare dentro dalla porta scomparendo subito, evidentemente intenzionato a non avere nulla a che fare con quel che stava accadendo in quella stanza.

Per fortuna Aios era preparata a quei casi di nudità improvvisa: arrivò in nostro soccorso con una piccola vestaglia azzurra e riuscì a calarla sulla testa bruna di Jadis prima che la piccola si arrampicasse su di me e mi affondasse letteralmente il visino nei capelli. Pochi secondi dopo era già addormentata.

«Vorrei poter scivolare nel sonno anch'io con tanta facilità.» Aios si chinò sul pavimento accanto ai piatti con gli avanzi del pranzo. Ero riuscita di nuovo a far mangiare Jadis dalla forchetta, ma era stata un'impresa che aveva richiesto tutta la mia concentrazione: se avessi perso di vista anche solo un attimo la piccola bocca zannuta avrei rischiato di perdere un dito. «Non aver timore di svegliarla, non c'è nessun pericolo. Potrebbe venir giù il palazzo intero e lei non se ne accorgerebbe.»

«Vero, dev'essere bello dormire così.» Mi appoggiai al bracciolo del divano e contemplai i riccioli neri della piccola Draken. «Perché ha assunto la forma umana? L'ho sempre vista dormire in forma Draken.»

«Un Draken dorme in forma umana solo se si sente davvero al sicuro.» Aios si scostò dal viso una ciocca rosso vino e sedette a gambe incrociate. Notai che le borse sotto i suoi occhi erano diminuite. «E vale soprattutto per i più giovani. Significa che con te si sente veramente a suo agio.»

«Oh.» Abbassai di nuovo gli occhi su Jadis: aveva girato un poco la testa, mettendo in luce una gota rosea. Teneva ancora i miei capelli stretti nelle manine. Mi accorsi che aveva delle ciglia incredibilmente lunghe e folte. «Credo sia per i miei capelli. Nektas ha detto che forse il loro colore le ricorda sua madre.»

«Avrebbe senso.» Aios guardò la piccola con un sorriso pallido. «E sarebbe una cosa triste, anche se molto dolce.» Riportò gli occhi su di me. «Non ho ancora avuto modo di chiederti come ti senti per il fatto che l'incoronazione è stata rimandata e siete stati convocati.»

Senza smettere di abbracciare Jadis, piegai indietro la testa e produssi un sorrisetto. «Nemmeno io mi sono concessa di pensarci più di tanto. Il che probabilmente non è la strategia migliore, ma non possiamo farci granché.»

«Già.»

Annuii. Forse saremmo riusciti a cambiare le cose se avessimo trovato Delfai prima che Kolis ci convocasse. Ma se non fosse stato possibile, e se io fossi stata simile a Sotoria... Mi tenni quei pensieri per me: Aios ignorava quella parte della storia, ed ero certa che se avesse saputo che ero la *graeca* di Kolis le ombre sotto i suoi occhi sarebbero tornate. Mi costrinsi ancora una volta a non rimuginarci, perché se lo avessi fatto non ne sarebbe venuto nulla di buono.

Udendo passi in avvicinamento, ci voltammo tutte e due verso la porta e io riuscii a non manifestare alcuna sorpresa quando vidi riapparire Reaver, stavolta in forma umana, con addosso un paio di pantaloni neri ampi e una camicia molto semplice. In mano aveva un rotolo di stoffa bianca.

Ci si avvicinò e si inginocchiò davanti al divano. I lunghi capelli biondi gli piovevano sul viso nascondendolo quasi del tutto. «Vorrà la sua coperta» disse con tono stranamente serio, troppo maturo per un ragazzino che dimostrava forse dieci anni.

«È una cosa molto gentile da parte tua, Reaver» disse Aios.

Lui alzò una spalla e con il mio aiuto avvolse la morbida copertina attorno a Jadis. Solo quando fu sicuro che fosse ben coperta sedette sul pavimento con noi.

Lanciai un'occhiaia ad Aios.

Lei rispose con un sorrisetto.

Reaver mi guardò con i suoi occhi color rubino, come se aspettasse qualcosa. Ma non avevo idea di cosa. Il che mi ricordò immediatamente quanto poco ci sapessi fare con i bambini.

«Vuoi qualcosa da mangiare?» Aios raccolse una ciotola di frutta mista. «Sono abbastanza sicura che Jadis non l'abbia toccata.»

Reaver esitò, poi annuì. Io mandai un piccolo sbuffo: quella frutta era probabilmente l'unico cibo che Jadis non aveva toccato con le piccole dita ora serrate sui miei capelli. «Per caso sai quando dovrebbe tornare Nektas?»

«Più tardi.» Reaver si mise in bocca un pezzetto di fragola. «Credo sia andato a Vathi a far visita ad Aurelia.»

«Aurelia?» chiesi reprimendo uno sbadiglio.

«Una Draken della Corte di Attes» spiegò Aios fissandomi. «L'ho incontrata un paio di volte. È una persona carina.» Versò a Reaver un bicchiere di vino, che il giovane Draken non aveva potuto bere mentre Jadis gli dava la caccia in giro per il palazzo. Poi riportò gli occhi su di me. «Secondo me è andato a chiederle se sa qualcosa del Draken che ci ha attaccati.»

In effetti aveva senso.

«Non lo so.» Reaver prese il tovagliolo che Aios gli porgeva e se lo lasciò cadere sul ginocchio. «Mi pare che Nek si comporti in maniera molto dolce con lei.»

Alzai le sopracciglia, sia sentendo quel nomignolo sia al pensiero che Nektas potesse comportarsi così con qualcuno, quando sembrava chiaro che era ancora innamorato della sua defunta moglie.

Aios sorrise al giovane Draken con aria complice. «E che cosa te lo fa pensare?»

L'altro scrollò le spalle e mandò giù una fetta di melone. «Sorride sempre quando qualcuno fa il suo nome.»

«Questo non significa che sia insolitamente dolce con lei.»

Reaver la fulminò con un'occhiata mortalmente seria. «Allora perché Bele sorride sempre quando qualcuno fa il tuo nome?»

Il viso di Aios passò attraverso dodici diverse tonalità di rosso, e io non riuscii a evitare di sorridere. Avevo notato le loro reciproche interazioni, e mi era già passato per la mente che tra loro potesse esserci qualcosa.

«Perché Bele è una sciocca.» Aios si schiarì la voce. «Nyktos è andato con Nektas?»

Il mio cuore ebbe un piccolo sussulto e fu il mio turno di

attraversare le varie tonalità di rosso. Concentrai tutta la mia attenzione sulla mano con cui stavo accarezzando la schiena di Jadis. Reaver rispose di aver visto il Primordiale allenarsi con le guardie nel cortile, poi chiese ad Aios perché alcuni meloni erano dolci e altri aspri e io rivolsi lo sguardo al soffitto di lucida pietra nera.

Nyktos.

Pronunciai il suo nome nella mia mente, ancora e ancora, ma per quante volte potessi ripeterlo, continuava a sembrarmi fuori posto. Ne conoscevo anche il motivo, ed era tutta colpa di *Nek*.

Perché, a un certo punto, avevo cominciato a vedere Nyktos nella maniera in cui desideravo vederlo.

E questo era un problema, perché pensare a lui come a Nyktos era la mossa più saggia. Essere qualcosa di meno. Non *di più*. Nyktos era il *qui e ora*, il piacere per il gusto del piacere. Era quello il modo meno pericoloso per gestire il rapporto con lui. Non avevamo nessuna garanzia che Delfai avrebbe saputo dirci come rimuovere le braci. E anche se così fosse stato, quella non era di per se stessa una promessa di un futuro migliore, almeno non finché non avessimo tolto di mezzo la minaccia di Kolis e riportato un po' di ordine nell'Iliseum.

Pensare a lui come ad Ash mi dava una sensazione di infinite possibilità. La sensazione che ci fosse *di più*. Che ci fosse qualcosa che in realtà non ci sarebbe mai potuto essere con lui.

Come in risposta al mio cuore che si stringeva, Jadis si agitò leggermente. Per la millesima volta mi chiesi che cosa ci facevo lì, immersa fino al collo in quel discutibile piano, quando in realtà avevo una missione da compiere, un destino. C'erano persone che morivano a causa della mia inattività. E se Kolis avesse scoperto la verità sulla faccenda dell'anima avrebbe fatto quel che Penellaphe aveva paventato. Sentii la pressione crescere dentro di me, perché sapevo per quale ragione non avevo più tentato la fuga. Non perché avessi paura di venir ripresa di nuovo. E nemmeno per via del piano in se stesso. Se non ero fuggita, era a causa della vera ragione per la quale volevo che il piano funzionasse. Chiaro, c'erano tutte le ragioni ovvie – sconfiggere Kolis, fermare la Putrefazione, restituire a Nyktos il suo destino di legittimo re degli dei – ma io ne avevo anche altre, puramente egoistiche.

Non volevo affrontare quel che sarei stata costretta a fare per indebolire Kolis.

Volevo un futuro per me stessa, uno in cui avrei potuto conservare quel che di buono c'era in me... proprio come aveva fatto Nyktos. Un futuro fatto di tanti altri momenti come quelli che avevo già vissuto con lui: momenti di *pace*. Volevo anni come quelli che aveva avuto il suo amico Lathan, in cui non aveva dovuto lottare per respirare nemmeno quando le cose si facevano difficili. E forse volevo anche momenti come quello che stavo vivendo, con un bambino addormentato tra le braccia. Uno che fosse mio. E volevo un futuro dove sarei stata...

Cercai di fermare il cervello prima che completasse quel pensiero, ma era già troppo tardi: le ragioni dietro quel che volevo si erano già fatte nitide, e mi venne in mente la più strana e la più terrificante tra tutte. Per istinto abbracciai Jadis più forte.

Nyktos era tutto quel che già sapevo di lui: un Primordiale della Morte che voleva dare alle Ombre una possibilità di redenzione anziché il nulla della morte definitiva e che si preoccupava di chi gli stava intorno anche al punto da mettere a rischio se stesso. Quel che aveva fatto per Saion e per Rhahar, nonché per moltissimi altri, era la dimostrazione che il suo tentativo di essere una brava persona aveva senz'altro funzionato. *Inspira*.

Nyktos era un protettore con ben più di un briciolo di decenza, ma c'era una parte di lui che apparteneva a me, e a me soltanto.

Non mi serviva averne la prova perché me l'aveva già data tre anni prima, quando aveva rifiutato di prendermi come sua Consorte. Solo che all'epoca non me ne ero accorta e il cielo sapeva quanto le cose non fossero andate secondo le sue intenzioni, ma tutto ciò che lui aveva desiderato per me era la libertà. *Trattieni.* E da allora ne aveva dato prova ancora e ancora, impedendomi di andare a farmi ammazzare al Luxe, non reagendo in maniera violenta nemmeno quando lo avevo pugnalato al cuore, fermando Tavius quando nessun altro lo avrebbe fatto, salvandomi la vita con un raro antidoto per una tossina letale. E aveva fatto tutte quelle cose anche prima di sapere delle braci. Aveva anche rimesso al suo posto mia madre, e più di una volta. E poi c'era ciò a cui Rhain aveva accennato quando erano arrivati i Cimmeriani: quel sacrificio misterioso che Nyktos aveva negato. *Espira.*

Ne aveva dato prova persino dopo aver scoperto il mio piano per ucciderlo. Nessuno al mondo lo avrebbe biasimato se a quel punto mi avesse sbattuta in una delle celle che avevo visto quella mattina. Non lo avrei biasimato nemmeno io stessa. Ma non lo aveva fatto. Si era infuriato, e a ragione, ma la sua rabbia non era durata.

Di queste cose ero certa. E alla fine mi aveva dato il suo sangue perché non voleva vedermi soffrire.

Nektas aveva ragione.

Nyktos aveva *compreso* le mie azioni e le aveva *accettate*, due cose che persino io sapevo essere più importanti del perdono stesso. *Nyktos mi conosceva. Mi ascoltava.* E si era assicurato che io sapessi che una parte di me era buona e che lui non mi vedeva come un fantasma o un mostro, ma vedeva *me*. E mi considerava forte e coraggiosa, anche al di là delle braci che contenevo. Ora sapevo che diceva la verità quando sosteneva che l'unica cosa che lo faceva infuriare per davvero era la mancanza di riguardo per la mia stessa vita. Si preoccupava sul serio per me, al di là della sua affermazione di volermi considerare una Consorte a titolo nominale e nient'altro, anche al di là della sua impossibilità di amare. E a causa di questo, a causa di tutte queste cose...

... ora io volevo di più.

Volevo essere sua moglie.

La sua compagna.

La sua regina.

Volevo essere la Consorte di Nyktos.

Mi resi conto che Jadis mi stava scivolando via di dosso e la strinsi per paura che cadesse.

«Tranquilla, la tengo io.»

Aprii gli occhi, confusa, sentendo la voce di Nektas. Era seduto accanto a me e stava districando le dita di sua figlia dai miei capelli. Jadis era ancora immersa nel sonno, le gambe rilassate ma le mani ancora cocciutamente serrate sulle mie ciocche.

«Non vuole mollarle.» Suo padre sorrise.

Mi resi conto che dovevo essermi assopita anch'io. Mi guardai attorno: Aios e i piatti non c'erano più. Reaver era acciambellato sulla sedia accanto al divano: aveva gli occhi aperti ma sonnolenti.

«Non l'ho mai vista dormire così a lungo» disse sfregandosi una guancia con il pugno. «Mai.»

Io invece per quanto tempo avevo dormito? Non lo potevo sapere, e dopo un attimo smise anche di interessarmi perché avvertii una familiare vibrazione al petto, e questo significava una cosa sola. Mi voltai di nuovo a guardare le mani di Nektas: Nyktos doveva essere nella stanza.

Tutti i pensieri in cui mi stavo aggrovigliando appena prima di addormentarmi mi investirono di nuovo. Quel che sapevo. Quel che volevo. Oh, dei. Il cuore mi batteva così forte che per poco non mi strappai di dosso Jadis per scappare via, come se al risveglio mi fossi trovata un Sekya appollaiato sul petto. Sarebbe stata una reazione un po' estrema, ma non sapevo che cosa pensare di tutta la situazione. Non sapevo nemmeno più come avrei dovuto reagire.

Desiderare qualcosa che potevo avere era una sensazione sconosciuta per me. Come Nyktos, avevo passato la vita intera a *esistere* e basta. Ora però *desiderare* mi faceva sentire come se stessi *vivendo*.

E la cosa mi terrorizzava ancora di più alla luce del fatto che avevo una buona possibilità di mandare in fumo quel possibile futuro con Nyktos, se davvero esisteva. Io non ero solo una persona con molti problemi: ero un unico immenso problema. Ero lunatica, violenta, cocciuta. Incline agli sbalzi d'umore. Ero ansiosa un minuto prima e troppo sicura di me il minuto dopo. Volevo che Nyktos sapesse gestirmi, ma io stessa per la maggior parte del tempo non ero in grado di farlo. Stavo respirando a fatica quando Nektas arrivò a districare l'ultimo nodo nelle mani di Jadis.

«È tutta colpa tua» mormorai.

Nektas si fermò. «Cosa?»

«Tutto» borbottai. «Tutto, a parte le mani di Jadis nei miei capelli.»

«Era da un bel po' di tempo che qualcuno non mi accusava di *tutto* senza sapere nemmeno che cosa avevo fatto.» Il Draken sorrise perplesso. «Ed è strano, ma non mi sono accorto di aver fatto qualcosa di male.» Sollevò lo sguardo per incontrare il mio...

E io mi irrigidii.

I suoi occhi sfavillavano di una sfumatura di blu così intensa che per un istante mi parvero zaffiri lucidati. Subito dopo tornarono al loro consueto rosso profondo.

«I tuoi occhi» sussurrai mentre liberava l'ultima delle mie ciocche dalle dita di Jadis e prendeva in braccio sua figlia con tutta la coperta. «Non so se te ne sei reso conto, ma hanno cambiato colore per un paio di secondi.»

Il volto di Nektas cambiò istantaneamente. Il suo sorriso scomparve e i lineamenti si fecero così affilati da mostrare il vago profilo delle scaglie. «Di che colore erano?»

«Blu.» Lanciai un'occhiata a Reaver, che sembrava ancora mezzo addormentato. «Un blu profondo.» La pelle di Nektas non mi sembrava più del solito colore ramato: non potevo esserne sicura, ma mi pareva impallidita. «È una cosa normale?»

«A volte.» Il Draken si chinò a darmi un rapido bacio sulla fronte. Piombai in un silenzio allibito. «Grazie per aver badato ai piccoli.»

In realtà non avevo fatto nulla: guardarli dormire contava? Nektas si alzò in piedi. Dalla sua sedia Reaver mandò un'esclamazione e il Draken adulto gli si avvicinò. E finalmente lo vidi.

Nyktos era appoggiato alla parete con le braccia conserte. Si era cambiato: ora portava una tunica grigia e teneva la testa piegata di lato. In un attimo mi scordai degli occhi di Nektas e di qualunque altra cosa, perché l'espressione sul viso di Nyktos era così calda e gentile.

Nektas gli si accostò e gli disse qualcosa a voce troppo bassa perché io riuscissi a sentire. Nyktos ascoltò, poi si staccò dal muro, sciolse le braccia e guardò nella mia direzione.

Resistetti alla tentazione di affondare tra i cuscini.

Anche Nyktos disse qualcosa sottovoce, Nektas annuì e si voltò verso Reaver. Il ragazzino mi salutò con la mano e i tre Draken uscirono dalla porta, lasciandoci soli nella stanza. Nyktos venne verso di me e io riuscii a stento a tirarmi a sedere dritta. Ero un disastro. Il Primordiale prese posto dove prima sedeva Nektas e io mi diedi un gran daffare a lisciarmi le pieghe del vestito.

«Ho notato che a qualcuno piacciono i tuoi capelli almeno quanto piacciono a me.»

«Già» riuscii a rispondere con un filo di voce.

Ci fu un attimo di silenzio. «Va tutto bene?»

«Io... Mi sa che i miei capelli sono tutti appiccicaticci.» Chiusi gli occhi e mi imposi di darmi un contegno. Non avevo ragione di comportarmi in maniera diversa dal solito: l'enorme e non richiesta epifania che avevo appena avuto non cambiava le cose per Nyktos. Dovevo gestire la faccenda allo stesso modo in cui gestivo la convocazione di Kolis che incombeva su di noi, o il dubbio su a chi realmente appartenesse l'anima che viveva dentro di me. Gestirla... ovvero fare finta che non esistesse.

Mi parve un ottimo piano.

Lo fissai: la tensione si era rimpadronita delle sue labbra e della sua mascella. Era di nuovo preoccupato.

Mi fissò con tale intensità che mi chiesi se stesse contando di nuovo le mie lentiggini. O forse avevo proiettato quel groviglio di emozioni che mi aveva colpita poco prima e lui stava cercando di capire che cosa lo avesse provocato. Sperai con tutte le mie forze che stesse contando le lentiggini.

Invece non lo stava facendo, e nemmeno stava esaminando le mie emozioni.

«Dormi molto, ultimamente.»

Provai un brivido di sollievo, ma fu breve. «Lo so. Ma sto bene: non ho mal di testa né altro. Però è vero che prima non dormivo così tanto. Dev'essere la Transizione.» Era la prima volta che lo ammettevo ad alta voce... e davanti a me stessa.

Nyktos annuì. «Potrebbe anche essere l'allenamento di stamattina...»

«Non voglio smettere di allenarmi.»

Lui si tirò indietro quando mi vide mettere le gambe giù dal divano e spostarmi sul bordo. «Non stavo suggerendo di smettere.»

«Eppure sento un *ma* in fondo alle tue parole.»

Nyktos seguitò a osservarmi attentamente. «Hai visto gli occhi di Nektas cambiare colore.»

Mi accigliai. «Sono diventati blu. È una cosa normale?»

«No.» Nyktos mi spostò una ciocca di capelli dietro la spalla. «Non li ho mai visti fare così. Ma un tempo tutti i Draken avevano gli occhi di quel colore.»

«Davvero?» chiesi sorpresa. «E perché adesso sono rossi?»

«È successo quando Kolis ha sottratto le braci della vita a mio padre. È una sorta di *notam*, il legame fondamentale che unisce tutti i Draken al vero Primordiale della Vita e che si è spezzato quando le braci sono state rubate. Da quando non c'è più un Primordiale della Vita che sia veramente asceso i loro occhi sono rimasti di quel colore.»

«E quindi perché quelli di Nektas sono...» Inspirai bruscamente e scattai in piedi. «Sono cambiati momentaneamente per causa mia? Ma io non sono ancora ascesa.»

«Penso che il potere delle braci stia crescendo dentro di te, e che il legame innato dei Draken con esse abbia reagito.»

Incrociai le braccia sul petto. «Ok... ma non è una cosa importante, non è vero?»

«Normalmente no, non lo sarebbe» confermò lui. Ma lo sguardo preoccupato non abbandonò i suoi occhi d'argento.

«Dunque qual è il problema?»

Nyktos rimase in silenzio per un lungo istante. «Potrebbe significare che la tua Ascensione è più vicina di quanto pensassimo.»

26

Essere vicini all'Ascensione *era* una cosa importante.

Perché avevo ancora le braci dentro di me, e avvicinarmi a quel momento in quella condizione significava avvicinarmi alla morte. Nemmeno il sangue di Nyktos sarebbe bastato a salvarmi. Per quello sarebbe servito il suo amore.

Proprio il sentimento che lui aveva estirpato da sé facendosi rimuovere il *kardia*.

C'era una cosa sola da fare: togliermi le braci. E oggi avremmo fatto il primo passo significativo in quella direzione.

Io e Nyktos uscimmo dal palazzo alle prime luci dell'alba, diretti alle stalle. Ero avvolta nel mio nuovo mantello, caldo e morbidissimo, di stoffa color ferro e con una bordura d'argento che mi sfiorava gli stivali. Sperai che non ci aspettasse nessun incidente che rischiasse di farmi rovinare i vestiti nuovi.

Sbirciai Nyktos, mordicchiandomi il labbro. Il giorno prima a un certo punto avevo stabilito che non c'era bisogno di metterlo a parte dei miei sentimenti. Cioè del fatto che... *ci tenevo* a lui. Non mi sembrava giusto caricarlo anche di quel fardello; pur sapendo che anche lui teneva a me... avevo l'impressione che quel che provavo io fosse qualcosa di più.

Si era legato i capelli in una coda sulla nuca, ma la linea della ciocca che gli avevo tagliato continuava a spiccare sul suo zigomo. Non aveva smesso di onorare entrambi gli accordi che aveva preso con me: mi teneva compagnia a tutti i pasti e aveva dimostrato di saper imparare a velocità prodigiosa come usare la lingua. Al ricordo della sua testa tra le mie cosce e della sua lingua dentro di me, intenta a fare cose incredibili e innominabili per quella che mi era sembrata una piccola eternità, mi si scaldarono le guance.

Quando arrivammo alle stalle Nyktos si voltò a guardarmi. «Su cosa stai rimuginando?»

Sbarrai gli occhi per un attimo, poi li ridussi a due fessure. «Piantala di leggere le mie emozioni.»

«Non lo sto facendo.»

«A me invece sembra proprio che...» Nyktos attraversò le ombre senza preavviso afferrandomi per un braccio. Mandai un ansito e in un battito di ciglia mi ritrovai contro il muro esterno delle stalle, con il suo corpo premuto contro il mio. Senza fiato, fissai le sue iridi invase dallo splendore dell'ethere.

Poi la sua bocca si chiuse sulla mia.

Mi baciò e... dei! Lo fece come se la sua vita dipendesse da quello. Fu un altro di quei momenti. Niente passione repressa o tenuta sotto controllo: in quel bacio c'era tutto. Labbra. Lingua. Zanne che pungevano e graffiavano. Quando terminò mi tremavano le gambe. Letteralmente.

«Stavi proiettando» sussurrò contro le mie labbra che ancora pulsavano. «Desiderio.» Mi passò la lingua sul labbro inferiore, strappandomi un sospiro. «Desiderio denso come fumo. E se non la smetti con pensieri del genere non arriveremo mai alla Valle.»

Afferrai le falde del suo mantello, combattendo la voglia di posare di nuovo la bocca sulla sua. «E ciò sarebbe molto... irresponsabile da parte nostra.»

«Molto» assentì lui facendo scorrere le mani sulle mie braccia coperte dal mantello. «Quindi, comportiamoci bene.»

«Sei tu che hai cominciato a mettermi le mani addosso e a baciarmi» gli feci notare.

«E sei tu che mi ci hai trascinato.» Sfiorò ancora una volta le mie labbra con le sue. «Ma cercavo una scusa per baciarti da quando ti ho vista leccarti via quella goccia di succo dalle labbra a colazione.»

«Non ti servono scuse. Basta che tu lo voglia.»

«Lo terrò a mente» rispose appoggiando la fronte alla mia. Restammo immobili in quella posizione per un bel po', e desiderai che potessimo restarci per sempre. Ma sapevo che era un pensiero sciocco. Alla fine Nyktos si scostò da me.

Mi staccai dal muro e notai che c'era un gruppetto di guardie radunate non lontano. Nyktos doveva essersi accorto di loro ben prima di me, ma questo non lo aveva fermato. E la cosa mi confortò un po' mentre ci ridavamo un contegno e ci rimettevamo in moto: si era trattato di un bacio in pubblico. E io non ero abituata nemmeno al fatto di *esistere* in pubblico.

Entrati nelle stalle, l'odore di paglia e fieno ci avvolse. Non c'era nessuno dentro, solo i cavalli. «Dov'è Nektas?»

Nyktos mi guidò verso i box degli animali tenendomi una mano sulla schiena. Quel contatto così solido era rassicurante. «Si unirà a noi per strada.»

«Nella sua forma Draken?»

«No: a cavallo. Una volta entrati nella Valle vi sarà più facile e veloce spostarvi così.»

Forse intendeva che sarebbe stato più facile e veloce per me, ma di certo non per Nektas, che poteva sfrecciare nel cielo. Ma ero certa che fosse stato Nyktos a volere che il Draken mi stesse accanto in forma umana. Si fermò ad aprire la porta di un box, e la luce fioca della stalla scintillò sul suo bracciale. «Ti presento Gala.»

Guardai oltre la sua spalla e rimasi a bocca aperta: nel box c'era una splendida giumenta già sellata, intenta a masticare del fieno. Era grande quasi quanto Odin, ossia più di quasi tutti i cavalli del mondo mortale, e non avevo mai visto un manto roano come il suo: peli neri alla base e bianchi sulla punta, che le conferivano una tinta quasi azzurrina.

Mi avvicinai facendo scricchiolare il fieno sotto i miei stivali: la cavalla alzò la testa e tirò indietro le orecchie.

«È bellissima.» Feci il cauto gesto di carezzarla e lei si immobilizzò, ma mi lasciò passare la mano sul naso ampio e morbido.

«Sono contento che ti piaccia.» Nyktos entrò nel box dietro di me senza emettere un solo rumore. «Visto che è tua.»

Mi voltai di scatto. «Come, scusa?»

«Volevo regalartela per l'incoronazione.» Nyktos mi superò e si avvicinò all'animale per controllare che le cinghie fossero in ordine. «Ma ormai non vedo motivo per aspettare.»

Gala spinse il naso contro la mia mano, perché avevo smesso di coccolarla.

«Sei sorpresa.» Nyktos mi guardò con gli occhi fiocamente illuminati dall'ethere. «E no, non sto leggendo le tue emozioni: te lo si vede in faccia.»

Sbattei le palpebre. «Io... non mi aspettavo regali.» Mi schiarii la voce. «Grazie.»

«Tra i mortali non c'è l'abitudine di fare un regalo nel giorno delle nozze?» Nyktos si voltò verso il fondo del box, dove erano appese varie spade corte infoderate. Mi sembrò un posto insolito per tenere delle armi, ma a dire il vero ne avevo sempre viste un po' dappertutto nel suo palazzo.

«Sì.» Fissai i grandi occhi espressivi di Gala e sentii i miei bruciare. «Ma io non ho un regalo per te.»

«Non mi pare sia la sposa a dover fare regali allo sposo.» Nyktos tornò vicino alla cavalla. Aveva le palpebre semichiuse, ma mi sentii comunque il suo sguardo addosso. «Ma in realtà mi farai anche tu un regalo: le braci della vita.»

«È più un regalo di tuo padre.» Grattai Gala dietro un orecchio. «Non ho mai avuto un cavallo.»

Lui mi si avvicinò. «E immagino non fosse per mancanza

di cavalli nel tuo regno. Le stalle di un palazzo reale di solito ne sono piene.»

Scrollai le spalle.

«Tua madre era forse dell'opinione che la promessa Consorte di un Primordiale non meritasse di avere un cavallo suo?»

Mi si strinse il petto. «Non credo che mia madre lo ritenesse necessario, dato che non ho avuto il permesso di uscire dai terreni di Chiaravia finché non ho compiuto diciassette anni. Dovevo solo imparare a cavalcare, e Holland mi ha insegnato.» Diedi una pacca sul fianco di Gala e mi sforzai di espirare piano piano. «Tu monterai Odin?»

«Al ritorno.» Nyktos prese le redini. «Per ora dovremo dividerci Gala.»

Misi la mano sul pomo e montai in sella. «Non vedo problemi.»

Nyktos fece un sorrisetto e riccioli di ethere sfolgorarono nei suoi occhi. «Ho la sensazione che in futuro dovrò rammentarti che hai pronunciato queste parole.»

«Probabile.»

Lui ridacchiò e saltò in sella dietro di me senza il minimo sforzo. Subito tutti i miei sensi divennero acutamente consapevoli della presenza del suo corpo contro il mio, della pressione delle sue cosce, del suo braccio attorno alla vita e del suo petto sulla schiena. Mi ero addormentata tra le sue braccia la notte precedente, e mi era sembrato parecchio diverso da un semplice *tenermi d'occhio* da parte sua: mi aveva tenuta stretta con entrambe le braccia e aveva infilato un ginocchio tra le mie gambe. Quando mi ero svegliata si era già alzato: avevo sentito la sua voce dalle stanze al di là del bagno. Ero rimasta a letto ad ascoltarlo parlare con quello che mi era parso Rhain.

«Hai detto che non ti hanno permesso di lasciare il castello fino al momento in cui ti ho rifiutata come Consorte» disse, e io pensai che il mio tentativo di spiegare le tempistiche in maniera educata non fosse stato necessario. «Però uscivi per andare agli Olmi Cupi.»

Mi circondò con le braccia per prendere le redini e io mi accigliai: sapevo già che mi aveva fatta tenere d'occhio da Ector e Lathan, ma era accaduto dopo il suo rifiuto. «Gli Olmi Cupi sorgono sui terreni di Chiaravia. È in una di quelle occasioni che mi hai vista?»

Nyktos guidò Gala fuori dal box. «Mi fai sembrare uno spione.»

«E non lo eri?»

«No.»

Arricciai le labbra, poi fui colpita da un altro pensiero. «Per quanto tempo Ector e Lathan hanno osservato i miei... spostamenti nel mondo mortale?»

«Abbastanza.»

Sbarrai gli occhi mentre uscivamo dalle stalle: dunque sapevano delle mie visite al Luxe, e magari persino che cosa avevo fatto lì. Ma perché avrei dovuto vergognarmi delle mie azioni? Non ce n'era motivo: a quel punto lui mi aveva già rifiutata. O lasciata libera.

Dei movimenti sull'Alzata catturarono la mia attenzione: le guardie di stanza lassù si stavano inchinando al nostro passaggio. Non ne riconobbi nessuna, ma mi si scaldarono comunque le guance al pensiero di quel che ci avevano visto fare. Inoltre non ero abituata a simili gesti di rispetto, anche se forse si stavano inchinando solo per Nyktos.

Lui staccò la mano dal mio fianco e mi sollevò il cappuccio. Davanti a noi la strada si biforcava: da un lato a nord-ovest, dall'altro a nord-est verso Lete. Gala prese il sentiero più stretto a sinistra. Mi abbottonai il colletto del mantello per tenere a posto il cappuccio, sollevai di nuovo lo sguardo sull'Alzata e stavolta fui contenta di vederla deserta.

«Dove pensano che stiamo andando, le tue guardie?» chiesi.

«Ai Pilastri, probabilmente.» La sua mano tornò sul mio fianco. «Ma di sicuro parecchie sono curiose. Kars ha fatto domande.»

Ricordavo il nome: era la guardia che avevo incontrato in cortile. «E che cosa gli hai risposto?»

«Che non sono affari suoi.»

Arricciai il naso. «Ma immagino che tutti conoscano i tuoi piani precedenti nei riguardi di Kolis, dico bene?»

Sentii il suo mento sfiorarmi la sommità della testa. «Conosci già la risposta.»

In effetti sì, la conoscevo. Le sue guardie erano al corrente del piano. Fui sul punto di far notare che l'unica a essere stata tenuta all'oscuro di tutto ero io, ma riuscii a fermarmi in tempo. Osservai gli alberi dalle chiome cremisi, ricordando quel che Nyktos aveva detto sulla mia apparente mancanza di interesse per il mondo a cui ora appartenevo. E per la vita di Nyktos stesso.

Levai gli occhi al cielo grigio punteggiato di stelle. A parte noi, la strada era deserta. Non spirava vento e nell'aria non c'era nessun odore oltre il profumo di limone di Nyktos. L'unico rumore che si udiva era quello degli zoccoli di Gala sul terreno indurito. Avrei voluto fare una domanda, ma per qualche ragione che non riuscivo a comprendere ero troppo nervosa per aprire bocca. Mi ripetei che il peggio che potevo ottenere era o una risposta evasiva o un rifiuto di rispondere. Feci un respiro brusco. «Vorrei... Mi piacerebbe conoscere i piani che avevi in precedenza.»

Nyktos rimase in silenzio.

Per ingoiare il mio disappunto a quella reazione serrai la mascella così forte che temetti di spezzarmi i molari.

«Avevi ragione, sai?» fece poi lui, ponendo fine al silenzio. Non avevo idea di che cosa intendesse. «Il giorno in cui mi hai chiesto se avevo accettato la vita che sto vivendo. No: non l'ho fatto. Da quando sono asceso non ho mai smesso di cercare un modo per distruggere Kolis, o per indebolirlo abbastanza da poterlo sopraffare e seppellire. Ma, come già sai, non ne ho scoperto nessuno.»

Forse fu solo la sorpresa a impedirmi di rifare lo stesso errore che avevo commesso in passato, ovvero dirgli che invece lo aveva trovato. «È per questo che hai un esercito?»

«È per questo che ho iniziato a metterne insieme uno.» Rimase zitto per qualche istante. «Che cosa sai della guerra, Sera?»

«Lasania è arrivata vicina allo scontro armato più volte, di solito con le Isole Vodina. Ma ci sono state anche altre nazioni che hanno pensato di potersi approfittare di noi da quando si è diffusa la Putrefazione. Non sono mai stata presente a una conversazione tra mia madre e il re su questi argomenti, ma mi sono sempre accorta quando eravamo sull'orlo del precipizio: l'esercito aumentava le manovre, venivano reclutati altri giovani in età per combattere e ci si preoccupava che le truppe fossero nutrite bene quanto i nobili.»

«Ma la guerra non è mai scoppiata.»

«Finora no, grazie al cielo.» Uno scricchiolio di rami attirò la mia attenzione sul bosco e mi irrigidii alla vista di un Draken nero come l'onice che planava sopra gli alberi morti.

«Ehthawn» fece Nyktos. «Probabilmente era nei dintorni e ha notato che ci allontanavamo. Ci sta solo tenendo d'occhio.»

Annuii e mi rilassai.

«A volte i Primordiali sono scesi in campo gli uni contro gli altri, provocando la morte di migliaia di persone. Di solito accadeva perché uno di loro si era sentito insultato per qualche ragione. Ma si è sempre trattato soltanto di scaramucce: se mi fossi mosso contro Kolis, quella sarebbe stata una vera e propria guerra tra Primordiali. E le sue conseguenze si sarebbero avvertite anche nel mondo mortale. Le morti sarebbero state *centinaia di migliaia*, se non di più.»

Sentii freddo.

«Ma poi ho trovato te.»

Mi girai per guardarlo. «Non mi hai trovata: praticamente tuo padre mi ha... consegnata a te.»

«È un altro modo per vedere la situazione.» Mi strinse più forte, portandomi ancora di più a contatto con il suo petto. Tornai a guardare in avanti domandandomi se si fosse accorto di quel gesto. «Finché non ho scoperto che portavi le braci dentro di te, ero convinto di non poter evitare la guerra: sembrava destinata a scoppiare, non solo per quello che Kolis aveva fatto alle Terre d'Ombra, ma anche perché un giorno lui finirà per volgere gli occhi verso il mondo dei mortali. In realtà ha già cominciato.»

Mi sentii formicolare il collo. Ormai ci eravamo lasciati l'Alzata alle spalle e davanti a noi, ai lati della strada, si apriva un mare intatto di chiome cremisi.

«Kolis pensa che i mortali debbano servire gli dei e i Primordiali. Che le loro vite debbano essere dedicate soltanto a obbedire ai desideri degli esseri più evoluti di loro» continuò Nyktos. A quel pensiero mi si strinse lo stomaco. «E quelli che non venerano i Primordiali con tutto il loro cuore dovrebbero essere puniti. Ha già ordinato a vari dei e Primordiali di trattare con più durezza gli esseri umani, anche per le trasgressioni più lievi. Forse nel tuo regno non è ancora accaduto, o non si nota così tanto, ma già ora ci sono luoghi dove anche solo non inchinarsi davanti alla statua di un Primordiale può essere punito con la morte.»

Tremai per la sorpresa.

«Quindi capisci perché, per quanto detestassi l'idea di scatenare il caos spaventoso che una guerra divina avrebbe provocato, farlo mi sembrava inevitabile.»

«Finché non sono arrivata io?» Sentii un peso che mi gravava sul petto e mi costrinsi a respirare in maniera regolare. «Il nostro piano riuscirà a scansare la guerra, se funziona?»

«Il piano *funzionerà*» mi corresse. «Quando avrò indietro le braci, Kolis si ritroverà privato della condizione di re degli dei: questo già da solo basterà a indebolirlo, ma non al punto da poterlo seppellire. Non si lascerà sconfiggere facilmente. Combatterà.»

«E gli altri Primordiali?» Ripensai alla devastazione che il Draken aveva scatenato sulla Foresta Rossa, alle macchie di terreno spoglio dove prima sorgevano alberi. «Che cosa faranno?»

«Alcuni potrebbero decidere di rimanere neutrali.»

Scoprii i denti. «Mi sembra un'idiozia.»

Nyktos ridacchiò. «Lo è, ma ci saranno anche quelli che resteranno leali a Kolis, e non solo nella sua Corte. Sotto il suo governo alcuni Primordiali hanno potuto agire senza controllo e fare tutto ciò che volevano, dovunque e a chiunque. Dovevano solo preoccuparsi di non incorrere nella sua ira. Quelli a cui piace la situazione presente non saranno contenti di tornare ai tempi in cui governava mio padre.»

«Cioè? Come governava tuo padre?»

«Non ho potuto vedere molto con i miei occhi, ero giovane, ma da quel che mi hanno raccontato era un re giusto ed equo. Non privo di difetti, ma non avrebbe mai permesso quel che accade oggi a Dalos.»

A pensarci bene, aveva davvero importanza come aveva governato il padre di Nyktos? Non poteva essere stato peggio di Kolis. «E non ci saranno Primordiali che invece si schiereranno contro di lui? Che decideranno di aiutare noi?»

«Ho dei sostenitori. Nessuno ha un esercito grande come il mio o quello di Kolis, ma ho fiducia che una volta che gli avrò tolto il titolo regale e sarò diventato io il legittimo Primordiale della Vita, altri decideranno di abbandonarlo. Quanta distruzione vedremo dipenderà da quanti cambieranno bandiera.»

Strinsi forte la mano sul pomello della sella. «Insomma, ci

sono un sacco di possibilità diverse. E nessuna garanzia che il piano indebolirà Kolis quanto basta da far passare altri Primordiali dalla nostra parte.»

«Non ci sono mai garanzie di nulla» rispose lui a bassa voce. Aveva ragione, e le sue parole mi fecero ripensare alla strana profezia. «Ricordi la visione di Penellaphe? Sembrava voler dire che a un certo punto Kolis si sarebbe addormentato.»

«O sarebbe stato sepolto.»

Annuii. «Ma anche che un giorno si sarebbe risvegliato.»

«Le profezie mostrano solo delle possibilità. Possono realizzarsi in parte oppure per niente. Nemmeno lì ci sono garanzie.»

Ma io di garanzie ne volevo, se c'erano in gioco centinaia di migliaia di vite. E me ne veniva in mente solo una.

Io.

Io potevo evitare una guerra tra Primordiali, se il piano di Nyktos non avesse funzionato. Oppure poteva esserci una defezione di Primordiali abbastanza vasta da permetterci di sconfiggere Kolis anche senza uno scontro armato, e allora io avrei potuto adempiere al mio destino, anche se non nel modo che Holland aveva inteso.

Notai che Gala aveva rallentato: eravamo vicini al punto in cui la Foresta Rossa e la Foresta Morente confinavano. Pochi istanti dopo lasciammo il sentiero.

«I Pilastri sono dentro la Foresta Rossa?» chiesi.

«No.» Nyktos guidò il cavallo tra gli alberi. «C'è una cosa che voglio mostrarti.»

Ora ero incuriosita, ma rimasi in silenzio. Mentre procedevamo sotto la grande ombra di Ehthawn non potei fare a meno di domandarmi che aspetto avrebbe avuto quel bosco sotto il sole. Quanto sarebbe stato ricco e vibrante il colore di quelle foglie? Non sarebbero state uno spettacolo? Una volta sconfitta la Putrefazione il sole sarebbe tornato a splendere sulle Terre d'Ombra. In quell'istante decisi che sarei stata proprio lì, nel bosco, ad ammirarlo.

La mia eccitazione crebbe, ma non era l'unica sensazione che provavo: i miei respiri erano finalmente leggeri, liberi, privi di quel senso di panico che a volte mi faceva sentire come se non riuscissi a tirar dentro abbastanza aria. Invece sentivo una sorta di brivido sulla nuca e un tremolio nello stomaco e tra le costole, come se mi fossi appena tolta di dosso un corsetto troppo stretto. Era un senso di *sollievo* persino più forte di quello che provavo quando ero tra le braccia di Nyktos, accompagnato da un'emozione semplicissima: quella scatenata dall'idea di poter decidere che volevo guardare il sole sorgere tra le chiome di un albero. Perché si trattava di una decisione *mia*.

Una mia scelta.

Mia e di nessun altro. Non di mia madre. Non di un antenato. Non di Nyktos. E nemmeno dei Fati. Mia e basta.

«Qui» disse Nyktos sottovoce, strappandomi ai miei pensieri.

Sollevai la testa, lui mi afferrò il mento e la scarica di energia provocata da quel contatto fece scaldare le braci nel mio petto. Diresse il mio sguardo verso il basso, al di là dei tronchi coperti di corteccia luccicante, verso l'erba grigia e morta...

E mi mancò il respiro.

Alla base di un albero, un rampicante dalle piccole, fragili foglie verdi era spuntato dal suolo secco e si era avvolto attorno al tronco. Minuscoli boccioli lo punteggiavano per tutta la sua lunghezza, e uno era già sbocciato: il fiore, ancora chiuso, era grande metà del mio palmo e aveva petali del colore della luna con in mezzo una sottile striscia cremisi. Ecco che cosa era venuto a controllare Nyktos in questa foresta.

«I papaveri» sussurrai. «I papaveri velenosi e umorali che ti ricordano me.»

«I potenti, bellissimi papaveri che mi ricordano anche la

speranza.» Nyktos mi sfiorò con il pollice il labbro inferiore, poi riportò la mano sul mio fianco. «Sono un segno della vita che ritorna, del potere delle braci. Una prova che nulla può sconfiggere la vita, nemmeno la morte.»

Nektas ci aspettava sulla strada appena al di là dell'Alzata, avvolto in un mantello e in sella a un cavallo color castagna. Ci salutò con un cenno del capo e riprendemmo tutti insieme il cammino, sempre sotto l'ombra di Ehthawn. Non sapevo se essere grata perché non c'erano stati incidenti, o preoccupata perché tutto sembrava troppo tranquillo. Proseguimmo finché al bosco ai lati della strada si sostituì una distesa di terreno piatto e desolato.

«Che cosa c'era qui prima?» chiesi.

«Laghi» rispose Nyktos. «Come lungo la strada che portava alle Terre d'Ombra. Laghi da entrambe le parti.»

«Erano profondi» aggiunse Nektas. «Del colore di uno zaffiro lucido.»

«Dovevano essere meravigliosi» mormorai. Intanto Nyktos aveva ricominciato a muovere il pollice sulla mia anca. Anche attraverso la stoffa del mantello e dei pantaloni riconobbi che stava tracciando le stesse linee dritte e lente che mi aveva disegnato sulla coscia durante il nostro incontro con Attes. Era una distrazione gradevolissima... e anche un gesto intimo. Mi piaceva. «Si riformeranno quando non ci sarà più la Putrefazione?»

«Non lo so.» Nyktos spostò le redini nell'altra mano. «I fiumi che formavano i nostri laghi e i nostri stagni hanno smesso di scorrere nelle Terre d'Ombra. Ma forse una volta scomparsa la Putrefazione torneranno anch'essi e ci riporteranno l'acqua.»

Stavo per chiedere come potesse un fiume smettere di scorrere, quando notai che il cielo davanti a noi aveva cambiato colore: ora era grigio ferro con lievi striature rosa.

Nyktos seguì la linea del mio sguardo. «Siamo vicini ai Pilastri. E all'Abisso. Quello che vedi è il fumo che si leva dai fuochi e cambia colore al cielo.»

Mi irrigidii, comprendendo di quali fuochi stesse parlando. «Le Fosse?»

Nektas ci fissò con una piega ironica sulle labbra. «Non si spengono mai.»

Le Fosse della Fiamma Eterna, dove venivano gettate le anime colpevoli dei crimini peggiori. E alcune ci restavano per sempre.

Era lì che si trovava anche Tavius.

Un sorriso contorto mi salì alle labbra. Forse avrei dovuto essere inquietata da un pensiero del genere, ma non lo ero.

Proseguimmo, senza incontrare nessun altro segno di vita. Dopo un po' la strada cominciò a salire e le stelle si affievolirono fino a sparire alla vista dietro le... *nuvole*. Una cosa che fino ad allora non avevo visto nelle Terre d'Ombra. Ma erano nuvole decisamente troppo vicine al terreno e mi ricordarono le tempeste che montavano sopra il Mare di Stroud. Mi raddrizzai sulla sella e cercai di aguzzare la vista. Gala mandò un vago nitrito. Poi le braci vibrarono dietro le mie costole e mi fecero formicolare la pelle.

Non erano nuvole.

Quella che avevo di fronte era nebbia, talmente spessa e pesante da oscurare la terra e il cielo e lasciare visibile solo la strada, sulla quale comunque si allungavano tentacoli di foschia. Capii subito che non c'era nulla di naturale: quella era essenza primordiale, e più la osservavo più riuscivo a distinguere vaghe sagome al suo interno, forme evanescenti che sembravano corpi e si muovevano lentamente. Mi voltai di scatto per guardare il ciglio della strada al di là di Nektas: c'erano sagome anche lì.

Mi tirai indietro contro il petto di Nyktos. «Che cosa c'è nella nebbia?»

«Le anime morte da poco.» Il suo braccio si strinse attorno alla mia vita. «Aspettano di accedere ai Pilastri.»

Riportai gli occhi sulla nebbia e sollevai una mano al petto, dove le braci continuavano a vibrare ed emanare calore nel mio diaframma. Quelle anime dovevano essere centinaia.

Nyktos abbassò la testa sulla mia. «Stai bene?»

Annuii e chiusi la mano a pugno. I miei palmi stavano cominciando a scaldarsi. «Sento le braci vibrare come quando sto per tentare di usarle.»

«Reagiscono alla presenza delle anime.» Nektas ci affiancò e in quell'istante la nebbia si infittì, restringendo la strada. «Quando Eythos era il Primordiale della Vita aveva sempre difficoltà ad avvicinarsi ai Pilastri. Stare in prossimità di così tanta morte lo stancava.»

Nyktos ascoltava con la mia stessa attenzione. Abbassai il pugno e me lo posai in grembo.

«Una volta mi ha detto che per lui era difficilissimo ignorare l'impulso di intervenire.»

Nektas volse lo sguardo al cielo. «Sapeva che la morte fa parte della vita, che è una componente del ciclo che deve proseguire per sempre senza interruzione, ma quella consapevolezza lo rattristava, soprattutto qui. Non poteva vedere le anime come invece poteva fare suo fratello, e come oggi puoi fare tu, Nyktos, ma le conosceva tutte per nome. Conosceva tutte le loro vite, lunghe o brevi che fossero state. Erano proprio i mortali che erano vissuti di meno a turbarlo maggiormente.»

Guardai di nuovo le figure avvolte nella nebbia. Il potere di Eythos di conoscere le vite di ciascuno doveva essere simile a quello che suggeriva a suo figlio i nomi da trascrivere nel Libro dei Morti. Una sorta di consapevolezza innata. Io invece ero grata di non sapere nulla di quelle anime e che le braci non fossero così forti da darmi anche quel potere. Perché ignorare l'impulso di usarle era già abbastanza difficile.

«Possono vederci?» chiesi.

«No» rispose Nyktos. «Né vederci né sentirci. E nemmeno vedersi a vicenda.»

Il peso che avevo sul petto si fece più opprimente. «Sembra così... solitario.»

«Dura poco, e non ricorderanno nulla di questo periodo una volta oltrepassati i Pilastri.» Nyktos appoggiò la mano sulle mie e quel contatto improvviso mi fece sobbalzare. Levai gli occhi su di lui. «Ti pesa così tanto?» La sua voce si era abbassata. «Il desiderio di usare le braci, intendo.»

Riportai lo sguardo davanti a me. «No.»

«Bugiarda» mormorò, e avrei giurato che il braccio sui miei fianchi si fosse stretto ancora di più.

«Eythos non riusciva a restare vicino ai Pilastri per più di qualche minuto» fece Nektas dopo un istante. «A volte anche meno. Poi se ne andava, consapevole di non avere altro modo per impedirsi di usare le braci. Tu invece sembri capace di sopportare la presenza delle anime.»

Mi voltai a fissare il Draken. «Io ho solo due braci. Lui era il Primordiale della Vita. Probabilmente su di me non hanno un effetto altrettanto forte.»

Gli occhi cremisi mi fissarono di rimando. «Le braci che porti sono più che sufficienti ad avere lo stesso impatto che avevano su di lui.»

«È vero» confermò Nyktos.

«Com'è possibile allora che io non sappia nulla sulle anime nella nebbia?»

«Hai provato a cercare quella conoscenza?»

Aggrottai la fronte. No che non avevo provato. Ma in realtà non avevo mai provato consciamente nemmeno a usare le braci: facevano tutto da sole, ogni volta che mi trovavo in presenza di un ferito o un morente.

«Sei più potente di quanto tu stessa non creda, *meyaah liessa.*» Nektas sorrise.

Gli lanciai un'occhiataccia. «Le braci sono più potenti, vorrai dire.»

«Ha detto proprio quel che intendeva.» Il pollice di Nyktos continuava a muoversi su e giù. «Parlava di te, non delle braci.»

Tacqui e ricominciammo a muoverci. Sapere che l'impulso di usare le braci non derivava da una mia incapacità di controllarmi era un sollievo, mentre rendermi conto di avere su di esse un controllo migliore di quello che aveva avuto Eythos era un po' sconcertante. Sia Nyktos sia Nektas dovevano essersi sbagliati, eppure la domanda del Draken continuò a echeggiarmi nelle orecchie, e mi sorpresi a fissare la nebbia cercando di mettere a fuoco una delle figure. I secondi passarono e a un certo punto... ebbi l'impressione che la sagoma si facesse più nitida. Apparve il profilo inequivocabile di una testa e di due spalle, la nebbia sembrò assottigliarsi tutt'intorno e le braci presero a pulsare ancora più forte...

Inspirai bruscamente e distolsi lo sguardo, con il cuore che batteva all'impazzata. Decisi che non volevo scoprire se ero capace di dare un nome ai morti o di conoscere le loro vite: a che cosa sarebbe servito, visto che presto le braci sarebbero appartenute a Nyktos?

Ma intanto continuavano a vibrare dentro di me.

La nebbia si era ritirata dal cielo e dalla strada, allargandosi sul paesaggio. Ora notavo persino più anime di prima dentro di essa, ma non osavo guardarle con attenzione.

Nektas alzò la testa. Io seguii la linea del suo sguardo e vidi Ehthawn planare alla nostra sinistra con le lunghe ali che tagliavano i riccioli più esterni della nebbia.

Lo seguii con gli occhi finché non lo vidi più. «Dove va?»

«Probabilmente a controllare qualcos'altro» rispose Nyktos. Nektas gli lanciò una rapida occhiata. In quello stesso istante arrivammo in cima alla collina, la nebbia si diradò e avvistammo i Pilastri.

Come ogni altra cosa nelle Terre d'Ombra, erano fatti di ombropietra: due colonne di un nero profondo che si levavano dalla nebbia, separate tra loro da alcuni metri, e salivano verso il cielo grigio e violaceo fino a una tale altezza che non riuscivo nemmeno a intuirne la cima, se ne avevano una. Sulla loro superficie erano incisi segni simili a quelli che avevo visto nel Tempio dell'Ombra: dei cerchi attraversati da una linea verticale. Ma non appena cominciammo a scendere sull'altro versante della collina la mia attenzione si concentrò sotto di noi.

Nel punto in cui la strada si biforcava c'erano tre figure a cavallo ferme in attesa, vestite con mantelli bianchi e cappucci. Anche i cavalli erano bardati e coperti da drappi dello stesso colore. I mantelli e gli orli dei cappucci ondeggiavano, eppure non c'era un alito di vento nell'aria.

E nemmeno i cavalli erano normali.

Non vedevo bene sotto i cappucci, ma il poco che riuscii a scorgere mi ricordò le Ombre: ossa, tendini e non molto altro.

«Non sono per niente rassicuranti» sussurrai.

Nyktos fece una delle sue risate roche. «Decisamente no.»

«Chi sono?»

«Polemus, Peinea e Loimus» rispose Nektas.

Mi accigliai. «Che razza di nomi sono?»

«Più che veri nomi, rappresentano un'incarnazione di quel che sono» disse Nyktos. «Nella lingua dei Primordiali.»

«E quel che sono è...» cominciò Nektas. Poi guardò Nyktos e scrollò le spalle. «Be', suppongo li si possa definire cavalieri.»

Inarcai le sopracciglia e il Primordiale arricciò il naso. «In che senso?» insistetti. Provavo un senso profondo di inquietudine. A parte i loro mantelli svolazzanti, i tre non si erano mossi di un centimetro da quando eravamo arrivati.

«Cavalieri della fine» rispose Nyktos. A quelle parole mi irrigidii. «I loro nomi significano *guerra*, *pestilenza* e *carestia*. Quando cavalcano, portano la fine ovunque si rechino, perché la morte li segue sempre.»

«Ma che cazzo...» sussurrai sgranando gli occhi.

Nyktos rise ancora una volta, e la vibrazione della risata mi riverberò contro la schiena. Che ci trovava di tanto divertente? «Per fortuna solo il legittimo Primordiale della Vita li può richiamare.»

«Ma bene.» Mi schiarii la voce. «Che gran fortuna.»

Quando ci avvicinammo e infine ci fermammo davanti a loro, i tre sollevarono le teste. Continuavo a non vedere granché dentro i loro cappucci, e non ci tenevo: non mi servivano nuovi incubi da cui farmi tormentare.

Poi si mossero anche i cavalli. Abbassarono le teste velate e piegarono una delle zampe anteriori. Sia loro sia i cavalieri *si stavano inchinando.*

«Uh» mormorò Nektas piegando di lato la testa. «Ecco qualcosa che non succedeva da un bel po'.»

Guardai Nyktos, che a sua volta fissava i cavalieri con gli occhi sfolgoranti di luce. La sua bocca era irrigidita in una serie di linee nette e pallide. «Non li avevo mai visti fare così.» Sbatté le palpebre più volte, finché la luce dei suoi occhi si affievolì. Poi si voltò verso di me e si schiarì la voce. «L'ingresso della Valle è a pochi metri alla tua destra.»

Mi voltai, ma non vidi nient'altro che volute di nebbia bianco-argentea.

Nyktos tolse la mano dal mio fianco e il braccio che mi circondava allentò la presa. «Io non posso procedere oltre.»

Nektas oltrepassò i cavalieri, tornati alla loro immobilità innaturale. Nyktos smontò di sella, si slacciò di dosso le due spade corte che aveva portato e le assicurò al fianco di Gala. «Nel caso servissero.» Poi mi passò le redini, ma quando le presi chiuse la mano sulle mie. Gli occhi d'argento scuro mi fissarono, e mi si contorse lo stomaco quando lo sentii dire all'indirizzo di Nektas: «Lei è di estrema importanza per me».

«Lo so» rispose il Draken.

Mi sembrò una frase molto strana sulle sue labbra. Ma aveva appena detto che io ero di estrema importanza. Per lui. Non le braci: io. E forse fu per quello che un attimo dopo mi uscirono di bocca quelle parole.

«Voglio essere la tua Consorte, Nyktos.»

Appena le ebbi pronunciate mi venne voglia di tuffarmi sotto il mantello di uno dei cavalieri. Aprii le labbra, ma non mi arrivò aria ai polmoni. Mi sembrava che mi si fosse fermato il cuore. Anzi, che *il mondo intero* attorno a me si fosse fermato. Fissai Nyktos.

Che diavolo mi era preso? Non avevo già deciso di tenermi certe cose per me e basta?

Nyktos mi fissò a sua volta, perfettamente immobile. I secondi passarono e l'unica cosa di cui mi resi conto fu che il sangue si era ritirato completamente dalla mia faccia per poi tornare indietro in un'ondata. Il petto cominciò a premere e a dolere come non mai.

Lui portò la mano libera alla mia guancia. «Respira» sussurrò.

Io obbedii tremando.

Il suo pollice tracciò una linea sul mio mento, appena sotto il labbro. Il cuore mi batteva a una velocità assurda, considerando che ero anche seduta. Ma lui mi stava fissando e il bagliore dell'ethere cominciava a diffondersi da dietro le sue pupille e tutto sembrava... *qualcosa di più*. Sapevo che era impossibile, eppure...

Nyktos si portò la mia mano alle labbra e appoggiò un bacio sulle mie nocche. Poi, a gesti lenti, girò la mano e mi baciò anche il palmo. Senza mai staccare da me gli occhi, che ormai bruciavano di puro mercurio, disse: «Sarò qui ad aspettarti, *liessa*».

27

La luce del sole.

Fu la prima cosa che vidi quando le spesse volute di nebbia cominciarono a diradarsi. Mi resi conto che procedevamo su una strada apparentemente lastricata di pietre. Era così tanto tempo che non vedevo il sole, che non sentivo il suo calore sulla pelle. Alzai gli occhi e li sentii bruciare per l'intensità della luce: mi calai il cappuccio sulla fronte. Il cielo era fatto di sfumature candide e azzurro vivido, ma non riuscivo a individuare il sole. La nebbia primordiale continuava ad assottigliarsi, rivelando piano piano un lussureggiante paesaggio fatto di colline verdi dai profili morbidi, coperte di alberi pieni di boccioli rosa e viola. Mi sembrò di essere davanti a un quadro. Non vidi nessuno: niente case o altri segni di vita. Con le redini ben strette in mano, guardai in basso e sollevai di scatto le sopracciglia alla vista della strada.

«Sono... diamanti, quelli?»

«Polvere di diamanti» rispose Nektas. «La Valle si è formata dalle lacrime di gioia dei più antichi Primordiali e dei primi dei. Vedrai quella polvere un po' dovunque qui.»

Mi girai verso di lui: stava sorridendo. Probabilmente non aveva mai smesso da quando avevamo lasciato Nyktos all'incrocio della strada. Quando avevo pensato che forse stava per salutarmi con un bacio, e anche se non lo aveva fatto la sensazione era stata la stessa.

E Nektas stava ancora sorridendo.

«Sta' zitto» borbottai.

«Non ho detto nulla.»

«Non ce n'è bisogno.» La nebbia si diradò ancora di più: la strada coperta di polvere di diamante sembrava senza fine, un serpente che si snodava tra le colline verdi e i salici coperti di boccioli che facevano ciondolare i lunghi rami fin quasi a terra.

«Non sapevo potessi leggere nel pensiero.»

Lo fulminai con un'occhiata. Il suo sorriso non si ridusse di un millimetro mentre mi si avvicinava al passo. Rimase in silenzio ancora per qualche istante. «È vero quel che gli hai detto?»

Sentii il viso che si scaldava, e non per il sole. Non riuscivo ancora a credere di averglielo detto per davvero. Ma lo avevo fatto, e in realtà non ne ero pentita. Anzi, forse mi ero sbagliata in passato a pensare che sarebbe stato meglio che lui non lo sapesse. «Sì» risposi. «Ho detto quel che penso veramente.»

Proseguimmo ancora per un po'. «Tu tieni a lui.»

Non era una domanda: era un'affermazione. Ed era vera. Aprii la bocca e mi girai a guardare Nektas, con lo stomaco sottosopra come se fossi caduta da cavallo... il cavallo che Nyktos mi aveva regalato. «Sì» sussurrai.

Il Draken non smise di sorridere ma alzò un sopracciglio. «Lo so.»

«Bene, allora non c'è altro da aggiungere.» Mi schiarii la gola e tornai a guardare la strada.

«E lo sapevo da prima che tu fossi disposta ad ammetterlo a te stessa.»

«Congratulazioni.»

«Perché pensi che ti abbia detto di andare da lui quando doveva nutrirsi?» proseguì Nektas come se io non avessi aperto bocca. «Sapevo che avevi bisogno di aiutarlo. Non era questione di volerlo, né di sentirti in dovere di farlo. Ne avevi *bisogno*.»

Sospirai. «Hai capito anche quello dal mio odore?»

Lui arricciò il naso. «L'ho capito quando non hai risposto alla mia domanda, se avresti proseguito o no con il tuo piano dopo aver scoperto che non avrebbe salvato la tua gente.»

Inspirai a fatica. Quella domanda non aveva smesso di tormentarmi. «Non ho una risposta nemmeno adesso» ammisi con voce roca. «Una parte di me direbbe di sì, perché non c'è nulla che non farei per salvare Lasania. Un'altra parte direbbe di no. Se lo avessi fatto non ci sarebbe stato nessun bisogno di uccidermi. Penso che... che ci avrei pensato da sola.»

Mi sentii il suo sguardo addosso. «Questo significa che avevo ancora più ragione di quanta non credessi.»

Lo osservai ancora, ma adesso stava guardando davanti a sé, con una linea che gli solcava la fronte.

«Sai» disse poi rompendo il silenzio, «ti ho portata da lui quella notte anche perché sapevo che non ti avrebbe fatto del male.»

Il mio stomaco si contorse un'altra volta. «Ma pensavi che avrebbe potuto farmene quando eravamo nella Foresta Morente.»

«Era una situazione diversa. Quando un Primordiale assume la sua vera forma in preda all'ira non è più se stesso: diventa l'incarnazione della furia e del potere puri, pronti a scatenarsi sul mondo. E anche se so che in condizioni normali non ti farebbe del male nemmeno quando è arrabbiato, non potevo essere sicuro di cosa avrebbe fatto in quella situazione.» Si voltò a guardarmi. «Ma ora lo so. Si è trattenuto. Non perché ci fossi io: avrebbe potuto togliermi di mezzo e basta. Si è trattenuto, e dunque ora lo so.»

«Che cosa sai?»

«Che i sentimenti che prova per te vanno al di là della simpatia. Che tiene davvero a te.»

«Lo... lo so anch'io.»

Nektas tacque per un po'. «Sai che cosa ha fatto a se stesso, e perché?»

Deglutii e feci cenno di sì. «Si è fatto togliere il *kardia* per non dover provare sentimenti che avrebbero potuto trasformarsi in debolezze o in armi contro di lui.»

«Si potrebbe pensare che non volesse andare incontro allo stesso destino di suo padre. Eythos era cambiato dopo aver perso Mycella: era ancora una brava persona, ma priva di qualsiasi gioia. Se non ci fosse stato Ash credo che si sarebbe semplicemente lasciato andare e si sarebbe spento piano piano fino a entrare in stasi.»

Mi chiesi se non sarebbe stato lo stesso anche per Nektas senza Jadis: anche lui si sarebbe lasciato spegnere un po' per volta?

«Ash è cresciuto vedendo il dolore e il senso di perdita ogni volta che guardava negli occhi di suo padre, fino a sentirli lui stesso pur senza aver mai udito la voce di sua madre o aver avuto contatti con lei. La sua vera paura però non era quella di diventare come suo padre, ma come suo zio.»

Sobbalzai sulla sella. «Non potrebbe mai diventare come Kolis.»

«Non lo penso nemmeno io, ma d'altronde non mi sarei neanche mai aspettato di vedere Kolis arrivare agli estremi a cui è arrivato.» Nektas tacque per un istante. «È sempre stato diverso da Eythos. Era più freddo, più riservato, amava la solitudine. In parte era a causa dell'essenza primordiale che scorreva nelle sue vene. La morte non vuole compagnia. E a mano a mano che Ash cresceva vedevo un po' di quello stesso atteggiamento manifestarsi sempre di più in lui.» A quelle parole mi si strinse il cuore. «Vita e morte non sono poi così diverse: entrambe naturali, due parti di un ciclo necessario, perché non può esserci vita senza morte. Ma Eythos era venerato e benvoluto, Kolis temuto e schivato: una situazione che istigherebbe gelosia anche nella migliore tra le persone. E Kolis era geloso di suo fratello. Lo è ancora oggi.» Il Draken fece una risata amara. «Ma il suo carattere cambiò solo dopo che ebbe provato l'amore e la perdita. Fu allora che cominciò a diventare quello che è oggi. L'amore può donare energia vitale e ispirazione a una persona, così come la perdita può far marcire la mente di un'altra. È proprio di questo che Ash aveva timore.» Nektas cercò di nuovo il mio sguardo. «Amare qualcuno, perderlo e diventare come Kolis, o anche peggio.»

Non sapevo cosa rispondere. Le ragioni che mi stava rivelando erano persino più tristi di quelle che già conoscevo. «Ma io e lui abbiamo parlato del fatto di tenere l'uno all'altra. Non d'amore. Sono due cose diverse, e lui non può più provare amore, questo lo so.»

«Davvero sono due cose diverse? Stiamo parlando di *tenere a qualcuno* tanto da essere disposti a mettersi in pericolo pur di proteggerlo. Di un sentimento che è impossibile non provare, persino se pensi che l'altro non possa ricambiarlo. Persino se conosci i rischi. Eppure in esso puoi trovare la pace.»

«Nyktos *non può* amarmi.»

«Non è a lui che mi stavo riferendo.»

Sobbalzai di nuovo. «Io non... non lo amo.» Nel momento in cui le pronunciai, quelle parole suonarono vuote persino al mio orecchio. «Non so nemmeno che effetto faccia amare.»

«Quindi come sai che non lo ami?»

Chiusi la bocca. Uno strano, esaltante miscuglio di emozioni mi inondò, e provai la sensazione di cadere e librarmi nell'aria allo stesso tempo. «Non mi va di pensarci.»

«Perché? Hai paura di essere innamorata di lui e che lui non lo sia di te?»

«No. Non è quello. Non ci voglio pensare perché l'idea mi terrorizza» ammisi senza vergogna.

«È normale.»

Gli lanciai un'occhiata di traverso. «Questo mi rassicura.»

Nektas rise e a me venne voglia di picchiarlo. Distolsi lo sguardo. All'ipotesi dell'amore non volevo nemmeno pensare. Era molto più semplice dirmi che tenevo a Nyktos. Che ci tenevo davvero molto. Ma non era amore. E non volevo proseguire quella conversazione per nulla al mondo.

Fissai le colline e i rami penduli che ondeggiavano quasi sfiorando il terreno. «Tutta la Valle è così?»

«Solo alcune parti. In realtà la Valle muta costantemente: si adatta all'idea di paradiso che ogni anima ha e si trasforma di conseguenza.»

«Wow.»

«Qualunque bisogno o desiderio un'anima abbia, qui trova soddisfazione, e questo vale anche per l'aspetto esteriore. Arcadia è più o meno lo stesso.» Nektas spostò il peso sulla sella. «Guarda a destra, verso il cielo: la vedi?»

Obbedii e sforzai la vista finché non scorsi una sorta di foschia luccicante che si addensava sulle colline. «La nebbia?»

«Lo chiamano il Velo. È fatto di nebbia primordiale e serve a nascondere la Valle da quelli che non ci entrano per le vie convenzionali.»

Ovvero morendo, pensai.

Più avanzavamo sulla strada di diamante e più notavo che la nebbia si raccoglieva attorno a noi in banchi che nascondevano alla vista quel che c'era al di là. Proprio come prima che arrivassimo ai Pilastri, il Velo si avvicinò sempre di più al ciglio della strada. Anche il silenzio crebbe. Cominciai a domandarmi se avrei avuto accesso alla Valle alla mia morte, nel caso il piano di Nyktos non fosse andato in porto. Oppure se avrei trovato la pace eterna in Arcadia, qualora avesse avuto successo. Il mio comportamento così poco morale era davvero tutta colpa delle braci? O ci avrebbe pensato Nyktos a intervenire direttamente quando fossi morta, per assicurarmi la salvezza anziché la dannazione?

Rabbrividii e mi resi conto che adesso quel genere di pensieri sembrava morboso. E alquanto strano: avevo pensato alla morte per tutta la vita e l'avevo accettata come un esito inevitabile della mia esistenza, oltretutto un esito che sarebbe arrivato prima di quanto si sarebbe potuto sperare. Ora invece pensare alla morte aveva un altro sapore: non potevo più accettare facilmente una fine troppo vicina, perché adesso avevo la speranza di un possibile futuro che offriva...

Un ronzio mi distolse dai miei pensieri. Aggrottai la fronte e alzai lo sguardo. Non era un ronzio: era una voce. No, *varie voci*. Che cantavano. Allentai la presa sulle redini e alla fine la persi, troppo intenta ad ascoltare. Era una lingua che non conoscevo e che mi parve antica. Anche le braci reagirono a quel suono, che non poteva che essere... una preghiera. Una celebrazione. Un coro che saliva e scendeva in toni dirompenti, come un richiamo irresistibile. Mi si riempirono gli occhi di lacrime: era il suono più bello che avessi mai sentito.

Senza preavviso Nektas prese le redini dalle mie mani e fece arrestare Gala. «Ferma.»

«Cosa?» sussurrai.

«Ti stai avvicinando troppo.» Il suo viso ora era corrucciato. «Là non puoi andare.»

«Andare dove?» Feci un respiro spezzato e mi accorsi di essere arrivata a neanche un metro dal Velo seguendo la musica. Sbattei le palpebre per ricacciare indietro le lacrime e fissai Nektas. «Non me ne sono resa conto.»

«Lo so.» Il Draken tirò gentilmente le redini e riportò Gala al centro della strada. «Hai udito il canto?»

Annuii. Sentivo ancora la testa che rimbombava. «È una musica bellissima.»

«Le sirene cantano.»

«Le sirene?»

«Fanno la guardia alla Valle, e devono aver avvertito la nostra presenza.»

Riportai lentamente gli occhi sulla nebbia. «Perché cantano?»

«Solo gli Ascesi e i Draken possono entrare nella Valle da vivi. Se le sirene percepiscono qualcuno che non dovrebbe essere qui, cantano per attirarlo dentro il Velo. E a questo non potrebbe sopravvivere nemmeno chi porta in sé le braci della vita.»

Con un brivido mi fissai la mano: stringevo le redini talmente forte da farmi sbiancare le nocche. La mano di Nektas era accanto alla mia. Le sirene non smisero di cantare, e il Draken non tolse le dita dalle mie redini.

Il canto terminò solo ore dopo. Nektas lasciò andare le redini e io finalmente rilassai i muscoli irrigiditi: restare dov'ero mi aveva costretta a uno sforzo che ora sentivo dolorosamente in tutto il corpo. In diversi momenti ero stata sul punto di saltare giù dalla sella e tuffarmi nel Velo. Non ero riuscita a distrarmi nemmeno masticando la carne secca che Nektas aveva portato con sé, e in genere il cibo per me era una distrazione invincibile.

Al ritorno avrei dovuto affrontare tutto ciò ancora una volta. Era la cosa di cui avevo meno voglia al mondo. Infine superammo una collina e il pensiero delle sirene abbandonò una buona volta la mia mente: davanti a noi, all'orizzonte, si innalzava una montagna dai fianchi scoscesi, fatti di ombropietra e di qualche altro materiale luccicante che mandava riflessi cremisi sotto il sole. Il colore mi ricordava quello dei capelli di Nektas.

«Santo cielo, spero davvero che non dovremo scalare quella» feci. «Se è così, scelgo di tentare la sorte con le sirene.»

Nektas ridacchiò. «Per tua fortuna, le Pozze di Divanash sono sotto.»

«Là sotto?» La montagna pareva una fortezza di pura roccia, maestosa e imponente in mezzo alla bellezza del paesaggio.

Il Draken mi lanciò un'occhiata. «Sei claustrofobica?»

«Non penso.»

«Be', lo scopriremo.»

Ci sarà da ridere, pensai mentre ci inoltravamo tra le colline ai piedi della montagna. Ci fermammo quando Nektas avvistò una spaccatura nella roccia che doveva essere l'entrata. Ma sembrava troppo stretta perché io mi ci potessi infilare, per non parlare di lui. Legammo i cavalli a un albero, dove avrebbero potuto brucare l'erba e riposarsi. Grattai Gala dietro l'orecchio un'ultima volta e poi seguii il Draken. Avanzando di traverso, riuscimmo a insinuarci a fatica nella spaccatura, e dall'altra parte trovammo ad accoglierci solo oscurità.

Ansimai e mi bloccai. Non riuscivo a percepire niente. Allungai una mano dietro di me e sulla destra toccai una parete di pietra fredda e liscia. Sulla sinistra invece non trovai nulla. Non riuscivo nemmeno a vedere il Draken. *Inspira*. «Nektas?» gracchiai con voce strozzata.

«Sono qui.» La sua mano si chiuse sulla mia, calda e sicura.

Espira. «Tu riesci a vedere qualcosa?»

«Sì.» Si mosse per guidarmi.

«I Draken devono avere una vista eccezionale.» L'aria aveva un odore dolciastro che sembrava portare via la mia voce. *Inspira*.

«Abbiamo sensi notevoli.»

Mi aggrappai disperatamente alla sua mano, tentando di non pensare al fatto che non vedevo nulla e che a una spanna da me poteva esserci qualunque cosa. *Trattieni*. Dakkai. Granratti. Ragni giganti. Ok, quei pensieri non erano d'aiuto. *Espira*. «Una volta mi hai detto che odoravo di morte.»

«Anche adesso» rispose la sua voce, che mi sembrò senza

corpo, sebbene stessi stringendo la sua mano come una bimba spaventata. «Sento l'odore di Ash su di te.»

Alzai le sopracciglia.

«Ma sento anche l'odore del tuo corpo che sta morendo.»

«Cosa?» ansimai strattonandogli la mano.

Lui però non mi lasciò andare. «Stai morendo. In questo momento. La Transizione ti sta uccidendo piano piano, questo lo sai già.»

«È vero.» Presi un lungo respiro più o meno regolare. «Ma sentirselo dire nel buio più completo sotto una montagna fa tutto un altro effetto.»

«Non vedo perché.»

«Probabilmente perché me lo dici tu, che ci vedi benissimo e non stai morendo.»

«In effetti.» Nektas tacque per un attimo. «Ti chiedo perdono.»

«Perdonato.» Per qualche istante si udì solo il tonfo dei nostri passi. «Quindi ho un cattivo odore?»

Lui rispose con una risata.

Ridussi gli occhi a due fessure. «Non c'è proprio niente di divertente nella mia domanda.»

«C'è, invece. La morte non ha un cattivo odore: assomiglia a quello della vita, solo più lieve. Odora di lillà.»

Conoscevo anch'io quell'odore. Lillà morti. Era quel che sentiva Nektas su di me? Decisi subito di non rimuginarci su. Preferivo pensare di avere l'odore di una tempesta d'estate... qualunque esso potesse essere.

Avanzammo per un po' nella galleria. Avevo l'impressione che non stessimo procedendo in linea retta e stavo cominciando a domandarmi se il Draken non si fosse perso, quando udii scrosciare dell'acqua e subito dopo avvistai un puntino di luce, che piano piano si fece più grande. Luce solare, grazie agli dei. Poco dopo riuscii anche a intravedere Nektas accanto a me.

Il Draken rallentò. «Resta qui.»

«Non so proprio dove pensi che potrei andare» risposi mentre lasciava la presa sulla mia mano.

«Con te non si può mai dire.» Lo vidi saltare più in basso. «C'è gente che ti ha dato le spalle per tre secondi solo per scoprire che ti eri già dileguata.»

«Non è vero.»

Lui si voltò e mi tese le mani da sotto. Le accettai anziché prenderlo a calci. Mi aiutò a superare il dislivello di diversi metri. In basso l'aria era più calda e più umida, e anche più dolciastra. Dopo pochi passi ne capii la ragione: il fondo della grotta era coperto di arbusti punteggiati di lillà, che si arrampicavano anche su per le pareti e persino sul soffitto, quasi occludendo l'unica apertura da cui pioveva un po' di luce.

«Così tanti...» Mi guardai attorno. «È per questo che la morte ha il loro odore?»

«In realtà non lo so, ma i lillà sono fiori speciali: rappresentano il rinnovamento, e sia la vita sia la morte sono forme di rinnovamento.» Nektas avanzò a grandi passi nella grotta. «Se vedi lillà come questi vicino all'acqua nel mondo mortale, significa che sei vicina a un portale per l'Iliseum. Più precisamente per Dalos.»

Pensai al mio lago. «E se invece non ce ne sono?»

«Allora è un portale per le Terre d'Ombra. Eccoci.»

Guardando oltre il suo fianco vidi una sporgenza rocciosa alta come la mia anca che girava più o meno in cerchio, delimitando uno spazio grande circa quanto Nektas nella sua forma Draken: le Pozze di Divanash. Ci avvicinammo di più, e vidi una superficie d'acqua perfettamente immobile.

«Quindi che si fa a questo punto?» Appoggiai una mano su quella balaustra naturale. «Basta chiedere ad alta voce?»

«Servirà anche una goccia del tuo sangue.»

«Solo una goccia?» Infilai una mano nel mantello e sfoderai il pugnale.

«Solo una goccia. Ma dovrai anche rivelare qualcosa di te che nessun altro sa.»

Dei. Mi ero scordata di quella parte. Fissai le Pozze aggrottando le sopracciglia.

«Quando lo avrai fatto, le Pozze ti segnaleranno che puoi procedere con la tua domanda. Chiedi quel che vuoi, e otterrai risposta.» Il Draken piegò la testa di lato. «Si spera.»

Mi fermai con il pugnale e l'altra mano già sospesi sopra le acque. «Come *si spera*?»

Nektas scrollò le spalle. «Non ho mai visto le Pozze all'opera.»

«Grande.» Scossi la testa: qualcosa di me che nessun altro sapeva... «In pratica devo rivelare un segreto?»

«In pratica. È come uno scambio: una risposta in cambio di una verità sconosciuta a chiunque... forse persino alla persona che la sta rivelando.»

«Cioè sconosciuta anche a me stessa?» Mi accigliai ancora di più: che senso avevano quelle parole? Non ero sicura di saperlo, ma cominciai a capire quale genere di verità le Pozze avrebbero voluto. E la cosa non mi mise per niente a mio agio.

In realtà ce n'erano parecchie di verità scomode su di me: non mi sarebbe bastato il resto della giornata per elencarle tutte, cominciando dai sentimenti che nutrivo per mia madre e finendo con ciò che provavo per Nyktos. E tra quelle due cose c'era una piccola montagna di verità fastidiose che mi facevano mancare il respiro anche solo a contemplarle in maniera generale.

Però ce n'era una che mi metteva a disagio più di tutte le altre. L'unica che mi faceva sentire completamente esposta, nuda e vulnerabile.

Sentii la pelle cominciare a formicolarmi, mi punsi la punta di un dito e la lama affilatissima fece subito sgorgare una goccia di sangue. Tesi la mano sull'acqua e mentre guardavo la goccia cadere sussurrai parole che mi bruciarono la gola come fuoco: «Il giorno in cui ho ingoiato tutto quel sonnifero non è stato un incidente o una decisione presa sul momento». Mi tremò la mano. «Non volevo svegliarmi mai più.»

Nel silenzio della caverna udii solo il ronzio che mi riempiva le orecchie e il rumore leggero della goccia che cadeva nell'acqua.

Poi dal basso si levò una sorta di sibilo e io ritrassi di scatto la mano. La superficie dell'acqua cominciò a ribollire e a emanare vapore. Feci un passo indietro ansimando, mentre davanti ai miei occhi la nube si levava sopra le acque e turbinava selvaggiamente per poi venire risucchiata di nuovo verso il basso.

«Penso che la tua offerta sia stata accettata, *meyaah liessa*» disse Nektas sottovoce.

Non lo guardai, fingendo che non avesse sentito quel che avevo appena ammesso. «Mostrami Delfai, il Dio della Divinazione» chiesi. «Per favore.»

Le acque si mescolarono e si agitarono, inghiottendo il sangue, e delle nuvole presero a formarsi sotto la superficie, prima bianche, poi sempre più scure. Anche Nektas si avvicinò per guardare meglio. Cominciarono a formarsi delle immagini: sulle prime mi fecero pensare alle anime che avevo intravisto nella nebbia ai Pilastri, solo che queste non erano figure evanescenti. Apparvero dapprima dei colori e poi una patina di azzurro pastello. Il cielo. Subito dopo presero forma dei pini verde scuro dietro un edificio di pietra color avorio, così nitidi che riuscivo a vedere lo scintillio di ogni singolo ago.

Poi l'immagine tremolò e l'edificio scomparve. Mandai un singulto. «Spero che non fosse tutto qui, perché da queste immagini non ho capito proprio niente.»

Nektas si sporse sopra di me. «Non penso: guarda.»

Le acque stavano cambiando ancora, generando nuovi colori e nuove forme. Mi irrigidii: apparvero una testa e un paio di spalle, seguite da un corpo. E poi da un secondo. Il primo era un uomo alto, con la pelle del colore di un gioiello d'ambra e i capelli neri come i petali di una rosa notturna: il suo viso ovale era inclinato e dimostrava l'età che avrei dato a Holland, tra i trenta e i quaranta. Armeggiava con le mani... stava triturando qualcosa in una ciotola di ceramica, e nel contempo muoveva silenziosamente le labbra, come se parlasse con qualcuno...

«Quello è Delfai.» Nektas si sporse in avanti appoggiando una mano sulla pietra. «Vivo e vegeto, direi.»

Ora stava prendendo forma anche la figura con cui Delfai parlava: spalle strette, una chioma lunga e folta di un biondo-castano, pelle rosea baciata dal sole, un viso a cuore. Inspirai bruscamente per la sorpresa: conoscevo quel viso, anche se le guance ora erano più piene e gli occhi verdi scintillavano di una vitalità che non c'era nella mia memoria.

«La conosco» sussurrai meravigliata, mentre la ragazza sorrideva e il dio le mostrava quel che c'era nella ciotola. «È Kayleigh Balfour, la Principessa di Irelone. Delfai si trova a Irelone, nel Maniero di Cauldra.»

28

«Se Delfai è con qualcuno che tu conosci proprio in questo momento, ci deve essere lo zampino diretto del fato» dichiarò Nektas mentre attraversavamo a ritroso la Valle.

«Forse.» Con le membra già in tensione per l'imminente arrivo delle sirene, tenevo gli occhi fissi e attenti sulla strada. «Ma non potrebbe darsi invece che Delfai sapesse già tutto? Gli Dei della Divinazione possono vedere il passato, il presente e il futuro, dico bene? E se avesse saputo in anticipo di dover fare amicizia con Kayleigh?»

Il Draken annuì. «Sanno tutto, ma non indistintamente. Deve trattarsi di un'informazione che Delfai ha scelto di cercare di sua iniziativa, o perché qualcun altro glielo ha chiesto. E in questo caso significherebbe che ti sta aspettando.»

Ci riflettei. «È Penellaphe che ha suggerito a Nyktos di cercare Delfai. Non so che età abbia lei, ma non potrebbe essere proprio lei ad avergli detto qualcosa?»

«Penellaphe era giovane quando Kolis rubò le braci della vita, ma è comunque abbastanza vecchia da ricordare gli Dei della Divinazione. E in effetti non sarebbe strano che ne avesse cercato uno per farsi aiutare a interpretare le proprie visioni.»

Anche Holland avrebbe potuto decidere di correre di nuovo il rischio di un intervento diretto. In un caso o nell'altro, non ci trovavamo davanti a una coincidenza.

Non avevo ancora spiegato a Nektas come facevo a conoscerla. «La Principessa Kayleigh era promessa sposa del mio fratellastro. Era venuta in visita a Lasania con i suoi genitori, il Re Saegar e la Regina Geneva, per conoscere Tavius. Il mio fratellastro era... uno sgradevole figlio di puttana.»

«Non mi stupisce saperlo» fece Nektas sporgendosi per aggiustarmi il cappuccio che mi era scivolato dalla testa, «considerata la soddisfazione che prova Nyktos quando va a trovarlo nell'Abisso.»

«Lo fa spesso?»

«Più di quanto gli abbia visto fare con qualunque altra anima da un bel po' di tempo.»

Strinsi le labbra per impedirmi di sorridere: persino io riuscivo a capire che era una soddisfazione perversa. Mi schiarii la voce. «In ogni caso, con lei si comportò al suo meglio. All'inizio. Ma non durò a lungo: una sera la sorpresi a piangere dopo aver fatto una passeggiata nei giardini con lui senza supervisione. Non so che cosa fosse successo, ma doveva trattarsi di qualcosa di terribile perché quando la misi in guardia nei suoi confronti non sembrò minimamente sorpresa.»

«Però alla fine non si sono sposati?» chiese Nektas. Scossi la testa e lui piegò la sua di lato.

«E ha potuto sciogliere il fidanzamento? Credevo non fosse una cosa facile nel mondo dei mortali, soprattutto tra i nobili.»

«Infatti non lo è.» Piegai le labbra in un minuscolo sogghigno. «Abbiamo organizzato un piccolo piano che la rendesse... inabile al fidanzamento.»

Il Draken alzò le sopracciglia da sotto il cappuccio del mantello. «E come ci siete riuscite?»

«Mi sono procurata da un Guaritore di mia conoscenza

una pozione che simulava gli effetti di una malattia... una con sintomi abbastanza gravi da costringerla a posporre il fidanzamento.» Risi vedendo Nektas che sorrideva. «Ha funzionato. Kayleigh è riuscita a convincere i suoi genitori che a farla ammalare doveva essere stato il clima troppo caldo e umido di Lasania, e loro l'hanno riportata subito a casa. Non so se le avessero creduto, anche se è vero che Irelone è un posto molto più freddo... ma le vogliono bene davvero. L'ho capito sia perché non l'hanno forzata a rimanere a Lasania, sia perché non ce l'hanno più rimandata.»

«Un piano astuto. Anche se è un peccato che siate dovute arrivare a simili misure.»

«Sono d'accordo. Tavius, mia madre e il Re Ernald non hanno mai saputo per certo del mio coinvolgimento, ma credo che lo abbiano almeno sospettato.» Scrollai le spalle. «Ma se non lo avessi fatto? Avrei alterato la decisione di Delfai e noi in futuro non saremmo più riusciti a localizzarlo nel mondo dei mortali? Voglio dire, deve essere tutto interconnesso.» Scoppiai a ridere. «In effetti penso che ogni singolo aspetto della vita di ciascuno sia interconnesso con tutti gli altri, e che ogni decisione generi una sorta di reazione a catena. Mi domando quanto di quel che ci accade sia realmente preordinato.»

«Si diventa pazzi a ragionare troppo su queste cose» fu la risposta del Draken. «Ma in realtà nessuna nostra decisione è preordinata. Il fato non è assoluto: consiste solo in una serie di possibilità.»

«E come fai a esserne sicuro?»

«Perché c'ero quando vennero creati i mortali. Ho prestato il mio fuoco per infondere vita alla loro carne. I mortali furono plasmati a immagine dei Primordiali, ma ricevettero anche qualcosa in più.»

«Lo so: le emozioni.»

«E il libero arbitrio. Il fato ne ha un estremo rispetto, al contrario degli Arae, che probabilmente vorrebbero prevaricarlo in certi momenti. Il fato comprende tutte le possibilità messe a disposizione dal libero arbitrio, niente di più.»

Mi resi conto che mi sollevava sapere che le decisioni umane, buone o cattive che fossero, nascevano da una volontà attiva e non erano solo un copione già scritto. Fissai Nektas mentre il Velo si avvicinava sempre di più al ciglio della strada e le voci delle sirene ricominciavano a farsi sentire. «I Primordiali non hanno il libero arbitrio?»

«Non lo avevano all'inizio.» Ricordai quel che mi aveva raccontato Nyktos.

«È stata la capacità di provare emozioni a darglielo?»

Il Draken annuì. «Non esiste nulla di più potente della capacità di sentire le emozioni. L'amore. L'odio. Il desiderio. La cura per se stessi e per gli altri: non c'è nulla che possa alterare maggiormente la vita dei singoli e del mondo intero.»

Mi aspettavo di trovare Nyktos ad attenderci quando uscimmo dalla Valle, ma mi sbagliavo: c'erano solo i tre inquietanti cavalieri, che si inchinarono di nuovo al nostro passaggio. Probabilmente Nyktos era stato richiamato indietro da qualcosa che stava succedendo ai Pilastri o a Lete, ma Nektas sembrava tranquillo, quindi non doveva esserci nulla di fuori dal normale.

Quando passammo vicino alle anime che turbinavano nella nebbia, le braci vibrarono come sempre, ma io non alzai nemmeno lo sguardo. Avevo già i muscoli tesi e indolenziti per lo sforzo di resistere alle sirene. Per fortuna dopo un po' la nebbia si assottigliò e in lontananza vidi un bagliore cremisi sotto le stelle. Nektas mi passò un pezzo di formaggio, che sbocconcellai mentre i miei pensieri vagavano da un argomento all'altro. Soprattutto stavo cercando di ignorare il dolore sordo che mi montava tra le tempie e che forse era causato dalla Transizione.

«Sera?»

Guardai Nektas ingoiando l'ultimo boccone. «Sì?»

«Stai bene?» Mi fissò ancora per un istante, poi riportò lo sguardo sulla strada.

Ci misi qualche secondo a capire che cosa mi stava chiedendo, e quando infine ci arrivai arrossii e strinsi forte le redini di Gala. Il mio cuore accelerò e sentii la lingua gonfiarsi dentro la bocca, al punto da diventare inutilizzabile.

Stai bene?

Una domanda così semplice, alla quale immaginavo che tante persone avrebbero potuto dare una altrettanto semplice risposta. Io stessa quella mattina avrei potuto rispondere senza pensarci. *Stai bene?* Ora invece quelle due semplici parole erano cariche di un significato che prima non avevano. Perché non erano state solo le Pozze di Divanash ad apprendere un segreto che nessuno conosceva. Lo aveva appreso anche Nektas.

«Penso... di sì» risposi infine, reprimendo l'ondata di sconforto che mi sentivo dentro. «Starò bene» aggiunsi con una scrollata di spalle. «Ci sono sempre riuscita.»

«Nessuno può stare bene per tutto il tempo» fece lui con voce tranquilla. «Se ti capita di non stare bene, puoi sempre venire a parlarne con me. E insieme troveremo un modo per migliorare la situazione. D'accordo?»

Con gli occhi e la gola che bruciavano mi voltai verso di lui. Stava ancora guardando la strada, non avrei saputo dire se intenzionalmente o no. Forse sapeva che per me sarebbe stato più facile in quel momento se non mi avesse guardata negli occhi. «D'accordo» sussurrai.

«Bene» disse, e per un po' non aggiunse altro. Calò un silenzio simile al nodo che mi si era serrato nel petto, proprio nel punto in cui c'era anche la crepa.

La sua offerta mi aveva commossa e colta di sorpresa: una gentilezza così... inaspettata che mi faceva venire voglia di sotterrarmi dalla vergogna e allo stesso tempo di gettare le braccia al collo del Draken.

«Fermati» fece Nektas all'improvviso, strappandomi bruscamente ai miei pensieri.

Preoccupata, tirai le redini di Gala. «Che succede?»

Il Draken piegò la testa all'indietro e annusò l'aria. «Stiamo per avere compagnia.» Abbassò il mento e spazzò con lo sguardo il paesaggio desolato, in cui spiccavano solo grossi macigni e qualche albero morto che un tempo cresceva sulle rive del lago scomparso. «E non del tipo amichevole.»

«Ma che meraviglia.» Allungai la mano sul fianco del cavallo e sfoderai una delle spade corte che Nyktos aveva fissato alla sella. «Mi pareva che stesse andando tutto troppo liscio.» Seguii lo sguardo del Draken: sulle prime non vidi nulla, poi uno degli alberi stecchiti vicino al ciglio della strada tremolò, catturando la mia attenzione. Strinsi gli occhi e assestai meglio la presa sull'impugnatura della spada.

«Non attaccare per prima» fece Nektas a bassa voce.

Dita lunghe e scarne, grigio-giallastre come il fango, apparvero da dietro il tronco e lo strinsero, affondando nel legno. Mi irrigidii nel vedere che le unghie erano veri e propri artigli. Poi spuntò fuori anche un braccio smilzo dalla pelle coriacea come corteccia.

«Potrebbero decidere di lasciarci passare senza darci noie» proseguì il Draken. «Avanza lentamente e resta all'erta.»

Diedi un colpetto di ginocchia a Gala per farla ripartire, senza staccare gli occhi dalla mano sull'albero. «Che cosa sono?»

Nektas mi affiancò. «Ninfe. Creature molto antiche. Un tempo erano pacifiche e socievoli: vivevano nelle foreste dell'Iliseum e nei pressi dei laghi, e si dedicavano a nutrire e proteggere gli ambienti naturali. Erano amiche dei draghi nei tempi remoti, a un certo punto lo erano diventate anche degli dei e dei Primordiali.» Solo a quel punto mi resi conto che tutti i verbi del discorso di Nektas erano al passato. *Un tempo erano pacifiche.* «Quel che sono diventate adesso è un'altra conseguenza delle azioni di Kolis: il furto delle braci ha portato alla corruzione della loro natura. Ora sono creature d'incubo che si nutrono di dolore e tortura.»

«Oh» sussurrai. «Devono essere davvero amabili.»

«Una volta erano gli esseri più amabili dell'intero Iliseum.»

L'idea che Kolis le avesse corrotte a tal punto era così spiacevole che dovetti impormi di non pensarci, perché non mi sarebbe stata d'aiuto se avessero deciso di non lasciarci in pace. «Erano già qui quando siamo passati all'andata per raggiungere i Pilastri?»

«Sono sempre qui.»

Mi tornò in mente come sia Nektas sia Nyktos avessero continuato a tener d'occhio l'ambiente circostante durante il nostro viaggio.

«È a causa loro che Ehthawn si è allontanato?»

«Probabile.» Anche Nektas teneva la mano sul pomo della spada legata alla sella. «In genere non sono molto inclini ad attaccare un Primordiale o la sua Consorte, ma chiunque altro è in pericolo. Inoltre sono immuni sia all'ethere sia al fuoco dei Draken. L'unico modo per fermarle è la decapitazione.»

«Di bene in meglio» borbottai mentre oltrepassavamo l'albero dietro il quale la ninfa era nascosta. Ne intravidi un'altra accucciata dietro un masso. «Quante sono secondo te?»

«Potrebbero essere anche centinaia» rispose lui, facendomi sprofondare il cuore. «Ma qui vicino alla strada finora ne ho avvistata solo una dozzina.»

«Vista da Draken, immagino. Perché io ne ho individuate solo due.»

«Io so dove guardare.»

Cavalcammo per alcuni minuti in un silenzio teso. Individuai una terza ninfa, e stavolta la vidi un po' meglio: una gamba magrissima dietro un albero, un piede artigliato aggrappato alla corteccia.

L'Alzata si profilava sempre più vicina davanti a noi e cominciavo a credere sul serio che ci avrebbero lasciati passare quando Nektas sibilò: «Merda».

A quel punto la vidi anch'io.

Una ninfa era accucciata nel bel mezzo della strada, ingobbita e così piccola che quasi si mimetizzava con la strada stessa.

Ma poi si alzò lentamente in piedi e, dei, avrei sul serio voluto vedere una di quelle creature prima che cambiassero, perché questa sembrava veramente uscita fuori da un incubo: la sua pelle assomigliava a una corteccia contorta e piena di nodi, le unghie delle mani e dei piedi erano artigli e il volto era una maschera di crepe e ghirigori sotto un cranio calvo, coronato solo da sporgenze ossee simili a spuntoni.

«Voglio sentirvi urlare» fece con una voce umida e gutturale. «Voglio vedere il vostro sangue ruscellare.» Poi si ingobbì in avanti e partì di corsa verso di noi.

Nektas fece apparire un pugnale dalla manica, lo lanciò e centrò la ninfa tra gli occhi. La creatura precipitò all'indietro scalciando e ululando, le mani strette sull'arma che le sporgeva dal cranio. Un coro di sibili esplose dai due lati della strada. Io imprecai e saltai a terra, imitata dal Draken. L'ambiente attorno a noi, gli alberi, le pietre e il fondo irregolare del lago inaridito tremolarono, come se fossero sfocati.

«Io prendo questo lato» fece Nektas un attimo prima di partire in avanti e menare un colpo di taglio alla gola della ninfa in mezzo alla strada, staccandole di netto la testa. Il corpo della creatura esplose all'istante in una nube di polvere luccicante. «Tu puoi coprire l'altro, per favore?»

Mi preparai allo scontro. «Veramente stavo pensando di lasciarle passare, ma va bene.»

Lui sogghignò nell'ombra del suo cappuccio e si voltò verso il lato destro della strada.

Le ninfe piombarono su di noi. «Fame. Sete. Sangue» sibilò quella in cima al gruppo, prima di partire con un balzo.

Nel momento stesso in cui toccò terra io scattai in avanti e le assestai un colpo orizzontale al collo. La creatura esplose in una nuvola mentre io giravo su me stessa e ne decapitavo un'altra.

Due mi vennero incontro assieme. «Odio» rantolò una.

«Morte» grugnì l'altra.

Con una giravolta sferrai un calcio a un ginocchio della prima, che si spezzò in due come un ramo secco. «*Bleah*» sibilai staccando la testa alla seconda, e poi alla prima che mi ciondolava davanti.

Sull'altro lato della strada Nektas stava abbattendo le sue avversarie una dopo l'altra con metodica precisione. Gli lanciai un'occhiata e subito dovetti schivare l'artigliata fulminea di una ninfa, che poi roteò su se stessa per fronteggiarmi.

«Sangue. Rosso. Langue» sibilò.

«Parlano sempre così?» urlai all'indirizzo di Nektas mentre recidevo l'ennesimo collo con la spada. Mi sembrava che ormai ne restasse solo una manciata.

Il Draken scaraventò una ninfa a terra e ne trafisse un'altra. «Se si può chiamare *parlare* un balbettio senza senso, con qualche rima ogni tanto, allora sì.»

Il ronzio delle braci echeggiava nelle mie vene mentre menavo colpi. Alle mie spalle una mano rinsecchita artigliò l'aria a un centimetro dalla mia guancia: con un'imprecazione scartai di lato e affondai la spada all'indietro, centrando al petto la ninfa. Dalla ferita sprizzò fuori un nugolo di polvere luccicante. Ritrassi la lama per mirare un colpo al collo e...

Uno dei cavalli lanciò un nitrito che mi fece gelare il sangue. Una ninfa puntava verso gli animali sibilando: «Il terrore a me, il dolore a te!».

Mi lanciai nella sua direzione. «Non ci provare. Non ti azzardare a toccare i cavalli.»

La afferrai per una spalla un attimo prima che artigliasse Gala. Al tatto la sua pelle era davvero dura e secca come corteccia. Mi resi conto che non avevo il tempo di usare la spada prima che gli artigli affondassero nella carne del mio cavallo, e realizzarlo mi fece avvampare il sangue. Le braci della vita risposero. A quel punto varie cose accaddero allo stesso tempo.

Le braci vibrarono selvaggiamente, inondandomi di calore da capo a piedi; gli angoli del mio campo visivo si riempirono di luce bianco-argentea e l'energia dentro di me crebbe fino a saturare persino l'aria che mi circondava. Ansimai sentendo l'ethere che mi scorreva dentro la mano e d'istinto mi tirai indietro, ma era troppo tardi. L'essenza si riversò sulla ninfa scorrendo nei solchi della sua pelle coriacea e facendoli risplendere, finché una ragnatela di luce non la coprì da capo a piedi. Poi il bagliore eruppe fuori dalla bocca e dagli occhi.

E la ninfa esplose.

L'ondata di energia rifluì e mi investì in pieno, scaraventandomi con il sedere a terra.

«Oh, cazzo» ansimai. Un'ombra incombeva sopra di me. Puntai subito la spada, ma era Nektas che mi fissava. «Avevi detto che erano immuni all'ethere.»

«Avrebbero dovuto. Solo il Primordiale della Vita possiede il genere di essenza che può uccidere una ninfa.» Il Draken si tolse il cappuccio. «È lo stesso potere che può uccidere un altro Primordiale.»

Per il resto del viaggio Nektas quasi non aprì bocca, e la cosa mi lasciò un po' inquieta.

Io non ero un Primordiale: non aveva senso che dentro di me ci fosse l'ethere capace di uccidere un altro Primordiale. Le braci da sole non potevano essere *così* potenti.

Se ripensavo che avevo colpito anche Nyktos con quell'ethere, e che magari avrei potuto...

Non mi permisi nemmeno di completare la frase. Il che era già da solo un notevole indicatore di quanto fossi cambiata. Dovevo assolutamente imparare a controllare le braci finché Nyktos non fosse riuscito a togliermele.

Dopo aver dato a Gala una strigliata veloce e un po' di erba medica, mi congedai da Nektas e rientrai nel palazzo con l'intenzione di andare subito da Nyktos. Il Draken disse che sarebbe andato da Jadis, che in quel momento era sulle montagne che io non avevo ancora visitato.

Puntai all'ufficio, supponendo che il Primordiale fosse lì, e appena entrata nel corridoio avvertii il familiare tremolio di riconoscimento nel mio petto. Un sorriso mi si delineò sulle labbra. Notai che la porta dell'alcova era semiaperta: la spinsi e...

Rimasi impietrita. Il nome di Nyktos mi morì sulle labbra e divenne un sussurro. Per qualche istante non riuscii nemmeno a capire che cosa stavo vedendo: era come se la mia mente si rifiutasse di elaborare quel che gli occhi le mostravano.

Ovvero Nyktos seduto sul divanetto, una mano mollemente appoggiata sul cuscino di fianco a lui e l'altra aggrappata al bracciolo con tale forza da far sbiancare le nocche. Teneva la testa piegata all'indietro, gli occhi chiusi e il volto teso al massimo. La sua pelle era molto più pallida del solito.

E non era solo.

Tutto l'opposto.

C'era qualcuno seduto *in braccio a lui*. Una donna, snella come un giunco e abbigliata con un vestito di un tessuto viola splendente, gli sedeva *sulle ginocchia*. Riccioli color dell'oro piovevano sul petto di Nyktos e gli coprivano il viso, mentre le mani di lei gli serravano le spalle e dita pallide affondavano nella sua camicia. Il corpo di lei si muoveva su quello di *lui*. Non riuscivo a vederla in volto, ma la riconobbi.

Veses.

La Primordiale dei Riti e della Prosperità sedeva in braccio a Nyktos. A cavalcioni su di lui. Con le mani nella sua camicia. E beveva dalla sua gola.

29

Il mio cuore accelerò in picchiata e poi rallentò di colpo. Mi sentii avvampare di calore e un attimo dopo mi ritrovai gelata da capo a piedi. Non riuscivo più a provare nulla. Riuscivo solo a fissare Nyktos. E Veses. Fissare *loro due*. Mi sforzai di capire che cosa stavo vedendo: perché, tra tutte le persone del mondo, si trovava proprio con *lei*, che aveva definito in mia presenza la peggiore compagnia possibile?

Non aveva senso.

Non poteva averne.

Forse durante il combattimento con le ninfe avevo battuto la testa e ora stavo avendo un'allucinazione. Sarebbe stata una spiegazione più verosimile che non accettare che Veses si stesse nutrendo da Nyktos. Che loro due fossero *insieme*.

Perché io gli avevo detto che volevo essere la sua Consorte.

E lui mi aveva chiamata *liessa*. Un nome bello. Un nome pieno di potere.

Il nome della persona che sarebbe diventata la sua regina.

Poi Veses mandò un gemito roco e sensuale. Il bracciolo del divano scricchiolò sotto la violenza della stretta di Nyktos. E quel suono – quei *suoni* – mi strappò allo stato di stupore in cui ero sprofondata.

La mia mente, il mio corpo e ogni parte di me finalmente elaborarono quel che stavano vedendo i miei occhi. Le emozioni mi esplosero dentro e salirono violente come un'onda di marea nel vedere la testa di Nyktos che sobbalzava pigramente. Tremai, sentendomi orribilmente, insopportabilmente... ferita. Un'agonia amara, assoluta, mi avvampò in ogni poro della pelle, schiacciandomi i polmoni, stritolandomi i muscoli e le ossa. La crepa nel profondo del mio petto tremò e la mia pelle sembrò andare a fuoco.

E non era normale calore.

Veses sollevò la testa bionda quando udì il sibilo dell'aria che usciva dalle mie labbra. Due ferite circolari, di un rosso feroce, si aprivano sulla gola di Nyktos. Una cascata di capelli scintillanti scivolò via da una spalla snella mentre la Primordiale si voltava a guardarmi. Le labbra piene, in quel momento tinte di sangue, spiccavano in maniera grottesca sul viso dai lineamenti delicati e sorpresi. Gli occhi sfavillanti d'argento si dilatarono per un attimo, poi si fissarono nei miei e la punta rosea della lingua corse a sfiorare le labbra, leccando via un po' di sangue. *Il sangue di Nyktos.*

Semisoffocata dalla bile che mi saliva in gola, restai ferma dov'ero. In realtà non avrei potuto muovermi nemmeno se lo avessi voluto. Veses mi fissava come se mi stesse misurando e soppesando con lo sguardo. E dalla piega delle sue labbra era evidente che trovava manchevole quel che stava vedendo. Il suo sguardo affondò in me, mi penetrò fin nelle ossa. Rimasi a fissare i due bellissimi, potenti Primordiali. Insieme.

Poi Veses alzò un sopracciglio e la sua piccola smorfia si trasformò in un sorriso di una bellezza dolorosa da guardare. «Questa dunque è lei?» fece con quella voce un po' roca che ricordavo bene, e poi ridacchiò.

Nyktos voltò lentamente la testa, aprì gli occhi e... non riuscii a guardare altro.

Smisi di pensare. L'istinto agì per me. Barcollai all'indietro, sbattei contro la porta e, con il cuore di nuovo in tumulto, girai su me stessa.

Veses rise ad alta voce.

E quella risata tagliente come una lama di rasoio mi seguì mentre mi allontanavo dall'ufficio, si aggrappò alla mia pelle. Non mi ero mai sentita così sciocca, così ingenua in tutta la mia vita. La crepa dentro il mio petto ebbe un tremito violento. Ma quel che davvero non potevo togliermi da davanti agli occhi, mentre correvo nel corridoio, erano le ferite sul collo di Nyktos.

Lei è di estrema importanza per me.

Corsi alla cieca, con la gola chiusa in una morsa.

Sei una delle persone più forti che io abbia mai conosciuto.

Spalancai una porta con uno spintone mentre la vibrazione delle braci dentro di me non faceva che amplificare la mia agonia.

Per me non sei mai stata un fantasma.

Una qualche forza che non avrei saputo riconoscere mi guidò giù lungo la stretta scala dall'odore di muffa.

Liessa.

Scivolai sugli scalini e caddi seduta, ma il dolore sordo che mi attraversò il corpo non era nulla in confronto a quello che mi schiacciava l'anima. Non avevo mai provato niente del genere prima di allora. Mi rimisi confusamente in piedi e continuai a scendere. Non avevo provato niente del genere nemmeno quando la mia famiglia era partita in villeggiatura per l'estate e io ero ancora troppo piccola per capire perché mi avessero lasciata a casa. Non avevo sofferto così neppure quando mia madre mi aveva schiaffeggiata la notte del mio diciassettesimo compleanno. Neanche quel dolore era stato così profondo. Non mi aveva tolto il respiro allo stesso modo.

Saltai giù dopo l'ultimo gradino e atterrai con un grugnito, ma non rallentai. Superai le celle di corsa, come se cercassi di scappar via da quel che avevo visto. E dalle parole di Nyktos.

Sei forte e coraggiosa.

Le sbarre delle celle mi passarono accanto come macchie sfocate. Arrivai alla fine del primo corridoio e svoltai a sinistra con il petto stretto in una morsa sempre più feroce.

Sarai una Consorte degna delle loro spade e dei loro scudi.

Mi sentivo come se le pareti di ombropietra mi si avventassero addosso per impedirmi di fuggire da me stessa.

Dal mio stupido cuore.

Dalla stupida idea che mi ero fatta di Nyktos. O di quello che potevo significare per lui. O di quel che lui significava per me. Ma non potevo fuggire da nulla di tutto ciò. Crollai addosso alla porta alla fine del corridoio e premetti la fronte contro il legno. Ogni singolo respiro bruciava. Strinsi forte le palpebre per ricacciare indietro le lacrime, ma era troppo tardi: avevo già le guance bagnate, anche se non stavo davvero piangendo. Non mi stavo permettendo di farlo.

Strinsi spasmodicamente i denti e picchiai i palmi delle mani contro la porta, cercando rabbia dentro di me. Cercando furia. Invece trovai solo dolore. E umiliazione. E delusione. Per lui e per me.

Non avrei dovuto stringere quel patto. Non era mai stato solo piacere per il gusto del piacere. Avevo mentito a me stessa: ora lo vedevo chiaramente. Se fosse stato solo quello, non sarei stata così preoccupata per come il mio tradimento lo aveva fatto sentire. Se fosse stato solo quello, non avrei desiderato lui e soltanto lui.

E *proprio lui* aveva preteso che io non cercassi piacere con nessun altro. Come aveva osato?

Con le mani tremanti e il petto in fiamme trovai la maniglia, la abbassai, barcollai nella sala poco illuminata e mi chiusi la porta alle spalle. Poi mi coprii il viso con le mani. Sentivo il rumore gocciolante dell'acqua dietro di me. Avevo le dita bagnate. E... niente di tutto ciò sarebbe dovuto succedere. Non avrei dovuto permetterlo.

«Dei» sussurrai. Avevo la voce arrochita e tremavo da capo a piedi.

Non avrei dovuto permettere a me stessa di provare alcunché. Avrei dovuto pensarci prima. Ero stata addestrata per comportarmi meglio di così. Ero intelligente. Feroce. Vuota. Astuta.

L'immagine di Veses abbracciata a Nyktos mi assalì. Me la rividi davanti mentre si muoveva su di lui. Si nutriva da lui. Ricordavo benissimo che effetto aveva avuto su di me il suo morso: come avrei potuto dimenticare quel piacere così sconvolgente? Il morso di Veses per Nyktos era doloroso come era stato quello di Taric, o gli aveva dato lo stesso piacere che lui aveva dato a me? Ripensai alle nocche bianche della sua mano stretta sul bracciolo. Veses aveva il sangue di Nyktos dentro di lei... e solo quello? L'abito lungo che portava non mi aveva permesso di vedere se...

Mi piegai in due con le mani sulle ginocchia, in preda a un conato di vomito. La crepa dentro di me vibrava sempre più forte, irrefrenabile. Mi raddrizzai di scatto e guardai davanti, dove non c'era altro che la cupa bellezza della piscina. La sua piscina.

Mi aveva detto che non c'era mai stata nessun'altra prima di me. Che dire ora della sua ipotetica mancanza di esperienza? Come avevo fatto a credere con tanta facilità che fosse semplicemente veloce a imparare? Chiusi di nuovo gli occhi, mi rividi davanti ancora una volta Veses che lo toccava con una familiarità impossibile da negare. La rividi seduta sulle sue ginocchia, e sobbalzai.

Avrei dovuto saperlo, maledizione.

Nyktos non poteva amare. Poteva tenere a qualcuno, forse, ma qualunque sentimento fosse necessario a impedirgli di fare quello che aveva appena fatto doveva originarsi dallo stesso punto dell'animo in cui si originava l'amore. Lo stesso punto in cui nascevano i legami più profondi del sangue. Avrei dovuto aspettarmi che non fosse in grado di provare nessuna lealtà nei miei confronti.

Risi, e fu un suono strano e spaventoso. Riaprii gli occhi. Cominciavo a sentire un gran caldo: slacciai il mantello, me lo strappai di dosso e lo lasciai cadere sul pavimento, dove si adagiò tremolando. Non mi sarebbe importato se Nyktos fosse andato a letto con metà dell'Iliseum e metà del mondo mortale prima di incontrare me. Ma mi aveva mentito. E il fatto che gli avessi mentito anch'io più di una volta non rendeva meno dolorosa la sua menzogna, per via di quanto mi aveva detto *quel giorno stesso*, non per ciò che aveva detto in passato. Aveva lasciato che Veses gli si sedesse in braccio, nel suo ufficio, che si nutrisse da lui e facesse con lui il cielo sapeva cos'altro. Dopo tutti i suoi discorsi.

Dopo avermi detto quanto ero forte e coraggiosa. Quanto ero importante. Dopo avermi detto che per lui non ero mai stata un fantasma. Dopo che mi ero sentita al sicuro con lui. Mi voltai lentamente verso il tavolo di pietra e... rividi *noi due* lì sopra.

E finalmente la rabbia venne. Mi dilagò nelle vene e mi saturò le ossa, inondando anche la crepa nel mio petto e sommergendo le braci vibranti. Ciò che infine rigurgitai era marcio e putrescente quanto le ninfe. Fissai ancora il tavolo e sentii i polmoni andare a fuoco. Mi ero sentita *al sicuro* con lui. Al sicuro al punto da permettere a me stessa di *desiderare di più*. Di lasciare liberi i miei sentimenti. Di vivere. Di sperare. La pressione crebbe e crebbe, e l'aria attorno a me si riempì talmente di energia che parve paralizzarsi. L'acqua cessò di emettere suoni. Tremando feci un passo avanti, aprii la bocca e ciò che ne uscì ferì le mie stesse orecchie. Insieme a esso fuoriuscì un'onda di puro dolore, di furia e di potere... un potere antichissimo, senza confini. *Scatenato*.

Il tavolo di pietra andò in pezzi, che si ridussero in cenere.

Una ridda di luci baluginanti e ombre danzò sulla parete ora vuota. Mi fissai le mani: avevo le dita aperte e la luce scaturiva *dal loro interno*. E non solo: la vedevo uscire argentea dalle maniche, che tremavano assieme al resto del corpo. Piano piano la polvere si posò sulle mie guance umide, ma il mio sangue e i miei polmoni seguitavano a bruciare, e io stessa non smettevo di tremare... Anzi, no, non ero io che tremavo. Erano le pareti. E il soffitto sopra di me.

Con il cuore in gola mi voltai verso la piscina, dove l'acqua si agitava in vortici e onde violenti, ma senza emettere alcun suono. Mi resi conto che anche il mantello che avevo gettato sul pavimento si muoveva, e cominciai a spaventarmi. Poi sentii il dolore. Un dolore acuto al petto. Non c'era più aria nei miei polmoni. Avevo smesso di respirare.

Mi costrinsi a farlo, ma mi sembrava di avere la gola così piena di nodi da permettere solo a un refolo d'aria di passare. Lottai per riprendere il controllo di me stessa, cercando disperatamente di applicare la tecnica di Holland.

Una fessura si aprì nella parete, facendomi sobbalzare, seguita da un'altra sul pavimento, che si spalancò con il fragore dello scoppio di un tuono. Dei, ero io che stavo provocando tutto questo.

Dovevo ricominciare a respirare, e per farlo dovevo innanzitutto calmarmi. Cercai freneticamente il velo nella mente, ma ottenni solo di finire carponi sul pavimento. Una parte remota del mio cervello sapeva che stavo respirando troppo in fretta e che era quello il problema, ma non riuscivo più a trovare il mio nulla, la mia tela bianca che avevo odiato così tanto. Non riuscivo a immaginarmi calma perché non sapevo nemmeno se avrei riconosciuto me stessa in quelle condizioni. Non sapevo più chi o che cosa fossi.

Una serie di tremiti prese a scuotermi il collo e la nuca. Strinsi le mani a pugno sull'ombropietra e una ragnatela di crepe si diffuse sul pavimento attorno a me. Poi le braci vibrarono forte e a quello stesso ritmo le crepe si allargarono, mentre il mio campo visivo diventava bianco agli angoli e si riempiva di stelle turbinanti.

Nelle crepe del pavimento c'era qualcosa... qualcosa che cresceva e si allargava...

Dalle fessure sbucarono radici, che subito raggiunsero le mie mani e mi si avvolsero attorno ai polsi e poi lungo le braccia come rampicanti. Mi sprofondò lo stomaco. Che... che cosa stava succedendo?

Vedevo quelle radici color della cenere, ma non percepivo il loro peso sulle braccia. Non mi sentivo più nemmeno le gambe o il viso. Che diavolo significava? Stavo morendo e il terreno si protendeva a reclamare il mio cadavere? Di sicuro avevo proprio quella sensazione... che il mondo stesse scomparendo sotto di me e che il mio corpo non sentisse più nulla di nulla... Mi sentivo staccata da tutto, mi sembrava di galleggiare, di andare alla deriva...

Due braccia mi circondarono e mi strinsero a sé. Le radici che mi tenevano avvinta si spezzarono e toccando terra si dissolsero in cenere. *Sera*. Qualcuno chiamava il mio nome. Lo sentii ripetuto ancora e ancora, finché non lo udii per davvero.

«Sera» urlò Nyktos trascinandomi indietro. Dalle crepe nel pavimento fuoriuscirono nuove radici che si avventarono sulle mie gambe... e sulle sue. Il Primordiale imprecò e staccò da me una mano per afferrare una radice e strapparla via. «Devi rallentare il respiro. Ascoltami.» La sua voce si ammorbidì. «Appoggia la lingua dietro i denti in alto.»

Mi sembrò una cosa così strana da fare che finii per ubbidire automaticamente.

«Tieni la lingua lì e la bocca chiusa.» Arretrò e si raddrizzò, portandomi con sé in modo da far stare dritta anche me, nonostante le radici che continuavano a cercare di arrampicarsi su di noi e di attorcigliarsi al mio torace. Quando una mi si avvolse attorno alla vita sobbalzai e mandai un gemito, ma lui la strappò subito via. «Ignorale. Tieni gli occhi chiusi e ascolta la mia voce. Concentrati solo su quella. Espira contando fino a quattro. Non inspirare: espira e basta. Uno. Due. Tre. Quattro. Ora inspira, contando di nuovo.» Mi appoggiò una mano sul collo e con il pollice tenne il conto sfiorandomi ritmicamente la giugulare. «Ora espira ancora, contando sempre fino a quattro. Non ti fermare.»

Seguii quelle istruzioni, che non differivano troppo dai vecchi insegnamenti di Holland: inspirai per quattro secondi, poi espirai per lo stesso lasso di tempo. Nyktos ripeté le istruzioni: sentivo il suo petto che si sollevava e si abbassava contro la mia schiena, in sincrono con il mio respiro. Inspira. Espira. Dentro. Fuori. Nel frattempo le radici continuavano ad agitarsi addosso a noi, sulla sua mano appoggiata al mio collo, sulle nostre spalle...

«Non sta funzionando» fece dalle ombre una voce che mi parve molto lontana. Sollevai le palpebre e vidi Rhain inginocchiato accanto a me, gli occhi sbarrati mentre spezzava una radice con le mani. «Devi fermarla, Nyktos.» Una pioggia di polvere nera gli cadde sulle guance e si mescolò ai suoi capelli biondo-rossicci. «Prima che sia troppo tardi.»

Alle mie spalle Nyktos imprecò. Con la mano ancora appoggiata al mio collo mi fece voltare la testa per potermi guardare negli occhi: era pallido, ma non c'erano ombre sotto la sua pelle né ethere nelle sue vene. Ma c'erano i due buchi scarlatti sulla sua gola.

Strattonai per cercare di liberarmi dal suo abbraccio.

«Fallo.» Rhain estirpò un'altra radice. «Fallo ora, o riuscirà ad ammazzarsi e allo stesso tempo a far crollare tutto sulle nostre teste.»

«Maledizione.» Il Primordiale mi afferrò per la nuca con le mani. «Mi dispiace. Immensamente.» La sua fronte toccò la mia per un istante, poi si tirò indietro. «Ascoltami, Seraphena.» L'ethere prese a turbinare nei suoi occhi, la sua voce rallentò e divenne più profonda. «*Smettila di lottare e ascoltami.*»

Smisi di lottare.

Ascoltai.

Attesi.

Finalmente tornai a essere un contenitore vuoto.

Una tela bianca.

Quando Nyktos aprì di nuovo le labbra ne uscì una sola parola, lieve come un sussurro e potente come un urlo, che mi entrò dentro e prese possesso completo di me, riempiendomi totalmente.

«*Dormi.*»

30

Sognai il mio lago. Stavo nuotando. Fu da quello che capii di stare sognando. Non avevo mai imparato a nuotare, eppure scivolavo senza fatica nell'acqua color della mezzanotte. E non ero sola. C'era una figura che mi osservava dalla riva.

Un lupo bianco.

Stava accucciato all'ombra degli olmi e la sua folta pelliccia scintillava come argento nella luce spezzata della luna.

Non so per quanto tempo sognai, ma andai avanti a nuotare e nuotare, immersa nella *pace*. Circondata da essa.

Intanto il lupo aspettava.

I miei arti non si stancavano. La pelle non si raggrinziva e non prudeva. Non sentivo fame né sete. Nuotavo con la testa fuori dall'acqua e poi sotto.

E il lupo aspettava.

«Sera.»

Sbattei le palpebre e lentamente le aprii. Avevo la sensazione che me le avessero incollate. Ci misi qualche istante a mettere a fuoco un viso con mento e guance arrotondati, capelli neri come l'onice, occhi dalla forma allungata... e iridi splendenti d'argento.

«Bele?» gracchiai. Avevo la gola così secca che feci una smorfia nel sentirla.

«No. Mi chiamo Nell.»

Incamerai un respiro brusco che sapeva di limone e aria fresca. «Che... cosa?»

La donna davanti a me sorrise. «Scherzo.» Si voltò e disse ad alta voce: «È sveglia, finalmente».

Feci un'altra smorfia: tutti i rumori mi sembravano troppo forti. *Finalmente*? Bele uscì dal mio campo visivo: al suo posto vidi pareti lisce e nere e un lungo divano. Voltai la testa e vidi la scatola di legno appoggiata sul comodino accanto al letto. Il mio cuore perse un battito.

Ero nella camera di Nyktos.

I ricordi mi investirono come un'ondata... Immagini di *lui* e *lei* insieme nell'ufficio, i segni del morso sulla sua gola, l'agonia intollerabile della mia fuga forsennata fino alla sala della piscina. La delusione. Il cuore spezzato...

No.

Basta. Non avrei provato di nuovo quelle sensazioni. Nessuna di esse. Feci per drizzarmi a sede...

«È meglio se aspetti ancora un po' ad alzarti» disse Rhain entrando in camera. Indossava le cinghie che servivano a portare le armi, ma in quel momento pendevano vuote dalle sue spalle.

Mi fermai. C'era stato anche lui nella sala sotterranea assieme a noi, a spezzare le... radici che uscivano dalle crepe che io avevo aperto nelle fondamenta del palazzo. Anche lui mi aveva vista perdere il controllo. Arrossii.

Il dio si accostò al letto in cui non ricordavo di essermi sdraiata e sedette sul bordo. «Come ti senti?» chiese aggrottando le sopracciglia. Sembrava preoccupato ma allo stesso tempo... sollevato. Perché?

E che ci faceva lì con me in quel momento?

«Bene» risposi in un sussurro roco. Mi guardai attorno,

ma vidi solo Bele in piedi accanto al divano, vestita con la tunica grigia delle guardie. «Ho sete.»

Rhain si rivolse a Bele. «Puoi portare dell'acqua e del succo, per favore?»

«Ho l'aria di una che ha voglia di farti un favore?» ribatté la dea.

La mia risposta sarebbe stata *no*.

Rhain le lanciò un'occhiataccia da sopra la spalla.

Bele sospirò e alzò gli occhi al cielo. «Va bene. *Ti accontento.*»

Il dio produsse un sorrisetto guardandola dirigersi a passi volutamente esagerati verso la porta. «Grazie.»

Bele gli fece un gestaccio.

Rhain ridacchiò, poi riportò l'attenzione su di me e tornò serio. «Niente mal di testa? Dolore alla mascella?»

«No.» L'agitazione si unì alla confusione che già provavo. «Dovrei?»

«Non ne sono sicuro.» Scrollò le spalle, e non la trovai una risposta rassicurante. «Vuoi provare ad alzarti ora e vediamo cosa succede?»

«Non lo so.» Ero sempre più confusa. «Voglio?»

Rhain mi sorrise come non lo avevo più visto fare da quando aveva saputo del mio tradimento. Ma durò solo un istante. «Proviamo.»

Avevo un milione di domande, a cominciare da che cosa mi era successo nei sotterranei. E poi ce n'era una che non volevo fare: dov'era Nyktos? Mi dissi che in realtà non volevo saperlo. Spinsi con le mani sul materasso e mi tirai su.

«Piano.» Rhain si sporse per aiutarmi e mi sfiorò il braccio. La pelle nuda. Una scintilla di energia scoccò tra di noi e lui ritrasse di scatto la mano, sibilando.

«Scusami» ansimai. «Ti ho fatto male?»

«No.» Il dio sbatté le palpebre. «Non mi aspettavo una carica così forte.»

Era una sensazione simile a quella che provavo quando la mia pelle entrava in contatto con quella di Nyktos, ma io non l'avevo mai sentita così forte. Mi drizzai a sedere del tutto e la coperta di pelliccia mi cadde in grembo, rivelando che ero completamente nuda. Me la tirai subito sotto il mento e scoccai una rapida occhiata a Rhain. «Perché sono nuda? Ti prego, non dirmi che mi hai spogliata tu.»

Rhain ridacchiò. «Tranquilla, non sono nemmeno lontanamente interessato a quel che mi hai fatto sbirciare per un attimo. Se fossero Saion o Ector, ecco, sarebbe tutta un'altra storia.»

«Io non ti ho fatto sbirciare proprio niente» borbottai stringendo ancora di più la coperta. Appoggiai la schiena alla testata imbottita del letto. «Non di proposito.»

«A spogliarti saranno state Aios o Bele. Eri coperta da capo a piedi di terra e polvere, e Nyktos non voleva che ti svegliassi in quelle condizioni.»

Il mio cuore dette un colpo penoso. «Ma che carino.»

Rhain inclinò di lato la testa e strinse le palpebre.

Lanciai un'occhiata alla porta d'ingresso, poi a quella che conduceva al bagno: erano entrambe chiuse. Riportai gli occhi sul dio. «Che accidenti è successo?»

«Speravo che avresti saputo dirmelo tu.»

«Io? Mi sono appena svegliata. Come faccio a saperne qualcosa?»

«Intendevo quel che è successo prima che ti desse di volta il cervello e tentassi di far crollare l'intero palazzo.» A quelle parole mi irrigidii. «Non avevo mai visto niente del genere in vita mia, nemmeno durante la Transizione di un Primordiale.» Rhain alzò leggermente il mento. «Tu sei potente, Sera.»

«Ehm... grazie» mormorai.

«Non sono sicuro che sia un complimento. Qual è l'ultima cosa che ricordi?»

Mi occorsero alcuni istanti per mettere in ordine i ricordi

spezzettati e rigurgitanti di panico. «Ho... distrutto un tavolo, poi tutto il palazzo ha tremato... e le radici hanno cominciato a uscire dal pavimento.» Scossi la testa. «E poi c'era Nyktos lì con me, e anche tu. E io stavo...»

«... uscendo di testa?»

Sollevai un sopracciglio. «Immagino si possa interpretare anche così. Non era mia intenzione né perdere il controllo né provocare quel disastro. È successo e basta, e io...» Mi accorsi che stavo arrossendo di nuovo. «... sono andata nel panico.» Mi tornò alla mente il vago ricordo di Rhain che diceva qualcosa a Nyktos. «Non mi viene in mente altro.»

Bele rientrò con un bicchiere in una mano e una caraffa nell'altra. I pugnali assicurati alle sue cosce scintillarono di una luce sinistra mentre passava sotto le lampade.

Fissai il bicchiere con la voglia si strappargliélo di mano. «Ho l'impressione di essermi persa qualcosa.»

La dea storse il naso. Rhain le lanciò un'altra occhiata storta, che non fui sicura lei avesse notato... o forse semplicemente l'aveva ignorata. Il dio le prese il bicchiere e lo passò a me, stando ben attento a non toccarmi le mani.

La mia ansia aumentò. In realtà tutta la cortesia che Rhain stava usando nei miei riguardi aveva qualcosa di inquietante. «Perché siete così gentili con me?» buttai fuori.

Bele rise ad alta voce.

Rhain si tirò indietro di una buona spanna. «Non so di cosa parli.»

«Io non vi piaccio. Questo lo so io e lo sapete voi.» Sotto i miei occhi, gli zigomi di Rhain si tinsero di rosa. «Ma siete qui ad aiutarmi e lo fate con molta premura. Che cos'è successo? Ho rischiato di restarci secca?»

Bele inspirò. «Be'...»

Sempre più a disagio, mi portai il bicchiere alle labbra. Il primo sorso d'acqua fresca fu una meraviglia. Bevvi avidamente, a occhi chiusi.

«Piano» fece Rhain a bassa voce. «Non mangi nulla da un bel po'. Non voglio che tu ti senta di nuovo male per aver bevuto troppo in fretta.»

Da un bel po'? Avevo fatto una colazione abbondante, e non poteva essere passato troppo tempo da allora. Li fissai entrambi. A meno che non fossi rimasta priva di sensi molto più a lungo di quanto credessi. Bevvi con più calma. «Per quanto ho dormito?»

«Tre giorni» rispose Bele.

Sputai l'acqua sul mio mento, e sulle braccia di Rhain.

«Non potevi aspettare che finisse di bere?» fece lui.

La dea scrollò le spalle. «Avrei dovuto aspettare almeno un'ora. Hai notato quanta sete ha?»

«Mi dispiace.» Mi asciugai il mento con il braccio. «Ho dormito per *tre giorni*? Com'è possibile?»

«La Transizione.» Rhain mi prese il bicchiere di mano e lo appoggiò sul comodino. «Non era un sonno normale: era la stasi. Può accadere quando il corpo è sottoposto a uno sforzo eccessivo: reagisce spegnendosi per recuperare le energie di cui avrà bisogno nella Transizione. Ma non è una cosa frequente.» Ricordai che ne avevo sentito parlare anche da Nyktos. «Dipende tutto da quanta energia usi e da cosa fai per recuperarla.»

«Io una volta ho dormito per quattro giorni.» Bele incrociò le braccia sul petto. «Praticamente sono andata in letargo. E a essere sincera avrei voglia di farlo anche adesso.»

Rhain sospirò vedendomi cercare di nuovo l'acqua e mi restituì il bicchiere. Lo svuotai, ma avrei desiderato che fosse whisky.

«In parole povere, ti sei esaurita e il tuo corpo si è preso del tempo per recuperare» concluse il dio.

«In realtà sei fortunata che siano stati solo tre giorni.» Bele tornò al tavolo per prendere la caraffa, in cui sperai che ci fosse del succo. «Avrebbero potuto essere anche settimane.»

«Settimane? Sul serio?»

Rhain annuì. «Accade agli dei che non si nutrono abbastanza. Ma la maggior parte di loro non sopravvive alla Transizione con un'energia così bassa.»

Aggrottai la fronte. «E le radici uscite dal pavimento? Sono normali anche quelle?»

Il dio sbuffò. «No, proprio no. Appaiono solo se a entrare in stasi è un Primordiale: il loro scopo è proteggerlo mentre riposa. È quel che stavano cercando di fare anche con te.»

«Veramente stavano cercando di *strangolarmi.*»

«No: di ricoprirti. Per tenerti al sicuro. Vediamo se riesco a spiegarlo in questo modo» proseguì Rhain notando il mio sguardo sbigottito. «I Primordiali fanno parte della struttura stessa della realtà del mondo in cui esistono. Le radici li mantengono connessi al mondo durante il riposo. Fin qui mi segui?»

«Sì» risposi sottovoce.

Lui socchiuse le palpebre. «Invece no.»

«In effetti no.» Mi voltai verso Bele. «In ogni caso io non sono una Primordiale.»

«Ma hai le braci primordiali dentro di te, quindi a conti fatti non c'è differenza tra la Transizione di un Primordiale e la tua.» Bele riempì il bicchiere. «Sei un caso veramente speciale.»

Rhain sembrava meno impressionato.

«Dobbiamo assicurarci che non accada più.» Il dio prese il bicchiere dalla mano di Bele. «Perché la prossima volta rischieresti di non svegliarti.»

«Molto vero» aggiunse Bele mentre mandavo giù un sorso di delizioso succo di frutta, che aiutò ancor più dell'acqua ad alleviare la sensazione di secchezza che avevo in gola. «Ed è un'eventualità così comune che in prossimità della Transizione ci si prepara sempre alla propria morte.»

«Bele» grugnì Rhain.

«Che c'è? Ho detto la verità. Io avevo chiesto a mia madre un funerale esagerato se fossi morta. Enorme, pomposo, con un sacco di lunghissime litanie ai Primordiali e una schiera di piagnoni e oratori che avrebbero spiegato a tutti che persona fantastica ero stata. Non mi sarei accontentata di qualche lacrima o qualche singhiozzo: lamenti alti fino al cielo, a un volume da spaccare i timpani, con il muco giù dal naso e tutto il resto.» La dea aggrottò le sopracciglia e mise il broncio. «O almeno un bel combattimento mentre il mio corpo bruciava. Una rissa tutti contro tutti così furiosa da rovesciare la pira.»

La fissai. «Wow.»

«Già» commentò Rhain.

Spostai lo sguardo su di lui e finalmente mi ricordai cosa lo avevo sentito dire a Nyktos: *Devi fermarla. Fallo ora.* E dopo, tutto si era fatto nero. Strinsi il bicchiere tra le dita. «Non mi sono addormentata.»

«Non di tua iniziativa.»

«Nyktos... ha usato la *compulsione* su di me.»

«Non avrebbe voluto» fu la risposta di Rhain, e lo ricordai anch'io. Nyktos aveva tentato di calmarmi facendomi respirare. La sua riluttanza a fare diversamente era stata quasi palpabile. «Ma se non lo avesse fatto ora non saresti qui. Se anche non ci avessi fatto crollare il palazzo addosso, avresti rischiato di innescare l'Ascensione e a quel punto saresti morta senza il minimo dubbio, te ne rendi conto? Era questo che stava accadendo. Stavi forzando l'Ascensione su di te.»

Io non avevo tentato di forzare proprio niente, ma compresi quel che intendeva.

«Capisco» dissi, e non fu facile. «Capisco perché ha dovuto farlo. Ma questo non significa che la cosa mi piaccia.»

Le narici di Rhain fremettero. «Invece secondo me continui a non capire.»

Stavolta mi arrabbiai. Lo fissai negli occhi. «Ho passato la vita intera senza libertà di scegliere, ma almeno sapevo di non avere io il controllo. La compulsione invece non ti permette nemmeno di rendertene conto. Magari a te sembra una differenza di poco conto, ma per me è fondamentale. Ripeto, ho capito perché lo ha fatto. L'alternativa sarebbe stata lasciarmi morire.»

Qualcosa attraversò il suo volto, ma troppo veloce perché potessi capire cosa. «Ti sto solo dicendo di non avercela con lui, tutto qui.» Distolse lo sguardo. «Lo ha fatto per te.»

Mi tornò in mente qualcos'altro che Rhain aveva detto poco prima, e mi resi conto di non sapere che cosa Nyktos avesse sacrificato per me...

Bele si accomodò sul bordo del letto con tutto il suo peso e quello delle sue armi, facendo ondeggiare il succo nel mio bicchiere. Rhain le lanciò uno sguardo esasperato.

Bevvi con attenzione un sorso e mi sforzai di concentrarmi solo su quel che aveva importanza. «Come facciamo a impedire che tutto questo si ripeta? Intendo dire la stasi...»

«E la probabile morte?» finì Bele.

«Sì, quella.»

«Mangiando un sacco. Soprattutto proteine.» Bele si appoggiò di schiena alla testata del letto. «E cioccolato, se ben ricordo.»

Cioccolato. Ora capivo perché ce n'era sempre nei miei pasti, e anche perché Nyktos fosse così fissato sul fatto che io mangiassi.

«Anche l'attività fisica aiuta» aggiunse Rhain.

«Vero, anche quella» confermò Bele. «A dirla così sembra controproducente, ma c'è dietro tutta una scienza che non mi ha mai interessato approfondire. E poi devi dormire. Non il coma in cui sei stata negli ultimi giorni: otto normali, salutari ore di sonno per notte.»

«Non credo di aver dormito otto ore per più di due notti di seguito in vita mia. Ma la parte del cioccolato si può fare.»

«Anche il sangue fa bene.» La dea alzò un sopracciglio in risposta alla mia occhiata. «Quello degli dei, intendo. O di un Primordiale.» Mi fece l'occhiolino. «Mandarne giù a sorsi, come quel succo che hai bevuto poco fa.» Io fissai il bicchiere. «Però ha un sapore strano se non lo si tiene caldo. E tende a raggrumarsi.»

«Santi Fati» borbottò Rhain passandosi una mano sul volto.

Tornai ad appoggiarmi alla testata del letto. Avevo lo stomaco sottosopra. Avrei dovuto prestare più attenzione quando Nyktos mi parlava della Transizione, anziché infastidirmi perché insisteva a farmi mangiare e dormire a sufficienza. Misi giù il bicchiere e fissai la porta. «È venuto nessun altro mentre dormivo?»

«Non che io sappia» rispose Bele.

Guardai Rhain, che stava fissando la caraffa. Loro erano al corrente della visita di Veses? Rhain era arrivato alla piscina assieme a Nyktos, quindi non poteva essere stato molto lontano in quel momento, ma questo non significava automaticamente che sapesse tutto. In base alle mie nozioni, solo un Primordiale poteva percepire la presenza di un altro Primordiale: gli dei non ne erano in grado.

Alla fine non riuscii più a trattenermi. «Lui dov'è?»

«Ai Pilastri, a gestire qualche anima nervosa.» Bele distese le lunghe gambe, incrociò le caviglie e le fece cadere in grembo a Rhain. «Probabilmente si arrabbierà quando scoprirà che hai deciso di svegliarti proprio mentre non c'era.»

Ne dubitavo.

«È rimasto qui a vegliarti per quasi tutto il tempo» proseguì la dea mentre Rhain si scrollava di dosso i suoi piedi. «Ha persino dormito di fianco a te. Al massimo si è allontanato fino al suo ufficio, e solo quando ce n'è stato assoluto bisogno. La chioccia della morte, in pratica.»

Quelle parole mi trapassarono il petto come lame. Strinsi

più forte le dita sul bicchiere. «Era in pensiero per le braci. Se muoio, loro muoiono con me.»

«Ah, sì? Io non credo.» Bele riappoggiò le gambe su Rhain. «Era preoccupatissimo, non è vero, Rhain?»

«Già.» Stavolta il dio non accennò nemmeno a togliersi i piedi dell'amica di dosso. «Ho creduto per davvero che avrebbe ucciso Ector almeno cinque volte negli ultimi tre giorni.»

Bele ridacchiò.

Rimasi lì ad ascoltarli distrattamente mentre discutevano se Ector meritasse o no tutte le minacce di morte che riceveva. Non sapevo veramente che cosa pensare. Conoscevo abbastanza le emozioni umane in senso generale da capire che una persona poteva averne a cuore un'altra, eppure compiere lo stesso gesto che... la feriva, con o senza intenzione. Lo avevo visto accadere tante volte tra gli esseri umani e dubitavo che per i Primordiali fosse diverso, dato che era proprio dagli umani che avevano preso le loro emozioni. E adesso che potevo pensare con un minimo di distacco a quel che era successo nell'ufficio, ero costretta ad ammettere che Nyktos teneva davvero a me: lo aveva dimostrato al di là di ogni dubbio. Eppure quel che avevo visto dimostrava anche quanto fossero superficiali i suoi sentimenti. Inoltre mi aveva mentito sui suoi rapporti con Veses... e sui suoi sentimenti verso di lei. A quel punto chi poteva dire su cos'altro aveva mentito? E io...

Ero troppo coinvolta, troppo toccata da tutto quel che stava succedendo.

Altrimenti non avrei reagito in quel modo. Mi sarei infuriata anziché sentirmi ferita. Non avrei provato la sensazione che il cuore mi si spezzasse in due. I miei sentimenti nei confronti di Nyktos non erano mai stati parte del patto che avevamo stretto e avevano colto anche me di sorpresa: avevo aperto una porta dentro di me e lo avevo lasciato entrare. Mi ero permessa di sentirmi al sicuro con lui e di desiderare qualcosa di più. Quella parte era colpa mia. Ma quale invece era colpa sua? Qual era stato il suo errore? Entrare per quella porta aperta, ovviamente.

Un errore che ora mi sembrava imperdonabile.

Entrambi gli errori lo erano. Il mio e il suo.

Avremmo potuto attenerci al patto: piacere fine a se stesso. Scopare e niente di più. Non c'era nessun bisogno delle conversazioni sulle mie ansie o sulle mie paure per la persona che ero. Non c'era nessun bisogno che lui mi chiedesse della mia vita a Lasania o che io avessi domande sulla sua.

Fissai il succo color rubino scuro nel bicchiere. Mi bruciavano gli occhi. A voler essere davvero onesta con me stessa, avrei dovuto sapere che la cosa non sarebbe mai rimasta solo sul piano fisico. Avevo cominciato a provare qualcosa per lui quando ancora ero decisa a ucciderlo. Già allora volevo *qualcosa di più*.

Chiusi gli occhi cercando di arrestare il bruciore e mi sforzai di concentrarmi sulla mia prossima mossa. La faccenda di Veses non cancellava le altre questioni più importanti di cui ci dovevamo occupare: trovare Delfai a Irelone, rimuovere le braci, affrontare Kolis. Tutto questo esigeva che io e Nyktos agissimo insieme. Ma la cosa più importante era non perdere mai più il controllo. Era semplicemente troppo rischioso, tanto per gli altri quanto per me stessa.

Al contrario di quel che credeva Nyktos, io non volevo morire. Non quando avevo la prospettiva di un futuro non dettato da un destino che non avevo scelto. Ora potevo aspirare a una vita mia, solo mia. Ma per ottenerla dovevo sopravvivere.

E la desideravo.

La meritavo.

Quindi dovevo per forza diventare la Consorte di Nyktos. Fino al momento di affrontare Kolis mi serviva la protezione che solo quel titolo poteva darmi, ma non doveva essere nulla più di questo: ero abbastanza matura da rendermene conto, e non aveva importanza quanto mi piacesse stare tra le braccia di Nyktos. Non aveva importanza quanto lo volessi. I rapporti fisici portavano inevitabilmente a desiderare dell'altro. Generavano sentimenti. E i sentimenti erano pericolosi, per me e per gli altri. Al solo pensiero sentivo male al cuore, segno preciso di quanto fossero intensi i miei desideri.

Ma una volta sconfitto Kolis? A quel punto avrei potuto seguire il mio cuore... E dargli quel che voleva: la libertà.

Sapevo che era quel che avrei dovuto fare.

Forte della mia ritrovata convinzione, riaprii gli occhi. Bele e Rhain stavano ancora discutendo di non so cosa, ma il dio si accorse che mi ero riscossa e mi fissò. Mi sporsi oltre Bele per appoggiare il bicchiere sul comodino.

«Che stai facendo?» chiese la dea.

«Mi alzo.» Tirai la coperta per avvolgermici, ma ora i due dei c'erano seduti sopra. «Potreste spostarvi, per favore? Altrimenti sarò costretta a uscire dal letto nuda.»

«Il che per me non sarebbe necessariamente un problema» fece notare Bele. «Ma per Nyktos sì.»

«Problema suo, non mio» rimarcai. «Detto questo, l'ultima volta che ho controllato mi è parso di essere perfettamente capace di decidere da sola per quanto tempo voglio restare a letto.»

«Quel che sei capace o no di fare non c'entra» intervenne Rhain. «Il punto è capire se stai abbastanza bene da andartene in giro. Quello da cui ti sei svegliata non era un sonnellino pomeridiano, Sera: era la stasi. Una cosa alla quale avresti potuto non sopravvivere. Mentalmente puoi sentirti a posto, ma fisicamente potresti non esserlo affatto.»

Dovetti ammettere che aveva ragione. Ma non volevo che Nyktos mi trovasse nel suo letto se fosse tornato all'improvviso. Non doveva succedere. «Devo andare in bagno.»

«E perché non lo hai detto subito?» Bele sospirò scivolando giù dal letto.

Rhain esitò, con l'aria di chi non sapeva se credermi o no,

ma si alzò anche lui. Mi avvolsi addosso la coperta di pelliccia e scesi dal lato opposto del letto. Fu una gradevole scoperta constatare che le gambe mi reggevano, anche se in piedi mi sentivo un po' strana. Mossi qualche passo, intorpidita dalla lunga immobilità, e puntai al breve corridoio che collegava i due appartamenti.

«Dove vai?» chiese Bele.

«Nel mio bagno, come ho detto» replicai con il tono più autoritario che si poteva avere quando si era avvolti in una coperta pelosa.

Nessuno dei due mi fermò, ma mi seguirono entrambi. Le mie stanze erano come le avevo lasciate. Le tende del terrazzo erano aperte e al di là del vetro il cielo era grigio scuro: era notte. Uno dei due dei accese la luce sulla parete mentre io mi dirigevo nel bagno: presi la veste da camera dal suo gancio, entrai e mi chiusi la porta alle spalle, cercando di non pensare a cosa era successo in quella stanza. D'altronde era una paura che dovevo togliermi di dosso una volta per tutte, perché ora non avrei più potuto usare il bagno di Nyktos.

Ignorai il bruciante senso di delusione che quel pensiero mi trasmise e chiesi attraverso la porta: «Posso avere dell'acqua calda?».

Ci fu una risposta affermativa appena udibile e io mi disposi all'attesa, sforzandomi di usare il silenzio per calmarmi un po'. Cercai di nuovo il mio velo e questa volta lo trovai: il nulla che mi permetteva di cancellare la delusione, il dolore, la rabbia venne da me e chiuse fuori anche il desiderio – no, il *bisogno* – di conoscere ogni dettaglio, anche il più insignificante e disgustoso, di ciò che Nyktos aveva fatto con Veses. Presi tutte quelle emozioni caotiche e immaginai di chiuderle in una cassaforte indistruttibile fatta di ombropietra.

Bussarono alla porta. Esalai un lungo respiro, lasciando che il nulla invadesse ogni angolo del mio essere, poi aprii. Mi aspettavo di vedere Baines con l'acqua: invece era Rhain.

Mi feci da parte mentre riempiva la vasca e quando ebbe finito lo ringraziai.

«Ti farò portare anche del cibo» rispose lui, e se ne andò chiudendosi la porta alle spalle.

Fu il bagno più veloce della mia vita, ma riuscii effettivamente a entrare nella vasca, anche se per tutto il tempo rimasi a fissare la porta e il cuore non smise mai di battermi forte.

Per quanto piccolo, fu un successo importante per me. Subito dopo mi spazzolai sommariamente i capelli ancora umidi e li legai in una treccia, perché durante la permanenza nell'acqua anche il mio stomaco aveva deciso di svegliarsi e ora avevo una fame da lupi.

Quando uscii trovai solo Bele in camera, ma non la notai subito perché il mio sguardo fu immediatamente attirato dal vassoio sul tavolo.

«Zuppa» disse la dea. Mi voltai verso il divano, dove lei stava sdraiata di traverso con le gambe distese e le caviglie incrociate sopra un bracciolo. «Facile da digerire.»

«Grazie» risposi sedendomi a tavola. Era una scodella piuttosto grande, accompagnata da due fette di pane e un pezzo di cioccolato. Divorai tutto in silenzio.

«Ancora fame?» chiese Bele alla fine.

Appoggiai la schiena alla sedia e considerai la possibilità di rispondere di sì, ma realizzai che avevo lo stomaco già bello pieno e che mi meritavo la bottiglia di vino che stava sul tavolo accanto al vassoio. «No, sono a posto.» Guardai verso il divano, ma da quella prospettiva riuscivo a vedere solo il retro della sua testa bruna e la punta degli stivali. Presi la bottiglia e il bicchiere, mi spostai sul letto da dove potevo vederla in faccia e sedetti sul bordo. «Mi stai facendo la guardia finché non tornerà Nyktos?»

«No. Per quello c'è Orphine fuori dalla porta.» Bele fece dondolare i piedi. «Sono qui perché sono curiosa.»

Alzai le sopracciglia.

«Ero qui anch'io l'altro giorno, quando il palazzo ha cominciato a tremare» continuò dopo un attimo. «Sulle prime ho pensato a un nuovo attacco e mi sono emozionata: questo per darti la misura di quanto mi stessi annoiando. Ma quando ho guardato fuori e non ho visto niente di strano ho pensato che Nyktos fosse di cattivo umore. Era la spiegazione più logica, perché nemmeno gli dei più anziani e potenti avrebbero la forza di far tremare dalle fondamenta un edificio come questo.»

Mi versai mezzo bicchiere di vino, poi ci ripensai e lo riempii fino all'orlo. Ne avrei avuto bisogno quando Nyktos fosse tornato.

«E invece eri tu.» La dea allungò il collo per guardarmi. «Una mortale con braci primordiali dentro di sé e sull'orlo della Transizione.»

Bevvi un lungo sorso, senza rispondere a quel riassuntino non necessario.

«Voglio dire... ma che cazzo? Com'è possibile? Ho capito che sei super speciale, ma santi Fati...»

Non potei che annuire davanti alla sua incredulità.

«Allora, cos'è che ti ha fatta incazzare così tanto?»

Mandai giù un altro sorso, sempre in silenzio.

«Qualcosa deve averti fatta incazzare: è praticamente l'unico modo per tirare fuori l'ethere da qualcuno durante la Transizione.» Bele sedette dritta. «Quando ci stavo passando io ed ero vicina all'Ascensione mandavo in pezzi le finestre a ogni minima sciocchezza che mi contrariava. E ce n'erano tantissime. Quando la mia Transizione è finita non avevamo più finestre intere in casa.»

«Ti ha mai detto nessuno che potresti avere problemi nella gestione della rabbia?»

«Detto da quella che forse è la persona più combattiva e litigiosa che io abbia mai conosciuto.»

Mi accigliai. «Io non sono combattiva.»

Lei alzò un sopracciglio.

«Sono solo... determinata.»

«Una determinazione un po' aggressiva. Ma fai bene. Dovremmo essere tutti così. Non c'è nulla di cui vergognarsi.»

«Se lo dici tu» borbottai bevendo un altro sorso. Il vino era dolce e mi stava scaldando per bene. «Che ci fai qui, Bele? Per davvero, dico.»

«Questa è una domanda impertinente.»

La fissai.

Bele non mi aveva fatto nulla di male, ma io avevo evocato il mio velo del nulla e una volta indossatolo non potevo liberarmene con uno schiocco di dita. Più mi fossi permessa di provare emozioni, più difficile mi sarebbe stato rimanere nella vuota calma che avevo ritrovato. Era quello il motivo per cui avevo fatto tanta fatica a recuperarlo dentro di me: mi ero aperta ai sentimenti per troppo tempo.

D'ora in poi, le cose sarebbero state diverse.

E poi la dea disse: «So che Veses era qui».

31

Strinsi forte le dita sul bicchiere quando Bele riaprì la bocca. «Ector e Saion erano diretti a Lete e io stavo aspettando Aios. Andavo verso le cucine pensando agli affari miei e l'ho vista entrare nell'ufficio di Nyktos. E ho pensato: *Guarda un po', è arrivata la stronza.*»

Mi portai il bicchiere alle labbra e vidi che era vuoto. Feci per riempirlo, poi mi ricordai che a un certo punto il coraggio liquido si trasformava senza preavviso in ridicolaggine liquida.

«Pensavo che certe cose sarebbero cambiate» proseguì la dea, e io riportai gli occhi su di lei, che si alzò e incrociò le braccia sul petto. «Che Veses non sarebbe più... *venuta in visita* ora che Nyktos stava per prendere una Consorte.»

Mi asciugai le mani sulla stoffa liscia della veste da camera. «A quanto pare non è così.»

Bele aprì la bocca, poi la richiuse. I secondi passarono. «Non so che cosa sia successo là dentro tra loro due...» A quelle parole il vino si trasformò in aceto nel mio stomaco. «Cazzo, a dire il vero non so nemmeno che cosa stia succedendo tra te e Nyktos. Non lo sa nessuno, in realtà.»

«Ti prego, non dirmi che le guardie di Nyktos si siedono tutte insieme a parlare di me e lui.»

«No, non ci sediamo a parlare di voi. In genere lo facciamo in piedi.»

Mandai un sospiro.

«Nessuno ha capito che cosa ci sia tra voi. Nyktos non aveva bisogno di una Consorte e nemmeno la voleva. E tu progettavi di ammazzarlo... o pensavi di doverlo fare. Quel che è. Ma ho visto il modo in cui lo guardi.»

Mi avvamparono le guance.

«E ho fatto caso alla familiarità con cui lo tocchi. Sai quante poche persone oserebbero fare una cosa del genere?»

Be', Veses non aveva questo problema.

Il mio nulla cominciò a vacillare. Mi alzai e mi allontanai dal tavolo. Avevo bisogno di camminare.

«E noto com'è lui quando siete insieme. Non lo avevo mai visto così preso da una persona. Preso in maniera fastidiosa.»

Fastidiosa? Per poco non scoppiai a ridere. «È per le braci. Ecco perché per Nyktos è importante che io rimanga in vita.»

Lei storse il naso. «Se fosse solo per questo non ci avrebbe distrutti verbalmente quella mattina, nella sala del trono, dopo aver tenuto un discorso per spiegare a tutti quanto sei coraggiosa.»

«Cosa?»

«Già. Dopo che te ne eri andata assieme a Orphine e la maggior parte delle guardie era tornata al proprio posto, se l'è presa con noi.» Bele sogghignò. «Quando vuole, Nyktos sa venirsene fuori con minacce meravigliosamente creative, e pronunciarle con voce così gelida che non ti fa dubitare un secondo della sua sincerità.»

«Non ne avevo la minima idea» mormorai. Dunque ecco a cosa era servito quel discorso. E poi lui aveva voluto ribadire il concetto a quattr'occhi con le sue guardie più fidate, perché temeva che proprio loro avessero la maggiore probabilità di voler favorire la mia fuga. O forse voleva solo assicurarsi che fossero più gentili nei miei riguardi. Scossi la testa: in un caso o nell'altro, non aveva importanza. Nyktos ci teneva che venissi trattata bene, e quel che faceva con Veses non cambiava nulla.

«Comunque, suppongo che tu invece abbia visto qualcosa» concluse Bele, richiamando la mia attenzione. «Perché non riesco a immaginare niente che potrebbe farti incazzare di più.»

«E che cosa te lo fa pensare?» Sedetti di nuovo e inclinai all'indietro la sedia per poter appoggiare i piedi sul bordo del tavolo.

«Il fatto che li ho visti insieme in passato.»

Mi mancò il fiato, ma solo per due secondi. La fissai, poi mi sforzai di incamerare un lungo respiro e lo trattenni, mentre assimilavo lentamente la nozione che quel che avevo visto era avvenuto altre volte in precedenza. Non che prima lo credessi, ma mi resi conto che dentro di me lo avevo sperato.

«Che cosa...» cominciai, poi deglutii e tacqui. Sul serio avevo bisogno di saperne di più? Riportai la sedia e i piedi sul pavimento. Ma poi non riuscii a fermare la mia domanda: «Che cosa li hai visti fare? Sesso?».

«Per l'amor dei Fati, no. Sarei rimasta traumatizzata. Sarebbe stato come veder scopare mio fratello.» Con un brivido la dea si voltò e tornò al divano. «L'ho vista nutrirsi da lui. Una cosa che non ha per forza connotazioni sessuali.»

E questo lo sapevo anch'io, ma il modo in cui si muoveva Veses... Mi morsi il labbro per arrestare quel flusso di pensieri. Non era necessario rivedere quella scena davanti agli occhi, ancora e ancora. «Quando?»

Bele si gettò di nuovo sul divano, con le caviglie sul bracciolo. «Sarà stato un anno fa. Ero di ritorno da una missione esplorativa alla Corte di Dalos e avevo informazioni da riferire: ho cercato Nyktos e l'ho sorpreso assieme a lei. Giuro che in vita mia non sono mai schizzata fuori da una stanza veloce come quella volta.» Distolse lo sguardo e si morse il labbro con la punta delle zanne.

Dunque la relazione tra Nyktos e Veses andava avanti da almeno un anno. Un anno intero.

«Non avrei dovuto nemmeno raccontarla, questa storia» aggiunse la dea.

Tornai a sedere sul bordo del letto. «Perché Nyktos si arrabbierebbe se lo sapesse?»

«Ah, di quello non mi importa. Non fraintendermi: voglio bene a Nyktos come se fossimo veramente fratelli di sangue. E come me Aios. Ma se non vuole che la gente vada in giro a parlare di quello che fa, dovrebbe stare più attento a non farsi vedere. No: il motivo per cui non dovrei parlarne è che in realtà sono io la prima a non sapere per davvero che cosa cazzo ho visto quel giorno. Nel senso... so che cosa ho visto, ma non so come interpretarlo.»

Nemmeno io lo sapevo.

«Aios dice sempre che Veses una volta era una persona decente, ma dopo le cose che l'ho vista fare a Dalos faccio una gran fatica a crederci.» Per un fulgido istante gli occhi di Bele fiammeggiarono di ethere, poi si calmarono. «Nyktos lo sa che razza di Primordiale è Veses. E, se tutto ciò non bastasse, è una sostenitrice di Kolis. Nyktos non si fida per niente di lei. Non gli piace nemmeno.»

Sentii montarmi dentro un'onda di emozioni contraddittorie, ma le repressi subito e le spedii nella cassaforte assieme a tutte le altre. «Allora perché le ha permesso di nutrirsi da lui... per almeno un anno?»

«Non lo capisco nemmeno io.» Bele fissò il soffitto. «Ma un motivo ci deve essere.»

Mi fissai le mani. Le mie unghie erano a pezzi, dopo i miei tentativi di artigliare il pavimento della sala sotterranea. Non riuscivo a pensare a un singolo motivo che potesse spiegare, o anche solo dare un senso, a quella faccenda di Nyktos e Veses. Strinsi i pugni, nascondendo le unghie rovinate. In realtà non avevo molta voglia di riflettere su quali potessero essere i motivi... Non avevo voglia di riflettere su nulla di tutto ciò.

Le braci della vita si risvegliarono di colpo dentro di me, tremando e pulsando. Mi irrigidii e fissai la porta con il cuore in gola.

Bele seguì il mio sguardo. «Che c'è?»

«Arriva.»

«Le cazzo di braci, eh? Ma allora perché io non lo sento, anche se tecnicamente sono ascesa? Che stronzata è mai questa?»

Una porta si aprì, ma non quella d'ingresso: Nyktos entrò da quella che collegava i due appartamenti e si fermò non appena mi vide.

Ci fissammo a vicenda, e il tempo stesso sembrò fermarsi. Provai l'impulso di correre da lui, così forte che mi bloccai quando ero già sul punto di alzarmi in piedi.

Poi Nyktos si diresse verso il letto. Portava una tunica grigio acciaio con ricami d'argento attorno al collo e sul petto, che mi ricordarono il colore dei suoi occhi e il bagliore dell'ethere dentro di essi. Si fermò di nuovo e parve accorgersi solo in quel momento della presenza di Bele.

La dea piegò indietro la testa e gli rivolse un gran sorriso. «Buonasera.»

«Puoi lasciarci soli un momento?» fece lui per tutta risposta.

«Stavo così comoda qui» protestò lei.

Nyktos la fissò, e qualunque cosa Bele vide nei suoi occhi la indusse ad alzarsi immediatamente. «Va bene, ve ne darò anche più di uno, di momento.»

Fui sul punto di fermarla. Sapevo che cosa stava per succedere, e non ero pronta.

Ma non ero una vigliacca, e me lo ripetei mentre guardavo la dea che usciva a passi lenti, chiudendosi la porta alle spalle. Forse ero una sciocca e un'ingenua, e troppo spesso ero avventata. Ma non avevo più intenzione di scappare.

Sapevo che Nyktos non aveva smesso di fissarmi. Staccai gli occhi dalla porta e incontrai i suoi, nei quali c'erano solo vaghe tracce di ethere.

«Come ti senti?» mi chiese.

«Una meraviglia, per una che è stata in stasi per tre giorni.» Lo dissi con voce ferma e per nulla preoccupata, e ne fui orgogliosa.

Nei suoi occhi balenò qualcosa che non riuscii a decifrare. Fissò il bagno, poi di nuovo me, senza dire nulla. Il silenzio si prolungò.

Fui io a romperlo. «Abbiamo scoperto dov'è Delfai.»

«Nektas me lo ha detto: Irelone.»

«Dunque devo partire al più presto per...»

«Non è di questo che intendo parlare» mi interruppe. Poi prese un lungo respiro. «Voglio dire, non sono qui per questo.»

Il mio velo di impassibilità non mi era mai sembrato tanto sottile come in quel momento. «Per cosa, dunque?»

Lui avanzò di un passo, poi si fermò di nuovo. «Per dire che mi dispiace.»

Mi paralizzai. «Per la compulsione?» Agitai una mano. «Non mi è piaciuta, ma capisco perché l'hai fatto. Dover ricostruire tutto il palazzo non era il massimo.»

Lui aggrottò la fronte e mi studiò attentamente. «Devo scusarmene lo stesso. Non mi piace usarla, nemmeno quando non ci sono alternative.»

«Lo so.»

L'ethere nei suoi occhi si fermò. «E mi sto scusando per quel che tu pensi di aver visto.»

Un terremoto di incredulità rischiò di mandare in pezzi il mio nulla. «So benissimo che cosa ho visto.»

«No, non lo sai.» Sentii la rabbia che montava, ma mi rifiutai di lasciarla dilagare perché si sarebbe trascinata dietro molte altre emozioni, nascoste dietro di essa. Emozioni anche più pericolose. Che avrebbero potuto far del male a me e ad altri. «Ti ho visto con in braccio la Primordiale che avevi definito la persona peggiore al mondo. E stava bevendo il tuo sangue. Questo è quel che ho visto.»

«No, non stava...» La tensione gli immobilizzò le labbra.

«Allora cosa? Forza, prova a convincermi che quello che ho visto non era ciò che sembrava. E magari dimmi anche che era la prima volta che accadeva.»

Il suo sguardo si fece affilato. «Che cosa ti hanno raccontato?»

«Ha importanza?» Ripensai alla perplessità di Bele – e alla mia – di fronte alle possibili motivazioni di Nyktos. «Dunque *non* era la prima volta?»

Lui rimase in silenzio per un lungo istante. «No.»

Non sapevo nemmeno perché glielo avessi chiesto, dato che conoscevo già la risposta. Non sapevo nemmeno perché continuassi ad aprire bocca. «Perché eri lì con lei?»

La luce nei suoi occhi si affievolì. «Perché sì.»

«Perché sì.» Sentii la mia voce ripetere le sue parole mentre lo fissavo. Poi risi, una risata costernata che accompagnò una torsione del mio stomaco. «È tutto quel che hai da dire?»

Lui voltò la testa, in silenzio.

Ovviamente adesso taceva. Avvertii un altro sussulto di furia, più forte del precedente. «Quando ho stretto quel patto con te – semplice piacere senza complicazioni – avrei dovuto pretendere la stessa cosa che tu hai preteso da me: che i nostri rapporti intimi restassero esclusivamente tra noi due. Errore mio.» Dentro di me le braci vibrarono intensamente, costringendomi a esalare un lungo, lento respiro. Purtroppo la rabbia stava permettendo anche a un po' di amarezza di colare fuori dalla cassaforte della mia mente e arrivare in superficie. «O quantomeno avrei dovuto esigere che discutessi con me di chi altro far entrare nella tua intimità, così sarei stata preparata se mi fosse capitato di entrare nel posto sbagliato, perdipiù solo poche ore dopo averti detto che volevo diventare la tua Consorte.»

Lui sussultò.

Nyktos ebbe un vero *sussulto*. Avrei dovuto gioire, ma non ci riuscii. Non ne trassi nessun piacere. Mi alzai e andai al caminetto. «Comunque non c'è bisogno di parlarne.»

«Secondo me sì.»

«Invece no. Perché a me non importa nulla.»

«Non è vero» ribatté lui. Mi voltai, e non mi sorpresi nemmeno nel vedere che mi aveva seguita passando in silenzio attraverso le ombre, un gesto fastidioso da parte sua. «Quel che è successo in piscina è stato causato proprio dal fatto che ti importava e...» Distolse lo sguardo. Mi accorsi che aveva il fiato corto. «... è stata colpa mia se hai perso il controllo. Ti ho ferita.» Cercò ancora una volta i miei occhi. I suoi erano di nuovo colmi di ethere turbinante. «Non volevo che accadesse. Non l'ho mai voluto. Detesto averlo fatto. Mi dispiace, Sera.»

Istintivamente mossi un passo indietro. E non potei impedirmi di farlo, perché Nyktos sembrava sincero. Come se comprendesse davvero quanto mi aveva ferita, quanta ragione avessi di sentirmi male. E per qualche motivo il rendermi conto che lo sapeva mi fece un effetto peggiore di quanto avrei potuto immaginare. Il mio velo del nulla si assottigliò pericolosamente. Sciolsi le braccia che tenevo conserte e mi sforzai di ritrovare la voce. «Non devi scusarti. È il mio ego a esserci rimasto male, niente di più.»

Lui scosse la testa. «Sera...»

«Anzi, sono io che mi scuso.»

Lui sbarrò gli occhi. «Per cosa?»

«Per quel che tu credi di sapere» risposi parodiando le sue parole di poco prima. «Sono stata sciocca e ingenua a crederti quando mi hai detto che non c'era mai stata nessun'altra prima di me. Avrei dovuto rendermene conto la prima volta che siamo stati insieme. Ecco perché il mio ego ci è rimasto male.»

Le narici di Nyktos fremettero. «Non ti ho mentito.»

«Dovresti smettere di farlo adesso, piuttosto.»

«Io non ho mai voluto nessun'altra a parte te, Sera.»

Risi, un suono gelido che mi aiutò a non lasciar entrare in me le sue parole. Perché non potevo più fidarmi di lui, e non potevo fidarmi nemmeno dell'effetto che quelle parole mi avrebbero fatto.

«So quel che pensi di aver visto, ma non stavamo facendo sesso.» Mi voltai di scatto a guardarlo negli occhi, e i suoi fiammeggiarono. «Se pensi di aver visto questo, ti sbagli. E non avrei assolutamente nulla da guadagnarci a mentire.»

Aprii la bocca per replicare, poi la richiusi. In effetti che cosa ci avrebbe guadagnato lui a mentire? Ma soprattutto, che cosa ci avrei guadagnato *io* da quel sussulto di sollievo che avevo provato sentendo la sua risposta? «Dunque che cosa ho visto?» chiesi, avendo già dimostrato ampiamente di essere una sciocca.

Un muscolo guizzò nella linea della sua mascella. Mi concessi di abbassare lo sguardo sulla sua gola: i segni del morso erano scomparsi dalla sua pelle. Ma non dalla mia mente.

«È... complicato» rispose infine.

Presi un lungo respiro. Stavo perdendo rapidamente il poco controllo che avevo sulla mia rabbia. «È tutto quel che hai da dire? No, non darti la pena di rispondere: non mi interessa saperlo. Non è...» Mi fermai con un'altra risata. *Smettila di mentire.* Mi raddrizzai: in fondo, che apparenze c'erano ancora da salvare? Quando avevo perso il controllo nella sala sotterranea avevo mostrato al mondo intero come mi sentivo veramente. «Sai che ti dico? Sì, è vero: vederti con lei mi ha ferita. Non so perché. Non doveva accadere. Non mi avevi fatto nessuna promessa in quel senso, né io te ne avevo chieste. Questa specie di unione che c'è tra noi è qualcosa che nessuno dei due ha mai desiderato, e non c'è alcun bisogno di discutere ulteriormente di quel che tu hai o non hai fatto. Io so quel che ho visto. Tu ti sei scusato. Fine della storia.»

«Che intendi dire con questo?»

«Che il nostro patto è terminato. D'ora in poi a legarci saranno solo quelle stupide braci. Non vedo l'ora di liberarmene. Così a quel punto sarò libera di andarmene via.»

Nyktos mosse un passo verso di me. «In che senso andartene via?»

«Andarmene via da qui. Via da te.»

Vidi le sue guance incavarsi sotto gli zigomi. «Non puoi andartene via da me.»

Mi irrigidii. «Perché devo diventare la tua Consorte? Capisco le motivazioni per cui è necessario che lo diventi, ma sarò la tua Consorte solo di nome, e una volta che le braci mi saranno state tolte e Kolis sarà stato sconfitto non ne vorrò più sapere nulla. Mi prenderò la mia libertà. È questo il patto che avrei dovuto stringere con te fin dall'inizio.»

L'ethere vorticò furioso nei suoi occhi. «Me lo stai proponendo adesso?»

Sollevai il mento e mi strinsi le braccia intorno al corpo per impedire che tremassero. Se non lo avessi fatto il tremito si sarebbe diffuso a tutto il torace. E se non avessi detto quel che stavo per dire, non sarei mai più stata al sicuro dall'essere ferita ancora. Non potevo più permettermi di perdere il controllo. «Sì.»

Nyktos si immobilizzò. «E sia» disse con una voce che suonò come una promessa.

O come un legame.

Un legame indistruttibile.

32

«Sei sicura di star bene?» mi chiese Orphine mentre ci dirigevamo verso le scale la mattina seguente.

Era la seconda volta che me lo chiedeva, ed entrambe le volte mi aveva colta di sorpresa. «Sto bene» risposi.

La Draken non disse nulla, ma la sua espressione rimase dubbiosa. Era chiaro che non mi credeva.

La verità era che mi sentivo stanca e non certo del mio umore migliore. La notte precedente quasi non avevo chiuso occhio, e non ero sicura che i tre giorni in cui avevo dormito fossero responsabili. Non dopo la mia conversazione con Nyktos.

Avevo guardato mille volte la porta di collegamento, domandandomi perché di colpo Nyktos non sembrasse più sentire il bisogno di sorvegliarmi.

E odiando me stessa anche solo per essermelo domandato.

Ma stavo bene.

Ero vuota.

Una condizione ideale. Perché avevo dei piani. Li avevo concepiti quella notte, mentre camminavo incessantemente avanti e indietro. Bisognava organizzare il viaggio a Irelone, un compito che avrei affrontato con la massima maturità e il più assoluto distacco.

Se ero stata in grado di gestire mia madre, sarei stata in grado di gestire anche Nyktos.

Quando arrivammo al primo piano le braci vibrarono, ma io esitai di fronte all'alcova. Le porte erano semiaperte e immerse nell'ombra. Fino al giorno prima non avrei esitato a entrare, adesso invece, con lo sguardo di Orphine addosso, sollevai una mano per bussare. Poi però mi tornò in mente una frase di Bele: se Nyktos non voleva che la gente parlasse di lui, avrebbe dovuto stare più attento a non farsi vedere. Solo che io in realtà non...

«Puoi entrare» fece il Primordiale da dentro l'ufficio.

La mia mano si congelò a mezz'aria.

«Appena sei pronta» aggiunse lui dopo un momento.

Abbassai la mano, ignorai lo sguardo di Orphine e chiusi gli occhi, pronunciando una muta sequela di imprecazioni. Poi spinsi la porta.

Rhain era in piedi accanto alla scrivania. Nyktos era seduto e stava chiudendo il Libro dei Morti. Aveva i capelli legati e mi parve più pallido del solito intorno agli angoli degli occhi e della bocca. Aveva anche delle evidenti occhiaie. Fece passare uno sguardo silenzioso sulla mia treccia, sull'abito che indossavo e sui miei pantaloni aderenti. Non notai altro mentre entravo nella stanza, ma la sua aria sciupata mi fece provare qualcosa che non avrei dovuto provare: preoccupazione.

«Non ti avevo mai vista bussare.» Nyktos alzò gli occhi sui miei. L'ethere pulsava debolmente nelle sue pupille.

«Non volevo interromperti.»

Rhain mi fissò.

«Un'altra cosa che non ti avevo mai visto fare.» Nyktos appoggiò la schiena alla sedia. Portava una delle sue tuniche grigio scuro, ma senza i ricami d'argento.

«Be', ho imparato a bussare.»

Gli angoli della sua bocca si tesero.

Congiunsi le mani, ricordando a me stessa che dovevo respirare lentamente, a pieni polmoni, e soprattutto, per usare l'efficace definizione di Rhain, non uscire di testa. «Speravo di poter rubare un minuto del tuo tempo.» Lanciai un'occhiata a Rhain, che seguitava a fissarmi come se non mi avesse mai vista prima. «Posso tornare in un altro momento, se è meglio.»

«Ti senti bene?» fece Rhain.

«Sì, piuttosto bene. Perché continuate tutti a chiedermelo?»

«*Tutti* chi?» indagò Nyktos.

«Orphine me lo ha già chiesto una dozzina di volte.»

«Probabilmente perché...» Rhain aggrottò la fronte. «... ti stai comportando in maniera cortese.»

La mia espressione divenne lo specchio della sua. «Per questo tutti pensano che non stia bene?»

«Hai presente che genere di persona sei?» ribatté Rhain.

Nyktos gli lanciò un'occhiata e il dio mandò un sospiro. «Mi aspettano sull'Alzata.» Fece un inchino e con un ultimo sguardo nella mia direzione si dileguò.

Rimanemmo soli.

Nyktos mi fissò, sempre appoggiato allo schienale, e si carezzò il mento.

Io sedetti sul bordo della sedia di fronte alla scrivania. «Non ti porterò via molto tempo...»

«Del mio tempo puoi averne quanto ne vuoi, Seraphena.»

Seraphena.

Dei, quanto avrei voluto odiare il modo in cui curvava la lingua attorno al mio nome, riuscendo a farlo sembrare allo stesso tempo una preghiera e un sussurro perverso.

Tenni le mani congiunte. «Ti ringrazio, ma non sarà necessario. Sono sicura che sei impegnato.»

Lui si passò il pollice sul labbro inferiore, senza staccarmi gli occhi di dosso. Non lo vidi nemmeno sbattere le palpebre. «Dunque che cos'è questa richiesta che non mi porterà via molto tempo?»

Qualcosa nel suo tono minò ulteriormente la mia sicurezza. Una sorta di... dolcezza. «Dovremmo parlare di Irelone. Vorrei partire appena possibile. E Nektas può venire con me, spero.»

«Verrò *io* con te.» L'ethere scintillò nei suoi occhi. «Voglio sentire con le mie orecchie che cosa dirà Delfai sulle braci, per essere assolutamente sicuro di poterle rimuovere.»

Provai un moto violento di irritazione. Viaggiare con lui non sarebbe stato... opportuno. E poi non vedevo perché Nektas non poteva riferire nel dettaglio qualunque informazione. Ma mi sforzai di controllarmi.

«Va bene.»

Lui alzò un sopracciglio. «Va bene?»

Annuii.

I suoi occhi si strinsero leggermente e il pollice passò sul labbro ancora una volta. «Desideri partire subito, immagino.»

«Se possibile.»

«Vorrei aspettare domani.»

Serrai i denti. «Per quale motivo?»

«Stamattina nel cielo sopra la Baia Nera è stato avvistato uno dei Draken di Kyn.» A quell'informazione mi irrigidii. «Non si è mostrato aggressivo verso di noi, ma si trova comunque ai confini con il nostro territorio.»

Noi.

Nostro.

Strinsi le mani. «Che sta facendo, secondo te?»

«Ci tiene d'occhio. Forse conta quanti uomini ci sono sull'Alzata.» Nyktos fece apparire le punte delle zanne sul labbro e la mia tensione crebbe. «E probabilmente spera di avvistare l'esercito. Ma non ci riuscirà.»

«Gli altri Primordiali non sanno quanti soldati hai?»

«Sanno solo che ho un esercito e che non è piccolo, ma la vera dimensione non la conosceva nemmeno Dorcan. In ogni caso preferirei rimanere qui fino a domani, giusto in caso i miei sospetti si rivelassero errati.»

«Comprensibile. Ma se il Draken attacca voglio partecipare anch'io alle difese.»

«Certo.»

Fu il mio turno di fissarlo confusa. «*Certo*? Non provi nemmeno a chiedermi di restarmene nascosta?»

«Ho imparato che non serve. Non te ne starai mai e poi mai buona se pensi che serva il tuo aiuto... o se hai deciso che devi darlo.»

«Non hai più paura che mi faccia ammazzare e che le braci vadano perdute?»

«Ho paura che questo accada ogni secondo della giornata. Ma ho anche capito che devo imparare a gestire questa situazione.» Nyktos raddrizzò la schiena. «Inoltre la tua possibilità di essere d'aiuto è negli accordi che abbiamo stipulato in cortile: io ho accettato, e questo non è cambiato.»

Sbattei le palpebre. Avevo dato per scontato che tutti i nostri accordi fossero saltati. «Allora partiamo domattina.»

Lui annuì. Ci fu un momento di silenzio. «Nektas mi ha detto che conosci la donna che avete visto assieme a Delfai.»

«È la Principessa Kayleigh, ex fidanzata di Tavius. Dovrebbe trovarsi al Maniero di Cauldra, in un villaggio non lontano dalla capitale chiamato Massene. Ricordo di averla sentita dire che è la dimora avita dei Balfour. Spero ci sia un portale nelle vicinanze.»

Nyktos sorrise. Un sorriso un po' più ampio e un po' più caldo dei precedenti. «Che ce ne fosse uno così vicino a Chiaravia è stata una fortuna irripetibile: purtroppo a Irelone non ne esiste nessuno che mi fiderei a usare. Ma non ne avremo bisogno: passeremo attraverso le ombre.»

Aprii la bocca per chiedere come avremmo fatto, poi ricordai il modo in cui mi aveva portata via dalla Sala Grande di Chiaravia. «Dovrai farmi perdere i sensi come l'altra volta?»

«Farò del mio meglio per renderlo veloce e indolore. L'unica alternativa sarebbe entrare dai portali più vicini a Irelone, ovvero Punta di Spessa o Pompay, ma ci porterebbe via parecchio tempo.»

«Non c'è problema. Lo posso reggere.»

«So che puoi.» Nyktos tacque un istante. «Puoi reggere qualunque cosa.»

Mi immobilizzai, presa di nuovo in contropiede dal suo tono fin troppo dolce e da quello sguardo che mi faceva venire la pelle d'oca. Per fortuna non avevamo altro di cui discutere. Sciolsi le mani e feci per alzarmi...

«Nektas mi ha detto che mentre tornavate dalla Valle siete incappati nelle ninfe.»

«Sì.» Rimasi appollaiata sul bordo della sedia, tesa come un uccello in procinto di spiccare il volo da uno scoglio. «Me ne ero scordata.»

«Ne hai uccisa una. Con l'ethere.»

Annuii.

«In teoria non dovresti possedere un simile potere.»

«Lo ha detto anche Nektas. Immagino che... che le braci siano ancora più potenti di quanto pensassimo. Ma presto non me ne dovrò più preoccupare.» Mi schiarii la gola. «Non voglio rubarti altro...»

«Smettila di fare così.»

Lo fissai confusa. «Così come?»

«Così.»

Aspettai che si spiegasse meglio. Non lo fece. «Non credo di aver capito.»

Lui sollevò un angolo del labbro. «Non c'è bisogno che ti comporti come la persona che non sei.»

Mi si serrarono i muscoli della schiena. «Non sto facendo niente del genere.»

«Sei amichevole. Comprensiva. Riservata. Persino cortese.»

La maggior parte della gente li avrebbe considerati dei complimenti, ma il suo tono li fece sembrare qualcosa di completamente diverso.

«Non sto recitando» replicai.
«Non ho detto questo.»
Mi accigliai. «E allora che cosa state dicendo esattamente, Vostra Altezza? Perché ora sono un po' confusa: vorreste che fossi più... litigiosa? Irrazionale?»
«Come ti ho fatto notare in varie occasioni, mi piace il tuo lato... avventato.»
Rimasi immobile, ma dentro di me tremavo.
«Invece quel che vedo adesso...» Nyktos appoggiò la mano sulla scrivania. «Questo è il comportamento che ti hanno insegnato a tenere nei miei confronti, non è vero?»
Inspirai bruscamente.
«Accondiscendente. Sottomessa. Quieta.» Tacque un attimo. «Vuota.»
I suoi occhi trovarono ancora una volta i miei e una scarica di brividi mi flagellò la nuca. Quello sguardo continuava a essere così intenso e così... indagatore. Strinsi i braccioli della sedia. «Stai cercando di leggere le mie emozioni?»
«Sì» confermò lui senza imbarazzo. «E non percepisco nulla.»
Mi accorsi di avere la bocca secca. «E questo che cosa significa?»
«Non sono mai stato in tua presenza per più di qualche minuto senza averti sentita proiettare un'emozione di qualche genere: gioia, desiderio, rabbia. E parlo di tutto il tempo in cui siamo stati insieme, da quando ti ho vista per la prima volta agli Olmi Cupi fino al momento in cui ho cercato di farti rallentare il respiro nella sala sotterranea.»
Tremai di nuovo. La mia calma stava vacillando.
«Questa non sei tu. Non ti sei mai comportata così con me.» Batté il palmo della mano sulla scrivania. «Anche se in passato ti ho infastidita o fatta arrabbiare, sei sempre rimasta te stessa. Ti sei ampiamente guadagnata il diritto di esserlo. Di pensare quel che vuoi. Di provare quel che vuoi. E questo non dovrebbe cambiare.»

«Non dovrebbe?» mormorai.

«No.» Un muscolo guizzò nella sua mascella. «E non importa cosa io possa averti fatto.»

Cosa lui potesse aver... Mi impedii di terminare il pensiero. «Il problema è che i miei sentimenti hanno rischiato di uccidermi e distruggere il palazzo intero.»

«Non i tuoi sentimenti» mi corresse lui senza scomporsi. «Il modo in cui io li ho provocati. È stata colpa mia, Sera. Non tua.» Il suo sguardo non vacillò neppure un po'. «Tu non devi cambiare, e per quanto possa suonare egoista da parte mia... non voglio che tu lo faccia.»

Un sussurro mi uscì di bocca prima che potessi fermarlo: «Non voglio nemmeno io».

Nyktos sobbalzò – lo vidi letteralmente scattare all'indietro – e per un istante le ombre divennero visibili sotto la sua pelle.

Grattai con le unghie rovinate sul legno dei braccioli e tentai di concentrarmi soltanto sul respiro, finché non riuscii a ricacciare quel sussurro penoso nell'abisso dal quale era venuto fuori. «Ma non posso più lasciarmi andare a quel modo. Mai più. Nessuno può fare sempre e solo quel che vuole.» Mi alzai in piedi. «Nemmeno i Primordiali.»

«Sera.» Nyktos non si era mosso. Adesso teneva entrambe le mani sulla scrivania. «Io non...» Storse il naso e l'aria sibilò tra i suoi denti stretti. Sollevò la mano destra e la fissò. «Cazzo.»

«Cosa?» Lo scrutai in viso, in attesa di una risposta. «Che succede?»

Mi mostrò il palmo. Lo fissai a bocca aperta: sulla sua pelle c'era quel che sembrava un cerchio tatuato, ora attraversato da un taglio nero-rossastro.

«Kolis.» La sua voce era un ringhio e i suoi occhi sprizzavano vivide scie di ethere. «Ci ha convocati.»

Non avevo mai visto così tante persone nell'ufficio di Nyktos.

C'erano tutte le sue guardie più fidate, oltre che Aios e Nektas assieme ai due piccoli Draken. Jadis era in forma mortale e addormentata in braccio al padre, con mezza mano in bocca.

Mi guardai in grembo: non sapevo bene nemmeno io come, ma ero finita seduta sul divanetto assieme a Reaver, che era sveglio ma in forma Draken e teneva la testa che ricordava un diamante sul mio ginocchio. Probabilmente per impedirmi di tamburellare con il piede sul pavimento.

O forse percepiva il mio nervosismo e reagiva di conseguenza, il che non era comunque normale. Mi fissai i polsi: l'incantesimo era ancora lì, invisibile ai miei occhi. Ma non avrebbe funzionato fuori dalle Terre d'Ombra. Avrebbero potuto tenermi *prigioniera* a Dalos.

«La convocazione è arrivata prima di quanto mi aspettassi» osservò Nektas da dietro la scrivania di Nyktos, cullando piano sua figlia tra le braccia. «Pensavo che se la sarebbe presa comoda.»

«Io ci speravo.» Nyktos si appoggiò in avanti sulla scrivania, a braccia conserte. Ogni volta che lo guardavo mi rendevo conto che anche lui guardava me. Sempre e solo me.

«Un attimo però, sono confuso» fece Ector.

«Questo non sorprende nessuno» borbottò Theon.

Ector lo ignorò. «Andare a Dalos non sarà certo uno spasso, ma se Kolis darà il suo permesso, Sera potrà essere incoronata prima del previsto, e finalmente avrà la protezione del titolo.»

«Vero» rispose Nyktos. «Ma avrei davvero preferito riuscire a toglierle le braci prima.»

Aios aggrottò la fronte e scambiò un'occhiata con Bele. «Temi che Kolis possa percepirle, ora che la loro potenza è cresciuta?»

Mi voltai verso Nyktos. A quella eventualità non avevo pensato. «Potrebbe?»

«Potrebbe sospettare che tu non sia una semidea qualsiasi.» Nei suoi occhi l'ethere pulsava basso, appena visibile. «Ma per questo possiamo inventare una spiegazione plausibile.»

«Che sarebbe?»

«Il sangue» rispose Nektas sfregando la schiena di Jadis. Uno dei suoi piedini spuntava dal bordo della coperta. «Quello di Nyktos. Chiunque beva una certa quantità del sangue di un Primordiale comincia a emanare vibrazioni primordiali, e non smette finché il suo sangue non ha assorbito del tutto quello estraneo.»

«Oh.» Avrei voluto che la notizia mi rassicurasse, ma il mio incontro faccia a faccia con Kolis avrebbe presentato problemi anche peggiori.

«Se vi comporterete bene con Kolis, lui darà il suo permesso» disse Saion. «*Molto* bene, Nyktos.»

«Buona fortuna, allora» borbottò Lailah. Le lanciai un'occhiata: era in piedi accanto a un silenzioso Rhain, con la mano sul pomo di una delle spade che portava alla cintura.

«Non è Nyktos quello che mi preoccupa di più.» Ector scoccò uno sguardo eloquente nella mia direzione e Rhahar tossicchiò.

Ripensai a tutto quel che Nektas mi aveva raccontato su come Nyktos avesse convinto Kolis di essergli leale. «In che modo esattamente dovremo *comportarci bene*?»

«Facendo qualunque cosa Kolis vorrà da voi» rispose Rhain aprendo bocca per la prima volta. «E non importa quanto possa essere orribile o sgradevole. Esistono poche cose che Nyktos potrebbe rifiutarsi di fare per il tuo bene.»

Sentii una stretta al petto. Aprii la bocca per chiedere a cosa si riferisse, ma alla vista del volto di Nyktos che si irrigidiva la richiusi. Reaver mi toccò due volte il palmo della mano con il muso per attirare la mia attenzione: gli carezzai la testa, sentendo tutti i piccoli rigonfiamenti spuntati sulla sommità del suo cranio a forma di diamante che un giorno sarebbero diventati corna più lunghe della mia mano, o forse quanto metà del mio braccio.

«Comportarsi bene significa anche non minacciarlo di cavargli gli occhi e farglieli mangiare quando inevitabilmente ti farà arrabbiare» aggiunse Rhahar. La pelle liscia e scura delle sue guance splendeva alla luce delle lampade.

«E questa come fai a saperla?» esclamai.

Nyktos fece un sorrisetto. «Tutti sanno che hai minacciato Attes.»

«Nyktos lo ha detto a me e a Theon il giorno stesso» disse Lailah. «Pareva molto divertito.»

Theon aggrottò la fronte. «E anche un po' eccitato.» Nyktos mandò un basso ringhio e l'aria si caricò di energia. Theon alzò subito le mani. «Scusa. Fai come se non avessi aperto bocca.»

Fissai Nyktos, e mi occorse tutta la forza di volontà che avevo per restare in silenzio. La pura *sfacciataggine* di arrabbiarsi perché un'altra persona era attratta da me – per quanto bizzarra potesse essere quell'attrazione – quando io avevo voglia di dare alle fiamme il divano su cui ero seduta al solo pensiero di quel che lui e Veses ci avevano fatto sopra...

Nyktos spostò lo sguardo su di me e l'ethere nei suoi occhi pulsò più forte. Lo sostenni per un istante, poi guardai altrove e incrociai senza volerlo lo sguardo di Rhain, che ci stava fissando con le labbra serrate in una linea dritta.

Saion si dondolò indietro sulla sedia e appoggiò un piede sul bordo della scrivania. «Quando intendete partire?»

Nyktos tolse di mezzo il suo piede con una manata. «Appena saremo tornati da Irelone e avremo rimosso le braci.»

Mi irrigidii.

«Capito.» Saion sollevò il mento. «Nel frattempo noi qui terremo duro.»

«Un attimo.» Reaver si voltò verso Nyktos. «Non sappiamo quanto tempo ci vorrà.»

«Sappiamo da dove partire alla ricerca di Delfai» rispose Nyktos. «Ci vorrà il tempo che ci vorrà.»

Guardai Nektas, ma il Draken sembrava impegnato a rimettere il piede di Jadis sotto la coperta e non disse nulla. «L'ultima volta che hai tardato a rispondere a una convocazione quanto tempo ci è voluto prima che Kolis perdesse la pazienza?»

Nyktos non rispose.

Lanciai uno sguardo irritato a tutti i presenti, senza smettere di carezzare il dorso di Reaver. «Quanto?»

Tutti puntarono gli occhi verso il soffitto, o il pavimento, o un'altra delle persone presenti. Tranne Rhain. «Meno di un giorno.»

«Merda.» Nyktos si allontanò dalla scrivania e si voltò verso di lui. «Questa me la sarei aspettata da lui.» E indicò con il mento Ector.

«Ehi» brontolò quest'ultimo. «Io non ho aperto bocca.»

Rhain non abbassò lo sguardo, ma fece un passo indietro. «Anche lei ha diritto di sapere a che prezzo compreremo quel tempo.»

«Mi sa che su questo lui non era molto d'accordo» mormorò Bele. «In ogni caso ce la caveremo.»

Theon annuì. «Certo.»

«No» dissi io.

Si voltarono tutti verso di me, anche Nyktos e Reaver. Ma solo Nyktos parlò. «Sera...»

«No» ripetei. Reaver si drizzò e fissò il Primordiale. «Non voglio nessuna responsabilità in quel che potrebbe fare Kolis perché non gli abbiamo obbedito per tempo.»

L'ethere fluì nelle vene delle guance di Nyktos. «Tu sei più importante di...»

«Non osare dirlo» lo interruppi. Lui fece un passo in avanti. «Il...»

Senza preavviso Reaver spalancò le ali, facendomi sobbalzare. Poi stiracchiò il lungo collo e sollevò la testa.

Nyktos si fermò di colpo. Il giovane Draken emise un basso ruglio dal profondo del petto e un filo di fumo si levò dalle sue narici.

Lo fissai confusa, poi guardai Nyktos e infine Nektas, che stava sorridendo. «Ehi!» Battei gentilmente la mano sulla testa di Reaver. «Fa' il bravo, Piccola Rovina.»

Reaver mandò un altro ruglio, sempre fissando Nyktos. Poi emise una sorta di basso squittio.

«Accidenti.» Theon arricciò le labbra come se lottasse per reprimere un ghigno, lotta che andò presto perduta. «Questo sì che è strano.»

«Sono le braci» feci io. «Probabilmente sta reagendo a loro.»

«Non sono le braci.» Nyktos mi fissò. «Sei *tu*. Sta proteggendo te.»

Aggrottai la fronte e fissai la nuca del giovane Draken. «Ma tu non hai intenzione di farmi del male.»

Nyktos sospirò. «E Reaver lo sa. Mi sta solo comunicando che non apprezza che io ti abbia fatta arrabbiare.»

Storsi il naso. «Passerà tutto il suo tempo così, allora.»

Qualcuno – mi parve Aios – ridacchiò sottovoce. Reaver si accucciò di nuovo e rimise la testa sulle mie ginocchia. E stavolta non ci fu bisogno che mi toccasse con il muso: ripresi ad accarezzarlo di mia iniziativa.

«Puoi smettere di ghignare, quando vuoi» fece Nyktos all'indirizzo di Nektas, ma non smise.

«Lo so» rispose il Draken, senza smettere.

«Andremo subito da Kolis» dissi fissando Nyktos. «Senza farlo aspettare. Ci occuperemo di questo prima che di qualunque altra cosa.»

Un muscolo guizzò nella guancia di Nyktos. «Bene. Si parte tra un'ora.»

Aios mi aveva seguita in camera, offrendosi di aiutarmi a scegliere l'abbigliamento appropriato.

«Cosa c'è di inappropriato in quel che ho addosso?»

«Nulla» rispose senza voltarsi, intenta a frugare nel mio armadio.

«Ma?»

«Ma Kolis lo giudicherebbe troppo informale.»

Tra tutti i timori su ciò che il re degli dei avrebbe potuto pensare di me, quello era davvero l'ultimo.

«E potrebbe prenderlo per una mancanza di rispetto» aggiunse la dea.

«È una cosa che fa spesso, vero?»

«Altroché.» Aios tirò fuori un abito cremisi. Lo avevo visto tra le cose che Erlina aveva portato, ma non lo avevo mai messo. Non perché non fosse bellissimo, ma appunto perché mi sembrava troppo elegante per tutti i giorni. «Questo è perfetto.»

Cercando di concentrarmi sull'irritazione che provavo, anziché sulla paura che mi stava montando dentro, mi vestii con l'aiuto di Aios, che poi fece un passo indietro e mi osservò giocherellando con la catenella che portava al collo. «Ti sta una meraviglia.»

«Grazie.» Passai le mani sul velluto e i pizzi. Era veramente confezionato alla perfezione: mi conteneva bene il seno e stringeva sui fianchi ma non sulla vita. La scollatura perfetta si trasformava infine in una fascia drappeggiata su una spalla. Il corsetto e i fianchi erano elegantemente coperti di pizzo e la gonna aveva due spacchi, nello stile abituale dell'Iliseum. A me facevano comodo perché mi permettevano di raggiungere il pugnale che tenevo nel fodero sulla coscia.

«Sei proprio come Bele» commentò Aios. «Sempre con armi allacciate addosso dappertutto.»

«Mi piacerebbe avere qualcosa di più di questo.»

«Piacerebbe anche a me.» La dea fece un sorrisetto tirato e lanciò un'occhiata alla porta di collegamento tra i due appartamenti. Nyktos aveva detto che sarebbe venuto a prendermi al momento di partire ed era rimasto con gli altri, a occuparsi di alcune faccende.

«Si spera che tu non debba rimanere a Dalos tanto a lungo da aver bisogno di un cambio d'abito.»

Il mio cuore perse un battito. Alla possibilità di andare incontro a qualcosa di diverso da una visita-lampo non volevo neppure pensare. Come non volevo pensare alla promessa che Nyktos aveva fatto.

O alle cose orribili a cui aveva accennato Rhain.

«Posso farti una domanda?» fece la dea.

Mi raddrizzai e lisciai le pieghe dell'abito. «Certo.»

«Tenterai di uccidere Kolis quando sarete lì?»

Era l'ultima domanda che mi sarei aspettata. Appena mi ripresi dalla sorpresa scossi la testa.

Aios serrò le labbra e distolse lo sguardo. «Spero sia la verità. Non ho mai capito perché volevi provarci quando sei scappata. E quindi ho paura che tu lo rifaccia.»

«Era diverso. In quel momento pensavo di non avere altra scelta.» Mi pesò far uscire quelle parole. Mi sentivo ancora in colpa. «Ora ce l'ho.»

Aios rimase in silenzio per un lungo istante. «Ma come ti era venuto in mente di potercela fare?» Mi fissò negli occhi. «Sei coraggiosa, sei forte e hai le braci della vita dentro di te, che sono una cosa potentissima. Ma nonostante tutto questo, come hai potuto pensare di essere in grado di far del male a un Primordiale?»

«Ho le mie ragioni per pensarlo.»

«Quali che siano, ti sbagli.»

Mossi un passo verso di lei, e i tacchi morbidi che portavo quasi non fecero rumore sul pavimento. «C'è una cosa che non sai...» Emisi un lungo sospiro. No, non potevo mentirle. «Io sono la *graeca* di Kolis.»

Aios inspirò bruscamente. «Impossibile.»

«Ho l'anima di Sotoria dentro di me. Eythos l'ha trasferita nell'eredità del mio sangue assieme alle braci.» Abbassai la voce, anche se non c'era nessun altro a parte noi nella stanza. «E sapeva quel che stava facendo: voleva creare... un'arma. *Io* sono la debolezza di Kolis. Se fossi riuscita a raggiungerlo, avrei potuto fermarlo. Per questo ho cercato di fuggire.»

«Ma...» Aios aggrottò la fronte e scosse la testa. «... tu non *hai* l'anima di Sotoria. Tu *sei* Sotoria.»

Feci un respiro brusco. «No. Io sono Sera.»

«Hai ragione. Scusami. Tu sei te stessa.» La dea ricominciò a giocare con la sua catenella. «È solo che... non mi aspettavo una rivelazione del genere.»

Scoppiai a ridere, ma fu un suono roco. «Be', non me lo aspettavo nemmeno io quando Holland me lo ha detto.»

Aios espirò lentamente. «Se Kolis dovesse scoprirlo...»

«Proprio per questo ho tentato di andare da lui la scorsa volta. Non so se le assomiglio fisicamente: speravo di sì, perché mi avrebbe evitato di... doverlo sedurre.» Mi si rimescolò lo stomaco. «È il mio destino. Cioè, avrebbe dovuto esserlo. In realtà non dovevo diventare la Consorte di Nyktos. Questo non era programmato.»

«E se fosse entrambe le cose?»

La fissai, e mi tornò subito in mente quanto a un certo punto avessi desiderato diventare la Consorte di Nyktos.

«Ora capisco molte cose.» Aios sporse le labbra in fuori. «Per questo Nyktos voleva ritardare il viaggio a Dalos. Non avrebbe rischiato di scatenare l'ira di Kolis sulle Terre d'Ombra per nessuna ragione meno grave di questa.» Si gettò una ciocca di capelli dietro la spalla. «Ora non speri più di assomigliare a Sotoria?»

Rabbrividii. L'idea di dire la verità mi faceva letteralmente sentire freddo. Ma lo feci, a voce bassa: «No. E non avrei dovuto pensare di non avere altra scelta, anche con il piano di

Nyktos. C'è sempre qualcosa che posso fare. C'è sempre un tentativo possibile. Per questo mi sto preparando a...».

«Non ti ho mai raccontato di quando stavo con Kolis, vero?»

Sbattei le palpebre e scossi la testa.

«Sono stata anch'io una delle sue favorite, come Gemma.» La dea rise, un suono di vetro che andava in pezzi. «Mi teneva in una gabbia.»

Spalancai la bocca per l'orrore.

«Una gabbia spaziosa, di ossa placcate d'oro.»

«E questo migliorava la situazione?»

Lei sorrise a labbra tirate. «Decisamente no, ma...» Deglutì. «... per quanto possa suonare malato o essere difficile da comprendere, la gabbia era una meraviglia rispetto a quel che accade quando Kolis si stanca di una favorita. E succede sempre, prima o poi. A volte ci vogliono giorni o settimane, a volte mesi o anni.»

Anni? In una gabbia? Io sarei...

No: sarei impazzita in pochi giorni.

Non ero più molto sicura del mio equilibrio, quindi sedetti sul bordo del divano.

«Vedi, la sua Corte è un luogo senza legge ma allo stesso tempo pieno di regole implicite, e violarle significa la morte. Non ho altra spiegazione per quel che accade là. A Dalos solo le persone più crudeli e manipolatrici sopravvivono.» Le sue dita ora torcevano la catenella. «Ma le sue favorite sono sempre protette... Sì, spesso ne ha più di una. Possono avere tutto quel che vogliono, a parte la libertà: cibo di lusso, gioielli, pellicce preziose.» Le dita si fermarono. «A nessuno era permesso di parlare con noi, o di toccarci. Era una normale abitudine per lui far uccidere le guardie che pensava avessero guardato troppo a lungo nella nostra direzione. Ma non ci costringeva mai a... ad avere rapporti con lui. Quasi non ci toccava. Nemmeno quelle che gli si offrivano spontaneamente sperando di poter sfuggire alla prigionia.»

Questa non me l'aspettavo.

«Ci voleva lì solo come dei graziosi ornamenti, da contemplare quando ne aveva voglia. Dovevamo starlo a sentire mentre blaterava per ore su Eythos, il vero cattivo della storia, e su come lui fosse stato trattato ingiustamente.» Aios alzò gli occhi al cielo. «Santi Fati, c'erano momenti in cui mi sarei pugnalata le orecchie pur di non doverlo stare a sentire un minuto di più. Eppure... sa essere stranamente affascinante quando vuole. È capace di farti rilassare in sua presenza, persino di farti abbassare la guardia, anche se sai che non è una buona idea. E credo sia proprio questa una delle cose peggiori di lui: la sua capacità di farti dubitare di quel che prima ti sembrava vero. E di sorprenderti, quando alla fine la maschera di piacevolezza scivola via e lo vedi per quel che è davvero, per quello che hai sempre saputo che era. Dopodiché ti getta ai serpenti.»

«In... in che senso serpenti?» balbettai. Non ero sicura di voler sentire la risposta.

«Altri dei. Primordiali. Semidei. La gente che lo serve. Non avrei dovuto chiamarli così: è un insulto ai serpenti.»

«Onestamente non saprei. I serpenti sono la cosa peggiore del mondo.»

Aios sorrise, ma solo per un istante. «Tutti a corte sanno che prima o poi Kolis si stanca di qualunque favorita. Quindi aspettano pazienti mentre tu vieni sommersa di doni, mentre i loro amici e a volte i loro stessi familiari vengono giustiziati per il crimine di averti guardata un secondo di troppo. Sanno che arriverà il loro momento. Quando a una favorita viene ridata la libertà, in genere questo segna anche la fine della sua vita. Le cose che le persone di corte fanno a quelle innocenti, la cui unica colpa è essere state l'oggetto involontario delle fissazioni di Kolis...» Prese un altro respiro rapido, mentre il mio stomaco proseguiva con le sue contorsioni. «E Kolis non muove un dito quando le sue ex favorite vengono massacrate, stuprate e uccise. Perché è questo il suo più grande piacere: vedere qualcuno che aveva il suo favore venir spogliato di tutto e annientato. E se per caso non muori subito, comincia il vero divertimento. I cortigiani più vicini a Kolis sono liberi di farti tutto quel che passa loro per la testa, anche ucciderti. Non hai più alcun diritto. Vedere quanto a lungo sopravvivrai per loro è come un gioco. Scommettono persino. Una volta una ex favorita è rimasta incinta, non per sua scelta. Ha dovuto assistere mentre Kolis le toglieva il neonato dalle braccia e gli piantava un pugnale nel cuore.»

Mi coprii la bocca con la mano. Sentivo la bile salirmi in gola. «Come...» Mi schiarii la gola. «Come sei riuscita tu a scappare?»

«Sono sopravvissuta» rispose, e gli orrori che doveva aver sopportato in quel periodo riempirono il silenzio che seguì. «Quando si è presentata l'opportunità, ho sbudellato una delle sue guardie e me ne sono andata da Dalos.»

Sorrisi di puro piacere vendicativo.

«Vedo che approvi.»

«Altroché. E spero che tu gli abbia fatto molto male.»

L'ethere scintillò negli occhi di Aios. «Decisamente.»

«Mi dispiace così tanto...» mormorai. «Non riesco nemmeno a immaginare come qualcuno possa permettere o anche solo concepire azioni del genere.»

«Quasi nessuno potrebbe immaginarlo, e di questo dobbiamo solo ringraziare.»

Annuii. «Sei stata molto forte. Spero che tu lo sappia. Anche se vorrei che non fosse successo.»

«Certi giorni non mi sento forte proprio per niente, ma ti ringrazio.» La dea sollevò il mento. «È stato tanto tempo fa. Mi ci è voluto un po' per elaborare l'accaduto, sono stata fortunata ad avere attorno persone come Bele e Nyktos.»

Ma questo non significava che gli orrori non infestassero più la sua memoria e non tornassero periodicamente a visitarla.

Aios mi si avvicinò, si inginocchiò e mi prese la mano. «Non te l'ho raccontato per farmi compatire.»

Le strinsi le dita. «Lo so.»

«Te l'ho raccontato perché non riesco a pensare a un altro modo per convincerti di quel che so, nel caso decidessi ancora di seguire quello che ti sembra il tuo destino. Non importa che cosa ci sia dentro di te.» Aios sollevò le nostre mani unite. «Il punto è se Kolis sia ancora in grado di amare. Persino di amare la sua *graeca*. E la risposta è no. Dove dovrebbe esserci il suo *kardia* ormai non c'è altro che marciume. Kolis non ha punti deboli.»

33

Aios se ne andò poco dopo, ma le cose orribili che lei e tanti altri avevano dovuto sopportare rimasero come sospese nell'aria della stanza mentre aspettavo il ritorno di Nyktos.

Chiusi gli occhi. Mi sentivo male, fisicamente e mentalmente. Non mi servivano dettagli sulla storia di Aios per sapere che tanto Kolis quanto chiunque altro avesse tormentato la dea meritava di essere annientato finché di lui non fosse rimasta nemmeno la cenere.

Non avevo l'abitudine di fare paragoni per calcolare chi avesse sofferto di più, ma stavolta era dura non farlo. Nulla di ciò che era accaduto nella mia vita poteva competere con quel che Aios, Gemma e chissà quanti altri avevano dovuto subire.

Sentii le ciglia che si inumidivano e mi costrinsi a fare un lungo respiro, a prendere il racconto di Aios e a chiuderlo nella stessa cassaforte in cui tenevo le mie emozioni. Non potevo fare altro se volevo tacitare le voci che sussurravano nella mia mente.

Sei tu la sua debolezza.

Aios doveva sbagliarsi. Nessuno era senza punti deboli.

Le braci vibrarono, avvertendomi della presenza di Nyktos.

Un attimo dopo sentii bussare alla porta di collegamento: mi asciugai in fretta e furia le guance e mi schiarii la voce. «Avanti.»

La prima cosa che vidi quando entrò fu la luce che scintillava sul suo bracciale. Si era cambiato: ora portava pantaloni di pelle nera e una tunica dello stesso colore, tagliata su misura per le sue spalle larghe e la sua vita snella, con una bordura di broccato d'argento lungo il colletto e sul torace. Vederlo tutto in nero per qualche motivo mi mise a disagio.

Forse perché aveva un'aria diversa, più predatoria del normale. Intoccabile. Soprannaturale. Primordiale.

Mi alzai sui piedi un po' instabili e mi voltai. Lui mi osservò, facendo scivolare lo sguardo per tutta la lunghezza dei miei capelli, fino alla curva del mio fianco.

«L'abito lo ha scelto Aios.» Alzai le braccia. «Ha detto che Kolis si sarebbe offeso vedendomi con i pantaloni, o qualcosa del genere.»

Lui deglutì visibilmente. «È un abito magnifico.» Gonfiò il petto in un respiro profondo. «E tu sei bellissima.»

Feci un passo indietro, e il mio cuore ebbe uno dei suoi sciocchi sobbalzi di gioia. «Non dire così.»

Lui chinò la testa di lato e la ciocca tagliata gli scivolò sulla guancia. Poi mi guardò negli occhi. «Mi dispiace, ma è la verità.» Raddrizzò la testa. Ci fu un momento di silenzio. «So che le cose tra noi sono... cambiate.»

Per poco non scoppiai a ridere.

«Ma adesso non ha importanza» continuò. «Dobbiamo mettere tutto da parte per il momento. Ricordi come mi sono comportato quando è venuto Attes?»

«Difficile dimenticarlo» borbottai.

«Dovremo fare così anche a Dalos. Se ci comportassimo come due che si sopportano a stento anziché come una coppia che prova attrazione, la gente si farebbe delle domande. Devo essere sicuro che anche tu possa reggere la parte.»

Irrigidii la spina dorsale. «Ho scelta?»

«Eri perfettamente pronta a fingere di essere innamorata di me per sedurmi: posso aspettarmi che tu sia pronta a farlo anche per salvarti la pelle?»

Strinsi i pugni. «Non fingevo di essere *innamorata* di te.»

Nyktos mi fissò. «Vuoi dire che non stavi fingendo?»

Sentii formicolare la nuca. «Non è quel che intendevo.»

«Lo so. Ma non cambia la realtà dei fatti: non era una finzione. Non lo è mai stata.»

Inspirai a fatica. Mi tremava la gola. «Complimenti per essertene accorto ora che è troppo tardi.»

L'ethere diede un palpito dietro i suoi occhi. «Troppo tardi per cosa?»

Per tutta risposta incrociai le braccia sul petto.

«Perché tu voglia essere la mia Consorte non solo di nome?» Mi si avvicinò con quei suoi movimenti silenziosi. «Davanti alle Terre d'Ombra e poi a tutto l'Iliseum? Davanti a me?»

Le braci vibrarono forte e sentii un caldo formicolio che si diffondeva sulla pelle. «Perché dici queste cose adesso?»

«Non lo so.» Un'espressione di sincero sgomento attraversò i suoi lineamenti, di solito così impassibili. «Perché vuoi questo da me? Perché vuoi di più... se sai che non posso darti quel che meriteresti?»

«Quel che meriterei? Che cosa merito io?»

«Qualcuno che ti ami incondizionatamente e per sempre. Qualcuno che abbia il coraggio di provare tutto questo per te.»

Sciolsi le braccia che tenevo conserte e lo fissai.

Lui distolse lo sguardo e raddrizzò le spalle. «Eri triste. Ho sentito il sapore della tua tristezza prima di entrare nella stanza. Un sapore aspro e greve.» Riportò gli occhi nei miei. «Prima non sentivo più niente.»

Non mi sorprese scoprire che avevo proiettato le mie emozioni in maniera così evidente. «Aios mi ha raccontato della sua vita a Dalos.»

«Sul serio?» Sembrò sorpreso.

Annuii. «Temeva che avrei tentato di fare qualcosa per fermare Kolis.»

«E i suoi timori erano fondati?»

Altroché se lo erano... ma scossi la testa. «Adesso voglio un futuro... una vita sotto il mio controllo. Non voglio più la morte. Voglio sopravvivere.»

«Desideri vivere ed essere libera, finalmente?»

Annuii di nuovo e mi voltai dall'altra parte, con il cuore pesante. Sapevo che c'era un orologio invisibile che ticchettava sopra le nostre teste, e che non avevamo più tempo da perdere. Ma sapevo anche che se avessi permesso alle mie emozioni di uscire dalla cassaforte, non solo a quelle che erano rispuntate durante la conversazione con Aios, avrei scoperto di essere proprio quel che Nyktos aveva escluso: spaventata.

Mi sfregai le braccia con le mani. «E se... se dovesse riconoscere Sotoria in me?»

«Scoppierà una guerra» rispose lui senza esitare nemmeno un secondo.

Mi voltai di nuovo verso di lui, con il cuore ancor più pesante di prima. «Nyktos...»

«Tu non appartieni a lui. Non appartieni a nessuno. Se ti riconoscerà come Sotoria tenterà di catturarti, ma io non lo permetterò.»

Un brivido mi scese lungo la schiena su zampe di ragno.

Lui avanzò verso di me, il mento abbassato. «Potrà anche essere millenni più vecchio, o avere dalla sua una Corte intera e la maggior parte dei Primordiali, ma se oserà alzare anche una sola mano contro di te io ridurrò la Città degli Dei in macerie.»

Mi mancò il respiro. In quel preciso istante non dubitai minimamente che fosse capace di fare quel che aveva appena detto. «Non voglio che si arrivi a tanto.»

«Nemmeno io. Le mie guardie hanno paura che ogni cosa vada male. Non conoscono tutti i dettagli, ma sono pronte a difendere le Terre d'Ombra se sarà necessario. E lo è anche l'esercito.»

Mi costrinsi a fare respiri lunghi e profondi. Per quanto potesse sembrare sbagliato, non volevo che Kolis mi riconoscesse. Non volevo dover ricorrere al mio addestramento per ucciderlo. Ma allo stesso tempo non volevo uno spargimento di sangue come quello che Nyktos aveva paventato, una devastazione così estesa che non solo avrebbe spazzato l'Iliseum, ma di certo avrebbe avuto ripercussioni anche tra i mortali. C'era un solo modo per salvare entrambi i mondi ed era che *io* sopravvivessi, almeno quanto bastava per rimuovere da me le braci. Ma se Kolis avesse capito chi ero...

In quel caso, tutto ciò che potevo fare era impedire una guerra. Non era molto. Il mondo mortale sarebbe stato perduto e, in un futuro lontano, lo sarebbe stato anche l'Iliseum. Ma era comunque qualcosa.

«Io non ti ho mai chiesto nulla» dissi guardando Nyktos negli occhi.

«Mi hai chiesto sette cose, per essere precisi.»

«Va bene, dimenticatele: quella che sto per chiederti ora... anzi, quella per cui sto per supplicarti è molto più importante.»

Nyktos si irrigidì e l'ethere si accese nei suoi occhi, come se sapesse che cos'ero sul punto di dire. E forse lo sapeva davvero.

«Se Kolis dovesse riconoscermi, non voglio che tu intervenga.»

«Sera...»

«Non voglio essere la causa scatenante di una guerra che raderebbe al suolo città intere, con un numero incalcolabile di morti. A quel punto non sarei mai libera: qualunque vita potessi condurre non mi porterebbe la minima gioia.» Mi tremò la voce. «Non potrei vivere con quel peso. Sarebbe meglio la morte. So quanto sono importanti le braci, ma...»

«Non si tratta solo di quelle dannate braci, Sera. Si tratta di *te.*» Nyktos inspirò bruscamente e io sobbalzai. «Sei *tu* che sei importante. E ora mi stai chiedendo di andarmene e abbandonarti non solo a morte certa, ma addirittura a Kolis. E se hai ascoltato Aios, sai che cosa questo vorrebbe dire. Anzi, per te sarebbe anche peggio, molto peggio. Perché non saresti soltanto una sua favorita: gli apparterresti in ogni modo possibile, e lui farebbe di te qualunque cosa gli verrebbe in mente di poter fare.»

Mi venne la nausea. «Lo so.»

Ora Nyktos era proprio di fronte a me, con gli occhi ricolmi di ethere sfolgorante. «Allora sai anche che mi hai chiesto di fare proprio quello che tu stessa hai detto di non poter fare... Che poi è quello che io ho dovuto fare per tutta la vita: vivere sapendo di aver abbandonato altri a soffrire pene indicibili e a perire di una morte atroce. Vivere come se fossi già morto dentro.»

Arretrai. «Tu non sei morto dentro.»

«Lo credi davvero?» Rise, un suono cupo e gelido. «Non sarei mai stato capace di amare nessuno, persino se non mi fossi fatto togliere il *kardia*. Non dopo tutto quello che ho dovuto fare... tutto quello che ho permesso accadesse. Non merito di provare un'emozione come quella. Il bene che tu vedi in me, quella parte che a detta tua si protende con gentilezza verso gli altri, è quasi scomparso ormai. E lasciare che Kolis distrugga un altro innocente, che distrugga *te*, sarebbe il colpo di grazia. Diventerei come lui. Anzi, molto peggio.»

La sua vera paura è diventare come suo zio.

Quando Nektas me lo aveva detto non ci avevo creduto. E in realtà non ci credevo nemmeno adesso, ma che differenza faceva se era Nyktos a crederci? Io ero la prima a ripetere continuamente agli altri che non dovevano dirmi che cosa provare: che diritto avevo di fare con qualcun altro proprio quel che detestavo venisse fatto a me?

Quindi eravamo a uno stallo. C'erano soltanto due vie d'uscita, con le quali nessuno di noi due in coscienza avrebbe potuto convivere.

E quindi nessuno dei due regni sarebbe sopravvissuto.

«Allora ho paura che...» Esalai un respiro affannoso e levai gli occhi su di lui. «Ho paura che siamo fottuti.»

Lui mi fissò per un istante, poi esplose in una risata roca che parve un latrato. «Sì, penso sia un modo per descrivere la situazione.»

«O magari avrete fortuna e Kolis non ti riconoscerà.» Nektas entrò dalla porta di collegamento rimasta aperta, con Jadis ancora in braccio. Alle sue spalle Reaver, in forma Draken, planò fino al divano. «Jadis voleva salutarvi prima che partiste, e io ho deciso di origliare la vostra conversazione.»

«Come mai non mi stupisce?» bofonchiai.

Al suono della mia voce Jadis sollevò le guance rubizze, sbatté le palpebre, spalancò due occhi cremisi e assonnati e stiracchiò le piccole braccia. Nektas me la portò vicino: non sapevo bene che cosa fare, ma quando sollevai le mani lei mi afferrò i capelli, si piegò in avanti e mi stampò un bacio sulla fronte.

Il bacio più scoordinato, più umido e più *dolce* che avessi mai ricevuto.

«Notte notte» mormorò ritraendosi.

«È il suo modo per salutare» spiegò Nektas.

«Notte notte» risposi io con voce stranamente impastata, districando i capelli dalla sua presa.

Le labbra rosa di Jadis si aprirono in un magnifico sorriso. Poi la piccola Draken si voltò verso Nyktos per salutare anche lui, e quando il Primordiale si avvicinò avvertii una sensazione stranissima, come un'ondata che mi percorreva i muscoli facendoli sciogliere e poi irrigidire di nuovo, mentre lo guardavo chinare la testa e stringere con dolcezza le minuscole braccia della cucciola di Draken. Il bacio umido sulla fronte e il sorriso con cui lui rispose lanciarono il mio cuore in una serie di acrobazie senza senso.

Distolsi subito lo sguardo e ingoiai il nodo che mi si stava formando in gola. Non c'era nulla di artefatto nel sorriso di Nyktos: gli aveva illuminato il viso intero. E dei... la sua espressione, la dolcezza con cui le aveva tenuto le braccia rivelavano ciò che era vivo dentro di lui, molto più di quanto lui stesso potesse credere.

«Vorrei poter venire con voi» disse Nektas a bassa voce. «Ma non è possibile. Solo tu e Ash siete stati convocati.»

Mi schiarii la gola e annuii. «Pensi sul serio che avremo fortuna?»

«Non vedo perché la fortuna non possa decidere di stare dalla nostra parte questa volta.» Nektas chiuse la mano libera sulla mia nuca. «Ci rivedremo.»

Gli credetti.

Ma sperai che non ci saremmo rivisti all'inizio di una guerra.

Io e Nyktos ci ritrovammo in piedi sul balcone, alla luce delle stelle. Non avremmo viaggiato a cavallo: stavo per provare di nuovo la bizzarra esperienza dell'attraversare le ombre.

«Pronta?» mi chiese.

Nemmeno un po', pensai, ma non lo dissi. Alzai lo sguardo alla luce fievole delle stelle: tutto il *dolore* che avevo accantonato appena un giorno prima sembrava nulla in confronto a quel che ci aspettava adesso. «Sai» dissi con il cuore che accelerava, «ho deciso che preferisco non sapere quando starò per perdere i sensi.»

«Comprensibile.» Nyktos era alle mie spalle, vicino. «Dopo l'Ascensione non sverrai più, né sentirai alcun dolore passando nelle ombre. Riuscirai a farlo da sola.»

Posai le mani sulla superficie liscia della balaustra: la mia Ascensione ormai sembrava una vaga speranza più che una reale possibilità. «Prima di andare, puoi dirmi che cosa devo aspettarmi? Insomma, che genere di richieste potrebbe farci Kolis?»

Nyktos non rispose subito. «Le possibilità sono praticamente infinite» fece poi, in tono piatto. «Una volta ha voluto che strappassi il cuore a un semidio che secondo lui non si era inchinato velocemente quanto gli altri presenti vedendomi passare.»

Chiusi gli occhi e le braci dentro di me vibrarono. «Quanti dei marchi sulla tua pelle sono dovuti a qualcosa che ti ha chiesto lui?»

«Centodieci.»

La bile mi salì in gola tanto rapida da strozzarmi. Aveva risposto senza nemmeno pensarci. Conosceva alla perfezione quel numero.

«Ho perso il conto delle atrocità a cui ho dovuto assistere» continuò dopo un istante. «Se non c'era nulla che potessi fare, dovevo appellarmi a tutte le mie forze per rimanere fermo a guardare. E mi mancano quei tempi. Perché credo che oggi... oggi ci riuscirei senza nemmeno battere ciglio.»

Non gli credetti. Poteva anche non avere più reazioni fisiche all'orrore, ma ero certa che lo sentisse ancora dentro. Era il timbro incrinato della sua voce a dirmelo. «Sei mai stato presente quando... si è stancato di una delle sue favorite?»

«Sì.»

Il mio stomaco non accennò a smettere di rivoltarsi su se stesso. «E?»

«E non ho potuto fare altro che guardare dall'altra parte finché non sono stato in grado di salvarne qualcuna. E anche allora, a volte sono arrivato troppo tardi.»

«Ma sei intervenuto.» Strinsi la mano sulla balaustra pensando a Saion e a Rhahar e a tutti i Prescelti che aveva tratto in salvo.

«Quando ho avuto la certezza che il mio intervento non

sarebbe stato pagato da altri.» Nyktos tacque un istante. «Non avrei mai voluto che ti trovassi in questa situazione. Non avrei mai voluto nemmeno che la immaginassi.»

Annuii e mi costrinsi a staccare la mano dalla balaustra. «Farò tutto quel che sarà necessario. So di poterlo fare.»

«Perché hai già ucciso per ordine di tua madre?»

Non trovai la voce per rispondere. Annuii e riaprii gli occhi.

«Qualunque cosa succeda, non dimenticare mai che una parte di te è buona e che nulla al mondo potrà macchiarla. Non sei un mostro e non lo sarai diventata nemmeno quando saremo tornati.»

Il solito maledetto nodo mi serrò di nuovo la gola, cancellando l'amaro della bile. «Forse non sono un mostro, ma, come te, sono capace di azioni mostruose. E quando ci penso non sono sicura di vedere una differenza tra le due cose.»

«In questo caso tutti, buoni o cattivi, siamo un po' mostri.»

Mi preparai, poi mi voltai verso di lui. «Pronta.»

Nyktos mi prese le mani nelle sue e una scarica di energia danzò lungo le mie braccia. Poi mi strinse contro il suo petto e quel contatto provocò una valanga di emozioni che mi ordinai di ignorare.

«Tieniti forte» fece con voce roca.

Posai una mano sulla sua tunica e inalai a fondo il suo profumo di limone.

Sentii il suo respiro freddo sulla pelle della guancia. «Stringiti di più, Sera.»

«Non ho dovuto stringere così tanto l'altra volta.»

«L'altra volta mi stringevi come se ne andasse della tua vita.»

«Non lo ricordo affatto» borbottai.

Nyktos ridacchiò e mi cinse la vita, abbassò la testa e il suo respiro mi carezzò la curva del collo, provocando l'ennesimo brivido non voluto.

L'aria cambiò e il corpo del Primordiale premuto contro il mio vibrò per il potere che stava emanando. Stavolta però la nebbia bianca non salì dal pavimento come nella Sala Grande di Chiaravia, ma emanò dal corpo stesso di Nyktos, in volute spesse e turbinanti venate di ombre nere. Ci avvolse e quando mi arrivò ai fianchi sentii il petto serrarsi. Mi irrigidii.

«Respira assieme a me» disse Nyktos spostando la mano al centro della mia schiena. Il suo petto si gonfiò contro il mio, rimase fermo per il tempo necessario a Nyktos di contare fino a quattro, poi il Primordiale esalò. Allineai il mio respiro al suo, mentre la nebbia mi avvolgeva le spalle.

«Respira.»

Le sue labbra si posarono nello stesso punto dove si erano posate quelle di Jadis, proprio mentre la nebbia finiva di avvolgerci. Le Terre d'Ombra scivolarono via, e io con loro.

Mi tenni forte.

Sbattei le palpebre.

Questa volta non ci fu nient'altro.

Sbattei semplicemente le palpebre e quando riaprii gli occhi eravamo sotto una distesa scintillante di chiome dorate. I rami sopra di noi ne erano talmente carichi che tutta la luce che ci arrivava addosso non veniva dagli scorci di cielo azzurro che intravedevo, ma dal sole che si rifletteva sulle foglie. Non avevo mai visto nulla di simile in vita mia.

Dita fresche mi toccarono una guancia e sentii il trillo degli uccelli che si chiamavano a vicenda, un suono che non avevo più udito da quando ero arrivata nelle Terre d'Ombra. Nyktos mi sollevò il viso e incontrai i suoi occhi sfavillanti di luce. «Sera?» sussurrò.

«Sì?»

Mi fissò per un istante così lungo che cominciai a preoccuparmi. «Non hai nemmeno perso veramente i sensi.»

In effetti non sembrava neanche a me. «È una cosa negativa?»

La sua mascella ebbe un guizzo. «Dobbiamo toglierti quelle braci» disse, sempre a bassa voce. «Il prima possibile.»

Il mio cuore perse un colpo. Arretrai e mi guardai attorno: eravamo immersi in una macchia di alberi i cui tronchi scintillavano come se fossero coperti di scaglie d'oro. «È bellissimo.»

Nyktos staccò la mano da me. «Li chiamano alberi di Aios.»

Lo fissai. «È una coincidenza?»

Anche lui volse lo sguardo sugli alberi e un sorrisetto gli apparve sulle labbra. «No. Aios li ha fatti crescere con il tocco della sua mano.»

Rimasi a bocca aperta. «Può fare una cosa del genere?»

«Può creare molte cose di grande bellezza, se vuole.»

Mi domandai se avesse creato quegli alberi dopo aver abbandonato Dalos.

«Siamo alle porte di Dalos» continuò Nyktos. «Usciti da questo bosco dovremo fare molta attenzione.»

Annuii.

«Non permettere a niente e a nessuno di attirarti lontano da me. E non fidarti di nessuno.»

«Non era nei miei piani farlo.»

«Bene. Sanno che siamo arrivati, ci avranno percepiti.»

Il cuore mi diede un colpo contro le costole. «Sono pronta» dissi, e non avrei saputo dire se fosse una menzogna o no. In ogni caso ci incamminammo tra gli alberi splendenti. I nostri passi, stranamente, non producevano alcun suono.

Mi presi tutto il tempo necessario ad assicurarmi che le mie emozioni fossero sotto chiave e che il mio cuore e la mia mente fossero calmi. Inspirai, e la brezza profumata mi ricordò casa: trattenni il respiro, contai fino a quattro ed espirai. Continuai a farlo finché raggiungemmo il limitare del boschetto, e l'Alzata attorno alla città di Dalos apparve alla vista: era alta come quella della Dimora di Ade, ma fatta di marmo candido costellato di blocchi scintillanti. Diamanti.

Che trovata elegante.

Quel che catturò la mia attenzione, però, fu la nebbia che aleggiava sopra l'Alzata e assomigliava parecchio al Velo che avevo visto nella Valle. Al di là di essa era impossibile vedere alcunché.

Quella che sembrava luce solare splendeva su di noi, ma in cielo non vidi il sole, proprio come nella Valle. Nyktos rimase in silenzio mentre ci avvicinavamo alle porte della città, aperte ma sorvegliate da una dozzina di guardie che mi ricordarono subito la statua di Kolis nella Sala Grande di Chiaravia.

Indossavano pettorali d'oro decorati con lo stesso simbolo che c'era sulla mano di Nyktos, sopra tuniche candide lunghe fino alle ginocchia. Portavano schinieri alle caviglie e spade con la lama d'oro alla cintura. Le mani erano scoperte, i volti invece dipinti di vernice dorata, una sorta di maschera con la forma di due ali.

C'era qualcosa di familiare in quel disegno, ma prima che riuscissi a farmi venire in mente cosa, un'ombra si allungò su di noi. Alzai lo sguardo e mi si chiuse la gola: erano statue di marmo di figure umane, più alte degli alberi di Aios, in piedi con le braccia lungo il corpo. Formavano una fila che andava da est a ovest, oltre il punto più lontano in cui potevo vedere. Avrebbero torreggiato anche sopra i più alti edifici di Lasania, persino i templi, e proiettavano ombre colossali.

Al nostro arrivo le guardie si inchinarono. Le oltrepassammo in silenzio, entrammo nella Città degli Dei e finalmente vidi quel che l'Alzata e la nebbia tenevano nascosto. Mi resi conto di essere rimasta a bocca aperta alla vista delle dimensioni di quella città, che era molto più grande di Carsodonia, la capitale di Lasania.

Alberi simili a quelli della Valle fiancheggiavano una strada lastricata di diamanti, le chiome intrecciate in una cupola di boccioli bianchi che ondeggiavano nella brezza. Percorsi la via con lo sguardo fino a un immenso edificio che sorgeva poco lontano dall'ingresso, dietro una muraglia appena più bassa dell'Alzata. Era sormontato da una cupola, dalla cui sommità si innalzavano quattro enormi torri che sembravano quasi abbeverarsi della luce solare. Subito dietro quella sorta di Alzata interna intravedevo la parte più alta di chiome color avorio e oro. Rabbrividii, a dispetto del tepore dell'aria, perché l'istinto mi disse che il vero Primordiale della Morte sedeva in quella sconfinata fortezza di cristallo e diamante.

Staccai gli occhi dal palazzo e li riportai sulla città splendente. Edifici grandi e piccoli punteggiavano una distesa di colline e valli fino all'orizzonte: alcuni erano squadrati, altri rotondi e circondati da file di snelle colonne che scintillavano di polvere di diamante. Qua e là sorgevano torri di cristallo che si piegavano in archi aggraziati o salivano fino a scomparire nel candore delle nuvole. Molti edifici erano coperti di edera, che ogni tanto si inerpicava anche sulle torri.

«Che splendore.»

«Da lontano, sicuramente.»

Una morsa di disagio mi si chiuse addosso. Nyktos mi stava guidando lungo la strada, e l'unico rumore che riuscivo a sentire era il fruscio della brezza tra i bei rami degli alberi. Strinsi le labbra e mi guardai attorno ancora una volta: non si vedeva anima viva... né la si sentiva. Non c'erano più nemmeno i richiami degli uccelli che avevo udito tra gli alberi di Aios. A ogni passo che ci portava più vicini alla fortezza la mia pelle d'oca aumentava.

«Dove sono tutti?» chiesi sottovoce.

«Sai come molti hanno cominciato a chiamare Dalos?» Gli occhi di Nyktos non si staccavano dagli alberi attorno a noi, all'erta. «La Città dei Morti.»

Non era una notizia rassicurante.

«Chi ancora vive qui, verosimilmente, si trova a corte.»

Nyktos accennò con il mento in direzione della fortezza. «Il Palazzo di Cor.»

Ci avvicinammo all'Alzata interna e mi si asciugò la bocca. Non c'erano guardie ai cancelli, ma nell'aria aleggiava uno strano odore, allo stesso tempo dolciastro e metallico. Le braci avevano cominciato a vibrare insistentemente, e continuarono sempre più forte mentre oltrepassavamo i pilastri che fiancheggiavano i cancelli ed entravamo nel cortile del palazzo. Poi Nyktos imprecò sottovoce. Io alzai lo sguardo e...

Mi bloccai, travolta dall'orrore. Non era brezza quella che avevo udito poco prima: oh, no, erano *lamenti*. Venivano dagli alberi del cortile, e le sommità candide che avevo intravisto non erano le loro chiome, ma veli, abiti e tuniche sbrindellati che si agitavano nel vento.

Nulla al mondo avrebbe potuto prepararmi a uno spettacolo del genere. Spostai lo sguardo dal corpo nudo legato sopra le porte dorate del palazzo e solcato da rivoli di rosso, fino alle figure che penzolavano inerti dietro i boccioli bianchi dei salici. La bile mi invase la gola ancora una volta e il cuore mi avvizzì nel petto all'udire i gemiti che echeggiavano tra i rami e negli spazi tra i colonnati dove mani e piedi erano crocifissi al marmo.

Forse udii Nyktos pronunciare il mio nome, ma non potei esserne sicura: quei lamenti erano più potenti, più spaventosi dello stesso canto delle sirene. Non sarei riuscita a contare i corpi nemmeno se ci avessi provato. Mossi le labbra ma non ne uscì neanche un suono. E le braci...

Un orrore nuovo mi si formò dentro mentre le braci vibravano a un ritmo sempre più folle, reagendo non solo ai morti, ma anche ai morenti. Tentai disperatamente di guardare altrove, sperando che bastasse a calmarle, ma non c'era proprio nessuna direzione in cui potessi volgere gli occhi senza vedere corpi appesi ai rami e alle balconate come campane al vento. La vibrazione mi arrivò a fior di pelle, e cominciai a sentire caldo. Capii che stavo per perdere il poco controllo che mi rimaneva sulle braci: ora vedevo bianco ai margini del mio campo visivo e le mie gambe si mossero da sole verso il colonnato, dove gli occhi azzurri di un uomo urlavano tutto quel che la sua bocca cucita non poteva urlare o supplicare.

Vita.

O morte.

Una liberazione. Il mio braccio si alzò senza che riuscissi a fermarlo: il potere delle braci era troppo grande, come lo era lo stupore per quel che stavo vedendo. La crepa dentro di me prese a sbriciolarsi e l'energia dilagò fuori come una marea.

Le braci, la fonte stessa della vita, stavano traboccando fuori da me, lì nel cuore di Dalos. E non c'era nulla al mondo che potessi fare per impedirlo.

34

Nyktos mi fece girare e mi premette la guancia contro il petto, ma io mi accorsi a stento della scarica di energia tra i nostri corpi.

«Non sapevo che avremmo trovato uno spettacolo del genere. Ti avrei avvertita. Respira, Sera. Respira assieme a me e non pensare a nient'altro.»

Lo fissai con occhi colmi di panico. Sentivo le braci che mi premevano contro la pelle e pompavano ethere nelle mie vene. «Non riesco a fermarlo» sussurrai senza fiato. Una presa di consapevolezza lampeggiò nei suoi occhi. «Devi fermarmi tu, perché io non...»

La sua bocca si chiuse sulla mia, lasciandomi sbalordita. Ansimai e lui approfittò dell'apertura per approfondire il bacio. La pressione delle sue labbra, il contatto improvviso della sua lingua con la mia, il suo sapore di menta attraversarono i miei sensi come un fulmine, tagliando in due prima la nube di panico e poi i miei stessi pensieri. Non avrei mai immaginato che un bacio potesse avere un potere simile... eppure quello di Nyktos lo aveva. Mi accarezzò la guancia, poi mi passò la mano tra i capelli e la chiuse a coppa sulla mia nuca, baciandomi ancor più a fondo.

Le sue labbra si muovevano sulle mie, forti e selvagge, mentre tentacoli di fumo e ombra color della mezzanotte emanavano dal suo corpo, avvolgendosi alle nostre gambe e intrecciandosi alla base della mia schiena. Il loro tocco freddo come il ghiaccio fu un'ulteriore scossa, e mi riportò alla mente quella notte nella mia camera, in cui mi aveva guardata e poi toccata.

Mi aggrappai alla sua tunica e sentii i bordi rigidi del broccato tra le mani. Le pulsazioni tra le mie costole si fecero ancora più intense: scintille d'argento sprizzarono dalle mie dita, ma furono subito inghiottite dalle sue ombre.

Nyktos stava fermando le braci, in un modo che mai mi sarei aspettata. Eppure era proprio ciò che avevo fatto io per distrarlo dopo la visita di Attes. Pochi istanti prima stavo per supplicarlo di usare la compulsione, e lui doveva averlo capito. Per questo, invece di forzarmi, mi aveva baciata.

E mi stava baciando ancora.

Eravamo lì, in piedi, in mezzo a un cortile pieno di morti e morenti, ma non avremmo potuto essere più lontani da quel luogo mentre le nostre bocche restavano unite. Mi rilassai contro di lui e rabbrividii quando le punte delle sue zanne mi perforarono appena il labbro inferiore, facendo sgorgare una piccola goccia di sangue che lui leccò subito via.

Non smise di baciarmi nemmeno quando il potere che mi invadeva le vene si ritirò e le braci si calmarono. Non cessarono di vibrare, ma si placarono a un livello che potevo gestire.

E ancora le sue labbra non si fermavano. La sua bocca danzò sulla mia finché sulla pelle sentii un calore del tutto diverso, evocato non dall'orrore del cortile ma dalla mia risposta al bacio. Non aveva importanza dove fossimo. Non aveva importanza che cosa gli avessi visto fare. Non aveva importanza quanto fosse avventato quel che stavamo facendo.

Qualcuno si schiarì la voce.

Mi irrigidii.

Nyktos rallentò, ma non si scostò di scatto: diminuì piano piano il movimento della lingua e la pressione delle labbra, e quando infine sollevò la testa e io riaprii gli occhi, anche le ombre che erano fuoriuscite da lui si erano dileguate.

Ci fissammo, e vidi una domanda nel suo sguardo: ero di nuovo sotto controllo? Annuii con un gesto appena percettibile.

«Così forte. Così coraggiosa» mormorò lui facendo scorrere le dita tra i miei capelli. Poi mi carezzò la guancia con il palmo e disse a voce più alta: «C'è un motivo preciso per cui ci stai interrompendo, Attes?».

Ringraziai il cielo che fosse Attes e non qualcun altro, ma fu un sollievo di breve durata. Attes già sospettava che io non fossi chi sembravo, e né io né Nyktos sapevamo che cosa avrebbe potuto fare con quella informazione.

Feci appello a quel coraggio di cui Nyktos parlava sempre e mi voltai a guardare. Il Primordiale non era solo: accanto a lui c'era un uomo dai capelli neri, con un paio di ali d'oro dipinte sul viso.

Di nuovo quella pittura smosse ricordi incerti. Le labbra dello sconosciuto erano ritorte in un'espressione ben diversa dal sorrisetto divertito di Attes, ma io mi costrinsi a non distogliere lo sguardo. Volevo vedere.

«Non era mia intenzione interrompere alcunché.» Con le braccia incrociate sul petto coperto dall'armatura, Attes indicò con il mento l'uomo accanto a lui. «È stato Dyses. Io mi stavo solo godendo lo spettacolo.»

Tra la mia guancia e il palmo di Nyktos scoccò una scintilla di energia gelida. «Ci tieni davvero tanto a perdere gli occhi, vero?»

Il Primordiale dell'Accordo e della Guerra ridacchiò. «Potrebbe valerne la pena.» Poi sollevò un sopracciglio biondo mentre Dyses si faceva avanti e si inchinava.

Occhi di un azzurro pallido mi fissarono. «Al momento

Sua Maestà sta tenendo corte e non è pronto a ricevervi.» Parlava con una cadenza che mi ricordò quella delle Isole Vodina. «Gli altri sono nella sala del trono. Scorterò personalmente voi e la vostra...» Si schiarì la voce. «... amante.»

Sbattei le palpebre una volta, poi un'altra.

Attes chinò il capo e si coprì la bocca con la mano, ma non riuscì a nascondere il sorriso.

«E per quanto Sua Maestà rimarrà occupato?» chiese Nyktos abbassando la mano e spostandosi in modo da posizionarsi al mio fianco.

«Verrà da voi quando sarà libero» rispose Dyses lanciandomi un'altra occhiata.

«Non ne dubito.» La voce di Nyktos pareva quasi fare le fusa. Io invece ero irritata al punto da sentirmi prudere la pelle. «E lei non è la mia amante: è la mia Consorte.»

«Solo se Sua Maestà le concederà tale titolo» lo corresse Dyses, piegando le labbra e guardandomi per la terza volta. «Fino a quel momento dovrebbe tenere a mente di trovarsi tra persone di rango superiore a lei e inchinarsi di conseguenza.»

Mi irrigidii: era vero, avrei dovuto farlo nell'attimo stesso in cui avevo visto Attes, anche se avevo l'impressione che Dyses fosse offeso soprattutto perché non mi ero inchinata *a lui*. Ingoiando il disappunto e dando prova di possedere almeno un po' di buon senso, feci per inchinarmi.

«No.» Nyktos mi appoggiò una mano sul braccio per fermarmi. Mi fissò negli occhi per un istante, poi riportò lo sguardo su Dyses. «La mia futura Consorte si inchinerà quando sarà di fronte a chi merita il suo rispetto.» Le sue labbra si aprirono in un sorriso rilassato che fece accendere un coro intero di sirene d'allarme. «Fino ad allora...»

In un singolo istante, Nyktos attraversò le ombre per apparire alle spalle di Dyses. Senza il minimo preavviso, il petto di quest'ultimo esplose in una fontana scintillante di sangue rosso-azzurro.

D'istinto mi ritrassi e feci per sfoderare il pugnale dalla coscia, ma poi vidi la mano di Nyktos.

Dei... il suo pugno gli aveva trapassato da parte a parte la cassa toracica, attraversando ossa e tessuti.

Poi Nyktos ritrasse la mano, che stringeva un grumo di carne rosso-azzurrina. Dyses si fissò il petto a bocca spalancata.

«Sarai *tu* a inchinarti di fronte a lei.» Nyktos chiuse le dita sul cuore e lo disintegrò in una esplosione di ethere argenteo.

«Cazzo» ansimò Dyses cadendo in ginocchio.

E poi a faccia in giù.

Fissai il foro slabbrato al centro della sua tunica bianca, poi lentamente alzai lo sguardo su Nyktos.

«Be'» commentò Attes, «non so se da tutto questo Sua Maestà sarà infastidito o divertito.»

«Più probabile la seconda.» Nyktos si chinò per pulirsi la mano sulla tunica del cadavere, poi mi fissò a sua volta. «Non mi è piaciuto il tono con cui ti ha parlato.»

«Neanche a me» gracchiai ritrovando finalmente la voce. «Ma questo è stato... forse... un po' eccessivo.»

I suoi lineamenti duri e netti non tradivano la minima emozione. «Quando si tratta di te ci sono dei limiti, e lui aveva deciso di metterli alla prova.» Si rialzò in piedi. «Prova che ha fallito. Ed è meglio che gli altri lo sappiano.»

«Ho la sensazione che prima del tramonto ci saranno in giro parecchi dei senza cuore» osservò Attes lanciandomi un'occhiata. Poi sorrise di nuovo. «Ma il loro sangue si abbinerà bene con il tuo grazioso vestito.»

«Lo farà anche il tuo se continui a guardarla a quel modo.» Nyktos scavalcò il cadavere. «Ci stavi aspettando, suppongo.»

Attes non parve per nulla intimorito dalla minaccia. «Sì. E speravo che arrivassi presto: sei decisamente una compagnia migliore di quelle che mi ritrovo qui.»

«Non ci vuole molto.» Nyktos mi prese per mano, badando a porgermi quella che non aveva trapassato nessuna cassa toracica. «C'è una ragione in particolare?» Mi fece aggirare il cadavere, ma si fermò quando vide che fissavo la mano di Dyses. «Tranquilla, qualcuno rimuoverà il corpo.»

«No...» Avrei giurato che la mano avesse avuto un piccolo spasmo. Ma era impossibile... gli dei, al contrario dei Primordiali, non potevano sopravvivere senza il cuore. D'altronde non avevo nemmeno sentito le braci reagire alla sua morte, ma non lo potevo dire ad alta voce. Scossi la testa. «Non è niente.»

«C'è qualcosa che non va, eh?» fece Attes. Lo guardai e anche lui staccò gli occhi dal corpo per portarli su Nyktos. «Dyses del resto è sempre stato un po'... fuori fase.»

«Già.» Gli angoli della bocca di Nyktos si piegarono all'ingiù. «Ma in effetti tutti i servitori di Kolis hanno qualcosa che non va, non trovi?» Fissò l'altro Primordiale inclinando la testa di lato. «Non percepisco nessuna anima.»

Attes si voltò di scatto verso il dio a terra. «Impossibile.»

«E nemmeno la vedo.» Nyktos mi portò ancora più lontano da Dyses e tornò a fissare Attes. «O la sua anima ha abbandonato il corpo, o non ce n'era una nemmeno prima. Me ne sarei accorto.»

«Lo so.» L'altro Primordiale toccò con il piede una gamba di Dyses, ma non ci fu nessuna reazione. «Interessante.» Sollevò la testa: i suoi occhi d'argento erano inespressivi. «Adesso sarebbe ora di andare.»

Mentre ci allontanavamo mi voltai di nuovo verso Dyses: era sicuramente morto, ma come faceva a essere senz'anima? Mi tornò in mente quel che aveva raccontato Gemma sui Prescelti, che scomparivano e poi riapparivano cambiati in un modo che la ragazza non aveva mai visto prima, e deglutii.

Attes faceva strada, ben attento a non passare sotto i cadaveri che marcivano sopra di noi. Io ero sempre più nervosa e cercavo di concentrarmi solo sul palmo duro e freddo di

Nyktos: in quel contatto c'era qualcosa che mi calmava, su cui preferivo non ragionare troppo mentre avanzavamo lungo un sentiero di granito e diamante.

«Vedo che Sua Maestà ha *ridecorato*» commentò Nyktos mentre passavamo in un altro cortile su cui non ebbi il coraggio di alzare lo sguardo.

«Si direbbe.» Un muscolo guizzò nella mascella di Attes. Una reazione minuscola che parve celare un milione di significati. «Non so da dove vengano, ma credo che alcuni siano Prescelti di un Rito recente.»

Chiusi per un attimo gli occhi. L'aria che mi entrava nei polmoni mi sembrava rovente come fuoco.

Nyktos mi strinse più forte la mano, senza dire nulla. Proseguimmo il cammino, mentre la brezza che profumava pesantemente di fiori e la bellezza dei boccioli porpora e rosa che ci circondavano producevano un contrasto sempre più folle con lo spettacolo a cui avevo dovuto assistere.

«Sei stato convocato anche tu?» chiese Nyktos mentre oltrepassavamo una serie di piccoli edifici dalle lisce pareti di arenaria.

«È stato convocato Kyn.» Attes gli lanciò un'occhiata. «Io ho deciso di accompagnarlo.» Tra i due Primordiali passò una qualche comunicazione silenziosa, poi Attes riportò lo sguardo sul sentiero. «C'è anche Hanan, non so se convocato o no.»

Il mio disagio aumentò, ma Nyktos reagì solo con una smorfia. «E come mai hai deciso di unirti a noi?»

Attes svoltò davanti a uno dei piccoli edifici. «Speravo di vedere Sera.»

Nyktos girò lentamente la testa verso l'altro Primordiale, mentre lo spazio attorno ai suoi occhi si caricava di ethere crepitante.

Sospirai. «Credo che tu tragga una sorta di perverso piacere nell'irritare Nyktos.»

«Ho parecchi piaceri perversi» ammise Attes. «Ma in questo caso volevo essere sicuro che ricordassi quel che ti ho detto al nostro primo incontro.» Rallentò il passo. «Che per quanto io possa trovare la tua lingua affilata una novità simpatica e persino attraente, altri non la penseranno così.» I suoi occhi di freddo argento incontrarono i miei. «Specialmente qui nel Palazzo di Cor.»

Nei corridoi lastricati d'oro che conducevano alla sala del trono si aprivano alcove colme di ombre, in cui parecchie persone, nude o vestite solo in parte, in coppie o in gruppi, erano impegnate in ogni genere immaginabile di attività sessuale, incluse alcune pratiche che io stessa non avevo mai preso in considerazione. Non guardai abbastanza a lungo da capire se erano tutti dei o no, ma cielo... a giudicare dai gemiti e dagli ansiti che echeggiavano per i corridoi si stavano dando tutti un gran daffare.

Nyktos e Attes non parvero nemmeno accorgersi di quegli scorci di arti nudi e pelle luccicante sotto le volte smaltate d'oro, il che mi fece domandare quanto dovesse essere comune quello spettacolo lì nel palazzo. Io invece dovevo ricorrere a tutta la mia concentrazione solo per riuscire a tenere gli occhi fissi sulle tende di broccato dorato che intravedevo in fondo al corridoio.

«Quando siete arrivati?» chiese Nyktos.

«Solo poche ore fa.» Attes strizzò leggermente gli occhi. «E non ti sorprenderà sapere che Kyn ha già svuotato parecchi bicchieri.»

Nyktos storse il naso. «Nemmeno un po'.»

«C'è qualcun altro?» chiesi. Non pronunciai il suo nome, ma mi sentii gli occhi di Nyktos addosso.

«Nessun Primordiale oltre a quelli che ho detto, che io sappia.» Attes mi rivolse un sorriso seducente. «Ma la mia presenza basta a compensare l'assenza di chiunque altro.»

Alzai gli occhi al cielo, ma sentire che Veses non c'era mi rassicurò. Tuttavia non smisi di temere che Nyktos avrebbe finito per strappare qualche organo vitale ad Attes prima di ripartire da Dalos.

Quando le tende dorate si aprirono, le braci mandarono una vibrazione, e il mio cuore perse un colpo. Davanti a noi c'era una grande stanza circolare che non riconobbi subito come una sala del trono. C'erano molti divani e divanetti, le finestre alle pareti erano coperte di spesse strisce di un qualche materiale e il soffitto sembrava dipinto interamente... d'oro.

Ad attirare subito il mio sguardo fu una predella colonnata che sorgeva tra due arcate chiuse. Alle colonne erano appese cortine dorate, in quel momento aperte a mostrare un trono incrostato di diamanti... e d'oro.

Cominciavo a capire il tema fondamentale – e alquanto vistoso – su cui si basava l'estetica di Cor. C'erano venature d'oro persino nel marmo che lastricava il pavimento.

La sala non era deserta: in piedi a destra della predella c'era un uomo alto dai capelli scuri che ci dava le spalle, immerso in una conversazione con qualcun altro che non riuscivo a vedere. Era vestito come Attes e Nyktos: pantaloni di pelle nera e tunica senza maniche. Al braccio portava un cerchio d'argento e aveva in mano una coppa piena di un liquido color ambra scura.

«Hanan» disse Nyktos sottovoce, chinando la testa verso di me.

Annuii. Mi sembrava di avere lo stomaco pieno di serpenti. Lungo le pareti c'erano anche guardie uguali a quelle che avevamo visto alle porte: armature complete e volti dipinti d'oro.

Nyktos ci guidò a un divanetto sulla sinistra, il più lontano possibile dalla gente armata, e sedette facendomi sistemare nello spazio tra le sue gambe. Mi irrigidii per mezzo secondo, poi capii perché lo aveva fatto e mi rilassai contro il suo petto, attenta a mantenere un'espressione neutra.

Attes alzò un sopracciglio. «Devo trovare mio fratello.» Si voltò verso... l'attività che ferveva nel corridoio. «Prima che si infili in qualcosa che io finirò per giudicare spiacevole.»

«Attes» lo chiamò a bassa voce Nyktos mentre mi cingeva la vita con il braccio. «Perché hai massacrato le sue guardie?»

L'altro Primordiale si irrigidì. Ricordavo che l'argomento era emerso anche durante il nostro primo incontro.

«Avevano portato al loro accampamento persone troppo giovani per essere anche solo vicine alla Transizione» rispose, e un ringhio di disapprovazione emanò dal torace di Nyktos dietro di me. «Non avevo la responsabilità di proteggerli, perciò li ho sbudellati tutti.» Poi Attes fece un inchino, girò sui tacchi e lasciò la sala.

Rimasi a fissare le tende che si richiudevano dietro di lui. «Sei sorpreso da questa risposta?» chiesi.

Nyktos stese una gamba. «Lo sarei stato mesi fa.»

Io tenni le gambe unite tra le sue e mi voltai verso di lui. «Pensi che Attes sia sul serio preoccupato per la mia sicurezza?» chiesi, tenendo la voce bassa come aveva fatto lui.

Lui annuì e lanciò un'occhiata alla sala: nei suoi occhi l'ethere era calmo, ma il suo sguardo rimaneva all'erta. «Sì.»

«E allora non potresti smettere di minacciarlo di strappargli gli occhi? Potrebbe rivelarsi un... *amico.*»

«Solo se la smettesse di guardarti come se volesse passarti la lingua addosso.»

Inarcai le sopracciglia. «Innanzitutto, non mi guarda a quel modo.»

«È l'unico modo in cui ti guarda.»

«E anche se fosse vero, non hai alcun diritto di essere geloso.»

«D'accordo. Ma non cambia il fatto che lo sono e che Attes finirà inevitabilmente per ritrovarsi a dover rigenerare i propri occhi.» Poi Nyktos si voltò a sinistra.

Accanto alla predella si aprì una porta e ne uscì una donna con un vassoio colmo di calici. Portava i capelli ricci legati indietro per lasciare scoperto il viso dalla pelle di un nero intenso, su cui scintillava la solita pittura d'oro, come d'oro erano i numerosi bracciali che portava dai gomiti ai polsi. Ma ad attirare la mia attenzione fu il suo abito: un ampio peplo lungo fino ai piedi, fatto di una stoffa quasi trasparente.

«È obbligatorio portare l'oro in questa Corte?» chiesi guardando la nuova venuta che si dirigeva verso di noi.

Nyktos storse il naso. «A Sua Maestà piace il colore. Per il simbolismo.»

La donna si fermò davanti a noi e si piegò in un profondo inchino, tenendo il vassoio perfettamente dritto. «Le Vostre Altezze desiderano un rinfresco?»

La guardai negli occhi: aveva iridi castano scuro ma non vidi traccia di ethere nelle sue pupille. Una semidea non ancora ascesa? Una Prescelta mortale? Con un senso di pesantezza al petto fissai i calici: in uno c'era un liquido di un rosso scurissimo. Incuriosita, allungai la mano.

«Sarebbe una scelta poco saggia.» Nyktos si sporse oltre la mia spalla per prendere un calice pieno di liquido ambrato, me lo passò e ne prese un altro per sé. «Grazie» disse alla donna.

Il viso di lei si contrasse per la sorpresa, ma solo per un istante. Si inchinò di nuovo e si diresse verso Hanan, che ancora non sembrava essersi accorto di noi.

E a me andava benissimo così.

«Che c'era nell'altro calice?»

«Vino di radek, fatto con l'uva di Kithreia» rispose Nyktos bevendo un sorso.

«La Corte di Maia, giusto?»

«Già. Quel vino è un potente afrodisiaco.»

«Oh.» Gli lanciai un'occhiata e poi cercai con lo sguardo la donna, che ora porgeva il vassoio a Hanan. «Quanto potente?»

«Non l'ho mai provato, ma ho sentito dire che il desiderio sessuale dura per tre giorni.»

Bevvi un sorso anch'io, scoprii che nel mio calice c'era whisky e poi vagai con gli occhi nella sala. «Mi viene difficile credere che qualcuno possa avere una simile resistenza.»

«Io ce l'ho» rispose lui, gli occhi che lampeggiavano dietro le palpebre semichiuse.

Mi voltai a fissarlo. «Ci scommetto.»

Un angolo delle sue labbra si sollevò. Distolsi lo sguardo e mi misi a seguire le venature d'oro nel marmo del pavimento, che curvavano e convergevano verso il centro della sala. Strizzai gli occhi, misi giù il bicchiere e mi chinai leggermente all'indietro. Il braccio di Nyktos aumentò la sua stretta. Ritornai a fissare le venature, e finalmente compresi che non erano linee casuali, ma formavano il disegno di...

... un lupo.

Un enorme lupo che ringhiava e avanzava come se stesse cacciando qualcosa.

Nyktos piegò la testa verso di me. «Quando eravamo con Dyses hai sentito qualcosa?»

Staccai a forza gli occhi dal pavimento, sbattendo le palpebre. «No... non ho sentito *niente*.»

Nyktos annuì e la sua mascella si fece rigida. Aveva capito le implicazioni della mia risposta.

«Lo vedo solo io il disegno sul pavimento?»

«No, se vedi un lupo.»

«Esatto. Mi ricorda il simbolo sulle porte della tua sala del trono.»

«Perché è quasi identico. È il simbolo dinastico della famiglia di mio padre. Appartiene a lui e a Kolis.» Tacque un attimo. «E a me.»

Il calore fumoso del whisky mi stava bruciando la gola. Avrei voluto chiedere a Nyktos che effetto gli faceva dover condividere quel simbolo con Kolis, ma non era quello il luogo per farlo. Guardai ancora il disegno d'oro e ripensai al lupo Kiyou che avevo riportato in vita. A quanto mi fosse sembrato fiero e coraggioso anche in punto di morte. «Perché proprio un lupo?»

«La mia famiglia ha sempre amato i lupi» rispose Nyktos dopo un attimo. «Mio padre una volta mi disse che non esiste al mondo creatura più leale o protettiva. O spirituale. Nei lupi lui rivedeva se stesso: un guardiano.»

«Ti vedi così anche tu?» chiesi in un sussurro. Sentii il suo petto che si sollevava contro la mia schiena, ma non arrivò risposta. Quindi la diedi io: «Dovresti».

La sua mano strinse forte contro il mio fianco e il suo mento mi sfiorò il lato del viso. «Lo pensi davvero? Anche adesso? Dopo tutto quello che è successo?»

Sapevo di cosa stava parlando. Veses. «Anche adesso» ammisi. «Il fatto che tu ti sia comportato da bastardo completo non cambia questo aspetto di te.»

Lui non rispose.

Bevvi un altro sorso e fissai il volto stoico e dipinto di una delle guardie. I vaghi ricordi si smossero per l'ennesima volta. «Quelle maschere con le ali d'oro mi ricordano qualcosa.» Mi schiarii la voce. «Ma non riesco a mettere a fuoco cosa.»

«Sono un altro simbolo che un tempo apparteneva a mio padre.» Le sue dita cominciarono a muoversi pigramente sul mio fianco. «Sono ali di falco: rappresentano forza, intelligenza e coraggio. Ci ricordano di essere cauti ma anche audaci.» La sua voce era un sussurro che mi sfiorava la tempia. «Quando regnava mio padre, però, erano disegnate in argento.»

Mi irrigidii. «Come quelle di un falco argentato?»

«Sì, proprio come quelle. Mio padre era affascinato da quegli uccelli: pensava che fossero...» Nyktos esitò e strinse le dita. «Che c'è? Ti sei irrigidita.»

«Non lo so.» Mi voltai verso di lui e le nostre labbra si sfiorarono. Repressi un ansito di sorpresa e deglutii, con le dita che tremavano sul calice. «Vedo falchi argentati ovunque. Ce n'era uno anche quella notte nella Foresta Morente.»

«Impossibile.» Le dita di Nyktos si rimisero in moto, tracciando lenti cerchi sulla pelle della mia vita. «Sarebbe già un colpo di fortuna vederne uno nella Foresta Rossa. Ma nemmeno quegli uccelli entrerebbero nella Foresta Morente.»

«Ma io l'ho...» Mi zittii quando una porta si aprì dietro la predella, lasciando entrare un uomo dalle spalle larghe, a torso nudo, con i capelli neri e cremisi come quelli di Nektas. Non avevo bisogno di vedere da vicino i suoi occhi, o se la sua pelle abbronzata portasse i segni delle creste nascoste, per riconoscere un Draken.

«Davon» disse Nyktos seguendo la linea del mio sguardo. «Lontano parente di Nektas.»

«Oh.»

«Non lontano abbastanza, secondo Nektas.»

«*Oh*» ripetei.

Il Draken saltò giù dalla predella, si gettò i lunghi capelli oltre la spalla e si avviò attraverso la sala. Poi guardò nella nostra direzione e fece un sorrisetto.

Mi irrigidii.

Nyktos passò di nuovo il pollice sul mio fianco. «Ignoralo.»

Cosa non facile da fare dato che il Draken non staccava gli occhi da noi mentre si dirigeva verso le porte circondate dalle cortine. Dopo quel che Kolis aveva fatto alla moglie di Nektas, dove lo aveva trovato un parente di quest'ultimo il coraggio di restare in quella Corte? Poi ricordai che Nektas aveva detto che alcuni Draken erano stati costretti a servire il re degli dei. Forse erano stati in qualche modo corrotti? Quale che fosse la verità, non era difficile immaginare perché Nektas fosse così poco contento di quella parentela.

Mentre Davos si avvicinava alle tende, un braccio sbucò da

esse e le aprì. La figura al di là ci dava le spalle e riuscii a vederla solo parzialmente: era un uomo dalla pelle dorata, con capelli biondi lunghi fino alle spalle.

«C'è una faccenda di cui ci dobbiamo occupare» disse.

«Ovvio» rispose Davos.

Aggrottai la fronte. La voce dell'uomo aveva qualcosa di familiare, una leggera cadenza che ero quasi certa di aver già sentito altrove.

Nyktos si voltò di lato e attirò la mia attenzione accostandosi al mio fianco. «Arriva Hanan.»

Tutti gli altri pensieri finirono immediatamente accantonati.

Nyktos appoggiò sul tavolino il calice dal quale quasi non aveva bevuto e mi baciò sull'angolo della bocca, provocandomi un brivido e un misto di varie reazioni prima che mi ricordassi che era solo per fare scena. Poi sollevò senza fretta la testa. «Hanan.»

«Nyktos» rispose l'altro con una voce burbera e profonda.

Con il cuore che batteva colpi irregolari mi voltai a guardare il Primordiale della Caccia e della Giustizia Divina. Sembrava della stessa età di Attes, sulla trentina o poco più, aveva la pelle pallida e lineamenti profondi e spigolosi, belli in una maniera predatoria che mi fece gelare.

«Ero curioso di vedere quando mi avresti fatto la cortesia di accorgerti della mia presenza» fece Nyktos, e io udii anche senza vederlo il cupo sorriso di ghiaccio nella sua voce. «Ma pensavo che avresti aspettato di farti accompagnare da una piccola legione di Cimmeriani.»

Oh, dei...

Le labbra di Hanan si tesero in una linea sottile. Non ero ancora riuscita ad abituarmi ai repentini cambi di atteggiamento di Nyktos in presenza di un altro Primordiale, alla velocità con cui poteva passare da pericoloso a letale.

«Be', dal momento che hai ucciso quelli che ho mandato

alla tua Corte» cominciò Hanan, «non dovrebbe sorprenderti che io non ne abbia con me.»

«Già, è stato un vero peccato.» Le dita di Nyktos proseguirono nei loro lenti cerchi. «Così tante vite sprecate in nome della tua audacia e della tua vigliaccheria.»

L'altro si irrigidì. «Quella boccaccia ti metterà nei guai uno di questi giorni.»

«Forse lo ha già fatto. Eppure eccomi qui.»

«Ed ecco qui anche lei.» E lo sguardo di Hanan si posò su di me.

Mi sembrò di sentire del ghiaccio scivolarmi lungo la schiena. Appoggiai il calice nel caso mi fossero servite le mani libere. Il sorrisetto apparso sulle labbra di Hanan non mi rassicurava per nulla, come non lo faceva il senso gelido di potere che sentivo montare alle mie spalle.

«Non è come me l'aspettavo» commentò infine il Primordiale.

Nyktos fece scivolare le dita sul mio fianco fino al bordo del corsetto. «Perché? Che cosa ti aspettavi?»

Il Primordiale della Caccia e della Giustizia Divina sollevò un sopracciglio. «Qualcosa di diverso da un diamante che inevitabilmente andrà in mille pezzi.»

Inspirai bruscamente, sorpresa di fronte a quello che poteva essere un complimento... o una velata minaccia. «Non sono il genere di diamante che va in pezzi facilmente» risposi prima di ricordarmi dell'avvertimento di Attes. «Dopotutto, i diamanti non si crepano.»

Hanan piegò la testa di lato. «Ma si spezzano.»

«Attento, Hanan» lo avvertì Nyktos con voce morbida.

Ignorandolo, l'altro posò un ginocchio a terra per portare gli occhi all'altezza dei miei e annusò l'aria... come un predatore in cerca di tracce della sua preda. «Sei... una semidea, dunque? Così mi hanno detto. Una semidea sulla soglia della Transizione.»

I suoi sensi non dovevano essere molto buoni, e di questo ringraziai di cuore il cielo.

«Ma per adesso sei solo una mortale.» Hanan sorrise scoprendo le zanne, e le braci dentro di me vibrarono, minacciando di scatenare un'ondata di rabbia violenta. «E non c'è nulla che si rompa più facilmente.»

«Sai che cos'altro potrebbe rompersi?» Il pollice di Nyktos scivolò sotto la curva del mio seno. «Le tue ossa.»

Hanan aprì la bocca, ma anziché rispondere arretrò a precipizio sul pavimento e dovette piantare una mano sul marmo per fermarsi. Nei suoi occhi sbarrati l'ethere fiammeggiò luminoso. Immaginai che sentire l'odore della furia di Nyktos fosse un'esperienza soverchiante.

«Quello era un avvertimento, ma te l'ho dato solo perché mi divertiva farlo.» Il tono morbido di Nyktos era in totale contraddizione con le sue parole. «Non te ne darò un secondo. Rivolgile di nuovo la parola, posa anche solo gli occhi su di lei, e manderò in frantumi ogni singolo osso del tuo miserabile corpo, poi ti trascinerò nell'Abisso e ti seppellirò tanto a fondo in uno dei suoi pozzi che ci metterai cent'anni per venirne fuori scavando con le unghie. Sono stato chiaro?»

Fu il mio turno di restare a bocca spalancata. Un flusso di calore intenso e inebriante mi percorse la pelle e si concentrò nello stomaco. Le parole di Nyktos avrebbero dovuto terrorizzarmi o quantomeno inquietarmi, soprattutto perché non dubitai un solo istante della loro sincerità. E invece la reazione che ebbi fu... eccitazione. E non credo fosse per via delle braci, anche se pure loro vibrarono come per sottolineare il discorso del Primordiale.

Hanan si rialzò in piedi, la bocca ridotta a una linea rigida. «Ritieni una cosa saggia minacciarmi?»

«Ritengo una cosa molto poco saggia da parte tua osare anche solo parlarmi dopo aver mandato le tue guardie sotto la mia Alzata ad avanzare pretese e accuse senza fondamento» fu la risposta di Nyktos.

«Senza fondamento?» Hanan rise e un lampo di ethere attraversò i suoi occhi. «Una dea della mia Corte è ascesa allo stato di Primordiale mentre si trovava nella *tua* Corte. Ti sarebbe bastato consegnarmela, e avremmo evitato quel che adesso sicuramente accadrà.»

«Una dea?»

«Bele.»

Tenni la bocca chiusa, anche se il mio cuore accelerò ancora. Era fastidioso persino sentire il suo nome sulle labbra di Hanan.

«Non vedo Bele da mesi e non ho idea di dove sia, dal momento che non è un membro della mia Corte.» La menzogna uscì così liscia dalle labbra di Nyktos che quasi ci credetti anch'io. «Dovresti tenere d'occhio un po' meglio i tuoi vassalli.»

«Intendi sul serio proseguire a far finta di non sapere che qualcuno è asceso nella tua Corte? O di non sapere chi sia?»

Il pollice di Nyktos ormai produceva l'unico calore che potevo sentire nell'intera sala del trono. «E tu intendi sul serio insinuare che non sia stato Kolis a operare questa Ascensione? Magari hai perso il suo favore e ora ti sta mettendo in trappola. O magari non credi che ne sia in grado, è così?» Nyktos rise. «In questo caso sarei estremamente cauto al posto tuo, perché l'ultima cosa che vorresti sarebbe che Kolis venisse a sapere che hai così poca fiducia nella sua... forza.»

Hanan impallidì. «Non è quello che intendevo.»

«Ah, no?»

«No. Ma sono sicuro che sarà curioso di vedere quanto in fretta *lei* andrà in pezzi.» L'ethere si ritrasse dagli occhi di Hanan e allo stesso tempo le braci vibrarono dentro di me. «Più presto che tardi, direi, dato che Sua Maestà sta per arrivare. E ho la sensazione che avrà più domande sull'Ascensione misteriosa che sulla tua ipotetica Consorte. Prima della fine di questa giornata io avrò ottenuto quel che voglio e tu... be', tu tornerai a regnare sulla tua Corte dei Morti con un pugno di mosche in mano, come sempre.»

Nyktos smise di muovere il dito e fece per chinarsi in avanti, poi si fermò. Mi sembrò che l'intera sala del trono si fosse svuotata di colpo di tutta l'aria respirabile. Mi venne la pelle d'oca e sentii il petto serrarsi in una morsa.

Hanan arretrò sorridendo. Una frotta di guardie dipinte d'oro invase la sala, le porte che conducevano alla predella si aprirono e...

... Kolis, il falso re degli dei e vero Primordiale della Morte, fece il suo ingresso.

35

Una presenza immensa si riversò nella sala, greve sulla mia pelle almeno quanto l'odore di lillà morti che minacciò di soffocarmi. Una colata di ethere venato d'oro traboccò fuori dalla predella e dilagò in mille rivoli sul pavimento sprizzando scintille, fino a lambire le colonne e a far sbattere le tende alle pareti. Mi si riempirono gli occhi di lacrime: quel potere sembrava capace di sbriciolarmi le ossa con la pura e semplice pressione nell'aria della stanza. L'ethere si espanse ovunque in grandi volute, come nebbia baciata dal sole. Eppure c'era qualcosa in tutta quella luce...

Qualcosa di sbagliato.

Il petto di Nyktos mi premette contro la schiena. Riuscii a stento a udire il suo sussurro – «*Respira*» – ma obbedii. Poi la massa di potere turbinoso e pulsante si ritirò piano piano e il rombo del mio stesso sangue mi invase le orecchie. L'essenza calò al suolo e si raccolse attorno ai piedi nudi del falso re e ai suoi pantaloni di lino candido, contorcendosi come una massa di vipere pronte a colpire.

Mi resi conto che Nyktos si era alzato in piedi... e che ero in piedi *anch'io*. La sua mano, ancora appoggiata al mio fianco, mi guidò a inginocchiarmi. Il gesto mi sembrò sbagliato in ogni modo possibile, ma lo feci lo stesso: posai un ginocchio a terra e mi portai una mano al cuore.

Perché se lo poteva fare Nyktos, allora potevo farlo anch'io.

Nell'istante in cui divenni consapevole che lo sguardo di Kolis era su di me mi formicolò la nuca e le braci mandarono una vibrazione violenta. Il panico minacciò di travolgermi. Mi stavo inchinando davanti al mostro che governava la mia vita da prima ancora che io nascessi.

Che governava le vite di chiunque io avessi mai conosciuto.

Evocai il mio velo del nulla e me lo avvolsi attorno alla mente, soffocando la rabbia e la paura. Contai i secondi tra un respiro e l'altro. Non sarei crollata. Non mi sarei spezzata. *Non lo farò. No. No.* Non oggi. Le mie mani smisero di tremare e l'oppressione al petto diminuì. Il cuore si regolarizzò. Ricominciai a respirare.

Ero di nuovo diventata nulla.

«Alzatevi» fece una voce ricolma di luce e calore. Ma a un orecchio attento aveva anche una sfumatura tagliente.

Obbedii, e la gonna cremisi del mio abito si allargò sul pavimento attorno a me come una pozza di sangue. Nyktos si era spostato in modo da starmi parzialmente davanti. Solo a quel punto notai che Attes era tornato assieme a suo fratello, che aveva la sua stessa statura e le sue stesse spalle, ma capelli un po' più scuri.

Oltre al fatto di essere instabile sulle gambe e seminudo.

«E sedete» ordinò Kolis. «Prima che quel povero idiota cada a faccia in avanti.»

In una situazione diversa avrei riso, perché in effetti Kyn pareva a un soffio dal fare esattamente quello.

Suo fratello lo spinse a forza su una sedia lì accanto. Nyktos si voltò verso di me, mi prese la mano e con un cenno del capo mi guidò verso il divano dove eravamo seduti poco prima.

«Lei no.»

Mi immobilizzai.

Gli angoli della bocca di Nyktos si irrigidirono, le sue narici si dilatarono e un ricciolo di ethere gli invase le pupille.

«Voglio vederla» disse Kolis. «Vediamo un po' com'è fatta la persona che ha catturato l'attenzione di *mio nipote*.»

Vidi le guance di Nyktos farsi più scavate, le vene attorno ai suoi occhi cominciare a splendere di ethere, e seppi che era in arrivo qualcosa di brutto. Lo avvertii con tutti i miei sensi, come un formicolio diffuso, e chiaramente non ero la sola a sentirlo: anche Attes si era voltato, dirigendo la sua attenzione dal fratello semiesanime a Nyktos.

Non mi diedi il tempo di riflettere: feci un passo di lato mettendomi in piena vista. Nyktos emise un respiro che parve ghiaccio sulla pelle, ma io non tremai: rimasi lì, le mani abbandonate lungo i fianchi, a fissare la massa di luce dorata che si agitava attorno alle caviglie di Kolis. Non cedetti al panico. Respirai.

«Eccola, dunque» disse Kolis. E un attimo dopo me lo ritrovai di fronte. Aveva attraversato le ombre.

Tutti i muscoli della mia schiena si tesero e dovetti combattere l'istinto di ritrarmi dall'ethere che mi lambiva l'orlo della gonna. Fissai lo sguardo sul petto nudo del re, tenendo gli occhi bassi come si doveva fare davanti a una creatura di tale rango. La sua pelle aveva la tinta del bronzo, ma con venature d'oro che si flettevano e si attorcigliavano in volute scintillanti.

«Guardami negli occhi» sussurrò. E fu come un ordine irrevocabile.

Il mio corpo obbedì anche se il mio stomaco parve trasformarsi in una voragine. Era *compulsione*. Assolutamente non necessaria. Un puro sfoggio di potere per ricordare a tutti nella stanza chi fosse a comandare. Sollevai lo sguardo come mi era stato ordinato.

Vederlo dal vero, così vicino, non seduto su un trono a distanza, raffigurato in un dipinto o scolpito in una statua, mi fece annodare l'aria in gola. Era impossibile ignorare la sua somiglianza con Nyktos... e allo stesso tempo era impossibile anche ignorare le loro differenze.

La bellezza di Nyktos era dura e gelida, come se una statua d'argento dai lineamenti netti e invincibili avesse preso *vita* in modo quasi terrificante. Era una bellezza che ti chiedeva prepotentemente di guardarla, che ti metteva addosso quasi l'urgenza di tentare di dipingerla o catturarla nella creta.

Ma la curva decisa della mascella, gli zigomi alti e arcuati, le labbra piene, tutti quei tratti che in Nyktos parevano così naturali e selvaggi, in Kolis erano pura perfezione. Erano oro e calore. La sua era una bellezza ingannevole, che ti invitava a osservarla meglio e a provare conforto nel farlo. Che ti costringeva letteralmente ad avvicinarti a lui.

Erano la stessa cosa, eppure erano opposti. Un volto che rappresentava la bellezza definitiva, terrorizzante, e uno che era soltanto una finzione. Una facciata. Una trappola.

Occhi d'argento punteggiati di pagliuzze d'oro studiarono con calma intensità i miei lineamenti. Cominciai a sentire la pelle che formicolava, come se qualcosa ci zampettasse sopra, ma non mostrai nessuna reazione, perché non *provavo* nulla. Rimasi immobile davanti alla bestia che aveva dato inizio a tutto. La bestia che ero stata addestrata per tutta la vita a uccidere.

«Mi hanno detto che ti chiami Sera» disse. Alzai gli occhi e vidi per la prima volta la sua corona, una fila di spade d'oro e diamante che convergevano al centro su un sole circondato di raggi. «È un diminutivo?»

Esitai. Era meglio dire la verità, o no? Mi risposi che meno menzogne avessi detto, minore sarebbe stata la possibilità di essere colta in fallo su una di esse: anche una piccola bugia, una volta scoperta, avrebbe potuto dare il via a indagini più approfondite. «Seraphena, Vostra Maestà.»

«*Seraphena.*» Kolis piegò le labbra verso l'interno della bocca. «Un nome che brucia. Interessante. Mi hanno detto anche che sei una semidea.» I ghirigori splendenti risalirono su per la sua gola, si diffusero sulle guance e si congiunsero per formare una maschera alata come quella dipinta sui volti dei suoi seguaci. «Ma non mi dai quell'impressione.»

«È una semidea» confermò Nyktos. «Figlia di un padre divino e una madre mortale.»

Kolis piegò la testa. I capelli dorati gli sfiorarono la guancia e la spalla, ma la corona rimase dritta. «No. C'è troppo ethere dentro di lei.»

«Dev'essere il mio sangue. Ne ha un bel po'.»

Normalmente il tono compiaciuto che Nyktos usò mi avrebbe mandato in fiamme tutti i nervi, ma ne comprendevo la necessità in quel momento: era la nostra missione.

«Capisco. Vedo che ti ha stregato, nipote. Molto astuto.» Un velo di divertimento si stese sulle labbra del falso re. I suoi occhi seguitarono a scrutarmi. «I tuoi capelli sono... affascinanti» commentò sottovoce, e subito mi tornò in mente quel che Gemma e Aios avevano raccontato: le sue favorite erano tutte bionde o rosse di capelli. Poi Kolis sollevò una mano...

Nyktos si mosse più veloce di un fulmine e gli afferrò il polso a mezz'aria, prima che un solo dito potesse toccare una mia ciocca.

Il mio cuore perse un colpo.

Kolis si voltò lentamente verso Nyktos, fissò il proprio polso stretto nelle dita dell'altro, poi alzò lo sguardo sui suoi occhi. Nessuna delle guardie mosse un muscolo.

«Non voglio che la si tocchi.» La voce di Nyktos si fece ancora più profonda. «Appartiene a me.»

Mi morsi l'interno della guancia.

«E se io volessi toccarla?» chiese Kolis a voce così bassa che lo udii appena.

Nyktos sorrise, un'espressione così falsa che mi si rivoltò lo stomaco al vederla. «Vi farei ciò che voi stesso fate a chi osa toccare chi vi appartiene.»

Ormai stringevo la mascella così forte che cominciava a farmi male. *Chi vi appartiene.* Le sue favorite. Quelle che nella testimonianza di Aios venivano tenute in gabbia.

«È un tipo possessivo Nyktos» aggiunse Attes, mezzo seduto e mezzo sdraiato. «Ha già minacciato tre volte di strapparmi gli occhi.»

Non fui affatto sicura che fosse la cosa più utile da dire.

Nyktos si limitò a sorridere di più, scoprendo la punta delle zanne. E quello *di sicuro* non era utile. «Più che una minaccia era una promessa» replicò fissando Attes negli occhi. «Nessuno la deve toccare a parte me.»

Per un lungo, tesissimo istante nulla si mosse. Poi Kolis sollevò un angolo della bocca. Anziché rilassarmi, mi irrigidii ancora di più.

«Nipote» mormorò il falso re mentre l'oro gli turbinava nelle pupille, «tu... mi rendi fiero.»

Cosa?

«Ma è meglio che mi lasci andare» aggiunse, «prima di rendermi anche irritato.»

Nyktos staccò un dito alla volta, lasciando infine andare il polso.

Il sorriso di Kolis si allargò. «Questo lato di te...» Il mento si sollevò e il naso annusò l'aria. «... mi piace sempre vederlo emergere.» Il suo sguardo indugiò di nuovo su di me, un po' troppo a lungo. «Tutto ciò sarà, nella migliore delle ipotesi, interessante da osservare.»

Cominciavo a pensare che parole come *fiero* e *irritato* non avessero il senso che Kolis dava loro... Ma forse ero io a sbagliarmi.

Tuttavia Nyktos fece un sorrisetto e dando le spalle al falso re mi prese per mano e mi circondò la vita con l'altro braccio. Ma non mi guardò negli occhi. «Possiamo sederci ora?»

«Potete fare quel che più vi piace.»

Tornammo al divano e ci rimettemmo nella stessa posizione di prima, con me seduta tra le sue gambe. Alzai la testa: Kolis non aveva smesso di fissarci. Di fissare me. Ma ora, finalmente, mi permisi di rilassarmi un po'.

Non mi aveva riconosciuta. Non assomigliavo a Sotoria.

Ebbi un tremito mentre Kolis tornava al suo trono sulla predella, seguito da viluppi di ethere d'oro. Nyktos strinse piano il mio fianco. Io esalai un lungo respiro e gli appoggiai una mano sul ginocchio. Nektas aveva avuto ragione: per una volta la fortuna sembrava dalla nostra parte. Almeno per adesso. Quanto a tutto il resto, non ero poi così sicura.

Kolis non aveva smesso un solo istante di guardarmi e tamburellava con le dita sul bracciolo dorato del trono. Teneva la testa inclinata di lato, ma la corona non si spostava di un millimetro.

«Comunque hai urtato i miei sentimenti, Nyktos» disse infine. «Credevo che avresti chiesto la mia approvazione per un avvenimento così lieto... la tua unione con la fiammeggiante Seraphena.»

«Non credevo che questo avvenimento potesse essere di alcun interesse per voi.» Nyktos aveva ricominciato ad accarezzarmi il fianco con il pollice. «Pensavo foste troppo impegnato per seccarvi con richieste del genere.»

«Pensavi male.» Kolis sorrise a labbra strette. «È una doverosa manifestazione di rispetto nei miei confronti. Proprio tu, tra tutti, avresti dovuto saperlo.»

«In questo caso chiedo perdono» rispose Nyktos senza suonare nemmeno lontanamente sincero alle mie orecchie. «Mi dispiace.»

Dal sorriso di Kolis compresi che non gli credeva nemmeno lui. «Vedremo quanto ti dispiacerà, ne sono certo.»

Ebbi la sensazione che mi si congelassero le budella. Il pollice di Nyktos invece non ebbe nemmeno un tremito.

«Tuttavia c'è un'altra cosa di cui dobbiamo discutere» proseguì Kolis.

«Se vi riferite al vostro vassallo che ho incontrato al mio arrivo» fece Nyktos con voce rilassata e un po' divertita, che mi ricordò quella che aveva usato quando ci eravamo incontrati al mio lago, «non mi era piaciuto il suo tono.»

Il falso re storse il naso. «No, non parlavo di Dyses. Lui starà benissimo.»

«Temo di no» ribatté Nyktos. «Dal momento che gli ho rimosso il cuore.»

A quelle parole Kolis sorrise fino a mostrare le zanne, e il mio disagio salì a dismisura. «Va bene, ci occuperemo anche di questo.» Si chinò in avanti e stavolta il dito di Nyktos si fermò per un istante. «Sono certo tu sappia per quale motivo ti ho convocato, nipote.»

Strinsi le dita sul ginocchio di Nyktos, rendendomi conto di quanto trovassi fastidiosa l'abitudine di Kolis di sottolineare la loro parentela di sangue.

Il pollice riprese il suo pigro movimento. «Perché Hanan è convinto che io sappia qualcosa di una dea ascesa, o che conosca la sua identità?»

Hanan si voltò nella nostra direzione. «Non è una cosa che *credo*: è una cosa che *so*.»

«Non ti ho dato il permesso di parlare» fece Kolis senza staccare lo sguardo da noi. «Mi sbaglio, Hanan?»

Il Primordiale si irrigidì e tornò a sedere. «Non vi sbagliate. Chiedo perdono, Vostra Maestà.»

«Non indurmi a fare una cattiva impressione all'adorabile Seraphena facendomi perdere la pazienza.»

«Non era mia intenzione» si affrettò a rispondere Hanan

chinando la testa. «Solo, non mi piace che Nyktos tenti di affermare il falso davanti a voi in una faccenda così seria.»

«Oh, certo, non può essere stato *nient'altro* a spingerti a parlare così liberamente» fece Nyktos in tono suadente.

Hanan lo fissò con occhi roventi di ethere, ma Kolis sollevò una mano imponendo il silenzio.

«L'Ascensione è stata percepita da tutti» continuò il falso re. «E il potere di provocarla non dovrebbe esistere al di fuori di questa Corte.»

A parte me, chiunque in quella sala sapeva che quel potere non esisteva più, e Kolis ne era perfettamente consapevole.

«Invece esiste?» concluse.

«Sì» confermò Nyktos. «Esiste.»

Kolis inclinò la testa ancora una volta e i vortici di ethere frustarono la base del suo trono. «Ed è tutto quel che hai da dire al riguardo?»

«È tutto quel che *posso* dire, zio.» Mi irrigidii ancora di più sentendolo chiamare Kolis a quel modo, ma il pollice andò avanti nei suoi cerchi lenti e rassicuranti. «L'ho percepita anch'io. E l'avevo già percepita prima nel mondo mortale, in forma meno potente. Per questo ero andato a cercarne la fonte. Ma non ho trovato nulla nelle Terre d'Ombra che potesse essere responsabile di una simile ondata di potere.»

Hanan stava praticamente vibrando dal desiderio di parlare, ma attese comunque che Kolis gli desse il permesso con un cenno del capo. «E com'è possibile?»

«È una domanda seria?» ribatté Nyktos.

Attes si passò la punta delle zanne sul labbro inferiore nel tentativo di nascondere un sorriso.

«Chiunque fosse il responsabile, chiaramente non si trovava più nelle Terre d'Ombra» concluse Nyktos. «Ho immaginato si trattasse di Sua Maestà.»

Mancò poco che scoppiassi a ridere, ma allo stesso tempo ero molto impressionata dalla calma di Nyktos. Come riusciva a essere così convincente? Ero anche confusa da ciò che stava accadendo attorno a me: Kolis aveva mandato i suoi Dakkai per avvertire che sapeva della presenza delle braci della vita, e forse aveva mandato pure i suoi Draken, anche se Nektas non aveva riconosciuto quello che ci aveva attaccati. Doveva sapere che Nyktos non poteva aver creduto nemmeno per un istante che il responsabile dell'Ascensione fosse lui. C'era qualcosa che non andava in tutto quel discorso.

«Stai suggerendo che Kolis abbia fatto ascendere qualcuno nelle Terre d'Ombra senza nessuna ragione e poi se ne sia andato?» chiese Hanan.

«E chi altro potrebbe essere stato? Solo il Primordiale della Vita può far ascendere un dio.»

Mi si bloccò il respiro per l'ennesima volta. L'aria nella sala sembrava diventata densa, torrida e umida.

L'oro negli occhi di Kolis sfolgorò. «Dunque *che cosa* stai suggerendo, Nyktos?»

«Credo intenda dire che una sola persona può essere responsabile di un tale miracoloso evento» disse Attes. «Voi.»

Per la prima volta Kolis staccò gli occhi da noi e li puntò sul Primordiale dell'Accordo e della Guerra. L'essenza intorno al trono sussultò.

«Vero» mormorò. Chiaramente il fatto che Attes avesse preso la parola senza permesso non lo infastidiva come quando lo aveva fatto Hanan. «Solo io posso provocare un'Ascensione. Solo io posso riportare in vita ciò che è morto.» Lentamente tornò a voltarsi verso di noi, mentre le volute di essenza si raccoglievano di nuovo attorno a lui, e ancora una volta in quell'essenza io fui certa di scorgere un'ombra. Poi il falso re alzò una mano, le porte alle sue spalle si aprirono e...

... Dyses apparve sulla predella, con la tunica ancora rossa di sangue sul petto.

Inspirai bruscamente e Nyktos si irrigidì alle mie spalle. Attes si raddrizzò sulla sedia. Il dio giunse al fianco di Kolis e si inchinò... Quello stesso dio che Nyktos aveva trapassato con il braccio davanti ai miei occhi. Un dio che non avrebbe dovuto essere lì davanti a noi, perché il Primordiale della Morte gli aveva distrutto il cuore.

Era impossibile... eppure non mi era sembrato di vedere le sue dita contrarsi? E poi non avevo percepito la sua morte: ogni altra volta in cui ero stata presente alla morte di un dio, l'avevo avvertita. E sia Nyktos sia Attes avevano confermato che c'era qualcosa di strano in Dyses.

«Era morto l'ultima volta che l'ho visto» commentò Nyktos con voce tranquilla.

Kyn esplose in una risatina soffocata.

«Lo ero, Vostra Altezza.» Dyses si inchinò di nuovo. «Ma il Primordiale della Vita ha ritenuto opportuno riportarmi indietro.»

No... non aveva senso. Quando io avevo riportato in vita Bele, l'avevo anche fatta ascendere. Gli occhi di questo dio invece avevano ancora lo stesso strano colore azzurro pallido di prima. Ero stata io a sbagliare, perché non avevo mai riportato in vita un dio prima di allora e non sapevo come si faceva? O questa volta era successo qualcosa di diverso?

Il mio cuore partì al galoppo. Era di questo che aveva parlato Gemma? I Prescelti che scomparivano per poi tornare freddi, affamati e senza vita? Ma Dyses non era affatto nelle stesse condizioni di Andreia. Non era un Craven. Dunque doveva essere uno di quelli che Kolis aveva chiamato Ritornanti.

Però Gemma aveva detto che quelle creature uscivano solo di notte, e io avevo visto Dyses in pieno sole. E poi a Kolis sarebbe servita la sua *graeca* per renderli perfetti.

Kolis sorrise osservando Dyses, poi riportò lo sguardo su Hanan e il sorriso si spense. «Solo perché scelgo di non ridare la vita o donare l'Ascensione a qualcuno non significa che io non possa fare queste cose per chi se le merita. Non è colpa mia se a meritare simili benedizioni sono così pochi.» Sollevò il mento. «Pensi che io non sappia che tanti tra i vassalli che mi hanno giurato fedeltà in segreto dubitano della mia forza? Che io non sappia che tu e altri come te credete che non abbia più il potere che avevo quando sono asceso per diventare il vostro re?»

«Io... Io...» Hanan impallidì. «Non ho mai voluto sottintendere che voi non foste capace di queste cose. Ma non avete mai detto di essere stato voi...»

«E perché mai avrei dovuto dire una cosa del genere a te?» ribatté Kolis.

Hanan tacque.

Non c'era più nulla che potesse obiettare, Kolis lo aveva messo all'angolo. Se avesse ammesso di credere che era stato qualcun altro a provocare un'Ascensione, cosa ipoteticamente impossibile, avrebbe potuto dare a intendere che credeva che Kolis non ne fosse capace. Pensare una cosa era ben diverso dal dirla.

«Ti esorto a essere più cauto in futuro nell'esprimere i tuoi timori, Hanan, se non vuoi rischiare di perdere il mio favore» dichiarò Kolis facendo eco alle parole di Nyktos. «Sarebbe davvero poco saggio da parte tua correre un simile rischio, proprio ora che c'è qualcun altro che potrebbe prendere il tuo posto.»

«Certo, Vostra Maestà» rispose Hanan, chiaramente scosso.

«Sparisci dalla mia vista.» I tentacoli di essenza turbinarono attorno alla predella. «E non tornare finché non sarò io a convocarti.»

Il Primordiale della Caccia e della Giustizia Divina si alzò, fece un rigido inchino e abbandonò la sala senza guardare in faccia nessuno.

Fu Kolis a rompere il silenzio che seguì: «Mi dispiace che tu abbia dovuto assistere a simili assurdità, Seraphena».

Sobbalzai e lo guardai. Né le sue parole né i suoi gesti corrispondevano a quel che sapevo di Kolis. «Non è... non è un problema.»

Il falso re sorrise. «Hai un animo buono e pronto al perdono.»

Le dita di Nyktos si arrestarono. Tornò il silenzio e stavolta si prolungò. Sapevamo tutti e tre che non era stato lui a far ascendere Bele, e che vedere Dyses in piedi davanti a noi non era affatto una cosa normale. Con la coda dell'occhio vidi Attes lanciare un'occhiata alle guardie e mi chiesi se anche lui stesse pensando quel che pensavo io, e probabilmente anche Nyktos.

Quante di quelle guardie erano state riportate in vita da Kolis, un Primordiale che non avrebbe dovuto avere il potere di ridare la vita?

«Sembrate entrambi assai sorpresi di rivedere Dyses vivo e in salute.» Kolis spostò lo sguardo da Nyktos ad Attes. «Condividete per caso le stesse preoccupazioni di Hanan?»

«Era moltissimo tempo che non vi vedevo concedere a qualcuno quell'onore, Vostra Maestà.» Attes scrollò le spalle. «Da qui deriva la mia sorpresa.»

Kolis annuì, poi fissò Nyktos e il suo sorriso si fece più ampio. E più tagliente. «E tu?»

«È assai improbabile che io e Hanan abbiamo preoccupazioni in comune» fu la sua tranquilla risposta. «La mia sorpresa è motivata dalle stesse ragioni di quella di Attes. E dai Dakkai che avete inviato nelle mie terre subito dopo l'ondata di potere.»

Un brivido mi scorse giù per la schiena. Mi preparai a quel che stava per accadere.

Kolis si sporse in avanti lasciando cadere una mano sul bracciolo del trono e la sua corona mandò uno splendore intenso come quello del sole stesso. «Perché ritieni che queste due cose siano correlate?»

«Non lo sono?»

«No.»
«Una sfortunata coincidenza, dunque?»
«Già.» Kolis piegò di nuovo la testa di lato, un gesto che mi ricordò un serpente. «La ragione del mio fastidio era il fatto che non mi avevi avvertito di voler prendere una Consorte. Fastidio che permane tuttora.»
Mi immobilizzai.
E lo stesso fece Nyktos.
Ovviamente erano tutte sciocchezze e dubitavo che Nyktos ci avesse creduto. Forse lo stesso Kolis non pensava davvero che noi ci credessimo. Il mio disagio crebbe ancora di più: era come trovarsi prigionieri in un gioco di cui mi venivano tenute nascoste le regole.
«Sai bene che cosa accade quando sono dispiaciuto, soprattutto se lo sono con te.» La voce di Kolis dilagò nella sala del trono e mi coprì la pelle come una patina oleosa. «Eppure sembri gioire nel provocarmi. Sono stato molto tollerante finora, ma la tua mancanza di rispetto non può restare impunita.»
«Ne sono consapevole» rispose Nyktos, e non aggiunse altro.
Una fitta gelida di terrore mi trapassò.
«È stata colpa mia» dissi.
Attes si voltò di scatto nella mia direzione.
«Sera» sibilò Nyktos afferrandomi il fianco come se fosse pronto a sollevarmi di peso e fuggire di corsa dalla sala... o a scaraventarmi fuori da essa. «Non...»
«Lasciala parlare.» Kolis si alzò in piedi. «Voglio sentire che cosa ha da dire.» Gli occhi dorati si fissarono su di me. «In che modo sarebbe colpa tua?»
«Io...» Deglutii, con i pensieri che cercavano di correre veloci quanto il cuore. «Sono stata io a pregarlo di non chiedere il vostro permesso.»
«Non è vero» ringhiò Nyktos.
«Sì che lo è.» Avanzai per quanto mi fu possibile, mentre lo sguardo di Kolis saettava tra noi due. «Avevo paura di...»

«Me?»

«No» risposi subito, desiderando più di ogni altra cosa che il mio cuore rallentasse almeno un po'. «Non avrei alcuna ragione al mondo di temere voi.»

Kolis giunse al bordo della predella e *fluttuò* al di là di esso, mentre i suoi tentacoli di ethere dilagavano sul marmo.

«Avevo paura che mi trovaste indegna. Io sono solo una semidea, mentre Nyktos, vostro nipote...» Quella parola mi si incastrò in gola, e sbarrai gli occhi. «... è il Primordiale della Morte. Di sicuro ci sono tantissime dee molto più degne di me.»

Kolis seguitò a fissarci in silenzio.

«Non credevamo che sarebbe stato un problema. Nyktos pensava davvero che foste troppo impegnato per preoccuparvi di queste cose. Ma la causa di tutto sono io, e mi dispiace immensamente.»

Un'ondata di ghiaccio mi percorse la schiena e seppi che Nyktos non me l'avrebbe mai e poi mai fatta passare liscia... se Kolis non mi avesse disintegrata prima. Ma non potevo permettergli di punire Nyktos. E non lo avrei fatto.

«Spero di poter essere perdonata» conclusi, «e di poter dimostrare d'essere degna sia della vostra grazia sia dell'onore che mi è stato fatto.»

Kolis rimase a lungo in silenzio, e a me sembrò di avere un pugno che mi premeva contro il petto. Ma alla fine un sorrisetto astuto tagliò il suo volto. «Sei... coraggiosa, Sera, ad ammettere una cosa del genere davanti a me, il re. Questo da solo basterebbe a renderti degna. Ma voglio comunque avere una prova del tuo valore.»

Senza preavviso Nyktos si alzò e mi si parò davanti. «Se qualcuno deve provare il suo valore, allora spetta a me farlo.»

«Sono certo che per questo ci saranno occasioni in futuro.» La maschera dorata sbiadì dal volto di Kolis e scorse in rivoli giù per le sue guance. «Ma se vuoi il mio permesso di prenderla come Consorte, deve essere lei a guadagnarselo, allo stesso modo in cui lo avrei chiesto a te.»

«Lo farò» dichiarai, cercando di non pensare a che cosa avrebbe potuto chiedermi di fare. Gli occhi tempestosi di Nyktos incontrarono i miei. «Voglio dare prova di me stessa, Vostra Maestà.»

Kolis si voltò verso Kyn. «Hai portato quel che ti ho chiesto?»

Anche io guardai verso il Primordiale della Pace e della Vendetta, che si alzò a sedere un po' più dritto sotto lo sguardo accigliato di suo fratello. «Sì» bofonchiò. «È nel corridoio.»

Kolis schioccò le dita. Subito due guardie si staccarono dalla parete e scomparvero dietro la tenda.

«Merda» imprecò Attes sottovoce voltandosi verso la predella. Poi chiuse gli occhi... e il mio stomaco sprofondò.

«Dovrei essere io a...» cominciò Nyktos.

«Silenzio» ordinò Kolis. «Non disobbedirmi, Nyktos. O non sarai tu a soffrire.»

Nyktos rimase immobile, i pugni stretti lungo i fianchi, e il mio stomaco continuò a precipitare in caduta libera.

Le guardie tornarono portando un giovane uomo, probabilmente di qualche anno più giovane di me. Aveva un viso dall'aria dolce, pelle chiara e capelli biondi come quelli di Reaver. E quando sollevò la testa vidi...

... occhi cremisi.

Un Draken.

Un cucciolo di Draken, anzi.

«Qual è il prezzo della mancanza di rispetto, Nyktos?» chiese Kolis.

Il Primordiale mi fissò con il petto che saliva e scendeva in respiri corti e affannosi. E il mio cuore anziché rallentare corse ancora di più.

«Una vita» fu la risposta.

Oh, dei.

Fissai il giovane Draken e cominciarono a tremarmi le mani. Significava forse che...

No. *No.*

Kolis non poteva aver convocato Kyn al solo scopo di fargli portare uno dei suoi Draken perché fosse ucciso. Non stava succedendo davvero. Non poteva essere quello il prezzo che Kolis pretendeva.

Eppure non era proprio ciò che il falso re aveva fatto così tante volte in passato da ricoprire di marchi la pelle di Nyktos?

Nonostante tutto, udii me stessa sussurrare: «Non capisco».

Kolis piegò la testa. «Per lavare via il disonore, mi dovete una vita.»

«Ma lui...» Deglutii e indicai il Draken. «... che cosa ha fatto di male?»

«Nulla» disse Kyn.

Guardai il giovane Draken. Stava ritto in piedi, a labbra serrate. I suoi occhi color rubino erano fermi. Non parlava. Non piangeva. Non sbatteva nemmeno le palpebre.

«Paga il prezzo» disse Kolis.

Kyn sfoderò un pugnale dalla lama snella, che vibrò nella sua mano.

«Tu e Nyktos sarete perdonati e avrete il mio permesso.»

Scossi la testa e fissai la lama di ombropietra, invasa dagli artigli dell'orrore assoluto. «E... e se non lo faccio?»

Nyktos si voltò verso di me, mortalmente pallido.

«Se non lo faccio, non avremo il permesso per la mia incoronazione?»

«In quel caso sarà il re a uccidermi» disse il Draken alzando gli occhi verso il trono. «E poi ucciderà te. Ma non prima di aver convocato un Draken dalle Terre d'Ombra perché sia ucciso anche lui.»

Kolis ridacchiò. «Tutto corretto.»

Soffocai un singhiozzo. «Ci deve essere un'alternativa...»

«L'hai appena sentita» rispose Kolis apparendo d'improvviso sul pavimento accanto a noi, avvolto di ethere turbinante. «Rifiuta di obbedirmi, Seraphena, e farò esattamente quel che ha detto il Draken.»

Non avrei dovuto esserne sorpresa. Nemmeno un po'. Non dopo essere stata avvertita che Kolis avrebbe potuto costringerci a fare cose orribili, che avrebbero tormentato per sempre la nostra memoria. Ma non aveva importanza quali avvertimenti avessi ricevuto o che cosa potesse avermi detto Aios: nulla al mondo avrebbe potuto prepararmi a una cosa del genere. Questo andava al di là di ogni mia comprensione.

«Perché?» chiesi in un sussurro roco. «Che cosa ci guadagnate?»

Dove stava l'*equilibrio* in tutto ciò?

Un'espressione simile alla confusione attraversò il volto di Kolis, come se non si fosse mai sentito rivolgere una domanda simile prima di allora. «Tutto» fu la sua risposta. «Questo mi dirà tutto quel che ho bisogno di sapere.»

Per me continuava a non avere senso.

Nyktos si fece avanti con le mani alzate. «Lasciate che sia io a farlo. Sono io che ho suscitato la vostra ira...»

«Ti avvertirò un'altra volta soltanto.» Dagli occhi di Kolis sprizzarono scintille d'oro e argento. «Taci, o vedrai il cuore di lei nella mia mano.»

Nyktos inspirò bruscamente, la sua pelle si assottigliò e le ombre fiorirono sotto di essa.

«Controllati, nipote» fece Kolis. «Sarà decisamente meglio per te se tieni a bada il tuo temperamento.»

Mostrando un autocontrollo strabiliante, Nyktos tornò perfettamente immobile.

«È abbastanza giovane: andranno bene sia la testa sia il cuore.» Non c'era la minima traccia di emozione nella voce di Kolis: sembrava stesse dando istruzioni per ricucire un vestito strappato...

Quello era il Kolis che mi sarei aspettata.

Tremai.

Attes tolse il pugnale di mano a suo fratello, si alzò e si voltò verso di noi. Il suo viso si era fatto duro e remoto.

«E se qualcun altro dovesse pagare il prezzo al posto di Seraphena» avvertì Kolis, «*lei* pagherà con il proprio sangue. Ma non credo che qui ci sia qualcuno tanto sciocco da mostrare una simile mancanza di rispetto.»

Attes oltrepassò Nyktos, si fermò davanti a me e mi tese il pugnale. La cicatrice sul suo viso spiccava più nitida che mai. Aprii la bocca e guardai Kyn, che si stava coprendo gli occhi con una mano. Avrei voluto chiedere perdono. Spostai lo sguardo sul giovane Draken e mi mancarono le parole.

I suoi occhi incontrarono i miei, e vi lessi solo rassegnazione. «Fallo» mi disse con voce calma. «Sono pronto a entrare in Arcadia, dove la mia famiglia mi aspetta.»

L'orrore mi strinse la gola. Stava veramente aspettando la morte... e questo rendeva tutto ancora peggiore. «Come ti chiami?»

«Non ha importanza.»

Mi si offuscò la vista. «Ne ha, invece.»

«No» insistette lui, sempre calmo. «Non è un nome che tu abbia bisogno di ricordare.»

Rabbrividii di nuovo da capo a piedi.

Nyktos si voltò verso di me. I tratti del suo viso erano linee di dolore incise in profondità, gli occhi erano colmi di ethere che turbinava furiosamente e rabbia trattenuta a stento.

«Fallo» ripeté il Draken. «Ti prego.»

I secondi passarono come piccole eternità. Non avevo scelta. Non mi importava nulla del permesso di Kolis per l'incoronazione, e per la verità nemmeno di salvare la mia vita, ma se mi fossi rifiutata di farlo il Draken sarebbe morto lo stesso e molte altre vite oltre la sua sarebbero state distrutte. Nessuna scelta.

Perlomeno non in quel momento.

«Mi dispiace» dissi.

Il Draken annuì, una sola volta, e chiuse gli occhi.

Bloccai tutte le mie emozioni, dalla prima all'ultima, come avevo fatto quando mia madre mi aveva ordinato di mandare un messaggio ai Lord delle Isole Vodina. Quando sollevai lo sguardo su Kolis non provavo più niente. Il falso re aveva ancora il sorriso malevolo di poco prima. La corona splendeva di luce intensa sulla sua testa e l'ethere volteggiava attorno ai suoi fianchi.

E c'era *qualcosa* in quell'essenza.

Qualcosa di fuori posto nel suo potere.

Quando lo avevo visto nel Tempio del Sole durante il Rito non me n'ero resa conto, ma ora sì.

Qualcosa di marcio.

Di contorto.

Di *corrotto.*

La luce dorata ne era come offuscata: in certi punti si vedevano macchie di un grigio spento, senza vita, che mi ricordavano la Putrefazione e provocavano una risposta violenta nelle braci dentro di me. Sentivo la crepa che si era aperta quella notte nella Foresta Morente spalancarsi sempre di più, accompagnata da un'antica, arcana sensazione di *consapevolezza* che pareva essersi risvegliata in me per la prima volta. E di colpo fu come se non fossi più in quella sala.

Una sorta di *entità* si fuse nelle mie ossa, indossò la mia pelle come un abito, guardò attraverso i miei occhi.

Una rabbia pura e primordiale mi mandò a fuoco il sangue. Abbassai il mento e udii una voce che sussurrava tra i miei pensieri: *Mio.* Poi crebbe fino a diventare un coro di tante voci che urlavano tutte insieme: *Mio!* Il potere che lui aveva rubato. Quel potere era *mio.* Il suo dolore sarebbe stato *mio.*

Vendetta. Punizione. Sangue. *Miei.* Tutto di lui sarebbe stato *mio.*

Strinsi le dita sul pugnale e a un tratto seppi cos'era quella voce. A *chi* apparteneva. Non veniva dalle braci: era uno spirito. Erano gli spettri di molte vite. Era un'anima.

Fissai negli occhi Kolis, e anche se furono le mie labbra a piegarsi, fu Sotoria che sorrise mentre pagavo il prezzo.

36

Ciò che seguì avvenne come se fosse immerso in una specie di foschia, o come se stessi osservando la scena da una grande distanza. Kolis scoppiò a ridere e le braci mandarono una vibrazione violenta.

Stava ancora ridendo quando lasciai cadere il pugnale, che tintinnò sul pavimento.

Lo sentii dare il suo permesso mentre Attes sollevava il corpo del Draken e induriva la mascella al contatto bruciante con il suo sangue. Kyn mi fissò, e nel suo sguardo non vidi più la nebbia dell'alcol ma solo odio puro.

Kolis dichiarò ad alta voce che ero *degna*. Allo stesso tempo Nyktos mi prese la mano, rimasta paralizzata a mezz'aria.

Poi il falso re ci diede il permesso di andare. Le voci nella mia testa si calmarono e l'entità dentro di me si ritirò, in attesa del momento in cui avrebbe reclamato quel che le era dovuto.

In seguito non avrei ricordato di aver attraversato il corridoio o di essere uscita nel cortile. Non vidi più Attes né Kyn, e se Nyktos mi disse qualcosa le sue parole non rimasero nella mia memoria. Avevamo compiuto la nostra missione, mi dissi mentre entravamo nel boschetto di alberi di Aios. Ora sapevamo che Kolis non mi aveva riconosciuta e avevamo scoperto che Gemma aveva ragione: il Primordiale aveva trovato un modo per creare la vita.

Ma in quella sala del trono avevo lasciato un pezzo di me stessa. Un piccolo frammento di quella bontà di cui Nyktos aveva tanto parlato mi era stato sottratto e ora giaceva accanto al pugnale sul marmo annerito dal sangue del Draken.

E mentre Nyktos mi abbracciava, preparandosi a portarci entrambi attraverso le ombre fino al suo balcone, seppi che quel frammento non lo avrei mai più riavuto indietro.

Un'immagine del Draken mi passò davanti agli occhi. «Portami alla Corte di Attes e Kyn» dissi con voce roca. Il respiro corto e ancora affannato di Nyktos mi sfiorava la schiena. «Portami a Vathi. Posso resuscitarlo.»

«Sera...» La voce di Nyktos era un sussurro supplicante. «No.»

«Riportarlo indietro non costerà la vita a qualcun altro, no? Per i Draken deve valere la stessa regola che vale per gli dei.»

«Sì, ma...»

Lo afferrai per la tunica sul petto, ma tenni la voce bassa. «Lasciami provare. È passato poco tempo e non abbiamo nemmeno la certezza che Kolis lo percepirebbe, dico bene? Non ho mai riportato indietro un Draken, non c'è il rischio che lo faccia ascendere: ho già resuscitato animali in passato e nessuno di loro...»

«Un Draken non è uguale a un animale, Sera» mi interruppe lui con voce atona. Un refolo di brezza profumata agitò le foglie dorate sopra di noi. «E anche quando hai usato le braci sugli animali abbiamo sentito *qualcosa*. Diverso, più sottile. All'epoca non sapevamo che cosa fosse, ma ora sì.»

«Va bene, allora forse Kolis percepirà qualcosa, ma lo devo fare lo stesso. Ti prego.» Strattonai di nuovo la sua tunica con le mani tremanti. «Che senso ha fare tutto quel che stiamo facendo se permettiamo che muoiano degli innocenti? Come possiamo accettare di sacrificare pochi per salvare molti, se quei pochi sono così tanti? Come possiamo difendere l'equilibrio se permettiamo al male di rovesciarlo in continuazione? Come si può rimanere buoni vivendo in questo modo?»

Nyktos mi fissò e le ombre dilagarono sotto la sua pelle. «Non si può. Quel che si può fare è sopravvivere. Solo così possiamo onorare il sacrificio che quel Draken non avrebbe mai dovuto essere costretto ad accettare.»

No, non era sufficiente.

Non per me.

Non per *lei*.

«Non basta» fu la mia risposta. «Non basterà mai.»

Nyktos chiuse gli occhi e imprecò, poi l'ethere di nebbia e ombre cominciò ad avvolgerci. Con il cuore in gola tentai di tirarmi indietro, ma lui mi trattenne. Passò qualche istante, poi l'aria tiepida fu sostituita da aria più fredda che odorava di mare.

Aprii gli occhi e di nuovo tentai di scattare indietro, ma Nyktos mi stava ancora tenendo con fermezza. Stordita, mi divincolai tra le sue braccia e mi resi conto che eravamo su una balconata di pietra bianca. E poi vidi del *verde*. Cime di pini scuri e rigogliosi coprivano una distesa di colline, e dietro di essa si intravedevano montagne incappucciate di neve. Mi voltai: c'era un'Alzata color avorio, grande quanto quella che cingeva la Dimora di Ade, e poi l'azzurro chiaro del mare.

«Dove siamo?» chiesi.

«In un posto dove sono state fatte molte pessime scelte di vita.»

Una folata di vento spazzò la balconata scompigliandomi i capelli e ali nere ci sorvolarono. Vaste ali nere coperte di squame. Ali di Draken. Nyktos si scostò tenendomi contro di lui e una coda irta di spine spazzò il punto in cui eravamo un attimo prima.

«Che diavolo ci fate voi due qui?» sbottò Attes. «E senza invito o avvertimento, vorrei aggiungere.»

Vathi.

Nyktos mi aveva davvero portata a Vathi.

Fui sul punto di svenire per il sollievo. Da una porta aperta Attes avanzò verso di noi. Indossava ancora la tunica coperta di chiazze bruciate sotto le quali si vedeva la pelle scottata.

«Il Draken» dissi subito. «Dov'è?»

Attes si fermò. «Kyn lo ha portato via per cremare il suo...»

«Fermatelo! Dovete fermarlo subito.» Mi lanciai in avanti, presa dal panico. «Ti prego, va' a prenderlo e portalo da me. Ti prego.»

Attes aggrottò la fronte e fissò Nyktos. «Che significa tutto questo?»

«Vai!» gridai.

Attes mi fissò sbattendo le palpebre.

«Fallo» disse Nyktos. «Subito.»

L'altro Primordiale esitò ancora un attimo, poi una nebbia argentea lo avvolse e un istante dopo era scomparso. Mi voltai lentamente verso Nyktos e realizzai che non eravamo soli: dall'altra parte del cortile un Draken tutto nero stava appollaiato sull'Alzata e ci teneva d'occhio.

«Grazie» mormorai.

Lui si allontanò da me, passandosi una mano sulla testa. «Non mi ringraziare.»

«Mi dispiace. Lo devo fare.»

Nyktos distolse lo sguardo e il mio cuore si contrasse. Mi sfregai i palmi delle mani sul corsetto, ma le staccai di scatto quando sentii dei buchi nella stoffa: il sangue del Draken mi aveva bruciato il vestito, ma senza arrivare alla pelle. Mi rividi davanti il suo volto pallido e rassegnato e la bile mi salì in gola ancora una volta.

Nyktos mandò un grugnito e tese una mano verso di me.

«No! Non...» Mi scostai, incapace di tollerare il contatto.

Un'amarezza spaventosa mi dilagò nel petto, rovesciandomi lo stomaco. «Devo riportarlo indietro perché non si meritava quel che gli è successo... Era praticamente un ragazzo. Perché Kolis ha voluto fare una cosa del genere a un Draken di Kyn? Solo perché può?»

«Lo ha fatto perché sa che i Draken sono una delle poche cose al mondo a cui Kyn tenga. Chiaramente aveva pianificato tutto fin dall'inizio e convocato Kyn apposta per questo.»

Ecco allora perché Kyn era andato subito a ubriacarsi.

«Kolis sapeva benissimo che cosa stava facendo» concluse Nyktos. «Ha messo Kyn contro di noi.»

Sì. Avevo visto l'odio negli occhi del Primordiale. Non avevo dubbi che il piano di Kolis avesse avuto successo. «Ma quel Draken non aveva fatto nulla di male...»

«Vero.» La tensione gli irrigidì la bocca. «Ma a Kolis non importano queste cose. Probabilmente non gli sono mai importate.»

Inspirai, ma avevo la sensazione che l'aria non andasse da nessuna parte. «Possiamo fidarci di Attes?»

«È un po' tardi per fare questa domanda. Ma spero di sì, dannazione.»

Mi tolsi dal viso una matassa di riccioli aggrovigliati. La sensazione oleosa che avevo sentito nelle vene nella sala del trono stava tornando.

E se fosse stato già troppo tardi? Se non avesse funzionato? Non avevo mai ridato la vita a qualcuno con una doppia esistenza.

Dentro di me la pressione crebbe al punto che mi voltai per afferrare con le mani la balaustra. Mi sentivo male... Mi dava fastidio la mia stessa pelle, come se non potessi raschiarmi via di dosso la mostruosità nemmeno con una spazzola di fil di ferro.

«Sta tornando» disse Nyktos, e allo stesso tempo sentii un lieve tremito nel petto.

Mi voltai verso la stanza e quasi scoppiai a piangere quando vidi Attes deporre il corpo snello dai capelli biondi su un tavolo. Mi precipitai lì con così tanta furia che per poco non rovesciai una sanseveria in vaso.

«Kyn se n'era già andato a cercare del whisky.» Attes aggrottò la fronte e passò una mano sul collo esangue del Draken, poi ci guardò. «E io non ho la minima idea di che cosa pensate di poter fare.»

«Be', stai per scoprirlo.» Nyktos si accostò insieme a me al cadavere. «Non far entrare nessuno.»

Il taglio che gli avevo inflitto era stato netto ma niente affatto rapido: doveva averci messo minuti a morire dissanguato, e il solo pensiero mi faceva stare ancora più male. Ma avevo bisogno di quel tempo extra. La sua anima poteva aver già raggiunto Arcadia, e alla possibilità di doverlo strappare da là non volevo nemmeno pensare. E poi, in fondo, che diritto avevo di farlo? Come potevo prendere una simile decisione al posto suo?

Però era altrettanto vero che si trattava di una morte innaturale. Non era il suo momento di morire, così come ucciderlo non era stata una mia scelta.

Ma *questa* lo era.

E giusta o sbagliata che fosse, me ne sarei fatta carico.

Gli appoggiai le mani sul petto, attenta a non toccare il sangue secco.

«Nessuno entra nei miei appartamenti privati» stava rispondendo Attes a Nyktos. «O almeno nessuno lo aveva fatto fino a oggi.»

«E non dovrai raccontare a nessuno quel che stai per vedere» aggiunse Nyktos accostandosi al tavolo, mentre io chiudevo gli occhi e invocavo il potere delle braci. «Se lo farai, raderò al suolo la tua Corte. Poi ti darò la caccia, e quando ti avrò raggiunto non saranno gli occhi la parte che ti strapperò.»

Le braci risposero con un'ondata di energia rovente che mi dilagò nelle vene. Vidi la luce argentea persino con le palpebre chiuse e sentii il potere scorrermi lungo le braccia, nelle mani, attraverso le dita. Il calore proruppe fuori dai miei palmi e l'ethere sprizzò scintille.

«Comincio a essere davvero stanco delle tue minacce, Nyktos. Pensi sul serio che...» Attes tacque di colpo e inspirò a fondo, mentre il profumo di lillà appena colti invadeva la stanza. «Oh, cazzo.»

Riaprii gli occhi e inspirai anch'io. Un bagliore argenteo ricoprì il corpo del Draken, si concentrò sulla ferita nel petto e fu risucchiato al suo interno. Da fuori esplose un suono acuto e fortissimo che riconobbi come un richiamo Draken, a cui rispose un coro in lontananza che probabilmente si sentì in tutta la Corte.

«Cazzo» ripeté Attes, allontanandosi incespicando dal tavolo.

Le vene del Draken si riempirono di luce, prima sul petto e poi sul collo e sulle guance. Per un singolo istante tutto il corpo brillò come una stella. Poi l'ethere si affievolì e svanì.

Con il cuore in gola sollevai le mani. «Non... non so se ha funzionato.»

Nyktos si chinò. «Se non ha funzionato non...»

«Forse devo provare una seconda volta» sussurrai. «Più intensamente.»

Allungai di nuovo le mani sul petto del Draken, ma Nyktos mi afferrò un polso. «Sera.»

Feci per divincolarmi e...

... il petto del Draken si gonfiò in un respiro spezzato e i suoi occhi si aprirono. Occhi di un intenso blu cobalto, il colore che avevano assunto quelli di Nektas per un istante. Da fuori giunse di nuovo il richiamo.

«Grazie al cielo.» Crollai contro il tavolo e sorrisi. «Ha funzionato.»

Nyktos mi strinse la mano e sorrise a sua volta, ma io non lo guardai negli occhi. «Sì. Ha funzionato.»

«Io...» Il giovane Draken si schiarì la gola, sbatté le palpebre e i suoi occhi tornarono del normale color cremisi. Si fissò il petto e toccò con la mano la pelle appena rimarginata. Poi fissò me.

«*Meyaah liessa*» ansimò con voce arrochita.

«No. Solo Sera.» Anche la mia voce tremava. «Come ti senti?»

«... Bene.» Il Draken guardò Attes che stava tornando piano piano verso il tavolo. «Solo stanco. Stanchissimo.»

«Penso sia normale.» Gli appoggiai una mano sul braccio. «Ti servirà un po' di riposo. E spero che...» Mi interruppi. «Per ora pensa solo a riposare.»

«Sì» fece lui guardando di nuovo Attes.

«Dovrà cambiare forma.» Il Primordiale mi guardò, poi riportò gli occhi sul Draken. «Puoi riposare qui. Sarai al sicuro.»

L'altro annuì e chiuse gli occhi. «Thad.»

«Come?» chiesi.

«Thad» ripeté lui con voce impastata dal sonno. «Mi chiamo Thad.»

«Dovrai tenerlo nascosto» disse Nyktos mentre io aspettavo sulla porta. Le montagne di Vathi erano un vero spettacolo, ma era difficile vederle bene in quel momento: sull'Alzata stavano in fila almeno dodici Draken. «È probabile che anche Kolis lo abbia percepito.»

Attes storse le labbra. «Non ne dubito. Lo abbiamo percepito *tutti*.»

«Intendo dire tenerlo nascosto anche da Kyn.»

«Questo potrebbe essere un problema.»

Mi guardai sopra la spalla: Thad aveva riassunto la sua forma Draken e ora era una massa bruna e nera acciambellata su un lato del tavolo. La coda, ancora priva di spine, penzolava giù dal bordo.

«Kyn tiene ai suoi Draken.» Attes cominciò a camminare avanti e indietro. «Potrà anche pensare che sia stato un altro Draken a prendersi cura del corpo di Thad, ma passa molto tempo sulle montagne.»

«Allora, quando si sarà svegliato, portalo nelle Terre d'Ombra il prima possibile» propose Nyktos. «Nektas avrà cura di lui e lo terrà nascosto.»

Attes annuì. «Lo farò.»

«Ora dobbiamo andare.»

«Sì, è meglio.» Attes inclinò la testa verso di me. «Quell'incantesimo che hai addosso non funzionerà qui.»

«Lo so» dissi io.

«Kolis potrebbe decidere di mandare i suoi Dakkai» avvertì Nyktos. Per il momento non era successo nulla, ma sapevo di non poter escludere che presto qualcosa sarebbe accaduto. «A cercare le braci.»

«Sarò pronto.»

«E?» insistette Nyktos.

Attes si fermò di fronte a lui. «E non scopriranno nulla di quel che è accaduto qui. Lo giuro.» Si voltò verso di me. «Lo giuro davanti a te.»

Poi il Primordiale mise un ginocchio a terra, si portò una mano al cuore e appoggiò l'altra al pavimento. «Giuro che non tradirò quel che hai fatto oggi, *meyaah liessa*.»

«Non è necessario» dissi. «La parte del *mia regina*, intendo.»

Attes sollevò la testa. «Ma lo sei...»

«No» lo interruppi. «Io non sono niente.»

Il Primordiale dell'Accordo e della Guerra si rialzò in piedi, accigliato, e si voltò verso Nyktos.

Il Primordiale della Morte scosse la testa.

Attes riportò lo sguardo su di me. «Sapevo che c'era qualcosa di... diverso in te. Non trasmetti la sensazione di una semidea.» Poi guardò di nuovo Nyktos. «Ma pensavo che fosse per quel che hai detto a Kolis: perché le hai dato molto del tuo sangue.»

«Avresti dovuto capire la verità. Sei una persona intelligente. Forse pensavi che fossi io la fonte di quel potere quando sei arrivato da me, ma quando te ne sei andato non posso credere che non ti sia sorto qualche sospetto su di lei.»

«Sì» confermò Attes riportando lo sguardo su di me. «A insospettirmi in realtà è stato il fatto che non hai reagito alla mia presenza come avresti dovuto.»

Mi irrigidii. «Il solo fatto che tu ci abbia provato con me è stato molto scortese.»

«Posso fare cose *molto più scortesi* di quella» fu il suo commento, ma vedendo Nyktos socchiudere gli occhi aggiunse subito: «Ma preferisco non ricevere la sedicesima minaccia della giornata».

«Non sono ancora quindici, ma sono sicuro che ci arriveremo presto» ringhiò Nyktos. Poi l'ethere nei suoi occhi si fermò. «Perché non dovresti rivelare qualcosa a Kolis, Attes? Sei già andato da lui con dei sospetti, in passato: perché non stavolta? Potresti ottenere per te stesso il favore di cui prima godeva Hanan, e sai bene che cosa significherebbe. Non dovresti più preoccuparti di vedere i tuoi Draken o i tuoi vassalli trascinati nella sua Corte e macellati davanti a tutti.»

«È vero. Potrei.» Attes guardò Nyktos dritto in faccia. «Ma, come ho già avuto occasione di dirti, ricordo chi era tuo padre. E anche chi eri destinato a essere tu.»

I tentacoli di ethere venati di oscurità si dissolsero attorno a noi mentre riapparivamo nelle Terre d'Ombra. Le stelle erano ancora fioche ma il cielo cominciava a oscurarsi. Nyktos aprì le braccia e io mi voltai verso la balaustra del suo balcone.

Lì non c'erano montagne coperte di neve o folte pinete da guardare, ma quel paesaggio di chiome rosse e cieli di ferro aveva una sua unica, strana bellezza.

«Che cosa succederà adesso?» chiesi stringendo la pietra fredda tra le dita. «Con Attes, intendo. E con Kolis.»

«Chi può saperlo? Kolis potrebbe non muovere un dito per il momento, oppure mandare subito un avvertimento come quello che aveva mandato a noi.» Nyktos mi affiancò e appoggiò le mani accanto alle mie. «Ma mi fido di Attes, perlomeno in questa situazione. Era scosso, e non lo avevo mai visto in quello stato. Se ne starà zitto, almeno per il tempo che ci servirà a celebrare l'incoronazione e trasferire le braci.»

Annuii e le braci ebbero un tremito che si trasmise alla mia pelle. Lo ignorai. «So che potremmo sbagliarci e che quel che ho fatto potrebbe ritorcersi contro di noi, ma dovevo farlo... Dovevo riparare al mio gesto.»

«Lo so. Essere stati costretti a vivere in queste condizioni non significa che... che sia giusto che le cose restino così.»

Lo fissai, ma lui rimase in silenzio per lunghi istanti.

E poi parlò. «Perché?» chiese. «Perché hai risposto a Kolis? Non avresti dovuto, Sera. Potevo gestire io l'intera faccenda.»

Chiusi gli occhi.

«Sapevo che avrebbe chiesto un prezzo. E che sarebbe stata una cosa schifosa e perversa. Ero preparato a fare ciò che era necessario e a sopportare la cicatrice che mi sarei lasciato dietro.» Abbassò la voce. «Non c'era bisogno che ti autoaccusassi. Non avresti dovuto portare tu un simile peso. So che ti senti ancora in colpa: riportare in vita il Draken ti ha soltanto alleggerita un po'. E non ti meriti nulla di tutto questo.»

«E tu invece sì?» Riaprii gli occhi per fissarlo. «Tu ti meriti le tue cicatrici?»

Un ricciolo di ethere scintillò nelle sue pupille. «Io ci sono abituato.»

Il freddo della balaustra mi penetrò nelle dita. «Una ragione in più perché non toccasse di nuovo a te.»

«Una *perfetta* ragione perché toccasse di nuovo a me.»

«Sciocchezze.» Mi aggrappai alla rabbia, perché era di gran lunga meglio delle altre sensazioni che provavo. «Non sono felice di aver dovuto togliere la vita al Draken, ma lo sono eccome di aver impedito che tu fossi costretto a uccidere un'altra volta. Odio me stessa per quel che ho fatto, ma odio ancora di più Kolis per avermici costretta. Quindi sì, anche se ho potuto resuscitare Thad mi sento comunque una merda per tutta questa situazione. Mi ci abituerò. E se ce l'hai con me perché sono intervenuta, be', *quella* è la cosa a cui dovrai abituarti *tu*, e fartela andare bene.»

«Non ce l'ho con te, Sera.» L'essenza lampeggiò intensa nei suoi occhi. «Mi fa orrore che tu ti sia messa in questa posizione, e che ora debba vivere con questo peso sulla coscienza a causa mia.»

Feci un respiro spezzato. «Non l'ho fatto *a causa* tua: quell'onore spetta a Kolis. L'ho fatto *per* te. C'è un universo di differenza.»

Nyktos si tirò indietro come se lo avessi schiaffeggiato. «E allora te lo chiedo ancora una volta... Perché hai fatto una cosa del genere per me? Io non lo merito. Non dopo averti ferita. Nemmeno prima, in realtà.»

Quella era una buona domanda.

Ma conoscevo la risposta.

Perché volevo proteggerlo, persino ora. E quel desiderio si portava dietro un'altra domanda alla quale non avevo voglia di pensare in quel momento. Non ne avevo la forza.

Mi voltai a guardare le foglie cremisi, tentando di concentrarmi su cose più importanti, e con la voce che tremava appena chiesi: «Pensi che Dyses sia una di quelle creature di cui ha parlato Gemma? Gli esseri che Kolis fa rinascere... i Ritornanti?».

Nyktos non rispose subito, ma sentii il suo sguardo su di me. «Gemma ha detto di non averli mai visti durante il giorno, però che altra spiegazione potrebbe esserci? Solo un Primordiale può sopravvivere alla distruzione del suo cuore. Un dio non può.»

«Gemma ha detto anche che Kolis aveva bisogno della sua

graeca per poterli perfezionare.» Storsi le labbra. «Anche se non riesco a immaginare che genere di *perfezione* possa superare la capacità di sopravvivere dopo che ti hanno disintegrato il cuore.»

«Nemmeno io. Non sono neppure sicuro che Dyses fosse un dio: trasmetteva quella sensazione... ma era strana. Non so spiegare come.» Nyktos esalò un lungo respiro. «L'unica cosa che spero ora è che Kolis non abbia molte creature di quel genere. Sarebbero un bel problema.»

Scoppiai in una risata breve e roca. «Mi pare un eufemismo.» Poi deglutii. «Come accidenti ha fatto Kolis a riportarlo in vita? Non possiede le braci... O potremmo esserci sbagliati su questo?»

«No, non le possiede. E non ho la minima idea di come ci sia riuscito dato che Dyses non è un demis.»

Ci misi qualche istante per ricordarmi che cosa mi aveva detto Aios in proposito: i demis erano mortali fatti ascendere da un dio senza essere terzi figli, quindi senza avere abbastanza essenza in loro per affrontare l'Ascensione. Era un atto proibito, che raramente funzionava e in genere cambiava una persona in modi sgradevoli. «Come lo sai?»

«È una cosa che un Primordiale avverte subito. Un senso di... *sbagliatezza* nella loro essenza.» Nyktos sollevò lo sguardo sulle figure lontane che pattugliavano l'Alzata. «Gemma ha detto che i Ritornanti sono un progetto su cui Kolis sta lavorando: potrebbe averli visti a uno stadio diverso della loro creazione.» Le sue spalle si tesero. «In ogni caso ha trovato un modo per creare la vita anche senza le braci, il che potrebbe convincere le altre Corti che possiede effettivamente il potere della vita. Ma che razza di vita è quella che ha suscitato? Che cosa sono veramente quelle creature?»

Mi attraversò un brivido. «Pensi che ti abbia creduto quando gli hai detto che ritenevi fosse stato lui a far ascendere un dio nelle Terre d'Ombra?»

«Certo che no.» Nyktos ridacchiò sottovoce. «Forse crede che in effetti io non sappia chi è stato e che lo abbia fatto cercare, ma è assolutamente impossibile che creda alle mie parole. Stava solo salvando la faccia davanti a Hanan e ai Primordiali di Vathi.»

Questo aveva effettivamente più senso. «Però significa anche che adesso Kolis ha capito che tu sai che qualcun altro possiede le braci della vita. Perché non ha reagito?»

«Per la stessa ragione per cui non ha sferrato subito un attacco contro Vathi. È quel che ha detto anche Holland: c'è un limite alle azioni che Kolis può intraprendere contro di me senza rivelarsi per l'impostore che è. Se gli altri Primordiali realizzassero senza ombra di dubbio che lui non possiede più le braci, il suo controllo su di loro si indebolirebbe moltissimo. Forse conta di riuscire a scovare l'autore delle resurrezioni prima di chiunque altro. In questo momento, però, vorrei avessimo avuto il tempo di chiedere ad Attes la sua opinione su Dyses.»

Annuii, sfregando i palmi su e giù per la balaustra. Dispiaceva anche a me, ma indugiare a Vathi non sarebbe stato saggio, e per quel giorno avevamo già commesso azioni folli a sufficienza. Trascorsero vari secondi di silenzio.

«Kolis non era come me l'ero immaginato» dissi infine schiarendomi la gola. «Il prezzo che ha chiesto sì, quello era in linea con le mie aspettative, ma prima di quel momento no. Prima era...»

«... calmo? Misurato?» Nyktos rise ancora, un suono arido. «Sa essere straordinariamente affascinante quando vuole. E sono quelli i momenti in cui è più pericoloso.»

Lo aveva detto anche Aios: Kolis era capace di far dimenticare a una persona chi era veramente e che cosa pensava. Mi fissai le mani e nonostante la mia pelle fosse immacolata le vidi sporche di sangue. «Ora abbiamo il suo permesso.»

«Non è la sola cosa che abbiamo ottenuto, anche se di quel permesso mi fido pochissimo.»

Su quello non potevo che essere d'accordo.

«Sappiamo anche che non ti ha riconosciuta.»

Annuii di nuovo.

«Ti è successo qualcosa mentre eravamo là.» Nyktos si voltò verso di me. «L'ho sentito.»

Lo fissai con il cuore in gola. «Che cosa hai sentito?»

«Rabbia.» I suoi occhi cercarono i miei. «Una rabbia che non mi è sembrata tua. Era diversa. Aveva un sapore diverso.»

«Non era solo mia» ammisi a voce bassa. «Non so come o perché, ma so che è così.» Mi portai una mano al cuore. «Era la *sua* rabbia. Ho sentito che guardava attraverso i miei occhi. Sotoria.»

Nyktos fece un respiro brusco. «Penso che Holland si sbagliasse. Penso che tutti noi ci sbagliassimo, e tu avessi ragione.» Mi fissò intensamente. «Tu non sei Sotoria. Ma possiedi due anime: la tua e la sua.»

37

L'idea di avere due anime dentro di me mi suonava più sensata dell'ipotesi di essere Sotoria.

Nyktos non avrebbe comunque potuto averne la conferma prima della mia morte, un momento che speravo non arrivasse tanto presto. Ma poteva un Arae essersi sbagliato su una cosa del genere? Non avevo una risposta, e non era nemmeno la questione più urgente.

Nyktos riunì i suoi e raccontò quel che era successo a Dalos: Dyses, Kolis che aveva finto di aver fatto ascendere Bele, il permesso che avevamo ricevuto.

Raccontò tutto, tranne la storia del prezzo da pagare e di chi aveva dovuto pagarlo.

E gliene fui grata, perché in realtà non avevo pagato proprio niente: il giovane Draken lo aveva fatto, e che fossi riuscita a raggiungerlo in tempo per riportarlo indietro era stata solo pura fortuna.

Sapevo peraltro che avrebbe raccontato tutta la verità a Nektas. Gli altri forse l'avrebbero saputa a un certo punto, ma per il momento non ce n'era bisogno.

Quando cominciarono a discutere di come poteva essere stato creato Dyses, uscii dalla stanza. Non riuscivo più a rimanere seduta. Mi serviva movimento. Spazio. Era già stato deciso che l'incoronazione sarebbe avvenuta il giorno successivo, e che subito dopo saremmo partiti per Irelone: la mia presenza alla riunione non serviva più. Quando lasciai la stanza nessuno mi seguì, ma avrei giurato di sentire addosso gli occhi di Nyktos anche parecchio tempo dopo che me n'ero andata.

Attraversai i corridoi, uscii nel cortile e a quel punto Reaver mi raggiunse. Stavo camminando lungo la base dell'Alzata quando lo vidi planare e atterrarmi accanto, una presenza benvenuta ma allo stesso tempo triste.

Perché mi fece pensare all'altro giovane Draken.

E non volevo pensarci. Volevo ritrovare quel punto dentro di me dove potevo dimenticare tutte le vite che avevo preso, quella parte che era riuscita ad andare avanti e lasciarsi alle spalle tutte le cose che aveva dovuto fare. Mi domandai se anche quella fosse rimasta sui pavimenti di marmo del Palazzo di Cor.

Perché l'orrore e la mostruosità erano ancora in me, nonostante Thad fosse tornato in vita. Come c'erano ancora tutte le domande e tutti i dubbi, anzi parevano più numerosi che mai. Avrei potuto fare qualcosa per impedire quel che era accaduto? Probabilmente no, perché sarebbe stato necessario disfare tante altre cose che avevo fatto in passato, e magari nemmeno quello sarebbe bastato. E se Thad non avesse voluto tornare indietro? Gli avevo tolto la possibilità di scegliere per se stesso, proprio come Kolis l'aveva tolta a noi. Potevo sopportarlo, ma andava ad aggiungersi alle tante cose orribili che mi pesavano sul cuore.

Esausta, sedetti sul grosso sasso da cui una volta Jadis aveva tentato di spiccare il volo. Reaver si accucciò al mio fianco, ripiegò le ali e mi appoggiò la testa in grembo. Carezzai le creste e le protuberanze ossee sul suo dorso. Mi si offuscò la vista.

«Mi dispiace» sussurrai.

Reaver mandò un pigolio sommesso, sollevò la testa e me la mise sulla spalla. Chiusi gli occhi sentendo le emozioni – dolore e rabbia e così tanto senso di colpa – che mi bruciavano in fondo alla gola.

E poi piansi.

Stavolta non trattenni le lacrime. Non ero nemmeno sicura che ci sarei riuscita se ci avessi provato. Sgorgarono da un punto profondo di me, mute, pesanti e spezzate dai singhiozzi. Non so per quanto tempo restammo lì seduti, ma quando riaprii gli occhi ancora umidi le stelle erano molto più luminose e il cielo molto più scuro. Reaver si tirò su e stiracchiò le ali.

«Hai fame?» gli chiesi portandomi una mano alla guancia.

Lui rispose con un latrato. Presi un lungo respiro, mi alzai e mossi un passo prima di notare qualcosa sulla mia mano.

Qualcosa di rosso.

Tracce di liquido rosso.

Le mie lacrime.

Come nelle leggende che parlavano dei Primordiali colti da un immenso dolore, avevo pianto *lacrime di sangue*.

Era tardi quando tornai alle mie stanze. Aios e Bele mi intercettarono all'ingresso del palazzo e scoprii che quella sera per me ci sarebbe stata un'altra *prima volta*.

Cenai assieme alle due dee e a Reaver in una delle sale da ricevimento. Ero talmente sorpresa dal loro invito, e la mia testa era talmente piena di pensieri, che probabilmente non pronunciai più di una manciata di parole. Appresi che Nyktos si era recato a Lete per assicurarsi che tutto fosse pronto per l'indomani. Forse bevvi troppo vino, ma non avevo voglia di abbandonare il tepore della stanza mentre ascoltavo Aios parlare di un semidio di Lete che sarebbe asceso di lì a poco, e di una coppia che doveva sposarsi. La normalità della scena era turbata solo dalle occhiate che le due si lanciavano l'un l'altra. All'inizio mi sembrarono preoccupate, poi la sensazione si trasformò in qualcos'altro quando i loro contatti fisici casuali cominciarono a prolungarsi. Capii che avrebbero preferito rimanere sole e mi accomiatai portando Reaver con me. In corridoio Ector mi aspettava per scortarmi nelle mie stanze.

«Dov'è Orphine?» chiesi.

«Con Nyktos.» Il dio scostò di scatto la testa per evitare un'ala di Reaver che aveva appena spiccato il volo sopra di noi. «Fati! Uno di questi giorni perderò un occhio.»

Il Draken mandò un grugnito risentito e volò su per le scale.

Guardai Ector. «Sono ancora a Lete?»

«Più o meno. Un gruppo di Ombre piuttosto intraprendenti è arrivato ai margini della Foresta Morente, cioè un po' troppo vicino alla città. Nyktos e gli altri se ne stanno occupando.»

Sulle prime mi irritai: avrei potuto aiutare anch'io, ma poi pensai che Nyktos sarebbe dovuto tornare a palazzo apposta per prendere me, e capivo bene che non avrebbe avuto molto senso. «Quanto spesso capita che le Ombre diano problemi?»

«Un tempo molto meno, ma la situazione sta peggiorando.» Ector aggrottò la fronte. «Hanno iniziato a riunirsi in grossi gruppi, e questo le rende un po' più pericolose di un fastidio momentaneo.»

Repressi la preoccupazione ricordando a me stessa che Nyktos era un Primordiale e che se la sarebbe cavata benissimo, anche se in passato le Ombre lo avevano già ferito. Stavolta non era nemmeno solo, anzi c'era persino un Draken con lui.

Eppure qualcosa in quella faccenda continuava a infastidirmi mentre varcavo la soglia delle mie stanze: non riuscivo a mettere a fuoco che cosa, ma c'era. Tenni la porta aperta per Reaver. «Vuoi entrare?»

Il Draken volò dentro.

Ector si fermò a fissarmi come se lo stessi invitando a una delle notti di follie del Luxe. «No, grazie.»

«Non parlavo con te.»

Alle mie spalle, Reaver mandò uno sbuffo.

Il dio invece ridacchiò. «Uh-uh.»

Alzando gli occhi al cielo chiusi la porta e mi voltai. Il Draken stava ispezionando ogni angolo della camera, un po' come aveva fatto Nektas. Scossi la testa e mi diressi verso il bagno per prepararmi a dormire. Solo quando indossai la veste da notte mi resi conto che era poco più che un velo d'argento e mi raggiungeva a stento le cosce. Sospirai, felice di aver preso anche una vestaglia.

La stavo allacciando quando sentii vibrare le braci. Con il respiro in gola aprii la porta della camera da letto e guardai quella di collegamento: era chiusa.

Rimasi ferma sulla soglia del bagno. La sensazione nel petto mi ricordava quella di quando Nyktos era vicino, ma era più lieve.

Dal divano dove si era sistemato, Reaver mi fissò incuriosito.

Mi sfregai il centro del petto. «Senti qualcosa anche tu?»

Il Draken rispose con un pigolio che avrebbe potuto essere tanto un sì quanto un no, perciò rimasi in attesa. Non riuscivo a decidere se avessi più timore che la porta restasse chiusa o che si aprisse. Ma i secondi passarono e non accadde nulla, finché la strana sensazione scomparve da sola.

Mi mordicchiai il labbro, tornai nel bagno e presi la spazzola. Forse si trattava di un altro sintomo della Transizione. O forse era solo indigestione.

Sedetti sul bordo del letto e cominciai a districare la massa dei miei capelli. Era un'operazione noiosa e fui grata della presenza di Reaver, pensando che un po' di compagnia non mi avrebbe fatto male.

Ed era così.

«Jadis ha accompagnato Nektas sulle montagne?»

Reaver annuì.

«E tu sei rimasto qui per nasconderti da lei?»

Lui assentì di nuovo, abbassando il mento.

Ridacchiai mentre mi occupavo di una serie di nodi.

Reaver fece una smorfia.

«È più scena che altro.» Raccolsi una manciata di riccioli ancora aggrovigliati. «Forse dovrei semplicemente tagliarli. Di questo passo finirò per...»

La vibrazione si accese di nuovo. Lasciai cadere i capelli e mi voltai verso la porta, imitata da Reaver che spalancò anche le ali.

Dal corridoio giunse un grido. Mollai la spazzola, afferrai il pugnale da sotto il cuscino, scattai in piedi e aggirai il letto a passi furtivi.

Reaver fece per saltar giù dal divano ma io lo fermai. «Resta dove sei.» Il Draken sbuffò del fumo ma obbedì. «Ector...?»

La porta si spalancò lasciando entrare un lampo accecante di luce argentea. Barcollai all'indietro mentre Ector veniva proiettato dentro la stanza a gambe e braccia aperte. Lo riconobbi perché sapevo che c'era lui in corridoio, ma non lo vidi: il suo corpo era ricoperto di ethere che sibilava e mandava lampi. Andò a schiantarsi contro il tavolo da pranzo, che cedette e si ribaltò sul pavimento. Il vaso pieno di pietre che c'era sopra andò in mille pezzi, spargendo il suo contenuto dappertutto.

Il dio però era ancora vivo.

Me lo ripetei mentre mi lanciavo ad afferrare Reaver, che stava per spiccare il volo. Lo tirai giù e lo spinsi tra me e il divano. Sapevo che Ector era vivo perché sentivo le braci pulsare, non tremare selvaggiamente come quando erano in presenza della morte.

No: era qualcosa di diverso quello a cui stavano reagendo.

Era la presenza di... *qualcun altro*.

«Mi dispiace» fece una voce di seta oltre la soglia. «Avrebbe dovuto sapere che non era una buona idea sbarrarmi la strada.»

Stranamente, il mio cuore si calmò. Mi voltai verso la porta e mi trovai faccia a faccia con Veses. Senza motivo apparente, mi tornò in mente una cosa che Attes aveva detto durante il nostro primo incontro: aveva definito la situazione tra me e la Primordiale dei Riti e della Prosperità *una complicazione che non invidiava.*

E che lei fosse una complicazione era fuori da qualsiasi dubbio.

«Salve.» Veses sorrise... e, dei, se non era bellissima. Al punto che persino io capivo quanto fosse facile ignorare tutte le malvagità e le crudeltà in cui era coinvolta. Era praticamente un dipinto che aveva preso vita.

Superò la soglia come se galleggiasse nell'aria, con il bordo dell'abito che le fluttuava silenziosamente attorno alle caviglie. Mi sorpresi di quanto fosse formosa nonostante la sua magrezza, e me ne accorsi solo perché il suo abito era trasparente quanto la veste da notte che avevo io sotto la vestaglia.

«Ho detto...» Inclinò la testa. «... *salve.*»

Una sensazione di allarme mi invase e soffocò la rabbia che avrebbe potuto indurmi a qualche nuova decisione avventata. Non importava che cosa avesse fatto con Nyktos o quale fosse la vera natura del loro rapporto: rimaneva una Primordiale, e anche una degli ultimi che avrei dovuto far irritare. Tenni il pugnale nascosto nella manica e mi voltai a guardare Ector. Non si era ancora mosso.

«Ti ho sentita.»

Veses piegò ancora di più la testa, e le sue labbra, del rosso splendente delle bacche mature, si sollevarono agli angoli. Sarebbe stato un sorriso meraviglioso se non avesse avuto anche un'ombra di gelido calcolo.

Finalmente capii che cosa tormentava i miei pensieri da quando ero entrata in camera. Ector aveva detto che un tempo era raro che le Ombre arrivassero vicino a Lete, ma quando Taric e gli altri due dèi avevano invaso il palazzo avevano portato proprio delle Ombre in città per distrarre Nyktos e farlo allontanare. Non ricordavo se dopo ne avessi parlato con lui o no, ma mi sembrava una coincidenza troppo perfetta che Veses fosse arrivata proprio adesso, libera di girare per il palazzo e scaraventare dei attraverso le porte mentre Nyktos era occupato altrove.

Dal corridoio giunse un suono di passi che si fermò sulla soglia. Un attimo dopo apparve Rhain. «*Oh, cazzo.*» Quelle due parole contenevano un intero discorso. «Chiedo perdono, Vostra Altezza. Non sapevo foste qui.» Il dio fece un rigido inchino e fissò Ector, ancora sdraiato a faccia in giù. «Queste non sono le stanze di Nyktos. Gli manderò subito un messaggio per informarlo del vostro arrivo. Vieni» aggiunse poi al mio indirizzo.

«Non sarà necessario.» Veses guardò verso il Draken che cercava di sporgersi da dietro di me.

Mi spostai per coprirlo meglio: era troppo giovane per dover assistere a qualunque cosa la Primordiale avesse intenzione di fare.

«Non sono qui per vedere Nyktos.»

Gli occhi di Rhain si dilatarono e fui certa di vedere in essi la paura. «Ma...»

Veses mosse un dito.

Rhain fu scaraventato all'indietro nel corridoio. Non le servì altro: un piccolo movimento del dito.

«Puoi portarlo con te se vuoi» aggiunse Veses, e il corpo privo di sensi di Ector si mosse da solo, strisciando sul pavimento e scomparendo in corridoio. «A un certo punto si sveglierà... credo.»

Rhain cercò di rialzarsi...

... e le porte si richiusero con un tonfo. Un'anta penzolava storta dai cardini. Nonostante ciò, ormai era improbabile che qualcuno, a parte un altro Primordiale, riuscisse a varcare quella soglia.

«Che cosa senti?» chiese Veses. «Silenzio, non è vero?»

Un silenzio di tomba. Nessuno che bussasse alla porta. Nemmeno rumore di passi.

«Almeno Rhain si ricorda qual è il suo posto. Magari lo insegnerà anche a Ector, quando si sveglierà» stava continuando Veses. «E magari lo perdonerò per aver dimenticato le gerarchie ed essersi messo di mezzo tra me e...» Il sorriso tornò, ma stavolta era di scherno. «... te.» Scosse la testa. «Sai che è arrivato a sfoderare la spada davanti a me?» Rise, e io sbarrai gli occhi. «Che cosa credeva di poter fare? Opporsi a me, quando tu non sei ancora la Consorte di Nyktos?»

Merda.

Che cosa era passato per la testa a Ector?

Mi ricordai che Reaver era ancora dietro di me e deglutii. «Forse la spada gli è scivolata dal fodero e gli è caduta in mano.»

Veses rise, una risata a pieni polmoni che fece scuotere parti di lei che non avrei dovuto poter vedere. «Non ne sono sicura. Ma forse Nyktos riuscirà a convincermene.»

Non risposi. Non battei nemmeno ciglio.

«Sai, quando mi ha detto che le voci che giravano erano vere non riuscivo a crederci.» Gli occhi truccati mi squadrarono in un modo che mi rese acutamente consapevole di che aspetto dovevo avere in quel momento, in vestaglia e con i capelli che sembravano appena riemersi da un uragano. «E il poco che mi ha detto su di te mi ha lasciata ancor più confusa.» Rise di nuovo, poi si diresse al divano con le stesse movenze delle grandi tigri che si aggiravano per le steppe di Irelone. Quindi sedette a gambe e braccia incrociate. «Sera? È questo il tuo nome, giusto?»

«Sì.»

«Seraphena, per essere precisi» aggiunse lei, e il mio disagio crebbe ancora di più. Era stata a Dalos? Kolis aveva parlato di me? O lo aveva fatto Hanan? «Penso che io e te dovremmo parlare, Seraphena.»

Lanciai un'occhiata alla porta. «Di cosa?»

«Di molte cose.» Il sorriso rimase al suo posto. «Non temere, non credo che verremo interrotte. Rhain si renderà conto presto che non gli sarà facile raggiungere Nyktos, almeno per un po'.»

Non riuscivo nemmeno a immaginare che cosa potesse aver messo in moto per ottenere un simile risultato.

«Come hai fatto *tu* a diventare la sua Consorte?»

«Lui non te lo ha spiegato?»

«Come ho detto poco fa, ha parlato ben poco di te.» I suoi occhi scintillarono come una coppia di diamanti grigi. «E ora muoio dalla voglia di saperlo.»

Che peccato non intendesse in senso letterale. «Ci siamo incontrati nel mondo dei mortali. Stavo nuotando in un lago.»

Le dita dalle punte rosee si allargarono sui cuscini dello schienale. «E?»

«E ci siamo messi a parlare.»

«Non può essere tutto qui.»

«No, infatti.»

Veses si fece così immobile che non fui più sicura stesse respirando... E me ne sarei accorta, dato che vedevo benissimo il suo petto attraverso l'abito trasparente. «Dimmi.»

Mi spostai di nuovo per coprire il più possibile Reaver. «Penso che tu lo sappia già, dato che mi trovo qui.»

«In effetti sì.» Veses appoggiò i gomiti sulle cosce e il mento sulle mani a coppa. Il fatto che in quella posizione sembrasse ancora più magnifica era fastidiosissimo. «Ed è per questo che so anche... che stai mentendo.»

Sostenni il suo sguardo. «Non è vero.»

Lei rise. «Anche Nyktos lo ha fatto.» I suoi occhi che splendevano debolmente di ethere si assottigliarono. «Ma suppongo abbia senso.»

Reaver tentò di nuovo di sporgersi da dietro la mia gamba e io mi chinai per respingerlo indietro. «Cosa?»

Il sorriso riapparve, una linea brillante color delle bacche. «Che abbia scelto una Consorte grassa e con le lentiggini.»

Alzai le sopracciglia talmente tanto che non mi sarei sorpresa se le avessi sentite toccare il soffitto. Era un insulto così patetico che tutto quel che provai fu delusione. Da una Primordiale mi sarei aspettata molto di peggio.

«Però hai dei bei capelli, te lo devo concedere. E...» Veses roteò gli occhi. «... anche un bel visino, suppongo. Nonostante le lentiggini.»

«Grazie» sibilai tra i denti.

Veses ridacchiò. «E comunque sei la sua Consorte solo in senso formale, no?»

Una ventata di calore mi dilagò sulla pelle, facendomi avvampare le guance e la gola. Era stato lui a dirglielo? Per forza. Non c'era altra spiegazione possibile. La cassaforte dentro di me si aprì quel tanto che bastava a far uscire una stilettata di dolore. Che mi fece lo stesso effetto di quando li avevo visti insieme nell'ufficio.

«Oh.» I suoi occhi si allargarono e le dita snelle premettero alla base della gola. «Mi dispiace...»

«Di che cosa ti stai scusando?» ribattei, rimettendo le mie emozioni sotto chiave. «Non lo hai detto tu.»

«Vero, non l'ho detto io. È stato il tuo futuro *marito*. Ed è carino da parte tua confermarlo.»

Per poco non scoppiai a ridere. Non credetti per un solo secondo che fosse sincera.

Le lunghe ciglia scure si abbassarono. «E di me ti ha detto? Di noi?»

Mi irrigidii. «Sì.»

Occhi splendenti di ethere si sollevarono a fissare i miei.

Ma l'essenza non era la sola cosa a traboccare da lei: c'era anche trepidazione. Quell'emozione crudele che avevo visto tante volte anche negli occhi di Tavius. «E che cosa ha detto?»

«Non molto, per la verità» risposi, anche se mi stavo sforzando di restare in silenzio. Di non provocarla con le sue stesse parole. Ma poi finii per ignorare quella voce dentro di me. «Sai, sono rimasta piuttosto confusa. Ti ho vista quando sei venuta qui l'ultima volta. Ho visto quanto sei bella. Ma tutto quel che lui mi ha detto di te è che sei la persona peggiore del mondo.»

La sua voce da velluto si mutò in pietra sbriciolata. «Ha detto questo?»

«Sì.» E lo aveva detto davvero. Non stavo mentendo.

Le sue labbra si tesero. «Nyktos parla in modo poetico delle donne della sua vita, non trovi?»

Mi sfuggì una risatina secca. «Senz'altro.»

«E la cosa non ti infastidisce?»

«E non infastidisce *te*?» ribattei.

Veses piegò la testa di lato e riccioli dorati le scivolarono sul petto. «Non sono io che devo diventare la sua Consorte.»

«Quindi è questo che ti infastidisce? Che abbia scelto me, grassa e con le lentiggini, e non te?»

«Ma per piacere.» Veses si alzò in piedi con fluida grazia. «Io sono una Primordiale. Non posso essere una Consorte.»

«Avresti potuto comunque essere sua *moglie*. E lo avresti voluto, è ovvio.»

«Lui?» Veses mi si avvicinò, facendo agitare Reaver. Mi chinai a toccarlo sulla testa e i suoi artigli premettero appena sulla mia pelle. «Mia cara, io lui lo possiedo già.»

Il petto e lo stomaco mi diedero una fitta talmente forte che mi venne la nausea. «Ed era di questo che volevi parlarmi?»

Lei scrollò le spalle. «Be', dato che il tuo futuro con Nyktos include me, ho pensato fosse una buona idea che cominciassimo a conoscerci a vicenda.»

Un lago di acido mi si raccolse in fondo alla gola. «Il mio futuro con Nyktos non ha nulla a che fare con te.»

La sua risata stavolta suonò come ossa rinsecchite che si frantumavano. «È quel che pensi?»

«È quel che so.»

«Allora quel che pensi di sapere è una barzelletta.»

La mia sopportazione giunse al limite. «L'unica barzelletta che conosco è quella che ho davanti in questo momento. Ed è una barzelletta alquanto patetica.»

Dietro di me Reaver emise un piccolo sbuffo che assomigliava maledettamente a una risata.

Veses inspirò sollevando le sopracciglia. «Che cosa hai detto?»

«Devo ripetere?»

La sua espressione si fece costernata. «Come osi parlarmi con una tale mancanza di rispetto...?»

«Non è tanto facile parlarvi con rispetto quando non avete fatto proprio niente per meritarvelo, Vostra Altezza.»

Due macchie rosse le apparvero sulle guance. Si alzò in piedi e...

... Reaver schizzò fuori da dietro le mie gambe ringhiando e con le ali spalancate. La paura mi prese alla gola. Lo afferrai per una zampa squamosa ma lui si dibatté e scoprii che era più forte di quel che credevo: si liberò dalla mia stretta, protese il collo in avanti e sputò una nuvola di scintille che piovvero sull'abito lilla di Veses, aprendovi dei buchi.

Lei reagì con la velocità di un Primordiale: Reaver fu calciato via all'indietro per vari metri, andò a sbattere contro la parete accanto al camino e cadde a terra, dove si raggomitolò a palla.

«Stupido» sibilò Veses. «Sei fortunato che non ti abbia ucciso.»

Ci vidi rosso. Non ci fu più tempo per pensare. Mi sentii come quando al Luxe avevo visto i tre dei gettare il corpo di un neonato a terra come se fosse stato spazzatura. Fu la pura furia della vendetta a reagire al posto mio.

E questa volta non c'era Nyktos a fermarmi.

Le volai addosso in un istante e le piantai il pugnale in un occhio, giù fino al cervello.

Senza provare il minimo rimorso.

Veses strillò e si ritrasse, talmente veloce che non ebbi il tempo di strappar via il pugnale. Sbatté contro un angolo del letto, ma non perse l'equilibrio. Anzi non barcollò proprio, nemmeno per un istante. Maledizione.

Poi sollevò la testa, mentre fiotti di sangue blu le ruscellavano giù per la guancia. Afferrò il pugnale e se lo strappò via: dall'orbita uscì un fluido denso e gelatinoso che mi diede la nausea a vederlo. L'occhio ancora intatto si riempì di ethere che sfrigolò e crepitò nell'aria. Il pugnale finì tintinnando a terra e le mani della Primordiale furono avvolte da globi di energia pulsante.

«Merda» sussurrai.

Non la vidi muoversi: sentii solo lo spostamento d'aria quando mi colpì al petto. Fu come un pugno, se fosse stato possibile prendere un pugno da un fulmine. Volai all'indietro contro l'armadio e il dolore mi accecò. Caddi sulle ginocchia, ma avevo i muscoli così rigidi che avvertii a stento l'impatto.

Quel che sentii invece fu il fulmine che mi percorreva le vene e i nervi. Mi resi conto vagamente che non mi aveva nemmeno toccata con la mano: era stato un fiotto di ethere. Puntini di luce mi danzavano davanti agli occhi.

«Stupida troia.» Veses mi afferrò per i capelli e mi scaraventò via come se non pesassi più di un cuscino.

Colpii malamente il pavimento e persi tutta l'aria che mi restava nei polmoni. Rotolai e andai a sbattere contro una delle colonne del letto. Mandai un gemito.

«Che cosa credevi di ottenere?» chiese lei. «Io sono una *Primordiale.*»

Le ondate di dolore si calmarono un po' e il pavimento tornò a fuoco. Ma c'era qualcosa di fuori posto dentro di me. Più di qualcosa. Sollevai la testa e mi sentii come se... mi si fosse staccato qualcosa all'interno. Mi accorsi che ero atterrata accanto a Reaver, ancora raggomitolato a palla ma ora in forma umana. Il panico mi invase e le braci risposero vibrando. Tossendo e sibilando rotolai sulla schiena e avvertii qualcosa di duro sotto di me. Un'elsa. Il pugnale.

Veses mi si inginocchiò accanto. L'occhio sinistro era una massa di sangue ma aveva già cominciato a guarire. Mi afferrò di nuovo per i capelli e mi sollevò la testa dal pavimento. Le sue labbra erano contorte in un ghigno. «Forse tu e Nyktos siete davvero fatti l'uno per l'altra, dato che anche lui ha l'abitudine di fare cose senza senso. Prenderti come sua Consorte è una di quelle. Ho cercato di fermarlo. Ho mandato un mio Draken di fiducia e una mia guardia a portarti via, ma sappiamo tutti com'è andata a finire... E comunque non avrebbe funzionato dal momento che c'è un incantesimo su di te.»

La sorpresa mi fece tremare. «Sei tu che hai mandato il Draken a liberare gli dei sepolti.»

«Dovevo fare qualcosa prima che Nyktos si cacciasse in guai anche peggiori. Voglio dire, credeva davvero che nessuno si fosse accorto che Taric e gli altri erano venuti qui prima di sparire nel nulla?» Veses alzò al cielo l'occhio intero e l'altro guarito a metà. «Come poteva essere una coincidenza? Stavano cercando qualcosa nel mondo dei mortali, e sai cosa? Io lo so: la vita. Cercavano la *vita*. E alla fine l'hanno rintracciata qui, nella casa della Morte. Dove c'eri *tu*. Pensavate sul serio che nessuno avrebbe fatto due più due?» Alzò un sopracciglio. «Speravo che, con un po' di fortuna, Kolis avrebbe negato il suo permesso per l'incoronazione prima che Nyktos capisse che dietro l'attacco c'ero io. E invece... Ah, gli uomini. Sono bravi a fare una cosa soltanto: prendere le decisioni sbagliate. Perciò ho tentato di aiutare Nyktos, pur sapendo che se la sarebbe presa con me. Ma sai come si dice: nessuna buona azione resta impunita, no?»

«Buone azioni?» sputai io. «Sono morte delle *persone*...»

«Le persone muoiono sempre.» Mi trascinò via dal letto e lo strattone mi mandò una fitta rovente di dolore attraverso il cranio. Poi si pulì il sangue dal viso. «E sai che cosa succederà adesso? Nyktos scoprirà che sono stata io. Lo hai mai visto veramente infuriato?» L'occhio sano avvampò di ethere. «Sa essere piuttosto distruttivo.» Abbassò la voce e leccò il sangue che aveva sulle dita. «È eccitante da vedere. Deliziosamente imprevedibile.»

«Tu sei malata.»

Veses rise. «Oh, non hai idea di quanto.»

«Invece credo di averla.»

«Anch'io.» Veses si fermò, tornò a inginocchiarsi e lasciò andare i miei capelli. Ma il sollievo fu breve, perché mi afferrò subito per il mento. «Sapevo che Nyktos nascondeva qualcosa, per quanto lo negasse a gran voce. Farebbe qualsiasi cosa per te, doveva per forza esserci una ragione.» Strinse le dita finché il dolore mi invase le ossa della mascella. «Ho avvertito la tua presenza quando sei arrivata qui la prima volta. All'inizio ho creduto di essermelo immaginato, ma quando sei apparsa l'altro giorno a interrompere quella che si stava rivelando una serata piuttosto gradevole, ti ho percepita di nuovo. E questo poteva significare solo due cose: o avevi bevuto talmente tanto del suo sangue che sentivo lui in te, o...»

Sollevai lo sguardo e la fissai negli occhi. La sensazione che avevo provato nel petto, la vibrazione delle braci quando lei era arrivata, mi aveva ricordato Nyktos perché mi segnalava la vicinanza di un altro Primordiale. Avevo sentito qualcosa di simile anche all'arrivo di Attes. Ma non l'avevo riconosciuta, e...

«... o Nyktos non ha trovato una semplice Consorte.» Veses avvicinò la bocca a pochi centimetri dalla mia. «Ha trovato una Primordiale vicina alla Transizione. E nemmeno una Primordiale qualsiasi. Perché sai che cos'altro ho percepito oggi arrivare da Vathi? *La vita.*» Mi diede un piccolo morso al labbro inferiore. «Il che, per quanto possa suonare assurdo, è comunque più credibile di lui che condivide qualcosa che appartiene a me: il suo sangue.»

«Oh, ma io ho bevuto il suo sangue.» Sorrisi. «E non è stata l'unica cosa di sé che mi ha dato.»

L'occhio sano si dilatò.

La colpii alla gola di taglio con la mano, con tutta la forza che avevo.

Mi lasciò andare, barcollò e si portò le mani al collo, rantolando. Mi drizzai sulle mani e le ginocchia e mi voltai verso Reaver. Le braci non avevano smesso di vibrare: l'energia stava aumentando sempre più dentro di me e sentivo una nube vorticante di calore e scintille avvolgermi il braccio.

Alle mie spalle Veses mi afferrò per la vestaglia e mi strattonò indietro. Finii contro una gamba del divano e la cassaforte in cui tenevo le mie emozioni tremò e si scosse come se stesse per...

La porta della camera si aprì di colpo e Veses girò su se stessa. Ma non c'era Nyktos sulla soglia.

C'era *Bele*.

38

«I tuoi occhi» sussurrò Veses con voce roca ma pervasa di stupore.

«Eh?» Bele fissò Reaver immobile sul pavimento e poi me. «Che hanno i miei occhi?»

«Non fare la finta tonta, Bele: sei tu quella che è ascesa.» Le labbra di Veses si aprirono in un sorriso sicuro. «Dev'essere il mio giorno fortunato: c'è una taglia sulla tua testa.»

«Da come è ridotta la tua faccia non direi proprio.» Bele storse la bocca. «E andrà anche peggio quando tornerà Nyktos.»

Con il respiro corto e affannato mi drizzai in ginocchio, il massimo che potevo fare in quel momento. Ondate di dolore si irradiarono nella cassa toracica e nelle pelvi. Sbattei le palpebre finché non mi si schiarì la vista e individuai il pugnale sul pavimento tra me e Reaver.

Veses alzò una spalla. «Non peggio di quel che accadrà a te quando Kolis ti strapperà il cuore dal petto e se lo mangerà.»

«Ci sono parti più buone di me, ma non fa niente.» Bele mosse un passo nella stanza senza staccare gli occhi da Veses mentre io, un po' strisciando e un po' scivolando, mi sforzavo di raggiungere Reaver. Mi sembrava di sentire una manciata di coltelli piantarsi ritmicamente tra le costole. «Se sei venuta per me, eccomi qui.»

«No, non sono venuta per te» rispose Veses nell'attimo in cui io raccoglievo il pugnale dal pavimento. «Tu sei solo un bonus.»

Bele aggrottò la fronte. «Se sei venuta per lei, allora c'è un problema.»

«Ah, sì?»

«Già. Un problema per te.»

Mi trascinai fino al fianco di Reaver.

«Ti sei resa conto di chi è?» Bele mi indicò con il mento. «È la Consorte di Nyktos. Avresti dovuto saperlo. E quello è uno dei suoi Draken... uno dei Draken di *Nektas*.»

«Ti sembra che mi importi minimamente di una qualsiasi di queste cose?»

Bele rise sottovoce, muovendosi in cerchio attorno all'altra. «Invece dovrebbe.»

«Che cosa pensi di fare con quella spada?» chiese Veses. In quel momento mi dava completamente le spalle.

Sul petto di Reaver c'era un grosso livido di un rosso paonazzo. Gli scostai una ciocca di capelli dalla fronte troppo pallida: teneva ancora gli occhi chiusi, le braci... vibravano quasi con la stessa intensità che avevo sentito subito dopo aver pagato il prezzo di Kolis. Il Draken non era solo tramortito.

Lanciai un'occhiata sopra la spalla e mi pulii il sangue dal mento con il dorso della mano che formicolava di energia. «Reaver è ferito.»

Bele mi guardò per un attimo negli occhi mentre si posizionava tra noi e Veses. «Quanto?»

Mi si serrò un nodo in gola. «Parecchio.»

«Si riprenderà.» Veses alzò gli occhi al cielo, ma la sua voce vacillò. «È un Draken.»

«È un bambino!» ringhiai io.

«E allora?» La Primordiale sollevò il mento. «Non avrebbe dovuto venirmi contro.»

Bele mandò uno sbuffo. «E tu sei così fragile da considerare un bambino una minaccia?»

«Non una minaccia: una mancanza di rispetto» sibilò Veses. «E tu non hai ancora risposto alla mia domanda sulla spada. Non puoi attaccarmi.»

«Ah, no?» Bele si spostò verso di lei, costringendola ad allontanarsi ancora un po' da me e da Reaver.

«Conosci anche tu le regole. Lei non è ancora la sua Consorte e il Draken, giovane o meno, non aveva il diritto di schierarsi a sua difesa contro di me. Non ho fatto nulla di sbagliato.»

«Ah, già, le regole. Be', come tu stessa hai fatto notare, c'è già una taglia sulla mia testa, che immagino richieda di portarmi a Dalos viva o morta. Quindi che cosa cambia se infrango una regola?»

«Reaver?» Gli toccai una guancia: la sua pelle era fredda e umida. Con una smorfia di dolore presi la coperta dal divanetto e gliela avvolsi intorno. Il suo torace si sollevò appena. La mia ansia salì a dismisura: non si era svegliato nemmeno per cambiare forma, doveva averlo fatto inconsciamente. Una cosa che avevo visto fare ai Draken solo quando erano feriti molto gravemente.

Lanciai un'occhiata a Bele e Veses: stavo per fare un'altra cosa enormemente rischiosa. Veses per il momento sospettava soltanto che fossi io la fonte del potere che aveva percepito, ma non potevo lasciar morire Reaver, e ormai temevo che le braci mi stessero avvertendo proprio di quello. Della sua morte imminente.

Potevo sentirlo.

E il rischio di confermare a Veses che le braci erano dentro di me valeva la sua salvezza. La giovane vita di Reaver la valeva. Come quella di Thad.

Le braci ronzavano sempre più forte, premendomi contro la cassa toracica. Lasciai che i miei sensi si aprissero e si espandessero: appoggiai il pugnale sul pavimento e misi il palmo della mano sul petto di Reaver come avevo fatto con Thad, ma questa volta fu più veloce, più istintivo, come se usare le braci le rendesse sempre più forti e più pronte a rispondere. Come se fossero diventate davvero mie. Evocai il loro ethere, ed esse obbedirono alla *mia* volontà.

Per la seconda volta quel giorno un potere puro e antichissimo si riversò fuori dal mio petto e mi dilagò nelle vene. Il mio sangue si mescolò a un'energia incandescente e stavolta la sentii diversa, più... *familiare*.

Incamerai un profondo respiro che profumava di lillà in boccio. *L'odore della vita.* L'ethere sprizzò fuori dalle mie dita come una nube di scintille sul petto di Reaver, avvolse in onde di luce il suo corpicino e scomparve assorbito dalla carne illividita e dalla pelle pallida, sotto la quale le vene rifulsero per qualche istante.

Poi la luce si affievolì, aleggiò ancora per alcuni secondi sotto forma di un vago bagliore e scomparve. Anche il livido sbiadì fino a scomparire, e subito dopo accadde la cosa più bella del mondo.

Reaver gonfiò il petto in un lungo respiro e aprì gli occhi colmi di lacrime, che scintillarono di cobalto prima di tornare al consueto cremisi. «*Liessa*» mormorò.

Tremando, gli scostai una ciocca di capelli dalla guancia. «Va tutto bene.»

«Non penso proprio» esplose Veses.

Mi voltai verso di lei e raccolsi da terra il pugnale.

«Avevo ragione. Eri tu.» La Primordiale fece un passo indietro e i suoi occhi – entrambi, perché anche quello che avevo trafitto con il pugnale aveva finito di rigenerarsi – si dilatarono, pieni di autentico orrore. «Che diavolo ha fatto Nyktos?»

«Non ha fatto nulla» risposi.

Lei scosse la testa. «Ma che cosa...»

Bele alzò la spada.

Veses colpì con la rapidità di una vipera delle fosse, così veloce che non riuscii nemmeno a vederla: afferrò la spada, ci fu un lampo d'argento e la lama andò in mille pezzi. Poi assestò una manata al petto di Bele e la fece volare indietro di vari metri.

La dea andò a sbattere contro il muro accanto alla balconata e crollò in ginocchio. Ma subito rialzò la testa e si scostò i capelli neri dal volto. «Ahia.»

Veses si spazzò via la polvere di ombropietra dalle mani e avanzò su di lei. Mi mossi anch'io, trattenendo il fiato per il dolore: alzai il braccio e lanciai il pugnale verso la nuca della Primordiale, che si voltò di scatto e piegò la testa di lato. «Sul serio?»

Il pugnale si fermò a mezz'aria e poi saettò indietro verso di me.

Mi gettai di lato ansimando. La lama passò sopra la mia testa e andò a piantarsi nella parete. «Merda.»

Bele si rialzò, pronta a lanciarsi contro Veses...

Ma la Primordiale sollevò una mano e la scaraventò via di nuovo.

Io tenevo lo sguardo fisso su Veses, ma la sentii cadere a terra. *Malamente.*

«Se ti resta un briciolo di buon senso, Bele, resta lì» fece Veses, «e magari potrai vivere per vedere un altro giorno.» Poi tornò a voltarsi verso di me. «Tu invece... tu morirai e basta. Perché...» Fece un respiro brusco. «... sei *un abominio.*»

«Questo è davvero scortese» ansimai.

La pelle della Primordiale si illuminò di ethere crepitante. Mi spostai davanti al corpo di Reaver e tesi al massimo i muscoli.

«E se invece non ci rimanessi, sul pavimento?» fece Bele drizzandosi in ginocchio.

Gli occhi di Veses divennero due sfere d'argento. «Allora morirai anche tu.»

Bele scattò in piedi mentre scie di luce argentea le avvolgevano a spirale le braccia. Poi l'ethere eruppe fuori dalle sue mani dando forma a un arco e a una freccia, che subito lei incoccò e tese. «Vediamo come ci provi, puttana.»

Rimasi a bocca aperta. Taric aveva evocato una spada di puro ethere davanti a me, ma non avevo mai visto Bele fare la stessa cosa.

«Tutto quel che otterrai con quella freccia sarà irritarmi ancora di più» la avvertì Veses. «E a quel punto sarò *veramente molto* irritata.»

«Oh.» Bele scoccò.

Veses schivò il colpo, ma la freccia le sfiorò la guancia aprendovi una ferita. La Primordiale strillò, l'ethere sprizzò furibondo fuori dai suoi occhi e dalle sue dita...

E le braci che appartenevano a Nyktos vibrarono all'impazzata.

Il pavimento di ombropietra tremò sotto di noi e Veses si voltò di scatto verso la soglia, dove si stava addensando una nube di pura notte. Poi un'altra scarica di energia invisibile attraversò la stanza e danzò sulla mia pelle, facendo drizzare ogni singolo pelo. Esalai un respiro, che formò una nuvoletta bianca nell'aria mentre ogni parte di me riconosceva il potere che dilagava nello spazio della camera.

Tentacoli di luce lunare e tenebra, così simili a quelli che avevo visto quella notte nella mia camera da letto, entrarono dalla porta aperta seguiti da volute di nebbia che si propagarono sul pavimento e si arrampicarono su per le pareti. Nyktos entrò, e nell'istante in cui mi guardò negli occhi la poca aria che mi rimaneva nei polmoni se ne andò del tutto. Lottai per respirare, ma la temperatura si era abbassata talmente tanto che sentii formicolare le labbra. Non riuscivo a staccare gli occhi da lui.

La sua pelle si era assottigliata al punto che ormai c'erano più ombre e luce lunare che carne. Il potere che irradiava da lui impregnava l'atmosfera. Riccioli di ethere turbinavano attorno alle sue gambe e salivano a lambirgli le spalle, e al di là di essi intravidi il profilo delle ali.

Era una tempesta di furia vorticante: dal suo corpo emanavano fruste d'ombra venate d'argento e altre ombre sbocciavano come fiori sotto la sua pelle. Non era mai sembrato tanto il Primordiale della Morte quanto in quel momento.

«Sa la verità.» Bele si raddrizzò, l'arco di energia ancora in pugno e una nuova freccia già incoccata e puntata su Veses. «Su Sera.»

Immediatamente Veses si inchinò fino al pavimento e i riccioli d'oro frustarono attorno alla sua testa come altrettanti serpenti. «Nyktos...»

«Taci» ringhiò lui in risposta, sempre fissando me. Poi sollevò una mano e un dardo di ethere esplose attraverso la stanza con la violenza di un fulmine. Sobbalzai nella luce accecante e d'istinto strinsi Reaver a me.

Veses stavolta non fu abbastanza veloce.

Il lampo la colpì al centro del petto, scaraventandola indietro, e tutto il suo corpo si illuminò. Mi lasciai sfuggire un ansito. Per un attimo la Primordiale rimase sospesa nell'aria, con le vene in fiamme, mentre la luce le fiottava fuori dagli occhi, dalle narici e dalla bocca spalancata. Infine volò contro la parete. Mai in vita mia ero stata così soddisfatta nell'udire il rumore di un corpo che sbatteva contro una superficie solida.

Veses scivolò a terra, scalciando in preda alle convulsioni, poi si afflosciò. La luce si spense lasciandosi dietro odore di carne bruciata. La Primordiale perdeva sangue dal naso, dalla bocca e persino dalle orecchie. La pelle dei gomiti e dei polsi era nera e carbonizzata.

Sembrava aver perso i sensi, ma non potevo essere sicura di quanto sarebbe durato.

«Portatela via» ordinò Nyktos attraversando la stanza. Intravidi ancora per un attimo il profilo delle sue ali prima che svanissero anch'esse. «Chiudetela in una delle celle.»

Dalla porta entrarono Orphine e quello che pensai fosse suo fratello Ehthawn.

«Peccato non poter gettare il suo culo nell'Abisso» borbottò il Draken, raccogliendo la Primordiale per un braccio e gettandosela in spalla come un sacco. Forse sorrisi, ma non ne ero sicura.

«Sera.» Il suono del mio nome mi fece sobbalzare.

Nyktos si inginocchiò davanti a me e mi dimenticai di chiunque altro ci fosse nella stanza. C'era del sangue sulla sua tempia sinistra, impossibile dire se suo o di qualcun altro.

«Reaver era ferito» rantolai. «Lei gli aveva fatto del *male*.»

Nyktos toccò la guancia del giovane Draken. «Ma ora non lo è più.»

«Ora dorme.» Tremai e fissai anch'io Reaver: la sua pelle aveva ripreso il normale colore d'oro cupo. «Dovevo fare qualcosa. Era ferito *gravemente* e non potevo...»

«Va tutto bene.» Nyktos alzò la mano per toccare la *mia* guancia. «Lo hai salvato. È l'unica cosa che conta.»

«Ma ora Veses sa la verità. E lei non è come Attes: non manterrà il segreto. Qualunque cosa succeda io...»

«Non avrà la possibilità di parlare con Kolis.» Nyktos seguì delicatamente con il dito la curva del mio viso, proprio dove mi faceva male. «Resterà in cella.»

«Non voleva andare da Kolis: quando si è resa conto di che cosa so fare voleva uccidermi.» Mi piegai all'indietro e una fitta alla schiena mi fece contrarre le labbra. «Che senso ha? Sembrava... spaventata dopo aver capito che cosa sono.»

Nyktos riportò su di me gli occhi splendenti di ethere, e la sua mascella si tese. «Bele, tu stai bene?»

«Sì.» La dea si avvicinò. «Ma Sera ha ragione: Veses sembrava terrorizzata.»

«Ha detto anche di aver percepito quel che è successo oggi a Vathi» aggiunsi.

«Giusto, che accidenti è successo oggi a Vathi?» chiese Bele.

Ma Nyktos alzò una mano per segnalarle di tacere.

Tirai un respiro breve e doloroso. «Ha detto di essere venuta perché aveva percepito qualcosa di diverso in me quando l'ho vista... quando è stata qui l'ultima volta.» Stavo riferendo cose importanti, ma non riuscivo a guardare Nyktos in faccia. «E le Ombre...»

«Sì, è stata lei» mi interruppe lui. «Non l'ho capito finché Rhain non ci ha trovati. Sarebbe arrivato prima, ma c'erano veramente tantissime Ombre: Orphine ed Ehthawn stavano per essere sopraffatti.»

Serrai le labbra: sapevo che questo significava che aveva dovuto uccidere molte Ombre, e che la cosa gli sarebbe pesata sulla coscienza. «Mi dispiace.»

Nyktos sobbalzò così forte che non riuscii a non voltarmi a guardarlo. Mi stava ancora fissando.

Pensai non avesse capito per cosa mi stavo scusando. «So che non ti piace dover uccidere le Ombre. Mi dispiace che sia stato necessario.»

Lui seguitò a fissarmi come se mi fosse appena spuntata una seconda testa.

«Anche il risveglio degli dei sepolti è stata colpa sua » proseguii sforzandomi di ignorare il dolore. «È stato uno dei suoi Draken a liberarli. Lo aveva mandato assieme a una delle sue guardie per cercare me: ha detto di averlo fatto perché aveva capito che c'era qualcosa dietro il tuo annuncio che avresti preso una Consorte.»

L'ethere sfavillò negli occhi di Nyktos.

«Credeva di aiutarti.»

«Questa era senz'altro l'*ultima* cosa che stava facendo.» Nyktos posò lo sguardo su Bele. «Porta Reaver nelle mie stanze e resta con lui. Sarà confuso quando si sveglierà.»

La dea si inchinò. «Vado.»

Io però ero riluttante a lasciar andare il giovane Draken addormentato, e lo trattenni.

Bele mi fissò. «Sarà al sicuro con me.»

Lo sapevo, ma per qualche ragione non riuscivo a mollare la presa.

«Puoi lasciarlo andare, Sera.» Con delicatezza Nyktos mi fece voltare la testa verso di lui, e sentii una nuova stretta al cuore. «Lui sta bene ora, tu no. Lascia che se ne prenda cura Bele, così io potrò prendermi cura di te.»

Il mio cuore perse un colpo, ma la mia stretta si allentò quanto bastò a Bele per infilare delicatamente un braccio sotto le spalle di Reaver. Nyktos tirò su la coperta, avvolgendolo per bene.

«Grazie» sussurrai rivolta alla dea. Mi sentivo strana. «Grazie per essere venuta.»

«Non devi ringraziarmi.» Bele si alzò con il Draken addormentato tra le braccia. «Erano anni che aspettavo l'occasione di venire alle mani con quella stronza.»

Risi, e mi fece male la bocca, il petto e diverse altre parti del corpo, troppe per poterle contare.

Nyktos si voltò indietro e un muscolo guizzò nella sua mascella. Seguii il suo sguardo e vidi Saion e Theon.

«Fate la guardia a Veses» ordinò.

Gli altri due annuirono e solo a quel punto notai che erano piuttosto malconci. Dovevano essere reduci anche loro dalla battaglia, e mi chiesi *quante* Ombre Veses fosse riuscita a mandare all'attacco.

«Ector?» Inspirai di nuovo, e ancora una volta una stilettata di dolore mi attraversò le costole. «Come sta Ector?»

«Si riprenderà» fece Saion.

Sollevata, chiusi gli occhi e appoggiai la schiena al divanetto. «Ector ha provato a impedirle di entrare.» Mi resi conto vagamente che gli altri stavano uscendo dalla stanza. «Perché lo ha fatto? Non è stata una mossa furba.»

«Nemmeno quella di Bele.» Nyktos mi spostò una ciocca sopra la spalla. «Ma hanno corso i loro rischi perché volevano proteggerti.»

Riaprii gli occhi. «Potevano rimetterci la pelle.»

«Lo sanno.»

«E potrebbero ancora essere puniti se Kolis dovesse scoprire che hanno attaccato una Primordiale.»

«Sanno anche questo.» Ora Nyktos era in ginocchio, chino sopra le mie gambe. «Sei ferita.»

«Sì.» Inutile tentare di negarlo. «Credo di avere un paio di costole rotte.»

Lo spazio sotto i suoi zigomi si riempì di ombre. «Temo non sia solo quello.» Passò il pollice sull'angolo del mio labbro, e quando lo ritrasse la punta era rossa. «Stai soffrendo molto.»

«Sì, però l'ho pugnalata in un occhio. Che schifo.» Feci un sorriso che era anche una smorfia. «Ma ne è valsa la pena.»

Lui rise a bassa voce, ma suonò un po' affaticato. «Ti serve il mio sangue.»

Non ne fui sorpresa, ma il mio cuore ebbe comunque un debole sobbalzo. D'altronde, probabilmente ero ferita in maniera più grave che dopo l'attacco del Draken: sentivo che c'era qualcosa *fuori posto* dentro di me. Come se alcune parti importanti non stessero più funzionando a dovere.

Nyktos parve percepire la mia esitazione. «Non possiamo rischiare che tu cada di nuovo in stasi, Sera: stavolta potresti non svegliarti più. Me ne andrò appena avrò finito: non devi preoccuparti degli effetti secondari che il sangue avrà su di te.»

«Non è per quello.»

Un'ombra di dubbio passò sul suo volto.

Sollevai una mano, sentendola stranamente pesante, e la posai sulla sua, ferma sul pavimento accanto a me. La scarica di energia generata da quel contatto fu debolissima. «La tua pelle è fredda. È tornata come prima.» Di colpo ne capii il motivo, e sentii una stretta al petto. «È perché... è perché lei si è nutrita da te, non è vero? Per questo sei di nuovo freddo.»

I suoi lineamenti si tesero. «Lo sai che la mia pelle è fredda. Io sono la Morte.»

Vero, me lo aveva già detto. Ma per me non aveva mai avuto molto senso come spiegazione.

Nyktos mi fissò per un momento. «Non ha importanza» disse infine, ma io pensai che invece ne aveva. «Io sono a posto. Tu invece no.»

Sospirai, sapendo che non sarebbe stato saggio mettermi a discutere su una cosa del genere. Di certo non avevo la minima voglia di cadere in un altro sonno lungo giorni, dal quale avrei anche potuto non svegliarmi. «Va bene. Facciamolo.»

Nyktos alzò un sopracciglio ma ebbe abbastanza buon senso da non commentare. Sedette sul pavimento accanto a me e non potei impedirmi di osservarlo mentre si portava un polso alla bocca. Intravidi le zanne solo per un istante prima che affondassero nella carne, e a quella vista strinsi i denti come avevo già fatto in passato. Poi Nyktos staccò il polso dalla bocca e il sangue rosso-bluastro sgorgò da due buchi perfettamente rotondi. Il profumo di limone e aria fresca si intensificò.

Rimanemmo entrambi in silenzio mentre mi portavo il suo polso alla bocca. Ma questa volta, a differenza dell'altra, non esitai, anzi il gesto mi sembrò quasi naturale. Forse era per via delle braci. O forse ero soltanto io.

Appoggiai le labbra sulla ferita, chiusi gli occhi e succhiai. Il sapore fu uno stordimento che mi percorse i sensi, una scarica che immaginai non si sarebbe mai attenuata, per quante volte avessi continuato a passarci attraverso.

Una sorta di formicolio mi invase la lingua e l'interno della bocca, e quando ingoiai mi scese in gola. Come faceva il suo sangue a essere così caldo se la sua pelle era così fredda? Credevo di ricordare il sapore, ma mi sbagliavo: era come miele dolcissimo e fumoso. Succulento. Inebriante. Ingoiai ancora e ancora, meravigliandomi per il calore che mi si diffondeva nel petto e nello stomaco e cancellava il dolore al suo passaggio.

«Ancora un po'» mormorò lui a voce bassa e densa.

Bevvi ancora più a fondo, solo vagamente consapevole che stavo stringendo il suo braccio tra le dita con tutta la forza che avevo. Mi dissi che, viste le circostanze, forse non avrei dovuto comportarmi a quel modo, ma fu solo un pensiero passeggero. La vibrazione che il suo sangue mi trasmetteva raggiungeva ogni angolo di me, anche la parte immersa nel vuoto, attenuando il dolore alle costole e allo stomaco. Raggiungeva persino un dolore molto più nascosto e profondo, che non aveva nulla di fisico.

E poi la trovai.

La sentii dentro.

La pace.

Fu come immergermi in acque immobili, circondata solo dal silenzio... Ma in quelle acque c'erano *colori*. Divennero vivi attorno a me in un lampo d'argento e nero, e poi, come era accaduto alle Pozze di Divanash, un'immagine apparve nella mia mente: ero io, in piedi nel cortile della Dimora di Ade, con indosso un abito nero. Alle mie spalle le stelle occhieggiavano nel cielo grigio. Avevo le guance rosse, gli occhi che splendevano di un verde febbrile e impugnavo una spada corta dalla scintillante lama di ombropietra. Poi un ricciolo color argento pallido danzò sulla mia guancia e mi sfiorò l'angolo delle labbra. Io sorrisi e alzai lo sguardo su...

Era come un ricordo. Ma non era un ricordo.

«Penso che così sia sufficiente» grugnì Nyktos mandando in frantumi l'immagine nella mia mente. Con gentilezza tolse il braccio dalla mia presa e le mani mi ricaddero in grembo.

Riaprii gli occhi: era seduto accanto a me con una gamba

piegata e si stava portando il polso alla bocca per richiudere la ferita. Le ombre dentro la sua carne erano scomparse, ma la sua pelle ora sembrava persino più sottile di prima, più pallida, e gli zigomi sporgevano più che mai.

«Come ti senti?» mi chiese.

Riflettei prima di rispondere. Mi sentivo ancora stordita. «Meglio.» Esalai un lungo respiro e non provai il minimo dolore. Considerato quel che potevo fare io stessa con le mie mani, i poteri guaritori di un Primordiale non avrebbero dovuto meravigliarmi, ma lo facevano comunque. «Grazie.»

Nyktos annuì e abbassò le lunghe ciglia a nascondere gli occhi. Poi si rialzò. «Ti aspetto nella mia camera...»

«Un attimo» lo interruppi.

Lui serrò la mascella.

«Ho visto me stessa, in piedi nel cortile in cui io e te abbiamo combattuto.» Il suo sangue continuava a scorrermi dentro, diffondendo la sua eco vibrante, e sentivo la pelle che cominciava a scaldarsi. «Che cosa significa? Perché stavo pensando a quel giorno?»

«Non ci stavi pensando tu» borbottò lui in risposta. «Ci stavo pensando io.»

«Come è...»

«Può accadere. Quando un dio o un Primordiale si nutrono l'uno dall'altro, a volte possono percepire i rispettivi pensieri o anche ricordi. Alcuni hanno la capacità di estrarre ricordi specifici dalla memoria altrui mentre si nutrono.»

«Come Taric» mormorai. «Ma non ti ha fatto male, vero?»

Lui scosse la testa. «L'ultima volta che hai bevuto il mio sangue non eri capace di farlo. Ma ora sei più vicina all'Ascensione.»

«E non è una buona notizia.»

«No.» Le lunghe ciglia si risollevarono. «Dobbiamo toglierti le braci il più presto possibile.»

Cominciai ad agitarmi, ma la sensazione evaporò da sola

in pochi istanti. E poi, senza preavviso, il gradevole calore che sentivo nei muscoli e nelle ossa si tramutò in lava fusa. Anche se sapevo già che effetto avrebbe avuto su di me il suo sangue, l'eccitazione improvvisa e violenta mi tolse il respiro. Tremai e strinsi forte tra le dita la stoffa del mio abito, invasa da una sensazione quasi dolorosa.

Dei, faceva caldo. Troppo. Le mie dita si spostarono sul nodo in vita della vestaglia e lavorarono freneticamente finché la stoffa mi ricadde sui fianchi e l'agognata aria fresca carezzò la sottile veste da notte e la pelle riarsa.

Ma il sollievo durò solo qualche istante. E forse nemmeno quello.

Il mio cuore stava accelerando sempre di più. Tremai di nuovo e strinsi i denti, ma non c'era modo di arrestare quella sensazione formicolante che mi attraversava da capo a piedi come un'onda, né di trattenere il gemito che mi sfuggì quando il calore invase ogni singola parte del mio corpo.

Lo desideravo.

Non importava quanto potessi ripetere a me stessa che non avrei dovuto.

Ne avevo bisogno.

E mi resi conto che davo il benvenuto a quella sensazione, perché spazzava via l'angosciante incertezza del futuro e le mostruosità della giornata appena trascorsa.

«Ora è meglio che io vada» grugnì Nyktos con una voce che pareva fatta di fumo e pietra sbriciolata.

Lo guardai, e realizzai subito che sarebbe stato meglio non farlo.

Era di profilo, quanto bastava perché potessi intravedere la sagoma del suo membro stretto nei pantaloni di pelle. Rendermi conto della *sua* reazione viscerale al mio desiderio, a *me*, per poco non mi fece emettere un altro gemito. Strinsi le cosce, ma lì non c'era nulla, ed era anche troppo facile ricordare la sensazione di lui dentro di me, di come mi aveva riempita...

Lo afferrai per un braccio senza nemmeno accorgermene. L'energia che si sprigionò e il semplice contatto mi travolsero con un'altra ondata bollente di desiderio.

«Sera» sibilò lui.

Con il cuore che martellava sempre più forte sollevai gli occhi sui suoi, che sembravano fatti di puro mercurio turbinante e pieni di una tale energia, di un tale *desiderio*. Gli affondai le unghie nella pelle.

Resta.

Non lo dissi ad alta voce, lo pensai soltanto. Come una preghiera. Sapevo che avrei potuto spegnere il mio tormento senza il suo aiuto, dandomi piacere da sola. Ma volevo lui. Lo volevo nonostante tutti i rischi a cui quel desiderio mi esponeva, nonostante lo avessi sorpreso assieme a Veses e ancora non avessi una buona spiegazione per quel che avevo visto.

Lui mi fissò con le guance più scavate che mai e il desiderio inciso nei suoi stessi lineamenti. «Sai che cosa accadrà se non me ne vado subito.» Il suo avvertimento suonò come un ringhio. «E non importa quanto tu mi possa odiare adesso: odierai di più te stessa dopo.»

«Io non ti odio» sussurrai.

«È il mio sangue che te lo fa credere.»

No. Avrei voluto che fosse così, ma si sbagliava. Sarebbe stato tutto tanto più facile se fosse stato vero. Ma non lo era. «Ho già dimostrato quest'oggi che non ti odio, direi.»

Il suo braccio tremò nella mia stretta. «Invece dovresti.»

«Dovrei.» Mi passai la lingua sui denti. «Avresti potuto andartene lo stesso, se lo avessi voluto.»

Mi fissò negli occhi. «Lo so.»

«Ma non lo hai fatto.»

Gli angoli della sua bocca si tesero e il suo sguardo scese sul mio petto, dove le punte dei capezzoli erano chiaramente visibili sotto la veste. Un luccichio predatorio gli fece contrarre le labbra e gli riempì gli occhi mentre mi guardava scrollarmi l'indumento di dosso.

«Sera» ringhiò. Scese con lo sguardo fino al punto tra le mie cosce e aprì le labbra. «Non riesco a capire se adoro questi affari che tu ti ostini a chiamare abiti da notte, o se li odio.»

Mandai un respiro che sembrava un ansito profondo e i nostri occhi si incontrarono di nuovo. Passò un secondo. Poi un altro.

«Ci sono cento motivi per i quali uno di noi due dovrebbe andarsene» disse infine lui, con il respiro che si muoveva all'unisono con il mio. «E un solo motivo per cui dovremmo restare.»

«Il desiderio.»

Lui scosse la testa. «Il bisogno.»

E poi fu tra le mie braccia.

Non so chi fu dei due a muoversi. Forse mi infilai io nel suo abbraccio. Forse fu lui che mi afferrò per le braccia. Forse ci muovemmo allo stesso tempo.

Ma che importanza aveva? La sua bocca fu sulla mia in un bacio selvaggio e disperato, affamato di me. Sentivo la sua pelle gelida attraverso la sua tunica sbrindellata e quel contatto sui punti più sensibili di me accese un desiderio ancor più folle. Ci ritrovammo con tutte e quattro le mani sui suoi pantaloni: io gli afferrai il membro eretto attraverso la stoffa e presi a carezzarlo, lui slacciò i bottoni quasi strappandoli via. Quando si fu liberato dei pantaloni io inspirai una boccata d'aria che bruciava di pura lussuria.

E poi nulla ebbe più importanza. Né Veses, né il dolore, né la mostruosità, né quanto Reaver fosse arrivato prossimo alla morte, né le conseguenze future dell'averlo salvato, né la mia vicinanza all'Ascensione. Quando le sue mani mi afferrarono i fianchi per tenerli fermi non pensai più a nient'altro. Nyktos consumò i miei pensieri al pari del mio corpo. Quel che stavamo facendo divenne tutto. Noi due. Lo sentii entrare dentro di me e mandai un gemito, poi lo afferrai per le spalle e lui tremò tenendomi ferma mentre si abbassava su di me. Gemetti di nuovo contro le sue labbra tra un bacio e l'altro. Il calore bruciante, la pressione... erano meravigliosi. Le sue dita affondavano nella carne dei miei fianchi mentre io lo lasciavo entrare in me un centimetro dopo l'altro, piano piano, fino alla fine. Lui continuava a tenermi ferma e io continuavo ad ansimare.

Era come se... Dei, la testa mi ricadde all'indietro. Era come se fossimo letteralmente fatti l'una per l'altro.

Nyktos mi circondò i fianchi con un braccio e con l'altra mano affondò nei miei capelli fino a stringermi la nuca e a portare di nuovo la mia bocca sulla sua. «Scopami» ordinò.

E fu uno di quei rari momenti in cui fui più che felice di obbedirgli.

Mi sollevai, ritraendomi con lentezza prima di abbassarmi di nuovo su di lui. Il mio strillo spezzato si perse nel suo gemito roco. La frizione dei nostri corpi che si muovevano l'uno sull'altro e l'impatto pieno del suo membro che affondava fin dove poteva mi fecero quasi esplodere. Continuai a muovermi, lenta e regolare, adeguando la mia velocità a quella della sua lingua.

E poi accelerai, in cerchi sempre più rapidi, quasi turbinando su di lui. Ora non c'erano più né ritmo né baci, solo i nostri respiri mescolati e il piacere che ci univa mentre le mie ginocchia premevano sul duro pavimento.

«Fati» gemette lui con voce roca. «Non c'è niente... *niente*... come questo.» I suoi fianchi accompagnarono ogni parola con una spinta. «Non c'è niente come te.»

Tremai in risposta, perché per me era la stessa cosa. Non c'era nulla come *quello*. Avrei potuto cercare per un'eternità e sapevo che sarei rimasta a mani vuote. Perché ero con *lui*. Lui era dentro di me. E questo mi metteva addosso una voglia ancora più disperata di fissare in qualche modo quell'istante.

Avevo le dita impigliate nei suoi capelli. Lui allentò la presa attorno alla mia vita per poter far scivolare la mano sotto il bordo della veste e allargarla sul mio sedere. Sfregai il petto contro il suo, mordicchiandogli la pelle della gola che sapeva di sale, poi lui riportò la mia bocca sulla sua e le zanne sfiorarono i miei denti, strappandomi il millesimo gemito. Le nostre labbra si gonfiarono. I nostri corpi si scossero. Le sue dita affondarono nella carne delle mie natiche mentre le mani mi trascinavano giù contro di lui, più forte a ogni colpo. Ci stavamo divorando l'un l'altra. I miei muscoli interni cominciarono a tremare, serrandosi su di lui. Ansimai di piacere. Lui rispose ringhiando.

E tutto quel che stavamo provando...

Tutto quel che stavamo provando sembrava *di più*.

Nyktos mi tirò più forte contro di sé tenendomi ferma. Senza uscire da me, si mise in ginocchio e mi spinse sul pavimento, ma tenne la mano sulla mia nuca per ripararmi dalla superficie dura mentre ricominciava a spingere. Io gli cinsi la vita con le gambe e accolsi i suoi affondi sempre più frenetici, sempre più veloci, finché l'unico suono che rimase fu quello dei nostri due corpi che venivano insieme.

Gridai mentre lui mi tirava la testa indietro per farmi esporre la gola. Le zanne sfiorarono la mia vena pulsante, poi premettero. Nyktos tremò, ma non ferì la mia pelle: tenne semplicemente le zanne lì dov'erano e questo fu sufficiente. Esplosi in mille nastri di seta di puro piacere e trascinai anche lui oltre l'orlo, assieme a me nel cuore della tempesta. Mandò un ruggito contro la mia gola e si inarcò mentre veniva.

Mi si adagiò addosso. Sussultammo entrambi per gli ultimi spasmi di piacere. Io avevo ancora le dita affondate nei suoi capelli, le unghie piantate nel suo braccio e le gambe attorno ai suoi fianchi che si muovevano sempre più piano. I nostri respiri tardavano a calmarsi, e le sue zanne...

... erano ancora sulla mia gola.

Mi spinsi contro di lui, strappandogli un altro gemito roco. «Se hai bisogno di nutrirti» gli sussurrai, «puoi.»

I suoi fianchi si fermarono, ma lo sentii tremare dentro di me. Non ne aveva bisogno: ne aveva voglia. E io avevo voglia di sentire di nuovo il piacere misto a dolore del suo morso, i suoi lunghi sorsi languidi. Lo volevo sulla gola, sui seni, tra le cosce, volevo che prendesse da me tutto quel che io avevo preso da lui. Mi morsi un labbro, mugolando, e la punta delle sue zanne mi scalfì la pelle facendomi tremare da capo a piedi.

Anche Nyktos tremò, poi si rilassò all'indietro. «No, non lo farò» ansimò abbandonando la fronte sulla mia spalla. «Non me lo merito. E, sicuro come la morte, non me lo merito da te.»

39

Le stanze private di Nyktos erano come il suo ufficio e la sua camera da letto: uno spazio ampio e arredato solo con il minimo indispensabile. C'erano un grande tavolo ovale, una portafinestra che dava su un balcone, rialzata dal pavimento e fiancheggiata da due colonne di ombropietra, e un certo numero di seggiole, vedendo le quali mi domandai quanto spesso gli capitasse di ricevere qualcuno proprio lì. C'era anche una credenza piena di decanter di varie dimensioni, con davanti due sedie dallo schienale alto: sbirciai il mobile, ma non vidi bottiglie di vino di radek. L'unico altro mobile era il divano imbottito, sul quale mi sedetti.

Le pareti erano nude: niente quadri o ritratti o ricordi personali... In giro non si vedeva nemmeno un capo d'abbigliamento dimenticato in un angolo.

Abbassai lo sguardo su Reaver che mi teneva la testa in grembo e mi chiesi che aspetto avesse la sua camera, in casa sua. Prima di andare a vedere come stava Ector e poi a cercare Aios, Bele aveva detto che il Draken si era svegliato per qualche minuto e aveva chiesto di me. La cosa mi aveva commossa. Passai le dita tra i suoi capelli: aveva tentato di proteggermi e gli era quasi costata la vita. Il solo pensiero mi mandava in subbuglio il cuore. Era troppo giovane per dover passare attraverso esperienze come queste, e sapevo che se non avessimo fermato Kolis tutto sarebbe soltanto peggiorato.

Mentre guardavo il petto di Reaver che si alzava e si abbassava sotto la tunica troppo larga che Bele gli aveva trovato, i miei pensieri vagavano. Ma ce n'era uno che continuava a tornare.

Farebbe qualsiasi cosa per te.

Le parole di Veses aleggiavano nella mia mente come il residuo di un brutto sogno. E mi fecero venire in mente un'altra cosa che avevo sentito: qualcosa che aveva detto Rhain dopo l'attacco dei Cimmeriani.

Ripensai alle persone che avevo visto nel cortile del Palazzo di Cor. Attes mi era sembrato disgustato, ma Hanan? Che cosa provava lui? E Kyn? E tutti quelli che stavano nelle alcove? Se lo spettacolo del cortile non li aveva sconvolti, allora potevo ben credere che fossero capaci anche loro di atti innominabili. E Veses...

Scostai una ciocca di capelli dalla guancia di Reaver e mi misi a contare i suoi respiri.

Veses mi sembrava capace di qualunque cosa. Aveva ragione quando diceva che Nyktos avrebbe fatto di tutto per me?

I miei pensieri virarono verso luoghi terribili e un senso di pesantezza mi calò sul petto. Erano gli stessi pensieri che facevano vibrare le braci dentro di me, ma non per il desiderio di curare o di restituire la vita.

Per quello di distruggerla.

Mi concentrai sul respiro finché non udii la porta aprirsi. Alzai lo sguardo e smisi di carezzare i capelli di Reaver mentre Nyktos usciva dal bagno con un asciugamano attorno al torace bagnato. Aveva aspettato che finissi di lavarmi prima di andare a farlo a sua volta. Non aveva detto quasi nulla... soprattutto a proposito di quel che era successo poco prima.

Io stessa non ero sicura che ci fosse qualcosa da dire.

Non avevo rimorsi. Questa volta ero stata in pieno controllo delle mie azioni, avevo voluto io che accadesse, indipendentemente da quel che sapevo o non sapevo su Nyktos. Solo che ora il mio velo del nulla sembrava più sottile che mai.

E non sapevo se fosse per quello che avevamo fatto, o per quello che cominciavo a sospettare.

Nyktos gettò l'asciugamano sullo schienale di una sedia. «Dorme ancora?»

Abbassai di nuovo gli occhi su Reaver e annuii, un po' preoccupata.

«Un Draken giovane può dormire anche in mezzo a una battaglia.» Nyktos si inginocchiò e con gesti delicati risistemò la coperta intorno alla vita di Reaver. «Ma penso che il processo di guarigione – quella vera – richieda più tempo dei risultati che possiamo vedere subito con i nostri occhi. Sia Gemma sia Bele hanno dormito per un bel po'. Quindi non devi stare in apprensione.» Esalai un lungo respiro. Non avevo nemmeno voglia di domandarmi se avessi proiettato le emozioni fuori da me, o se le avesse semplicemente indovinate.

«E tu?» mi chiese a bassa voce dopo un attimo. «Tu come ti senti?»

«Non ho più male da nessuna parte.»

«Non parlavo di quello.»

Alzai gli occhi per fissarlo e... dei, c'era un mondo intero di cose di cui avremmo dovuto parlare. Ma non era a quelle che si riferiva. «Volevo te.» La mia voce era poco più che un sussurro. «È stata una mia scelta. Mia. Non è stato il tuo sangue.» Affondai nel divano, attenta a non disturbare Reaver. «Che cosa ne farai di lei?»

«Per ora resterà là sotto.» Nyktos si spostò una ciocca bagnata dietro l'orecchio. «Non mi sono trattenuto: il dardo di ethere l'ha mandata in stasi. Non credo si sveglierà prima di un paio di giorni.»

Fui sollevata nel sentirlo. «E dopo? Non puoi tenerla in cella per sempre.»

«Non posso nemmeno lasciarla andare.»

«Perché correrebbe da Kolis.»

«Già, e non solo quello. Vorrei poter credere che, quando sarai diventata mia Consorte, anche lei la considererà una linea da non superare e smetterà di pensare di avere il controllo della situazione.» La sua mascella si indurì. «Ma non posso esserne sicuro, soprattutto ora che so che aveva già tentato un'altra volta di portarti via.» Fissò il tavolo, accigliato. «Non ha mai neanche alluso al fatto di aver percepito qualcosa in te.»

Aggrottai le sopracciglia anch'io. «Come ha fatto lei a percepire le braci, se neanche Kolis ci è riuscito?»

«Veses è la Primordiale dei Riti... cioè delle *Ascensioni*. E non solo quelle dei mortali. Se dovessi indicare due Primordiali capaci di percepire un dio o un semidio in procinto di ascendere, sarebbero il vero Primordiale della Vita e lei. Il fatto è che da quando Kolis ha sottratto le braci a mio padre, Veses non è più stata in grado di sentire nemmeno un semidio prossimo alla Transizione: lo so perché l'ho sentita lamentarsene a gran voce per anni.»

«Nel senso che quel che Kolis ha fatto ha indebolito le facoltà di Veses?»

Nyktos annuì. «Nessuno di noi aveva capito quanto fossero realmente potenti le braci nascoste dentro di te.»

Ci riflettei per qualche istante. «Dunque Veses sapeva che Taric e gli altri due dei cercavano la fonte dell'energia che era stata avvertita nel mondo mortale, e sapeva che la ricerca li aveva portati fin qui. Inoltre aveva percepito *qualcosa* in me, e a un certo punto aveva capito che si trattava delle braci della vita. E facendo due più due era arrivata a comprendere... cosa? Che Kolis si sarebbe infuriato con te perché mi avevi tenuta nascosta? È per questo che aveva deciso di farmi fuori con le sue mani? Perché non succedesse nulla a te?»

Nyktos si grattò il mento. «Sembrerebbe una corretta ricostruzione dei fatti.»

«Lei tiene a te.» Le parole mi ricoprirono di amaro la lingua. Detestavo anche solo pensarle, e doverle pronunciare ad alta voce era ancora peggio, ma era la verità: se Veses temeva per quel che sarebbe potuto accadere a Nyktos, significava che teneva a lui. E le sue azioni avrebbero potuto scatenare sia la furia di Nyktos, sia quella di Kolis.

Nyktos rise senza allegria. «Alla sua maniera contorta... o almeno così vorrebbe farci credere.»

Quell'idea mi piaceva ancora meno del saperla rinchiusa nelle celle sotterranee, per una marea di ragioni sulle quali non avevo voglia di soffermarmi. Ma c'era anche un'altra cosa: avevo la sensazione che mi mancasse ancora un tassello fondamentale del mosaico.

Nyktos mi toccò il braccio e una delicata scarica di energia danzò tra noi due. «Ora però dovresti provare a riposare un po': è tardi. Possiamo riprendere il discorso domani.»

«Non voglio lasciare Reaver, né rischiare di svegliarlo muovendomi.»

Nyktos accennò un sorrisetto e sedette sul pavimento appena vicino ai miei piedi.

Lo fissai. «Hai intenzione di restare lì?»

Lui appoggiò la testa all'indietro sul cuscino del divano e fissò il soffitto. «Finché resti tu, resto io.»

«Non sei obbligato.»

«Lo so.»

«Puoi comunque sederti in un posto più comodo.»

«Sto bene qui.» Alzò gli occhi per guardarmi. «Ma tu davvero dovresti riposare, adesso. Reaver starà benissimo.»

Annuii.

«Ma non mi darai retta.»

Alzai le spalle.

Lui si sfregò le dita sul torace. «Potrei costringerti con la compulsione, sai?»

«Ma non lo farai.»

«No. Non lo farò.» Nyktos mandò un sospiro. «L'alba arriverà presto, e ci aspetta una lunga giornata.»

L'incoronazione, finalmente. Una giornata lunga, Nyktos aveva ragione, come lo sarebbe stata la successiva, dato che saremmo partiti per Irelone. Eppure la mia mente non era ancora pronta a rilassarsi. Non riuscivo a togliermi di dosso la sensazione che buona parte di quel che sapevo su Veses – e su di *lui e Veses* – non avesse veramente senso. C'era una cosa precisa che dovevo sapere... che dovevo riuscire a capire. «Hai detto a Veses che io sarei stata la tua Consorte solo di nome.»

L'ombra di un'emozione danzò sul suo viso, ma scomparve prima che riuscissi a decifrarla. «Sì.»

Presi un respiro che mi fece sentire male, e mi sarebbe dovuto bastare come avvertimento. Ma non gli diedi retta. «Perché?» La mia voce si ridusse a un sussurro. «Hai voluto che gli altri Primordiali credessero che c'era dell'attrazione tra noi. Invece non volevi che lo credesse lei. Perché?»

Nyktos voltò la testa di lato e si passò una mano sul viso. «Lei è un caso a parte.»

Mi irrigidii, poi mi sforzai di rilassarmi e abbassai lo sguardo su Reaver. «In che senso? O meglio ancora: come hai fatto a spiegarle perché volevi prendere una Consorte che sarebbe stata solo una facciata?»

Nyktos non rispose subito. Per lunghi istanti rimase a fissare le nude pareti di pietra. «È complicato, Sera» disse infine.

«Ho fiducia di riuscire a capire tutto.»

«Ma io non ce l'ho di riuscire a spiegarmi.»

Il mio velo del nulla si assottigliò ancora di più. «Intendi dire che non lo *vuoi* fare.»

Nyktos chiuse gli occhi e lasciò cadere la mano sul ginocchio piegato.

Attesi, e quando capii che lui non avrebbe più detto nulla mi servì tutta la mia forza per tenere a freno l'uragano di emozioni che minacciava di esplodermi dentro. «A te importa di lei?»

«Santi Fati.» Nyktos scoppiò in una risata piatta e scosse la testa. «Provo pena per lei. E disgusto. Nient'altro.»

Quella risposta mi confuse ancora di più. «E che cosa provi per me?»

Di nuovo Nyktos rimase in silenzio per un po', poi piegò la testa all'indietro per guardarmi. Nelle sue pupille l'ethere pulsava intensamente. «Molte cose. Troppe. Curiosità ed eccitazione che mi ricordano cosa si prova a volere qualcuno. Desiderio. *Intenso.*» La sua voce si fece bassa e roca. «A volte divertimento. A volte rabbia. E sempre un immenso *stupore*. Sono stupefatto davanti a te. Potrei andare avanti, ma la verità è che con te provo la cosa più vicina a un senso di pace che abbia mai provato in vita mia.»

Il nodo disordinato di capelli scuri scivolò di lato quando la ex Prescelta, ora sarta, piegò la testa. «Restate ferma» mi ordinò a bassa voce.

«Buona fortuna a farla obbedire» commentò Bele.

Erlina ridacchiò sottovoce.

Lanciai un'occhiataccia alla dea dallo sgabello su cui stavo in piedi. Eravamo nelle mie stanze: qualcuno aveva ripulito il disastro lasciato da Veses prima del mio ritorno, eppure mi sembrava ancora di sentire la presenza della Primordiale nell'aria. Come un odore di rose. Storsi le labbra.

«Tra l'altro» aggiunse Bele dal divanetto dove stava sdraiata di traverso, con la testa su un bracciolo e le gambe sull'altro, «ho sentito che Jadis ha avuto una crisi di nervi epica quando Nektas l'ha lasciata sulle montagne assieme a Reaver e ha capito che non avrebbe partecipato all'incoronazione.» Lo disse senza nemmeno voltarsi verso di me: da quando

Aios aveva finito di acconciarmi i capelli e se n'era andata, si trastullava facendo girare in aria un pugnale.

Alzai un sopracciglio. «Sul serio?»

«Già.»

Il pensiero mi intristì un po': sarebbe stato bello avere i piccoli Draken alla cerimonia. Ma, anche con il permesso di Kolis, non potevamo essere sicuri che non ci sarebbero stati problemi, e dopo quel che era successo a Reaver nessuno voleva più far correre il minimo rischio ai piccoli.

«Ti stai muovendo di nuovo» notò Bele.

Le lanciai un'altra occhiataccia. «Non è vero.»

«State dondolando» confermò Erlina.

Non me n'ero resa conto.

«Sì, come se avessi bevuto un bicchiere di troppo» proseguì Bele.

«Ma tu esattamente che ci fai qui?» le chiesi mentre Erlina tagliava un filo all'altezza del fianco. Il mio tono mi ricordò quello di mia madre ogni volta che mi incontrava in qualche posto in cui non avrei dovuto essere. Bele era arrivata assieme ad Aios, e io ero stata contenta di vederla, ma al cinquecentesimo commento caustico la mia contentezza era svanita.

«Mi assicuro che tu stia ferma.»

«Allora non stai facendo un gran lavoro» commentò Erlina tra i denti stretti a trattenere un ago.

Alzai gli occhi al cielo. Bele sbuffò.

Erlina si fermò e mi guardò con i suoi grandi occhi castani sotto le sopracciglia inarcate.

«Ok, ok» borbottai.

«Non ho mai visto nessuno nervoso quanto te.» Il pugnale roteò in aria per l'ennesima volta. «È come se avessi degli sparacnidi nelle vene al posto del sangue.»

Aggrottai la fronte. «*Sparacnidi*?»

«Sì. Quando nevica, le montagne di Sirta ne sono piene.»

Ricordai che Sirta era la Corte di Hanan.

«In pratica sono dei piccoli ragni, velocissimi e super velenosi.»

«Ma che cazzo...» La mia mente cominciò subito a creare immagini di minuscoli ragni che circolavano nel mio corpo, facendomi rabbrividire.

«Così non sei d'aiuto» fece Erlina.

Bele ridacchiò, un suono lieve e aereo. «Mi spiace, ma almeno non ho parlato dei ragni grossi quanto un cane.»

«Come un cane?» ansimai.

«Oh, sì. Quelli preferiscono le zone umide. Sono grossi da far paura: te la fai sotto anche solo a vederli correre in giro. Ma non mordono, anzi hanno più paura loro di te che tu di loro.»

Decisi seduta stante che non avevo nessun bisogno di vedere il resto dell'Iliseum se la fauna era composta da cose del genere. «Come si fa a *non* aver paura di un ragno grosso come un cane?»

Bele fece una smorfia divertita. «Allora forse è meglio che non ti dica dei serpenti...»

«Ti prego, taci.»

La dea scoppiò a ridere.

Erlina tagliò un altro filo. «Non c'è niente di male, sapete... a essere nervosi.» Alzò di nuovo lo sguardo su di me. «Chiunque lo sarebbe al vostro posto.»

«Vero.» Bele afferrò la lama del pugnale un centimetro prima che le si piantasse nel torace. «Non capita tutti i giorni di essere incoronata Consorte del Primordiale della Morte davanti a una folla oceanica di dei e Primordiali.»

La guardai lanciare ancora il pugnale in aria. «Spero che ti caschi in un occhio.»

Invece lei lo afferrò di nuovo al volo. «Senza parlare dell'intera città di Lete. Prima ho incrociato Ector, che mi ha detto che la sala del consiglio è già strapiena di gente. Ti dirò, sono piuttosto contenta di potermene restare sullo sfondo. Troppa folla per i miei gusti.»

Il cuore mi partì al galoppo. Sentire che Ector era di nuovo in piedi e in attività mi rasserenò un po', ma di fatto ero più nervosa di quanto avessi previsto. Anzi, a dirla tutta mi sentivo quasi sopraffatta... Ok, *ero* sopraffatta. Ed era parecchio strano se si considerava che mi ero preparata a quel momento per gran parte della mia vita. Mi sembrava tutto così surreale, e dubitavo che fosse solo perché avevo dormito troppo poco.

«Finito.» Erlina si alzò e fece qualche passo indietro per squadrarmi. «Così dovrebbe andare.»

Mi riscossi dai miei pensieri e sbattei le palpebre. «Che cosa?»

«L'abito.» La ex Prescelta mi prese la mano. «Guardate.»

Mi fece girare sullo sgabello verso lo specchio a figura intera che aveva portato con sé. E mi vidi.

I miei capelli non si erano mai lasciati addomesticare dalla spazzola nemmeno sotto minaccia di morte, ma Aios si era spalmata un qualche tipo di balsamo sulle mani prima di acconciarli in due trecce ai lati, e ora onde e riccioli pallidi mi scendevano a cascata sulla schiena.

Non portavo alcun velo, ma le mie lentiggini si notavano appena. L'arco dei miei zigomi era sottolineato da un velo di polvere dorata e la sfumatura marrone con cui Aios mi aveva truccato le palpebre e le ciglia rendeva più profondo il verde dei miei occhi. Sulle labbra invece mi aveva messo un rossetto di un rosso un pochino più scuro del normale.

E l'abito...

... non era bianco o trasparente, bensì di una sfumatura d'argento calda che mi ricordava il colore degli occhi di Nyktos nei rari momenti in cui era divertito o rilassato. Le maniche erano di delicato pizzo: seguivano un motivo simile a quello che avevo visto spesso sulle tuniche di Nyktos e delle sue guardie, che proseguiva oltre le spalle sul resto dell'abito. Quest'ultimo mi aderiva addosso come una seconda pelle dal seno ai fianchi, dove si trasformava in strati di veli e chiffon cuciti insieme con cura spaventosa per fare in modo che la gonna scendesse come una nuvola fino a terra. Sulle braccia, sulla scollatura, sulla vita e sulla gonna stessa luccicavano minuscoli diamanti. Era come essere rivestita di un cielo stellato.

«Che ne pensate?» chiese Erlina infilandomi gli indici delle mani negli occhielli cuciti nella parte inferiore di ciascuna manica.

«È bellissimo» sussurrai.

«Tu sei bellissima.» Il volto di Bele apparve sopra la mia spalla. «Sul serio.»

Mi schiarii la voce. «Grazie.» Poi mi voltai verso Erlina. «E grazie anche a te.»

Le sue guance bruno-dorate si imporporarono. «È stato un piacere e un onore per me creare questo abito.»

«Non riesco nemmeno a immaginare come tu abbia fatto. Io ci avrei messo degli anni.» Risi, e la mia risata mi fece tremare un po'. «No, in realtà non ci sarei riuscita nemmeno in una vita intera.»

«Idem» mormorò Bele.

Erlina si schermì dai complimenti con un'alzata di spalle, ma il suo sorriso si fece più ampio.

Scesi dallo sgabello con l'aiuto di Bele. «Ci sarai all'incoronazione?»

La sarta annuì. «Per fortuna le incoronazioni sono come i Riti: tutti i mortali e i semidei che partecipano saranno a volto coperto.»

Mi fece piacere sapere che sarebbe venuta, ma mi preoccupai lo stesso. «Sarà sicuro per te?» chiesi mentre mi infilavo le scarpe dai tacchi alti.

«Mortali e semidei saranno abbastanza lontani da tutti gli altri» disse Bele. «Nessuno riuscirà a riconoscere nessuno. E la maggior parte dei Prescelti che sono arrivati nelle Terre d'Ombra è qui da parecchio tempo: se anche qualche dio o Primordiale si fosse nutrito da loro a Dalos, l'impronta del sangue ormai si sarebbe indebolita molto.»

«Grazie ai Fati» mormorò Erlina. Poi batté le mani. «Ci vediamo là, Vostra Altezza.»

«Non chiamarmi...» Colsi l'occhiataccia di Bele e sospirai. «Ci vediamo là.»

Erlina se ne andò con la sua borsa da cucito ma lasciò lo specchio, dicendo che lo avrebbe ripreso più tardi. Bele richiuse la porta dietro di lei. Io andai a recuperare il mio pugnale, appoggiato sul baule accanto all'armadio, e mi sollevai la gonna.

«Ma che diavolo stai...» Bele scoppiò a ridere mentre mi allacciavo la cinghia alla coscia. «Bel tocco, non c'è che dire.»

«Non vado da nessuna parte senza.» Strinsi bene la cinghia, riabbassai la gamba e osservai la gonna volteggiare a terra in una nube scintillante.

«Ricordati solo che quella lama non farà un cazzo di niente a un Primordiale. Lo dico nel caso qualcuno di loro decidesse di fare un gigantesco dito medio primordiale alle tradizioni.»

«Dopo aver accoltellato Veses in un occhio e averla vista tirarsi fuori la lama dall'orbita con le sue mani, ci sono poche probabilità che me ne dimentichi.»

«Quanto mi sarebbe piaciuto esserci.»

«È stato uno schifo, te lo garantisco.» La guardai. «È ancora in stasi?»

Bele annuì. «E sarebbe bello che ci restasse per un secolo, ma non saremo così fortunati.»

«Già... Quanto tempo avremo prima che si accorgano che è sparita e vengano a cercarla?» Magari per allora saremmo riusciti a trasferire le braci, Nyktos sarebbe asceso come vero Primordiale della Vita e Veses sarebbe diventata l'ultimo dei nostri problemi.

Bele storse il naso. «Pensi sul serio che la marmaglia su cui regna Veses si preoccupi per lei al punto da accorgersi che è via da un po'? Figuriamoci. Secondo me la maggior parte di loro sarà *contenta* che sia sparita.»

Stranamente, quel pensiero mi intristì. E allo stesso tempo non avevo nessuna voglia di star male per Veses, per quanto fosse un atteggiamento meschino. Oltretutto non avevo ancora capito che cosa fosse successo tra lei e Nyktos: lui continuava a insistere di non sopportarla, eppure l'aveva lasciata nutrirsi da lui e fare chissà cos'altro. D'altro canto Veses teneva a lui, almeno quanto bastava a non voler lasciare che si cacciasse nei guai con Kolis.

Eppure secondo me c'era una persona che sapeva la verità sul loro rapporto.

«Sai se Rhain è ancora qui a palazzo?» chiesi.

«Sì, è tra quelli che devono scortarti a Lete.»

Lanciai un'occhiata alla porta. Probabilmente non era il momento migliore per mettersi a discutere di cose del genere, ma... «Se hai idea di dove sia ora, vorrei parlargli un attimo.»

La curiosità le illuminò il viso. «Non è lontano, te lo porto qui.» Fissò il mio vestito. «Ricorda: meno ti muovi, meglio è.»

Sorrisi. «E chi se lo dimentica?»

Ma scoprii che restare in piedi immobile mentre Bele andava a cercare Rhain era più facile a dirsi che a farsi.

Grazie al cielo la dea tornò pochi minuti dopo, tirandosi dietro un dio dall'aria confusa, che si fermò davanti a me con la mano sul pomo della spada. «Volevi vedermi?»

«Sì.» Guardai Bele. «Puoi aspettarci in corridoio?»

Lei alzò le sopracciglia. «Devo proprio?»

«Vorrei che lo facessi.»

«Ma sono curiosa.»

La fissai mentre Rhain assumeva un'aria ancora più sbalordita.

«E va bene» brontolò la dea. «Aspetto fuori.»

Rimasti soli, mi voltai verso Rhain. «C'è una cosa che devo chiederti.»

Lui inclinò la testa e alla luce del candelabro la sua chioma assunse una sfumatura più rossa. «Ed è una cosa che non puoi chiedere davanti a Bele?»

«Temo che non mi risponderesti se ci fosse qualcun altro presente.»

«Ora ho una brutta sensazione.» Il dio si schiarì la voce. «Dimmi.»

«Tra poche ore sarò la Consorte di Nyktos, e immagino che questo mi darà un certo grado di autorità sui suoi sudditi... incluse le sue guardie.»

Rhain socchiuse gli occhi bruno-dorati. «È così.»

«Dunque, se ti faccio una domanda, in teoria sei tenuto a rispondermi *sinceramente*, giusto?»

«Sì...» Il dio strascicò la parola. «Suppongo di sì.»

«Allora spero che risponderai adesso alla domanda che sto per farti, anziché costringermi a ordinartelo tra poche ore.» Vidi la diffidenza invadere il suo volto. «Mi rendo conto che non è il momento giusto per tutto ciò, ma voglio sapere che cosa ha sacrificato Nyktos per me.»

Rhain sbatté le palpebre e passò qualche secondo prima che il suo viso riuscisse di nuovo a rilassarsi. «Non intendevo...»

«Non credo proprio che quando lo hai detto stessi facendo scena, come ha sostenuto Ector. Tu sai qualcosa.»

Le sue spalle si tesero. «Perché vuoi saperlo?»

«Perché sì.»

«Riformulo la domanda: sul serio ti importa?»

Mi irrigidii. «Se non mi importasse non te lo chiederei. Puoi crederci o no, tanto so che non riuscirei a farti cambiare idea. E a dire la verità, in questo momento nemmeno mi interessa. Rispondimi e basta. Per favore.»

Rhain mi fissò negli occhi ancora per un attimo, poi distolse lo sguardo. «Avrei dovuto tenere la mia boccaccia chiusa. Se lo scoprirà mi farà la pelle.»

Ne dubitavo. «Non lo dirò a nessuno.»

Riportò lo sguardo su di me, e le sue pupille ora scintillavano. «E mi dovrei fidare?»

«Al contrario di quel che puoi pensare di me, e a dispetto del fatto che non ti piaccio, non voglio vedere ammazzato né te né nessun altro. Soprattutto non per mano di Nyktos.»

«Cazzo, spero sul serio che sia la verità.» Rhain spostò il peso da un piede all'altro, imprecò di nuovo e alzò gli occhi verso il lampadario. «Eythos ha tenuto segreto il suo patto con il tuo antenato per un sacco di tempo.»

Rimasi sorpresa. Non mi aspettavo che saltasse fuori quell'argomento.

«E lo stesso ha fatto Nyktos. Nessuno di noi ne ha mai saputo nulla finché... una persona non lo ha scoperto alcuni anni fa. Come, io non lo so. I patti sono noti solo a chi li stipula e agli Arae, perché quei bastardi impiccioni devono sempre sapere tutto.» Rhain sporse le labbra in un broncio. «Però lei è venuta a sapere soltanto dell'esistenza del patto, non tutte le altre cose che aveva fatto Eythos. Ma non le serviva altro.»

Un brivido di gelida trepidazione mi scorse giù per la schiena. «*Lei*?»

«Veses.» Rhain scoppiò in una risatina arida. «È successo un paio di anni fa. Ha minacciato di rivelare a Kolis che Nyktos aveva una Consorte nel mondo mortale, ben sapendo che Kolis si sarebbe incuriosito. E con *incuriosito*, intendo che Kolis ti avrebbe rapita e usata per manipolare Nyktos.»

Di colpo rividi Veses nella mia mente, in piedi con Nyktos davanti all'ufficio: *Ho sentito che hai preso una Consorte*. Avevo dato per scontato che prima lei non ne sapesse nulla, ma la sua voce aveva un tono strano... più di fastidio che di sorpresa.

E aveva senso anche che Nyktos le avesse detto che ero la sua Consorte solo di nome, perché se Veses era già a conoscenza del patto era meglio che non sapesse altro. Non faceva meno male, ma aveva senso.

«Ma per vostra fortuna» proseguì Rhain, «l'ossessione di Veses per Nyktos si è rivelata più forte della sua lealtà a Kolis.»

Mi si torsero le budella al pensiero.

«Nyktos ha fatto un accordo con lei. Ha comprato il suo silenzio.» Il dio fissò il pavimento, le labbra contorte in un ghigno. «Pagando un prezzo.»

Mi sentii gelare. D'improvviso mi accorsi che preferivo non sapere altro: *questa* forse era un'informazione che poteva rimanere sepolta. Ma ora si spiegava anche perché Veses mi avesse detto che Nyktos le aveva mentito.

Rhain aveva appena confermato quel che già sapevo: Veses non aveva scoperto l'esistenza delle braci, ma sospettava che Nyktos le tenesse nascosto qualcosa, nonostante anni prima lui fosse ancora all'oscuro di ciò che riguardava le braci. Qualcosa che...

Farebbe qualsiasi cosa per te.

Dovevo sapere *esattamente* che cosa.

«Quale prezzo?» chiesi con voce roca.

«Il permesso di nutrirsi da lui ogni volta che ne avesse avuto voglia.»

Aprii le labbra e per un attimo non provai assolutamente nulla.

«Potresti pensare che non sia accaduto di frequente. Ai Primordiali non serve nutrirsi spesso, a meno che non si siano indeboliti, ma Veses non ha mai fatto passare molto tempo tra una *visita* e l'altra. E Nyktos ormai non poteva più rifiutare.» Rhain mi fissò negli occhi. «Perché ci saresti andata di mezzo tu.»

E a quel punto provai *tutto*.

Arretrai precipitosamente, come se il mio corpo volesse

allontanarsi dalle parole di Rhain. Ora capivo non solo perché Nyktos le avesse permesso di toccarlo o di bere il suo sangue, ma anche perché non me lo avesse detto. Si era messo a disposizione di Veses per mantenere segreti i dettagli del patto. Per tenere al sicuro *me*.

Stavo per sentirmi male. «Perché?»

Rhain mi fissò. «Lo sai perché.»

Chiusi gli occhi. Il dio aveva ragione. Era lo stesso motivo per cui Nyktos non mi aveva presa come Consorte tre anni prima. Per proteggermi da Kolis. «Santo cielo, io...»

La cassaforte in cui avevo rinchiuso le mie emozioni andò in pezzi, e non riuscii più a parlare per la tempesta che mi esplose dentro. Era lo stesso orrore che avevo provato quando Kolis aveva chiesto il suo prezzo, ma questo era orribile in una maniera del tutto diversa. Arretrai di un altro passo, ma inutilmente: non potevo allontanarmi da quel che avevo scoperto.

Come poteva Nyktos aver accettato di fare una cosa del genere prima ancora di conoscermi? Come aveva potuto accettare di offrire se stesso in quel modo, perdipiù a una persona alla quale non si sarebbe mai sognato di fare quell'offerta in qualsiasi altra circostanza?

Aveva sacrificato proprio il suo diritto di dire di no.

Mi tornò in mente di colpo la sorpresa generale nello scoprire che Nyktos non aveva reagito male quando lo avevo toccato. Avevano detto tutti che non gli piaceva...

E poi lui aveva detto che non voleva nessun altro a parte me. *Voleva*.

Oh, dei.

«Forse è vero che Veses intendeva farti fuori perché aveva capito che cosa c'è in te e pensava che avresti messo nei guai Nyktos. Ma sapeva anche che il controllo che poteva esercitare su di lui stava per scomparire.»

Mi tornò in mente quel che Nyktos aveva detto la sera prima. *Non ha più lei il controllo.*

«Nessuno mi toglierà dalla testa che lo abbia fatto anche per questo» concluse Rhain. «Una volta che tu fossi diventata la Consorte ufficiale, non ci sarebbe più stato nessun segreto da proteggere.»

«Nyktos avrebbe potuto smettere di...» Non riuscii a dirlo ad alta voce. «Altri avevano saputo di me settimane prima. Lui non poteva sapere che Veses fosse in grado di percepire quanto sono vicina all'Ascensione...» Non riuscii a continuare.

Perché non erano mai state le braci la cosa importante.

Non erano loro che Nyktos aveva protetto. Non una settimana prima, né mesi. Né tantomeno anni.

Aveva sempre protetto *me*.

Nessuno di noi riusciva a capire perché tollerasse la presenza di Veses, quando era evidente che non la sopportava. Rhain si portò una mano dietro i capelli e si massaggiò la nuca. Anch'io percepivo un senso di oppressione, ma nel petto. «Ma a noi lui non ha dato spiegazioni. Io ed Ector lo abbiamo scoperto solo perché dopo una di quelle visite lo abbiamo trovato in pessime condizioni. Lei gli aveva...»

Non mi fu difficile completare da sola la sua frase. Veses doveva avergli preso troppo sangue.

«Il gelo sulla sua pelle» ansimai. «Mi aveva detto che era perché lui è la Morte.»

«Lui non è il vero Primordiale della Morte. La sua pelle non dovrebbe essere così.»

«È perché...» Feci un respiro spezzato. «È perché lei si nutre da lui.»

Rhain non rispose, ma non ce n'era bisogno. I miei sospetti erano fondati.

Una rabbia infuocata mi dilagò dentro, invadendo ogni cellula del mio corpo e facendo vibrare le braci. Mi sentii avvampare la pelle, cominciai a tremare e...

«Oh, merda» mormorò Rhain, e la luce sul suo volto ondeggiò assieme al lampadario che il dio stava fissando. «Sei... sei tu che stai facendo questo.» Scattò in avanti per afferrarmi le guance e costringermi a guardarlo negli occhi. «Devi calmarti. Io non posso fermarti come ha fatto Nyktos, se non facendoti perdere i sensi in una maniera assai meno dolce, il che non è un'opzione, perché Nyktos andrebbe su tutte le furie se ti facessi del male. E allo stesso tempo non ho voglia di scoprire che effetto fa un palazzo che ti crolla addosso.»

Le braci vibravano fortissimo, ma la rabbia... era come quella che avevo provato guardando Kolis. Quella che avevo provato sentendo *lei* dentro di me. Solo che stavolta era tutta mia. E la mia furia era talmente grande, talmente spaventosa, che riuscii a trasformarla in calma. Placai solo me stessa, non le braci. Quelle continuarono a vibrare, ma io ordinai al lampadario di fermarsi.

E il lampadario lo fece.

Inspirai bruscamente. «La ammazzerò.»

Rhain sbarrò gli occhi, allarmato. «Non puoi uccidere un Primordiale, Sera.»

«Staremo a vedere» risposi come se fosse una promessa.

40

Rhain mi passò precipitosamente davanti, interponendosi tra me e la porta verso cui puntavo. «Non puoi fare quel che hai in mente.»

Lo fissai e socchiusi le palpebre. «Non posso?»

«A parte il fatto che è una Primordiale e non puoi materialmente ucciderla, c'è un'incoronazione che ti aspetta.»

«Ma ci posso provare.» Lo aggirai. «E arrivare comunque in orario all'incoronazione. Sono capace di coordinare i miei impegni.»

Rhain mandò un basso ringhio e mi si parò di nuovo davanti. «So che sei arrabbiata... anche più di quanto avrei creduto. Ma non posso lasciartelo fare. Ci occuperemo noi di Veses.»

«Come? Ve ne occuperete come?»

Gli occhi di Rhain sfavillarono di ethere. «Pensi sul serio che Nyktos lascerà correre quel che lei ha fatto a te e a Reaver? Neanche per idea. Quella puttana ha i giorni contati. Nel momento stesso in cui Nyktos avrà ottenuto le braci e sarà asceso, per lei sarà finita in questo mondo.»

Quelle parole impiegarono alcuni secondi a penetrare nella foschia della mia rabbia. Guardai la porta, dietro la quale

Bele ci stava aspettando in corridoio. Quando l'avevo riportata in vita avevo anche provocato la sua Ascensione, e ora la posizione di Hanan come Primordiale della sua Corte era in pericolo. Una volta che Nyktos avesse ottenuto le braci avrebbe avuto il potere di far ascendere un altro dio per rimpiazzare un Primordiale caduto... per esempio Veses.

Rimasi a fissare la porta serrando e aprendo i pugni, e pregai che Rhain avesse ragione. Che i giorni di quella puttana fossero davvero contati. Anche se in quel momento non avrei desiderato altro che strapparle con le mie mani le zanne da quella bocca schifosa e fargliele ingoiare.

Rhain si spostò al mio fianco. «Nyktos vi sta aspettando, Vostra Altezza.»

Sbattei le palpebre. «Non chiamarmi così.»

«Ma tu sarai la mia regina.» Il dio si strinse di nuovo nelle spalle, facendole arrivare quasi alle orecchie. «Anzi, lo sei già.»

Lo fissai, non sapendo come reagire. Quelle parole provenivano proprio da *lui*. Ma in quel momento non avevo lo spazio mentale necessario.

L'aria stessa che respiravo era pura furia.

E dolore.

Chiusi gli occhi. Era come avere un macigno sul petto, e lo stomaco colmo di acido. Nyktos... Il suo sangue era una parte di lui che non avrebbe mai e poi mai condiviso con Veses se lei non avesse scoperto il mio segreto. Non sapevo se avesse proposto lui il patto, o se si fosse limitato ad accettarlo, ma rimaneva pur sempre una costrizione. Un ricatto. Detestavo il solo pensiero che Nyktos si fosse trovato in quella situazione. Detestavo che fosse colpa mia. E che io ne fossi rimasta all'oscuro.

Perché fare una cosa del genere per una Consorte che nemmeno voleva?

Questo andava al di là del buon cuore: sconfinava in un qualcosa a cui non riuscivo nemmeno a pensare, e che sapevo senza ombra di dubbio di non meritare. Accidenti, mi venivano in mente pochissime persone che lo avrebbero meritato. Ezra. Marisol. Mi mancò il respiro. *Nyktos*. Nessuno avrebbe mai dovuto essere costretto a una cosa come quella, eppure lui meritava lo stesso genere di *sacrificio*.

Il mio senso di colpa aumentò, non perché mi sentissi responsabile del ricatto di Veses, ma perché, proprio come aveva detto Bele, era evidente che tra Nyktos e Veses non poteva esserci nulla di nulla. E io lo sapevo, ma il dolore e l'offesa mi avevano impedito di vedere quel che pure avevo davanti agli occhi.

Eppure non avrei mai potuto immaginare che fosse quello il vero motivo. Né avrei mai voluto saperlo.

«Chi altro lo sa, oltre a te e a Ector?» chiesi.

«Nektas.»

Non ne fui sorpresa: sembrava ci fossero ben poche cose di cui Nektas era all'oscuro. Di certo non avrebbe mai rivelato una cosa del genere a me.

«Ti sei ripresa?» chiese Rhain a bassa voce.

«No.» Riaprii gli occhi. «Io non... non posso accettare che lui abbia fatto una cosa del genere per me... o per chiunque altro.»

«Lo so.» Il dio mi fissò. «Veses era qui.» Un improvviso barlume di consapevolezza gli attraversò il volto. «Era qui quel giorno. È per questo che hai perso il controllo. Li hai visti insieme.» Si passò una mano tra i capelli e imprecò sottovoce. «Non riuscivo a capire che cosa fosse cambiato tra te e Nyktos. È stata lei.»

A che cosa sarebbe servito mentire, a quel punto? «Sì, li ho visti.»

«E lui non ti ha spiegato perché era con lei?»

Scossi la testa.

Rhain indurì la mascella. «Non voleva che lo sapessi perché se ne vergogna.»

«Non è lui a doversene vergognare.» Mi irrigidii al punto da avere l'impressione che i mille piccoli diamanti dell'abito mi scavassero nella pelle. «Ma lei.»

Gli occhi del dio sfavillarono. Ora il loro colore era più simile all'ambra. «Tu lo sai, e lo so anche io. Ma l'avremmo pensata allo stesso modo se ci fossimo trovati noi al posto di Nyktos?»

Non ebbi bisogno di rifletterci. «No.» Dei, il solo pensiero mi spezzava il cuore... Riuscivo a stento a parlare di quel che mi aveva fatto Tavius, anzi, quando ero costretta a tirare fuori l'argomento tendevo a ridimensionare la portata delle sue azioni, perché la verità era troppo brutta. Eppure era nulla in confronto a quel che Veses aveva fatto a Nyktos. Strinsi forte le labbra e sbattei le palpebre nel tentativo di cacciar via le lacrime.

Bussarono alla porta. «Tutto bene lì dentro?» fece la voce di Bele.

Rhain mi fissò.

Presi un lungo respiro, espirai lentamente, annuii e mi costrinsi a rilassare le mani lungo i fianchi. «Lo so, Nyktos mi aspetta.»

Rhain fece per voltarsi verso la porta, poi si girò di nuovo verso di me. «Tu lo ami?»

Mi tremò il pavimento sotto i piedi. Amare Nyktos? Aprii la bocca, ma non ne uscì nessun suono.

Rhain gettò il capo all'indietro. «Credo... di essermi sbagliato sul tuo conto.»

«Voi avete notato niente di strano?» mi chiese Lailah mentre entravamo nell'atrio. Alzò lo sguardo per guardare i lampadari di cristallo, e i capelli acconciati in lunghe trecce le scivolarono via dal viso. «Avrei giurato che due minuti fa il palazzo abbia tremato.»

«Curioso» borbottò Rhain, e non aggiunse altro. Non volevo nemmeno pensare al fatto che avevo quasi perso il controllo un'altra volta. E che in qualche modo la stessa rabbia che avevo provato mi aveva calmata. In realtà non avevo neppure spazio per quei pensieri: ero ancora scossa per quel che Nyktos aveva fatto per tenermi al sicuro... e prima ancora che ci conoscessimo.

Mi salì una tale bile in gola che credetti di soffocarci dentro. Saion e Rhahar, che parlavano tra loro davanti alle porte, tacquero e si voltarono a guardarmi. Rimasero così abbastanza a lungo da strapparmi ai miei pensieri.

Bele si passò una mano sul volto. «È troppo carina, non trovate?»

La fulminai con lo sguardo.

«Che è bella lo sapevamo già.» Saion alzò un sopracciglio. «Ma quell'abito...»

«... sembra fatto di stelle» completò Rhahar.

Arrossii. «Grazie» riuscii a mormorare.

Saion sogghignò e spinse le grandi porte di pietra. Le varcai e scesi una breve scalinata che sfociava nel cortile. Per primi vidi Orphine e il suo gemello Ehthawn: i loro massicci corpi color della mezzanotte erano appollaiati sul bordo dell'Alzata, e in lontananza intravidi i profili di altri Draken che volavano in cerchio sopra la Foresta Morente. Poi un rumore di ruote attirò la mia attenzione.

Una carrozza entrò in cortile, circondata da un piccolo esercito di guardie a cavallo: dovevano essere... quasi un centinaio. Aguzzai la vista tentando di distinguere le immagini dipinte sul fianco del veicolo: rami di rampicanti, un lupo bianco. Gli stessi simboli dipinti sulle porte della sala del trono.

Uno sportello della carrozza si aprì e ne spuntò la testa di Ector. Sbarrò per un attimo gli occhi, poi la sua espressione si rilassò. Mi porse la mano. «Pronta?»

Deglutii e feci di sì con un cenno del capo. Saion saltò agilmente al posto del cocchiere. Feci per salire anch'io, poi mi fermai a guardare gli altri dei che montavano a cavallo. Solo Bele rimase accanto alle porte.

«Un attimo» dissi ad alta voce, d'improvviso preoccupata.

Saion mi guardò da sopra la spalla.

«Se siete tutti qui...» feci, «chi è con Nyktos?»

«Nektas» rispose Rhahar assestando la presa sulle redini. Poi si voltò di nuovo avanti. «E tutto l'esercito delle Terre d'Ombra, credo.»

Oh.

«Sera?» Ector mi fece cenno con le dita.

Con un lungo respiro mi sollevai la gonna e afferrai la mano calda che il dio mi porgeva. L'interno della carrozza era in penombra. C'erano due panche coperte di spessi cuscini bianchi. Presi posto su una.

«Per la maggior parte del viaggio sarò qua fuori» avvertì Ector.

«Fa' attenzione» mormorai in risposta.

Lui esitò, poi scosse la testa e si arrampicò fuori per andare a sistemarsi su una delle stanghe laterali. Rhain spostò il cavallo accanto a lui e lo sportello si chiuse. Udii un colpetto sul tettuccio e la carrozza si mise in moto sobbalzando.

Tu lo ami?

Mi accorsi di avere le mani umide e le premetti sul cuscino accanto a me. Seguii con gli occhi l'intrico di rampicanti e foglie di pioppo che decorava le pareti interne e il tettuccio. Andavamo veloci, e non avevo idea di quanto tempo fosse passato prima che la realtà del sacrificio di Nyktos, la portata dei miei sentimenti per lui e la ragione per cui avevo reagito così male vedendolo assieme a Veses mi colpissero tutte insieme.

Tu lo ami?

«Oh, dei» sussurrai affondando nel cuscino. Premetti una mano sui diamanti che adornavano il corpetto e anche attraverso gli strati di stoffa sentii il cuore battere all'impazzata.

Avevo caldo all'altezza del petto e mi pareva che la mia cassa toracica si stesse gonfiando, ma tutto questo non aveva nulla a che fare con le braci.

C'era una sola ragione che potesse spiegare perché stavo reagendo in quel modo. Abbassai lo sguardo sulla mia mano, premuta appena sopra il cuore.

Il mio cuore.

Io... io lo amavo.

Amavo Nyktos?

Un nuovo tremito mi scosse le mani: levai lo sguardo sul sedile vuoto di fronte a me e deglutii a fatica. Dovevo calmarmi. Che ne sapevo io di che conseguenze aveva l'amore? Quel che mi stava succedendo poteva anche essere soltanto un effetto collaterale dello stress... o di qualunque altra cosa. Magari era solo indigestione.

Una risata strozzata mi uscì dalla gola ed echeggiò nello spazio vuoto della carrozza. *Indigestione*. Come no.

Lo sportello si aprì lasciando entrare una folata d'aria che sapeva di lillà morti. Ector entrò, lo richiuse e si sedette al mio fianco. «Siamo quasi alle porte della sala del consiglio di Lete, dove Nyktos ti aspetta.»

Lo fissai. Il mio cuore sembrava battere al ritmo delle ruote della carrozza.

«Non ci sono stati problemi finora, a parte qualche Ombra vagabonda che è stata sistemata rapidamente...» Ector aggrottò le sopracciglia. «Ti senti bene? Sei pallida.»

«Credo di stare per vomitare» sussurrai.

Il dio sbatté le palpebre due volte. «Vuoi che fermi la carrozza?»

«No. Non serve...» O almeno così speravo.

«Bele ha detto che eri nervosa, ma io non le ho creduto. Non penso di averti mai vista nervosa.» Ector piegò la testa di lato. «E invece lo sei per davvero.» Si mise le mani sulle ginocchia e si chinò in avanti. «Mi ricordi mia sorella, sai?»

Quelle parole mi strapparono alla spirale di panico che mi stava inghiottendo. «Hai una sorella?»

Lui annuì. «Era spaventata come te il giorno del suo matrimonio. Diceva che le sembrava di avere lo stomaco pieno di creature svolazzanti.»

Era la precisa descrizione dello stato del mio stomaco.

«Ovviamente quella era tutta un'altra situazione. L'amore della sua vita e tutto il resto.» Ector accennò un sorrisetto fugace. «Ma immagino che il nervosismo sia lo stesso.»

Le creature svolazzanti stavano salendo a invadermi anche il petto. «L'amore della vita?»

«Fidanzatini sin da piccoli, sai com'è.» Ridacchiò e uno scintillio distante ma caldo gli riempì gli occhi. «Senti, lo so che sei finita in questa situazione con... tutt'altri piani in mente, e probabilmente senza grandi prospettive per il futuro. E per la maggior parte del tempo non ho idea di cosa succeda fra voi due. Ma Nyktos sarà sempre gentile con te.»

«Lo so. Dei, quanto lo so.» Mi sfuggì un'altra risata ed Ector si accigliò di nuovo. «Non è questo il punto.»

«E allora che cos'hai? Temi che arrivi qualche guaio? Non devi...»

«Voglio diventare la Consorte di Nyktos» sbottai. «Lo voglio più di quanto credo di aver mai voluto qualcosa in vita mia...» Be', forse volevo anche che la Putrefazione si fermasse e che Kolis venisse sconfitto. E volevo anche uccidere Veses. Una morte molto lenta e molto dolorosa. Quindi in effetti c'erano altre cose che volevo con la stessa intensità, ma... «Voglio che tutto questo accada.»

Ector rimase a bocca aperta mentre la carrozza si arrestava. Nessuno di noi due si mosse, nemmeno quando bussarono sul tettuccio.

«Questo non me lo aspettavo» sussurrò il dio, con l'ethere che pulsava dentro le pupille. «Proprio no.»

«Nemmeno io» ammisi a voce altrettanto bassa.

«Ed è per questo che sei nervosa?»

Annuii.

Lo sportello si aprì, ma stavolta non sentii odore di fiori morti: c'erano troppi altri profumi. Fumo di legna. Cibo. Olio da lampada.

«È tutto a posto lì dentro?» chiese Rhahar.

«Sì.» Le labbra di Ector si distesero in un sorriso lento ma ampio. «Direi proprio di sì.»

«Bene...» Rhahar esitò, poi si voltò verso di me. «Nyktos ti aspetta dentro.»

Mi sentii stringere il cuore al punto che pensai di essere sull'orlo di un infarto, ma poi la pressione si allentò. Mi alzai e presi la mano di Rhahar: mi sembrava di camminare su una distesa di stuzzicadenti. Oltre al dio riuscivo a vedere solo le sagome delle guardie a cavallo e una sezione dell'Alzata. Mentre Rhahar mi aiutava a smontare dalla carrozza, un Draken ci sorvolò ad ali spiegate, e io seguii con gli occhi la sua picchiata sulla sommità di un colonnato eretto sopra una fila di archi di pietra che conduceva alla sala del consiglio. Arretrai un po' per riuscire ad abbracciare con lo sguardo la vasta, magnifica struttura di ombropietra stagliata contro il cielo grigio e le pallide stelle. La sala, come mi aspettavo, era a cielo aperto, ma molto, molto più grande di quelle che avevo visto a Lasania. Dall'altra parte del colonnato arrivavano un alone di luce morbida e giallognola e una eco di... risate e musica portata dalla brezza.

Il mio sguardo si posò sulla gente affollata all'ingresso della sala e nei dintorni: erano guardie, ma a differenza delle solite portavano elmi fatti da sottili strati di ombropietra, che coprivano il volto e il collo. Soldati.

«Vieni.» Tenendomi saldamente per mano – e non poteva essere altrimenti, visto che la mano in questione tremava come una foglia – Rhahar fece strada e la fila di soldati si aprì.

Ector, Rhain, Saion e i gemelli si accodarono mentre ci dirigevamo verso una torre senza finestre che mi sembrava una versione più piccola del Tempio dell'Ombra. L'ingresso doveva essere lì. La superficie esterna rifletteva la luce delle stelle al punto che l'edificio sembrava ricoperto da migliaia di candele.

Rhahar mi trascinò rapido davanti alle file di soldati. Non riuscivo a capire se avesse fretta di liberarsi di me, o volesse solo consegnarmi quanto prima alla sicura presenza di Nyktos.

Le creature svolazzanti citate da Ector adesso mi stavano assediando il cuore. Poi le porte della torre si aprirono, e alla luce delle stelle riconobbi subito dei capelli rosso vino. Con indosso un abito verde smeraldo senza maniche, Aios era in piedi accanto a un soldato che mi pareva si chiamasse Kars, la guardia bionda e muscolosa che si era offerta di vegliare su di me.

La dea ci si avvicinò, prese la mia mano da quella di Rhahar e con l'altra lisciò una delle mie trecce. «Sei bellissima.»

Kars si inchinò.

Poi Aios mi prese sottobraccio e ripartì a passo più lento di quello di Rhahar, mentre le guardie ci circondavano. «Hai domande, prima che entriamo?»

Capii che forse le creature svolazzanti avevano infine raggiunto la testa, perché me la sentivo completamente vuota a parte... «Sei mai stata innamorata?»

Aios sgranò gli occhi, sorpresa. «Sì.»

«E che effetto fa?» chiesi in un sussurro.

Aios rallentò. «Non è facile da spiegare... e non credo faccia lo stesso effetto a tutti.» Tacque un attimo. «Per me è stato come... come *sentirmi a casa*, anche in un posto che non mi era familiare.»

Ed era così anche per me. In più c'erano le braci, che riconoscevano Nyktos: sapevo che non erano loro a controllare i miei sentimenti, ma forse avevo scambiato la loro influenza per un'emozione più significativa.

«È come essere vista davvero per la prima volta» proseguì Aios. Un sorrisetto dolce le apparve sulle labbra e a me sprofondò lo stomaco. «Essere ascoltata davvero. So che probabilmente è un discorso senza senso, ma per me è stato... come essere *conosciuta* in un modo mai provato prima.»

E invece *sì* che aveva senso. Santo cielo. Mi sentivo come se Nyktos mi vedesse e mi sentisse. Ma era anche vero che non avevo conosciuto molte persone in vita mia, quindi...

«Penso che in definitiva sia qualcosa che senti e basta.» Aios mi strinse la mano. «Perché per la persona che ami faresti qualsiasi cosa. Qualsiasi. E non è qualcosa che si possa forzare o imitare.»

Qualsiasi cosa.

Mi tornò in mente quando Nyktos mi aveva chiesto perché mi fossi offerta volontaria davanti a Kolis. E dentro di me, nel profondo, conoscevo la risposta.

Lo amavo da molto prima di quel giorno. Da prima di sapere del suo accordo con Veses. Da prima di rendermi conto che desideravo essere la sua Consorte.

Era per questo che condividere con lui il mio corpo mi era sembrato *qualcosa di più*. Perché lo era.

«Cazzo» mormorai mentre Rhain arrivava al nostro fianco.

Aios aggrottò le sopracciglia e guardò Rhain sopra la mia testa. Ci fu un momento di silenzio. «Va tutto bene?»

Annuii, mentre le file di guardie entravano dalla porta d'ingresso. Le braci presero a vibrare e la gola mi si chiuse di colpo. Davanti a noi una seconda porta, decorata con gli stessi motivi della carrozza e della sala del trono, si aprì per rivelare una sala illuminata di luce viva e straripante di soldati in armatura.

Eppure vidi immediatamente *lui*.

Era in piedi al capo opposto della sala, accanto a un'arcata rotonda che dava accesso all'ambiente principale dell'edificio. Portava i capelli sciolti, le spalle larghe tendevano la stoffa color ferro della sua tunica senza maniche. Le guardie si scostarono aprendo un passaggio che conduceva da me a lui. Lo vidi voltarsi lentamente, finché il mio sguardo non finì nel suo. In quello di *Ash*.

Mi tornarono in mente d'improvviso le parole di Nektas: *Lui è quel che tu vuoi che sia.*

E in quel momento, mentre me ne stavo lì in piedi tremante, seppi che cos'era per me. Non era Nyktos. Non lo era mai stato. Era Ash, e io...

Io ero innamorata di lui.

Ogni cosa si fermò. Il mio cuore. I miei polmoni. I miei passi. L'aria nella sala. Il mondo intero. La linea rigida della sua mascella si allentò, le sue labbra piene si aprirono e i suoi occhi divennero polle luminose di mercurio che mi fissavano. Rimase immobile, come lo ero io. Non avrei saputo dire per quanto tempo rimanemmo così. Il mio battito accelerò, mi si gonfiò il petto e mille pensieri diversi mi invasero come un vortice la mente. Forse furono secondi. Forse minuti. Non ne avevo idea. Sentivo solo che i miei piedi non toccavano più il pavimento.

E poi... *Ash* venne verso di me a passi fluidi. I suoi movimenti aggraziati da predatore mi ricordarono i lupi Kiyou che vagavano per gli Olmi Cupi. E per tutto il tempo non staccò gli occhi dai miei.

Mi accorsi solo vagamente che Aios mi lasciava andare il braccio... Poi *Ash* fu davanti a me. Il suo tocco si sostituì a quello della dea, e una scarica di consapevolezza mi attraversò da capo a piedi. Intrecciò le sue dita alle mie e si chinò per portare la bocca vicino al mio orecchio e sussurrarmi: «Respira, *liessa*».

Una parola bellissima.

Una parola piena di potere.

Inspirai di colpo, profondamente. Lui strinse più forte con le dita e si fece più vicino, fermando il tremore incontrollato della mia mano e del mio braccio. Il suo profumo di limone e aria fresca mi inondò.

«Ecco, così» bisbigliò sfiorandomi l'orecchio con le labbra. Quel contatto mi fece rabbrividire. Mi servirono vari istanti per smettere di ingoiare l'aria a sorsate convulse. Era così vicino che le sue cosce quasi toccavano le mie. Poi spessi tentacoli di oscurità gli si avvolsero attorno – si avvolsero attorno a *noi* – e ci nascosero alla vista degli altri nella sala. Mosse la mano stretta nella mia e sentii il pollice che mi carezzava il palmo. «Meglio?»

«Sì» risposi in un sussurro roco.

Ash rimase al mio fianco, muovendo il pollice avanti e indietro. «Volevo dirti che sei bellissima.» La sua voce era morbida come le ombre che ci avvolgevano, calda contro la mia guancia. «Ma *bellissima* non rende giustizia alla vera grandezza di quel che ho davanti agli occhi. Non so se esista una parola adeguata. Mi hai tolto il respiro.»

Il mio cuore perse un battito. Ash arretrò e le ombre si dissiparono attorno a noi. Alzai lo sguardo e notai che il broccato che seguiva il collo della sua tunica e gli attraversava il petto in una linea verticale, giù fino alla vita, era più splendente di prima. Sembrava tempestato di gioielli. I pantaloni neri e gli stivali di pelle erano immacolati. Non portava armi: indossava solo il bracciale, ma piegando un po' di più la testa vidi la sua *corona*. Che era l'opposto di quella di Kolis.

Poggiava bassa sulla fronte ed era del colore della mezzanotte. Una fila di spade intagliate nella pietra liscia circondavano la parte centrale, che aveva la forma di una falce di luna. La punta di ogni spada e l'intera superficie della luna scintillavano di diamanti.

Era un oggetto spaventoso e meraviglioso al tempo stesso, fatto di ombropietra e luce di stelle, come colui che lo portava.

La mano di Ash era ancora nella mia. «Sera?»

«Sembra pesante, quella corona» commentai, non sapendo che altro dire nonostante tutti i pensieri che mi invadevano la testa.

L'angolo delle sue labbra si sollevò. «Aspetta di vedere la tua.»

Alzai le sopracciglia. «È pesante anche quella?»

Lui ridacchiò e abbassò le nostre mani intrecciate. «Non preoccuparti, non dovrai più portarla dopo stasera.»

Annuii e deglutii. Avevo la bocca e la gola completamente asciutte.

«Saion?» Lo sguardo di Ash si allontanò da me, ma tornò subito indietro e indugiò sul pizzo e sui diamanti che mi cingevano la vita. «Aggiornamento?»

Il dio si fece avanti. «Tutti i soldati hanno preso posizione lungo la navata e ai piedi della predella.»

Mi voltai e vidi che la sala si era quasi svuotata: rimanevano solo Aios e una manciata di guardie. La dea mi sorrise e io ricambiai. O almeno sperai di averlo fatto, perché mi sentivo un po' strana.

«Dov'è...» Mi schiarii la voce. «Dov'è Nektas?»

«In giro.» Lo sguardo di Ash scivolò sulle mie labbra e lungo la linea del mio viso. «Qualcuno può portarmi del vino?»

«Arriva» rispose una voce.

Un attimo dopo apparve Kars con un calice di bronzo: lo consegnò al Primordiale, mi lanciò una rapida occhiata e fece un passo indietro.

«Ecco.» Ash mi mise il calice nella mano libera.

«Grazie.» Bevvi un sorso, avidamente ma con cautela. Era dolce e frizzante.

Lui rimase in silenzio finché non ebbi bevuto un altro lungo sorso. «Ti senti bene?»

«Certo.»

Ash mi fissò e inclinò leggermente la testa. La corona non

si spostò di un millimetro, ma vidi che lui aveva socchiuso le palpebre.

Mi irrigidii, ma mi sforzai di usare una voce morbida anziché tagliente: «Per favore, non leggere le mie emozioni».

Ash si accigliò. «Non credo di averti mai sentito fare questa richiesta con tanta gentilezza.» I suoi occhi cercarono i miei. «Che c'è che non va?»

Un calore mi invase la gola. Come potevo rispondere? L'unica cosa che non andava in quel momento era che... molto probabilmente ero innamorata di lui. E non avevo la più pallida idea di cosa dire o fare.

Ash mi osservò con attenzione. «È successo qualcosa?»

«No» risposi subito, forse troppo velocemente. Dovevo riprendere il controllo di me, e altrettanto in fretta. O forse potevo smettere di comportarmi a quel modo e semplicemente dirgli la verità. Non la parte su Veses che avevo appena scoperto, perché non era il momento, ma... potevo essere onesta con lui.

«Sera?» Ash mi toccò il mento, facendomi piegare la testa all'indietro.

Chiusi gli occhi, perché, anche se non ero più spaventata come prima, non mi sentivo nemmeno molto coraggiosa. «Desidero... desidero solo che tu sappia che anche io voglio tutto questo.» Le parole mi uscirono in un sussurro strozzato. «Quando ho detto che volevo diventare la tua Consorte... be', è ancora vero. Lo voglio, Ash.»

Silenzio.

Aprii un occhio, poi l'altro. Lui mi fissava con le pupille ricolme di vortici di ethere scintillante. Sembrava allibito. Sconcertato.

«Volevo che lo sapessi.» Le mie guance avvamparono e allo stesso tempo ebbi l'impressione di sentire il cervello *rabbrividire*, ma un po' della pressione che avevo nel petto se ne andò. Lo stomaco mi andava ancora su e giù, ma stavo un po' meglio. Feci un passo indietro. Ash mi tolse le dita dal mento e io feci scivolare la mano fuori dalla sua.

Guardai verso la porta. Chissà quando, la musica aveva smesso di suonare. «È il momento?»

Ash sbatté le palpebre e si schiarì la gola. «Sì. Sì, lo è.» La sua voce sembrava scossa.

Vidi Saion avvicinarsi e sperai che nessuno avesse sentito la mia imbarazzata dichiarazione. Aios ci stava osservando con aria perplessa, e d'improvviso desiderai averle chiesto di chi era innamorata. Stavo quasi per farlo, ma Ash mi prese di nuovo la mano e un attimo dopo ci incamminammo verso l'ingresso.

«Trentasei» mormorò lui quando fummo sulla soglia.

«Cosa?»

«Trentasei lentiggini» rispose continuando a guardare davanti a sé. «Le ho contate di nuovo. Sta diventando un'abitudine. E ho mentito quando ho detto di non sapere quante ne hai sulla schiena. Dodici.»

Sentii di nuovo il petto che si gonfiava e le braci... *ronzarono*. Prima avevo avuto la sensazione che fosse tutto a posto, una sensazione di *giustezza*, ma questo... questo era diverso. Guardai Ash e mi si disegnò un sorriso sulle labbra. Era come se la giustezza che sentivo fosse tatuata sulla mia pelle, mi riempisse le vene, penetrasse nelle ossa e nei muscoli. Ed era bello. Non sconvolgente. Spaventoso come l'inferno, sì, ma *bello*.

Respiravo ancora a fatica. Rivolsi la mia attenzione alla sala e vidi che c'erano altri Draken appollaiati in cima alle colonne, a dozzine... ma non mi parve di vedere Nektas tra loro. Dalle sommità dei pilastri pendevano stendardi grigio ferro con ricamate sopra due falci di luna che si fronteggiavano sotto il profilo di una testa di lupo. Le gradinate erano attraversate da nastri di stoffa gialla che spandevano una luce calda sulle file interminabili di sedie e tavoli. Non avevo mai visto niente del genere: doveva essere energia primordiale quella che scorreva nella stoffa.

«In ginocchio» tuonò Rhain dal fondo della navata, facendomi sobbalzare. La predella era così lontana che la intravedevo a stento, ma la voce del dio echeggiò dappertutto. «In ginocchio davanti ad Asher il Cinereo, Colui che è Benedetto.»

Anche il rumore di scarpe e stivali sul pavimento di pietra creò un'eco talmente forte da inghiottire persino il battito del mio cuore. Poi Ash mi strinse più forte la mano e io sentii solo quello. Solo lui. Nient'altro.

«Il Guardiano delle Anime» continuò Rhain, e avrei potuto giurare che le stelle nel cielo avessero preso a pulsare. «Il Dio Primordiale degli Uomini e della Fine e il Sovrano delle Terre d'Ombra. Il Primordiale della Morte.»

41

Non mi accorsi che avevamo ricominciato a camminare finché non divenni consapevole del silenzio assoluto e delle *migliaia* di occhi puntati su di noi. Tirai un respiro debolissimo, le braci vibrarono e il mio sguardo rimbalzò qua e là tra gli scudi dei soldati allineati lungo la navata, le macchie di colore delle tuniche e degli abiti, e i tanti visi sfocati. Nessuno emise un suono mentre venivamo avanti, ma tutti ci fissavano. Dai lati. Da dietro. Da sopra. Sentivo i loro sguardi sulle ciocche dei capelli, sullo spacco scintillante della gonna, sul viso.

Non ero mai stata guardata da così tante persone in vita mia. Alzai gli occhi sulla predella in fondo a quella navata che pareva interminabile. Mi sentii formicolare la nuca e cominciai ad avvertire un dolore al petto...

«Respira» mormorò Ash stringendomi la mano.

Al suono della sua voce il mio cuore rallentò un pochino, ma tutto quel che riuscii a fare da lì in poi fu concentrarmi nel trarre respiri lenti e misurati. Mi accorsi che eravamo arrivati alla predella solo perché Ash si fermò per darmi il tempo di sollevare l'orlo della gonna ed evitare di inciampare. Sapevo di aver riconosciuto i volti delle persone che ci aspettavano lì, ma non avrei saputo dire i loro nomi nemmeno se ne fosse andato della mia vita.

Afferrai la gonna con tale forza che i piccoli diamanti mi si piantarono nei palmi. Salimmo i gradini arrotondati di ombropietra e i troni apparvero alla vista: erano identici a quelli della Dimora di Ade e collocati sotto gli stendardi. Davanti a essi sorgeva un piedistallo bianco.

Sopra il quale c'era una corona.

Rimasi a bocca aperta. Non avevo mai visto nulla di simile. Spirali intagliate nell'ombropietra formavano una sorta di aureola fatta di falci di luna scintillanti. Tra le sommità di ciascuna spirale erano agganciate delicate catenelle di pietra nera da cui pendevano blocchetti di diamanti, ognuno collegato anche alla parte anteriore di ogni spirale.

Volevano che io me la mettessi? *Sulla testa?*

Ash mi condusse sulla predella e oltre il piedistallo. Ci fermammo di fronte ai troni, nel punto in cui le ali di ombropietra si toccavano, e Ash si girò verso di me in modo che sia il piedistallo sia i troni fossero esattamente dietro di noi.

«Guardami» mi disse sottovoce, e io obbedii. «Ci siamo solo noi.»

Con la gola secca, immersa nel silenzio della sala, mi aggrappai ai suoi occhi come un naufrago a una fune. Tra le sue iridi danzavano lenti riccioli di ethere. Il suo pollice mi carezzò il bordo della mano. Ci fu un movimento ai margini del mio campo visivo, ma non distolsi lo sguardo. Era Rhain che stava sollevando la corona dal piedistallo: Ash mi carezzò con il pollice ancora una volta, poi mi lasciò andare la mano per prendere la corona, ma non staccò gli occhi dai miei nemmeno quando...

... appoggiò un ginocchio a terra, *inchinandosi di fronte a me.*

Un mormorio sbigottito percorse la folla sulle gradinate. Lo fissai, al colmo della confusione: non mi aveva anticipato nulla del genere, e dalla reazione degli spettatori potevo intuire che non fosse affatto normale. Per quale motivo al mondo proprio *lui*, un Primordiale, si inchinava?

Poi una voce familiare ruppe il silenzio: «Ecco un uomo che ha capito qual è il suo posto». Ne cercai l'origine accanto alla predella e i miei occhi si posarono su un Primordiale dai capelli biondi, mentre in tutta la sala echeggiavano risatine soffocate.

Non fui sorpresa di vedere Attes. Era vestito di nero e portava in testa un elmo di pietra rosso-nerastra. Mi meravigliò invece vedere Kyn, dopo quel che era successo a Dalos: eppure era lì anche lui, in ginocchio accanto a suo fratello.

Il Primordiale dell'Accordo e della Guerra mi fece l'occhiolino, e la solita fossetta gli apparve sulla guancia destra.

Riportai subito il mio sguardo su Ash, che ora aveva un mezzo ghigno sulle labbra.

«Dovrai chinarti un po' anche tu» mi sussurrò. «Ma tieni la testa e il collo dritti.»

Sbattei rapida le palpebre, poi mi chinai dalla vita in giù. Sempre fissandomi negli occhi, Ash sollevò la corona di lune e me la mise sulla testa. Le catenelle di diamanti mi baciarono la fronte. Con delicatezza lui fece scorrere le dita sul bordo inferiore dell'aureola per sistemarmela meglio addosso, in modo che la fila di dentini che sporgevano dal bordo mi si infilasse tra i capelli. Mi sembrava che la corona non avesse peso, ma probabilmente era perché il mio intero corpo doveva aver perso sensibilità.

Poi Ash mi prese di nuovo per mano e ci rialzammo insieme. Mi guardò in volto e osservò le catene di diamanti che mi drappeggiavano la fronte. «Splendida» mormorò. Poi ci fece voltare verso la folla.

Che ammutolì.

«Alzatevi.» La sua voce risuonò profonda e roboante come un tuono. «Alzatevi di fronte a Colei che è Nata dal Sangue e dalla Cenere, la Luce e il Fuoco, la Più Splendente tra le Lune.»

Lo fissai completamente senza fiato.

Il mio titolo.

In mezzo a tutto il resto me ne ero dimenticata.

Quelle parole suonarono quasi come se contenessero una profezia. Qualcosa di magico. E di una bellezza inarrivabile.

Ash sollevò il mento. Riccioli di ethere vorticavano nei suoi occhi. «Alzatevi di fronte alla Consorte delle Terre d'Ombra.»

Sulle gradinate, Primordiali e dei, mortali e semidei si alzarono, e quando Ash sollevò le nostre mani intrecciate gli applausi si levarono in alto, fin dove stavano appollaiati i Draken...

Poi d'improvviso la mano stretta in quella di Ash mi formicolò così forte da farmi sobbalzare.

La fissai: una luce bianco-argentea roteava attorno ai nostri palmi uniti. Sotto i miei occhi scese giù lungo le braccia. In risposta le braci vibrarono con un'intensità straordinaria e il bagliore dell'ethere riflesso sul viso di Ash si fece un po' più forte. La folla si azzittì di nuovo.

«Sei tu?» chiesi in un sussurro.

«No» rispose lui con voce roca.

I suoi lineamenti si fecero più affilati e la sua pelle si assottigliò al punto che intravidi le prime ombre sotto di essa. Mi fissò, e nei suoi occhi lessi incredulità.

«*Imprimen*» disse schiarendosi la voce. «*Suu opor va id Arae. Idi habe datu ida benada.*»

«Co... cosa?» Era la lingua primordiale, ma riconobbi solo una parola.

Ash deglutì. «Impronta» tradusse guardandomi. Il silenzio generale si dissolse in un mormorio di puro stupore. «Sono gli Arae. Ci stanno dando la loro benedizione.»

Gli Arae? Holland? Levai lo sguardo sulla folla, ma colsi solo vaghe impressioni di bocche spalancate e Primordiali dagli occhi sgranati. Incrociai lo sguardo di uno che aveva la pelle rosso-brunastra e una chioma di riccioli color ruggine sotto una straordinaria corona di quarzo azzurro formata da rami e onde.

La folla esplose in mille acclamazioni, in un frastuono di piedi e scudi che battevano contro il pavimento. Tutti i Primordiali tacevano allibiti, tranne una, che mi rivolse un piccolo sorriso, si portò una mano priva di gioielli al petto e annuì.

Presi un faticoso respiro mentre Ash mi conduceva verso il trono. Avevo ancora il cuore in tempesta. Ci sedemmo, sempre tenendoci per mano, poi una sorta di rombo parve scuotere per intero le Terre d'Ombra e un'esplosione sfavillante di fuoco argenteo illuminò il cielo: i Draken sulle colonne avevano sollevato le teste e liberato un richiamo di una potenza assordante. A occhi sgranati li guardai levarsi in volo sopra la sala, in vasti cerchi, mentre un'ombra più grande delle altre calava sulla folla oscurando le stelle. Una folata di vento investì i nastri luminosi e mi sollevò i capelli. Alzai la testa.

Sulle sue enormi ali nere e grigie, Nektas planò fino ad atterrare di fronte ai troni, aggrappandosi con i massicci artigli al bordo della predella. Allargò le ali sopra le nostre teste e gli aculei attorno al suo collo vibrarono quando dalla sua gola uscì un ruggito che parve un tuono. La gente più vicina alla predella arretrò e dagli occhi saettarono sguardi inquieti. Dalle narici di Nektas uscì del fumo e io mi voltai a guardare Ash...

Mio marito.

Le sue labbra si curvarono in un accenno di sorriso. Mi strinse più forte la mano, poi la lasciò andare. Io la fissai.

Sul dorso e tra il pollice e l'indice brillavano piccoli vortici di luce dorata, che dal lato opposto scorrevano giù attraversando le linee del palmo. Guardai la mano di Ash.

Anche la sua portava lo stesso marchio.

«È l'impronta matrimoniale» spiegò Ash a bassa voce. La mano che mostrava quei nuovi segni era appoggiata sul tavolo disposto davanti ai troni. «Appare per segnalare che un'unione è approvata.»

«Dai Fati?» Seguii con il dito i riccioli dorati che mi istoriavano il palmo: a differenza dei caratteri dell'incantesimo che mi era stato tracciato sulla pelle, questi non erano scomparsi.

«Immagino che i Fati *potrebbero* fare una cosa del genere» rispose a voce ancora più bassa, sporgendosi perché potessi sentirlo. Probabilmente la folla in lontananza credeva che ci stessimo sussurrando paroline dolci.

Fissai di nuovo i segni. «Dunque non sono stati loro?»

«Non credo.»

«Quindi prima hai mentito?»

Lui mi sistemò uno dei riccioli dietro la spalla. «Solo un po'. Dovevo dare una qualche spiegazione per un evento all'apparenza impossibile. Sono secoli che un'unione non viene benedetta.»

Alzai un sopracciglio. «E allora che cosa è successo realmente?»

Le sue dita indugiarono nei miei capelli. «Mio padre era solito fare proprio questo quando approvava un'unione e voleva che si sapesse. Era la sua *benedizione.*»

Mi tornò in mente che una volta Ash ne aveva già parlato. Ma se era una cosa che suo padre usava fare, significava che il *vero* Primordiale della Vita poteva farla, e dunque...

«Sono state le braci.»

Con un sorriso Ash tornò a raddrizzarsi e si voltò a guardare la folla.

«La gente crederà davvero che siano stati gli Arae?» chiesi.

«I Fati possono qualunque cosa. Questa non sarebbe assolutamente fuori dalla loro portata.»

Eppure Ash sembrava sicuro che non fossero stati loro.

Mi fissai per l'ennesima volta la mano e seguii con il dito un ricciolo splendente. Erano state le braci... o ero stata *io*? In un caso o nell'altro, benedire la propria stessa unione forse era un po' eccessivo.

«Non se ne andranno nemmeno se li sfreghi» sussurrò Ash.

Mi fermai e lo fissai: il suo sguardo era puntato su un Primordiale che portava una corona di corna di cervo intagliate nel rubino. Hanan. Era accanto a Kyn e avevano entrambi l'aria di non essersi ancora ripresi del tutto da una sbronza. E avrei fatto la stessa fine anch'io se avessi continuato a bere anziché mangiare, ma, in mia difesa, non era facile rilassarsi con il cibo, quando si mangiava sotto gli occhi di migliaia di persone.

Dietro la predella, Aios sedeva assieme a un gruppo di ospiti mascherati. Avrei tanto voluto essere anch'io tra loro.

«Non cercavo di cancellare i segni» dissi fissando Kyn. Attes gli aveva detto qualcosa del giovane Draken? Avevo saputo che era arrivato nelle Terre d'Ombra proprio quella mattina ed era stato condotto sulle montagne. «È solo che non riesco a smettere di toccarli.»

«Vedrai che ti ci abituerai» disse Ash. «Spariranno solo alla tua morte, e non è un evento che io aspetti con ansia.» Sbattei le palpebre e chiusi la mano. «E se decidessimo di interrompere la nostra unione?»

«Dici sul serio?» Mi fissò con le sopracciglia aggrottate per un lungo istante. «Non ne ho idea. Nessuno che ha ricevuto l'impronta ha mai deciso di separarsi.»

Mi chiesi se stesse pensando all'accordo che avevo fatto con lui per la mia libertà. Ma quello era stato prima che realizzassi... di essere innamorata di lui. Adesso, a essere sincera, non sapevo più bene che cosa pensarne. Stare senza di lui non mi sembrava più sinonimo di libertà. Anzi, semmai era una forma diversa di prigionia. Scossi la testa: avrei avuto tempo per rifletterci meglio.

«Ci sono persone con l'impronta ancora in vita?»

Ash scosse la testa. «Quelli che mio padre aveva benedetto non sono più tra i vivi.»

Un brivido mi scese lungo la spina dorsale. Non avrei dovuto chiederlo. Non poteva che essere stato Kolis: uccidere tutti quelli che avevano avuto il favore di suo fratello sembrava proprio il genere di crudeltà inutile e infantile che lo caratterizzava.

Un attimo... ma questo non rendeva l'impronta in se stessa una sorta di presagio di rovina? Posai la mano segnata in grembo, sotto il tavolo, e guardai la gente festante attorno a noi. Ash mi aveva già indicato i Primordiali che non conoscevo di persona.

Maia, la Primordiale dell'Amore, della Bellezza e della Fertilità, era proprio come la raffiguravano: curvilinea e di una bellezza strabiliante, con una cascata di riccioli di un biondo caldo che le coprivano la schiena e le incorniciavano la pelle bruna. La sua corona era composta da rose e conchiglie, ma fatte di perle. Guardarla era un autentico spettacolo: ogni suo movimento, ogni suo sorriso, ogni suo sguardo colmavano di grazia e di una punta di spezie l'aria stessa. In quel momento però non riuscivo a vederla, perché era costantemente circondata da gente.

Avevo invece riconosciuto Phanos: difficile non notare la sua corona. Sembrava più alto di tutti gli altri Primordiali, forse persino di Ash, il suo cranio calvo e nero splendeva nel bagliore dei nastri luminosi e la corona che portava aveva la forma di un tridente. Quasi tutti quelli che lo circondavano erano più bassi di lui di una buona trentina di centimetri. Vedendolo rivolgere qualche parola a Saion e Rhahar ebbi un moto di apprensione, ma nessun altro sembrava preoccupato, e dopo pochi istanti Phanos si allontanò assieme al Primordiale della Saggezza, della Lealtà e del Dovere.

Embris mi faceva pensare a un falco: aveva un'aria tranquilla e attenta, a dispetto dei riccioli castani e ribelli e dei lineamenti quasi adolescenziali. La sua corona di bronzo mi inquietò, perché aveva la forma di rami d'ulivo intrecciati che assomigliavano un po' a dei *serpenti*. Lui e Phanos se ne erano andati insieme e, non vedendoli per un po', mi chiesi se avessero abbandonato il ricevimento. Ash però non si mostrò sorpreso, anzi commentò che avevano compiuto il loro dovere ufficiale presentandosi alla cerimonia e non avevano nessuna vera ragione per restare oltre.

Spostai lo sguardo sulla Primordiale che poco prima mi aveva sorriso e il mio cuore perse un colpo: per un bel po' non l'avevo più vista tra la folla. «Lei chi è?»

Ash seguì la linea del mio sguardo. «Keella.»

La Primordiale della Rinascita, che aveva aiutato Eythos. La osservai meglio: sedeva tranquilla, circondata da vari attendenti che le parlavano tutti insieme. Aveva un sorriso affabile, ma anche riservato. Tra tutti i Primordiali era l'unica con cui avrei voluto parlare.

Ma non si era mai avvicinata alla predella. In realtà nessun Primordiale lo aveva fatto, e nemmeno altri, a parte le guardie o qualcuno degli attendenti più stretti di Ash. Forse aveva a che fare con il fatto che Nektas, ancora nella sua forma Draken, occupava quasi tutto lo spazio sulla predella e osservava chiunque sotto di lui come se stesse valutando se staccargli un braccio o due con un morso.

«Pensi che sappia la verità?» mormorai. Ash avvicinò la testa alla mia. «Su di me, intendo... Su quel che tuo padre ha fatto con la sua anima.»

Lui esitò un lungo istante prima di rispondere. «Sapevi che, quando un bambino muore, la sua anima rinasce?»

Mi voltai a fissarlo. «No.»

Ash annuì e guardò in direzione di Keella. «Sono le uniche anime che non passano dalle Terre d'Ombra: Keella le intercetta e le rimanda indietro.»

Fissai anche io la Primordiale. «Nel senso che si reincarnano?»

«No.» Ash scosse la testa e tamburellò con le dita sul tavolo. «Non nel senso consueto che si dà alla parola. Vedi, un neonato che muore prima di aver dato il primo respiro non ha veramente vissuto: non possiede né un passato né un presente da rivivere. Quella che Keella gli dona è una *rinascita*. La seconda possibilità di una vera vita.»

«Oh.» Mi sentii stringere la gola davanti alla *giustezza* di un tale atto.

«Keella può vedere chiaramente tutte le anime che intercetta. Una volta mio padre mi ha detto che le considera un po' come se fossero sue figlie, e continua a seguirle da lontano durante le loro vite.»

«Come...» Di colpo l'aria abbandonò i miei polmoni. «... Sotoria. È stata lei a intercettare la *sua* anima.»

Ash annuì. «Non so se sia ancora in grado di percepirla, dato che tecnicamente non si è trattato di una rinascita, ma è possibile.»

Ripensai al sorriso che la Primordiale mi aveva rivolto.

«Kolis pensava fosse rinata, ma Keella non gli ha mai rivelato chi avesse in sé l'anima di Sotoria. Se lo avesse fatto, Kolis la starebbe ancora cercando.»

Sentii male al cuore.

Holland aveva detto che Keella aveva pagato caro il suo coinvolgimento nella vicenda di Sotoria, e dovetti impedirmi a viva forza di immaginare tutti i modi orribili in cui Kolis poteva aver deciso di punirla.

«Perché non glielo ha detto?» chiesi.

«Keella non è molto più giovane di Kolis, ma è una dei pochi Primordiali che sanno ancora distinguere cosa è giusto da cosa è sbagliato e credono che non sia opportuno forzare gli equilibri per inseguire desideri o fantasie individuali.» Sul volto di Ash comparve un caldo sorriso, pallido ma reale, e il mio cuore perse di nuovo un colpo, ma per motivi del tutto diversi. «Si sforza di essere buona.»

«Direi che *lo è*.»

Ash scrollò una spalla. Io bevvi un altro sorso, poi vidi una dea dai capelli color miele avvicinarsi alla poltrona di fianco a quella di Keella e la riconobbi subito: Penellaphe. Un attimo dopo lei guardò nella nostra direzione, sorrise e si chinò per parlare con Keella. Distolsi lo sguardo e mi misi in cerca di un certo volto familiare, senza età, che mi aspettavo di trovare ma che, con mio disappunto, ancora non avevo individuato nella folla.

L'apparizione di Penellaphe mi aveva fatto tornare in mente una cosa.

«Il titolo.» Tacqui mentre Paxton mi riempiva il calice, e lo ringraziai.

Il ragazzo sorrise, annuì e si allontanò, avendo cura di stare alla larga da Nektas.

«Sì?» chiese Ash. I suoi occhi erano fissi sulla folla come quelli di Nektas, e il suo vino giaceva intatto davanti a lui.

«Mi piace» mormorai, sentendomi un po' sciocca. Mi si scaldarono le guance.

Ash rivolse lo sguardo su di me. «Davvero?»

Annuii.

«Ne sono felice.»

Sperai che il mio viso non sembrasse caldo come lo sentivo e riportai anch'io lo sguardo sulla folla. Keella e Penellaphe sembravano ancora immerse in una fitta conversazione. «Il titolo contiene una parte della profezia di Penellaphe.»

«Non abbastanza da far squillare campanelli d'allarme» si affrettò a rassicurarmi Ash. «Ma quelle parole continuavano a tornarmi in mente. I tuoi capelli... la luna.» Anche il centro delle sue guance era arrossito, adesso. Si schiarì la voce. «E tu sembri davvero la più splendente tra le lune stasera.»

La calda vibrazione di pura gioia che sentii nel petto avrebbe potuto rivaleggiare con quella delle braci, una sensazione esaltante e terrificante. «E la parte sul sangue e la cenere?»

«È una cosa che dicono a volte i Draken. Ha tanti significati diversi: uno riguarda la forza del sangue e il coraggio della cenere. Secondo alcuni simboleggia l'equilibrio e rappresenta la vita e la morte.» Ash chinò il capo e la luce delle stelle scintillò sulla corona. «Mi sembrava adatto a te.»

«È... è un titolo meraviglioso.»

Il sorriso con cui lui mi rispose mi si avvolse attorno al cuore, e fece crescere ancora di più la mia voglia di veder bruciare Veses.

Per scacciare via quel pensiero ricominciai a vagare con lo sguardo sulla gente sotto di noi. C'erano più maschere che volti scoperti: vidi molti sorrisi, ma pochi provenienti dai Primordiali, e immaginai che se avessi potuto percepire le emozioni altrui come faceva Ash mi sarei sentita sommersa dall'agitazione fino ad annegare.

Poi notai Saion e Rhahar farsi da parte per permettere ad Attes di salire sulla predella, e mi resi conto che non avrei potuto essere più felice di vederlo. «Stiamo per avere compagnia.»

Ash smise di tamburellare con le dita sul tavolo. «A quanto pare.»

Attes fece un cenno di saluto a Nektas mentre gli passava accanto, si fermò davanti al nostro tavolo e si piegò in un profondo inchino. La corona che portava copriva metà della cicatrice che gli attraversava il naso e la guancia sinistra, ma la combinazione di quei due elementi gli dava un'aria ancor più minacciosa sebbene, come ogni altro Primordiale presente, non portasse armi. Poi si raddrizzò. «Penso che sarò il primo a porgervi le mie congratulazioni e i miei migliori auguri, poiché dovrò lasciarvi a breve.»

«Lo apprezziamo molto» rispose Ash con fredda cortesia.

L'altro dovette notare il tono, perché una fossetta gli apparve sulla guancia destra mentre gli occhi sfavillanti di ethere si spostavano su di me. «La corona vi dona, Consorte.»

Sorrisi. «Grazie.»

«E anche l'impronta» aggiunse. «Uno sviluppo davvero inatteso.»

Mantenni intatta la mia espressione, anche se fui attraversata da un brivido di trepidazione.

«Sono sempre più convinto di dover trovare il tempo per visitare qualche lago nel mondo dei mortali. Magari gli Arae vorranno benedire anche me con il dono di una bellezza come la vostra e di un'impronta.»

«Non esiste momento migliore di questo per provare.» Ash fece scivolare le dita sulla superficie del tavolo e le chiuse a pugno, mentre io tentavo invano di trattenere un ghigno.

Gli angoli della bocca di Attes si sollevarono ancora di più e la fossetta si accentuò.

«Immagino non ci siano stati altri... eventi degni di nota nella tua Corte dall'ultima volta che abbiamo parlato» disse Ash.

«Nulla, a parte una manciata di Dakkai venuti ad annusare in giro. Se ne sono andati senza fare molto baccano.»

Quelle parole mi rassicurarono e mi insospettirono allo stesso tempo: Kolis non poteva non aver percepito le braci, dunque perché non era intervenuto in maniera più energica?

Attes piegò la testa in direzione di Ash. «Dovremo trovare un po' di tempo per parlare, noi tre.»

Provai un'emozione a cui non ero abituata, e che mi lasciò piuttosto confusa.

«Si può organizzare» rispose Ash.

«Non vedo l'ora.» Attes fece un altro profondo inchino. «Possa la vostra unione essere una benedizione per le Terre d'Ombra e anche al di là di esse.»

«Grazie» mormorai. Ripresi in mano il mio calice, lo osservai allontanarsi da noi e fermarsi a parlare con Nektas.

«Ha il sapore di una bevanda gelata.» Ash si chinò a guardarmi. «La tua sorpresa, intendo.»

Alzai un sopracciglio. «Stavo proiettando?»

«Sì. Ma non è l'unica cosa che hai provato.»

«A questo punto mi aspetto un chiarimento.» Bevvi un sorso. «Perché a dir la verità io per prima non ho idea di che cosa ho provato.»

«Soddisfazione.»

Mi voltai di scatto verso di lui.

«Quindi ora mi spiegheresti che cosa ha detto quello stronzo per lasciarti così soddisfatta?» I suoi occhi grigi scintillarono di giocosa sfida. «Perché è un'emozione che ti ho sentito proiettare davvero raramente. E di solito in occasioni inadatte a una conversazione in pubblico.»

Storsi il naso. «Posso garantirti che mi sono sentita soddisfatta in molti altri momenti.»

«Lo so. Per esempio hai proiettato una soddisfazione grandiosa quando mi hai accoltellato a Coldipietra.»

Scoppiai a ridere.

«E sei soddisfatta ogni volta che mi punti un'arma contro o riesci a ferirmi la pelle o a tagliarmi una ciocca di capelli. Posso andare avanti, sai?»

«Non serve.» Il mio divertimento scomparve subito quando cercai di capire per che cosa avevo provato soddisfazione parlando con Attes. E la risposta arrivò anche troppo facilmente. La parte meno facile era accettarla. «Penso... che sia stato per il fatto che non sono abituata e vedermi inclusa in discussioni importanti, persino quelle che mi riguardano direttamente. Dev'essere questo che mi ha sorpresa.»

«Quindi ti ha dato soddisfazione il fatto di venir considerata?»

Sentii il calore che mi saliva in gola e scrollai le spalle. «Suona sciocco, lo so.»

«No, non è vero.»

Lo guardai: mi stava fissando. Spostai ancora una volta gli occhi sulla folla e presi un lungo respiro. «Non sono mai stata coinvolta in nessuna conversazione, che fosse banale come parlare del tempo o rilevante come discutere delle tensioni politiche tra Lasania e gli altri regni. A tanta gente non fregherebbe nulla, immagino, ma per me era come se tutto ciò che avrei potuto pensare o dire non avesse la minima importanza... Come se contassi meno di nulla, come se non fossi nemmeno una persona ma...»

«... un fantasma?»

Annuii e socchiusi le palpebre. «Ero lì, ma nessuno mi rivolgeva mai la parola... o interagiva con me. Non so descriverlo in altro modo. Vedermi inclusa mi ha fatto sentire... notata. Accettata.» Mi schiarii la voce. Come aveva fatto la conversazione a finire lì? «In ogni caso, hai idea di che cosa Attes voglia discutere con noi? Mi viene in mente una gamma infinita di possibilità.»

Poiché Ash non rispondeva, lo guardai di nuovo: mi stava ancora fissando intensamente, ma il suo sguardo si era ammorbidito.

«Che c'è?» chiesi in un sussurro.

«Non sopporto il pensiero che tu abbia dovuto vivere così a lungo in quelle condizioni. E non sopporto di averti provocato anch'io la stessa reazione. Di questo non mi potrò mai scusare abbastanza. Ti vediamo e ti ascoltiamo, *liessa*.»

Non trovai la voce per rispondere, ma le braci e il mio cuore vibrarono all'unisono. *Liessa*.

«E sei importante. Conti. Sempre.» Ash si chinò a baciarmi sulla tempia. Un bacio casto e dolce che mi sconvolse non meno delle sue parole. Mi sentii sciogliere come burro al sole.

Poi Ash si tirò indietro e guardò in un'altra direzione. «Arriva Keella.»

Mi riscossi di colpo. Mi sentivo quasi sul punto di perdere i sensi. Seguii lo sguardo di Ash e vidi Keella fermarsi a dire qualcosa a Nektas, che in risposta le diede un colpetto sul braccio con il muso. Lei gli posò la mano sulla guancia squamosa e la strofinò affettuosamente.

Non avevo mai visto *nessuno* fare una cosa del genere a Nektas.

Misi giù il calice prima di rischiare di farlo cadere. Guardai la Primordiale della Rinascita avvicinarsi a noi con un misto di meraviglia ed energia nervosa. Il suo abito e la sua corona di quarzo azzurro erano dello stesso colore.

«Nyktos.» La voce di Keella mi fece pensare al vento sulla cima di Coldipietra. Gli occhi d'argento lampeggiarono nella mia direzione.

E si fermarono lì. «Consorte.»

«Salve» gracchiai, faticando a buttar fuori anche quella singola parola.

Ash rispose al saluto con molta più grazia e confidenza. «È un piacere e un onore vederti, Keella. Spero di trovarti bene.»

Lei inclinò la testa con un gesto di una regalità che non aveva nulla a che fare con la corona che portava. «Sto molto bene, grazie.» Abbassò gli occhi sulla mano sinistra di Ash e un sorrisetto le aleggiò sulle labbra. «Erano troppi anni che non vedevo una *benada*. Un *imprimen*. È una vera benedizione, e una cosa meravigliosa. Posso?»

Impiegai qualche istante a realizzare che stava parlando con me. Alzai la mano destra e Ash non batté ciglio mentre Keella la prendeva tra le sue. Una scarica di energia mi corse su per il braccio, ma la Primordiale non reagì. Invece seguì con un dito tiepido le spirali d'oro sul mio palmo.

Poi annuì in un sobbalzare di riccioli color ruggine. «Sinceramente non credevo che avrei mai rivisto nulla del genere.»

«Nemmeno io» disse Ash in tono convinto.

Il mio cuore perse un colpo. Se c'erano due Primordiali che probabilmente non credevano che l'impronta fosse opera degli Arae, quelli erano Embris, che se n'era già andato, e Keella.

«Sono felice di essermi sbagliato» aggiunse Ash.

Gli occhi d'argento della Primordiale si sollevarono a cercare i miei, e mi si serrò la gola. Avevo così tante domande... ma farle lì all'incoronazione era un rischio troppo grande: in troppi avrebbero potuto sentirci. Eppure mi occorse tutta la mia forza di volontà per non chiederle se conoscesse la mia vera identità, se sapesse che io custodivo l'anima di Sotoria, che lei ed Eythos avevano salvato. E se Keella fosse stata in grado di vederla anche in quel momento? Dentro di me? Poteva percepire se in un corpo c'erano due anime?

«Già.» Keella mi diede un buffetto sulla mano prima di lasciarla andare e mi rivolse un sorriso identico a quello che mi aveva fatto da sotto la predella... E in quel momento fui quasi certa che *sapesse*. «Ne sono felice anch'io.»

La sua attenzione tornò su Ash. «Anche i titoli che hai attribuito alla tua Consorte sono bellissimi. In un certo senso sono essi stessi... un'altra *benedizione*. Posso chiederti da dove hai tratto ispirazione?»

Lo disse con estremo garbo, ma mi accorsi che c'era dietro altro. Non rabbia, ma senza dubbio qualcosa.

«Forse rimarrai delusa, ma a ispirarmi sono stati i capelli della mia Consorte.»

L'onestà di quella risposta rischiò di farmi soffocare.

«Niente affatto delusa» rispose lei. «Piuttosto... intrigata. E speranzosa.»

La guardai di nuovo.

«Ma non voglio portarvi via troppo tempo. Che la vostra unione possa davvero essere una benedizione.» I suoi occhi incontrarono i miei ancora una volta, poi si voltò per andarsene.

Mi riscossi dallo stupore. «Grazie.»

La Primordiale della Rinascita tornò a voltarsi. Il suo sorriso era riapparso. Un sorriso antico. Saggio. Intelligente. Le braci nel mio petto vibrarono. Mi fece un cenno con la testa e poi si rivolse ad Ash: «Tuo padre sarebbe fiero di te».

42

Da quel momento in poi ci fu ben poco tempo per scambiare qualche parola in privato con Ash. Gli ospiti cominciarono a salire sulla predella e le elaborate corone dei Primordiali, i loro complimenti asciutti e riservati, i volti mascherati e i sorrisi sinceri degli altri ospiti si fusero in un'unica macchia sfocata che sfilava nella navata fiancheggiata da scudi. Ogni pochi minuti un grido esplodeva sopra la musica, facendomi sobbalzare.

«Devo preoccuparmi?» chiesi a un certo punto a Ector che si era piazzato al mio fianco.

«No.» Il dio mi sorrise. «Ti stanno solo applaudendo.»

Un po' scossa dalla risposta, guardai Ash: stava sorridendo mentre un uomo mascherato gli parlava, ma a un certo punto di quella nuova fase della cerimonia aveva posato la sua mano sulla mia, appoggiata sulla coscia. Nessuno poteva notarlo, a parte forse Ector e Rhahar, che si era messo a fianco di Ash, ma mi fece rabbrividire comunque. Non era un gesto fatto perché fosse visto. Il peso della sua mano era qualcosa di rassicurante, di confortante, in quel momento in cui mi trovavo sotto gli occhi di così tanta gente.

Gli unici che non salirono sulla predella furono Kyn e Hanan, e realizzai che li avevo persi di vista nella folla sempre in movimento. Cominciavo a essere parecchio stanca e mi faceva male il collo per il peso della corona, ma le grida e gli applausi mi aiutavano a combattere lo sfinimento: era bello sentirsi benvoluta. Mi chiesi se mia madre avesse ricevuto la stessa accoglienza quando era salita al trono. O se l'avesse ricevuta mio padre, prima della sua morte. Io non me ne potevo ricordare. La verità era che Re Ernald e mia madre si erano allontanati sempre di più dal popolo di cui avrebbero dovuto prendersi cura. Ma Ezra era diversa: lei non governava da una torre d'avorio.

I piatti di cibo furono sostituiti da coppe di vino che venivano riempite in continuazione, la musica si fece più alta e più frenetica, e quando Ash si sporse verso di me per dirmi che era ora di andare, tutti gli altri Primordiali sembravano aver lasciato le Terre d'Ombra. Uno scroscio di applausi che parve saturare il cielo stellato ci accompagnò mentre ci dirigevamo all'uscita. Fuori ci aspettava la carrozza con cui ero arrivata, circondata da soldati in grigio. Al nostro apparire, Saion aprì lo sportello e si inchinò. «*Vostre Altezze*» borbottò a mezza bocca.

Ash sospirò. «Vuoi davvero iniziare in questo modo?»

«Non è a tuo beneficio» rispose il dio facendomi l'occhiolino.

«Figuriamoci.» Con un mezzo ghigno Ash salì a bordo e si voltò per offrirmi la mano. «Consorte.»

Accolsi con piacere il fremito di energia che passò dal suo palmo al mio, e la sensazione allo stomaco di poco prima tornò. Mentre mi aiutava a salire, vari Draken spiccarono il volo dal colonnato e si librarono nel cielo sopra di noi. Presi posto sul sedile di fronte ad Ash e un attimo dopo dallo sportello aperto spuntò Rhain: aveva in mano due scrigni di ombropietra, che appoggiò sul fondo della carrozza.

«Per le corone» spiegò Ash togliendosi la sua dalla testa.

Sollevata, districai dai miei capelli il pesante ancorché meraviglioso gioiello, mentre Rhain apriva uno scrigno, che all'interno era foderato di velluto color avorio. Immediatamente il mio collo ringraziò.

Ash si inginocchiò e appoggiò la sua corona sul velluto.

Rhain chiuse lo scrigno e aprì l'altro, e Ash prese la seconda corona dalle mie mani. Le nostre dita si sfiorarono e fui attraversata da un brivido di consapevolezza.

«Per ora resteranno qui con voi.» Lanciando un'occhiata fugace nella mia direzione, Rhain rimise gli scrigni sul fondo e li spinse contro il mio sedile. «Poi verranno portate in una stanzetta dietro la sala del trono. Saranno custodite lì, e potrete prenderle ogni volta che vorrete.»

«Grazie» risposi.

Mi lanciò un'altra occhiata e annuì. Sperai che non stesse pensando alla nostra conversazione prima della cerimonia. Io stessa non mi stavo permettendo di pensarci. Spostai lo sguardo su Ash, che sedeva davanti a me.

«Si parte tra un attimo» concluse Rhain. Poi chiuse lo sportello e ci lasciò di nuovo soli nella luce bassa e morbida di una lampada a olio... o forse alimentata dal potere di Ash.

«Alcuni soldati ci precederanno a cavallo» mi spiegò appoggiando il gomito alla parete della carrozza. «Per assicurarsi che la strada sia sgombra.»

«È necessario?»

«In realtà no.» Sulle sue labbra apparve un sorriso d'ombra. «Ma i soldati stanno prendendo molto sul serio la sicurezza della loro Consorte.»

Inarcai un sopracciglio. «E non quella del loro Primordiale?»

«Penso siano nettamente più preoccupati per te che per me.»

«Suona un pochino... sessista.»

«Forse.» Il ghigno si allargò e per un attimo le punte delle zanne lampeggiarono alla luce della lampada. «Ma non sono in molti, né tra le guardie né tra i soldati, a essere al corrente delle tue capacità di autodifesa. E anche se lo fossero vorrebbero comunque assicurarsi che la strada sia sicura. È il loro dovere.»

«E lo hanno scelto loro?»

Ash mi fissò carezzandosi il mento. «Chiunque mi serva

come guardia o soldato lo fa di sua spontanea volontà, conscio di tutte le responsabilità che ciò comporta. A Lasania non funziona così?»

«Alcuni ti risponderebbero che anche lì ci si arruola per scelta. Ma ha veramente la possibilità di scegliere una persona che non può imparare nessun mestiere utile da giovane, né può permettersi di studiare? Per tantissimi l'esercito è il solo modo che hanno per sfamare se stessi o la propria famiglia. Io onestamente non la chiamerei una scelta.»

«Nemmeno io.» Ash rimase in silenzio per un po', poi mi offrì di nuovo la mano. «Ti siedi qui con me?»

La sorpresa mi paralizzò per un attimo, poi accettai la sua mano e mi alzai. Lui però non mi fece sedere al suo fianco: si appoggiò con la schiena contro la parete e mi fece accomodare tra le sue gambe, una a terra e l'altra piegata sul sedile. La gonna splendente del mio abito si riversò come una cascata sul lato del sedile e sulla sua gamba distesa.

«Sento il sapore della tua sorpresa.» Ash mi scostò una ciocca di capelli dalla nuca e il tocco gelido delle sue dita mi provocò un piccolo sussulto.

«Non avevo capito che *sedermi con te* voleva dire *sederti in braccio.*»

«E la cosa ti dispiace?»

Sfiorai con il pollice il palmo della mano, seguendo le linee dell'impronta. «No.»

«Bene. Come va il collo?»

«Un po' indolenzito.»

«Lo immaginavo. Ci si mette un po' ad abituarsi al peso.» Premette le dita sui muscoli ai lati del mio collo e cominciò a muoverle in lenti cerchi, facendomi sospirare di sollievo. «Com'è?»

Mi si chiusero gli occhi. «Come una magia.»

Lui ridacchiò e premette più forte, sciogliendo progressivamente i nodi che si erano formati sotto la mia pelle. Poi si spostò più in basso, lungo la spina dorsale: io inarcai la schiena e sentii i seni premere contro il corsetto. La rapidità con cui la mia tensione si stava sciogliendo aveva davvero qualcosa di magico.

Allo stesso tempo una tensione del tutto diversa cominciò a sostituire l'altra, in un punto ben lontano da quelli che lui stava toccando. Una sensazione di relax ma anche di esaltazione... E non avrei saputo dire quale delle due mi piacesse di più, nemmeno se mi avessero puntato una lama alla gola.

Le sue mani scivolarono sotto la stoffa trapuntata di diamanti per chiudersi sulle mie spalle. «Come ti senti il collo ora?»

«Perfetto» mormorai in un sospiro. Solo in quel momento mi resi conto che gli avevo appoggiato la testa contro il petto e che la carrozza aveva cominciato a muoversi a passo di lumaca. «Grazie, Ash.»

Lui si irrigidì.

Spalancai gli occhi e il mio stomaco si rimescolò. «È... è un problema se ti chiamo così?»

«No. Affatto.» Le sue mani si mossero su e giù lungo le mie braccia. «Mi mancava che non lo facessi più.»

Il mio cuore praticamente fece un giro su se stesso. Mi voltai a guardarlo. «Sul serio?»

«Sul serio.»

Sentivo il suo battito contro la guancia.

Poi la sua mano scese a circondarmi il polso. «C'è una cosa che sento il bisogno di confessarti.»

«Cosa?»

«So che in questo momento potremmo discutere di molte questioni. Il viaggio a Irelone. Il cambiamento dei tuoi desideri nei miei confronti... nei confronti di noi due.»

Mi mancò di nuovo il respiro. Riaprii gli occhi.

«La tua posizione riguardo all'incoronazione, intendo.»

Mi morsi il labbro: la sua mano ora si era spostata sul mio fianco, ed era un sollievo. «Ma?»

«Ma da quando ti ho vista con indosso questo abito e ti ho sentita chiamarmi di nuovo Ash, ho un solo pensiero in mente.» La sua voce si era fatta morbida come una carezza di seta. «E non è come ti sta l'abito, anche se quello viene subito dopo.»

Tremai.

«Né il vederti senza nient'altro che con la corona in testa.»

La sua mano si spostò sul mio ventre. Il battito del mio cuore accelerò. «Quello è il terzo?»

«Il quarto.» La mano scese più in basso e io rabbrividii di puro piacere. «Il terzo era immaginarti nuda sul trono.»

«Comincio a intravedere uno schema.»

«Più che altro un'ossessione.» Le sue labbra sfiorarono la curva del mio orecchio, mandandomi una scarica di delicati tremiti per tutto il corpo. «Che non credo di essere degno di esplorare.»

Mi irrigidii. «Invece lo sei.»

Lui rispose con un suono roco contro il mio collo, e la sua mano sinistra si spostò al di sotto del mio ombelico, senza smettere di muoversi in lenti cerchi. «Sul serio? Ma al momento non ha davvero importanza, perché mi sento troppo egoista per preoccuparmene.»

Eppure quando l'altra mano scivolò lungo la mia coscia, il risultato fu tutt'altro che egoista.

Aprii la bocca per farglielo notare, ma prima che la lingua riuscisse a trovare le parole, la sua mano scese ancora di più sulla coscia.

«Che c'è qui?» Ash piegò la testa di lato e mi spinse la gonna sempre più in alto, scoprendomi quasi interamente la coscia. «Il tuo pugnale.» Strinse le dita sull'impugnatura, emettendo un basso brontolio, e il contatto con le sue dita gelide mi fece sobbalzare. «Dannazione.»

Sentii le punte delle sue zanne sulla pelle della gola e ansimai. Un'ondata di tensione mi percorse il corpo.

«Credo che l'immagine di te senza nient'altro addosso tranne il pugnale legato alla gamba abbia appena conquistato il secondo posto. Ma non il primo.» Mi sfiorò con le dita l'interno della coscia e io sobbalzai per l'ennesima volta. «Vuoi sapere che cosa c'è al primo posto?»

Le dita raggiunsero la bordura di pizzo della mia biancheria, e quando ci passarono sopra il mio cuore accelerò persino più di prima. Poi le dita premettero al centro e per poco non caddi dal sedile, tanto forte fu il mio sussulto.

Non potevo rispondere alla sua domanda: avevo il cuore in gola e le sue dita continuavano a muoversi sul mio punto più sensibile, prima leggere come piume, poi non più. Era impossibile che non sentisse quanto ero bagnata attraverso la stoffa sottile, sempre di più a ogni suo movimento. Ed era impossibile che non percepisse il sapore del mio desiderio, perché non sarei riuscita a nasconderlo per nulla al mondo. La voglia che avevo. Il bisogno. E *adoravo* che fosse così.

Con lo sguardo fisso sulla parete della carrozza di fronte a me, gli afferrai il braccio nel momento in cui le dita scivolarono sotto la mia biancheria e le spinsi proprio nel punto in cui il mio desiderio pulsava più forte.

Le sue labbra mi sfiorarono una tempia. «Sera?»

«S... sì?»

«Sai che cosa occupa il primo posto nei miei pensieri?»

«No» ansimai in un respiro che era puro calore liquido.

«Sentirti gridare il mio nome – *Ash* – quando vieni.»

Tremai, e un senso di pesantezza mi si adagiò sui seni e più in basso, tra le cosce, dove stavano sia la sua mano sia il mio desiderio quasi doloroso.

«Hai voglia di assecondare la mia ossessione?» chiese lui. «Mi chiamerai di nuovo Ash quando verrai?»

Presi un respiro che mi gonfiò il petto. Gli afferrai il ginocchio con la mano libera e cominciai a muovere i fianchi contro le sue dita. «Ti chiamerò come vorrai.»

Lui mi mordicchiò tra il collo e la spalla. «È quel che volevo sentire.»

«Lo farò» promisi.

La carrozza ora viaggiava più veloce, sobbalzando sopra un terreno accidentato.

Ash mandò un gemito e mi tirò più vicina tra le sue gambe. «Non vedo l'ora di sentirlo.»

«E allora sbrigati» sussurrai.

«Era nelle mie intenzioni» rispose lui in un ringhio. Le dita scivolarono sotto la stoffa sottile della biancheria e tra i riccioli del mio pube. Sollevai di scatto i fianchi ancora una volta.

Ash andò avanti a provocarmi. A *giocare* con me. Un secondo dopo l'altro. Un minuto dopo l'altro. Quando infine mi infilò dentro un dito, stavo tremando e ansimando. La sorpresa del contatto tra la sua pelle gelida e la mia carne bollente fu incredibile. Il secondo dito bruciò ancora di più.

Gettai indietro la testa. «Ho bisogno di te.» Sentivo il suo torace contro la schiena, agitato da un respiro rapido quanto il mio. «Ho bisogno di *te*.» Gli afferrai il polso. «Dentro di me.»

Le sue dita si fermarono.

«*Ti voglio dentro di me*» sussurrai contro la curva della sua mascella. «E quando verrò, ti chiamerò Ash.»

«Cazzo» ringhiò lui sfilando le dita. Poi afferrò la mia biancheria e la strappò via con un gesto secco, che mi fece fremere di trepidazione. «Che cosa ti ferma?»

Nulla. Assolutamente nulla. Nemmeno la carrozza che sbandava mentre mi sollevavo e Ash si raddrizzava, posava entrambi i piedi sul fondo e si slacciava i pantaloni. Afferrai la sbarra fissata alla parete vicino al tettuccio per tenermi in equilibrio, piantai le ginocchia ai lati dei suoi fianchi e con la mano libera mi sollevai la gonna. Lui mi tirò contro il suo petto, intrappolando la stoffa dell'abito tra noi, e mi abbassò sul suo membro eretto.

Il suo gelo mi strappò un gemito, ma allo stesso tempo mi

sentii allargare e andare a fuoco. Mi afferrò per i capelli e trascinò la mia bocca sulla sua. Il bacio fu uno scontro di lingue e denti che mi tolse il respiro, mentre lui continuava a muoversi dentro di me. Persi la presa sulla sbarra, caddi contro la sua spalla e andammo avanti ad ansimare l'una sulla bocca dell'altro.

Il suono dei nostri corpi andò perso nel fragore delle ruote, ma all'interno della carrozza eravamo noi a essere persi tra i sospiri e i gemiti e la tensione che saliva sempre di più. Ash si scuoteva e spingeva sempre più forte, grugnendo, e io mi sfregavo contro di lui tra un tremito e l'altro.

L'apice arrivò come fuoco e gelo, in uno spasmo rapido e violento. Fui sommersa da ondate di piacere fortissimo e staccai la bocca dalla sua per chiamarlo come mi aveva chiesto.

Ash.

Quando Bele ci accolse a palazzo, mi sembrava di avere ancora i muscoli liquefatti. In nostra assenza non era successo nulla: Veses restava in stasi e Bele pareva alquanto annoiata.

Proseguimmo dritto verso i nostri appartamenti, mentre Rhain andava a riporre gli scrigni con le corone nella stanza dietro la sala del trono. Provavo una strana, inspiegabile inquietudine che mi dava l'impressione che il cuore mi rimbalzasse dentro la cassa toracica.

Avremmo dormito separati e ci saremmo rivisti solo il giorno dopo per partire alla volta di Irelone? Ognuno nel proprio letto? C'erano cose che quel che era successo nella carrozza – quel che avevo confessato ad Ash – non poteva cambiare.

Per quanto io lo volessi.

Volevo passare quella notte con lui. E ogni notte che sarebbe seguita. Ma c'erano ancora tanti non detti tra noi, e tante parole pronunciate nel fuoco della rabbia. Era più probabile che avremmo continuato e essere...

No.

Mi fermai nel corridoio e misi un freno alla spirale di ansia e domande che non avevano facili risposte.

Ash si fermò a sua volta e si voltò. «Sera?»

La pressione che mi stringeva il petto stava già minacciando di togliermi l'aria, ma mi sforzai di incamerare un profondo respiro e trattenerlo mentre stringevo il pugno sul palmo istoriato. Mi bastava fare una cosa: *parlare*. Dire ad alta voce quel che volevo. Ma non era così facile. Sapevo di non avere problemi a fare richieste di ogni sorta, ma questo era diverso. Questo era *di più*. E mi faceva sentire così fragile. Avrei voluto essere capace di pensare che parlare con franchezza dei miei sentimenti o dei miei desideri non fosse molto diverso dalla normale conversazione.

«Non voglio dormire da sola stanotte.» Mi sentii avvampare le guance. «Intendo dire... vorrei stare con te. A dormire. O a parlare. O qualunque altra cosa... Voglio solo restare con te.»

Ash si immobilizzò, ma l'essenza luminosa nei suoi occhi prese a vorticare furiosamente. Avrei giurato che l'aria stessa del corridoio si fosse paralizzata attorno a lui, tanto assoluta era la sua immobilità. Poi il suo petto si gonfiò in un lungo respiro, la tensione si sciolse dal suo viso e per un breve istante lui in persona, il Primordiale della Morte, sembrò vulnerabile quanto lo ero io. «Piacerebbe anche a me, Sera. Davvero.»

Il mio sorriso fu così ampio e immediato da farmi temere che mi si sarebbe aperto in due il viso.

«Ok» sussurrai. I miei nervi cominciarono a calmarsi. «Nelle tue stanze?»

Ma Ash non si mosse. Seguitò a fissarmi, con l'ethere che gli turbinava nelle pupille a folle velocità, come se stesse accadendo qualcosa a cui non sapeva bene come reagire.

Spostai il peso da un piede all'altro. «È tutto a posto?»

«Sì... Sì.» Sbatté le palpebre e scosse per un istante la testa. «È solo che... sei così bella.»

Un piacevole fremito mi attraversò, anche se mi ero accorta che la tensione era tornata a impadronirsi delle sue labbra. «Non riesco a capire se lo dici come se fosse una cosa positiva, ma... grazie.»

Lui dilatò un poco gli occhi. «È una cosa positiva. Credo. Voglio dire... lo è *di certo*. Più che positiva.» Due macchie rosee gli apparvero sulle guance. Si sfregò il petto con la mano. «Forse è per via del tuo sorriso. Non ti avevo mai vista sorridere a quel modo.»

«Era un brutto sorriso?»

«No.» Ash venne avanti, prese la mia mano nella sua ed esalò un respiro tremante. «Non brutto.»

Mentre mi conduceva alla sua porta, l'impronta sulla mia mano prese a pizzicare leggermente. Varcammo la soglia in silenzio, e appena fummo dentro molte delle lampade alle pareti si accesero da sole.

Mi voltai verso di lui e respirai il suo profumo che pervadeva l'aria. «Sei sicuro che non sarò capace di farlo dopo l'Ascensione?»

«Probabilmente no.» Si chiuse la porta alle spalle. «A parte i Primordiali, solo gli dei più antichi riescono a convertire la loro essenza in energia... cioè in elettricità.»

«Deludente.»

Ridacchiando sottovoce, Ash puntò al tavolino vicino alla balconata, dove era appoggiato un decanter. «Vuoi bere qualcosa?»

«Sì, grazie.»

Mi guardò inarcando un sopracciglio mentre spostava il decanter. «Siccome in carrozza mi sono distratto...»

A quelle parole sogghignai, sperando che si distraesse altre volte a quel modo in futuro.

Molte altre volte.

«... non ho avuto occasione di chiederti come ti è sembrata l'incoronazione.»

«Bellissima. Le luci, la gente...» Sedetti con cautela sul bordo del divano, appoggiando le mani sulla gonna ingioiellata. Ero stupita di non aver perso nemmeno un diamante durante il ritorno nelle Terre d'Ombra: un ulteriore attestato alle capacità di Erlina. «Ed è stato più facile di quanto mi aspettassi.»

Ash tolse il tappo di cristallo al contenitore. «Ti aspettavi problemi?»

«Sì. O che Kolis cambiasse idea e si presentasse di persona. Secondo te è strano che abbia mandato solo una manciata di Dakkai a Vathi, anziché un intero esercito di quei mostri?»

«Credo che l'odore non fosse forte come quando hai fatto ascendere Bele, e i Dakkai devono averne perso la traccia abbastanza presto. In caso contrario anche a Vathi sarebbe finita come qui nelle Terre d'Ombra.»

Annuii e lo osservai mentre versava il liquore color ambra in due bicchieri. Poi mi tornò in mente la Primordiale della Rinascita. «Penso che Keella mi abbia riconosciuta... che sappia che ho in me l'anima di Sotoria. Non so come spiegarlo... ma c'era qualcosa nel modo in cui mi ha sorriso.» Mi resi conto che detta in quel modo sembrava tutto meno che una prova solida. Scrollai le spalle e bevvi un sorso: la bevanda era un po' più dolce del whisky con cui mi ero ubriacata la scorsa volta. «Che cos'è?»

«Whisky, ma fatto in un altro modo. Con il caramello, mi hanno detto. Ti piace? Altrimenti posso far portare qualcosa di diverso.»

«No, va benissimo.» Bevvi un altro sorso: era buono per davvero. «Ma potrei sbagliarmi... su Keella, intendo.»

«O forse no.»

Espirai lentamente, non sapendo che cosa pensare. «Ma di lei possiamo fidarci, vero? Anche se dovesse sapere che Kolis mi dà la caccia, non mi ha mai tradita in passato.»

Ash annuì. «È una dei pochi Primordiali di cui più o meno mi fido.»

«Più o meno?»

«Non mi fido completamente di nessuno di loro.» Ash mi guardò. «Soprattutto quando sei coinvolta tu.» Non sapevo cosa rispondere, per cui bevvi un altro sorso. Non feci domande su Attes: già sapevo che nei suoi confronti la fiducia di Ash era riluttante, nel migliore dei casi. Lui mi stava ancora fissando con quel suo sguardo straordinariamente intenso. Passai il dito sul bordo del bicchiere e cambiai argomento. «Sei nervoso per domani?»

«Emozionato, più che altro. Finalmente scopriremo come trasferire le braci.» Ash tacque un istante. «E tu?»

«Io... provo tante sensazioni diverse. Timore che non riusciremo a trovare Delfai, o che non sia in grado di aiutarci. Sono emozionata anch'io all'idea di scoprire che cosa dobbiamo fare. So che non cambierà tutto subito. Anche una volta trasferite le braci dovremo ancora affrontare Kolis. Ma a quel punto tu sarai il Primordiale della Vita, come sarebbe sempre dovuto essere. E questa è la cosa importante.»

«La cosa importante è che tu abbia salva la vita.»

Lo fissai. *Tu sei importante. Sempre.* Quelle tre parole erano più potenti di tutte quelle che non ero riuscita a pronunciare. Sarebbe stato facile pensare che il destino di Ash fosse di gran lunga più importante della mia vita, eppure... eppure sentivo che Ash era sincero quando diceva che per lui ero più importante io. E questo non faceva che rendere ancora più intenso quel che provavo per lui.

«C'è una domanda che voglio farti da tutta la sera» disse lui all'improvviso. «Che cosa ti ha fatto cambiare idea?»

Mi morsi l'interno di una guancia. «In che senso?»

Lui mi lanciò un'occhiata significativa e inarcò un sopracciglio. «All'inizio avevi accettato di diventare la mia Consorte solo di nome.»

«Ma ti avevo già detto prima che volevo essere qualcosa di più» feci notare. «Non ho diritto di cambiare idea?»

Lui sollevò un angolo delle labbra. «Ovvio, ma un cambiamento d'animo come questo fa una certa impressione. In particolare ero convinto che, dopo la faccenda con Veses, la tua decisione di rimanere distaccata si fosse solo rafforzata.»

Mi si asciugò la bocca in un modo che nessun quantitativo di whisky avrebbe potuto alleviare. Avevo fatto del mio meglio per non pensare a quel che avevo scoperto... e in generale avevo avuto successo. «Non è stato un cambiamento d'animo. Quel che provo per te non è cambiato» dissi scegliendo con cura le parole. «È cambiata la mia opinione su come procedere.»

«Perdonami.» Le lunghe ciglia si abbassarono. «Che cosa ha provocato questo cambiamento di opinione, allora?»

Mi agitai lì dov'ero seduta. «È importante?»

«Sì.»

Strinsi le dita sul bicchiere. Non volevo tradire la confidenza di Rhain, e non potevo dire ad Ash che lo amavo già da prima di sapere dell'accordo che aveva stretto con Veses per salvarmi. Lo fissai, e il mio sciocco cuore si gonfiò al punto che smisi di respirare bene. Una tempesta di emozioni mi inondò. Guardandolo non provavo né paura né incredulità: provavo *meraviglia*. Una sorta di sfarfallio nel petto e nello stomaco. Un bisogno di lui che andava al di là del lato fisico. Un'empatia profonda e un desiderio di proteggerlo... anche se era perfettamente in grado di badare a se stesso. Una sensazione di giustezza o, per usare le parole di Aios, la sensazione di essere a casa. Di essere *vista*. La consapevolezza che per lui avrei fatto qualsiasi cosa al mondo. Il timore che non sarei mai stata degna dei sacrifici che lui aveva compiuto per me, e allo stesso tempo la determinazione di provare a esserlo in ogni modo possibile. Affondai in quei sentimenti finché il cuore non mi sembrò sul punto di esplodere per l'intensità di quel che provavo. Ora ero certa che fosse lui a possedere il mio cuore... solo lui.

Le lunghe ciglia si sollevarono e i suoi occhi cercarono i miei. I secondi passarono. «A che cosa stai pensando?»

Mi irrigidii. Dei, probabilmente stavo proiettando tutto all'esterno. «Tu che cosa percepisci?»

«Non lo so.» Suonava genuinamente incerto, e incuriosito. «Qualcosa... qualcosa di dolce.» Aggrottò le sopracciglia. «Mi fa pensare al cioccolato e alle fragole.»

«E non hai un nome per questa sensazione?»

Lui si accigliò ancora di più. «No.»

Dei. Mi sentii aprire una crepa sul cuore, e distolsi subito lo sguardo. Non riconosceva quel che stava sentendo perché non aveva idea di che sapore avesse l'amore. O di che effetto facesse. Come non l'avevo io prima di rendermi conto che era proprio quel che stavo provando... Ma per Ash era diverso. A lui mancava il *kardia*. Per lui l'amore non era mai stato il benvenuto.

Deglutii attraverso il nodo che avevo in gola, sperando di aver smesso di proiettare o che perlomeno Ash avesse smesso di analizzarmi. Non volevo che percepisse il mio dolore per lui.

«Non hai ancora risposto alla mia domanda» insistette a bassa voce. «Perché adesso sono di nuovo Ash per te? Perché vuoi essere la mia Consorte non solo sulla carta, proprio adesso che ti ho ferita? Perché lo vuoi dopo che...»

«Lo so» lo interruppi. Poi chiusi gli occhi.

«Sai cosa?»

«Che non mi hai tradita.» Misi giù il bicchiere e di nuovo scelsi con cura le parole. «E che non hai mai avuto intenzione di ferire i miei sentimenti. Che... non è andata come sembrava.»

Ash rimase in silenzio.

Raddrizzai le spalle e spinsi i miei sentimenti così a fondo dentro di me che nemmeno lui sarebbe riuscito a ripescarli da là sotto. Non avrebbe percepito nulla, a parte forse la mia rabbia. Poi mi girai verso di lui, sperando di non strappar via nessun diamante dall'abito. «Conosco la verità su Veses.»

Ash si appoggiò il bicchiere sul ginocchio e i suoi lineamenti si fecero più netti. Non ci fu altro cambiamento in lui, ma quello bastò a segnalarmi che aveva capito a quale verità mi stavo riferendo. «Te lo ha detto lei?»

Feci per rispondere, poi decisi che era meglio se avesse continuato a pensare così. Non volevo se la prendesse con Rhain. «Io...» Scoprii di non avere idea di come proseguire. L'accordo riguardava me, ma era stato lui a compiere il sacrificio. Era lui che aveva dovuto subire la crudeltà di Veses: il punto non erano i miei sentimenti. Non erano il mio orrore o la mia sofferenza o la mia rabbia. C'era una sola cosa che potevo dire di fronte a lui. «Grazie.»

La sua mano strinse forte il bicchiere fino a frantumarlo.

Scattai in piedi con un ansito mentre i frammenti di vetro gli rimbalzavano sul ginocchio e cadevano a terra. Rivoli rossi gli scorsero giù dal palmo.

«Ti sei tagliato» feci.

«Sto bene.» Ash chiuse le dita sulle schegge.

«Ti stai facendo ancora più male!» Mi chinai per afferrargli la mano e spazzai via un po' di frammenti dal suo ginocchio e dal divano. Al contatto con la sua pelle la scarica di energia fu più forte del solito. Dalle sue dita serrate colava sangue. «Santi dei» sussurrai sedendomi al suo fianco. «Apri la mano.»

«Ti ho detto che sto bene.»

«Apri la mano, Ash!»

Lui rimase immobile.

Imprecando gli aprii le dita. Le schegge erano conficcate in profondità nella carne attraverso i ghirigori dell'impronta, ma le ferite che non avevano frammenti all'interno si stavano già richiudendo.

«Lo so che sei un Primordiale.» Gli aprii bene la mano e me la appoggiai sul ginocchio. «E che guarisci da solo. Ma sono anche piuttosto sicura che nemmeno la tua pelle si rimargina se c'è un pezzo di vetro dentro.»

«Ti sporcherai di sangue il vestito.»

«Chi se ne frega.» Estrassi una scheggia e la lasciai cadere sul tavolino. «Non penso che avrò altre occasioni di metterlo.»

«Perché no?»

«Pensavo che un abito nuziale si indossasse una volta sola.» Estrassi un'altra scheggia e Ash mandò un sibilo. «Scusa.»

«Non...» Prese un lungo respiro. «Non ti scusare. E non ringraziarmi.»

Chiusi gli occhi per un attimo e in silenzio mi insultai da sola: stavo per chiedere scusa di nuovo, per aver detto la cosa sbagliata.

«Comunque puoi mettere quel dannato vestito ogni volta che ne hai voglia.»

Annuii, deglutii ed estrassi un'altra scheggia. L'odore del suo sangue mi avvolse mentre passavo il pollice sull'impronta, alla ricerca di schegge troppo piccole per vederle a occhio nudo.

«Quindi è per questo che adesso mi chiami Ash?»

Levai lo sguardo su di lui. «Cosa?»

La sua pelle si era assottigliata ed erano già apparse le prime ombre. «Hai scoperto che ero diventato la riserva personale di sangue di Veses e di colpo hai realizzato che volevi essere la mia Consorte?»

«No.»

La sua bella bocca si torse in un ghigno freddo, crudele. «Ah, no, *liessa*?»

«No» ripetei. «Te lo avevo già detto prima di quel momento.»

«Ma poi qualcosa è cambiato.»

«Sì. Perché non sapevo di lei e...» Riportai gli occhi sulla mano, che sanguinava ancora in vari punti. «Non voglio dire la cosa sbagliata.»

«Non lo farai.»

Tirai fuori una minuscola scheggia usando l'unghia. «L'ho appena fatto.»

«Non è vero. Vai avanti.»

Lo disse con un tono che in qualunque altro momento mi avrebbe fatto girare la testa. Ma non in quello.

«Sorprendervi insieme mi ha fatto male. È questo che mi ha fatto cambiare idea. E già lo sai. Ma quando ho scoperto perché voi due eravate insieme... i miei pensieri sono mutati.»

«Non eravamo *insieme*» replicò lui. La temperatura nella stanza si abbassò di colpo.

«Lo so. È che...» Per quanto Ash incitasse me a parlare, era lui quello che avrebbe dovuto farlo. Se avesse voluto. Io invece non dovevo dire assolutamente nulla più dello stretto necessario. «Non ho cambiato idea solo perché ho scoperto che hai fatto quello che hai fatto per proteggere me. Avevo capito che volevo essere la tua Consorte già prima di sapere la verità su Veses. A fare la differenza è stato capire che cosa avevo davvero visto. Ma se non hai voglia di parlarne non c'è bisogno che lo facciamo.» Mi lanciai un'altra occhiata sopra la spalla. «Sappi solo questo: se non la ammazzi tu, troverò un modo per farlo io.»

Lui mi fissò per un attimo e poi scoppiò a ridere. Una risata profonda, sonora.

Lo fissai. «Sono serissima.»

«Non c'è una sola parte di me che ne dubiti.»

Sostenni il suo sguardo. «Quella puttana è morta.»

«Concordo.»

«Bene.» Ritornai a sfilargli schegge dalla carne. Fui certa di averle trovate tutte solo quando non vidi più spillare sangue. «Finito.»

«Grazie» disse lui con voce roca.

A labbra serrate percorsi con il dito i ghirigori dorati fino alla base del suo pollice. E lui chiuse le dita, stringendo le mie. Entrambe le mani erano sporche di sangue, ma vederle congiunte a quel modo... be', era proprio bello. Me le portai alla bocca e baciai il dorso della sua.

Ash tremò talmente forte che il tremito si trasmise anche a me.

Passarono i minuti.

«Non volevo che tu lo venissi a sapere» disse a un certo punto. «Non volevo che ti sentissi responsabile.»

Combattei l'impulso di rispondergli che come mi sentivo io avrebbe dovuto essere l'ultima delle sue preoccupazioni.

«Non volevo che tu... non volevo che *nessuno* sapesse del controllo che lei esercitava su di me. Di che genere di *complicazione* lei rappresentasse» riprese Ash dopo un momento. «Attes lo sapeva, ma non conosceva il motivo, né lo conosce ora. Quelli che lo sanno sono pochissimi. Ma io e Veses non siamo mai stati insieme. A volte quando si nutriva da me lo rendeva piacevole. Altre volte bruciava peggio dell'Abisso. Il secondo caso si verificava soprattutto quando non mi mostravo d'accordo con lei su dove farlo. E la verità è che preferivo quando mi faceva male. L'alternativa era molto peggio. Provare piacere a causa sua è l'ultima cosa che vorrei al mondo. L'unica parte di me che Veses abbia mai avuto è il mio sangue.»

Il mio sollievo nell'apprendere che non erano mai andati al di là del morso fu di breve durata, perché anche forzare del piacere su qualcuno che non lo voleva era una violazione, indipendentemente dai rapporti reciproci. Così come era una violazione ricattare qualcuno perché obbedisse alle tue voglie.

Chiusi gli occhi e tenni a bada le emozioni, perché il punto non ero io, né come mi sentivo in quel momento. Gli baciai di nuovo la mano e respinsi indietro il dolore e la rabbia. Dietro le palpebre gli occhi mi bruciavano, ma non potevo permettere a quel che provavo di invadere il palcoscenico. Dovevo rimanere sotto controllo.

La sua mano strinse più forte la mia e passò un altro minuto.

«Le abilità che tu mi attribuisci sono pura fortuna, perché onestamente non avevo la minima idea di cosa stessi facendo.» Ash mandò un lungo sospiro e io desiderai con tutta me stessa di non avergli mai detto nulla.

Ma perché tutti, me inclusa, partivano dal presupposto che qualcuno senza esperienza a letto non potesse dare piacere a un'altra persona? Era stato un pensiero incredibilmente infantile da parte mia.

«In verità non lo so nemmeno adesso» aggiunse lui.

Gli baciai la mano per la terza volta.

«Veses... non voleva me. Né in passato né adesso. Non veramente. Lei vuole Kolis, da sempre.»

Sbarrai gli occhi per la sorpresa.

«Ma siccome Kolis non ha mai voluto avere nulla a che fare con lei, io ero il suo miglior ripiego. Solo che nemmeno io volevo avere nulla a che fare con lei, ed è stato proprio il mio rifiuto a farla insistere ancora di più. Probabilmente è la stessa cosa anche con Kolis.»

Continuavo a pensare che forse i sentimenti di Veses nei confronti di Ash erano cambiati. Che adesso ci tenesse per davvero. Eppure... dei, se si voleva bene a una persona, com'era possibile farle ciò che lei aveva fatto a lui?

Ash mi sollevò e mi strinse contro il suo petto. Di nuovo fui sconvolta dalla sorpresa. Sentii il suo torace espandersi rapidamente, e contrarsi con lentezza. Si stava rilassando a contatto con me. Solo la sua mano rimase saldamente stretta alla mia.

«E alla fine un modo lo trovò» disse poi. «La notte in cui ti portarono al Tempio dell'Ombra, Veses mi seguì. Nel mondo mortale, un Primordiale non riesce a sentire la presenza di un altro Primordiale bene come nell'Iliseum: non mi accorsi di nulla finché lei non venne da me giorni dopo. E l'ultima volta che è venuta qui, quando ci hai visti, aveva fatto due più due e sapeva che non ci sarebbero state altre occasioni. Per questo ha voluto spingersi ai limiti.»

Tre anni.

Ash era stato costretto a nutrirla per tre anni.

Mi chiesi se fosse possibile far durare tre anni la morte di qualcuno.

«Non mi aspettavo che tornasse così presto. E avevo chiuso la porta perché non volevo che nessuno ci vedesse. Soprattutto tu. Ma lei deve aver percepito la tua presenza...» Ash si schiarì la voce. «Non so. Avrei dovuto dirti la verità quando ti sei svegliata e me l'hai chiesta, ma non riuscivo a trovare le parole. Non riuscivo a...»

«Non fa niente.» Mi girai nel suo abbraccio e gli appoggiai la testa alla spalla. «Comprendo.»

«È solo che... non potevo lasciare che facesse quel che sapevo avrebbe fatto se l'avessi rifiutata. Ma è stata una decisione mia. Non tua.»

Presi un lungo respiro e mi ricacciai in gola tutte le domande che mi erano sorte. Come poteva aver deciso una cosa del genere all'epoca, quando ancora non solo non mi conosceva, ma nemmeno sapeva delle braci? «Vorrei solo che lei non ti avesse messo nella posizione di dover prendere quella decisione.»

«Ho molti rimorsi per quel che ho fatto nella mia vita, ma l'averti tenuta lontana dalle grinfie di Kolis non è tra di essi. Anche se questo non cancella nessuna delle mie colpe.» Il suo mento mi sfiorò la sommità del cranio. «In ogni caso, ormai è finita.»

«Sarà finita quando Veses sarà morta» sussurrai.

Lui rise, un suono roco ma caldo. «Assetata di sangue come sempre.»

Non tentai nemmeno di negarlo.

Ash rimase in silenzio per un po', e quando parlò la sua voce era poco più che un sussurro: «Grazie».

Riaprii gli occhi. «Per cosa mi stai ringraziando?»

«Per... perché sei come sei.»

«Non so quante persone mi ringrazierebbero per una cosa del genere, ma prego.»

«Quelle persone dovrebbero fare una brutta fine.»

Ridacchiai.

«Sera?»

«Sì?»

«Vorrei...» Si interruppe e poi deglutì.

«Che cosa?»

Ma qualunque cosa Ash avesse avuto intenzione di dire andò perduta, perché mi fece voltare verso di lui e posò la bocca sulla mia. Mi baciò finché la mostruosità di Veses non sbiadì sullo sfondo, finché ogni paura o preoccupazione su quel che avremmo trovato a Irelone non fu scomparsa, finché non ci fu spazio per nient'altro che non fossero le sue labbra contro le mie, le sue braccia attorno a me, e le mie attorno a lui.

Nient'altro che quel momento.

Noi.

L'unica cosa che importava al mondo.

43

Mi svegliai dopo un po' e sentii il corpo di Ash attraverso la camicia di lino che mi aveva prestato e aiutata a infilare, dopo aver aperto pazientemente ogni singolo minuscolo bottone dell'abito nuziale.

La camicia non fermava il gelo che emanava dalla sua pelle e non era nemmeno rimasta al proprio posto: mentre dormivo mi si era alzata sopra i fianchi e me ne accorsi perché non c'era assolutamente nulla a separare il suo membro rigido dalla curva del mio sedere.

Sbattei le palpebre, assonnata. Non riuscivo a vedere granché nella penombra della stanza e non avevo idea di quanto a lungo avessi dormito, ma non doveva essere passato molto da quando ci eravamo alzati dal divano e ci eravamo spostati nel letto. *Insieme*.

Per dormire e basta.

Eravamo entrambi esausti – fisicamente ed emotivamente – per l'incoronazione, il viaggio in carrozza e tutti i discorsi che erano venuti dopo.

Pensai che Ash stesse ancora dormendo e che quella del suo corpo fosse una sorta di reazione automatica, non per forza l'espressione di un desiderio. Il che significava che sarebbe stato meglio anche per me rimettermi a dormire anziché restare lì a occhi aperti a fantasticare sui ricordi del viaggio in carrozza. Ma era più facile a dirsi che a farsi, e quindi rimasi a rigirarmi senza pace tra le sue braccia...

Finché sentii il suo petto gonfiarsi di colpo. Mi immobilizzai: si era svegliato? Feci per girare la testa, ma lui mosse i fianchi dietro di me e il suo membro scivolò lungo la curva della mia natica, trasmettendomi un brivido di piacere improvviso. Mi morsi il labbro.

«Ash?» chiesi con il batticuore.

«Non dovresti chiamarmi così» rispose, la voce roca nell'oscurità.

«Mi hai detto che ti piaceva» feci, confusa.

«Ed è vero.» Ash tacque per un attimo. «Ma potrebbe essere imprudente.»

«Perché?»

«Credevo fosse ovvio.» Il suo respiro mi agitò i capelli sulla sommità del cranio. «Sentire che mi chiami così mi fa pensare ancora di più a tutte le altre cose che hanno occupato la mia mente per la maggior parte della notte.»

Un'ondata di calore mi invase le vene, spazzando via il sonno. «Tipo la cosa che stava al primo posto.»

«Già. Soprattutto quella.»

«Vuoi che ti chiami così di nuovo la prossima volta che verrò?»

Lo sentii irrigidirsi ancora di più contro di me. «Tu cosa dici?»

La fiamma del desiderio divampò dentro di me con una rapidità incredibile. «Si può fare» sussurrai spingendo le natiche contro di lui, che reagì con un gemito. «Puoi avermi, se vuoi.»

«Vorrei davvero, ma...»

«Cosa?» Cercai la sua guancia nel buio. Aveva la pelle fredda e... dura, quasi come se fosse di pietra. Il mio cuore perse un colpo. «C'è qualcosa che non va?»

Ash rimase in silenzio per un lunghissimo istante. «Sono affamato. Se entrassi dentro di te adesso, non riuscirei a fermarmi. Non dovrei nemmeno restare qui a letto con te. Stavo per alzarmi, ma tu sei così... calda.»

Mi sentii avvampare e poi gelare. «Se ti dessi il mio sangue adesso rischierei di farmi del male? È perché sono vicina alla Transizione? Anche se bevessi solo il minimo indispensabile per farti stare meglio?»

«No, non è quello.» La sua voce si era fatta più ruvida, più spessa. «Bere solo un po' non sarebbe pericoloso.»

Mi costrinsi a deglutire. «Allora fallo.»

Lui non si mosse.

Nel silenzio mi tornò in mente con quanta foga avesse desiderato di bere da me quando eravamo sul pavimento della mia camera. Ma non lo aveva fatto. E cominciai a comprendere la sua riluttanza. Era qualcosa che andava al di là di quel che Kolis lo aveva costretto a fare: nutrirsi per lui era diventato un gesto collegato a Veses, anche se non era stato lui a bere da lei. E in più sapevo che, sebbene gli avessi già detto che era un pensiero senza senso, non si sentiva degno di prendere il mio sangue.

Solo il cielo sapeva quali emozioni fossero associate all'atto di bere sangue, ma sapevo che Ash ora ne aveva bisogno e che l'unico modo in cui potevo aiutarlo era offrire il mio.

Con un sospiro affaticato inarcai la schiena e allungai il collo per esporre la gola. Allo stesso tempo premetti le natiche su di lui, e il suo brivido mi scosse.

Feci scivolare le dita sulla sua guancia e lungo la linea di granito della mascella, poi posai la mano davanti a me sul letto. «Ora sono la tua Consorte, e voglio esserti d'aiuto» sussurrai scegliendo con cura le parole. «Se tu me lo permetti.»

Lui tacque e si immobilizzò dietro di me. Non sentii più muoversi nemmeno il suo petto, e mi invase una tristezza senza confini, che non aveva me al centro, ma lui...

Poi Ash si mosse con la rapidità che solo lui poteva avere. In un attimo mi ritrovai distesa sulla pancia, con una guancia premuta contro il suo braccio. E infine lui affondò le zanne.

L'esplosione improvvisa di dolore acuto mi lasciò senza

fiato, ma solo per un istante. Ne passò un altro, forse due, poi la sua bocca si chiuse sulla ferita e cominciò a succhiare, trasformando il dolore in un piacere selvaggio che mi invase il sistema nervoso.

Ash bevve.

Bevve a fondo, con le dita piantate nella carne del mio fianco, mentre le mie erano strette a pugno nella stoffa del lenzuolo sotto di me. La sua bocca si muoveva sulla mia gola, affamata, e dalla ferita si diffuse in me un calore che trasformò le scintille di passione di poco prima in un incendio. Avrei voluto potermi muovere sotto il suo peso, sollevare i fianchi, ma ricordai quel che mi aveva detto su Veses, su quanto le piacesse spingerlo ai limiti. Mi costrinsi a restare ferma, anche se mi sembrava di bruciare viva. Lasciai a lui il completo controllo, perché ne aveva più bisogno di quanto ne avessi bisogno io.

E lui lo esercitò.

Lo sentii deglutire mentre con il peso del suo corpo si sistemava meglio, intrappolandomi sul letto. Un brivido travolgente di trepidazione si affiancò al mio desiderio, poi lui mi sollevò le natiche ed entrò dentro di me. E io, umida e bollente com'ero, fui più che felice di accoglierlo.

Si mosse su di me e dentro di me, senza lasciarmi la minima possibilità di cogliere il suo ritmo o di seguirlo. Fu lui a dettarlo, e non rallentò nemmeno quando io esplosi urlando il suo nome ad alta voce perché potesse udirlo. Perché potesse sentirlo. Non si fermò nemmeno a quel punto: continuò a spingere dentro di me e a bere, bere e ancora bere. E io adorai ogni istante di quel suo dominio selvaggio su di me, ogni colpo del suo membro e della sua bocca. E quando fu il suo turno di venire sussurrai il suo nome ancora e ancora, e fu come una piccola eternità. Infine sentii la carezza della sua lingua sulla gola e i colpi dei suoi reni che rallentavano. Non avrei saputo dire per quanto tempo rimanemmo lì in quella posizione, con lui dentro di me e la sua guancia contro la mia spalla. Sapevo solo che avrei voluto non finisse, e quando Ash si girò sul fianco sentii immediatamente la mancanza del contatto. Un attimo dopo mi abbracciò, e mi ritrovai di nuovo con la testa appoggiata al suo petto.

«Stai bene?» mi chiese.

«Sì.» Mi schiarii la voce. Il mio cuore stava finalmente ritornando a un battito normale. «E tu?»

La sua mano risalì lungo il mio ventre fino al fianco. Ed era *calda*.

«Vorrei...» La sua voce si inspessì, ma non terminò la frase, che parve galleggiare via nell'oscurità.

Non mi disse che cosa avrebbe voluto.

Il pomeriggio seguente attraversammo le ombre per raggiungere Massene, un villaggio poco distante dalla capitale di Irelone.

In un battito di ciglia o poco più arrivammo in una foresta vicina al Maniero di Cauldra. Provai la stessa sensazione dell'ultima volta, ma uno strano nervosismo mi invase e mi rese ansiosa.

«Ci è voluto poco» sussurrai.

Ash mi fissò. «Sì.»

«È strano che mi sia sembrato *così* breve.»

Ash mi teneva ancora stretta a lui. Avevo i piedi sollevati di qualche centimetro da terra, il petto contro il suo petto, il cuore contro il suo cuore. Il suo batteva più rapido del mio. «Abbiamo viaggiato più lontano dell'altra volta. E da un mondo a un altro. Avresti dovuto perdere i sensi.»

«Le braci» sospirai. «Lo so. Diventano sempre più forti.»

Lui mi posò a terra e accarezzò la mia treccia per tutta la sua lunghezza. «Presto non saranno più dentro di te.»

Si spera, pensai, ma non lo dissi. Non volevo dare ulteriore realtà alla possibilità che non trovassimo Delfai, o che lui non potesse aiutarci. «Che si fa a questo punto? Andiamo dritti al cancello del maniero e chiediamo udienza alla principessa?»

«Mi sembra un buon piano.»

Inarcai un sopracciglio. «Sul serio?»

Ash mi tirò con delicatezza la treccia. «Pensi che si rifiuterebbe di incontrare un Primordiale?»

Aggrottai la fronte. «Quindi intendi rivelare la tua vera identità?»

«Renderebbe tutto dannatamente più facile.»

«Non lo posso negare.»

Sulle sue labbra apparve un ghigno che cacciò via le ombre da sotto i suoi occhi, e attirò a sé il mio cuore. «Oltretutto è sempre abbastanza divertente vedere le reazioni dei mortali quando si rendono conto di trovarsi davanti a un Primordiale.»

Ridacchiai anch'io, e un po' della mia ansia si dissipò. «Scommetto che di solito ci sono parecchie urla.»

«E preghiere.»

«Ok, sarà divertente per davvero.»

Feci un passo indietro, ma Ash mi prese per mano e mi fermò. La sua pelle era tornata calda e il contatto mi trasmise un brivido. «Andrà tutto bene, Sera.»

Mi mancò il respiro. «Sto proiettando di nuovo?»

«Sì.» L'ethere nei suoi occhi si era calmato.

«E... che sapore ha l'ansia?» chiesi.

«Quello di una crema troppo densa.» Mi carezzò il dorso della mano con il pollice. «A te che effetto fa?»

Strinsi le labbra, pensando a un modo per spiegarlo. «Lo stesso che fa a te: qualcosa di... troppo denso da mandare giù. Soffocante.» A disagio, guardai le nostre dita intrecciate: l'impronta sul suo palmo scintillava dorata nella luce morbida del bosco. Il silenzio si prolungò. Infine scossi la testa. «È come... come la costante sensazione che stia per accadere qualcosa di brutto, anche se poi non accade proprio nulla. E quando c'è realmente la possibilità che qualcosa vada male, nella tua mente quella diventa l'unica certezza.» Mi si chiuse la gola. «Mi rendo conto che probabilmente non ha senso come spiegazione, ma è come avere un peso soverchiante sul petto, che non si sposta mai da lì, al punto che dopo un po' ti ci abitui e quasi non lo senti più. Ma è sempre lì, in agguato. Non so in che altro modo spiegarlo... È questo l'effetto che fa.»

«Penso di aver capito.» Ash deglutì. «Non ho mai provato una cosa del genere di persona, ma comprendo ciò che dici.» Il suo pollice continuava a muoversi sulla mia mano, seguendo le linee della mia impronta. «Vorrei poter fare qualcosa per alleviare questa sensazione.»

Il rimescolio improvviso che avvertii nel petto minacciò di farmi sollevare fino ai rami dei pini sopra di noi. Mi si scaldarono le guance, e non fui sicura che fosse per quel che gli avevo detto, o per ciò che lui aveva detto a me. Era per la sua comprensività, per il suo desiderio di farmi stare meglio. La confidenza che gli avevo fatto non mi imbarazzava: semmai non ero abituata all'idea di poter parlare di cose del genere. Eppure... farlo mi aveva dato una bella sensazione. Era come se una parte del peso che mi gravava addosso si fosse dissolta. Immaginai che per lui fosse stato più o meno lo stesso quando avevamo potuto parlare liberamente di Veses.

«Penso davvero che andrà tutto bene» ripeté Ash con voce calma. Il suo sguardo cercò il mio e lo tenne avvinto. «Scopriremo come rimuovere le braci e lo faremo. Ci credo sul serio.»

Feci un respiro brusco. Avrei voluto crederci anch'io allo stesso modo, ma non potevo ignorare la paura che sentivo dentro. Era già lì quando mi ero svegliata quella mattina, annidata nel profondo assieme alle braci stesse, e per una volta sapevo che non aveva nulla a che vedere con la consueta ansia.

«Penso sia ora di andare a spaventare un po' di gente.»

Ash ridacchiò con voce roca. «Anch'io.»

Ci avviammo verso il maniero. L'unico suono che si udiva era lo scricchiolio degli aghi caduti sotto i nostri piedi. Alzai la testa cercando uccelli tra i rami, ma se ce n'erano se ne rimanevano nascosti e silenziosi. Non c'erano né segni di vita né un alito di vento: la Foresta Tetra era immobile, come se trattenesse il respiro. Come se la natura stessa si fosse accorta che il Primordiale della Morte camminava sulla terra e fosse diventata muta e preoccupata.

Le colline rocciose su cui sorgeva il Maniero di Cauldra erano bagnate dal sole, che si rifletteva anche sulle armature di bronzo delle guardie che pattugliavano i terreni tutt'intorno. Non era come a Chiaravia: non c'era una cerchia di mura interne a separare i terreni del maniero dai campi di grano e dalle persone che ci lavoravano. Quando cominciammo a salire su per la collina non ci aveva ancora notato nessuno: guardai verso il basso, dove le valli sinuose erano punteggiate da modeste casette di pietra e campi pieni di contadini indaffarati con l'ultimo raccolto dell'anno. Il Regno di Irelone, con il porto della sua capitale, era uno snodo chiave nei commerci di quella parte del mondo: anche Re Ernald e mia madre lo avevano corteggiato per un'alleanza, attirati dal suo terreno così fertile e ancora intoccato dalla Putrefazione.

Arrivammo in vista del maniero: la sua torre color avorio, avvolta dall'edera, spuntò dalla sommità della collina. Poco dopo ci giunsero all'orecchio i nitriti nervosi dei cavalli nelle stalle.

«Altolà» ci intimò una guardia davanti al cancello aperto. Venne verso di noi con la spada in pugno e varie altre guardie si voltarono a guardarci dalla soglia delle stalle. Immaginai che vedere qualcuno arrivare a piedi dalla Foresta Tetra non fosse una cosa di tutti i giorni.

«Dichiarate la vostra identità!»

Io guardai Ash.

Un angolo della sua bocca si sollevò. Continuò ad avanzare nonostante l'altolà, e le guardie chiaramente non apprezzarono. Altre spade uscirono dai foderi.

«Sono Asher il Cinereo, Colui che è Benedetto, il Guardiano delle Anime.»

Avrei giurato che a quelle parole persino le nuvole nel cielo si fossero fermate.

«Il Dio Primordiale degli Uomini e della Fine e il Sovrano delle Terre d'Ombra. Sono Nyktos, il Primordiale della Morte, e questa è la mia Consorte.»

Silenzio.

Mezza dozzina di guardie ci fissò, muta.

Poi l'uomo che aveva parlato per primo scoppiò a ridere. «E io sono il fottuto Re di Irelone.»

Altre risate roche fecero eco alla sua.

«Be'» mormorai. Le guardie erano troppo lontane per notare gli occhi di Ash. «Non è andata come ci aspettavamo.»

Ash fece un sorrisetto e rivolse la sua attenzione alle guardie. Le braci dentro di me vibrarono in risposta al potere che si raccoglieva nell'aria tutto intorno.

Dietro di noi uno stormo di uccelli spiccò il volo dai rami dei pini in un frullio d'ali nere, facendo sobbalzare le guardie. Mi venne la pelle d'oca e guardai di nuovo verso il Primordiale. Un coro di ululati canini esplose dalla valle in lontananza, e i nitriti dei cavalli salirono di volume.

Ash abbassò il mento, la sua pelle si assottigliò e le ombre fiorirono sotto di essa, diffondendosi come un vortice. Lo spazio intorno al suo corpo si riempì di ethere venato di oscurità, che si riversò sull'erba ai suoi piedi. L'aria sopra le sue spalle crepitò e uno sbuffo di vento mi agitò i capelli quando il profilo evanescente delle ali si spalancò sopra di noi.

«Dunque sto parlando con il Re di Irelone.» Gli occhi di

Ash si riempirono di ethere turbinoso. «È un piacere fare la tua conoscenza.»

La guardia rimase a bocca aperta e sbiancò come un cadavere. Mi sarei messa a ridere se lui e i suoi compagni non fossero sembrati sul punto di svenire lì davanti a noi. Tuttavia nessuno fuggì o si mise a urlare.

Un attimo dopo caddero tutti in ginocchio come le tessere di un domino. Le spade tintinnarono a terra, le teste si chinarono e tante mani tremanti si posarono sul terreno e sui cuori.

«Sono dolente, Vostra Altezza» disse una delle guardie, sovrastando il mormorio generale delle... *preghiere*. «Non lo sapevamo. Vi prego...»

«Non c'è bisogno di scusarsi» lo interruppe Ash.

L'energia crepitante abbandonò l'aria e le ombre che ondeggiavano attorno a noi si dissolsero. Anche gli ululati lontani cessarono e i cavalli si acquietarono.

Il ghigno di Ash si trasformò in un sorriso. «Alzatevi.»

Le guardie obbedirono goffamente, tremanti e con gli occhi sbarrati. Alcune mormoravano ancora preghiere a fior di labbra, e non avrei potuto biasimarle, ma mi tornò anche in mente quel che Ash aveva detto su come reagivano i mortali alla presenza di Kolis quando era ancora lui il Primordiale della Morte.

Su come aveva reagito Sotoria.

Era la stessa cosa per le persone che stavano ora di fronte a noi... le stesse persone che avrebbero pianto di gioia se dalla Foresta Tetra avessero visto uscire Kolis. Sarebbero corse da lui e si sarebbero gettate ai suoi piedi. Avrebbero accolto con i massimi onori un mostro travestito da salvatore, solo perché credevano che fosse il vero Primordiale della Vita.

Un'etichetta. Un titolo. Bastava questo a cambiare quel che la gente credeva, e cambiava anche l'equilibrio tra ciò che era giusto e ciò che era sbagliato. Non avrebbe dovuto essere così.

«Siamo qui per parlare con la Principessa Kayleigh» dissi. Gli sguardi di tutti si appuntarono su di me, ma non riuscivo a capire che cosa pensassero che fossi, se avessero preso anche me per una dea o no. «Si trova qui?»

«Sì» rispose una guardia. «È... è sempre qui. Preferisce... questa dimora al Castello di Rocciarossa.»

«Molto bene.» Ash sorrise di nuovo, ma non ero sicura che questo avesse rassicurato le guardie. «Uno di voi può condurci da lei?»

Ash mostrò un potere da Primordiale che non sapevo possedesse.

Il denaro non cadeva dagli alberi, come avevo sentito una volta dire a Tavius da Re Ernald, ma quando ci avviammo dietro la guardia ancora stupefatta, constatai che *spuntava dal terreno* sotto gli stivali di Ash. Mentre camminava si lasciò dietro monete sufficienti a formare una piccola fortuna: con quella somma le guardie avrebbero potuto sfamare le loro famiglie per anni.

Lo fissai. Non disse nulla, ma ero certa che lo avesse fatto per farsi perdonare della paura che aveva messo addosso a quei soldati. Lo fece anche per la guardia che ci condusse oltre le pareti coperte da stendardi gialli e verdi con l'immagine di una nave: le sue tasche si gonfiarono, tintinnando leggermente, ma l'uomo non parve accorgersene. Infine ci fermammo davanti a una piccola sala da ricevimento. Dentro, immersa nel sole che entrava dalle finestre, la principessa sedeva a leggere su un divano. Indossava un abito color lilla dalla lunga gonna e con la mano carezzava distrattamente un gatto bianco e nero acciambellato accanto a lei. I suoi voluminosi riccioli castani erano legati sulla cima della testa reclinata.

Il gatto fu il primo a notarci: sollevò il capo peloso e ci lanciò un'occhiata assonnata che esprimeva evidente fastidio per l'interruzione.

Poi la guardia si schiarì la voce e si inchinò. «Principessa, avete visite.»

Kayleigh ebbe un piccolo sussulto e alzò la testa. La visione che avevo avuto alle Pozze di Divanash era stata accurata: sembrava felice e in ottima salute. Ovvero molto diversa dall'ultima volta che l'avevo vista di persona.

Mi guardò e i suoi occhi si riempirono di sorpresa. «Oh, dei, sei proprio tu, Seraphena?» Fece un respiro brusco e chiuse il libro che aveva in grembo.

Io annuii. «Sono io.»

«Come hai fatto a...» Si interruppe quando i suoi occhi si posarono su Ash. Il sangue defluì dal suo viso a forma di cuore in un battito di ciglia. «Ma voi siete...» Si alzò così in fretta che il libro cadde sul tappeto. Il gatto frustò il divano con la coda, irritato. Kayleigh fece per inchinarsi...

«Non è necessario» la fermò Ash, con un profondo sollievo da parte mia e altrettanto stupore da parte della guardia. «Non servono inchini.»

Gli occhi verde foresta della principessa scintillavano. «Ma...»

«È tutto a posto, davvero» intervenni. «Lui non è uno di quei Primordiali a cui piacciono i gesti di sottomissione.»

«Be', a volte lo sono» borbottò lui.

Gli rivolsi un'occhiataccia.

Kayleigh ci fissò confusa.

«Abbiamo bisogno di parlare con te.» Lanciai uno sguardo alla guardia. «In privato.»

Lei deglutì e annuì. «Grazie, Rolio. Ora puoi andare.»

La guardia esitò, ma la principessa le rivolse un cenno della testa e un sorriso sicuro. Rolio arretrò senza avvicinarsi a noi e uscì dalla porta, ma non andò lontano: si fermò a metà del corridoio. Apprezzai la lealtà che mostrava, nonostante fosse chiaramente spaventato.

«Sono nei guai?» chiese Kayleigh.

«Come?» Riportai l'attenzione su di lei. «No. Perché mai dovresti?»

Per tutta risposta lei rivolse ad Ash uno sguardo per nulla rassicurato. «Voi... siete un Primordiale. Lo capisco dai vostri occhi.» Deglutì. «Nella mia esperienza solo i Primordiali hanno occhi d'argento.»

Inarcai le sopracciglia. «Ne hai incontrati altri?»

«Sì» rispose lei, e chiuse per un attimo gli occhi.

Sperai che Ash si tenesse per sé che genere di Primordiale era.

«Mi dispiace, non volevo dire nulla di offensivo» aggiunse Kayleigh.

«Non lo hai fatto, principessa» rispose lui osservandola con attenzione. Mi resi conto che stava leggendo le sue emozioni. «Non devi spaventarti, non siamo qui per farti del male.»

Lei annuì, ma senza cambiare espressione. Cominciai a sentirmi a disagio, e mi tornò in mente quel che Ash aveva detto a proposito di ciò che stava già accadendo in altri regni.

«Che cosa è successo quando gli altri Primordiali sono venuti qui?» chiesi.

Kayleigh inspirò rapidamente a labbra aperte, gli occhi sempre fissi su Ash. «So che... che possono offendersi se non ricevono il rispetto dovuto.»

«Il rispetto è una cosa che ci si deve guadagnare, e questo vale anche per un Primordiale. Io non ho ancora fatto nulla per meritarmi il tuo.» Il tono di Ash si addolcì. «Siamo qui solo per chiederti di una persona che pensiamo conosca, forse sotto il nome di Delfai.»

La principessa si irrigidì. «Lo studioso?»

«Potrebbe essere lui» risposi, e fornii una rapida descrizione.

«Sì, è Delfai. Vive qui da un paio d'anni ormai. Mi sta insegnando a leggere l'antica lingua.» Kayleigh congiunse le mani, spostando lo sguardo tra noi due. «È lui a essere nei guai?»

«No» sussurrai, ma il cuore mi si torse nel petto: che cosa aveva visto fare la mia amica agli altri Primordiali? «Vogliamo solo parlare con lui.»

Lei annuì. «Penso sia in biblioteca ora. È in fondo al corridoio.» Sulle sue labbra riapparve un piccolo sorriso. «Gli piace riorganizzare i registri e i memoriali nell'ordine in cui secondo lui dovrebbero stare. Quando mio padre viene in visita qui ci diventa matto.» Rise, ma nervosamente. «Mi dispiace, sono così confusa. Non ti vedo da anni, Seraphena, e adesso sei qui davanti a me assieme a un Primordiale che non vuole che strisci ai suoi piedi...» Si azzittì ancora una volta. «Mi dispiace...»

«Di nuovo, non c'è bisogno di scusarsi» la rassicurò Ash. «Semmai sono io che dovrei scusarmi per il comportamento dei miei simili.»

Le labbra di Kayleigh formarono un cerchio perfetto. «Voi...» Si schiarì la gola. «Posso domandare su quale Corte governate?»

«Uh...» borbottai io.

Ash chinò la testa. «Io sono Nyktos.»

Nel silenzio che seguì, la principessa rimase a fissarlo, apparentemente senza nemmeno respirare. «Voi siete il Primordiale della...»

«... Morte» terminò lui per lei.

Kayleigh annuì lentamente, sbatté le palpebre e si voltò verso di me. «Come mai sei...»

«... assieme a lui?» Indicai Ash con un cenno del mento e lui si accigliò. «È una lunga storia.»

L'interesse sfavillò negli occhi della principessa. «Mi piacciono le storie.»

«Questa però è una che è meglio tu non conosca.» Conoscere la mia vera identità di mortale e la mia posizione di

Consorte del Primordiale della Morte probabilmente avrebbe causato solo problemi, tanto a lei quanto ad altre persone. «Puoi condurci da Delfai?»

«Certo.» Kayleigh si chinò a raccogliere il libro caduto e lo lasciò sul divano nel punto in cui prima era seduta, sotto lo sguardo di somma disapprovazione del gatto. Poi fece per avviarsi, ma si fermò e si voltò di nuovo verso di me. «Non credevo che ti avrei più rivista quando ho lasciato Lasania.»

«Nemmeno io» risposi.

Lanciò un'occhiata ad Ash. «E non credo di averti mai ringraziata per il tuo... *aiuto*.»

«Non ce n'era bisogno.»

Kayleigh aprì la bocca, poi la richiuse. «Tempo fa è arrivata notizia che la Principessa Ezmeria è salita al trono di Lasania, ma non abbiamo saputo nulla sulla sorte del Principe Tavius.»

«L'ex Principe di Lasania non rappresenta più una fonte di preoccupazione, né per te né per nessun altro» rispose Ash. Poi la sua voce si mutò in un basso ringhio. «Passerà l'eternità nell'Abisso.»

Cercai di non sorridere in maniera troppo palese e fallii. Mi domandai se avrei dovuto sentirmi in colpa per la soddisfazione che provavo ogniqualvolta pensavo alla fine di Tavius, ma mi risposi che probabilmente no, non dovevo, soprattutto quando vidi il sollievo dipingersi sul volto di Kayleigh e la tensione accumulata nei suoi occhi e nelle sue labbra che si scioglieva.

«Oh, dei... Avevo troppa paura di considerare questa ipotesi, ma...» La principessa scoppiò a ridere, poi si premette una mano sul petto. «Cielo, non dovrei ridere. Mi fa sembrare una persona orribile. Però non...» Chiuse gli occhi. «Il nostro fidanzamento era senza dubbio rotto, ma tante persone la pensavano diversamente. Il fatto che ci fosse ancora una possibilità, anche minima, di essere costretta a sposarlo mi...» Riaprì gli occhi, che ora scintillavano di lacrime. «Ecco, mi ha lasciata sospesa in una specie di limbo tra il suo prossimo fidanzamento con un'altra e...»

«Non sei una persona orribile» le dissi io. «Tavius era a stento un essere umano.» Se solo avessi saputo prima in che situazione era stata costretta a vivere, avrei trovato un modo per farle avere notizie. «Ma adesso puoi festeggiare: non sei più intrappolata in nessun limbo.»

Lei mi guardò con un sorriso scosso ma meraviglioso, poi i suoi occhi scesero alla mia mano destra, quella con l'impronta. «Non sei mai stata solo un'Ancella della regina, non è vero?»

Inspirai bruscamente.

Kayleigh guardò Ash. «Non lo era, vero?»

«No.» I lineamenti del Primordiale si ammorbidirono. «Era la vera erede al trono di Lasania.»

Quelle parole mi fecero esplodere dentro una tempesta di emozioni che non avevo tempo di esaminare in quel momento.

La principessa ci guidò nel corridoio fino a una doppia porta di legno massiccio e fece per entrare con noi, ma io la sospinsi gentilmente indietro. Non avevo idea di come avrebbe reagito Delfai al nostro arrivo.

O di come avrebbe reagito lei scoprendo che la persona intenta a ricatalogare la biblioteca di suo padre era un *dio*.

Ash mi guardò, e io annuii. Spinse una delle porte, ma non fece in tempo a muovere più di un passo oltre la soglia che una voce arrivò dall'interno fiocamente illuminato, accompagnata da un refolo di profumo di legno di sandalo.

«Vi stavo aspettando. Da tre lunghi anni.»

44

La porta si chiuse dietro di me e mi ritrovai nella penombra di una sala con le finestre chiuse da pesanti tendaggi. Vagai con lo sguardo su pareti cariche di ritratti di persone dagli occhi color smeraldo e scaffali stipati di libri, finché non localizzai la fonte della voce.

Un uomo dai capelli neri lunghi fino alle spalle, con indosso una tunica di un blu brillante, era in piedi davanti a uno scaffale. Ci dava la schiena e aveva una pila di libri tra le braccia.

Ash si avvicinò a un divano dorato pieno di cuscini e a un gruppo di sedie posizionati al centro della sala. «Ma davvero?»

«Sì.» Il dio si chinò per infilare un libro tra altri due. «Anzi, stavo diventando un po' impaziente. Per fortuna Cauldra è un luogo adorabile, come lo è la famiglia Balfour. Il loro nome sarà onorato anche molto dopo la caduta dei grandi regni.»

Mi affiancai ad Ash e gli rivolsi un'occhiata interrogativa. «È un nome onorato già adesso.»

«E diventerà un nome antico e onorato molto dopo che le mie ossa si saranno ridotte in polvere.» Delfai si voltò a guardarci al di sopra della spalla. Aveva la pelle color ambra e occhi d'onice che si fermarono nei miei. Dimostrava appena qualche anno più di me, eppure quegli occhi... avevano il nero senza fine degli occhi di Holland. «Un nome che, se i Fati lo vogliono, un giorno ti sarà noto.»

Un brivido mi scese giù per la spina dorsale.

«Ed è anche un nome interessante» proseguì prima che io o Ash potessimo dire qualcosa. «Come lo erano i suoi antenati. Una era un oracolo, l'ultimo a nascere.» Fece un sorrisetto e piegò la testa di lato. «Era una compagnia gradevole e mi piaceva parlare con lei. La Principessa Kayleigh me la ricorda un po'. Forse è proprio per questo che sto bene qui con lei.»

«Non siamo venuti per parlare della famiglia Balfour» lo interruppe Ash.

«Lo so.» Delfai si voltò verso di noi. «Siete qui in cerca della conoscenza necessaria a replicare quel che non sarebbe mai dovuto accadere.»

«Precisamente.» Ash incrociò le braccia sul petto. «Vogliamo sapere come sono state trasferite le braci.»

«Volete sapere più di quello» lo corresse Delfai. «Nonostante tutto ciò che possono vedere, gli Arae temono ciò che non sono in grado di prevedere. Ciò che è invisibile. Ciò che è sconosciuto. Le possibilità. E nulla li preoccupa di più di uno squilibrio nel potere primordiale. I Fati si erano preparati all'eventualità che venisse un giorno in cui un nuovo Primordiale sarebbe salito al potere in assenza di un Primordiale della Vita che potesse provvedere alla sua Ascensione.» Il dio si avviò lungo un corridoio tra gli scaffali, a testa china. «Ovviamente uno di loro vide nel futuro frammenti di quel che sarebbe accaduto, ma nessuno aveva una dote profetica tanto precisa da poter prevedere che quel che avevano creato sarebbe stato usato proprio per far accadere ciò che volevano scongiurare: un falso re.» Ridacchiò, chinandosi su uno scaffale basso. «A volte il fato prende in giro anche i Fati.»

Io e Ash ci scambiammo un'occhiata.

«E che cos'è che avevano creato?» chiesi.

«Un contenitore abbastanza potente da poter racchiudere per breve tempo, e poi trasferire, qualcosa di così volatile e imprevedibile, nel suo stato puro, come le braci della vita.» Delfai fece scorrere le dita sulle coste dei libri mormorando a fior di labbra, finché trovò quello che cercava: scostò di lato vari volumi e inserì al suo posto uno di quelli che aveva in mano. «Dovettero scendere nelle profondità delle Colline Eterne per trovare una cosa simile.»

«Le Colline Eterne sono nel mondo dei mortali» dissi, sfiorando con il dito l'impronta sul mio palmo. «Sono una catena montuosa lungo la parte settentrionale del Regno di Terra.»

«Un tempo non avevano nome. Erano solo un'altra regione del mondo ancora intoccata, mai contaminata dalle mani degli uomini o degli dei.» Delfai si voltò verso di noi. «Finché gli Arae non evocarono in superficie il cuore stesso di quelle montagne: una pietra preziosa creata dal fuoco dei draghi che abitavano il mondo nelle ere passate, prima che i Primordiali versassero le loro lacrime di gioia. Era la prima del suo genere, nota tanto per la sua indistruttibilità quanto per la sua bellezza argentea e irregolare. Gli Arae chiamarono questo diamante la Stella.»

Sia io sia Ash aggrottammo la fronte.

«Non ho mai sentito parlare di quest'oggetto» disse lui.

Delfai sorrise. «E non era previsto che lo sentiste. Solo gli Arae dovrebbero sapere della sua esistenza.»

«Come mai dopo la rimozione del diamante le montagne furono battezzate Colline Eterne?» chiesi.

«Non ci sono domande più importanti di questa?» ribatté il dio.

Lo fissai. «Sono perfettamente consapevole che ce ne sono. Ma sono curiosa.»

Delfai storse il naso. «Hai mai visto le Colline Eterne?»

«No.» Effettivamente non le avevo mai viste nemmeno dipinte.

Ash fece un sorrisetto ironico. «Hanno preso quel nome perché solo gli animali e le piante più resistenti possono sopravviverci. Sono una distesa di terreno desolato quasi del tutto priva di risorse o ripari. Nessun mortale riuscirebbe a vivere lì a lungo.»

Incrociai anch'io le braccia sul petto. «Ma perché portar via il diamante ha avuto un effetto del genere sulla terra?»

«Perché per trovarlo gli Arae hanno fatto eruttare metà della catena montuosa» spiegò Delfai. «E la lava e i gas vulcanici hanno sfigurato irrimediabilmente la regione.»

«Oh» mormorai.

«Dunque gli Arae hanno ottenuto il loro contenitore» fece Ash riportandoci all'argomento principale. «Come si usa?»

«In vari modi. Ma nel vostro caso...» Delfai sedette sul divanetto e mandò un sospiro che per un attimo parve tradire la sua vera età, così ben nascosta dal suo aspetto. «... è un procedimento piuttosto semplice, ma lo possono fare solo un Primordiale o un Arae: serve un'essenza molto potente per forzare il trasferimento. E ci deve essere contatto fisico, o tra il Primordiale che possiede le braci e il dio in cui devono essere spostate, o tra due Primordiali, come è accaduto l'ultima volta. Nient'altro: la Stella opererà da sola il trasferimento.»

«Tutto qui?» La voce di Ash grondava incredulità.

«Come ho detto, è un procedimento piuttosto semplice.» Delfai ci rivolse un altro sorriso. «Gli Arae non sono forse famosi per la loro tendenza alla semplicità?»

Non ne ero tanto sicura, ma la scoperta che non fossero necessari complicati incantesimi era la benvenuta.

«Un attimo: se la Stella doveva rimanere un segreto dei Fati, per quale motivo al mondo uno di loro avrebbe dovuto rivelarlo a Kolis?»

Feci un respiro brusco rendendomi conto che Holland avrebbe dovuto essere a conoscenza di tutto ciò. Dunque mi aveva mentito? O forse no... Forse condividere quell'informazione sarebbe stata una violazione eccessiva delle regole. Le stesse regole che l'Arae che aveva parlato con Kolis aveva trasgredito patentemente.

«Gli Arae non dovrebbero essere... come dire, neutrali?» chiesi. «Non dovrebbero evitare di interferire con il fato? Dare la Stella a Kolis a me sembra un'interferenza gigantesca.»

Gli occhi d'onice si fissarono nei miei. «Gli Arae camminano spesso sul filo sottile che separa il guidare dall'interferire, non pensi?»

A quelle parole mi irrigidii. Il sorriso di Delfai si allargò e un disagio sempre più intenso mi scese per la schiena. Mi tornò in mente il racconto di Ash sulla caduta dei Primordiali. «Quando i Primordiali cominciarono a provare emozioni, cominciarono a farlo anche gli Arae.»

Ash annuì. «Immagino che molti mantennero la neutralità, ma la capacità di provare emozioni cambiò tutto anche per loro.»

«E cambiò *tutti*.» Delfai rivolse il suo strano sorriso ad Ash. «Non so chi possa aver rivelato il segreto a Kolis, o per quale motivo lo abbia fatto. Forse aveva davvero motivazioni perverse. Oppure chi lo ha fatto era semplicemente caduto preda di quello che gli Arae temevano sarebbe accaduto se i Primordiali avessero conosciuto l'amore. O magari qualcuno ha fatto leva sui suoi sentimenti e lo ha costretto a tradire il segreto per proteggere la persona che amava.»

«L'amore...» Deglutii. «Forse è sul serio una debolezza.»

«Dal mio punto di vista è l'unica cosa ancora più imprevedibile delle braci primordiali» replicò Delfai. «E perciò più forte.»

Riportai lo sguardo su di lui.

«L'amore rende possibile *qualsiasi cosa*» proseguì il dio. «Rende *chiunque* capace delle cose più imprevedibili.»

Spostai il peso da un piede all'altro. Lo sguardo del dio mi rendeva sempre più nervosa. «Dove si trova ora il diamante?»

Gli occhi neri scintillarono. «Lo possiede Kolis.»

Mi sprofondò lo stomaco.

«È ben consapevole del suo potere e farà in modo che nessun altro al mondo gli si possa anche solo avvicinare.»

«Fantastico» ringhiò Ash scoprendo le zanne.

«Ma voi volete sapere come rimuovere le braci da lei» disse Delfai. «E per quello non vi servirà la Stella.»

Raddrizzai la testa di scatto. «Potresti darci altri dettagli?»

«In questo momento, tu sei solo il contenitore mortale delle braci...»

«Sera non è *solo un contenitore*» ringhiò Ash. L'ethere crepitò nell'aria attorno a lui. «Non in questo momento, non in passato, non in futuro.»

Lo fissai con la testa che girava. Avevo voglia di abbracciarlo. Di baciarlo.

«Chiedo perdono.» Delfai chinò la testa. «Intendevo dire che lei è attualmente la custode delle braci, un essere vivente dentro il quale le braci stesse possono restare nascoste e accrescere il loro potere. Per questo motivo toglierle a lei è diverso dal toglierle a un Primordiale pienamente asceso.» Gli strani occhi le cui palpebre non sbattevano tornarono su di me. «Bisogna solo estrarle, e questo in sé avrà un impatto minimo sui mondi.»

Provai... sollievo. Un sollievo acuto e dolce. Ma anche un principio di terrore.

Delfai spostò lo sguardo su Ash. «Diventerete ciò che eravate destinato a essere una volta che vostro padre fosse passato in Arcadia: il vero Primordiale della Vita e il re degli dei.»

Alle mie orecchie quelle parole suonarono sensate e giuste, eppure le braci... mandarono una vibrazione erratica. Come se non apprezzassero quel che avevo sentito. Ma non aveva senso: le braci non erano un'entità autocosciente... No: stavano solo rispondendo ai miei pensieri e alle mie emozioni.

Forse a pensieri ed emozioni di cui non ero nemmeno consapevole.

Il sollievo aveva disteso anche i lineamenti di Ash. «E come possiamo estrarle?»

«Anche questo è un procedimento semplice. Può avvenire in qualunque momento durante la Transizione e prima dell'Ascensione.» Delfai ora guardava Ash con gli stessi occhi immobili che aveva rivolto a me. «Dovete nutrirvi da lei.»

«Ma come?» Fissai Ash, accigliata. «È già successo in passato.»

Lo strano sorrisetto scomparve dalle labbra di Delfai. «Deve nutrirsi da te fino all'ultima goccia di sangue. Fino a quando dentro di te non sarà rimasto nient'altro che le braci. Che a quel punto si trasferiranno in lui. In quel momento lui ascenderà. Ma tu...» Il dio sospirò. «Tu non sopravvivrai. Sarà la tua morte.»

45

Tu non sopravvivrai.

Sussultai mentre le parole del dio echeggiavano ancora e ancora nelle mie orecchie.

«No. *No.*» Il ringhio di Ash saturò l'aria di energia e sotto la sua pelle le ombre presero a turbinare infuriate. «Ti sbagli.»

«In questo modo potreste rimuovere le braci con estrema facilità» replicò Delfai con voce calma, ma fu come se urlasse a squarciagola. «Qualunque Primordiale potrebbe farlo, dato che Sera è di fatto un contenitore per portarle in giro, che fosse questa o no l'intenzione di vostro padre. Siamo stati fortunati che finora nessun altro abbia scoperto la loro esistenza dentro di lei. Entrambi i mondi sono stati fortunati. Lei non sopravvivrebbe comunque.»

La Morte ti trova sempre. La voce di Holland mi risuonò nelle orecchie. *Per mano di un dio o di un mortale male informato. O per mano di Kolis. O per quella della Morte stessa.*

Ash.

Scoppiai a ridere.

Fissai gli altri due e *risi*. Non riuscii a trattenermi. E fu una risata strana, troppo alta e decisamente fragile.

Ash si voltò di scatto, gli occhi tramutati in sfere di puro ethere. Le ombre saettavano sotto le sue guance e refoli di tenebra invadevano lo spazio attorno a lui. Era a un passo dal perdere il controllo e trasformarsi e io...

Io ero semplicemente *lì*.

Non mi sentii mancare il terreno sotto i piedi come le altre volte in cui qualcuno aveva parlato apertamente della mia morte. Stavolta non ci fu sorpresa, né stupore. Forse perché lo sapevo già... O no?

Avevo concesso a me stessa di fuggire dal mio destino, per un po'. Ma nel profondo avevo sempre saputo che non sarei riuscita a fuggire per sempre.

«No» ripeté Ash, come se quella singola parola avesse il potere di cambiare quel che Delfai aveva detto. Scosse la testa, la bocca tesa in una linea dura e lo sguardo fisso nel mio. «Ci deve essere un altro modo» fece tornando a voltarsi verso Delfai. «Non possono esistere solo due opzioni. Ci deve essere un sistema per rimuovere le braci senza farle del male. Mio padre è sopravvissuto...»

«Vostro padre era un dio per nascita, destinato ad ascendere come Primordiale, come voi. Le braci gli appartenevano di diritto. Poi sono state nascoste nella genealogia di Sera, nella sua carne mortale, ma non le appartengono.» Il tono piatto e tranquillo di Delfai non era cambiato. «È bastata una singola goccia di sangue primordiale introdotta dentro di lei per farle subito diventare più forti, e ora non è più possibile trasferirle.» Era ciò contro cui Holland ci aveva messi in guardia. «Si sono fuse con lei. Anche se aveste tentato di estrarle nel momento in cui vi siete accorto della loro esistenza, il risultato sarebbe stato lo stesso. Sarebbe stato come strapparle via il cuore. Esistono solo tre possibilità: o voi diventate il Primordiale della Vita e riportate l'ordine nei due mondi; o un altro Primordiale si impadronisce delle braci (e non credo che questa opzione sia di vostro gradimento); o lei completa la sua Ascensione. E voi vi siete già assicurato che...»

«No.» Aprii gli occhi e le braci pulsarono tanto forte da mandare una ventata di energia rovente che dalle mie vene si trasmise all'aria. Le finestre si creparono. «Non completare quella frase.»

Delfai si appoggiò allo schienale del divano. «Mi dispiace, ma sei destinata a morire in qualunque caso.» Sospirò, e in quel suono sentii una sorta di... accettazione. *Rassegnazione*. «Se in questo processo i mondi si salveranno dipende da...»

Ash attraversò le ombre, precipitandosi addosso al dio. Lo afferrò per la gola e lo sbatté contro uno scaffale qualche metro dietro il divano. Una pioggia di libri cadde sul pavimento.

«Fermo!» gridai io scattando in avanti.

«La sua morte non avverrà per mano mia.» La voce di Ash era diventata un ringhio così gutturale da essere a stento riconoscibile. Dietro di lui si intravedeva il profilo fumoso delle ali fatte di ethere e scintille di essenza gli crepitavano sulle braccia nude. «Non è una risposta accettabile.»

Quando gli fui accanto, con lo stomaco in subbuglio, vidi che l'ethere aveva colmato completamente i suoi occhi. Del sangue colava dal naso di Delfai, e anche dall'angolo della sua bocca. Poi il dio si contrasse in uno spasmo e le vene sotto la sua pelle si illuminarono.

Le labbra di Ash si ritirarono, scoprendo le zanne...

«No!» gridai. «Non è colpa sua!»

«Forse no.» La voce di Ash ora era così bassa da essere solo sangue e tenebre. «Ma forse troverà risposte più creative dopo aver passato un po' di tempo nell'Abisso.»

«Invece non cambierà nulla. Ci ha già detto quel che sapeva. Le sue risposte non cambieranno.» Lo afferrai per un braccio e la scarica di energia mi spazzò via i capelli dal volto. La sua pelle sembrava roccia gelata. «*Ash*.»

Lui si voltò di scatto verso di me, e mi si fermò il cuore. Le ombre avevano smesso di turbinare e adesso la sua pelle sembrava un mosaico di bronzo dorato e nero mezzanotte. Assomigliava molto più a un Primordiale che a un essere umano.

«Non è colpa sua, Ash.» Deglutii, passando il pollice sulla pelle dura del suo avambraccio. «Gli stai facendo male, e non se lo merita. Come *tu* non ti meriti un altro marchio. Lascialo andare, *ti prego*.»

Passò un secondo, il tempo di un singolo istante, ma parve un'eternità. Ash mi fissava, ricolmo di potere e di violenza, con il volto contorto in una maschera di furia.

Poi lasciò andare il dio.

O meglio, lo lasciò cadere a terra.

In ogni caso, Delfai era libero.

Il tonfo sul pavimento fu abbastanza forte da far cadere qualche altro libro tutt'intorno a lui mentre giaceva su un fianco e tossiva, le mani alla gola. Non stava bene, ma era vivo. Non lasciai andare il braccio di Ash e lui non mi staccò gli occhi di dosso mentre lo allontanavo da Delfai. Poi, piano piano, le ombre sotto la pelle arretrarono e l'ethere abbandonò i suoi occhi.

«Dovrei essere morto» rantolò Delfai. «Avevo visto la mia morte.»

Lo guardai accigliata, sempre senza lasciar andare Ash.

«Avreste dovuto uccidermi.» Delfai appoggiò la schiena allo scaffale. C'erano chiazze bruciate sulla pelle delle sue braccia e della sua gola. «Era così che sarei dovuto morire. Oggi. Qui.»

«Be', non sei morto. Ringrazia lei.» Ash lo fissò come se fosse sul punto di cambiare idea. «Congratulazioni.»

Le dita del dio, intente a tastarsi la gola, si immobilizzarono. «Forse bisognerebbe davvero festeggiare.» La mano ricadde in grembo. «La bestia d'argento e la più splendente tra le lune. Due. Non una.» Ora sembrava che vaneggiasse. «Prima due, poi una.»

«Di che diavolo stai parlando?» chiese Ash.

«Di nulla.» Delfai fece un gran sorriso, rivelando denti insanguinati. «Di nulla a parte la speranza.»

Era possibile che in qualche modo Ash avesse danneggiato la mente di Delfai? I discorsi del dio non avevano più il minimo senso. Bestie d'argento? Lune splendenti? Mi facevano pensare al titolo che mi aveva dato Ash, ma che attinenza avevano con il presente? Tutto sommato, non aveva nemmeno importanza.

Lasciammo Cauldra in silenzio, tra guardie che si inchinavano precipitosamente vedendoci passare, ma si tenevano ben lontane da noi. Avrei voluto poter salutare Kayleigh, ma sapevo che non era prudente trattenerci più del minimo indispensabile.

Non quando l'aria attorno ad Ash continuava a crepitare di ethere e violenza.

Io non parlai, perché non credevo di essere in grado di sostenere una vera conversazione: ero semplicemente troppo concentrata su quel che sarebbe successo ora.

Su quel che non si poteva più ignorare. Scendere lungo la collina rocciosa, con il sole che mi splendeva caldo in viso e allo stesso tempo con la consapevolezza tremenda di tutto il futuro che non avrei più avuto, fu un'esperienza straniante. Stavolta la mia fine stava arrivando per davvero. Stavolta non c'era più nessuna speranza.

E a modo suo era una sensazione... *liberatoria.*

Mi resi conto che la calma era scesa su di me.

La pressione che mi gravava in continuazione sul petto era ancora lì, ma non forte come prima. Forse perché mi ero sempre aspettata di dover morire. O forse perché l'anima che c'era dentro di me era già passata attraverso la morte così tante volte.

Dopotutto, la morte era sempre stata una fedele compagna per me, una vecchia amica che, nel profondo del mio essere, avevo sempre saputo sarei tornata a visitare.

Volsi lo sguardo su Ash, che guardava dritto davanti a sé, con il muscolo della mascella che si contraeva a ogni passo.

Eravamo arrivati ai margini della Foresta Tetra quando dissi: «Fermati».

«Dobbiamo tornare alle Terre d'Ombra» fece subito lui.

«Dobbiamo parlare.»

«Prima devo riflettere.»

Feci un respiro tremante e lo seguii sotto le chiome folte dei pini. «Dovrai farlo.»

Stavolta Ash si fermò. «Non c'è proprio niente che io *debba* fare.»

«Non dire sciocchezze.» Poi però mi arrestai a pochi passi da lui, colpita da una nuova consapevolezza. «Tu... tu lo hai sempre saputo, non è vero? Tu sapevi di poter estrarre le braci in quel modo.»

Le sue spalle si irrigidirono.

«Dei» buttai fuori in un sussurro roco. Avevo ragione. Lui lo sapeva già.

«Non ne ero sicuro. Vedi, nessuno ha mai incontrato un'altra come te: una mortale con braci primordiali dentro di sé.» Ash chinò la testa. «Ma avevo già pensato che prosciugarti del sangue potesse essere una possibilità.»

Avrebbe potuto farlo in qualunque momento. Strapparmi le braci e ascendere. Fermare Kolis. Fermare *Veses*. Ma non lo aveva fatto.

Perché sapeva che mi avrebbe uccisa.

Gettai la testa indietro e presi lunghi respiri che bruciavano in gola.

«Ma sapevo anche che non era quello il modo con cui Kolis si era impadronito delle braci. Sapevo che doveva esserci un'altra via.»

Che invece non c'era.

Sbattei le palpebre per cacciar via la sensazione di umido e tornai a chinare la testa. «Siamo venuti qui per scoprire come trasferire le braci. Ora lo sappiamo.»

Ash non rispose, ma l'aria si fece più fredda e rarefatta. Alcuni aghi caddero dai pini e ondeggiarono giù fino al terreno.

Il mio cuore accelerò e mi si chiuse la gola. «Non abbiamo

scelta. Non possiamo rischiare che qualcun altro scopra la verità e si impadronisca delle braci.»

Ash si voltò lentamente a guardarmi. I suoi lineamenti erano più nitidi che mai. «Ci *deve* essere un'altra possibilità. Magari la Stella...»

«E come facciamo a metterci le mani sopra? Sappiamo dove la tiene Kolis? Esiste al mondo una sola persona disposta a darci anche solo un frammento di informazione in proposito? No. E anche se per assurdo trovassimo la Stella, hai sentito che cosa ha detto Delfai: è troppo tardi. Le braci si sono fuse con me e rimuoverle mi ucciderebbe in ogni caso. E io... io non voglio morire.»

«Felice di sentire che finalmente la pensi così.»

Ignorai il suo commento. «Voglio un futuro. Voglio *vivere*. Voglio una vita in cui una buona volta sarò io ad avere il controllo. E voglio noi» dissi in un sussurro. «Ma allo stesso tempo *ho bisogno* di un futuro in cui Kolis è stato sconfitto e la Putrefazione non esiste più. Un futuro in cui le genti dell'Iliseum e quelle del mondo mortale siano al sicuro. Questo è importante. È la sola cosa che conta.»

«No, non è la sola dannata cosa che conta, Sera.» Gli occhi di Ash mandarono un lampo. «Tu. Non le stramaledette braci. Non i fottuti mondi. *Tu* conti.»

Mi mancò il respiro e dovetti chiudere gli occhi davanti alla valanga di emozioni che mi arrivò addosso. Io... io contavo. Io. Ma non si trattava solo di me, lo sapevo bene quanto lui.

«Non esiste altro modo.» Riaprii gli occhi, tremando da capo a piedi. «*Io lo capisco*. E non è colpa tua.»

Lui deglutì e distolse lo sguardo. «Smettila...»

«Non lo è» insistetti. «Non è giusto e non è piacevole, ma sai che cosa devi fare, Ash.»

«Non farlo» ringhiò lui voltandosi di scatto verso di me. Mosse un passo e poi attraversò le ombre, riapparendomi direttamente davanti. «Non chiamarmi con quel nome nella stessa frase in cui mi chiedi di ucciderti come se fosse una cosa di poca importanza.»

Mi si chiusero in contemporanea il cuore e la gola. Non riuscivo nemmeno a capire tutte le emozioni che stavo provando. «Mi dispiace.»

«Ti dispiace?» Ash rise, un suono spezzato. «Santi Fati, *ti dispiace*. Ne sento pure il sapore: vaniglia mista a qualcosa di amaro.» Scosse la testa, incredulo. «Provi empatia per me. Provi *angoscia*.»

Mi premetti una mano sul cuore: avevo il respiro corto. Empatia. Angoscia. Quel che provavo davvero era una determinazione che sentivo fin nelle ossa.

«Non hai fatto niente di male per meritarti questo» aggiunse lui.

«Nemmeno tu.»

«Come cazzo ti passa per la testa di dire una cosa del genere?» Ash ruggì a un volume tale che, nonostante la distanza già messa tra noi e il maniero, la gente laggiù avrebbe forse potuto udirlo lo stesso. Ma non credevo proprio che qualcuno avrebbe deciso di avventurarsi nella Foresta Tetra. «*C'era* un'altra possibilità. Avrei potuto salvarti.»

«Non è una cosa che dipenda da te.» Gli afferrai le guance gelide con le mani. Lui cercò di scostarsi, ma io non lo lasciai andare. Le braci dentro di me vibravano. I suoi occhi sfolgoravano di essenza... ma anche di dolore e rabbia. Inspirai bruscamente e il profumo di pino quasi mi soffocò. «Anche se avessi avuto ancora il tuo *kardia*, non potevi essere certo che mi avresti amata...»

«Sì, invece.» Mi afferrò per i polsi. I suoi occhi erano immensi e selvaggi. «Ti avrei amata, se avessi potuto. Niente al mondo mi avrebbe fermato.»

Fui percorsa da una scarica. Era l'equivalente di una dichiarazione d'amore, e mi lasciò sbalordita. Tremai finché le braci stesse presero a tremare assieme a me e sentii il sapore dell'ethere che si raccoglieva in fondo alla gola. Uno sfrigolio di luce apparve agli angoli del mio campo visivo.

«Baciami» sussurrai.

Lui obbedì senza esitare.

Mi attirò a sé, mi sollevò sulle punte dei piedi e abbassò la bocca sulla mia. Quando le nostre labbra si toccarono rabbrividimmo entrambi.

Fu un bacio gentile e quasi esitante, colmo di reverenza e tristezza. Io piangevo sotto le palpebre chiuse, e dal suo petto premuto contro il mio si levò un gemito che mi lacerò l'anima.

Le braci continuarono a vibrare.

Sentivo un dolore tremendo al cuore. Ash mi abbracciò, con una mano sulla treccia e l'altra alla vita, e mi strinse ancora più forte. Poi piegò la testa e mi baciò più profondamente, sfiorandomi la lingua con la sua. I denti toccarono le zanne. E da tutta quell'angoscia, da tutta quella disperazione, nacque un bisogno che parve consumare qualunque altra cosa.

Non ci fu esitazione quando le nostre bocche si separarono e i nostri sguardi si incrociarono. Non ci furono parole quando le sue labbra cercarono di nuovo le mie e le nostre mani volarono a slacciare bottoni e strappare via vestiti e biancheria. Mi fece sdraiare sul terreno coperto d'aghi di pino senza che le nostre labbra si separassero, ed entrò dentro di me con un unico, profondo colpo dei fianchi.

La sua bocca catturò il mio grido di piacere e rispose con un ruglio profondo. Avevo la biancheria appena sotto le ginocchia, quindi non potevo né alzare né allargare le gambe: ero bloccata in quella posizione e questo rendeva ogni suo affondo una scarica di pura intensità sui miei nervi.

Lo afferrai forte per le braccia, perché non potevo fare altro. Lui proseguì, andando sempre più in profondità, spingendomi sempre più sulla lama di rasoio che separava il dolore dal piacere.

Poi si staccò dalla mia bocca, mi circondò le guance con le mani e si fermò. «Vorrei...» buttò fuori in un sussurro roco, passando le dita sulle mie lentiggini. «Vorrei non essermi mai fatto togliere il *kardia*.»

Spalancai gli occhi.

E vidi nei suoi un bagliore rosso. Lacrime primordiali di dolore.

«Non ho mai voluto amare nessuno prima di incontrare te, *liessa*.»

Mi mancò l'aria in gola. Il petto mi si contrasse e poi parve espandersi, percosso da emozioni in lotta tra loro. «Lo so.»

Ash tremò e sembrò perdere le ultime tracce di controllo. Affondò in me con colpi sempre più forti, ciascuno una promessa di quel che il suo cuore non poteva darmi. Ogni respiro spezzato tra noi due era selvaggio e bellissimo. Il piacere crebbe e il dolore lo seguì, e quando arrivammo al culmine ci sentimmo spazzati via, distrutti.

Rimanemmo lì a tremare e nessuno dei due si mosse per un tempo molto lungo. In quel silenzio, mi immersi nel battito del suo cuore contro il mio petto e nel peso freddo del suo corpo sul mio, fissando le chiome dei pini sopra di noi. «Mi faresti una promessa?»

Ash sollevò la testa e i suoi occhi pieni di argento lunare incontrarono i miei. «Qualunque cosa tu voglia, *liessa*.»

«Quando verrà il momento» sussurrai, «mi porterai al mio lago? Voglio che avvenga lì.»

Il suo petto si fermò contro il mio. Ash chiuse gli occhi, i tendini del suo collo si tesero e i suoi lineamenti si fecero più affilati che mai. «Prometto.»

46

Ash mi tenne stretta come se avesse paura che potessi scivolargli via. Sentivo il suo cuore che mi palpitava contro la guancia mentre si preparava a riportarci nelle Terre d'Ombra.

Dovevamo riflettere sul da farsi, pianificare, capire quanto tempo ci restava prima... della mia morte. Considerato quanto erano diventate forti le braci, non poteva mancare molto: forse solo giorni, o settimane se ero fortunata. Fui scossa da un brivido.

Il mento di Ash mi sfiorò i capelli mentre le sue dita si chiudevano sulla mia treccia e tentacoli di oscurità venata di luce lunare ci circondavano.

Era così che mi sarebbe sembrata la morte? Un'oscurità che inghiottiva le cose? Un nulla che avrebbe preceduto il mio ingresso nella nebbia davanti ai Pilastri, dove non avrei più visto o udito il mondo attorno a me? Una stilettata di panico mi trapassò, minacciando di mandare in pezzi la calma generata dall'accettazione di non avere più un futuro. Chiusi gli occhi e ingoiai il nodo che mi si era formato in gola.

Lo potevo gestire.

Lo dovevo gestire.

Non avevo altra scelta.

Quando il vortice di ethere si dissolse e l'aria delle Terre d'Ombra ci raggiunse, anziché il consueto sentore di freddo e stantio sentii un odore forte di legno bruciato. Le braci vibrarono intensamente.

«C'è qualcosa che non va» sibilò Ash. «C'è... *morte* dappertutto.»

La paura mi esplose dentro. Poi arrivò un grido improvviso dall'Alzata.

«Cazzo.» Ash si voltò di scatto, un'ondata di calore passò ruggendo sopra le nostre teste e un lampo di *fuoco* si schiantò contro il palazzo, che tremò sotto la violenza del colpo.

Ansimai, e tutto quel che era successo a Massene finì relegato in un angolo. Eravamo sotto attacco.

«Tieniti stretta a me» ordinò Ash.

Afferrai la sua tunica sul petto, aspettandomi di attraversare di nuovo le ombre. Invece Ash fece un passo verso la ringhiera della balconata.

E poi spiccò un *balzo*.

«Oh, cazzo» ansimai chiudendo gli occhi. Un rigurgito acido mi risalì in gola nei pochi istanti in cui fummo sospesi nell'aria, e quando piombammo giù mi sentii rimescolare lo stomaco.

Ash atterrò accucciato sui talloni. Io non avvertii l'impatto, ma non avrei saputo dire se fosse perché lui l'aveva assorbito completamente o per lo stupore di essere arrivati a terra dal balcone con un salto.

Quando si rialzò e mi fece riappoggiare i piedi al suolo avevo il cuore che tuonava più che battere. Mi voltai e vidi numerose guardie sull'Alzata che scoccavano nugoli di frecce verso l'esterno. L'aria era piena di strilli acuti e ringhi gutturali.

Vidi anche Saion arrivare di corsa dalle porte e un brivido gelido mi scorse giù per la spina dorsale.

«Veses?» chiese Ash.

«Sempre in cella e in stasi, ma ci sono Dakkai all'Alzata... qui e a Lete. Bele e Rhahar sono già laggiù, ma...» Saion si fermò di colpo quando un'ombra piombò sul cortile.

Ash mi strattonò indietro mentre un Draken rosso e nero

ci sorvolava vomitando fiamme. L'ondata di calore ci investì e il fiotto si abbatté al suolo scaraventando pietre e terra tutt'intorno. Per un attimo il muro di fuoco nascose Saion alla mia vista, e mi si fermò il cuore.

Poi le fiamme si diradarono e Saion riapparve: era stato sbalzato indietro di diversi metri e si stava rialzando da terra. «Ma poi è arrivato quel bastardo» ringhiò. «E devo dire che ne ho già le palle piene.»

«Davon» ringhiò Ash, e io ebbi la sensazione di saltare di nuovo giù dal balcone. Era il Draken che avevo visto a Dalos, il lontano parente di Nektas.

Tenendomi per mano, Ash percorse a grandi passi lo squarcio fumante nel terreno, profondo almeno due metri. «Quanti Draken?»

«Almeno un altro diretto a Lete» rispose Saion.

Strinsi a pugno la mano libera.

«Lo stanno affrontando Nektas e Orphine, ma il problema è che...» Il dio deglutì, scosse la testa e sollevò una mano mentre gli arcieri sull'Alzata scagliavano una nuova salva di frecce. «... c'è qui *lui*.»

Ash si immobilizzò e io mi sentii gelare.

No.

Non poteva voler dire Kolis.

Eppure il pallore agli angoli della bocca di Saion, il pulsare dell'ethere nei suoi occhi dilatati e la voce strozzata con cui aveva dato la notizia mi proiettarono addosso un'altra ventata di terrore.

E lo stesso doveva essere per Ash, perché le ombre apparvero immediatamente sotto la sua pelle. «Kolis?»

Saion assestò la presa sull'impugnatura della spada. «Kyn.»

Ogni singola parte di me si paralizzò. «Kyn?» Levai lo sguardo verso l'Alzata, sulla quale le guardie correvano avanti e indietro. Se Kyn ci stava attaccando con i Draken di Kolis e i Dakkai...

«È arrivato prima dei Dakkai» disse Saion. «Vi cercava... tutti e due. Ha colto di sorpresa le guardie... Ci ha colti di sorpresa tutti.» Fece per allontanarsi da noi, poi si fermò. «Non abbiamo potuto fare nulla: è un Primordiale.» Si chinò di colpo, si portò una mano a un fianco ed emise un lungo sospiro. «A quel bastardo è bastato...» Gli si spezzò di nuovo la voce e non riuscì a continuare.

Sotto i nostri occhi digrignò i denti e si passò una mano sul volto... una mano coperta di sangue.

Ash dovette percepire le sue emozioni, perché inspirò bruscamente e la sua pelle si assottigliò ancora di più. L'aria tutto intorno si caricò di energia e le braci dentro di me si scossero forte.

Ash si avviò verso il lato ovest del cortile e io lo seguii, sempre più a disagio a ogni passo.

Quando passai accanto a Saion, lui mi afferrò per un braccio. «Non andare» gracchiò. «Non vuoi vedere quello spettacolo.»

Mi fermai. Il mio respiro era rapido e spezzato, e una parte di me avrebbe voluto sul serio dar retta all'avvertimento del dio, perché intuivo che era successo qualcosa di terribile. Qualcosa che Saion stesso avrebbe voluto non vedere.

Ma non potevo fermarmi.

Perché Ash non lo avrebbe fatto.

Mi divincolai dalla presa del dio e la sua imprecazione andò perduta nel fragore di un ordine che fece partire una nuova salva di frecce. Alzai gli occhi al cielo mentre mi affrettavo dietro Ash, ma non vidi traccia del Draken.

L'aria adesso aveva un odore diverso, come di metallo umido... un odore che riconobbi. Sangue. *Morte.*

Oh, dei.

Di colpo mi ritrovai al posto di Saion: ora ero io che volevo impedire ad Ash di vedere quel che era successo. «Ash» chiamai.

Lui non si fermò finché non ebbe girato l'angolo del palazzo.

A quel punto lo fece. E *sobbalzò*, arretrando di un passo. Non avevo mai visto Ash indietreggiare. La paura di quel che i suoi occhi stavano vedendo mi prese alla gola. Superai i pochi passi che ci separavano e vidi il rosso scuro che copriva il terreno crepato e punteggiato di spade cadute. Torrenti di rosso. Pozze cremisi. Laghi di sangue.

Ash tese un braccio per fermarmi, ma era troppo tardi.

Li vidi. Li vidi *tutti*.

Sulle picche piantate nel terreno. Mani e piedi legati. Toraci maciullati e aperti, cavità vuote dove avrebbero dovuto esserci i cuori. Gole squarciate fino all'osso. In qualche caso le teste si erano staccate ed erano finite a terra. Le braci vibrarono in risposta a tutta quella morte, alla pura assenza di vita che mi passava davanti mentre fissavo i volti che non riconoscevo, gli occhi spenti di persone a cui ero passata accanto nel cortile o che avevo visto allenarsi assieme ad Ash. Finché il mio sguardo non si fermò.

Capelli biondi. Lineamenti affilati ed esangui. Occhi color ambra, ora senza vita.

Era la... la sua testa.

Ector.

Barcollai e mi portai una mano alla bocca. Poi un'altra macchia di colore attirò la mia attenzione. Un rosso più chiaro.

Il colore del vino.

Il luccichio di una catena d'argento attorno a una gola inzuppata di sangue.

Mi sembrò di sentire la pelle avvampare e poi farsi di ghiaccio. «No» mormorai. «*No.*»

«Era uscita anche lei per aiutare» fece la voce spezzata di Saion alle nostre spalle. «Le ho urlato di tornare dentro, ma Kyn l'ha vista. Ed Ector... quell'idiota di Ector ha tentato di fermarlo.»

Sentivo male al petto, in corrispondenza della vibrazione sempre più forte e della tempesta di emozioni che mi si era rovesciata addosso. Poi il sangue mi si incendiò, riempiendomi le vene di fuoco.

«Bele non lo sa» rantolò Saion. «Era già partita per Lete. Non lo... *Oh, cazzo*, stai emanando luce.»

Non parlava di Ash, che aveva smesso completamente di muoversi.

Parlava di me. Un rombo lontano echeggiò nel cielo. Davon si avvicinava. Era un problema che andava affrontato subito, ma io non riuscivo a pensare ad altro che ad Aios e a Ector e agli altri corpi infilzati sulle picche.

Perché?

Che cosa avevano fatto di male quelle persone?

Le braci vibravano. Mi accorsi che stavo camminando in direzione di Aios e degli altri, e mi costrinsi a fermarmi. Tutto ciò era successo perché avevo usato le braci. Se le avessi usate ancora, avrei solo provocato nuovi attacchi.

Strinsi i pugni mentre la furia lottava con il dolore. Potevo fare qualcosa. Potevo porre rimedio. Ma chi ne avrebbe pagato il prezzo?

Non l'unico che avrebbe dovuto.

Kolis.

«Kyn è ancora qui?» chiese Ash con voce gelida e piatta. La temperatura tutt'attorno scese di diversi gradi.

«L'ultima volta che l'ho visto era al di fuori dell'Alzata» rispose Saion. «Dietro la linea dei Dakkai. E aveva dei Cimmeriani...» Alzò di scatto la testa al cielo. «Il maledetto sta tornando.»

Ash diede le spalle alle picche e al massacro. «Convoca l'esercito.» Le sue labbra si ritirarono a scoprire i denti, l'ethere crepitò sul mosaico di ombre della sua pelle e si diffuse nell'aria assieme ai tentacoli. Quando i suoi occhi incontrarono i miei vidi solo due sfere di puro argento. All'eco del ruggito di Davon sollevò anche lui la testa.

E poi si alzò.

Partì verso l'alto come una freccia scoccata, irradiando saette di luce argentea che crepitavano e sibilavano nell'aria, e dietro le sue braccia spalancate apparve il profilo delle ali. Dai Dakkai al di là dell'Alzata si levò un ululato. Saion corse verso una guardia a cavallo, una donna, urlandole degli ordini, e lei si lanciò subito al galoppo verso le porte che davano sulla Foresta Morente. Potei solo augurarmi che sia lei sia l'esercito facessero in fretta.

«Fuoco! Fuoco!» gridò la voce di Rhain – grazie al cielo – dall'Alzata. «Fuoco, ora!»

L'aria attorno ad Ash sfrigolò e si tinse di un grigio più chiaro del resto del cielo mentre l'ethere si faceva sempre più intenso dentro di lui e trasformava la sua pelle in quella di una statua di ombropietra. Adesso le sue ali sembravano solide quasi quanto le nubi che oscuravano il cielo... nubi *vere*, che si ammassavano in cumuli sempre più densi.

Ash si era trasformato in una tempesta. Davon apparve al di sopra del palazzo, con le fauci spalancate, le scaglie che vibravano e fiamme che sprizzavano scintille in fondo alla gola.

E Ash *rise*.

Il cielo rispose con il fragore di un tuono e il Draken spalancò le ali, rallentò e si incurvò. Ma non si stava fermando.

Ash lo stava fermando.

Poi alzò una mano e torse il polso.

Il *crack* dell'ala di Davos si perse nel suo ululato di dolore.

«Dei» sussurrai.

«Già» ansimò Saion. «Non hai mai visto un Primordiale incazzato per davvero, dico bene?»

L'ethere eruppe fuori da Ash e illuminò il cielo in scariche accecanti che andarono a schiantarsi su Davon inondandogli le scaglie. Il Draken sussultò e perse quota.

«Non è un bello spettacolo» concluse Saion.

Davon colpì il terreno del cortile con le zampe posteriori, ruggendo e crepitando di ethere, ma riuscì comunque a riprendere il volo, anche con un'ala spezzata.

Saion aveva ragione: non era un bello spettacolo.

Ripetendomi che Ash sapeva badare a se stesso, riportai la mia attenzione sulle picche. Dovevo concentrarmi. Dovevo fare qualcosa. Sfoderai il pugnale e mi avviai.

«Che stai facendo?»

«Aiutami» risposi puntando verso Aios. Odiavo l'idea di scegliere una vita al posto di un'altra, ma lei era la più vicina e... aveva ancora la testa attaccata. Non sapevo se ero in grado di aiutare quelli che non l'avevano più: ignoravo se fosse possibile usare le braci per riattaccare arti o altre parti tagliate... ma potevo innanzitutto aiutare Aios, e poi pensare agli altri. «Aiutami a tirarla giù.»

«Cazzo, Sera, sei sicura? Lo avvertiranno.» Saion mi raggiunse. «Se fai ascendere Aios, sarà come con Bele. Peggiorerà la situazione...»

«Cosa?» Scoppiai a ridere a voce alta. «Peggio di così? Sul serio?»

«Può sempre andare peggio.»

In effetti era stato proprio così per Aios, che era già dovuta passare attraverso più orrori di quanti chiunque ne avrebbe meritati in una vita intera.

«C'è il rischio che...» cominciò Saion.

«Li conosco i rischi, ma non hanno importanza.» E non ne avrebbero più avuta, perché non appena ce ne fosse stata la possibilità Ash mi avrebbe preso le braci. Non erano più necessarie alcuna attesa, alcuna riflessione per capire cosa fare nel poco tempo che ancora ci restava. Ash non aveva più scelta, perché, dopo tutto quel che era accaduto, non poteva far altro che ascendere.

E fermare Kolis.

«Non moriranno oggi» dichiarai. Ignorando l'orlo insanguinato della gonna di Aios, mi chinai e tagliai le corde che le legavano le caviglie, mentre il cielo sopra di noi lampeggiava di fiamme d'argento. Rimasi impietrita, ma quando udii un altro grido di dolore di Davon mi rilassai.

Mi raddrizzai e liberai i polsi di Aios. La sua pelle era fredda e viscida, ma non era ancora rigida. «Aiutami a tirarla giù» ripetei accostando il pugnale alla corda che le legava la vita. Siccome Saion non si muoveva, lo guardai negli occhi. «Te lo *ordino* in quanto Consorte.»

Saion chiuse gli occhi per un attimo, poi annuì, venne al mio fianco e circondò Aios con le braccia. «Ce l'ho.» Ci guardammo di nuovo. «Sarà meglio che le metti una mano dietro la testa più in fretta che puoi, altrimenti...»

Strinsi le labbra e annuii. Sapevo cosa poteva accadere. «Al mio tre. Uno, due, tre.» Tagliai la corda e mi tirai indietro tenendo in equilibrio la testa troppo instabile, mentre Saion sosteneva il peso del corpo. «Sdraiamola per terra. Non nel sangue.» Mi guardai intorno...

«Non ci sono zone pulite.» Saion fece per metterla giù. «Qui o altrove non fa differenza.»

Sbattei le palpebre per ricacciare indietro le lacrime, mentre in cielo Ash scoccava un altro lampo d'argento contro Davon. Mi inginocchiai, deposi il pugnale a terra ed evocai il potere delle braci, che in risposta al mio comando vibrarono e mi inondarono di essenza.

«Non allontanarti dal pugnale.» Saion tenne gli occhi sull'Alzata mentre si spostava per tener ferma la testa di Aios. «Ash sta facendo agitare i Dakkai.» Il suo sguardo tornò su di me. «E anche tu. Ricordati che non sentono solo l'odore dell'essenza: la divorano.»

«Che si fottano» ringhiai appoggiando la mano sul petto lacerato di Aios.

Saion esplose in una piccola risata. «Mi piaci.» Poi guardò di nuovo verso l'Alzata e scosse la testa. «Te lo avevo mai detto? Mi piaci davvero.»

L'essenza fiammeggiò fuori dalle mie dita. «Anche tu mi piaci.»

Non udii la sua risposta. Con gli occhi fissi su Aios, riversai dentro di lei tutta l'energia che avevo e il potere delle braci rispose senza esitazione, più veloce e incandescente che mai. Mi concentrai solo sul suo viso: non guardai nient'altro. L'ethere attraversò il suo corpo e fu assorbito dalla pelle. Le sue vene si illuminarono dall'interno.

Sull'Alzata le urla salirono di volume, come pure i ringhi. Il bagliore nella carne di Aios si fece più intenso e si espanse in tutto il corpo. Sotto le mie ginocchia il terreno cominciò a tremare.

«Ed ecco che arriva» fece Saion.

L'ethere pulsò ed esplose in una detonazione di puro potere, scaraventando a terra sia me sia Saion. Persi il contatto con il corpo di Aios. L'ondata di energia si espanse fuori dal cortile, oltre l'Alzata... e oltre le Terre d'Ombra. Un lampo d'argento ancor più luminoso degli altri tagliò in due il cielo.

E poi tutto si fermò. Il vento. Il terremoto.

Arrancai di nuovo al fianco di Aios e scostai il collo lacerato del suo abito: una linea di pelle rosa in rilievo le correva attorno alla gola. All'altezza del cuore era livida, ma di nuovo intatta.

E poi il petto si sollevò in un singolo, profondo respiro.

«Aios» ansimò Saion.

Gli occhi di lei si aprirono, due sfere d'argento luminoso. «Saion? Io...» Si sforzò di deglutire e girò la testa talmente di scatto verso di me che sobbalzai. «*Sera.*»

Con le mani che mi tremavano, le rivolsi un sorriso incerto. «Ciao.»

«Ciao» rispose in un sussurro.

Nell'aria esplose un coro di urla che mi fece tremare di paura. Dovevamo portare Aios via di lì: ricordavo che dopo essere risorte le persone sprofondavano in un sonno impossibile da controllare. Saion si voltò ancora una volta verso l'Alzata e la sua mascella si indurì.

Aios tentò di drizzarsi a sedere e allo stesso tempo Davon piombò giù dal cielo come un sacco pieno di mattoni. Si schiantò rovinosamente al suolo, ma si rialzò quasi subito.

«Che... che cosa...» ansimò Aios.

Le circondai le spalle. «Dobbiamo portarti dentro. Nasconderti.»

«Ma...»

«*Subito.*»

Saion si voltò. «Kars?»

Una guardia che correva lungo la base dell'Alzata si fermò, cambiò direzione e puntò verso di noi. Poi rallentò e sbarrò gli occhi.

«Porta dentro Aios. Immediatamente.»

Kars sbatté le palpebre e annuì. «Certo.»

Mi alzai. Saion aiutò Aios a mettersi in piedi, poi si voltò...

«Aiutami a tirare giù Ector» dissi.

«Sera...»

«Voglio tentare.» Mi accostai alle caviglie di Ector. «Devo. Lui lo ha fatto.» Mi bruciava la gola. «Lui ha tentato.»

«Ok, va bene. Lo tiriamo giù, poi raccolgo la sua...»

Rabbrividii, ma eseguimmo rapidamente l'operazione, e una volta sdraiato al suolo Ector sembrava quasi intero. Incontrai per un attimo lo sguardo di Saion, poi evocai l'ethere...

«Arrivano!» urlò Rhain dall'Alzata. «Ripiegare! Ripiegare tutti!»

Cori di urla infransero l'aria.

Io appoggiai le mani sul petto immobile di Ector, e le braci brillarono e pulsarono sempre più forte.

«Oh, cazzo.» Saion arretrò. «I Dakkai hanno preso il muro.»

«Tratteneteli» ordinai inspirando a fondo.

Il grattare di artigli sulla pietra superò in volume persino il pulsare del cuore nelle mie orecchie. L'essenza si riversò fuori da me, solida e pura, riempiendo di luce bianca, bianchissima, il mio campo visivo...

«Ferma! Ferma!» gridò Saion, e l'ethere si disperse via dalle mie mani, scivolando sul petto di Ector. «Li stai attirando!»

Mi servivano ancora solo pochi secondi. Nient'altro. Potevo riportarlo indietro.

Ma Saion mi afferrò per la vita e mi trascinò via.

«No!» A occhi sbarrati fissai l'essenza scorrere sul torace di Ector e dissolversi nell'aria. «Lasciami!»

«Non c'è tempo.» Saion mi trascinò via mentre corpi lisci, muscolosi e neri come la mezzanotte invadevano il cortile, sbattendo le mascelle zannute e grattando il suolo con gli artigli. I loro ringhi mi si rovesciarono addosso come una pioggia di coltelli.

Lottai nella presa del dio. «Posso riportarlo in vita. Mi servono solo...»

«No.» Con uno strattone Saion mi allontanò di vari passi e le suole dei miei stivali scivolarono sul sangue. I suoi occhi scintillavano d'argento. «Se lo fai i Dakkai ti sommergeranno. Sarà la tua fine.»

Pensai che sarei morta in ogni caso.

Feci di nuovo per correre verso Ector, mentre una salva di frecce piombava sul cortile addosso ai Dakkai.

E invece no... non potevo morire in quel momento. Perché le braci erano importanti. Più di Ector. Più di me.

E io lo sapevo.

Dei.

Io lo sapevo.

Odiai quella consapevolezza.

Saion ruggì e si girò sfoderando le due spade che portava alla cintura e sulla schiena. Un Dakkai gli si gettò addosso e un altro lo superò. Lanciai un grido di angoscia e di furia e mi chinai rapidamente a raccogliere una spada di ombropietra da usare al posto del mio pugnale.

Menai un colpo al collo della bestia senza lineamenti decapitandola di netto, poi mi lanciai a raccogliere un'altra spada e l'affondai nel cuore di un secondo Dakkai. Sangue nero dall'odore pestilenziale ricoprì la lama. Con una torsione estrassi l'arma e allo stesso tempo un lampo illuminò il cielo.

Un Dakkai superò Saion e le guardie che si stavano riversando nel cortile. Poi un altro. E un altro ancora. Girai su me stessa e l'orrore mi tolse il fiato quando mi resi conto che puntavano tutti alla fonte del potere. L'ethere.

Ector.

«No!» Mi lanciai sul terreno scivoloso piantando la spada in ogni Dakkai che mi si parava davanti, ma i mostri erano una massa che sciamava sul corpo del dio come un incubo solido di zanne e artigli. Ormai non combattevo più: semplicemente macellavo carne con tutte le forze che avevo.

Vidi che c'era anche Saion. E poi Rhain. Una delle guardie, un dio, sparò un fiotto di ethere contro i Dakkai, ma ottenne solo di attirarne ancora di più. Continuavano ad avanzare, non importava quanti ne abbattessimo. Una parete di zanne e artigli scintillanti di sangue rosso-bluastro.

Le braci dentro di me vibravano a un'intensità folle. L'Alzata e il cortile erano saturi di grida di dolore. Con un calcio Rhain scaraventò via un Dakkai dal punto in cui giaceva Ector...

... e arretrò davanti a quel che ne restava. Poi si voltò e vomitò. La spada mi cadde dalle dita. Di Ector rimaneva solo carne maciullata. Nient'altro. Mi tremarono le mani e poi, dal punto più profondo del mio essere, l'essenza del Primordiale della Vita *ruggì*. Sentii vibrare la pelle, un sapore metallico mi esplose in bocca e un dolore sordo si impadronì della mia mascella. Qualcosa mi turbinò dentro come un piccolo uragano, e aprii le labbra.

Ne uscì un urlo di furia e rovina che mi squarciò in due. Gli angoli del mio campo visivo divennero bianchi. Di un bianco perfetto.

In tutto il cortile, le teste dei Dakkai si voltarono nella mia direzione. E il potere dentro di me crebbe e crebbe finché fu impossibile tenerlo a freno.

Non feci nulla di mia volontà. La spada che avevo nell'altra mano andò in mille pezzi. Un lampo di potere fuoriuscì dal mio corpo lasciandomi stordita e si abbatté sui Dakkai spazzandoli via, lontano da Saion e Rhain. Alcuni finirono sbalzati per aria e semplicemente si dissolsero nel nulla.

Annientati.

Quando l'ondata si esaurì, una stanchezza incommensurabile mi piombò addosso, più immane di qualunque altra avessi mai provato in vita mia. Arretrai di un passo, senza fiato. Qualcosa di tiepido e umido mi colò dal naso e mi cadde sul braccio. Sangue. Il mio sangue. Abbassai lo sguardo e vidi il bagliore argenteo che si dissolveva nelle mie mani, proprio mentre un nuovo sciame di Dakkai appariva sulle mura.

Qualcuno chiamò il mio nome in mezzo a urla che ordinavano la ritirata, ma tutte quelle voci mi arrivavano ovattate. Rhain mi corse incontro e mi afferrò per un braccio e per la vita, ma non sentii il suo tocco. Non mi sembrava più di essere dentro il mio corpo: avevo la sensazione di galleggiare. Sbattei le palpebre e la vista mi si sfocò...

... per poi tornare a fuoco.

«Sera!» urlò Rhain a voce abbastanza alta da farmi sobbalzare. «Ti senti bene?»

«Non... non lo so.» Stavo recuperando lentamente i sensi. Rhain mi prese la testa e la girò verso la sua. Mi sentivo un po' più in forze di un minuto prima, ma non molto. Ingoiai il sangue che mi era rimasto in bocca. «Credo di sì.»

Il dio mi pulì il sangue da sotto il naso, con l'aria di chi non mi credeva granché.

«Dobbiamo rientrare» ansimò Saion. Aveva il petto ferito dall'artigliata di un Dakkai e Rhahar era con lui.

Ci voltammo verso l'ingresso, ma non c'era modo di raggiungerlo: la marea di mascelle zannute e narici dilatate, teste lisce e informi e zampe artigliate si estendeva in tutte le direzioni.

I Dakkai ci avevano circondati.

«Cazzo.» Rhahar si passò il dorso della mano sulla guancia insanguinata. «Cazzo, cazzo.»

«Precisamente.» Saion sollevò la spada e mi fissò da sopra la spalla. «Pensi di poter rifare quello che hai fatto poco fa? Ce ne attirerebbe altri addosso, ma allo stesso tempo ci aprirebbe la strada.»

«Io... io non...» Cercai dentro di me, ma le braci non mandarono nemmeno un brivido. Nulla di nulla. Guardai Saion con la gola stretta in una morsa. Non le percepivo più, non...

Senza preavviso, Davon andò a schiantarsi contro l'Alzata portandone via un grosso pezzo e precipitò ancora una volta nel cortile, crepitando di luce in ogni parte del corpo. E stavolta tornò alla forma umana.

Un attimo dopo la temperatura scese di colpo e i nostri respiri presero a formare nuvolette nell'aria. Mi venne la pelle d'oca.

Davanti a me, Rhahar si voltò alla nostra destra. Nel punto dove il Primordiale della Morte stava planando su ali di pura oscurità. Il suo corpo era avvolto da archi di ethere crepitante ed emetteva gorghi turbinosi di nebbia primordiale che scendevano al suolo densi come colate laviche.

I Dakkai voltarono le teste nere, annusando l'aria e ritirando le labbra per scoprire le zanne.

«Merda» fece Rhain dietro di me. «*Merda.*»

Per un istante gli occhi d'argento di Ash incontrarono i miei, e avrei potuto giurare di aver sentito una voce sottile come un sussurro sfiorare i miei pensieri.

A uno a uno i Dakkai si mossero verso di lui, esattamente come voleva. Gli occhi d'argento mi stavano ancora fissando e fu come sentire la carezza gelida di un rivolo di ethere sulla guancia, come quelle che avevo sentito quella notte nella mia camera. Un brivido di consapevolezza mi scivolò giù per la spina dorsale.

Corri, liessa. *Corri.*

Arretrai di un passo andando a sbattere contro Rhain. Era la sua voce. Avevo sentito la sua voce nella mia mente...

Un Dakkai si parò di fronte ad Ash, che lo afferrò per la gola e lo scaraventò di lato, continuando ad avanzare. L'alone argenteo che lo avvolgeva pulsava sempre più forte.

Quando la nebbia splendente nascose alla vista una fila intera di mostri, una fitta di puro terrore mi attraversò. Erano dozzine: Primordiale o no, Ash sarebbe stato sommerso. L'immagine dei resti maciullati di Ector lampeggiò nella mia mente.

«No!» Mi divincolai dalla presa di Rhain e brandii una spada. «Aiutatelo!»

Ma Rhahar e Saion erano già in movimento.

Corsi anch'io, più lenta di prima, più lenta di quanto fossi mai stata in tutta la mia vita, ma non mi fermai. Sarei andata da lui strisciando se necessario. Sollevai la spada, che ora mi sembrava troppo pesante...

... e una vampata di fiamme si schiantò al suolo nello spazio tra Ash e me. *Nektas.* Il fuoco divorò i Dakkai mentre il Draken planava sul cortile, e non era solo: c'era Orphine con lui, che si tuffò giù a sua volta e vomitò altre fiamme sui mostri alle spalle di Ash.

«Si è abbassata troppo!» urlò Rhahar.

Un Dakkai spiccò un balzo e riuscì ad affondare gli artigli nel fianco della Draken, che roteò su se stessa e riuscì a scrollarselo di dosso. Ma subito un altro lo sostituì, e poi un altro ancora...

Qualcosa oscurò le stelle, gettando nel buio il cortile. Levai lo sguardo sull'Alzata, sulla cui sommità si stava riversando una nube di pura ombra dentro la quale si intravedevano forme solide. Corpi.

«I Cimmeriani» ansimai.

Erano ancora qui.

Kyn era ancora qui.

La loro ondata avanzò rapida e inarrestabile, ingoiando la luce dell'ethere nel manto di oscurità finché la notte fu su di noi.

Divenni cieca. E con me Orphine. Nektas. Ash.

Mi paralizzai, con il respiro ridotto al minimo. Qualcuno lanciò un grido e il clangore di lame contro lame echeggiò in modo strano nell'oscurità densa. *Trattieni.* Seguì il suono della carne squarciata da pietra affilata, metallo, artigli. Poi grida...

Una massa di corpi mi si abbatté addosso come un'onda di marea, spingendomi indietro. Non riuscii nemmeno a capire se fossero la mia gente, Cimmeriani o Dakkai. Dopo pochi istanti persi la presa sulla spada. Mi arrivarono addosso delle mani, un gomito mi colpì al fianco e un altro alle reni, e fui respinta ancora più indietro. Mi sentii inghiottire da una valanga solida di tenebra, fetore di paura e armi che cadevano a terra, squarciata a tratti da lampi di ethere e oro. *Inspira.* Colsi altri scintillii dorati nel buio. Abiti dorati. Capelli dorati. Mi mancò l'aria.

Poi la valanga di corpi si fermò di colpo contro il muro.

Andai a sbatterci anch'io: una fitta di dolore mi esplose nella schiena togliendomi tutta l'aria dai polmoni, persi l'equilibrio e finii a terra sulla ghiaia. Mi voltai su un fianco e mi raggomitolai. Alcuni corpi caddero attorno a me, un ginocchio mi colpì una spalla e un nuovo tuono scosse il terreno. Altri Dakkai? Cavalli? Il nostro esercito?

La nostra gente?

La nostra gente. Sollevai la testa verso la massa di ombre che ingombravano il cortile e al bagliore dei lampi di ethere, e nel fragore di spade e corpi che collidevano cercai Ash.

Dovevo trovarlo.

E poi avremmo dovuto trovare un posto tranquillo e sicuro per dargli il tempo di estrarre le braci. Bisognava farlo al più presto, prima che ci fossero altre morti inutili. Prima che quella attorno a noi si trasformasse nella guerra che Ash aveva tentato di prevenire.

Sempre che – e avevo proprio quella sensazione – non fosse già successo.

Trattieni. Mi alzai puntellandomi contro il muro e avanzai a tentoni, inciampando sui corpi a terra. Le braci continuavano a tacere. Un Dakkai ringhiò a poca distanza da me, ma io non mi fermai. A tratti coglievo immagini della gente ancora intenta a combattere e ogni lampo d'oro mi faceva accelerare il cuore. Trovai per caso una spada e mi chinai a raccoglierla mentre lassù nel cielo che non potevo vedere esplose un ruggito. Sperai che fosse uno dei nostri Draken. Ash mi avrebbe trovata. Sapevo che lo avrebbe fatto. Avrebbe percepito la mia presenza, come aveva fatto tutte le altre volte. Se i Dakkai non lo avevano sopraffatto. Se era ancora cosciente. Ci saremmo ritrovati a vicenda.

Fiamme d'argento squarciarono l'oscurità, risparmiando solo le ombre più dense e rivelando per un attimo alla vista i caduti e quelli ancora in piedi...

Oro.

Un lampo di chiome dorate e pittura d'oro a poche spanne da me.

Barcollai all'indietro, mi si torse lo stomaco e assestai meglio la presa sull'impugnatura della spada. Mentre l'oscurità tornava a inghiottire il cortile mi girai a destra, perché mi sembrava che il palazzo fosse in quella direzione. *Inspira*. Avanzai tenendo la mano libera davanti a me. Ci saremmo ritrovati a vicenda. Avremmo...

Mi fermai.

Mi si erano drizzati tutti i capelli sulla nuca. *Trattieni*. Un brivido di consapevolezza mi scese lungo la schiena, strinsi la spada ancora più forte e poi irrigidii le spalle quando udii la voce di Ash che urlava il mio nome, ancora e ancora, sempre più vicina finché un tuonare di zoccoli non la inghiottì. Era arrivato il nostro esercito, ma c'era anche qualcos'altro... ed era più vicino. Un cacciatore. Ne avvertii la certezza nelle ossa: io ero la sua preda. L'istinto mi travolse.

Roteai su me stessa e affondai la spada.

Una mano mi piombò sul polso e nello stesso istante una scia di fuoco in cielo spazzò via il buio, quanto bastava per farmi intravedere una chioma biondo-castana, zigomi alti e una cicatrice che solcava una guancia.

Attes.

Il sollievo mi fece quasi perdere l'equilibrio. Era venuto in nostro soccorso, sfidando non solo la possibilità di far infuriare Kolis, ma anche quella di dover prendere le armi contro suo fratello. E grazie agli dei aveva fermato quello che sarebbe stato un colpo piuttosto pericoloso, anche con la corazza di ombropietra che portava sul petto.

«Grazie» ansimai.

Gli angoli della sua bocca si tesero. «È presto per ringraziarmi.»

Lo fissai inspirando... e non trovai aria. Ogni singola parte di me si ribellò contro l'istinto che d'improvviso mi urlava nelle orecchie.

«Perché?» gridai.

Lui mi fissò inespressivo. «Perché non c'è altro modo.»

«No.» Una rabbia incandescente mi esplose dentro. «Non è vero.»

Attes premette le dita sul mio polso, tra i tendini, e il dolore improvviso e acutissimo mi provocò uno spasmo. La spada cadde a terra. Una furia ancora più grande mi invase, mista a orrore.

«Mi dispiace» grugnì lui.

Torsi disperatamente il polso in un inutile tentativo di liberarmi, ma Attes scivolò al mio fianco, mi fece ruotare, e prima che potessi muovere un solo altro passo mi ritrovai con la schiena premuta contro di lui.

«Sera!» tuonò la voce di Ash, seguita da un lampo di luce intensa.

In mezzo alla massa di Dakkai e corpi umani, spade che collidevano e cavalli al galoppo lo vidi a molti metri da me, coperto di sangue scintillante, con gli abiti a pezzi, il volto ferito da un'artigliata e un braccio squarciato per tutta la sua lunghezza. Infuriato. Bellissimo. Gli occhi d'argento si piantarono nei miei mentre con le mani strappava via un Cimmeriano dall'oscurità e lo squartava in due. Un Dakkai lo assalì da dietro, ma lui si voltò e lo mandò in mille pezzi con un solo tocco.

Attes mi afferrò per il mento e mi forzò la testa contro il petto. Attorno a noi cominciarono a formarsi fumo e ombre. «Vogliamo soltanto te. Rimuovi l'incantesimo e oggi non verrà versato altro sangue. Non andranno perdute altre vite.»

Ash ruggì di nuovo il mio nome nell'oscurità. Ormai in me c'erano solo rabbia e disperazione.

«Se ti rifiuti» continuò Attes a bassa voce, «mio fratello ucciderà tutti tranne il Primordiale.»

In quel momento Ash sbucò dal buio scaraventando via un Dakkai. Il suo corpo crepitava di ethere e dietro di lui intravidi Rhain che respingeva un'altra bestia.

«Sera!» Ash fece per levarsi in volo ma i Dakkai tutt'intorno lo aggredirono in massa come avevano fatto con Orphine e lo tirarono di nuovo a terra. Io lottavo come una furia nella presa di Attes.

«La scelta è tua» disse. «E devi farla in fretta.»

Per un attimo incontrai di nuovo gli occhi di Ash, poi fumo e ombre riempirono lo spazio tra di noi.

«Promettimelo» rantolai. «Giura che non farete del male a nessun altro.»

«A nessun altro sarà fatto del male: lo giuro.»

Rabbrividii, e mi sembrò che mi si congelassero le budella. «Verrò con te.»

Sentii un formicolio al polso, come quando Vikter vi aveva posto l'incantesimo. Le antiche parole riapparvero sulla mia pelle per un istante, mandarono un fioco bagliore e si spensero.

Immediatamente Attes si trasformò in una massa di fumo e oscurità impenetrabile. «Hai fatto la scelta giusta.»

Ma si sbagliava, perché non avevo alcuna scelta.

Non l'avevo mai avuta.

47

Sognai il mio lago. Nuotavo, scivolando senza sforzo attraverso le acque fresche e buie. Risalii in superficie e seppi di non essere sola. Qualcuno era in attesa sulla riva.

Un lupo, più argenteo che bianco nella luce frammentata della luna, mi fissava.

Mi lasciai affondare di nuovo nell'acqua, pensando che lo avevo già visto. Non in sogno: tanti anni prima, da bambina, mentre camminavo in quei boschi. Ma quel pensiero fluttuò via da me mentre scivolavo nell'acqua.

Avrei voluto restare lì e basta, dove tutto era pace e quiete e nulla di terribile poteva disturbarmi. Seguitai a nuotare finché non sentii il familiare tremolio delle braci dentro di me. Tornai in superficie e mi voltai verso la riva.

Dove prima c'era il lupo bianco.

E ora c'era Ash.

La testa mi mandò una fitta di dolore sordo che scese ad attraversarmi la mascella. Incamerai un lungo respiro. L'aria non aveva più odore di fumo, morte e carne carbonizzata, l'odore della nave su cui Attes mi aveva portata attraverso le ombre.

Era quella l'ultima cosa che ricordavo.

Quella, e un'esplosione di dolore alla base del cranio quando mi aveva lasciata andare.

Che verosimilmente spiegava il mio tremendo mal di testa.

Bastardo traditore. Solo i Fati potevano sapere da quanto tempo stesse lavorando al fianco di Kolis.

Giurai a me stessa che avrei contemplato il suo cadavere prima di esalare il mio ultimo respiro. Come riuscirci, però, era tutto da vedersi. E al momento avevo preoccupazioni più urgenti.

Ero sdraiata su qualcosa di incredibilmente morbido e l'aria che respiravo odorava di vaniglia e... lillà. Lillà morti.

Non mi trovavo più sulla nave. E temevo di sapere esattamente dov'ero adesso.

Non riuscivo ad aprire gli occhi, mi sembrava di avere le palpebre incollate. Mi era già successo quando ero uscita dalla mia breve stasi, ma stavolta lo sforzo che dovetti fare fu persino maggiore. Un'altra preoccupazione da aggiungere a una lista già parecchio lunga, che ne includeva alcune riguardanti me, ma anche altre riguardanti Ash, e non solo lui.

Attes aveva mantenuto la sua parola e messo fine all'attacco? La... *nostra gente* era in salvo? Orphine e Rhain? Rhahar e gli altri? E Ash stesso? Sapevo che avrebbe potuto sopravvivere a qualunque Dakkai, Cimmeriano o altro avversario scagliato contro di lui, ma era rimasto ferito. Forse ora aveva bisogno di nutrirsi, una cosa che tentava sempre di non fare. Si sarebbe indebolito... Quando era successa la stessa cosa a Veses, il risultato era stata la stasi: sarebbe toccata anche a lui?

Mi fermai prima di precipitare in quella spirale di pensieri e perdere il barlume di calma che ancora mi restava, e non era molto. Dovevo trovare un modo per tornare da Ash: aveva bisogno di prendere le braci e io...

Io avevo bisogno di vederlo ancora una volta. Di dirgli addio. Di... dirgli che lo amavo. Avevo sbagliato a tenerglielo nascosto per paura di farlo sentire in colpa. Mi sentii stringere il cuore. Ora capivo che aveva bisogno di sapere la verità. E che io avevo bisogno che lui la sapesse.

Dovevo fuggire da lì. E per farlo dovevo assolutamente

mantenere la calma e i miei sensi concentrati, perché non mi restava molto tempo. Me lo sentivo nelle ossa. Dunque feci appello a tutte le mie forze e aprii gli occhi.

Per non vedere nulla.

Solo la più profonda, vuota oscurità. La pressione che sentivo al petto aumentò. Deglutii per cercare di fare un respiro profondo...

E qualcosa si strinse *attorno alla mia gola.*

Una stilettata di terrore gelido mi trafisse. Mi portai una mano tremante al collo e trovai una fascia di metallo freddo stretta appena sotto la giugulare. La percorsi con le dita fino a sentire uno spesso anello al centro e...

... una catena.

Il panico esplose. La afferrai e la strattonai con tanta forza che il mio cuore sembrò andare fuori sincrono. Cominciò a girarmi la testa. Tirai e tirai con gesti sempre più fiacchi, e la catena tintinnò su quello che mi parve un pavimento di pietra. A quel rumore improvviso sussultai. Sembrava una catena molto lunga: per quanto la tirassi non incontravo resistenza, ma la cosa non mi diede alcun sollievo.

Perché avevo una maledetta catena chiusa al collo.

Ormai l'oppressione al petto era tale che dovevo lottare per controllare il mio respiro e impedire al panico di sommergermi definitivamente. Ma ero incatenata e...

Si accesero le luci, brillanti e dolorose.

Lasciai cadere la catena e mi portai una mano agli occhi. Il clangore del metallo sul pavimento mi assordò.

«Sei sveglia.»

Una voce maschile.

Non era né Attes né Kolis, ma era comunque familiare.

«Sei rimasta incosciente per due giorni.»

Il mio cuore perse un battito. *Due giorni?* Ero caduta di nuovo in stasi e contro ogni pronostico ero sopravvissuta?

«Cominciavamo a preoccuparci.» La voce rise. «Attes non

avrebbe dovuto colpirti *così* forte. Ma secondo alcuni – e con *alcuni* intendo *me* – è un tipo tutto muscoli e niente cervello.»

Abbassai lentamente la mano, sbattei le palpebre e la prima cosa che vidi attraverso il velo di lacrime furono i ghirigori dorati che splendevano sul mio palmo. L'impronta. Ma il conforto che provai a quella vista scomparve subito quando alzai lo sguardo.

Mi sentii gelare dentro.

Davanti a me c'erano sbarre dorate, distanti una trentina di centimetri l'una dall'altra. Una gabbia. *Una gabbia d'oro.* L'orrore mi scavò dentro con i suoi artigli, paralizzandomi con la mano sospesa a mezz'aria.

«Avrebbe dovuto usare più riguardo: tecnicamente sei ancora una comune mortale, non è così? Non sei una dea vicina alla Transizione, e nemmeno una semidea. Sei una mortale che ha dentro di sé le braci della vita.»

Un tremito mi salì dal profondo del petto, dove le braci restavano insolitamente quiete. Mi voltai di lato e misi a fuoco bauli di varie dimensioni, un tavolo rotondo, una sedia, un divano dorato e uno spesso tappeto di pelo. Il tutto dentro la gabbia assieme a me.

E poi vidi lui.

Capelli dorati.

Una maschera d'oro.

Occhi azzurro pallido in cui turbinavano riccioli di ethere appena visibili. Occhi che avevo creduto appartenere a un dio. Gli stessi occhi di Dyses, che era una creatura del tutto diversa.

Un Ritornante.

Avevo già visto questa persona a Dalos, anche se solo di sfuggita: era nella sala del trono e aspettava Davon. Ma non era stata quella la prima volta che lo avevo incontrato.

Prima lo avevo visto nel mondo dei mortali, ed era a causa sua che la pittura facciale con le ali d'oro continuava a solleticare la mia memoria. Era stato a Chiaravia: lo avevo visto parlare con mia madre. Ed Ezra mi aveva detto il suo nome.

Callum.

Si trovava a un metro dalla gabbia, e nella stanza semibuia dietro di lui c'era solo un altro oggetto che attirò la mia attenzione: un seggio d'oro dalla foggia elaborata.

Un trono.

La bile mi risalì in gola, ma la spinsi indietro. Abbassai la mano sulla soffice coperta del *letto* su cui ero seduta.

Sul volto di Callum apparve quel mezzo sorriso sbeffeggiante che ricordavo dal nostro incontro a Chiaravia. «Salve, Seraphena Mierel. È un grande piacere ritrovarti.» Il sorriso e la testa piegata di lato facevano in modo che le punte delle ali dipinte si sollevassero dalle guance fino alle tempie. «Ti ricordi di me?»

«Hanno...» Mi schiarii la voce e per un attimo la banda di ferro mi si strinse alla gola. Feci una smorfia. «Hanno fermato l'attacco?»

Callum raddrizzò la testa. «Attes ti ha dato la sua parola. Le forze di Kyn si sono ritirate.»

Studiai l'elsa della spada che spuntava da sopra la sua spalla e il pugnale che portava legato alla coscia. Stavolta non indossava abiti carichi d'oro: solo la tunica ricamata aveva quel colore. I pantaloni erano neri.

«Non hai risposto alla mia domanda.»

«Sì, mi ricordo di te.» Affondai le dita nella coperta, drizzai la schiena e appoggiai i piedi sul fondo della gabbia. Mi accorsi che erano nudi.

Abbassai lo sguardo e stavolta prima di sentire freddo provai una vampata di calore. Vidi altro *oro*. Non portavo più né i pantaloni né il vestito, bensì un singolo velo di tessuto dorato, scintillante e sottilissimo.

«Eri coperta di sudiciume e avevi addosso la puzza delle Terre d'Ombra e del loro Primordiale» disse Callum.

Drizzai la testa di scatto. «La sola puzza che mi sento addosso è quella di questo luogo.»

Il sorriso di Callum si allargò leggermente. «Ti suggerirei di evitare che Sua Maestà ti senta dire una cosa del genere.»

La furia mi inondò le vene come lava. «Sua Maestà può andare a farsi fottere.»

La creatura di fronte a me ridacchiò. «E ti suggerirei anche, con una certa insistenza, di non lasciare che ti senta dire nemmeno *questo*. In ogni caso, sei stata lavata e rivestita con abiti puliti.»

Al pensiero che qualche sconosciuto mi avesse messo le mani addosso la bile mi salì ancora una volta. Ma non potevo permettermi di rimuginare su quello. Guardandomi attorno individuai una porta e quella che mi sembrò una parete scorrevole, entrambe chiuse. «E ti aspetti che vi ringrazi?»

«Neanche lontanamente.» Callum mosse un passo per avvicinarsi alla gabbia. «Ma sarebbe carino se lo facessi.»

Mostrai i denti, fissando di nuovo il pugnale sulla sua coscia. «Eri venuto a parlare con la regina...»

«La Regina Calliphe? Intendi dire tua madre.»

Mi irrigidii.

Callum scrollò le spalle. «In effetti non mi ha dato l'impressione di una persona molto materna.»

Dei... Quindi persino lui se ne era accorto?

«Comunque sì: ero venuto per parlare con tua madre. L'ho fatto molte volte.» Abbassò il mento e gli occhi pallidissimi scintillarono, colmi di malizia. «Per anni.»

Sobbalzai.

Callum si avvicinò ancora di più. «Ti sei mai chiesta come abbiano fatto dei mortali a entrare in possesso delle conoscenze necessarie a uccidere un Primordiale?»

«Lasciami indovinare» sibilai. «Tu?»

Lui si produsse in un armonioso inchino accompagnato da un gesto elaborato della mano, sempre guardandomi. «Io.»

Mi fece l'occhiolino e si raddrizzò. Poi il suo sorriso svanì e lui sgranò gli occhi. «Che c'è? Sembri sbalordita.»

Mi ero domandata molte volte come avesse fatto la mia famiglia a scoprire una cosa del genere, ma avevo dato per scontato che il responsabile fosse uno dei Fati, o forse un *Viktor*. Non mi sarei mai aspettata che lo sapessero solo da una ventina d'anni... Che mia madre avesse mentito non mi meravigliava affatto, ma com'era possibile che a confidarle il segreto fosse stato un membro della Corte di Kolis, anzi forse uno dei suoi Ritornanti?

Non aveva nessun senso.

«Perché lo hai fatto? Come hai...» Sobbalzai di nuovo e lo stomaco precipitò. Non ci potevo credere. «Kolis sa.»

Un lento sorriso gli sollevò un angolo della bocca. «Ovvio che sa. È il re degli dei.» Mi parlava come se fossi una bambina. «Sua Maestà lo sa dalla notte della tua nascita, quando tuo padre evocò il Primordiale della Vita per stringere un altro patto.»

Mi si irrigidì ogni singolo muscolo del corpo. «Cosa?»

«Qual era il suo nome... Ah, sì, *Lamont*. Il povero Re Lamont non aveva idea che il suo antenato avesse in realtà parlato con Eythos, quindi si confidò liberamente e sinceramente con Sua Maestà e chiese, anzi *supplicò*, di poter siglare un nuovo patto per liberare la sua primogenita appena nata dagli obblighi derivanti dal patto originario.»

Non riuscivo più a muovermi. Potevo a stento respirare. Il pensiero che mio padre avesse tentato di sciogliere l'antico patto per salvarmi mi aveva annichilita.

«Fu piuttosto insistente. Disperato, oserei dire. Sfortunatamente un patto stretto con un Primordiale non si può sciogliere e basta.» Callum sporse le labbra. «In ogni caso Sua Maestà trovò molto interessante quella notizia. Dopotutto sapeva bene che suo fratello doveva aver fatto qualcosa con le braci della vita, dato che alla sua morte non erano passate a lui.»

E questo significava... Spalancai la bocca: dei, significava che Kolis aveva prosciugato la forza vitale di Eythos. *Di suo fratello*. Mi aggrappai al bordo del letto, nauseata.

«Aveva trascorso molti anni a cercare di capire dove potesse essersela squagliata la sua *graeca*.» Callum scoppiò a ridere. «*Squagliata*. Adoro questa parola.»

Graeca.

Un termine con due significati. *Amore*. E *vita*. Quando Taric si era nutrito da me e si era domandato ad alta voce che sapore potesse avere una *graeca*, avevo pensato che avesse percepito la seconda anima dentro di me. E invece no: Taric aveva sentito il sapore della vita. *Graeca* aveva sempre significato *vita*. Le braci della vita.

«Sua Maestà sapeva che Eythos doveva aver nascosto le braci da qualche parte.» Callum piegò di lato la testa. «Poi arrivò tuo padre con la sua rivelazione. Quindi sì, Sua Maestà sapeva fin dalla tua nascita che cosa c'è dentro di te.»

Dei... Non mi resi conto di essermi alzata in piedi. Non avrei saputo dire nemmeno perché lo avevo fatto. Forse semplicemente non potevo rimanere seduta mentre lo stupore dentro di me si mutava in confusione, e la confusione in pura angoscia.

«No» sussurrai. Mossi un passo e la catena tintinnò sul fondo, facendomi sobbalzare.

Non ci volevo credere. Non perché non potessi accettare che Kolis avesse agito sapendo tutto fin dal principio, o che fosse sempre stato ben consapevole di come estrarre le braci da me, ma perché tutto...

Tutto quel che Ash aveva sacrificato non era servito a *niente*.

Kolis sapeva di me e delle braci. Lo aveva sempre saputo. Non c'era mai stato motivo di tenermi nascosta e al sicuro. Non era mai servito che altri sacrificassero le loro vite per questo. Non c'era stata alcuna ragione per Ash di stringere il suo patto con Veses.

Callum mi stava ancora fissando. «Sembri scossa.»

Scossa? Con un brivido mi concentrai sulla rabbia anziché sul dolore. Il secondo mi avrebbe distrutta. La prima mi rendeva più forte.

Callum scrollò di nuovo le spalle. «Eythos ha fatto una scelta astuta, non credi? Nascondere le ultime braci rimaste dove nessuno avrebbe pensato di cercarle: dentro una comune mortale, che poi si è assicurato sarebbe appartenuta a suo figlio. Davvero molto astuto.»

Fu quello il momento in cui mi resi conto che in tutto il suo discorso Callum non aveva mai citato l'anima di Sotoria. Di lei non sapevano nulla né Re Roderick, né mio padre.

E nemmeno Kolis.

«Se Kolis lo sapeva, perché ha aspettato?» chiesi. «Perché ha lasciato che mi portassero nelle Terre d'Ombra? Perché ha lasciato che le cose arrivassero a questo punto? Tante persone sono morte...» Inspirai bruscamente. «Avrebbe potuto prendermi in qualunque momento. Perché non lo ha fatto?»

«*Sangue.*» Callum prese un lungo respiro. «*Cenere.*»

Qualcosa nel modo in cui lo disse mi smosse un vago ricordo della notte in cui il Draken aveva liberato gli dei sepolti. La guardia di Veses aveva detto qualcosa di simile quando aveva sentito l'odore del mio sangue. Aveva detto...

«Sangue e cenere.»

Mi irrigidii al punto che la fascia stretta al collo minacciò di strangolarmi e mi sembrò che il cuore mi precipitasse nel petto. Mi voltai verso la parete scorrevole che si era aperta di una spanna per lasciar entrare un po' di rara oscurità notturna. Al di là intravidi profili di alberi frondosi...

E Kolis.

In quell'istante mi resi conto di non aver più pensato all'addestramento che avevo ricevuto fin dalla nascita. A ciò per cui Holland mi aveva preparata.

Diventa la sua debolezza.

Fallo innamorare.

Uccidilo.

Kolis.

Non Ash.

Ed eccomi lì, assieme a lui. Eppure l'ultima cosa a cui riuscivo a pensare era la mia missione: in quel momento volevo solo potermi allontanare anche solo di qualche passo dal falso re. Era vestito come quando lo avevo incontrato nella sala del trono: a torso e piedi nudi, con indosso solo ampi pantaloni di lino. Stavolta non portava la corona.

Callum si inchinò profondamente.

«Felice di vedere che ti sei svegliata» disse.

Inspira. Kolis venne avanti. Le braci continuavano a tacere, eppure c'era ancora qualcosa che bruciava dentro di me: la rabbia e il terrore che sentivo appartenermi *solo in parte.* Provavo una sensazione simile a un déjà-vu. Io non ero mai stata lì, incatenata e intrappolata in una gabbia. Ma Sotoria sì. Quando Kolis l'aveva riportata in vita.

Volevo scappare. Volevo sfogare tutta la mia furia. Ma un'intera vita passata a addestrarmi a non mostrare paura – a non mostrare *nessuna emozione* – prese il sopravvento. Sostenni lo sguardo di Kolis mentre il velo del nulla si posava su di me.

Il falso re piegò il mento. «Non ti inginocchi?»

«No» risposi senza esitare. «Non mi inginocchio.»

Kolis rise, un suono basso e morbido, mentre Callum si avvicinava a un lato della gabbia. «Sempre coraggiosissima, vedo. Proprio come quando hai afferrato quel pugnale.» Appoggiò le dita alle sbarre. «E quanto sei stata coraggiosa quando hai progettato di tradirmi nel momento stesso in cui hai lasciato il mio cospetto? Quando hai usato quel che non ti appartiene per togliermi una vita che mi spettava di diritto?»

Serrai forte la mascella, sia per non lasciar uscire risposte troppo avventate, sia per impedire ai miei denti di battere. «Sangue e cenere» ripetei. «Che cosa significa?»

Kolis fece scorrere le dita lungo una sbarra e ridacchiò ancora. Sui suoi lineamenti troppo perfetti si formò un'espressione che avrebbe potuto essere di rispetto. Poi abbassò lo sguardo, e io fui molto grata che i miei capelli sciolti scendessero a coprirmi il petto.

«È il nome della profezia» disse.

Ripensai subito a Penellaphe. «Una profezia?»

«No. *La* profezia. L'ultima sognata dagli Antichi. La loro *promessa*. Pochi la conoscono, e ancora meno osano parlarne ad alta voce.» Le dita danzarono ancora per qualche istante sulle sbarre, poi il falso re arretrò e cominciò a camminare avanti e indietro. «E solo i discendenti degli Dei della Divinazione la possono ripetere.»

Penellaphe. Stava parlando di lei.

«Loro e l'ultimo degli oracoli.»

Delfai aveva menzionato l'ultimo oracolo nato nel mondo. Un membro della stirpe dei Balfour. Quante possibilità c'erano che fosse solo una coincidenza?

Nessuna.

Il sorriso di Kolis si fece gelido. «Ma la nostra cara Penellaphe non ha ricevuto la visione completa.»

A quelle parole mi irrigidii.

«Per sua fortuna, Penellaphe crede che io non ne sappia nulla. Quelli che sono al corrente della visione hanno la tendenza ad andare incontro a morti premature.»

Callum ridacchiò.

«Mio fratello la conosceva.» Kolis fece un cenno nella mia direzione. «Ovviamente.»

Mi girai per seguirlo con lo sguardo mentre percorreva l'intera lunghezza della gabbia.

Poi si fermò proprio davanti a me. «Le profezie di solito arrivano in tre parti. E ciascuna sembra irrelata alle altre finché non vengono messe tutte assieme.»

Mi formicolò la nuca. Lo aveva detto anche Penellaphe...

Ogni profezia aveva una parte iniziale, una centrale e una finale, e queste parti non arrivavano sempre in ordine o in forma completa.

Gli occhi dorati di Kolis si spostarono su Callum.

Il dio si fece avanti e cominciò a recitare: «*Dalla disperazione delle corone d'oro un grande potere primordiale sorge, nato dalla carne mortale, erede delle terre e dei mari, dei cieli e di tutti i regni. Un'ombra fra le braci, una luce nella fiamma, che diverrà un fuoco nella carne. Quando le stelle cadranno dalla notte, le grandi montagne crolleranno in mare e le antiche ossa leveranno la spada al fianco degli dei, allora il fasullo verrà deprivato della sua gloria, finché due verranno, nate dalla stessa colpa, nate dallo stesso grande potere primordiale nel mondo mortale. Una prima figlia dal sangue colmo di fuoco, destinata al re che è stato promesso. Una seconda figlia dal sangue colmo di cenere e ghiaccio, l'altra metà del re futuro. Insieme ricostruiranno i regni e nel contempo apriranno la porta alla fine*».

«*E così avrà inizio*» proseguì Kolis al posto suo. «*Versato il sangue dell'ultima Prescelta, il grande cospiratore nato dalla carne e dal fuoco dei Primordiali si risveglierà come Presagio e Portatore di Morte e Distruzione nelle terre donate dagli dei. Attenti, poiché la fine giungerà da occidente per distruggere l'oriente e devastare tutto ciò che vi giace in mezzo.*» Il falso re appoggiò la fronte alle sbarre. «Ma sono sicuro che tu l'abbia già sentita prima di oggi.»

Il fatto che fosse a conoscenza della conversazione tra me e Penellaphe mi inquietò moltissimo.

«Dimmi: che cosa ne pensi?»

Mi costrinsi a scrollare le spalle. «Non granché. A parte il fatto che mi sembra chiaro chi sia il grande cospiratore.»

Kolis rise ancora. «Trovo divertente il tuo atteggiamento.»

«Felice di saperlo.»

«Ma non *così* divertente.» I suoi occhi lampeggiarono di

un'intensa sfumatura d'oro e argento. «In ogni caso sì, penso anch'io che quella parte della profezia si riferisca a me. La parte che mi ha dato da pensare per molto tempo è quella sulle due figlie... Ancora ci penso, a volte. Ma ritengo di aver capito che si riferisca a Mycella, che era promessa al re di un tempo, mio fratello.» Si massaggiò il mento. «La seconda figlia invece saresti *tu*. Promessa al re futuro... o a colui che sarebbe stato re una volta che Eythos fosse passato in Arcadia e Nyktos fosse asceso per prendere il suo posto.»

Io e Ash invece avevamo pensato che la parte centrale si riferisse a qualche evento del futuro.

«Tre parti» continuò Kolis. «Quella iniziale, quella centrale... e c'è anche dell'altro.»

«Ovviamente» mormorai io.

Kolis sogghignò stringendo le dita su una sbarra della gabbia. «C'è la parte finale. *Poiché colei che è nata dal sangue e dalla cenere, che indossa le due corone e porta vita ai mortali, agli dei e ai Draken, e una bestia d'argento che gronda sangue dalle fauci di fuoco, immersa nelle fiamme della più splendente tra le lune, si uniranno per diventare una cosa sola.*»

Il mio cuore perse un battito e i miei pensieri si lanciarono in una corsa forsennata. «È... è il mio titolo. Nata dal Sangue e dalla Cenere. La Più Splendente tra le Lune...»

«Già. Il titolo che ti è stato donato da mio nipote.» Il ghigno di Kolis si allargò. «*Sangue e cenere* è una locuzione che ripetono spesso i Draken. Può avere vari significati.»

Mi cinsi il ventre con il braccio. «È... quello che ha detto anche lui.»

«E non ha mentito, almeno in quell'occasione.»

Intravidi le zanne dietro le sue labbra, e a quella vista mi si torsero le viscere.

«Sangue: la forza della vita. Cenere: il coraggio della morte. *Vita* e *morte*, se prese in senso letterale.»

Mi tornò in mente d'improvviso la reazione di Keella al mio titolo, la sua domanda su cosa lo avesse ispirato. *I capelli della mia Consorte.* Una risposta sincera, lo sapevo. Me lo sentivo nel cuore e nelle ossa... Keella aveva commentato che quella risposta la faceva sentire speranzosa. E lo stesso aveva detto Delfai parlando della luna più splendente, quando Ash non lo aveva ucciso: *Nulla a parte la speranza.* Possibile che quei due conoscessero la profezia completa? Keella aveva quasi l'età di Kolis, e il cielo sapeva quanti anni potesse avere Delfai. E poi c'era la guardia di Veses, che sapeva bene che cosa aveva percepito nell'odore del mio sangue. Nonché la reazione di Veses stessa quando aveva scoperto che cosa c'era dentro di me. Anche lei conosceva la profezia, ci avrei scommesso.

«Grazie a mio fratello, dentro di te ci sono le braci primordiali della vita, sin dalla tua nascita.» Le scintille d'oro negli occhi di Kolis smisero di turbinare. «E ora porti anche due corone.»

Due corone.

Inspirai, sentendo una tensione crescente al petto. La corona di principessa e quella di Consorte. «È per questo che hai aspettato? Perché fossi incoronata?»

«Sì.»

«Ma allora perché ritardare il...» *Che porta vita ai mortali, agli dei e ai Draken.* Mi si chiuse lo stomaco. «Volevi che resuscitassi il Draken.»

Quando vidi il suo sorriso fui attraversata da due lampi paralleli di furia e di orrore. Attes si era preso gioco di noi, persino usando la vita di Thad.

«Dovevo essere sicuro che il potere delle braci raggiungesse quel livello e che tu fossi giunta al punto di cui parla la profezia, perché anche tutto il resto andasse al proprio posto.»

Mi tornò in mente quando gli avevo chiesto che cosa avrebbe ricavato lui dalla morte di Thad. Aveva risposto che gli avrebbe detto tutto ciò di cui aveva bisogno. E così era stato.

«C'è dell'altro nella profezia?» chiesi.

La risata di Callum echeggiò alle mie spalle.

Kolis annuì. «*E i potenti vacilleranno e cadranno, alcuni allo stesso tempo, e precipiteranno attraverso il fuoco in un abisso di nulla. Quelli che non cadranno si inginocchieranno tremando, diventeranno piccoli e deboli e saranno dimenticati. Perché alla fine sorgerà il Primordiale donatore di sangue e portatore d'osso. Il Primordiale di Sangue e Cenere.*»

Spalancai occhi e bocca allo stesso tempo. «Il Primordiale di Sangue e Cenere...» Tremai da capo a piedi per l'incredulità. Un essere che non avrebbe dovuto esistere. «Un Primordiale della Vita e della Morte.»

«Ragazza intelligente.»

«Non sono una ragazza» scattai. Il braccio mi ricadde lungo il fianco. «E non serve essere tanto intelligenti per arrivarci: è detto chiaro e tondo nella profezia.»

«È vero, non sei una ragazza» mi fece eco lui con una voce carezzevole che mi diede i brividi. «Sei il contenitore che porterà a compimento quel che gli Antichi avevano sognato. Sei colei che mi darà quel che voglio.»

«Che sarebbe? Governare sull'Iliseum e il mondo mortale insieme?» Scoppiai a ridere. «A me sembra che avrai soltanto quel che meriti.»

«Cioè?»

«La morte.»

Kolis mi guardò negli occhi, e i secondi passarono. Mi venne la pelle d'oca.

«Potresti pensarlo, sì. E forse era persino il senso originale della profezia. Immagino che gli Antichi non avrebbero mai previsto che io potessi tentare di cambiarlo. Che avrei osato tanto. Forse avevano accettato, persino previsto, che Eythos desse il via a questa catena di eventi.» Nel nominare suo fratello, Kolis sogghignò. «Ma io?» Il sogghigno si tramutò in una gelida risata. «Io no. Forse hanno pensato che me ne sarei rimasto da parte a non fare nulla. E invece avrebbero dovuto prevederlo. Ma mi hanno sottovalutato, persino nei loro sogni. Non hanno capito che non solo sarei sopravvissuto, ma avrei anche ottenuto quel che volevo. Cioè essere io *l'unico*, Seraphena. Il principio e la fine. La vita e la morte.» I suoi occhi cominciarono a sfavillare. «Non ci sarà più bisogno di re mortali. Non ci sarà più bisogno di altri Primordiali. Non dopo che sarà sorto un Primordiale della Vita e della Morte.»

Un nuovo orrore mi sommerse. «Intendi... intendi uccidere tutti i Primordiali?»

«Non tutti: la maggior parte. Che c'è?» Kolis storse il naso. «Sembri sorpresa. Andiamo, ne hai conosciuti alcuni.» Scosse la testa. «Hai visto con i tuoi occhi quanto sia insostenibilmente fastidiosa la gran parte di loro.»

A quello non avrei saputo cosa obiettare, però...

«Bambini disobbedienti e piagnucolosi che hanno dimenticato come andavano le cose un tempo, quando erano rispettati e temuti non solo dai mortali ma anche dagli dei.» Arricciò le labbra. «Quando il potere aveva ancora un significato.»

Feci un passo avanti. «Non hai ancora abbastanza potere? Ti sei autoincoronato re degli dei. Hai usurpato il ruolo di ogni re mortale, come hanno fatto tutti gli altri Primordiali.» Mi sentii invadere dalla rabbia. «Come puoi desiderare di diventare ancora più potente?»

«Che domanda incredibilmente sciocca» fu la sua risposta, e Callum rise di nuovo. «Solo un mortale potrebbe domandarsi una cosa del genere. A parte il fatto che se non facessi nulla sarei destinato alla morte, nessun potere è infinito o illimitato: ne può sempre sorgere un altro. Il potere ti può sempre essere portato via. Potresti in ogni momento essere ridotto alla debolezza e all'incapacità di difendere te stesso o le persone di cui ti importa.»

«Come se a te importasse di qualcun altro a parte te stesso» replicai.

I suoi occhi fiammeggiarono d'oro puro e un attimo dopo Kolis fu *dentro* la gabbia. Apparve a qualche passo di distanza da me, eppure sentii sulla gola la sua mano che stringeva anche più della fascia di metallo.

«Non credere di sapere su di me più di quel che ti è stato raccontato, Seraphena.» Mosse un passo e i contorni del suo corpo si fecero sfocati. «Pensi che io sia cattivo?»

Tentai di inspirare, ma la pressione bloccava tutta l'aria. Mi artigliai il collo con le dita.

«Ritieni che sia io il cattivo di questa storia? Che gli altri Primordiali meritino di prosperare quando non hanno fatto nulla per aiutarmi al tempo in cui regnava mio fratello? Che i mortali carichi di ricchezze e prestigio siano innocenti e abbiano diritto di vivere, nonostante la loro spaventosa mancanza di pietà e tutte le guerre che scatenano contro i loro simili? Pensi che sia io l'unico a bramare il potere assoluto? Se sì, allora non sei intelligente quanto avevo creduto.»

Non riuscivo più a respirare.

Kolis fece un passo avanti. «Ogni mortale lo desidera. Ogni dio. Ogni Primordiale. Persino Eythos. Che cosa pensavi che progettasse di ottenere mettendo le braci della vita proprio nella mortale promessa a lui stesso come Consorte? ... *e una bestia d'argento che gronda sangue dalle fauci di fuoco, immersa nelle fiamme della più splendente tra le lune, si uniranno per diventare una cosa sola. Una cosa sola*, capisci? Eythos ha collocato le braci dentro di te perché suo figlio potesse impadronirsene. E Nyktos l'avrebbe fatto nel momento stesso in cui si fosse sentito pronto, se avesse compreso il vero significato di tutto questo. Eythos voleva che Nyktos fosse *il* Primordiale, la bestia d'argento. E non solo per detronizzare e uccidere me: Eythos si era reso conto che i suoi giorni erano contati. D'altronde gli Antichi stessi avevano sognato l'avvento futuro di questo essere dotato del potere supremo, il Primordiale di Sangue e Cenere. Eythos conosceva il proprio destino, ma sapeva anche che, una volta entrato in possesso delle braci e asceso, Nyktos avrebbe potuto riportarlo in vita.»

Rantolai tremante.

Kolis abbassò la testa, gli occhi che bruciavano come polle d'oro fuso. «Eythos mi ha sempre odiato. E sai per quale motivo? Perché amava Mycella, e Mycella amava me. Che io non la ricambiassi e non le avessi mai dato anche solo l'impressione di farlo non aveva importanza per lui: mi odiava lo stesso, ed è per questo che mi rifiutò l'unica dannata cosa che gli avessi mai chiesto di fare.» Ora aveva il respiro affannato. «Del resto, se non lo avesse fatto, non sarebbe cambiato nulla. Il sogno degli Antichi sarebbe rimasto quello che era. Le loro visioni non sarebbero mutate. Lui sarebbe morto comunque alla fine, ma avrebbe potuto salvare un'infinità di altre vite, inclusa quella della sua preziosa Mycella... e quella che suo figlio avrebbe dovuto prendere al posto suo.»

Mi artigliai la gola ancora più forte. Sentivo le vene gonfiarsi e cominciava a offuscarmisi la vista...

Poi la pressione si allentò di colpo. Caddi carponi e tossendo ingoiai grandi boccate d'aria giù per la gola dolorante.

«E invece eccoci qui.» Kolis si inginocchiò. «Proprio come promesso.» Mi prese per il mento, e anche se si trattava di un gesto delicato sobbalzai quando mi sollevò la testa. «Sai che cosa accadrà adesso, Seraphena?»

Avevo la gola troppo indolenzita per riuscire a parlare, ma incontrai il suo sguardo e seppi esattamente che cosa stava per succedere.

«Prosciugherò il tuo sangue, fino all'ultima goccia» mormorò con voce dolce. «Prenderò in me le braci della vita e sorgerò. La mia Ascensione finale sarà completa: diventerò il Primordiale della Vita e della Morte, e chiunque non si inchinerà a me e non mi consegnerà la sua Corte e il suo regno morirà.» Si chinò fino a portare il viso a pochi centimetri dal mio. «Penso che tu sappia che cosa significherà questo per mio nipote.»

Tremai.

«Sì, lo sai.» Mi carezzò una guancia con il pollice. «Otterrò quel che desidero. Quel che merito. Finalmente. Perché a quel punto nulla...» Cominciò a rialzarsi, trascinando in piedi anche me. «... assolutamente *nulla* mi sarà proibito. Nulla mi sarà impossibile. Nemmeno quel che mi è stato tenuto nascosto per tutto questo tempo.»

Sotoria.

Parlava di lei.

«Seraphena Mierel» mormorò Kolis avvicinando la bocca alla mia tempia, «hai tenuto al sicuro le braci. Hai osato utilizzarle. Hai fatto in modo che fossero pronte per me. Le semplici parole non potranno mai rendere giustizia alla gratitudine che provo per te. Ma lo dirò lo stesso: grazie.»

E poi colpì.

Senza nessun preavviso.

Mi girò in modo da avere addosso la mia schiena e mi affondò le zanne in gola, appena al di sopra della catena. Il dolore mi esplose nella carne e mi fece urlare. Divenni di pietra, sbarrai gli occhi e la sofferenza... dei, era assoluta.

Artigliai il braccio che mi stringeva alla vita e l'aria vuota davanti a me. Era un'agonia insopportabile, ogni sorso era come un fuoco che mi trapassava la pelle fin dentro le ossa, lasciando solo bruciature dietro di sé. Gli spasmi mi afferrarono al petto, alla gola... e capii che era così che sarei morta. Kolis mi avrebbe prosciugata e avrebbe preso le braci. Io sarei stata la prima a bruciare, e i mondi mi avrebbero seguita.

Stavo morendo.

Non avevo avuto nemmeno la possibilità di dire addio ad Ash. Di dirgli che lo amavo. Nessuno lo avrebbe salvato. Nessuno avrebbe salvato gli altri dei o i mondi. Non avrei adempiuto al mio destino. Mi contrassi e affondai le unghie nei palmi delle mani, dentro l'impronta...

Ash poteva sentire il mio dolore. Poteva percepirlo. Dei, lo sentiva anche in quel momento? Di certo si sarebbe accorto quando l'impronta fosse svanita dal suo palmo. A quel punto avrebbe saputo che ero morta.

Il petto di Kolis si gonfiò contro la mia schiena mentre i suoi sorsi si facevano sempre più forti, sempre più profondi...

Un nuovo calore mi inondò il petto. Le braci ricominciarono ad ardere sotto le mie costole, dapprima in maniera debole, fioca, poi sempre più intensamente. E quella presenza si impadronì di nuovo di me. Quella coscienza. La voce. Le voci.

No. No. No. No.

Ma non era la mia voce a urlare. Era la *sua*. Sotoria. Tutte le vite che lei aveva vissuto. Erano quelle a muovere la mia lingua.

«*Mi stai uccidendo*» mormorai con le palpebre pesanti. «*Mi stai uccidendo ancora, dopo tutti questi anni.*»

Kolis raddrizzò di scatto la testa. «*Cosa?*»

Sentivo la lingua gonfia, inutilizzabile. Sopra di me il soffitto stava sparendo in un alone sfocato. Ma il dolore era scomparso. L'unica cosa che sentivo adesso era la *sua* rabbia... La *nostra* rabbia.

«Che cosa hai detto?» Kolis mi rigirò tra le sue braccia. Anche il suo volto era sfocato. Aveva sangue sulle labbra e sulle zanne. Mi scosse, facendomi ciondolare la testa. «Che cosa cazzo hai detto?»

«*Sono io...*» Una risata che non sembrava la mia mi uscì dalle labbra. «*Sotoria.*»

Kolis rimase immobile. I suoi occhi frugarono fra i miei lineamenti, i miei capelli, il mio corpo. Poi scosse la testa e dalle sue labbra caddero gocce di sangue.

«Bugiarda» sibilò.

«Non... sto mentendo. Eythos si era impadronito della sua anima...» Sentivo il cuore intorpidito quanto la lingua. «E l'ha unita alle braci perché... perché rinascesse in me. Io sono lei.»

«Impossibile.» Kolis mi afferrò per i capelli e mi piegò la testa di lato. «Però è una menzogna astuta.»

«Vostra Maestà» giunse d'improvviso una voce. Attes. Quando era arrivato? «Un attimo, vi prego.»

«Stai scherzando?» La tensione sul mio collo non si allentò nemmeno. «Un *secondo.*»

«Keella.»

Kolis si irrigidì di nuovo.

«Sapete che Keella ha aiutato Eythos a catturare la sua anima perché potesse rinascere.» Ora la sua voce era più vicina. «E sapete anche che la sua anima è là fuori e che non l'avete mai trovata anche se avete preso qualunque Prescelta... qualunque mortale che avesse un'aura. Non potrebbe essere perché in realtà lei non è mai rinata tra i mortali negli ultimi secoli? E se davvero l'aveste finalmente trovata?»

«È un trucco» ringhiò Callum. «Non fidatevi di lei. E non fidatevi di questo Primordiale.»

«Posso ucciderti in un attimo, piccola merda» ringhiò Attes. «Parla di nuovo di me in quel modo e lo vedrai.»

Il braccio di Kolis ebbe un tremito. Mi sollevò la testa per costringermi a guardarlo e mi fissò con occhi dilatati. L'etere che turbinava nelle sue pupille rallentò e si fermò, fino a lasciare solo le scintille d'oro.

«Pensateci» stava continuando Attes. «Vostro fratello era astutissimo: porre l'anima di Sotoria nello stesso contenitore delle braci era il modo migliore per mettervi nel sacco. E sapete bene che era capace di farlo.»

Stavolta Kolis tremò.

La sua stretta si allentò e io cominciai a scivolare, ma lui mi afferrò prima che colpissi il fondo della gabbia. Mise un ginocchio a terra, mi sollevò contro il suo petto, mi circondò la guancia con una mano tremante... e poi si mise a cullarmi, facendomi appoggiare la testa al suo braccio. A quel contatto mi ritrassi dentro me stessa, ma vidi lo stesso l'*orrore* impresso a fuoco nei suoi occhi. Aveva capito chi stava tenendo tra le braccia... e chi avrebbe dovuto uccidere.

Ancora una volta.

Il falso re si scosse da capo a piedi, e in quel momento io sollevai lo sguardo sulla porta che si apriva lasciando intravedere di nuovo le foglie agitate dalla tiepida brezza...

E un lupo.

Un lupo accucciato ai piedi degli alberi. Il suo mantello era più argenteo che bianco.

Una bestia d'argento.

Immerso nella luce della luna più splendente.

Ash.

NOTA DELL'AUTRICE

Sera è un parto della mia immaginazione, ma i suoi pensieri, i suoi sentimenti e le sue azioni attorno a quel che ammette davanti alle Pozze di Divanash sono qualcosa di molto reale. Si tratta di emozioni complicate e di azioni di cui ho fatto esperienza di persona, e per questa ragione so che potrebbero toccare determinate corde nel cuore di chi legge. Dunque, siccome non tutti abbiamo un antico e saggio Draken che ci dica che è a nostra disposizione qualora dovessimo averne bisogno, se avete avuto gli stessi pensieri che Sera e io abbiamo avuto sappiate che esistono persone pronte ad ascoltarvi nel momento in cui vi sentirete in grado di parlarne.

Non siete soli.

RINGRAZIAMENTI

Dietro ogni libro c'è una squadra di persone che lo ha reso possibile. Dunque ringrazio la Blue Box Press, nelle persone di Liz Berry, Jillian Stein, M.J. Rose, Chelle Olson, Kim Guidroz, Jessica Saunders e tutto il meraviglioso team di editing e proofreading. Voglio ringraziare anche la splendida squadra di Social Butterfly. Grazie poi a Michael Perlman e a tutto il team di S&S per la distribuzione, il sostegno e l'esperienza. A Hang Le per il suo incredibile talento nel disegno, ai miei agenti Kevan Lyon e Taryn Fagerness, alla mia assistente Malissa Coy, alla shop manager Jen Fisher e al cervello dietro ApollyCon e non solo, ovvero Steph Brown. Poi le moderatrici JLAnder, Vonetta Young e Mona Awad: grazie per essere state il team più straordinario che un'autrice potrebbe desiderare, per aver fatto in modo che questi libri siano letti in tutto il mondo, per aver creato il merchandising, per avermi aiutato con i nodi di trama e per tante altre cose.

Devo ringraziare anche tutte le persone che mi hanno aiutata a tenere la testa fuori dall'acqua, chi mi ha dato un consiglio per venir fuori da un vicolo cieco della trama, chi mi ha fatto ridere al momento giusto, chi mi ha ispirata, chi mi ha aiutata a uscire dai guai, o a entrarci: K.A. Tucker, Kristen Ashley, J.R. Ward, Sarah J. Maas e Brigid Kemmerer (prometto che un giorno imparerò a scrivere il tuo cognome senza controllare prima). Ringrazio anche Kayleigh Gore, che è sempre disponibile a leggere un capitolo fuori contesto, Steve Berry per il suo tempo, Andrea Joan, Stacey Morgan, Margo Lipschultz e vari altri.

Un ringraziamento speciale va alle JLAnders, che hanno sempre saputo creare un gradevole e spesso divertentissimo spazio in cui rilassarsi, e al team ARC per il sostegno e i commenti sempre onesti.

Ma la cosa più importante è che nulla di tutto ciò sarebbe possibile senza di te, lettore. Spero che anche tu comprenda quanto sei importante per me.

Questo volume è stato stampato nel febbraio 2024
presso Rotolito S.p.A. - Milano